文景————著

尘世

上

团结出版社
UNITY PRESS

© 团结出版社，2025 年

图书在版编目（ＣＩＰ）数据

尘世 / 文景著 . 一北京：团结出版社，2025. 3.
ISBN 978-7-5234-1651-8

Ⅰ . I247.5

中国国家版本馆 CIP 数据核字第 2025WD3196 号

责任编辑：牛　浩
封面设计：书香力扬

出　版：团结出版社
　　　　　（北京市东城区东皇城根南街 84 号　邮编：100006）
电　话：（010）65228880　65244790
网　址：http://www.tjpress.com
E-mail：zb65244790@vip.163.com
经　销：全国新华书店
印　装：四川科德彩色数码科技有限公司

开　本：170mm×240mm　16 开
印　张：57　　　　　　　　　字　数：500 千字
版　次：2025 年 3 月 第 1 版　　印　次：2025 年 3 月 第 1 次印刷

书　号：978-7-5234-1651-8
定　价：198.00 元（上、下册）
　　　　　（版权所属，盗版必究）

人是宇宙的过客。混沌中来，混沌中去。

宇宙人类，唯混沌同源同宗；物质意识，唯混沌相生相灭。

谁也走不出混沌，就像甩不开自己的影子。

生命要拥抱和接近本质有两条路：一、死亡，二、疯狂。

一个人来过，他对宇宙之谜、生命之艰、环境之危、爱情之美、命运之舛，独特感悟的纪实，无限接近真实。

他仰望星空，关注生灭，体悟虚无。他曾经眼里含着慈悲，满心的自由和快乐，热爱着这个蔚蓝色的星球和瑰丽缤纷的岁月。

如果人类得以繁衍或者永生，他们会说，从前有个人，善意、愚昧、多感。如果文明灭亡了，这本书跟它们一样，毫无意义。

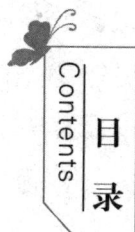

上 册

暴雨中，疯老头卖唱街头

人心这么微茫，却存放在浩瀚星空。

二十世纪末的一天，一种罕见的天象把江南某城市紧紧压迫着。

午后时分，天上密布从未见过的蟒鳞似的云块。须臾间，明晃晃的白昼，突然堕入黑夜，如万物混沌之初。

少数抬头仰望的人惊骇发现，云深帷暗处，有一只眼睛逼视着人类。

狂飙骤聚的暗能量，即使还没有发威，却听到临街楼窗上玻璃的碎裂声。

这种悚人的景象，完全就是大地和它的主人，在大自然中脆弱微茫的投影。风暴欲来的城市，似纸质版画上的滩涂颜料，瞬间都会抹去。

一会儿，黑暗隐退，天色乍亮，街市像幕帘拉开的舞台。

本是五月天气，男人都不约而同地打赤膊，女人们都开放了平日被衣服遮裹的颈脖和大腿。街上若有熟人碰见打招呼，免不了夹杂着骂声："这天气太反常了！"

这天气先用热浪把待在屋里的人都篜出去，然后雨点就像石头一般扔下来，街上行色匆匆的人，都逃命似的躲到屋檐里、棚底下。

等人们惊慌地钻进去，云缝里的光又箭镞一样射下来。

在十字街一家商店的遮阳棚下，躲雨的人们正在逗一个疯老头起乐。

老头儿是人们耳熟能详的、在全城影子样出没的、人人鄙弃又不可或缺的、哑嗓子的"名人"。

他是全城的"歌星"和"笑星"。大家只知道他姓姜，不知叫什么名字，绰赐"姜疯子"。

姜疯子靠卖唱说书为生，为人们调节情绪，廉价供乐，却也有一批"追星族""发烧友"不离左右。

> 我们是什么？
> 为何在这里？
> 人类何必骄傲呢
>
> 不知自己的过去
> 不知自己的未来
> 人类何必傲慢呢
> ……

现在他用油黑的手抹了一把头发和污垢的脸，唱了起来：

> 毋，毋，毋，毋烦毋恼
> 争名夺利徒颠倒

古今多少英雄汉

事业功名知多少

楚霸王力拔山兮气盖世

只落得身死东城下

阿房宫曾修得锦地花天

到如今没片瓦

五代如朝露

六朝似花谢

……

"这与我们何相干？"

"哎呀，瞎扯，换片子！"

"来，我出一元，唱点人情世故的！"人群里有人喊。

登天难，求人更难

黄连苦，贫穷更苦

春冰薄，人情更薄

江涛险，人心更险……

"这个也不行，听麻了！"人群里嘟囔。

疯老头顿了顿，眼珠辘轳，现出眼白，唾沫横飞地唱起来：

一生都是命安排，求甚么

今日不知明日事，愁甚么

不礼爹娘礼鬼神，敬甚么

弟兄姊妹皆同气，争甚么

儿孙自有儿孙福，忧甚么

奴仆也是爹娘生，凌甚么

当官若不行方便，做甚么

公门里面好修行，凶甚么

刀笔杀人终自杀，刁甚么

举头三尺有神明，欺甚么

文章自古无凭据，夸甚么

荣华富贵眼前花，傲甚么

他家富贵前生定，妒甚么

前世不修今受苦，怨甚么

岂可人无得运时，急甚么

人世难逢开口笑，苦甚么

补破遮寒暖即休，摆甚么

才过三寸成何物，馋甚么

死后一文带不去，怪甚么

前人田地后人收，占甚么

得便宜处失便宜，贪甚么

聪明反被聪明误，巧甚么

虚言折尽平生福，谎甚么

是非到底自分明，辩甚么

暗里催君骨髓枯，淫甚么

嫖赌之人无下梢，耍甚么

治家勤俭胜求人，奢甚么

人争闲气一场空，恼甚么

恶人自有恶人磨，憎甚么

冤冤相报几时休，结甚么

人生何处不相逢，狠甚么

世事真如一局棋，算甚么

谁人保得常无事，诮甚么

穴在人心不在山，谋甚么

欺人是祸饶人福，强甚么

一旦无常万事休，忙甚么

……

"这是陈眉公警世通言，花钱听不到，懂吗？"疯老头用舌头舔了嘴角的白沫，对着人群喊。

"你们吃呀、喝呀、贪呀、嫖呀、赌呀、争呀、斗呀、打呀、杀呀，都不知道娘家在哪里，一个个傻×！"

疯老头颈脖上筋肉暴绽，像刚打足了气的农用车轮胎。云缝里一束鬼魂似的追光照着他的脸，似一尊刚从墓穴里拖出的活俑。

"我敢打赌，这是天下第一号怪物！"

"不怕流氓有文化，就怕文化也流氓！高手在民间呀。我服了，服了！"

"林子大了，鸟都安人头了。"

疯老头的背书，引起不少的慨叹。

"不行，不行，这个没味道，念的白口经，都是别人写的，大家听不懂，要唱自创版的！"

"给，我出两元，来点带彩的！"人群里又有人喊。

那疯子接过钱，手舞足蹈，裤腿上的破洞不知什么时候脱开了，现出腊猪腿样的肉。

"诸位，我是人们倾倒的艺术家！遗憾的是，肚子里却全是腌菜丝，屎坨子，但也有女人爱上我！"

疯癫已间歇性发作，人群中爆发出一阵浪笑。

"那，我出五元，谈谈你的恋爱经历。"有个穿花格子的人出手大方，趁热打铁，"未必这叫花子还尝过女人味道？"

"好！"卖唱多年还未得过这么大数额的钞票，疯老头把钱攥在手心，手指下意识贴紧压实，生怕露出一边半角，更怕给钱的人悔回去。

他用袖管擦了一下鼻涕，竹板便噼里啪啦地响了起来。

"我是贾宝玉，专门在女人堆里打主意。第一次老天奖赏我，搞到了个风流货；第二次遇到了个大波波，烈火干柴正点着，动起真格却不效；第三次真倒霉，碰见了个恶鸡婆，噼里啪，噼里啪，被她打了两耳刮……"

"好、好、好！"人群中响起一阵掌声，不少人笑出了眼泪。

大道理是灰色的，黄段子常绿常新。

理论越深越玄，越没人听，笑话越黄越浅，总人气爆棚。

"我再加两块，能不能讲具体点？"有人撺掇。

"少了，两元能买我的隐私？"

没人愿意多出钱，演出陷入停滞。疯子收拾工具准备走人。

这时一个干部模样的人递过十元钱："别急别急，姜大仙，听说你学术渊博，那问个问题，什么叫官？"

"嗯，这个问题好。"人群啧啧称赞，人都嗜官贪权，有的祖宗十八代都想当官。

这么多的钱，还喊他"大仙"，姜老头眼神里充满感激，接钱的手微微颤抖。

他定睛凝神，似乎在想如何回答才对得起这张票子、这位贵人。

"所谓官，一开始应该是，仓库里的保管。"

"保管？"

"当初在森林里，有毛一族，掳获的肉食果品，总要有人看管吧，结果分化出看官、官阶。"

他发现围观者对这个话题感点兴趣，破嗓门又升高了：

"当官不发财，请我都不来。但这差事我有很多朋友不愿干，像尧舜时的巢许，汤武时的随光，汉朝的严光、徐稚，宋朝的陈抟、邵雍、林逋，元朝的许谦、刘因、杜本，还有屡聘不应的魏桓，不为五斗米折腰的陶潜，不愿摧眉事权贵的李白，躺铺板装病甚至要拿刀自杀而决不为官的李二白……"

疯老头越扯越远，越说越深奥，搞得大家兴趣全无。

"轰——"一声惊雷几乎在头顶上炸响，人群里发出惊骇的尖叫。不少人急忙往街边屋角和店铺里钻。

"打得好！打得准！哈哈哈哈！"疯老头狂呼起来，"这是天帝在向芸芸众生敲警钟！"

他怒目圆睁："你们这些乌龟王八，天帝打个喷嚏都吓得缩头缩脑，平时挺胸凸肚，俨然万物之灵、宇宙霸主。这是上天的甘霖，都不懂得享受！你们是些什么东西？"

有一个砖头飞了过去，那疯子额角上顿时鼓起一个大包。

"哎哟！"疯子捂住头痛苦地叫喊，"哪个打我！雷公为什么不把他劈死呀！哎哟！"

疯老头其实只有四十多岁。

据传他在读书时是个高才生；有说还在某家大牌学院的历史系毕业，谈恋爱被女人抛弃后精神失常的；还有说是跟单位领导干了架被开除造成的……

反正他先不疯、后才疯，先半疯、后全疯，时真疯、时假疯，是典型的"两面人"。

半人半鬼，半神半仙。如果不是这样，他姜某人在方塘市有这么响的名头？

关于这个疯老头，还要介绍一下，因为他在后头经常露面。

全城的人都知道他过去发明永动机，变卖全部家产（连油盐罐也不放过）而成了穷鬼的。他设计的永动机有图纸，各个系统、各个部件，精准到厘米毫米，但只有为数极少的专家才能领会。

据说他还与上面很多领导通过信，在某些领域建树很是了得，甚至有特异功能，开始准备树为市里的发明大王、科技典型之类，后来发现他"神经不正常"就没理睬他了。于是他的思想情绪更加变态异化，别人就更加把其当成笑柄噱头。

但是他的科研抓得更紧了。

城西有一座老式木楼废弃的地下室，"文革"时关过专家学士，斗过地主富农，后来圈养牛羊鸡鸭，现在既是他蜗居之所，也是他祈神修性、参悟阴阳、研究生死的秘地。他经常用卖唱赚来的钱，买了一大袋早夜摊点的凉菜馒头，钻进黑咕隆咚的秘室，细嚼慢吞，冥思苦想，揣摩奥义真谛。第二天他在卖唱中便有了新观念、新思维。难怪人们都说这疯子出口成诵，有如神助。

人心是最大的秘密，灵魂是最大的迷宫。

还有一种更靠谱的说法是，他因为长期超常的玄想、极度的孤独，剑走偏锋而精神失常。是与非，真与假，虚和实，古与今，生与死，都在他头脑里融通纠缠。有说人脑的结构跟宇宙结构一样。他清醒时看到的东西常人看不到，他不清醒时看到的东西，常人更看不到。正常人，都知人知面不知心，何况精神病人？所以，他不算"大仙"，也够"半仙"。

有人替姜大仙打抱不平，"为什么早期不把他搞到大学里当讲师？那样精神不就拉回正常人了吗？"

伟大和可笑，只是一个念头，不在状态。

反正姜疯子那些年在方塘市是绝对的知名人物，比一线明星还叫响叫座，比局长市长还家喻户晓。

雨还在下，而且一阵紧似一阵。老天不像在下雨，就好像在发泄什么情绪。

疯老头意识到自己的表演受到前所未有的欢迎。这种爱奉承的意识，是一头不开化的牤牛都有的。

他把竹板子打得震山响，干脆一头钻到瓢泼大雨中，狂呼起来：

"诸位，我现在开始接受上天的洗礼！天公啦，莫要把我身上的金子洗掉了……赤条条来赤条条去，潇潇洒洒走一回！当干呢干当，当干呢干当当当……"

人群中又是一场哄笑。

他置若罔闻，仰天长啸，唱起《叹世万空歌》，任雨水掉进喉咙里。

南来北往是西东，看得浮生总是空。

大地本来无寸土，人生劳碌一场空。

日月晨昏常运转，人亡千载永无踪。

尘 世

青山绿水依然在，为人一死不相逢。

世间多少穷后富，也有多少富后穷。

万两黄金拿不去，为他一世受牢笼。

生如百花逢春好，死如黄叶落秋风。

夫妻本是同林鸟，可怜死后不相逢。

桂子阑孙休贪爱，人因痴爱堕牢笼。

空手来了空手去，到头总是一场空。

幻化空身虚变现，空是色来色是空。

夜深听得三更鼓，翻身不觉五更钟。

从头仔细来思想，便是浮生一梦中……

两个女人的心事

精神的边界。

在这群看热闹的人中，有两个女子打着一把珍珠图案的粉红色雨伞从其中挤了出来。

"这叫疯子么?"

"他是装疯，还是真疯?"

"正经起来，常人都没那么高的水平，神经一发作，完全是个牛打鬼!"

"你没听说，有得自闭症的科学家，能看到上亿光年外的宇宙，这世界上哪有人比他厉害? 还说时空和光可以弯曲，这我就不理解了!"

"可能是上天关闭了他一扇门，就让他打开另一个窗。"

"有些得精神病的人，大脑有特异功能。"

"可怜，他不应该受到这样的对待。"

两位嘀咕的女子一个叫裴裳，另一个叫明思理，同学兼闺密。

她们边说边走到了城南一栋临街两层小楼下。

这是明思理家的私房，门庭高阔堂皇，从中就可看出主人生活的富足和安宁。裴裳每次跟丈夫吵架，不免到闺密这里消火解气。

"我说裴裳，你跟童午经常这样闹，得跟我找出理由来！要不，你以后就别上我的门了。"明思理旋去伞上的水，收折放外边。

她进门后既不倒水，也不邀坐，自个儿坐在沙发上嚷嚷起来：

"你们之间到底有没有感情？"

裴裳也坐了下来，一言不发，听凭闺密数落。她只觉得耳朵里嗡嗡叫，还是姜大仙嘶哑的唱腔和竹板的噪响。

"我感觉，你们是为了互相折磨而走到一起去的！"明思理站起来，"说难听点，我们这些所谓的正常人，特别是你，并不见得比姜疯子高明。"

裴裳如木雕石刻。她什么都不能想，什么都不想说。这种迟暮和愚钝是反复受伤和忍耐积淀而成的。

"我早劝过你，但你不听。怎么样，现在兑现了吧？结婚，嘿嘿，难道这对于一个人来说，不是一件最严峻的事情？感情固然要。但生活嘛，先要过得去，才讲过得好。我原来就跟你说过，写诗的人多半神经不正常。你那老公童午，比这姜疯子好不到哪里去，有点半天云里打石灰。就不知你是怎么喜欢上他的。这样的男人，尽管能使一万个女人屈服，但我也没兴趣。同他恋爱可以，同他结婚，造孽！"

"正常的不写诗，写诗的不正常。"裴裳从来还没有听见自己的闺密对丈夫说过这么刻薄的话。自己也爱诗写诗，只是没执着变现而已。自己就是因为他的诗才爱上他的，她把他过去写的情书情诗每一份都保留着。

但她平时听不得别人说老公的坏话，现在却完全可以接受，甚至听起来还有种快感。她也怀疑起自己曾经的一切了。

"那狗养的！"丈夫的可憎之处突然使她恨得咬牙切齿，她骂了一句，快要哭了。

她这样愤然，并不只是他背着她接济家里的事，外面还有让她更难受的、更屈辱的传闻。第六感觉告诉她，他有秘密，与她走不到头。

"裳裳，你还在为他哭，说明你还爱他，在意他。怕的是那种不哭不闹的冷硬。"明思理感到自己也卷进了对方的情绪里，无异火上浇油，完全是拆散他们，内心起了负疚感。

"每对夫妇结婚的头几年都有点吵吵闹闹，不，甚至一辈子都这样。唉，两个有差异的灵魂，变得和平友好、水乳交融，实在不易。我想，再过些时日你们就会好起来的。裳裳，请相信我的话。这如穿上新鞋子，必须等脚趾、脚跟磨起泡，出了茧，痛感麻木了，脚才感到舒适自如一样。"

明思理倒了一杯水，放裴裳面前。

明思理的话至少能营造一种气氛，使裴裳紧张的情绪不知不觉间得到缓解。裴裳比哪一次都强烈地感到，闺密为什么一直生活得如此安宁，是因为她总能理性地看待一切。她甚至想，一个人的名字，跟性格、命运，还真有玄机。

有些夫妻，丈夫碗筷未擦、地板不拖，妻子骂他，男人只是大口大口地扒饭，用大声的喝汤声回应，那骂声就跟流行歌曲从牛耳朵上滑过一样。而妻子掉了钥匙丢了钱包呢，丈夫一股劲地发火，她只管若无其事地到厨房里去刷碗洗菜……能互相容忍对方的丑恶和缺陷，彼此有个过程。

但一开始，就绝对不是这样子的，虚荣得荒唐，脆弱得可以，一个不礼貌的眼神，一丁点儿怠慢的语气，就是争吵的烈性炸药。

现在裴裳轻松多了，她意识到事情可能不是自己想象的那个样子，一切好像淡化得多，可以重新再来。

原来爱情和婚姻是两码事。爱情是草原上的马，马前失蹄甚至人仰马翻，还有剩余空间，慢慢收拾。婚姻是高速公路上的车，爆胎抛锚，一地狼藉，光拍屁股走人不行。

"不是我瞎说，你看现在离婚率猛升，结婚率大降，有的干脆将单身进行到底。你以为他们傻？不是。仔细想想，不就是那点男女之乐？有孩子的不就是那份责任？除此以外，一文不值！一无所用！一地鸡毛！"

明思理说出这番话时，用怪怪的眼神看着裴裳。

裴裳暗暗吃惊，闺密的家庭历来风平浪静，何以有这么多奇怪的想法？

大千世界的两个人，莫名其妙地挤一个屋子里，你盯着我，我盯着你，来一场缺陷性格互比拼，来一项脾气爆发大竞赛，看谁更荒唐，看谁更不靠谱。而婚姻又不能试错，总是十试九错，一错再错。哼，除了性和责任，婚姻的意义在哪里？肯定有比结婚更好的活法！

更为荒唐的是，大部分的争吵甚至大打出手，是为了小事。吵架的事端，摆上桌面，都鸡毛蒜皮，难分对错。吵来吵去，原地兜转，伤身害命，一摊狗血。

因为繁衍，所以要性，因为要性，所以有爱。因为要爱，所以结婚，因为结婚，所以离婚，因为……

"结婚干吗？结婚干吗？真见鬼了！"裴裳突然嚷了起来，"我疯了，疯了，比那个疯老头还愚蠢！还糟糕！"她怔了一下，"思理，我想求证一个问题，就是无论男人还是女人，与谁组成家庭过日子都一样吗？如果是，我还继续忍受！"

"这说不清楚，我又没离过。哪知道呢？估计一样吧。"

到底是自己经营不善，还是两人天生就不合适，裴裳很是迷惘。别人的家庭能得以维持，难道是他们互相所做的努力多些？学生时代，看不出差距，结婚成家，高低立决，大相径庭，这咋回事？

"反正还没掉深渊进牢囚，没缺胳膊少腿坐轮椅，没得癌症求生无望，求死不成。"

"睁一只眼，闭一只眼，世界还有朦胧色。苦也一天，乐也一天，何必去钻牛角尖。"

"我比世上绝大部分的人都幸福，你必须这样想！每天早晨起来念一遍！"

莫道锦天花地，说不定鲜血淋漓，且看世纪姻缘，谁知累累伤痕。涉险过关了，呵呵，金婚！平安着陆了，呵呵，钻石婚！

经明思理七劝八说，裴裳果然平静多了。她潜意识里觉得，只要童午心里还有这个家，只要童午到外面行为规正，看在孩子的份上，就和好如初。

"我们三个同学，就我一个这样的命，"裴裳叹道，"你们家庭幸福，还有结婚最迟、过得最幸福的樊音。"

你跟谁过日子

爱情的敌人有很多，毫无疑问，贫穷排第一。

童午一生中从来没有这么心烦意乱过。有时他觉得自己已经没法过下去了。

妻子出走了几天还不回家。

每次吵架，他一方面出于对她的憎恨和自己的倔强，不去过问她。另一方面，他认为一个男人对于女人最好的整治办法就是咬牙长时间不予搭理。只要不锋芒相对，什么法子都可以用。这些方法他过去都使用过。每次都是妻子忍受不了对孩子的思念而回到家中，先不理不睬，后冰释前嫌。

他们这次争吵的起因是这样的。

童午的乡下母亲生病了，派家里的小妹寄信来。童午自知婆媳关系一直不好，便偷偷寄八十元钱回家，结果被裴裳发现。

"你简直是胡来！"她质问他。

他知道自己的错误。他本应当公开跟她讲，但是他又知道，如果公开讲，她即使勉强同意，心里并不悦乎，以后又还会找岔子跟他吵，还不如瞒着她好。

他听任着妻子的数落，闷声不响地在厨房里做菜弄饭，以为妻子发完火后，会过之了之的。

不料，妻子不依不饶。

"你怎么这么愚蠢？自己穷得没屁打，还要扶困济贫。你跟谁过世？糊涂东西！"

他开始估计妻子会发火，但没想到她这么凶怒。本来他是决意忍让到最后的，见妻子没有消火的架势，便不由自主地从厨房走到客厅里来：

"算了吧，裴裳，一点小钱嘛。以后……"

他突然把话又收住，因为他感到妻子有让他对自己父母完全不管不顾的意思。他极力装出温和让步的姿态，可眼里所含的那种怨恨和鄙恶的目光却被裴裳发现，于是她大叫起来：

"我早知道你是一个不中用的人！别的男人有大把大把的票子顾家庭养老婆，你呢？你不但没有这种能耐，还要从我这里揩油！"

这话是童午听起来最伤心的。和妻子争吵，完全在承受心灵的酷刑。他想起许多婆媳为了不清不白、不大不小的事扯皮拉筋，彼此怨恨甚至仇视，真是可悲透顶。而且婆媳不和，总像病毒一样遗传下来。

恋爱时他们也吵过架，但因为钱吵架，这是第一次。

他好像在痛苦地吞咽着一种难以吞咽的东西，用一种鬼魂似的声音说：

"没有想到，裴裳，没有想到！"

童午的意思是，小家庭难过，老父母更苦。他们的日子越来越少，自己的生命还很长很长。裴裳这个样子，他过去从来没看到也没想到的。他隐隐觉得，原来婚姻，并不是两人世界、三人世界。他与家人的关系全部改变了，都不能照原来的样子了，他有一种莫名的烦恼和恐惧。

"我们家是没钱，但你这个态度，有点像凶鬼恶煞！"童午怒吼。

"你照照镜子，看看你自己！是不是个丑八怪？你穷光蛋的家庭，我看上你就不错了。再说一遍，你跟谁过日子？搞清楚了没有？呃呃，家里这么穷，你还明里暗里接济别人！"

跟谁过日子？父母成了别人？童午都有点不相信自己的耳朵和眼睛。就是自己当初家境条件差一点，他们谈恋爱，论婚姻，她也没有说得这么刻薄无情的。她怎么都变了一个人！曾经的浪漫、温柔、宽容，丁点儿都没了。

"给钱，哼，说都不跟我说！"

"我这不是跟你说吗？"

"你先斩后奏！完全是个贼啊！"

"哈哈，我是贼，我是贼！哈哈，给父母一点钱，叫贼，天大的笑话！"

老婆把父母说成"他们"，成了"别人"，把自己说成"贼"，童午的脸都气歪了。他想起，恋爱时说到钱，双方甚至都有些害羞的，现在都这么赤裸裸恶狠狠地谈钱、算账、质问、指责……天啊，这婚一结，咋成这样子？

双方进入冷硬僵默。

"如果确实有钱，你这样搞，也好说点！"裴裳的声调有点变化。

"等我们有钱时，他们都躺棺材里了！"童午还是不服气。

裴裳把什么东西往沙发上一摔，没有理他了。

越是拮据，越需要花钱。越是没钱，越是花钱观念不同。这是年轻夫妻家庭的悲催状态。钱花到谁身上，花到谁家里，可以得出决然不同的结论，可以有决然不同的理由。

双方越想越气，越气越乱。那些年，不是七年之痒，而是七年之觞，从相互吸引你侬我侬，到互相感到面目可憎，不要太长时间，不要太多理由。一夜变天。过去的柔情蜜意丁点儿都没了，曾经的善解人意空气样的蒸发了，彼此完全变了一个人，完全换了交流方式，完全是变形变态。怎么会是这样！你想我低头，门都没有，我想你让步，做梦去吧！别人家都是这样的吗？肯定不是。左看右看，人家的老婆都好些，前思后想，人家的丈夫都强点，起码要好点，甚至好很多，这种人怎么被我摊上了？

结婚结错了，可能当初也爱错了，或者那根本不是爱，不算爱，怎么稀里糊涂就把婚结了！我可能是最不幸的，我钻进一个透不过气的死角里了。随便找一个人过日子，都会比现在好。哎呀，随便！到街上，到地里，随便喊一个来一起过日子，找个农民，找个工人，找个扫地的，都不会落到这步田地！

地球上的夫妻，莫名的爱来自哪里？仙女系、麦哲伦系？莫名的恨又来自哪里？木星、火星，还是……

童午和裴裳看对方和想对方，都成了这种样子。

仰头即是光辉的太阳，生是何其幸运

最幸福的那一对，正在千里之外，叹活着的神奇。

"我很好奇，生在这样一个地方，太阳离得这么近，星星沙子一样多。"

"唉，我常在想，这人啊，怎么是这样，一旦崇高起来，堪比日月星辰。一旦卑微起来，就如圈养的牲口。这人心呢，有时候，阳光样明媚，春风般温暖，有时候，墨汁样漆黑，深渊样凶险。我双眼的混沌在于，人是太阳照耀的动物，偏偏两者都不能直视……"

"你看那浩瀚的天空，一颗流星，不知从哪里来，也不知在哪里结束，只是擦出一道亮光后恢复了虚静……我不去想宇宙的大。就当一粒沙子，也拥有沙滩大海。星空中孤独的地球家园，我们的家庭，就是我的世界。"

广州越秀区某小区。

五一黄金周，樊音来了广州。

这天她和丈夫施非明早早吃了夜宵，坐在楼下花园的亭子里。

"樊音，我想跟你聊一个问题。"

"聊啊，不无聊就行。"

"事关终极。"

"生死？"

"是吧。"施非明语调变沉，娓娓道来。

生命只有一次，它悬浮着异常的荒诞和壮美。

两端是深不可测的虚无，是吧。

生命来到尘世，就是赚了，好吧。

我们所拥有的，只是姑且，对吧。

他用手比画着。

物质的离奇演变，巧妙耦合了生命。我们幸运截获了造化和时间的成果。一种不可思议的神奇，让我们变成生存的偶定——活着。

"这是生。再说死。"施非明转了话题。

每个人面前都横亘着一道门槛。

王公贵族，乞丐庶民，都得单独面对和跨越。这道关隘将一切化为公平的乌有。无论贵贱，勿分老少。位高权重也好，卑贱庸碌也好；快乐幸福也好，悲伤痛苦也好；志得意满也好，落魄丧气也好；功成名就也好，无所作为也好，你都得独自去穿越那永不回头的旅程。

仰脸是光芒四射的太阳，人类是多么幸运。

"你不是说，活着就不言死吗，今天怎么了，是不是外面受了气？"樊音感觉今晚丈夫有些异常，"你好像在找一种麻醉药，预备如何对付死亡的恐惧和痛苦似的。"

施非明突然缄口不言。

"咋啦？你这是……"樊音发现老公不对劲，"你今晚有点吓人。"

"其实，"施非明好半天才吐出两个字，声音低沉飘忽，像黑暗里的萤火。

"我，是这个世界上最怕死的一个人，最怕的那一个，对，最怕！"

樊音笑了，嚯，这怕死还争个第一第二，又不发奖金。

氤氲的早晨，销魂的月夜，活着多么好啊。吸着醇香的空气，陶醉着美妙的情爱，一边享受一边奋发，最好还留下点什么，不枉来尘世一遭。

"哦，是人都怕死，你以为别人不怕？动物都如此。"

"但我怕得随时会崩溃、疯狂。"施非明再次肯定。

我从记事的儿时就开始怕死。这个问题一直像根绳索勒着我的神志。真的，我甚至无时无刻不在思考死亡。有时是夜深人静的时候，甚至在人声鼎沸的白日。死亡，啊，怎么会这样呢，怎么有个这样的问题呢？从出生起，它就咬住人了，丢也丢不开，忘又忘不了。唉！没有谁给我答案，没有谁能拯救我，哪怕让我变得轻松一点。更没有一种宗教，一种心念，一种暗示，让我可以从容地去面对这个问题。

我常在黑夜中突然醒来，想这个问题。对，死亡！它把我从睡梦中唤醒，就像个吊灯样悬挂着。我很清楚是它将我从黑暗里唤醒的。它仿佛说，你要想明白，你得先弄清楚。否则，哪一天它突然降临，你就来不及了，你就没有答案了。可是，我没法弄清楚，谁也不能告诉我。每每这时，我都会本能地用手去拭自己的眼角。因为，那里总有不知什么时候涌出的泪水。

樊音伸出手，抚着施非明说道：

"我说我是一个最怕死亡的人。别不信，也别说这是普天下的共性问题。我平常跟你说的，有的并不是我内心的东西，不是我本性本质的东西。因为，正是这种沉重和压力，使我需要解脱，需要松弛。我想用快乐的、阳光的、轻快的情绪和能量，去冲散它、淡化它，保持我心理的平衡，否则，我就会疯掉，立马疯掉！那一天如果到来了，我不知道我会怎样，天啦！"

樊音紧紧地抱住了他。

"我不怕得罪你，老婆。这个问题比爱都严重，但它跟爱有关系。有时我在晚上醒来，身边是你的鼾声，窗外是斑驳的灯影和这个沸腾不息、无以入眠的城市。我极力安抚自己，勒令自己回到眼前吧，回到现实吧。欲望和苦痛让人苟且和忘却，麻木和倦怠让我迷糊入梦。"

"老公。"樊音对施非明的话感同身受，习惯性地摸了摸他后脑勺。

她渐渐明白，她所在的这个世界，本质上就是无解和未知的混沌。生死只是其中之一。

她意识到，要解脱或减轻死亡的恐惧和痛苦，唯有信仰和宗教。当然，还有智慧和知识。对死亡的恐惧，是因为对死亡的未知，还有对已知的认同。

"走吧，回家。"两人觉得这个问题太过沉重，又陷得太深，得赶快抽回现实。

月亮落进了高楼，城市之光裹着万丈红尘，湮没了灿烂星河。

一切生命皆偶然，地球的繁荣亦然，死亡和虚无是真相和原态。视界在光锥以内，行为在束缚之中，生死循环，新陈更迭。我们为何有这不可思议的小概率？有人归结为老天爷。

集体的诞生是以个体的死亡为前提的，要把一切投靠和寄寓在深刻而高远的事体上。

　　每个人都无法主宰自己的生，也无法预知自己以什么方式和情形，终止在哪个时刻哪个地点。它不因为你的恐惧而退却，也不因你的逃避而迟到。

　　努力和奋斗有一个好处是，减少痛苦和空虚。

　　因此，拒绝是没有用的，你得拥抱它，就像抚着自己胸口的纽扣。

高中时代的物理课

电子、质子、中子，三个女人的属性和轨迹。

农历新年刚过，裴裳、明思理接到樊音电话，到她们家会合，过元宵节。

她们仨是方塘一中的同学，都在一个普通班。那时学校里高考分重点班、普通班。

在一考定终身的时代，分到重点班的，上大学是大概率事件。而分到普通班呢，都懂的。

明思理是商品粮户口，裴裳长得出众，有个发财的爸爸。两人毕业后，找工作不愁，上课不捣乱就不错了。

樊音则不同，她是农村户口，而且偏科，上数理化就看小说。

她们三个人有一个共同特点——最不喜欢物理课。

一次，架着宽边玳瑁眼镜的物理老师讲原子结构。

"世界是由物质组成的，物质是由分子组成的，分子是由原子……"

不想后桌有人嘻嘻哈哈笑作一团。

原来是裴裳、明思理和樊音三个人暗里串通做鬼脸。

她们看物理老师的头发，鸟窝似的乱蓬蓬，像个"疯子"。

其中不知是谁悄声接了一句："跟霍老师的头发一样。"

结果几个人忍俊不禁。虽然她们不用心听讲，但联想能力和形象思维，强过逻辑推定。

无知的，说一切不正常，有识的，说一切更不正常。

但她们却有所不知，随意的、直觉的、简单的笑谈，却是宇宙的真面目。在不久的将来，天文物理学家发现的宇宙模型，正是丝织状鸟窝形。而且，宇宙的结构与物理老师大脑的结构，惊人地类似。

物理老师认为学生挑战了他的无上权威，正要发作，一看她们几个是女生，又强压怒火接着讲课。

"我们看到的气象万千的世界，都是由基本粒子组成的。"他用粉笔在黑板上画了一个大圆圈，又画了一个小圆圈。

"同学们，我郑重宣布，地球为什么绕太阳转？绝对不是用绳子系着的，是万有引力。"

"几个，这小小的，粒子，组成世界？"

"嗞，嗞……"质疑地嘀咕后，不知谁发出老鼠样的叫声，虽然频率不超过 5 赫兹，但在森严安静的教室，任何声响都逃不过聆听的耳朵。

物理老师光速转身，很快从她们几个人脸上的表情发现了声音的共振出点。

"原子是由什么构成的？"他把眼镜一推，阴阳怪气地说。

"打个比方，裴裳是电子，明思理是质子，樊音是中子，这三个人加起来就构成分子，上课捣蛋的'疯子'！"

课堂上大多数人潜意识里，都联想起街上卖唱的"姜疯子"。

一向被视为规整机械的物理老师，因这句俏皮话，几乎提高了物理高考的单科成绩。

据说那年方塘一中物理考了全市第一。

后来"电子、质子、中子"出名了。

更为蹊跷的是，这三个基本粒子与她们的独特性格和人生轨迹，竟然惊人地耦合。

三个女人一台戏。

裴裳敏感，思理聪慧，樊音慈善。他们的人生，或浪漫深情，或物化理性，或执着笃定，仿佛冥冥之中的天意。

一生二，二生三，三生万物。

她们仿佛是一个人。

又仿佛是一个人的三个部分。

一如基本粒子和茫茫宇宙，混沌世界的简化具象。

裴裳考上了中专，明思理嫁了程正，樊音考上了大学。

樊音是从小学到大学公认的才女。她读小学四年级写的作文，被文教组长引荐到当地的一所高中，贴在大礼堂里让全体同学参观学习。

裴裳和明思理是城里人，还是同桌。为什么她们两个吃商品粮的城里人，与樊音这个乡下人要好？就是因为经常抄樊音的作文。

每次全校语文知识比赛、作文竞赛，樊音几乎稳拿第一，无一旁落。但樊音的数理化就寒碜了。在"学好数理化，走遍天下都不怕"的时代，语文"一招鲜"寸步难行。数理化老师上课，就拿她当反面典型，以激发全班决胜高考的强大动力。

谁叫她偏科？谁叫她考试成绩拖科任老师的后腿？

班主任就更是不留情面了。

女生面子重要吗？重是重要，但成绩垮下来，一是砸了他省级优秀班主任的牌子，二是影响学校的入学率，再是少去了他和课任老师们一笔奖金补贴，那不是要了他的命？

"同学们，高考是人生的分水岭。决定命运的就是这么几个月了！吃山珍海味，还是咽苕丝酸菜，你们看着办！像樊音这种人，等待她的就是生了霉的薯丝，发了臭的酸菜。她注定是个吃素的命，想吃肉喝汤，等下一辈子吧！"

物理老师的教训形象生动。

"同学们，成绩是拼来的，不是等来的。有人认为苹果从树上掉下来，牛顿发现了自由落体运动规律，我们有些同学也想学牛顿，仿爱迪生。一直在等天上落苹果，掉馅饼。像樊音，就是在等馅饼，又圆又大的韭菜瘦肉馅饼！"

数学老师对樊音的挖苦也很专业："天才就是百分之九十九的汗水加百分之一的灵感。樊音就是那百分之一，全班唯一的傻瓜！"

命运就是哥德巴赫猜想。可就是这么一个偏科的樊音，居然考上了一所重点大学。

"那是灭绝人性的地狱之门。"樊音后来每每回忆自己的高考生涯，都有着鬼魂样的表情。

"我一辈子都做一种考试的梦，梦见卷子发下来了，我一看题目，一个都做不来！直到下课铃响，满身大汗淋漓，最后交了白卷！"

她都要哭了，"几十年来，几十年啊，一直都是同样的梦，没有二致。"

高考对她的摧残，已深入血液骨髓，形成了严重的精神创伤。思理、裴裳都没有这种经历。

"虽然现在还找不出其他的遴选制度，我也不会评价哪种制度科不科学，公不公平。一考定终身，一题分高低，要多残忍有多残忍，要多荒唐有多荒唐！那是对人性的无情戮杀，是心灵不可承受之重。"

樊音还说，感谢老师对她的挖苦，把她逼上了进入一流大学的绝路。在她心里，高考当然不是一无是处，起码比过去搞推荐要公平。看现在个个都能上大学，人人都有出彩的机会。知道高考为什么后来改在 6 月 7、8 日吗？意思是"录取吧"！

人有两种生态，一是平平凡凡，草一样低微，水一样不争；一是轰轰烈烈，花一样绚烂，风一样鹏程。

你就考好吧。

她也无数次问自己：我是不是毫无意义的，重复着别人一样的生活？像无数过往的生灵那样，像命定的那样，渺无声息地陨没？没有选择，逃无可逃？

谁解她的忧伤疼痛

一条河绕城而过，沿岸发生着无数荒诞不经的故事。

方塘市跟天下那种有值得骄傲的历史沿革和探掘不尽的文化渊源而发展滞缓的中等城市一样，有着各自独特的迷人之处。

一条南北交通大动脉纵贯而过，它因而就有一根经常被扯触而勃发活力的神经，河流绕城迂回，注入使城市繁衍生息的动能。

这条温婉的河流，作为城市最基本的象征，使方塘城平添江南水乡的浪漫情调。充沛的水分，湿暖的空气，一到春夏季节，沿河两岸的草木发疯似的暴长，把河岸荫庇成令人顿生想象的渊薮。绿云掩映中，河水似乎格外柔怜、妩丽、清幽。白鹭、黄鹂、鹧鸪都感到这里可靠，当成这个城市或者是人类，对自己昵近的表示，颉颃自如，悠哉游哉。每当夜幕降临，有时太阳还在河岸的树梢上移动，这里便成为一对对热恋男女约会的去处。

方塘城的工业和多种经营业渐趋发达，参差不齐的烟囱在慢条斯理地吐着企业的效益和工人的生计。那些楼房新旧不一，阴差阳错。定睛细睨，让人思维疲倦，感到那种历史和天地的苍老。背景灰茫的高层建筑，成为人类精神奋烈昂扬的象征。

一大早，人们在欲梦将醒的依稀混沌中，就会听见扫街的妇女老头用铁锹和铲箕，在水泥或者沥青路面上弄出刀刮五脏的声音。接着，一种吆喝似乎从天外的冥冥之中传来——这声音的穿透力差不多能推倒几堵墙垣——"揣摩！揣摩！……"人们都听不出所以，但时间久了，或者起床后在马路上碰到，才知道那是几个北方来的老头在叫卖馒头，"热馍，热馍！……"

八点钟左右，大街上渐渐躁动起来。菜贩们挑着各式各样的担子去抢占摊位；骑自行车的人大多带着一个哭哭啼啼、吵着要买这买那的小孩，赶到幼儿园或学前班；还有少数人一边嚼着不知名目的早点、一边疾步如飞——这估计是上班迟到的一族。"麻木"像苍蝇逐臭般在人群中到处钻，那些师傅们不嫌噪音大，乱加油。如果碰到哪个有教养、懂政治的人，一定会抱怨："这是发展的阵痛。"

方塘城是个包罗万象的城市，以上描述的仅仅是它的边角余料。要追溯这个城市的历史，刻画这个城市的优美，何其艰难。人类一路走来，所经历的悲苦聚山汇海。自然的伟力、物质的奥妙、历史的玄关，只能粗略观望，叵测难度。

这个城市，人们只能触摸它的肌肤、它的律动、它的荣枯生息，却不解它的忧伤疼痛。

那年元宵

岁月是种味道。

烛火把黑夜烧出一个个齐整或散漫的光洞。

方塘城的元宵夜，是灯光的颜色、糍粑的味道。家家户户在房前屋后、田边地角以及故亡者的坟头点上蜡烛。

有小孩打着红灯笼从屋里跑出来唱：

"打灯笼，上县城，接老头，吃线粉……"

鄂南有民谚："三十夜的火，月半夜的灯。"

在贫穷和寒冷中，先人们追寻的是光与火，留下的遗产也是光与火。

进入腊月，每家每户的人就会从山上挖来几个大树兜，在除夕夜烧起来。一家人围火夜话，迎新送旧，家长里短，子卯寅丑。

樊音的公公是一家单位离休的干部。是方塘城最早一批做私房的。一楼厨房客厅，二楼卧室书房，顶层神龛阁楼。

樊音和施非明是在这里办的婚事。非明在医学院毕业，有学位证书和从业经历，所以很容易在广州找到一家医院工作。施非明安顿好后，院方考虑家属两地分居的困难，先答应把他妻子安排在后勤或行政科室，但樊音不愿丢掉专业，迟迟下不了决心。

"兄弟们，姊妹们，小时候一年感觉十分漫长，长大后一年眨眼就过了，只有这年节，才让我们想起岁月这种东西。今天把你们请来，高高兴兴喝一杯！"

说到施非明，人们第一眼会记住他的大额头。据说父母生他时，就发现他的头前额宽阔，双耳如扇，冠冕堂皇，因此他的绰号叫"施大头"。

果然，他头脑灵活，反应敏捷，在儿童团总有"领袖""冠范"，事事处处高人一筹。

比如，他会"埋地雷"，炸过往路人。组织伙计们在路上挖一个洞，拣些狗屎或牛粪埋里面，外面盖草抹灰，然后躲起来观战。看到"敌人"一脚踩下去，满鞋子的臭屎，"我们胜利了！"

还有施大头会爬树，根本不恐高。有次掏鸟窝，上到梢尖了，树快弯成九十度，下面的人吓得大叫，他还笑嘻嘻地再荡几下。人们都说这小子胆大心细，日后是个开宇宙飞船的料。

但有个问题，一上课他就打瞌睡。老师整他，故意喊他提问，大家都等着看笑话。不想他一揉眼睛，对答如流。这种天才，都怀疑是人还是神，简直拿他没辙。

在读中学时，施大头在学校里散布"头大脑髓多，十有九个刁（方言，聪明的意思）"。他还指着墙上的标语说："喏，这天才与汗水的关系，爱迪生的原话被翻译反了。"

这可不得了，他被班主任揪出来，全校大会批判。因为他的"天才论"，会让那百分之九十九的汗水白流，与学校提倡的革命加拼命、挑战人脑极限的导向相抵触，让其他同学误入歧途，没有前途。

他偏偏就是那百分之一的命。

"施大头"打瞌睡都能考取大学的传闻不胫而走。考上的是努力了？没考上的是没努力？哈哈，施非明偷笑。

"你怎么考上大学的？"很多落选复读生向他取经。

"抄。"他又语出惊人。

考大学可以抄？有这样好的事？也太忽悠人了吧！

"嗯，是抄。"他一再强调。

参加工作后，还有人问他这个事，他不耐烦了，指天发誓：

"我这个大学如果不是抄来的，你们可以骂我祖宗十八代！"

大家炸开了锅。有怀疑的，有相信的，有感到被调戏的，有后悔当初为什么不抄的。但，世上还有这么率性、这么真诚的动物，就是没考上，也应该保送名牌大学。像他这种脑袋瓜子，报个物理专业，兴许能拯救地球。

"有些人上大学，是抄上去的。反正，我是的，信不信由你！"

大家被晃晕了。

"行，抄上的大学我们相信，"有人认账，"但你打瞌睡，可以答出老师提的问题，这有点神，咋回事？"

"别人晓得啥，我头天晚上恰巧看了那道题，复习资料上的。"施非明哈哈起来，额上反射着太阳的光亮，"再问我估计就答不出了，但恰巧老师也不问了。那不有意刁难我是吧？人啦，'神'一次，管一生！"

大家恍然大悟。

"不扯那经了。喝酒！女士们、先生们！"非明大喊，"菜都冷了！"

围桌上座，裴裳、童午、明思理瞪大了眼睛，一张大圆桌，差点可以在上面踢足球。

各种腊货、野味，有些菜还不认识。

桌上摆满了三十多道菜，还在不停地上菜。

主人不仁，以众生为刍狗。不是地球上的主人，办不出这种筵席。

"这些年同学聚少离多，干杯！"

施非明上桌就发起了冲锋，一仰脖干了一盅，然后拿着空杯走下座位劝酒。

"每个人都得喝，不喝的是姜疯子！"

"非明，你说话文明点，新年新岁的。"樊音提醒老公。

"昨天搞多了，我不行……"程正虚晃一枪。

"你昨天搞多了今天为什么不能搞?"施非明走过去把他酒杯端起来，要往他嘴里灌，"问问你老婆，你行不行！"

"你当医生的，不是让我们不喝酒吗?"明思理急忙为丈夫帮腔。

"叫别人不喝，自己倒喝得起劲！医生也是两面人，大忽悠……"童午也发泄不满。

"个个都不喝，都健康，都长命百岁，那我医院不关门?"施非明坚决不依。

"呵呵，原来是这样，医生叫你喝就喝，叫你不喝就不喝。"裴裳嘲笑道。

"我喝可以，但有个条件，"程正总要抓点效益，"你得告诉我，你大学是怎么抄上去的。"

"没问题，喝了，不说是崽！"施非明猛拍胸脯。

程正一口仰下，痛苦地撇着嘴，指着施非明兑现："怎么抄的? 说！"

非明诡笑："我确实抄了人家的题目，二十五分……"

"哥哥，那时这个分数就是中专、大专，重点大学和一般大学的分水岭啊！"

大家羡慕得要死。

"是怎么抄着的呢，高考这么严。"

"我眼尖，瞟了隔我一米远的前桌。哇，先列方程。我正说这个题太蹊跷了，看上去好做，搞半天出不来，就怀疑解法有问题。眼睛不由得往前桌瞄了，那真是瞌睡遇到枕头！"

"皇帝是假，福气是真哟！"大家感叹。

"的确，运气比努力重要。有人说我打瞌睡都能考上大学。方塘有句俗话，眼睛是师傅。好汉不吃眼前亏嘛。"

"人类进化到高级形态了。过分老实，就是返祖现象，鬼都瞧不起。我一个同学说高考时，隔桌与他挨得很近，做的卷子自然铺在桌上，随便都可看一下，他却不看！哎哟，这天下第一号傻瓜吧。"

难以置信之事，在他们眼皮底下发生

在一个小阁楼，他们都预知了自己的命运。

饭毕，一位老婆婆引他们上了阁楼。

八仙桌上，三尊木雕神像盖着红纱巾，落满黑尘。桌上摆着香包、火机，贡品掉满焚香的灰，屋里弥漫着烟火煤油味。

桌上有个红色的播放器，比香烟盒稍大。老人扯天线，摁按钮，传出一男一女的声音。

有人称我为大自然，也有人叫我大自然母亲，我已经度过了45亿年，是你们人类存在时间的22500倍。

我并不需要人类，人类却离不开我。

我已经存在了亿万年，我养育过比你们强大得多的物种，也曾让它们因饥饿而死亡。是的，你们的未来取决于我，如果我繁盛，你们也将繁盛，如果我衰败，你们也会衰败，甚至更糟。

我的海洋，我的土地，我的河流，我的森林，它们都可以左右人类的存在，越来越多的人类，你们想怎样度过以后的日子？

在意我或者忽略我，我并不在乎你们的行为决定。你们的命运不是我的。

我是大自然，我将继续存在，随时都在演变和进化。

……

我是海洋。我曾看着人类在我的怀抱中成长，后来他们离开了我。我覆盖了大部分地球，我创造的每一条河，每一朵云，每一滴雨都将回到我的怀抱。地球上所有的生物都离不开我，所有的生命都来自我，人类你们也不例外。我什么都不欠你们，我一直在付出，而你们一直在获取，从来如此。但是我也能随时将一切收回，毕竟这不是你们的星球。以前不是以后也不是。人类不仅贪得无厌，还毒害我，竟然还想让我继续养活你们，这怎么可能？

如果人类想在大自然中与我共存，赖我而生，我要你们听仔细！我只说一次！——

没有健康的大自然，人类就将走向灭亡。

……

我是土地。我在高山上山谷中，农场里果园间。没有我人类无法生存，而你们却把我看得一文不值。我就像这地球的皮肤，只有薄薄的一层。我也是有生命的。你们的食物能够生长，全靠我提供丰富的养分。但我被你们肆意利用，过度开发。我只剩下不及一百年前一半的厚度，正逐渐化为一片荒芜。

我是水。对于人类来说我司空见惯，理所当然，但是我是非常有限的，而人类的数量却每天都在增长，我化身为雨水落入山中，流进小溪与河流最终汇入大海。让我回到起始的形态，需要一万年的时间。然而对于人类来说，我只是自然而然的存在。如果人口再增加几十亿，人类还能找到我吗？他们自己又将如何生存？人类为了争夺各种资源而陷入战争，未来是否会为了争夺我而又发起战争呢？那倒也是一种选择，但并非唯一的选择。

我是森林。这个世界上最古老的生物，我什么都见识过。气候各式各样，动物多种多类。最早的时候就是昆虫和蜘蛛，后来就有了兔子和熊，天上还飞来了鸟落在了我的肩膀上，后来人类出现就乱套了。他们把一切肆无忌惮地归为己有，让野生动物失去了家园，让江河变脏变浑变臭，就好像还有一个地球一样。

我是花。我知道你们喜欢我，迷恋我的外表，没有我，生命无从谈起。每个水果，每颗麦子，每个土豆每粒米，都来自我，我更是你们灵感的源泉。有没有人告诉过你，我没了，你们也就没了。

一个不速之客闯进地球家园，却当成它的主人。

为什么？人类做了什么？他们为什么要这样？他们不懂得后果吗？……

大家问这录放盒是哪来的，婆婆说是一位斋客所赠，能听懂吗？婆婆说，这个没文化也听得懂。

大家就不好再问了。

婆婆关了播放器，点燃香，三躬揖，插上香坛。

她吩咐找来一个筲箕，绑上一根筷子，搬来小桌，上铺层大米，示意两人分边，用一只手托起筲箕。

"你们都不要说话了，安静。"

"正月正，正月中，正月真，正月假，筲箕神，披绿袄……"婆婆开始念念有词。

念了一会儿，没有动静。

"隔山叫隔山应，隔水叫隔水灵。筲箕神，您老人家来了么？"婆婆聚精会神，表情虔诚。

筲箕动了一下。

众皆愕然，屏住呼吸。

"呵，来了！天啊！"

笤箕用力在桌上磕了一下。

"如果您真来了，就请用筷子在米上写出来。"婆婆提示。

笤箕忽然左右晃动，上下腾挪，用筷子写了三个字：

"我来了！"

写完，笤箕往上一仰，似在不屑地看着这群少见多怪的凡夫俗子。

"神来了！天啊！真的！"几个人同时瞪大了眼睛。欣喜、震撼、怀疑，脸上的表情比杂货店里还混搭。

婆婆一连问了几句，筷子都照写。

但看的人都在摇头，是因为不相信自己的眼睛。

"你两个抬笤箕的人在做小动作吧？"程正满腹狐疑，"你们过来，让我试试。"

他和明思理一人一边用手托笤箕，让婆婆继续问话。

"笤箕神，感谢您今天光临寒舍，还望您保佑我们大家平安幸福！"

"不客气。"筷子划出三个字。

"哎呀，她跟我们人说话一样的！"在场的人没有一个敢不信的了。

"你是神灵，肯定能准确预测人的一生祸福吧？"婆婆用手把米抹平后问。

"当然。"筷子很快写了。

"神呵，您能说说我叫什么名字吗？"程正问。

筷子不假思索，划出："程正。"

"天啊！"程正看见筷子居然写出了自己的名字，差点哭出来。

"大神、真神啊！"程正极力镇住自己的情绪："问您老人家，我的工作近期有什么变化？"

"谨防小人。"他们在米面上辨认出四个字。

"如果下海经商，我这辈子能赚多少钱？"

筷子若有所思，随即划出："3721万。"

"咳？!"程正几乎崩溃，感觉地面都在晃动。心想：我说能成万元户就不得了，还百万？千万？而且把零头都跟我算出来了？您莫吓我哇！

他觉得这是戏谑的，用不屑的口吻说：

"不可能啊筲箕神，您老人家要说真话呀，我会成为千万富翁，那不祖坟冒青烟了？你要是糊弄我，就没什么意思了。"

筷子在米上猛颠了几下，明显发怒了。

"天啊，神也发脾气，神也跟人一样发脾气！"程正更是惊骇："好、好、好！行、行、行！如果万一实现了，我祖宗十八代都会感谢您老人家！我会五体投地地敬您，肝脑涂地地信您！"

明思理的嘴巴张开，吃惊的形状一直保持着。她疑惧的眼珠子辘轳转动："您老人家是不是随便说说而已？您如果不说真话、实话，我们就不信您咧！"

"哼！"筷子愤怒地写了一个字，还打感叹号，把米粒震得开花四溅。

神有一个特点，对不信之士，赖得理睬，表达愤怒。

"好、好、好，对不起，筲箕神，我信、我信，我们全都信！您大神大量，多多包涵！"她连连打躬作揖，改口赔罪。

"啊！筲箕神，我对您一千个相信，一万个虔诚！您老人家是举世无双的真神、大神！"

半天还云里雾里的裴裳终于清了清嗓子，显然她被眼前的一幕震惊得呼吸不畅、喉咙僵硬：

"我，我，想问个问题，"她朝童午瞟了一眼："大神啊，我们家的情况您能不能预测或指导一下？"

筷子很是热心地回答她的问题，米面上出现了一溜字，大家仔细一看：

"桃花。"

前面是桃花两字，桃字还少了两点，后面一个字看不大清，有点像"去"字和"力"字。

"桃花去力？什么意思？"

众人尴尬失色，面面相觑。

这是神吗？既发脾气，有情绪，还写错别字，跟普通人一模一样。看她欲说还休的，似乎照顾人的情绪。信，还是不信？大家逐渐倾向于不信，于是再换一对人，上去托着筲箕。

他们随后问了其他的事，筷子一一回答，但都半信半疑。

"喂，筲箕神，请您真实告诉我，我能活多少岁？"

施非明迎上前，喷着酒气问。

筷子没有反应。

施非明又问了一遍。

筷子仍然没有反应。

大家都诧异起来，还是非明自己打破沉默：

"筲箕神，您老总要发个话呀，活多少算多少，有啥关系？照直说吧，我不怕死，您放心！"

"……"筲箕居然高仰起来，看了施非明一眼，然后用筷子打了一个省略号。

"她是说你长命百岁呗。"非明的老母亲赶紧帮儿子打了圆场："哎呀，非明，你喝醉了吧！求神拜佛正经点，你敷衍她，她也敷衍你的。"

后来他们改换话题，问了很多很多，正事社稷，子女出息，家庭琐碎，筷子都一一作答。大家发现，筷子是位女性，她不仅通人性，悟天地，省万物，还不乏幽默和讥诮。

对他们而言，这次奇异的经历，不啻当头挨了一颗原子弹。他们没法相信自己的眼睛。或者说，一切认知全崩溃了，现有感官体系全都错愕了！

"啊，难怪，我原来也看到，有个乡下老头，能吃砖头瓦砾，像嚼粉似的，牙齿跟碎石机一样！"

"是呀，我听老人说，什么都有神，比如桌神，神来了，桌子可以自己一脚立起，飞快地转动！"

"我是无神论者，但谁能告诉我，这是什么？！"

有人出门时，掐自己的手，捶自己的头，拍拍自己的脸，今天在这，发生了什么？是不是做梦？

世界是真的吗？万象是假的吗？

这是无法解释和否定的真实，他们都快被吓傻了。

冷冷夜风中，童午不禁打了一个寒战，那是对已知的疑惑和未知的恐惧。

第二天他们有鼻子有眼的，跟别人讲起头天的所见所闻，拿娘赌咒，对天发誓。

岂料人们像看到空气样，见惯不怪，嗤之以鼻。呵呵，有这种事吗，是不是发烧了，说胡话吧；呵呵，怕是喝醉了吧，堂堂现代知识分子，居然装神弄鬼。

有种感觉很可怕

有话要说，却说不出。

方塘市文联坐落在城西一侧破败街头。虽然它跟方塘市所有的科局级单位一样挂个牌子，不过门面更窄，牌匾更斑驳，进出的人更稀少。

市文联主席姓翟，是个擅长写旧律诗的人。据说他原来在政府里干过秘书之类的职务，写了一辈子公文材料，市里的领导照顾他，给他安排了这个位子。文联其余几个小有名气的作家，都劳燕分飞，下海捉鱼了。

童午每天从那个脱漆的门牌边走进去，然后就蜗坐在那把破藤椅上冥思苦想。有时被电话铃声或打字员的开水壶触地声吵醒，有时被阒无人声的寂寥惊醒，有时被自己的思想和噩梦震醒。

这天，童午把自己的小女儿送到学校后，窝到了自己的座位。他铺好纸，揭开笔，想把那些在路上萌生的几乎灼痛他的想法记下来。

他感到胸膛里好像塞满了一种沉重而炽热的东西，似乎要崩裂，奔泻。但他什么也写不出。

这是他无数次出现过的情形。他只感到头脑饱胀，眼睛发酸，只想猛地把心中奔突的东西拔出来，往往却被更深地拉陷回去。写出来的，更与他内心深处的大相径庭。有话要说，却说不出，不说，比死都难受。多少年，他就被这种甚于疾病似的情绪折磨着。

他想起早几天看过的一张报纸，上面有介绍文人下海的文章，其中侃得津津有味的观点和废话简直使他恨得牙痒痒。但他也说不出那些观点对不对，他只感到眼花缭乱，心烦气憋。

他是那种面对永恒、面对虚无哭泣的人。现实的、浮华的、可以捉摸的东西对他没有诱惑力。精神的苍白，道德的荒落，价值的淆乱，无可奈何的失落失望充塞了他的心灵。他想起自己曾出版过的作品，在那里，他用自己赤裸的心向世人号哭，却根本没有人回应。

他的信念已经千百次地摇摇晃晃了。是以物质为本呢还是以精神为依呢？不可选择，无法选择。自以正确地朝着错误的目标追逐，他像闯进了一个迷宫，前面没了方向，回头又找不到出路。人类社会就是一列巨型的、不可阻挡的列车，呼啸飞奔，任何声音对之于它都微茫如渺。

他暗羡一部作品就轰动的作家。是时代、机遇、质量、运气，还是背后的操持把控、无理由的谬悖存在、审美失范的空白填充？他不得而知。

咳，名利也有获得性疲劳，没有它时想要得到，得到它时，已不重要。

他想起了地摊文学的繁荣，以他的品格和宽容，对此一点也不感到稀奇。这也是一种需要。不可能只长森林不见草。人类对于精神的深层次探索和需求，是更复杂精微，还是返璞归真？

崇高之于卑污，伟大之于可笑，聪灵之于愚笨，真理之于荒谬，远景之于现实，何其混沌无奈。

我拿什么来打动人心呢？最好的东西莫过于用我的忠诚了，但是不幸，这东西也无效。

珊珠投到鸡群里，鸡都跑开了，它们以为这是丢过来的一个石头。鸡只需要谷粒和蛆虫，珊珠不适合鸡。

他感悟到了那种常人不能感悟到的空虚和孤独，这决不是那种禅定式的沉净和枯寂。这种空虚经常使他惊厥过来，是精神不可承受之重。

"差别是固有的，没有是非标准。"

"我说别人不行，别人是混蛋，是白痴，是昆虫，正好别人也说我不行，是混蛋，是白痴，是可怜虫。这是毫无疑问的。"

"怎么办呢？怎么办呢？""就马马虎虎，随便吧。"

他又苦恼起来，他的天性和拥有的知识已经变成了一种执意摧残他的恶魔，思维的车轮已经不可逆转、不可停歇地高速旋回。他得随时设法平息内心的风暴，否则，这种鬼魅样的情绪就会使他疯狂。

从对追求卓越的烈焰般的渴望焦灼，到波澜不惊平淡如水，到挥之如风尘，弃之如敝屣，只有失败和失望，只有时间和苦痛，得以酿就淀成。

有人把写作说成快乐，当成消遣，靠这绳名结利，童午感到不可思议。

假如你在大街卖大葱烧饼，有人排队，热闹一阵，签名销售，但没几年又来了麻辣煎饺，人家换了口味。

"暗无天日。或者说，毫无用处，没有结果。"待他情绪稳定时又想，"我这样呕心沥血，把自己的心灵抠出来贴到脸上，过着比僧侣还可怕的生活，但是别人知道么，理会么，不就是有话要说？可我的思想和感情，完全可有可无，像风吹在稻草上，毫无意义……"

那天，他取笔铺纸，写下了一些杂感：

A. 幸运儿永远是少数。你若认为几篇文章可以改变命运，或觉得作品出版后会导弹一样落地开花未免瞎想。

B. 文坛出泰斗，出巨匠，也出懦夫，出鄙汉，这里有二流子，有假洋鬼子，有选择性失明的瞎子，有拿了银子乱吹乱弹的马仔，有要名不要脸的骗子，有嗡嗡叫内容不多的蚊子，还有附人大腿沾光伴热的虱子，跟当铺或杂货店一样花色品种齐全。

C. 才能和品德可以脱节，收获和付出其实不等，荣誉与实力老是错位。优秀的诗人，可以是个瓜菜贩子；杰出的写家，可能是个铁匠师傅；会写情书的，可能患小儿麻痹症。

D. 有文章末流名气一流的，有文章一流名气末流的，有吃运气饭趁机蹭的，有靠杠子硬抬起来的，有吹泡泡攒人气强卖硬揽的。

E. 自称诗人的是打油匠，动不动亮作协牌子的，可能是水货。求名心切的，多是半吊子；胡吹乱捧的，一般受人之用；拉帮结派的，实则市侩一伙。孤军作战甘耐寂寞的少，按捺不住自我感觉良好的多，深沉稳健从容淡泊的少，心气浮躁粗制滥造瞎贩的多。

F. 坛内的好压制坛外的，大牌的爱欺负小辈的，有名的怜悯无名的，狂妄的糊弄老实的，假佯的总嗫瑟纯良的。

G. 你把它当目标，它是失落；你把它当名利，它是烦恼；你把它当梯子，它是深渊；你把它当神坛，它是炼狱……

H. 常常是，热门不如冷门，冷门不如邪门，正说不如戏说，戏说不如瞎说，只要你一本正经撒谎造假，有卖点逗你乐就成。

有种错觉很可怕：自己是这个世界上最卓越、最优秀的人。

　　他穷尽脑汁地思，搜索枯肠地想，自己怎么都不可能、都不会是这个世界上最聪明、最卓越的人。

　　不是别的，是概率太低。

这是什么声音，把我的生命唤醒

它来自上苍神界，不属于人类。

童午打开电脑，站在窗前，看空天流云，听着忧伤的马头琴声。

天地如此明媚，让他眼含热泪。

这个城市还很年轻，他将老去。

有什么潜入他心中，淡淡散去，又隐隐萦缠。风吹着他，像一尊雕塑。

童午对音乐的痴恋，与生俱来。

听母亲说，摇篮里的他总是啼哭不止，但一有人唱歌哼曲，马上就安静了。

小时候乡下别人家有广播，他总坐门槛上听，不到片尾曲终决不离开。有时别人吃饭，又不好赶他走，以为这小孩"馋食"，递他一个红薯什么的，他才不舍地走了。

那时村里有个会拉二胡的青年，是大队里的会计，腿有点瘸，写得一手好字。童午就一天到晚缠着他。后来那青年手把手教他简单的乐理指法，还有笛子、三弦，他一学就会。

每每看到电视里的演奏家，童午都非常崇拜，梦想着自己这一生，要是能成为那种人就好了。

可农村的孩子，谁敢把这当主业？那个年代，考上大学才是唯一出路。他不得不压抑着心中的热望，直到考入大学。

音乐会把生活的情景粘牢，烙进血液。他记得中学音乐老师忘情而歌的样子，记得歌声里的天空蓝、树影淡。操场课堂，有后桌的女生或男生，飚出一句抒情歌儿，顿时美好了青春，凝固了时光。

他无数次对别人说，只有音乐，才觉得自己的生命存在过，瑰丽过。

学生时代，课间广播，总让他热血沸腾。听到心仪的歌乐，他触电一样，停住脚步，眼含热泪。

他的青春，都在寻找和倾听。在清晨，在黑夜，在滑过的云朵上，在微风的吟哦中，在草花的笑靥里。音乐来过了的爱情，灵魂会怎样地哭泣。

马头琴低泣、嘶鸣，似无泪的诉说。

是擦肩而过的人，是未竟的事业，是无果而终的爱。

岁月和往事都随风而逝，在苍茫的云天，在烟色的山岗，在模糊的楼宇……

他想起第一次在发表作品时悲喜交集的泪水。不料那竟是灵光一现。他的生活千疮百孔，七零八落。文学梦魇总萦绕不去，噬啃他的灵魂。

那时候，有个女孩要见他。他还记得，她眼睛明亮的样子。

女孩是外地人，考上了公务员，在一家单位做文职。

他拘谨局促，她大方坦然。她约了不少同事，请他喝酒拜师。女孩喝了很多，最后是女同事扶走的。

他感受到了对方内心的炽热，却猜不出女孩的心事。

两人心里都无数次试探、猜测，甚至思恋，但谁也没有捅破那层窗户纸。

有一夜，她与他去美食城吃饭。店主请他们去平顶楼上。

菜肴飘香，月轮金黄。

"过几天我要走了，童老师。"她望着那轮月亮。

女孩考取了外省一家单位。

那天晚上，她让童午送她回单身宿舍。两人踏月踽行，他甚至闻到了她的体香。

走到楼前，他停了脚步。

"童老师，上去坐会吧。"

"太晚了，下次吧。"

她迟疑了一下，"谢谢您，童老师，谢谢这么多年给我的帮助……"

女孩临走后只给他发过一个信息，从此杳无音讯。

如今只有那歌声，他一听心就醉，魂就飞，泪就流。

……

"童午，你过来一下！"

翟主席在童午办公室门口叫他，把他吓一跳。

童午清了思绪，忐忑地来到翟主席的办公室，对方递过一张会议通知文件。

"上海有一个会，我近期血压不稳定，你代我去一下，有什么精神，带回来。"

童午暗喜，点头如捣蒜。他很少公差，何况还是上海这样的大城市。

文联机关原有四人，一人下海，一人调走，现在就是翟主席和他，还有打字员舒曼韵。这机构多少年市里空白，不少人进言上书，上面才决定挂牌成立。

挂牌后的文联也有尴尬。没有它之前地球在转，不快也不慢；有了它地球也在转，不慢也不快。

文联机关，得讲究点专业性吧，据说上面考察时很是犯难。能写点东西的不懂政治，懂政治的又写不出东西。

选人用人是最烧脑的高科技。最后经过反复比较，全面平衡，推荐任命了翟平平。

新任翟主席精通格律，平平仄仄平平仄，仄仄平平仄平平，吟风弄月春光美，之呼者也不添乱。

翟主席上任后，广泛网罗作家诗人，成立诗词楹联学会，狠抓作品研讨发行，开展培训交流活动。他大事小事及时汇报，不时在一些会议场合赋诗吟联，人们说："这届主席是打灯笼都找不到的！"

他重点办起了综合性文艺刊物《方塘故事》，其中《世象浮绘》《破罐杂烩》《街头巷尾》等栏目，用稿不拘一格，叫好叫座。

这还不止，翟主席擅长与媒体打交道。经常电视上露个脸，广播里留个声，报纸上挂个名。虽然是写谁谁看（听）、谁写谁看（听）的玩儿，但起码也是他这一届的业绩干货。

童午和他的上司有过芥蒂。

有家企业老板请客。酒过三巡，翟主席的诗兴火山爆发一样，按都按不住。妙言锦句和着酒气菜渣喷涌而出，赢得"哇"声一片。

童午不懂行道，酒精发作，把持不住，说了一些古诗文时代局限之类的话：

"唐诗宋词，李白、苏轼那些人，已把诗和词推到了顶峰，其文化背景、表达形式、作品高度，后人无法超越。"

翟主席醉态朦胧中意识到童午把大伙的话题转走了，把高昂的头朝童午座位的反方向一扭，眼里闪出不易觉察的恼火。一桌人都在"翟大师，翟大师"地热捧狂赞，这厮却扫他的兴。

一个人得罪心细的上司，只要一点儿不细心。

后来有一次，翟主席在一次文人聚会上含沙射影："李白的诗写得好，未必我还不能写格律诗？写了玩不行？写给我孙子看不行？"

童午跟他几个要好的人提这事，有一个哥们点破："人家自认当代诗仙词圣，你一下蹦个李白、苏轼出来，那等于是在人家太阳穴砸铁锤，知道吗？"

完了，翟主席把他记到心里了。有些地方，有些场合，只要一个不友好的眼神，一丁点不礼貌的懈怠，或者一句不合时宜的插话，就让人对你恨得牙痒痒。

李白登上了浪漫主义的峰巅，他钻进了现实主义的牛角尖。

所以这次翟主席安排他到上海培训，简直是天上的馅饼，违反重力规律，精确制导般砸到了他童午的脑门顶上。

一连几天，他都处于感恩心态。以后一定唯翟主席马首是瞻，五岳独尊。翟主席吟诗作对，他一定洗耳恭听，到上海一定给他带点礼品。甚至临出发收拾东西还心有戚戚，生怕翟主席一电话打来，改变主意，使他去上海的事一汤泡之。

他原来看到，翟主席动不动开作品研讨会，动不动拍个照留个影挂起来，说这个有影响那个有意义，脸上一副沽名钓誉的样子，直让人起鸡皮疙瘩，可悲可怜又可笑，现在一点都不觉得了。

无数错过，只需一次恰好的遇见

任何普通的日子，都是灿烂星空下的传奇。

当人们踯躅寒地冰风，突然看见清癯枯削的枝头，魔戏般蹦出那似乎被遗忘了的绿色，无以数计的花骨朵，在漫山遍野中摇曳和飞舞，仿佛在吟诵一种宣言——

春天来了！一幕生命话剧届时开帷。

一种神秘的气息嘘入大地，生命在每一个角落哔剥作响。

蓦然间，每一块土地都在躁动，每一根枝丫都在裂变，每一缕阳光都在舞蹈。

江南的春天似乎是蹑手蹑脚走来的，有契而不宣的节律，是天衣无缝的策划。

春雨的鼓点，乳燕的音符，桃花的红韵，绿柳的秀发，绰约在远天的苍茫。千千万万绿色的歌手们，不约而同在天上人间合唱，这江南的春天，让人禁不住疯子般舞蹈！

春天是上天给人间最好的礼物。

……

童午坐在方塘市去武汉的班车上。

汽车开动时，喇叭意味深长拖了一拍。

童午和裴裳还在冷战。往常都是他主动找个由头服软认输，这次就不了。争吵时，裴裳的有些话像钢针一样扎心，那种痛还在灼烧、发酵。

长途汽车站与火车站很近。童午购的最近一趟夜车，离发车要等两个多小时。

等了一下午，夜色才有点意思了。

一轮满月，在车站楼顶上空，悄悄注视着喧嚣的尘世。而月亮底下的人们，忙碌，一无所知，司空见惯。月亮睥视着城市的嘈杂和喧嚷，神秘地微笑，眼睛里似有血丝。

雨季的江南，鲜有这种皓空月轮。童午曾无数次仰天望月，但这一天这个城市这个月亮，一辈子都让人难忘。

他第一次来上海。参加的这个会两天半，实则是个培训班。主办方请几个作家评论家讲几堂课，合个影，发个证，然后采风游乐。那时候，不参观调研的干部不是好干部，不出国考察的领导不是好领导。

童午每一堂课都听得认真，也做了笔记感想之类的。那些关于促进文学创作和繁荣的观点，让人倍受鼓舞，血脉偾张，不过几天，就忘精光。

由于工作关系，他平时也接触文学理论、文艺评论，也听过领导、专家讲课。给你头衔，给你机构，给你时间，给你经费，拿个划时代的作品来，拿个什么工程奖来，但最终还是你说你的，我干我的。

精神产品，用标准化方式生产，越使劲越找不到北。那些高屋建瓴的艺术阐发，纵横捭阖的创作经验，对他而言，不仅空洞虚假还面目可憎。各个领域都有各色人种，各色人种有各项专业，钻得很深，研得很细，天衣无缝的逻辑、玄妙精深的抽象、一本正经的废话、煞有介事的编造，这些产生了什么作用，都不得而知。

"为什么出不了大师？"

倒是一个光头专家的讲课让童午有所触动。那句话他还记得，可能也就是这次上海之行的学习成果。

"你能说十几亿人的国家，没有人才吗？"

"这可不能全怪时代，跟球踢不好，怪人种一样。每个时代都有每个时代的好，每个时代都有每个时代的坏。"

"伟大的作品是直面天地、超越时代、连通永恒的……"

"算了，不想听了。到东方明珠上玩过吗？亚洲第一高塔。"上课时，坐他旁边的学员跟童午嘀咕。

那个人来自内蒙古，他们同住一室，又同桌听课。

童午摇了摇头。

"要不我们去玩玩？"

"好，下午先听一会儿，然后借上厕所溜走。"

下午老师刚讲二十来分钟，他们一前一后走出培训大厅，在街上拦了一辆的士，直奔外滩。

站在塔下，童午抬头看了那耸入云霄的塔尖和周围几栋眼熟的——那是他经常在挂画或电视看到的镜头。

他忘了自己恐高，不禁打了个寒战。平时上几层的高楼都不敢往下探头的，这下可把他骇得不轻。

"哈哈！怕啥！"同桌把买的票往他手里一塞，见他脸色都不正常，"眼睛闭上就没有高低了，快排队，上电梯！"

"人造的建筑让人自卑。"童午瞟了建塔展览区，近 500 米高，那大的瞭望舱是怎么吊装上去的？简直不可思议。

乘电梯上升的那几分钟，童午紧闭双眼，心惊肉跳，手心冒汗，不啻一次死亡之旅。

文明的集合，科技的力量，人类创造了连自己都不能理解的繁荣和新奇。在瞭望塔舱时，童午的心始终怦怦乱跳，双腿不敢挪步，好像一动弹就会坠入云中。拍照的人摩肩接踵，争相抢位。同桌到处转悠，不断赞叹。

见到有一个视窗空出，童午小心靠近，瞭望俯瞰。

黄浦江静流无声，裹挟着长途跋涉的洪流，尽显入海前的沉静、温柔、眷恋。

城市的繁华绵延至天际，望不到边的楼海从每个方向都折断他的视线。天地苍茫间，他的思绪像雪花一样飘忽，消失。

这是登高自卑的战栗、孤独、无助。

世界很大，大到他浑然不知；世界很远，远得他沾不上边。当年刚刚恢复高考，那个年代的人的命运就在一张试卷上。他复习备考几乎到了疯狂的状态，理想就是考一个名牌大学，过上大城市人的生活。如果是北京、上海就更好。可天不随人愿，他还是落选了。好在那时可以复读，考上了一所名不见经传的大学。

浪奔，浪流，淘尽千古风流；是喜，是愁，谁知欢笑悲忧。

上海滩，与他无关。

童午收拾东西时，把讲稿、资料，甚至连合影照之类的都丢了，只在前台开了报账的票据。诸种创作理论、写作技巧，他云里雾里，基本现场就忘了。人家越是教他怎么写、写什么，他越不知道怎么写、写什么。他觉得一切都是乱的、假的、虚的。

"为什么出不了大师？"只有那个光头专家的话还在回忆中铿锵。来上海一趟，就这句话记得。

他想到奖掖性作家的签约制，结果还是能力惊人的制造废品，繁荣了拾荒产业，养活了环卫行当。那些促进创作繁荣的措施，诸如专业作家、签约作家的做法，其实就是工业生产套路。

大师未必就跟大棚里的金针菇一样，说冒就冒的？

第八车，9F

爱情最初的模样。

欢乐的时光特别短暂，难熬的岁月总是漫长。

两天半时间培训，瞬如烟火。

"有机会去内蒙古，一定记得联系我！"

童午和同桌握别，互留了电话地址，各自踏上了回程之路。

排队买票时，童午脚步沉重，心情糟乱。他要告别这与己无关的繁华，回归那个四线半城市的家庭，面对还在冷战的妻子。

有人利用他的迟钝插队加塞，他也无所谓。

"喂，童午吗？"

手机响了，是他同学打来的。

"是，哪位？"

"我易拉罐啊！"

"哎呀，易拉罐，不，余天齐，你好啊！"

"易拉罐"是童午大学同学余天齐的绰号。

那时在学校里他们是最谈得来的一对，有几次甚至一夜聊到天亮。毕业后余天齐分在杭州，童午分到方塘市。

"我在上海出差。"售票大厅声音嘈杂，童午好不容易说清楚了。

"啊哟，那就到杭州来玩，很近的！"

"杭州我去过啊。"

"怎么你来过杭州，都不告诉我一声，太不够意思了。"

"怕你忙呗，老同学。"童午敷衍。

"那，这次你一定过来！让我看看你狗吃屎的本性有没有改！当然，还看看你那孤傲不群的才气在不在！"

"我正在买回武汉的票呢。"

"你赶紧改，退了！到杭州的票，现在是动车，一个多小时就到了，快得很！"

改道杭州玩，回去得推迟一到两天。

对方急切催促，童午有些犹豫。

一想起还没和好的家庭，一想起出来的机会少之又少，他动摇了。

他决定对翟主席先斩后奏，说这里的培训延长了。便推着行李离开，找去杭州的售票窗口。

这是他第一次坐动车，所以仔细看了票上的车厢和座号。

第八车，9F。

童午推着行李，照票上的指示从第八车上，然后找到9排的靠窗位置。

他把东西放上行李架，坐定，又特意核了座号，瞥了邻座是E。

每排都是满客，车是9点8分开。

旁边的E座还空着。童午有些侥幸，正好舒松点。

可车在启动前一刻，E座的旅客赶到了。

"不好意思，请帮我放一下东西可以吗？"

童午正向车窗外面看，脸上掠过一丝不爽，见是个女的，旋即绅士起来："好的。"

"谢谢你。"女旅客声音清脆，像落玉盘的三颗珍珠。

"没关系。"童午客气地回应着，侧脸看了一眼，几乎不敢动弹了，然后就盯着车窗外闪过的电杆和房屋。

女旅客的轮廓和气质，使他顿然拘谨起来。

如果邻座是男性，或大爷大婶，或者青年小孩，他可能会聊点什么，可偏偏坐着一个美女，好不自在。

约莫过了半个小时，因为对方请他搬过行李箱，童午感觉有点理由，装作很随意地搭讪。

"你到哪里？"

"杭州。"

"你呢？"

"杭州。"

他感到侧边的她，脸上有微笑泛起，便问：

"去杭州，有事？"

"到同学那里玩。"

他们的寒暄，搭话，当然是无话找话，都在客套敷衍层面。

对那种总想在旅行中遇见美好的人，就有点欲说还休，欲罢不能。

童午大胆侧脸看了她，二十四五岁，显然不是跟他一辈的人。

"各位旅客，杭州车站马上就要到了，请大家收拾好行李准备下车……"

广播里响起到站提醒。

"你怎么迟到啦，差点赶不上趟。"快下车了，童午却问起这。

"我姨妈要我在她家再玩几天，我待不住了，呵呵。我临时决定要走的，呵呵。"

"你在杭州下车吗？"

"对呀，我家在杭州的啦。"

"你是哪里的？"

"湖北的。"

"啊？你湖北的，我在武汉读的大学，呵呵。"她脸色明亮起来。

"这些年……回过武汉吗？"

"回呀，我还有好多同学咧，老师，经常联系的啦。"她的回答清晰洪亮，好像是从小酒窝里蹦出来的。

"到武汉了，欢迎到我们那儿去玩。"他客套，动车刹了一下车，抖动着。

"你们是哪里？"她认真地问。

"方塘市。"童午突然想起，上有天堂下有苏杭，有点觉得自己的城市讲不出口。

"方塘……听说过。"动车速度明显慢了。

"不出名的地方。"童午有点不好意思。

"城市也不是越大越好哦，我就不喜欢大城市的啦。"

童午认真盯了一下她，被她的话所感动，这女孩完全没有大都市人的优越感。

进站降速的动车有些缠绵。

孤身旅行的人，所谓的诗和远方，其实就是既看到动人的景色，还邂逅风花雪月的故事。

"既然你喜欢小城市，那你有兴趣，下回去武汉，可以顺便去我们那里玩玩，离武汉很近的。"

"真的吗？"她微微一笑，"那好哇。"

动车即将停稳，看得见站台上的人。

"能问你名字吗？"

"我叫晨玲。"她相视又笑，"你呢？"

两人互留电话。

"名字真美。"童午心里一阵悸动，他莫名地联想到了神灵。

车厢骚动起来。

童午帮晨玲取下行李箱，匆匆作别，各自消失在人海。

第八车，9F。

一个数字和符号，有什么非凡之处？

有，它改变了几个家庭的命运。

假如，翟主席血压不高，他就来不了上海；假如，大学同学不坚持要他去杭州，他直接回了方塘；假如，买回程票前移或后推几分钟，有人插队加塞，车票座位就不是第八车9F；假如就在这第八车，却在其他的什么F……嗨，任意一点差池变化，他都不能与她相遇。他与裴裳最终会重归于好，还过吵吵闹闹、且厌不弃的日子。

第八车，9F，天意？密码？有人的命运，却与它脱不了干系。

很多感情动机不纯，去向不明

试探，让一切变得可能。

没有人明白，什么该收藏，什么要放弃；也没有人知道，这一遇一念，会烙进生命里。

柔情一丝，蜜意一刻，眼波一霎，心中装进个人，密码就那么一点点。

杭州同学将童午安排在单位上的接待宾馆，先说陪他一起游西湖，后单位上有急事没脱开身。

"童午，你下午只能单独活动了，晚上咱们一醉方休！"

躺在床上，童午怎么也睡不着。心里像装进了什么，他越想下压，它越是冒突，他越想排解，它越是聚结。

他惆怅、空落、伤感，躺到床上没几分钟，就得起来在房间胡乱走动，否则呼吸都沉重起来。

这是怎么了？与妻子长期冷战，他情感和生理都极度焦灼、饥渴，遇到一点火星，就有爆燃的可能。

他总想起她的样子，笑容像花朵，声音像珍珠。

他苦笑，跟自己都不好意思起来。

"她与我有何干啊，我们萍水相逢，天各一方，仅仅坐在了邻位，聊了几句话，留了手机号码，象征大于实质，过去这种电话留得可多了，几个还联系？谁把它当真？"

"噢，就是她长得漂亮，跟我又有什么关系？况且，杭州、苏州、上海、北京，长得漂亮的女孩多少啊。"

"照这个逻辑，每趟火车动车、飞机轮船，都暧昧一番，那不见鬼！"

"真是自作多情，你原来这么可笑！"

"童午，想什么了！你真丑陋！"他恨恨地骂自己，偷偷做了一个怪相。

他翻来覆去，把自己弄得头脑发胀，胸膛几乎都要炸裂了。

然而，不管怎样，他还是说服不了自己。

他突然意热起来，世间哪个美好的爱情故事，不是从冲动开始的？

如果人没有勇气，美洲大陆还在汪洋蛮荒中。

荒唐就荒唐吧，鲁莽就鲁莽吧，就这一次！捅破一层窗户纸，总得有人迈出这一步。如果她没反应，就删了姓名电话，一别了无。

他试着给晨玲拨了电话。

那边铃响，他紧张不已。

"你好，我是你动车上的邻座。"

"哦哦……"对方想起来了。

"真是不好意思，我想去西湖玩，不知道怎么坐车。"

"你不是说，来杭州去过西湖吗？"

"不好意思，我忘记了我来过，对不起。"

这个电话，他琢磨了半天。一定要随性、平淡，不能用请求或恳乞的口气。冷了不行，热了不行，急了不行，慢了不行，可越在意，越出洋相。

对方呵呵笑了起来。

笑声赶跑了他的胆怯。

"我有个非分要求，不知……"

"是吗，呵呵。"她又笑。

"下午，能陪我去逛西湖吗？"他觉得自己实在荒唐冒昧，也推断对方肯定推辞。

"好吧。"哪知道对方欣然答应。

这两个字，对童午的冲击，不啻核弹的当量。

对方还详细跟他说了，在哪碰头、走啥路线。

一个美丽的姑娘，会跟一面之缘的男人相约同行？这姑娘也太单纯了吧，这难道不是一些小说或电视剧里瞎编的情节？

如果生活有这么奇幻瑰丽，他童午就敢断定，这世界上百分之九十九以上的人，没有真正地活过，枉来人间一遭。

在男人的世界里，女人的美丽是种神秘的能量。

美女的周遭散射着一种无以言状的光芒。

晨铃走在人群里，别人一眼就会发现。

她脸孔清秀粉白，仿佛透明，有如春雪的闪光。那是遗传有根、营养全面的大家闺秀才有的肤色。她的头发乌密高耸，仿佛举着云雾缭绕的天空。她的笑容里有一种神奇的力量，使人恍若感受云开日出、环宇生辉的景象。她若沉思或抑郁的时候，空气也会忧愁，整个世界都要受到震动和感染。她若同你说话，或用媚眼对你似是而非地撩弄时，没有哪一个男子不会染上一种可怕的疾病。她是一团火焰，你会在无法抗拒中被其熔化。有人甚至会有这种念头——能得到她的一个笑容，都可心甘情愿地到地狱里去。

总之，她是一篇文章，越读内容越多。她是一道题目，越解越不得诀要。

一下午，童午都处在癫狂之中。他这不是旅游，而是梦游。

西湖就是妖气氤氲，青天白日就能见到白素贞！西湖比神话还神，爱情现炒现卖，十八相送，招手即来……

断桥残雪，曲院风荷，似曾相识；
三潭印月，柳浪闻莺，依稀入梦；
雷峰夕照，南屏晚钟，余音袅袅。

原来世间大美是无以言状的。童午被奔涌的诗情堵塞着喉咙，他突然悟到，西湖的美景和人文虽然扎了堆，走进这里的人千千万，写它诗歌的人有无数，你看看，有哪个人敢用一个形容词？

此景只应天上有，这儿有诗题不得，就闭嘴吧。

晨玲突然停住脚步。

"晚餐同学生日宴会，我告辞了，不好意思啦。"

"……"这女子来也突焉，去也忽焉，童午像掉进了冰窖，但只能点头。

晨玲又一次消失在人群中。

湖水在渺茫里叹息，塔影在暮色中隐没。

童午原路返回，一身落寞。

谁说断桥不断，孤山不孤？缘分都要断成齑末，唯有孤独永恒。

晨玲刚走一刻钟，"易拉罐"发信息来了。晚餐安排在离西湖不远的一家徽式建筑二楼。他带来两个单位女同事和杭州的几个朋友。

"今天玩得怎么样？"

"我在杭州举目无亲，要不你跟我派一个？"童午此地无银。

"好哇，祝英台、白素贞，随便挑，""易拉罐"大笑，"想不到在学校里看到女生都脸红的人，现在色胆包天了。士别三日，看你不出呀，老同学！"

"西湖值得一游，灵隐寺去了没？"

"没有，时间不够。"

"明天再去，既然来了，多玩两天。"

"不行啊，要跟家里请假的。"童午心里想到了翟主席，还有裴裳，两个领导。

"大不了我跟你老婆打电话，叫她赶过来！到我这里还有什么不放心的？让她把你系裤带上算了。"

"不不不，下次下次。"

"那你还有什么顾虑？单位上跟领导打个招呼不就行了，搞那么规矩！""易拉罐"不听他的。

童午迟疑了一下，因为脑海中闪过工作上和家里不愉快的事情。

"老同学，你不要太认真了，这年头谁还把工作看得那么重？我们这一届，这个班的同学，很多混得风生水起，你看，牛仕荣、马凯歌都是厅级了，我们班，正、副处的一大排了。"

童午似是而非地点着头，表示他正在听同学说话，心里还是苏堤柳烟、雷峰塔影。

"不是努力不重要，而是机会更必要。"桌上有人附和。

"来，老同学，我们还是那次在牛仕荣那里聚会见过面的，一晃六年了。""易拉罐"把童午杯子跟自己的"哐当"摆齐，边斟酒边说："杯中乾坤大，壶里日月长，喝好每一杯，活好每一天！"酒花在杯沿大小均匀排成两圈，久久不散。童午感到这里的杯这里的酒，与他平时喝的不一样。

"易拉罐"把话打住，缓缓地沉默着端起满杯，往童午的杯轻轻一叩就仰脖，喉结上下一滑，酒杯空了。他把杯子倒转，示意一滴没剩。

童午也把自己的一杯喝下，但中间差点呛了。

他乡故交，烈火干柴，后面就刹不住车了。

童午酩酊大醉，依稀中有人把他扶进房间。晚上他吐了两次，差点堵了洗脸池。

记忆完全断了片。"易拉罐"在酒桌上介绍的杭州朋友谁是谁，啥单位，对不上号，他干脆把名片丢进垃圾桶。

童午醒来时，晨光已将窗帘染白。

"决定一生的是机会。"桌上不知谁说的话，从他脑海里冒出来。

到底决定一生的是什么，他童午也说不清楚。

机会？嘿，不努力，没机会，都努力，没用处。为什么还这么努力？比如，很多酒局是无用的，为什么还是这么找醉？还有，很多感情是没有用的，为什么不决然割舍？

"明天一定戒！"他无数次发誓，可后天又喝醉了。

"色就是空，为什么还作茧自缚，嗜贪忘形！"早晨醒来，依然故我。

他有些摇晃地起了床，拉开窗帘，吐了一口气，那酒气差点又让他反胃呕吐。

窗外吹进的风，和着满房的酒味，刺激着他把昨天的事回放了一遍。好像席间他借着酒胆，跟翟主席说了延期回程的原因，而翟主席居然高兴地答应了他。

更为重要的是，那个女孩昨天陪他逛西湖中途离开，让他感到了他们之间的距离和冷漠。

她已经去向不明，像丢进西湖的一粒石子。

他为自己的想入非非感到好笑。

过去了，一切！杭州之行，毫无意义，庸人自扰，山河无恙。

他像一只觅食的雪豹，饿得头晕眼花，踏着茫茫雪地，一无所获地回到窠巢。

他准备打电话跟"易拉罐"告辞，然后收拾一下，打车去车站。

手机响了。

看到名字，他像触电一样弹起来。

"上午陪你去灵隐寺，有时间吗？"

"你！有，有啊！"他语无伦次。

居然是晨玲打来的！突兀，温暖，像老熟人的口气。那种柔情好像是上天的恩惠，不容置疑和拒绝。

童午浑身燥热，酒醒了。

他按商定的时间打车到灵隐寺，看了时间，9点8分，噫，这个数字好熟悉。98，久不，噢，前天的动车座号是89，不久，巧了，神了。

灵隐寺正门，他注意到门两侧对联

如意？称心？

天气有些阴沉，下着极细极细的粉末、烟气一样的雨雾。空气里夹杂着潮土的气息、香火的味道。善男信女鱼贯穿梭，熙来攘往。

他注意到寺门对联，像这种千年古刹、旅游名胜的楹联大都晦涩难懂，这却平白易记，过目不忘。

孤男寡女约见在这种地方，是来求签、许愿、祈福？

童午不是不懂，人生没有你想要的那么好，也没有你想的那么坏。

人一生下来，满世界好奇，满脑子幻想，又到满世界怀疑，满世界不屑，最后又会满世界迷信，满世界接受，奇怪的循环，奇怪的宽恕，奇怪的执念。

"耶——"晨玲一边招手一边从人群里走出。

童午买了门票，两人进入景区。

景区里虽然人头攒动，却是一个陌生的世界。刚刚相识的一对男女，在这里幽会，谁也不知道他们是谁。

童午依稀觉得，那天寺庙的门槛很高，台阶铁样厚重，雾气缭绕，跟梦境一样。

"从迈进大门的第一只脚算起，数你的年龄，数到哪个罗汉，哪个罗汉就是你，然后就许个愿，很灵的。"晨玲对这里很熟悉，兴冲冲跟童午介绍。

童午照此做了，数到 42 时，是一个手持大刀、怒目圆睁的恶汉。

晨玲知道了童午的年龄。

"喂，抽个签，求姻缘很准的。"有人朝他们喊。

两人先是尴尬，但又很快掩饰得自然。

"走吧，换一个地方。"晨玲挪开脚步。

他们心照不宣地往人少的地方走去，无论是身体还是心理，始终都留着一点距离。

童午穿着一件短袖白底红格衬衫和深蓝长裤，这套衣穿着并不舒适，但显得年轻、精神。而晨玲呢，一件紧身黑衣配牛仔裤，凸显身材的曼妙饱满。第一次相约的穿着，彼此一生都记得。

"童午啊，你现在在哪？宾馆里没退房却不见人。哎呀，我昨天醉晕了，现在才起床，说早晨陪你吃饭的，真不好意思！"同学打来了电话。

童午这才知道他慌慌忙忙出来，没告诉同学。

"中午我带你去吃砂锅海参粥，醒醒酒！"

"不了，我中午约了一个老乡有事，你就不管了。"童午调皮地朝晨玲眨了一下眼，撒了一个谎。

"昨天都没听你说有老乡的！事出反常必有妖，你是约了人吧？"易拉罐声音很大，以致晨玲都听得清。

"我下午就回去，这次谢谢你的盛情款待，去武汉一定打我电话。"

临近 12 时，童午和晨玲上了回市区的公交车，车上人多，他们找到了一个座位，僵持半天，晨玲坚持要童午先坐，她紧靠他站着。

这是他们第一次近距离靠近，童午嗅到了晨玲青春芳体的气息。虽然在众目睽睽下，但晨玲毫不避讳肢体的接触，童午感到热血沸腾，浑身战栗。

他们在车站附近一家小吃店吃了午餐。后来沿街闲逛，随意走进一家鞋店里，晨玲看上了一双红色中跟皮鞋，她谈价，试穿，开票买单时，童午悄悄先付了款。

她发现后坚持要他退回。

"唉，这样吧，我杭州之行，你陪我这么久，确实过意不去。也许我们从今以后，就天各一方了。我不知怎么感谢你，就让我留点念想吧。"

店主微笑一下，一边忙去了。

晨玲开始百般推脱，但看童午态度坚决，也就不再吱声了。

"我该走了。"童午看了一下表，又瞥了一下晨玲，眼神里露着难过和不舍。

"我送你吧。"晨玲不假思索说道。

在的士后座，在候车大厅，他们偶尔相顾无言，欲言又止。在旁人看，俨如一对久别重逢的情侣。可有谁知道，他们才刚认识两天。真是见鬼了，越是隐秘的非分之爱，越能在闹哄哄的地方生长发酵。

"这是我最幸福的两天。"童午感到这一切好像不是真的。他怕这是梦境，因为这种故事，只是小说电影中的编造，现实生活中是怎么也不会发生的。

　　候车大厅嘈杂无比，人流如织。电子屏幕恋人依偎的镜头，巨幅广告牌的醒目色彩和夸张表情，仿佛都在有意渲染离别之觞。

　　童午推着行李随着汇入的人流往站口移动，不时回望，发现晨玲一直站在那里看着他。他几次朝她招了招手，示意她离开，但她却一动不动。直到鼻子发酸，视线模糊，被后面的行李箱和人流裹挟出了厅门。

　　离别像火箭的燃料，会反推爱情。

　　在回去的列车上，童午一直都是那种欲哭无泪的感觉。他神思恍惚，浮想联翩，就像风暴激荡的海洋，摇晃不停。

　　完了。那一刻，他无比狂热地爱上了杭州这座城市，也爱上了杭州的一草一木。这里的一切，一下子烙进了他的血液灵魂，燃爆了他的精神生命。

　　这是怎么回事？我怎么这样子了？

　　"老同学，我走了，今天回武汉。确实打心眼里感谢你！"童午跟杭州同学打告辞电话时，手微微颤抖，眼里含泪，因为他满心里都是伤感和酸痛。

　　"你就不跟我客气了，嗨，说话像跟情人告别似的！说明你多愁善感的本性还没有变，难怪一个穷小子写几首歪诗就能讨那么多女孩欢心。欢迎再来杭州玩，下次喝酒不许耍赖哟！"

　　爱一个人，发乎于情，非发乎于欲，过去他童午把这搞混了。

　　他脑海里浮现晨玲在他视野里消失的面容，竟然都要哭了。

　　爱，哪需山盟海誓，何必轰烈浩荡。一个眼神，一种样貌，一份情意，就让他至死不渝。基因始作，肉体承载，亢奋蓊勃，不知这爱情的力量，混沌朦胧，源自何处。

　　天地充满情，万物都是爱。爱是生命的密钥，宇宙的真谛。

雨果说女人起床的时候有一种难言的美

极度的满足，滋生极度的空虚。

要经历多少，才有阅人无数的淡泊，劫数度尽的空虚。

所谓道德，就是守好本分，消减非分。

有时候，童午静下来，也会回忆起与妻子裴裳的过往曾经。

他那时爱过了，却好像没有爱过。

爱，何尝不是曾经沧海地走来，又千疮百孔地离去。有多么撕心裂肺，就有多么鸡零狗碎。

这是何种混沌、悖谬、荒唐。

爱与不爱，爱多爱少，爱长爱短，爱对爱错，童午不是没有反省过，但理不出优劣，辨不明是非，分不清真假。

他记得第一次见到裴裳的情景。

那时读大三暑假，童午到县城亲戚家玩。

亲戚住生资公司的平房宿舍，他坐在过道里看书。

突然一面容姣好、衣香鬓影的姑娘走过。她微笑着与亲戚打了招呼，也朝童午睨了一眼，然后飘然而去。

亲爱的人儿

> 你可曾知道
>
> 有一颗心在为你跳动……

歌声远去了，童午心生涟漪。

这是一首电影歌曲，他听着总有异样的哀怨。

那时候单位人都住这种连体平房宿舍，红砖、槽瓦、廊柱，职工家庭各有门面进深，共用走廊过道。

童午感觉到她并没有走远，而是走进了院子的另一栋哪家房里。

> 亲爱的人儿
>
> 你可曾知道
>
> 这一颗心在为你燃烧……

她在洗漱什么，有水流的声音。

一下午，他莫名地心乱如麻。勉强看书，无奈看了几页，都不知看了什么。

就这一眼，这一唱，她把他的魂勾走了。他总感觉到那位女子眼神有些异样的意味，而她的脸形，是他生来喜欢的那种。

他坐在过道，等着她出现。

可一下午，没见人影。

他浮想联翩，怅然若失。她未必生了翅膀飞了，或是从另外的出口走了？

晚上，他好不容易睡了。

不论是狂风暴雨

无论你到天涯海角

这一颗心

永远和你在一道……

　　女子的歌声和着月色从窗口飘进来，把他从梦里唤醒。他侧耳倾听，眼睛发湿。

　　那是一见就沦陷的爱情。他甚至还来不及看清她的脸，更不了解她的家世。

　　后来，他每逢寒暑假或其他假日，就往亲戚家跑，还拿着原来的椅子，坐在第一次看到她的地方。

　　可她终究没有出现。

　　自此以后，只要谁唱起那首电影歌曲，他就满心惆怅。那飘逸的长发、风一样的裙裾、谜一样的女子，总是萦绕在他心间。

　　那时青春，风华意气，他都会满怀深情地爱上一个石头，何况这么一个美丽女子！

　　大学毕业后，他分到方塘市。

　　他又无法打探，无从知晓，当然更由于怯懦，由于自卑，由于羞涩，思念着、幻想着，能在哪个巷子、哪条街道遇见她，可都一无所获。

　　当然，她出现过，在他梦境里。

　　暗恋就是拿别人多余的美，无端惩罚自己。后来只要谁唱起那首歌，他就像触电一样，陷入深深的哀恸中。走路时听到谁唱，他会呆立原地，驻足回首。他也知道自己的无望和可笑，却情不自禁……

有一次，她出现了！

他看到，那个女子和几个同学从远处走来，像星星簇拥着明月升上天空。他感到一阵剧烈的眩晕，仿佛道路在倾斜，楼屋在后退……

那是她，就是她！哪怕只见过一眼，他仍然认得。

她穿一件紫色上衣，风姿绰约，款步而行，与旁边女孩子交谈的模样，是那么自如，那么迷人！

他想看她，又不敢看她。但当她快走过时，他还是忍不住看着她。

她轻描淡写地瞥了他一眼，继续与同伴交谈，直到消失在街道的拐弯处……

她又风一样飘走了。

"我怎么觉得，她看我一眼，似不经意，但与常异样。"

他闭上眼睛，想象她的样子，可又想不清楚。那眼里确实藏着东西，仿佛轻风摇动花朵，月光涂洒绿叶。

意乱情迷，失魂落魄。他做什么都无精打采，心不在焉。

有时她的神态在脑海里突然清晰明亮起来，他便被电击了一样。

她是天上的星，可望不可即；她是吹过的风，一去难觅踪。

他不知费了多大的劲，才慢慢把她淡忘……

一年后，童午去亲戚家。

那天上午，亲戚上班了，他一人坐在过道低头阅读。

"没人在家吗？"他听到女子的声音。

他抬起头，天啦！

居然是她，那个曾日思夜想的她！

他不知所措，极力镇住情绪。

"啊，没，没有。"童午慌张地站了起来，摇了摇头，想想又否定，"我不是，人吗？"

女子哈哈一笑。他看清了她的脸。

"看的什么书呀？能借我读吗？"她嫣然问道。美女跟陌生男子说话，总是从容、大大咧咧，多少有点优越感。

"能，你坐嘛。"他慌得厉害。

她坐下来。他递过手里的书，又到房里找了几本，一并递给她，感觉手微微颤抖，很快掩饰着缩回。

她沉静下来，认真地翻看。童午坐在那，手足无措，慌里慌张。他偷偷看她那侧脸好看的样子，更是惊慌不已。

"听说你是大学生呢？"她突然抬起头问他，一脸妩媚，像月亮出山。

童午脸一红，点了点头。

"那可是百里挑一啊，我们班上今年只考上两个。"

"哦！"童午宠惊，她走近自己，还奉承自己。

他嗫嚅着："专业没选好，不喜欢……"

事后他才知道，是他亲戚经常跟同事有意无意炫耀，他们家族出了个大学生。同事托亲戚便想将自己的外甥女与他撮合。

即使她主动跟他搭讪，他还是木头人一样，不知说什么好。一切从天而降，他根本没有应对的准备，不是最好的姿态，也没有与女孩子交谈的经验。

"天之骄子，"她笑着打破沉默，"叫什么名字，你？"

"童午，"他不好意思地回答，"童年的童，中午的午。"

"痛苦？"她哈哈起来，"好难听。"

他更加不好意思了，说："我是中午生的。"

"你呢？"过一会儿，他战战兢兢地问她。

"裴裳。"她答，突然意识到了什么，又哈哈大笑，"哎哟，悲伤，比你的好不了多少。天啰，我爸妈怎么跟我起这种名字！"

他记得与裴裳第一次约会的情景。那是他第一次看到和感到，女人是这种样子，尤其是美女。

月朗星稀，夜虫窸窣，河水哗哗翻着波浪，夜风掠来水草的气息，远方跳动明灭的萤火。

对方的一颦一笑，一举一动，恰到好处，美至绝伦。温柔的语气、凭栏的优雅、走路的沉降、摆幅的频度，哪一样不令他心醉神迷？

他曾是天下最富有、幸福的人。

童午的蜜月长达两年。他想，为什么叫"蜜月"，不叫"蜜年"呢，整整两年，他从她肉体、情意中，获得的愉悦和满足，似乎能将他融酥，魇饱……

想不到的爱，像天上摘星；得不到的情，像大海捞针。

啊，他们都如醉如痴地爱过，现在怎么像没爱过一样？人啊，到底要怎样的爱？有多少种爱？只能爱多少？为什么一种爱，可以击碎和扫荡另一种爱？

爱的世界，一片混沌。

爱天生是不道德的东西，却时时受到道德的约束。

他想起曾经的誓言。那是他们处于幸福巅峰时刻，互表忠诚，互诉衷肠，而且都真切如铁、坚贞似山。

他们有太长时间都未说一个"爱"字了。挑剔、指责、怨恨，成为唯一的沟通模式。他觉得她从来或者极少向他表达爱意，他也不知道一个女人的爱意是什么真实的样子。

　　不忘过去，专注现在，却看不到出路。熟悉让两人都发现、放大了双方的差异和缺陷，而差异和缺陷，又使他们比较和挑剔。到底要维持怎样的鲜度和强度，才能过得好，过下去，他们不得而知，心灰意冷。

　　经历的都变了质，拥有的都掉了价。

　　他们做梦都没想到，爱的突转和变脸会来得这么快。

中部这块土地，不长出神话，那是有负上苍

啊，土地，你是唯一的活着，我是无数的死亡。

长江浩荡以东，拨重山而来，于此回流又西，生湖泊无数，酿良畴千顷，滋繁荣万生。

这片土地，连南接北，承东启西，没有西部黄土地的贫瘠苍凉，没有北方黑土地的肥沃辽阔，却有南方的湿润丰沛和绿意婀娜。

历史堆成了山，文化流成了河。

因为太完美，所以被遗忘。

本土诗人饶庆年写道：

> 江南多雨——呵！我的多雨的江南
> 我的多雨的江南的雨
> 是无声的极细极细的雨
> 我的多雨的江南的雨
> 是不知不觉便湿了窗棂和花裙的雨
> 多雨的江南有泥泞的小路
> 有叼鱼郎无声掠过时滚动着水珠的团荷

有散发着温热气息的水牛粗糙的皮肤

哦！多雨的江南有恬静的积雨云般的思绪

多雨的江南有好多好多湿漉漉的记忆……

山雀子噪醒的江南　一抹雨烟

到处是布谷的清亮、黄鹂的婉转、竹鸡的缠绵

有柳笛儿在晨风中轻颤

孩子踏着睡意出牧，露珠绊响了水牛的铃铛

有山雀子噪醒的江南　一抹雨烟

我的心宁静地依恋　依恋着烟雨的江南

故乡从梦中醒来，竹叶抖动着晨风的新鲜

……

　　只有最美丽的山水，才能孕育这种放情的歌者。

　　迈进她的门槛，就有鸟语鲜花相迎；走入她的怀抱，就有清风明月相伴。

　　她以古道雄风传你扬你，她以幽韵老色追你寻你，她以绿意臂弯挽你拥你，她以紫气祥云萦你绕你，她以彩脸华服妆你美你，她以提琴山歌闹你唱你，她以凉月流霞描你绘你，她以夜话传说忆你念你……

　　临空鸟瞰，一方翡翠；登高远眺，满眼绿海。每一处都是天然公园——山青、水秀、桂香、竹翠、洞奇、泉美……

　　你看她生物的多样性，你看她物产的丰饶度，你看她四季花香的慷慨，你看她百媚千娇的模样！

　　她绝对被上苍青睐着、阁藏着、纵宠着，没有哪一片土地，把如此多的物华天宝富集一身。

斗　牛

有的骄娱和逸乐，泊于血泪和哀鸣。

几员虎将，一手舞着块红篷布，一手执有倒钩的梭镖或寒光闪闪的利剑，左扭屁股右闪腰，轮番上阵，直杀得那牛血朝天喷，最后倒地毙命。斗牛士得意扬扬向观众致意，全场欢呼雀跃，英雄凯歌。

这是电视里的斗牛镜头。那个时期体育频道，常有斗牛的节目。从看台上那葡萄样密密麻麻的人头，便知其斗牛市场的火爆。

据说存在的，就是合理的。

斗牛这一项目从远古传来，至今盛旺不衰，自有其存在的价值。这是物竞天择、弱者遭殃、强者玩味的明证。

但细细忖思，这未免有点斗风车的无聊和冷血。

有人在茶余饭后，将斗牛的妙处列举二三，不知看客们以为然否。

一是，靠科学立项奠定稳操胜券的战略格局。

人类为什么选择斗牛，这是经过反复权衡、掂量的。在众动物中，牛的块头虽比大象不足，但比麻雀有余，可纳入庞然大物之列，再加上那对犄角只是摆设般长在脑壳上，能斗赢它既能满足虚荣心，增加自豪感，还可以给善捧好吹的英雄热衷者和造星爱好者提供牛皮资料。

斗猪，抑或斗鸡、斗鸭，就太不像话，属以强凌弱的把戏，杀鸡用牛刀的浪费，没看头。斗老虎、狮子么？愣是不会干的，那厮尖牙利爪，力大无比，弄不好被它们美餐一顿，看你还斗不斗。牛嘛，食草动物，与之斗，胜算很大，这是斗牛产业兴旺发达的文化背景。

二是，凭精良技术创造不公平竞争的战术盲区。

那牛也真是，不知是患了色盲症咋的，老盯着一块"迷你巾"蹿啊跳啊，弄得气喘如牛还找不着北。那又不是女人的裙子，痴她作甚，追她作甚，简直傻得可爱，憨得可怜！它怎么就不知道用牛角顶那裙子后面的人呢？再者，狗急了都要跳墙，牛急了难道就不能跳栏？冲到那些后台比赛委员会的判官和前台温文尔雅、颇具浪漫情调的看客们发点牛脾气不行？让他们尝尝牛角的滋味不行？

牛是稻草之王，人是万物之灵，斗牛士如果碰上不好侍候的牛，便骑在马匹上往下刺杀，而马肚马脚却受重点保护。老牛这时顶人不着，顶马不能，形成牛头不对马嘴的斗牛局面，你说烦不烦，冤不冤？所以落后就要挨打，愚笨就要挨宰，这是斗牛文化繁荣昌盛的理论基础。

为了促进斗牛文化的进一步发展，降低心脏病、神经衰弱症的发病率，建议牛魔大王召集众牛们深刻反思、认真总结，提高斗争艺术，增强斗争本领，也来与斗牛士一拼高下。

一是消极怠工，视死如归。当看台上成千上万的看客到齐时，老牛偏不出场，或漫天要价，摆名牛架子，或者在斗牛士挑战时，置若罔闻，干脆倒地大睡，要杀要剐由你去，叫那些有嗜血心理和看热闹习惯的人乘兴而来，败兴而去。

二是扬鬃甩尾，大发牛威，一出场就瞅准斗牛英雄的要害处疯顶狂撞，反正顶死人不负法律责任。一旦把顶死斗牛士的比例扩大到原来的千倍以上，保准斗牛市场萧条得像牛栏，斗牛门票贬值得像牛粪。

呜呼，同在蓝天下，变成人真是好，牛肉可以大块大块吃，牛皮可以大张大张地吹，酒醉饭酣，打着饱嗝，看斗牛去！

——方塘故事《世象浮绘》

"咱也是个吃牛肉的人，但叫咱看这种以屠戮生灵而取乐的贵族运动，还是有点东郭先生的味道，虽然别人看得挥拳咧嘴，兴味冲天，我却齿冷胆寒、毛骨悚然。"施非明说。

而樊音却受不了这种刺激，总直呼"换台"，或"啪"的一声关了电视。

"看这种场面太虐心，我得花好长时间平复。"

一切繁荣和活力，都建立在杀戮和死亡之上。

而生灵间的杀戮，都基于情感不通的假设。

这时她想起在手机上看到的一段话。

你不享受科技的力量、信息的饕餮，你想回到原始部落、农耕时代？你愿意号饥啼寒，缺吃少穿？不坐轿车、飞机、高铁，像水牛一样蜗行蠕动？

该来的要来，该去的会去，这叫顺应自然。当活就好好活，要死就好好死！

这话并不错，可能是她有些另类。

对的恶，错的善，她得二选一，不能闪烁含糊。

　　日月山河，繁复嵯峨，新生旧命，熙来攘往。她总觉得，有一种东西看不见、听不到，遁形天地，睥睨一切，肉欲、逸乐，是何其浮薄而可悲。

小调轻哼石板街

鄂南古镇，有些喧闹的街头。

有雅兴么？走，去看鄂南那部砖石结构的词典。

石板街的古奥与幽深是溜达不尽的。

你认为它商贩一样噪唤么？噜。你认为它商场一样喧腾么？噜。你认为它博物馆一样精深么？噜。

老街会以一个闺女的腼腆迎伺你。

别想这里灯红酒绿，光怪陆离，那可不是。

你未必眼花缭乱，应接不暇；你未必脚下生风，如驾祥云。踩一块青石，过一个门户，弯弯拐拐，斜斜刺刺，不觉已穿街而过，可街外的世界给你顿然若失的情绪。

鄂南是部书，石板街是这书里颇费思量的章节，让人反复咀嚼回味。

一块石板千年春秋，一扇木门百载典故，你会从石板的光滑平实中，跌进了她褶皱着的深刻里。

这是一个悠然的世界，一个岁月的梦工厂，一管时光的隧道。

她漠视浮躁和喧哗，镇定坐守，几分迂婉，几分僻秘，几分幽晦，怡养自身精脉，宽容接纳一切，堪称百家争鸣的街道。

铸铁的，雕塑的，刨木的，弹花的，油炸的，炖煨的；

山里的，平贩的，陆地的，水里的，洋气的，土味的……

传统与现代契合，历史与现实交汇，革故与守旧磨合。

一个老太婆用手杖撑着追忆随想；一对情侣消失在爱情的拐角处；几只鸽子，站在棕灰的老檐咕噜着和平宁静；一抹青苔，躺在古典与时尚的夹缝里疼痛忧伤。朽老的吊楼，结构着岁月的形状。瓦楞草徐徐摇曳，那是老街祖辈们的髯须么？哪扇门帘里，哪把雨伞下，冷不丁露出一张贤淑而端庄的粉脸。

马头墙，斗拱楣，黄漆门，朱雀楼，作坊商号，粉墙黛瓦。外面的世界没日没夜地喧、歇斯底里地繁、摩肩接踵地挤，石板街就那么天荒地老地静，泰然自若地闲，我行我素地逸。

石板街人大多是"生意精"。随便进一店，便见稚童老叟，搁一块木板，搓搭拉扭，鼓捣绝活，油炸麻花。铸铜打铁，铣凿锯刨，推售百货，经营副食，小到几岁孩童，大到古稀老人，都能商海弄潮。

石板街，古老的街，商品的街，文化的街。块块青石，砌在鄂南人的乡思里。

婚姻与布朗运动

一想改变别人，就给自己套上了枷锁。

婚礼上爱和幸福的样子，有多少笑到最后。

在炫光彩影中承诺，可能只是笑柄。山盟海誓，会像风样没有回应。

那天童午和裴裳又因琐事吵起来了。

"你地是怎么拖的？水渍渍的，"裴裳喊，"每次都这样！"

童午正想着单位上的烦心事，没理她。

"喂！"裴裳又大声喊一遍。

他有种爆炸气浪压过来的窒息感。

"什么事！我听不得你这种声音！拖个地还要搞科技研究？"他学她的语气嚷道，"每次！每次！每次！"

"你当初怎么不说！我声音还不一个嗓门发的！你求爱时我还不是这个喉咙，这种声音？"她怒喝。

"当初晓得就好了！"他回怼。

都想对方改变，哪怕改变一点，也是妄想。就算双方意识到了，也想改变，总是很快打回原形。

拖地、洗碗、刷马桶、晒衣服、叠被子，没有哪一件事不会成为争吵的导火索。

有时，他们会为这事恨得咬牙切齿，要自扇耳光，为什么找了这种人，为什么要结婚，为什么！

两人都感觉，对方完全不可理喻。

他们有时还当着双方亲戚、在有外人的场合就吵了起来，旁人听不清什么原因，辩不出孰对孰错，吵架的模式和套路也如出一辙。

不吵时问题更大。对方一句话，可以不理不睬大半天或者几天。和好不久，又会立即打回原形，那是头一回的气没有解开。

有一次，双方情绪好时，裴裳从柜子把童午当年写给她的一大摞情书拎出来，放在桌上。

"你过去是怎么说的，怎么对我的，现在是怎么说的，怎么对我的？"

童午怔住了，有些难堪、愧意。

他变成温和的口气：

"你说我变了，我承认。那你呢？"

"你是男人啦！什么叫男人？男人不让女人，还叫男人吗？"

这话又让他不快了。

"要我改，哼，你现在是饶舌妇、恶鸡婆啦，知道不？"

"别人都说我说话细声细气，就你说我饶舌妇、恶鸡婆，"她望着他，像望着岩石，"看你成天拉着脸，蚂蚁都爬不上，桌上有镜子，去照照自己！"

"既然你跟别人说话好好的，为什么跟我说话就冲，就呛，就爆？"童午冷笑，妻子好歹是个杂志社的记者，采访过无数好人，为何自己不学点贤德。他哼道，"女子无才便是德，我算理解了。"

她咬牙切齿骂过去："是的，不知你那狗屁诗是怎么写的！"

两个不相干的人，火星地球地碰，铁匠石匠地杠，到底是性格的碰撞磨合，还是缺少爱？或者这就是婚姻的爱？

单位上受气了，会到家庭释放；见到别人的好，投射到家，会变成怨毒。

这也太快，锅瓢碗勺，让爱情碎了一地。双方都在怀疑，是不是找错了人；是不是，找任何人都比眼前这个强？

原有的温存七零八落，曾经的爱意面目全非。他们无法回到过去，又看不到未来。没有哪种镜子，更能照见这种心灵的枷锁和苦痛、人性的丑陋和狼狈。

吵，和；再吵，再和；伤害，愈合；伤害，愈合。白天是夫妻，晚上是邻居；同屋不同床，同床不同被，同被背靠背；一般不说话，说话就吵架。

偶尔，那点残存的情欲，也会燃爆一下，这也是维系一个家最后的温度和能量。

他们也意识到，就自己的知识面和理解能力，就双方的智商和情商，不至于维系不了两个人的简单合作、伦常关系。

悲哀的是，他们发现，知识和智力，不仅不能促同双向的宽容和理解，反而是离心离德的催化剂，素质的高低甚至与家庭和睦程度成反比。

都说家是个不讲理的地方，但也不是没有边界和禁区。比如，对双方父母或亲属的攻击或侮辱性的语言，似乎就是个雷区。

有一次裴裳言语中侮辱了童午的父母，童午几乎暴怒，双方厮打起来，并冷战了一个多月，后来才艰难地复合。

恋爱中，觉得一切都好办；结婚了，觉得一切都不好办；恋爱中，觉得一切不那么严重；结婚后，一切都是个问题。

童午和裴裳发现，婚内产生的矛盾和怨恨，在婚前是不可想象的。

相伴一生，厌倦终老；相忘江湖，怀念到哭。婚姻只属于伦理，不属于爱情。

原来，婚姻坚守到最后的真相是，生活里忍受平淡的能力，情感中涉险过滩的本领，性格上隐忍包容的度量，暴怒时灵光一现的理性，抵御诱惑时坚忍的切割，看透男女之事后甘心地放下，荷尔蒙退潮的情欲淡泊，还有，更要那么一点点运气。

没有一点经验互相适合，没有一对家庭可以效仿。幸运者对失败说，来吧，是这样成功的；失败者对幸运者说，算了吧，我碰到的跟你那不一样。

其实，所有的愤怒和情绪，都潜存因果。

他知道他在报复，在寻找某种平衡，只是他死都不会说出来。

动物园长出笼记

动物园要选一个园长，竞争激烈异常。

有人推荐老黄牛。

理由是，老黄牛任劳任怨，吃苦肯干，得票率高，群众基础好，领导叫干啥就干啥，当然是园长的不二人选。

可反对意见也强烈：老黄牛虽能履行本职，干点实事，但只知苦干不懂巧干，组织能力差，市场意识弱，无领导才能，没工作魄力，且长期与泥巴牛粪打交道，档次品位低，迂腐气十足，还时不时发点牛脾气，这种人怎么能用？

老黄牛被否了。

有人推荐骏马。

理由是，骏马视野开阔，日跃千里，必将一马当先，带领大家发达腾飞。

可有人持不同观点：骏马算老几？马吃石灰，一张白嘴，好高骛远，专司空谈，作风漂浮，放荡不羁，顶多算个草莽英雄。骏马既不熟悉山区工作，也无丘陵生活经历，碰到绊马索、铁蒺藜之类，不把单位弄得人仰马翻才怪！

骏马被否定了。

有人推荐猛虎。

理由更为充分：虎乃兽中之王，犀牙利爪，威风八面，悍冠四方。老说能力超群，武功盖世，就是武松不喝酒也奈何不了，谁不谈虎色变，服帖有加？

可有人递来条子：猛虎虽然能力强，但有点小本事，骄傲自满，狂乎所以，老子天下第一，动不动龇牙咧嘴，滥发虎威，这种人锋芒毕露，个性太强，影响和谐。老虎其实徒有其表，浪得虚名，总把舞台当本事，如果它落在平原，连只犬都不如。这厮当领导，一定毫无群众观念，家长制，一言堂，把单位搞得乌烟瘴气不是！

这一评审，老虎缺点超过优点，凉一边了。

于是有人推荐绵羊。

开始反对声音弱弱的，但底气足。绵羊可是最听话、最好共事的了。它温良和善，逆来顺受，修养极高，谁也不得罪。从不发脾气，比宰相的肚量还大。肯定会从善如流，无为而治，稳享太平。

可也有人反对：绵羊太软弱，当老好人，缺少刚劲，没有血性，更无魄力，无法应对复杂不利局面。此君遇上大风大浪，自己躲都躲不赢，还管别人死活？

绵羊当然不能用。

有人报来了大象的情况。

大象高耸挺拔，气宇轩昂，像模像样，确实是块大领导的材料。大象不仅稳重老成，安全感强，加上鼻子长，政治嗅觉灵，是个办大事、不出事的主。

但反对意见还是来了：光看块头，像什么话？又不是选与恐龙比拳击赛的运动员。大象看似庞然大物，但身体臃肿，行为笨拙，思维迟钝，毫无进取之心，枉然一堆无用的横肉。对它的考察重用，千万不能盲人摸象，偏听片面之词，到时只会贻误事业，坑害大局！

大象被排除了。

有人推荐狐狸。

狐狸聪明伶俐，智商极高，是公认的"兽中诸葛"，搞工作肯定点子多多，胜券稳操。

但反对声又是一片：这种老奸巨猾的哥们一旦上台，肯定光打自己的小算盘！玩骗术，耍花招，嗜权谋，众兽们眼花缭乱，任其戏弄，甚至被他卖了还帮数钱。这种头儿，可恶可恨，万万使不得。甚至有人举报他屁股上的屎事。

狐狸没搞上，反惹一身膻。

有人推荐猪。

一致认为，猪对人类贡献最大，几千年任人宰割，炖炒煎煮，吃肉喝汤，悉听尊便。总以不怕开水烫的精神对待不同声音，把人类吃起脂肪肝、高血压、动脉粥样硬化都没意见。从平衡照顾的角度考虑，应该让猪搞一任嘛。

可反对意见激烈异常：这厮饱食终日，无所用心，懒惰成性，愚蠢至极，扶不上墙，比阿斗都糊涂差劲，就是地球上死绝了官种，也不能用这号人！

造物主真是不长眼，连个园长都不造一个。

考核组一筹莫展之际，有人稳妥慎重地推出绿头苍蝇。

苍蝇真不错，没有老虎的骄傲自大，没有狐狸的阴险狡诈，没有老牛的土气倔强，没有骏马的放荡不羁，没有绵羊的懦弱无能，没有大象的迟钝木讷，没有猪的蠢笨愚昧，简直找不到一丝丝缺点，堪称完美，万里挑一！

最终，苍蝇当上了动物园园长。

——方塘故事《破罐杂烩》

创作 ABC

有一种培训，告诉你怎么成为大作家。

方塘市文联挂牌以来，开会、采风、出书、培训、节会等活动，精彩纷呈，用翟主席的话是"踢起连环腿"，"打出组合拳"。

"一手一脚"是翟主席的施政纲领和工作方针，也无非是彰显对他的提携无比正确，更主要的，是用一连串辉煌业绩，创造前不见古人、后不见来者的深远影响。

但明眼人还是看得出，再怎么拿腔捉势，鼓捣冒泡，核心的核心，要害的要害，还是他翟主席要充分证明，自己是才华横溢的诗人，光芒四射的作家。在方塘这个地方，既空前，也绝后。

嘿嘿，他老奸巨猾，业余作者还是能看出那点"小九九"的。

翟主席也是心大，方塘市首届文联主席到手了，肯定"空前"，至于"绝后"，谁说得清楚？地球毁灭之前，啥事不能发生？

翟主席说，治大国如烹小鲜，管小单位当砍瓜切菜。害怕狐狸，就不要养鸡了。

文联要办一个写作培训班，他就打出开头的广告宣传语，还标在烫金邀请函上。

翟主席策划这次培训活动之前，把童午和打字员舒曼韵叫来，郑重叮嘱，活动要有叫得响的主题。

"不培训，人才哪里来？天才出于勤奋，伟大出于培训嘛。"打字员舒曼韵不知是水平所限呢，还是没辨清翟主席的口音，把"平凡"记成"培训"。

首先告诉你写文章的一二三、搞创作的 ABC，再当作家、诗人，这种小投入大产出，几乎把方塘市所有的业余作者乐死了。

天上掉下香喷喷的葱香肉陷阱，一夜让你变成中举的范进。

一时间，报名者穿梭不息，那块破门牌上的漆又掉落不少，愈发斑驳油光。

报名参训人数比预期翻了一番，原定场所小了。

这事报告给翟主席。

"不怕来客多，就这一只鹅。"翟主席开始不愿意，但想到国内名流要来，又改了主张，"那就换个大地方嘛，会场租金高就高点。"

还别说，他翟主席打广告不怕大、不嫌碜，过日子却特"细毛"。

打字员舒曼韵把邀请函清样拿给翟主席审。

"天才出于勤奋，伟大出于培训。嘿，嘿嘿！嘿嘿嘿！！"翟主席一向沉稳得像石碾盘，这下激动得弹弓似的跳起来。

"这广告宣传语，既有古典美，又有现代味！我本来说伟大出于平凡的，你跟我改成了出于培训，妙哉乎也！呵呵，舒曼韵，我说你一个打字员的水平，要抵半个研究室主任。呵呵，丫头屈才了，屈才了，假以时日，你会大放异彩的！"

"谢谢主席，这是您老人家的原创！"舒曼韵把赞美兜回去。

伟大出于培训，这哪说得通呢？

　　童午等人想请翟主席把宣传语改一改，用词低调些、平和点，又怕翟主席龙颜不悦。

　　于是他吞吞吐吐地说："翟、翟主席，我觉得这个还要斟酌斟酌……"

　　翟主席的脸晴转阴。

　　"如果伟大出于培训错了，那天才出于勤奋也错了！方塘市勤奋的人用猪箩挑，你见过几个天才？乡下老农，个个面朝黄土背朝天，还不勤奋？有半个天才？"

　　过分讲究语法，影响意思表达。翟主席说："这广告宣传语就是吸眼球，造气氛嘛。谁说吹牛犯了法的？严肃正经广什么告？广告就是姜太公的钩，咬不咬由他，拉不拉由我。"

　　"我只管人数，能赚一半以上就够。"他翟主席吐地上的痰，自己舔起来？

　　"不过，现在的伟大，抵不到过去的伟大，只能是半个伟大或三分之一的伟大，所以没有错吧。"舒曼韵附和，并用恰到好处的微笑，维护了翟主席。

　　"别看他老八股，疯起来赛过牛。他想让方塘文化再次伟大。"走出翟主席办公室，童午做了一个鬼脸。

　　刚当文联主席没几天，翟平平就弄到了什么省级、国家级、世界级的会员，就要亲自担任作协主席。文联是群团组织，作协是社会团体，文联是管作协的，包括美协、摄协、音协、花协，什么协的，一概服他翟平平管。

　　"文联的事，作协的事，别人管得着吗？未必我桌子放在西边，椅子放到东边，还要请示？"他有时发脾气怒斥。

　　文联主席都当了，作协主席该随份子的。反正是个空壳子，反正又没多占编制、多加工资、多发补贴，谁搞不是一样。

"管个协会算个毛？这是儿子与老子的关系，懂不？"所以他翟平平既当老子又当儿子，家务事别人管不着。

有好事之人犯嘀咕，你翟平平当了文联主席，就非得当作协主席？就不能分一杯羹出来？那以前连文联都没有，太阳不照样带着耀斑升起，天上不照样落麻花雨下白糖雪。他翟平平吟诗作赋十分了得，自我感觉超好，但到底别人喜不喜欢、认不认同，跟他一点关系都没有。

反正他翟平平当仁不让。

反正他翟平平也有铁粉。

领导越大，水平越高，能力越强，作风越悍。山中无老虎，猴子还真行，溜须舔屁虫，结队且成群。

与大师面对面

谁说伟大不平常。

现在，作家培训班按预定日期开班。

据说老翟对开班日子很重视，看了阴阳八卦，选了良辰吉日。

方塘市的作家、诗人们普奔伟大而来了。

上面来的文艺名流在主席台依牌入位。有的瘦高个长，有的长发虬髯，有的威风凛凛，有的脑门秃顶。

气势磅礴的超豪华阵容让下面一阵阵骚动。

来宾还没介绍完，下面议论纷纷。

"啊，那就是大名鼎鼎的易团早，他的诗歌写得牛气冲天，原来是个秃顶，今天算看到了真容。"

"噫，那个说鲁迅没写过长篇小说的大作家也来了。天啦，坐在那里，胳膊木桶般粗，像相扑运动员。"

"瞧，那个长头发的，光发关系稿不说，和同事为了文学女青年大打出手，斯文扫地……"

"安静安静！"主持人整肃杂音。

"叽——"麦克风偏不听话，冒出一声刺耳的尖啸，差点震破了大师们的耳膜。

"金风送爽，丹桂飘香。"迎宾词开头语，不知从哪个朝代用到现在。

"同志们，今天机会难得，出席方塘培训会的都是著名的作家、诗人、文艺评论家、杂志副刊编辑。这可是方塘市文化艺术界开天辟地的盛事，希望大家珍惜机会，交流学习，推出大师精品，走出方塘，冲向世界！"

下面即时有人低语，说这个主持领导很有特色，有次主持文艺创作座谈会，不小心把"百家争鸣"说成了"百家争鸡"。

当天紧张培训，翌日继续座谈，接着交流互动，让业余作者与名流们面对面。

这也是翟主席的重大创意，要想伟大，先要同伟人接触，留下手机号码、通信地址等等。盲人瞎马，自拉自唱，成不了大气候。对上对外建立密切往来是关键，有人提携很重要，遇不上贵人，文章杀破天又怎样。

座谈会开放、活跃、热烈。主题情节及语言，瓜子、糖果、香烟、茶。一派人间烟火，满室华光宝气。

专家现场解疑释惑环节，现场气氛空前活跃。

"尊敬的易大诗人，我讨教一个问题，写诗的人比读诗的人多，这是写诗人的错，还是读诗人的错？"

一个穿长褂的文学青年先站起来问，他双手合十，行了拜师注目礼。

"写诗人的错！"易团早清了清嗓子，挥手示意对方坐下听讲，"没人看，一是看不懂，二是看无益。鸟叫的声音好听，听不懂啊！你传达的思想感情引不起共鸣，过分炫技，走的偏门。"他摇着发光的脑袋，"很简单，诗歌没人看，是因为没写好。"

文学青年疑惑着点点头，坐下了。

这时一个身材小不点的业余作者站了起来，眼光盯着相扑大师，点头有如鸡啄米。他明显有点怯场，因为听说对方是国内高产作家，声名显赫，气势雄浑，差点拿了诺贝尔奖的那位。

"尊敬的胡大师，我讨教的问题……是个简单的问题，长文章难写，还是短文章难写？"

"呵呵，小青年的问题可不简单，当然是长文章难写。"大块头作家弹了一下烟灰，回答。

胡大师素以高大威猛著称，著作等身，最少一年一部长篇，如果写得顺溜，十天就干掉一部。据说他来了灵感，就像长江黄河缺了堤，喜马昆仑挡不住。构思、情节、故事呀，远远跑在笔头之前，到出版社签个字就行，打方格都算钱。

"举个例子，歌德写《浮士德》花了六十年，写《少年维特的烦恼》只一个多月。"大块头作家进一步巩固自己的论断，"知道吗，歌德曾劝人家不要贪长篇，写短篇，那是人家谦虚的，当然更是有道理的。"

小不点业余作者此刻眼中的大师，像泰山一样巍峨。长篇大作这种对他辈们望尘莫及的伟业，在相扑大师那里却是小儿科。敬仰，敬仰。

与其说幽默是智慧的多余，不如说幽默是智者的无奈。这评价别人的作品嘛，都是干的蠢事。死人肯定奈何不了活人，要不你把他从棺材里扶起来试试？

这时一个穿花格子衬衣的文学青年站了起来。该青年在方塘市小有名气，文笔流畅辛辣，喜欢在报纸杂志上发表杂文小品文之类，激浊扬清，针砭时弊，经常被某些官员对号入座，还喊到办公室训话，要聚焦主旋律，少发杂调噪声。

"乌主席好！你是我最崇拜的偶像。基层创作者，常常处于尴尬的状态。我很困惑和迷惘的是，历史上那些遗留下来的不朽作品，无一不与所处时代相悖抵，请问该怎么看待和处理这个问题？谢谢！"

乌大师叫乌子虚，曾在文化部门任要职。花格子青年这一敏感问题提出后，全场鸦雀无声。

乌大师喝了一口茶，又稳重端庄地把不锈钢盖旋上，从表情眼神看出，他可能临时改了说法。

"文学是有阶级性的，这个你得明白。但文学是为了对抗？还真不是！把自己的功能定位为与什么对抗，就是文学疯了，病了，堕落了。文学不能拿起筷子吃肉，丢下筷子骂娘。虽然，时代不同了，言论自由了，没有人搞文字狱了，对号入座也有点滑稽了，但也不能昧着良心说昏话呀，你得看你站脚的地方呀！不过，不过我想强调的是，真正的文学超越政治，超越国家，超越时空，或者说与此功能一致，它只给社会疗伤，为生命留言……"

他的话引来一片掌声，让前面的大师略显尴尬。

他打的是太极拳迷踪拳，听起来玄乎幻兮，叫好又叫座。功夫在诗外。乌大师心机深沉，左右逢源，堪称管作家的作家，管大师的大师，棋高一着，不服不行。这种站得稳、行得正、倒不了的人，是因为在风浪里多看了几眼。上半夜为自己想，下半夜为别人想。骂娘和吃肉兼营，必须人格分离，当两面人。

没等麦克风递过来，一个漂亮女生站起来，眼波直奔长头发主编。主编正在嗑瓜子，他伸出白皙的手，把瓜子壳和米吐在手掌。看得出，他比她还急切兴奋。

"尊敬的……"女生开言后，发现麦克风没打开还是在忙乱中又按关了，她"扑、扑"重启两声，确认开通，就发言了。

"尊敬的迟南谭主编，我心向往贵刊已久矣，仰慕贵尊您更久矣。我们基层业余作者最痛苦的，莫过于发稿难。我知道刊物发稿讲求质量，但请问这质量是谁说了算？我注意到，在你主持的栏目发稿的，基本上都是名家大腕。我也注意到，有一些大师写家长里短的发了，写生活琐碎的发了，写屙屎屙尿的也发了，而且有大佬们跟风吹捧，拍手叫好。冒昧地打个比喻，十字街上闹洞房，新娘子谁都可以摸。这出名了的不说了，可底层无名之辈，却找不着北。"

气氛骤然紧张，迟南谭主编没有想到，美女作家说话这么大胆、犀利、酸辣。不过他马上镇住情绪，面露最标配的和蔼笑容，微微点头。这个他见得多，不少写作的人神经不正常，下面的作家投稿，就像石头丢到太平洋。还要人家清风样温柔，溪流般吟唱？

南谭主编用手拢了一下长发。他额头白净，迷茫深沉，是那种面朝大海春暖花开的眼神。据说他是国内名牌大学中文系毕业，满腹经纶，一目十行。处理来稿，一看作者名字，二看开头一句，就决定来稿的去留死活。千里马犟得过伯乐？你写了《红楼梦》，不发表就不是曹雪芹。

"没有哟，没有哟……"迟南谭居然像女人的嗲音，"编辑也是人啦，哪个好，哪个差，不明白？哪里强，哪里弱，不知道？那些得了大奖的作家，好多开始都退稿嘛……"

迟主编停下拢头发的手，话锋一转，"明星的吃喝拉撒，就跟普通人不一样哟！你看看，你看看，哪一家电视台，不是真人秀娱乐范？便秘是小事？屎尿是小事？错，多少大师，艺术家死在马桶上？呵呵，文学题材无禁区嘛。"

"没有十全十美的制度，没有十全十美的时代，同样的，没有十全十美的流派。文学直面人性，针砭时弊，不等于对抗或绕开政治，对时代和社会的引领和批判，政治和文学殊途同归。如果非要寻求或发生对立，就是混沌谬妄，别有用心。"

"文学当然有阶级性，但文学也有超越国界、超越党派、超越时代的属性空间。爱民族是最大的政治，爱人类是最高的理想，爱自然是最深的智慧。文学是痛苦，更是爱，它怎么就对立呢，互掐呢，我就不懂了。"

迟南谭话锋犀利，逻辑清晰，"有了井绳心态，害怕因言获罪，为了躲避政治，就朝猎奇之路裸奔……"

"唉。"

"人家戴着镣铐跳舞，你还要他嫦娥奔月，真难呀。"

……

交谈讨论在一片祥和热烈的气氛中结束，主持人示意快打开窗子通风，里面乌烟瘴气，满屋子二手烟。

翟平平主席作为东道主组织方，再一次感谢了光临方塘的各位大师们，对这次办班成果高度评价。最后，他用擅长的专业的诗词结场：

名流荟萃在方塘，
专业培训见真章。
敢与大师面对面，
谁说伟大不平常。

红灯，绿灯

人生十字路口常常是，拥挤的通幸福，畅达的抵痛苦。

童午像被点着了，进入了燃烧状态。

做事总心不在焉的，翟主席跟他交代工作，他记不住，有时不得不重新问一遍。老翟都要发毛了。

"我看你心神不定的，眼里放着异光，未必到上海一趟，碰上邪，被鬼迷了？"

童午回过神，笑着赔小心。如果不是他买了一点上海、杭州的特产送了老翟，那更有好看的。

其实他自己也一头云雾。

"我这是怎么了？上海之行，车上遇见一个女孩，杭州逛了一圈，留了电话地址，出于客套，流于形式，正常又平常。"

忘掉忘掉！他压抑着，差不多做到了。

可过不了一阵他还是想到这件事，那个人已经住进心里了。当时的情景像潮水一样往上冒。

理性桀骜不驯，情欲蠢蠢欲动。他来不及准备，就闯到了人生的十字路口。

童午有种隐隐的不甘和失落。他发现了与过去不一样的生活，世上还有多少快乐和幸福与他沾不上边。这个女孩，什么都跟他见过的不一样，一声一息都让他情不能已，一举一动让他神醉魂迷。

美好的，就要追逐，就要得到？童午苦恼着。他曾经不懂爱，不得爱，经历过多少失望和屈辱。如今懂得爱，拥有爱，又充满了凶险和恐惧。

要想安宁，就要无情斩断欲念。所以，多少人压抑着度过青春，终结生命。他们安宁，他们有福。

人生走向，竟是一念之差，鬼使神差。

那一天，童午实在忍不住了，拨通了晨玲的电话。

"你好，有事吗？"对方开口第一句话，就让他后悔了，她换了个人似的。

"没事就不能打你电话啊？"他心里发凉，想要挂了。

"当然可以的啦，呵呵。"珠子落玉盘的脆音，他仿佛吸进了她清新的口气。

那些日子，童午满腹的惆怅和思念，又不能吐出一个字，就只能聊一些上海的、杭州的景点，但聊这聊那，都不聊到双方的家庭，那似乎是敏感的雷区，谁都不愿涉及。

"杭州之行，西湖之畔，我写了几句心得体会，能发给你不？"一次，他试探着发信息。

"当然可以的啦。"

童午编发了过去。

> 一踏上你的岸
> 我的心就如你的涛般摇晃
> 我的血就如你的闸

释放出骇人的雷电

结果对方半天没回音。

他懊丧起来。

卖弄让人反感，还是对方看不懂意思？现在的多数女孩，心思都在别墅、宝马上去了，吟诗作对，伤春悲秋，谁还吃这一套？

后来她回了信息。

童午长长舒了一口气。他笃定，如果对方不屑或有其他冷淡反应，一切到此为止。

与他的设想相反，那以后，他们的话题反而越来越多，她也聊大学的事，她的同学，她的导师，还有杭州一家单位招人。

隔三岔五，他们电话短信，也不知道说了什么，聊了多少。

"你说的、写的，都是真的？"有一天，她问。

"是啊。"他答。

"我来看你好吧？"

"到哪里？"

"你那里呀。"

"真的？！"

"我订车票，订好了告诉你。"

"啊？天呐！"

童午拿手机的手微微颤抖。

一个美丽城市的漂亮女子，千里迢迢来会他。浪漫死了，他吓坏了！

他想到了盛行的网恋。素昧平生的两个人，在网上七聊八聊，立马奔现。压抑了几千年的性和爱，在虚拟网络里找到了发泄的出口。

可这是童话级别的啊，他惶恐呀。

晨玲买了车票，并把发车和到达时间告诉了童午。

童午订好一家茶吧，然后打车到方塘市火车站去接她。

双方都度过了激动、煎熬的时光。

他一下从出站口的人流中看到了她。

晨玲朝四周看了看，像徒步旅行者走到了罗布泊，进退无主。

"天，我怎么跑这里来了！这个城市叫方塘，我是不是也有点荒唐？"

两个人坐在出租车后头，略显僵持和尴尬。

"很累吧？我真不知……"在茶吧两人对向而座。童午望着晨玲，嗓子好像被粘连了，不知从何说起。

"有点。"晨玲微微一笑。

"对不起啊，让你受苦了，千里迢迢的……"

"嗯。"晨玲嘴角一抿，现两酒窝。

"真是，唉……"童午平时电话微信里的诗意消失了，他极力平抑情绪，不由得摇头叹息。

"我、我也不知道为什么，就来了，呵呵。"晨玲用手抵着腮帮，移开视线，看着墙壁上挂的美女布画，蜂腰颀脖，丰乳肥臀。

从略显不安的动作看，她比童午想得更多。

"来了就好，来了就好……"童午还是找不出其他的话，可内心翻江倒海，电闪雷鸣。

她转过头认真地看了他的眼睛，又默不吱声。嘴角的细微撅动，流露出情感的冰山一角。

找一个茶吧，本是互相倾诉的，结果两个都成哑巴。

末了，童午带着晨玲到事先开好的一家宾馆。

"我一个人在这里睡，有点怕。"他正要出去，听到她说。

"那，那怎么办？"他表情复杂。

"我哪知道呢？"她低头娇嗔。

他一把抱住了她，两人倒在床上。

"我还没有男朋友的，见面第一次，你就，不行，不行……"

"哎？你还没处过男朋友？真的吗？"

"是呀，骗你干吗？"

"天啦！"童午声音哽咽。

"好、好、好，那我不碰你，不碰你。"他快要被幸福和恐惧击晕。

什么年代了，碰到这种人，这种事，他差点哭出声来。

"你一见面就这样子，我好怕……"

"宝贝，那你来干什么呢？宝贝，你真的不应该来的，宝贝，这该怎么办呀！"

那夜的星光照着两座火山在草地上爆发

我一睁眼，是一个美丽的世界

故而毕生致力于

表达和传递

宇宙的诡奇

生命的疼痛

　　　　　　　　　　　　　——童午诗

　　鄂南的青山绿水，是温婉的和平之神，是抚伤祛痛的精神家园，既有大气生猛之势，又有幽深嘹亮之韵。

　　这里的人工或天然平湖，蛰于山峦，偶露肌肤，少有惊涛拍岸的豪烈、山呼海啸的威猛，只用波澜的微笑，昭示贤淑沉静的气质。

　　在这天籁之声里，人会蜕变，淬化，禅悟。风似乐喧，神谕，醴酒般醉人，泉在脏腑中叮咚，白云栖落肩头，露珠变成脚趾。名利化烟霭，爵位是浮云，烦恼像竹影在地上摇曳。你不再怨平日里怨的人，不再恼平日里恼的事，这是感受大自然心跳和脉搏的乐园。

"电话。" 童午在埋头作文，隔壁有人喊。

他拿起话筒，却被其中的声音惊得浑身战栗。

"手机怎么打不通！"

"……" 他正欲追问，电话挂了。

他想起曾用单位上的座机打过她的电话。

只有几秒钟，他精神和生理起了剧烈反应，激动、恐慌、晕厥。

他发现手机没电了，赶快充电。

有了一格电，他就迫不及待打开。

"晚上八点，老地方见。"

一整天他是失魂落魄地过来的。打从放下话筒的那一刻到太阳西沉，脑子里不知塞满了多少杂乱灼热的东西。他神思激越，恍恍惚惚，浮躁异常。有时沉入无限深情，有时陷进炽烈遐想，有时把东西放错地方。

幕黑时分，天忽然显出将雷欲雨的气象。全城的营业员见街道清冷，行人稀少，都早早地把卷闸门放下来。

路灯光线昏暗，一位穿粉红风衣的女子幽灵般在一棵法国梧桐树下游徊。一个黑影接近了她。

两个黑影会意了一下，便一前一后向城外移去，没有一方说话，距离又总隔那么一点。

两个黑影在一个拐弯的黑暗处叠到了一起。其时有人路过，两黑影又拉开。之后过了大桥，拐上了河堤。

前面那个黑影还在走。后面的那个脚步慢了下来，渐渐停住。他显然是在哭泣。

"嗯，" 前面的幽灵趔回来轻轻地叫了一声，"咋啦？"

"我太激动了，因为我现在可以清楚而确切地做我梦里才能做的事情了！"

他俩一把抱住，接着就是一阵倒海翻江的亲吻和抚摸。

"唉，我不知道，为什么我非要失去那么多，才能得到这一点。"

不知走了多么久，空旷阒寂，凉月如水，他们摸索着在一片厚软的草坪上坐下。

他无限深情地解开了她的衣扣。他们不慌不忙、从从容容做着爱情的盗贼。

星光闪耀，风儿沁甜。一千种柔怜，一万种抚爱，你吞噬我，我吞噬你。两厢情愿的性爱就是这样的，彼此都快乐地呻吟，幸福地哭泣。

人们往往有这样的错觉，认为这个时代，一个男人和一个女人的幽会和野合是一件易举之事，实则不是。

这是一颗星对另一颗星的捕掳。在情感的太空，多少星星都独守一处，冷眼对望，偶尔也只是擦边而过，那种对撞、拥抱、爆炸发生的概率微乎其微。尽管每一颗星都有可能同另一颗星相遇，每个心灵都有相同的困惑和欲求，只是魔鬼总在捉弄他们，使这种撞合出现得实在太少太少了。

他必须从头开始，她也必须从头开始。他们首先要偷偷地窥望，搜寻，然后是心有余悸地试探。等到相互认同和肯定后，还必须有其中一个冲破卑怯的藩篱。世上多少有希望的爱情到头来却连一个泡影也没有，而有些没有希望的爱情却莫名其妙地发生了。

言归正传，那夜的星光照着两座火山在草地上爆发。末了，她用手搭着他的颈脖，做梦般的说："你要娶我，我要做你的……"

　　他点了点头。他还陶醉在刚才的炽热和幸福里，她美好的一切真比天神对他还有诱惑力。

　　她又抱着他的脑袋热烈地吸吮着。她的感情好像是一片海洋，一丝风起，波涛就会晃荡。

　　……

　　童午从野外回来的时候，已经是第二天凌晨一点多了。他摸黑找到了自己的家门，发现门被闩上了。

　　原来妻子带着女儿回来了。他压慢节奏敲了敲门，没有反应。又怕惊醒邻居，就在门口站了许长时间。一阵冷风袭来，他就不由自主地敲几下。可以肯定，妻子已被惊醒，但不会起来开门，如果那样，就表明她对他深夜不归的认可。

　　他们几乎僵持了一个多钟头。

　　最后还是女儿被喊醒起来开了门。

　　他进屋后，脚绊倒了什么，叮当一响。裴裳在床上重重地翻了一个身，这是女人表示不满的惯常方式。

　　他在沙发上睡了下来。他的嘴唇上还留着另一个女人的热焰，她的体香还在他的鼻际萦绕。他睡不着，但这不是那种心躁脑热式的失眠，像暴风雨过后的海洋浪涛，慢节奏地拍打和抚摸。

　　他和这个女人的幽会，当然不是第一次了。他和妻子好的时候，需要编造很多的谎言。

　　曾经有一次，他做了这事回来，看到妻子和女儿熟睡的样子，他几乎被雷击般的震颤起来，那一夜他费了好大的劲才安顿住自己那颗血淋淋的心。他有强烈的负罪感。每当他心深处冒出"不能这样下去，不能这样下去"的念头时，他得极力搜索出对妻子的怨恨和不满来作为抵挡物，以把这种愧疚压下去。而奇怪的是，每次这时，他就心安理得了。

这就是说，他的心里住着两个以上的灵魂。事实上，善和恶，罪与罚，只隔一层瓣膜，吊诡得像薛定谔的猫。

真正的爱，一颗心都难以承受。他心里现在装多了，那不是爱，是性，是欲，是贪婪。

他想起他和妻子相恋时的情景。那时候，裴裳对他来说，就是一个迷人的国度，一个令他应接不暇的花园。裴裳父亲做木材生意赚了大笔钱，当时因为童午家境贫寒，曾对女儿的婚事犹豫再三，只因童午是大学生，也就勉强答应了。

童午是个满腹经纶的诗人，完全是用情感拥抱世界，燃烧的心会熔化一切。

"我那时多么爱她，我现在还是爱她的……"他极力地把自己抽出感情的迷宫，仔细分辨，但总是少了浓炽，褪了色味。

他脑海里回映出妻子好看的模样和只有夫妻间能感悟到的那种性爱中的难言的亲昵，同样也有种巨大的满足感和幸福感。

假如晨玲没有闯入他的生活，他的爱情就是那种样子，那也是美好的幸福的样子。

"婚姻看似庄严，性爱看似神秘，其实只是一些随机现象和偶发事件。"

"谁投入谁的怀抱，只是一些微不足道的原因。"

他忽然想起初中时代学过的布朗运动。分子的运动、碰撞，都是随机的、偶然的概率性事件。

"假如我以前没有遇到裴裳，那爱情和家庭是怎么一种局面？"

假如没有他和裴裳的婚姻，他第一个意识到那就没有女儿囡囡。这种念头一出现，他会浑身颤抖。还有那种不和睦的家庭里特有的情形——孩子出现令人心酸的早熟，并且特别懂事。

有时他觉得，如果非要选择，他宁可不要爱情，也不能没有女儿。当妻子以不管小孩对他要挟，或者丢掉小孩一走了之，他会极其愤恨，双方缝隙更难弥合。在他看来，爱情、亲情是两码事，不要爱情可以忍受，舍弃亲生骨肉，不可想象，无法容忍。

天底下所有的情侣恋爱都甜蜜，都有新鲜感和迷惑性，都觉得这幸福为己独有。耳鬓厮磨的夫妇间，会把特有的黏性、亲情、气息当成世界唯一。

"这是一笔巨大的矿藏，如果我没有同裴裳相遇，它势必不是我的。"他想到这，很是妒忌、庆幸。

"女人都是一样的，我现在对晨玲是这样，以后呢？"

"所以，不改变现状是最好。"

他得出这个结论的时候，天已经亮了。

疯子的精神和宇宙的真相

十字街，疯老头发表对世界的解析。

我为什么在这里？这是在哪里？怎么会这样？需要清楚吗？能有答案吗？

十字街宗惠坊雨棚下，姜半仙开讲了。

"读过书的人，都说物质第一，意识第二，是吧？"姜半仙大声问一个提着竹篮子卖鸡蛋的妇女。

"不懂不懂，莫问我，莫问我。"妇女满脸通红，把手一摆，慌忙跑开了。

"你读过书没有？"姜半仙又问一个挑空箩筐看热闹的中年人。

"读了点，当然，不多。"中年汉子换了一个挑姿回答。

"还当然，当罐哟！"姜半仙先否定后肯定，"不过，认识世界，不读书可能还好些。一头牛望着银河，跟一个人望着银河，没有什么差别，因为都不知道那是什么……"

他说，人类唯一知道的，就是什么都不知道。

科学嘛，往往一发现新的，就推翻了旧的。科学有局限，哲学就没有局限吗？都是人脑的机能，意识的产物。没有物质，有意识吗？没有意识，有物质吗？所以，它是一个事件的混沌，一块硬币的两面，根本无法分开，更不能排位次。

无所谓第一第几，谁先谁后，所有的逻辑都荒谬。我们眼里的一切非所见，非真实。

咱读高中就相信唯心主义了，虽然别人批判，咱也跟着批判。嗨，他们说一加一等于二，你能不吗？不就嚓嚓嚓，斗你人，杀你头。现在我不怕了，人固有一死，不能稀里糊涂来一趟。朝闻道，夕死可矣。

物质就是念头。

念头，没错，念头，重要的事说三遍。一念一世界，它大任它大。物质是粒子聚焦的形影，是能量、信息。能量的震动、穿梭、旋转，形成物质，产生念头。

原子弹就那么一砣砣东西，砰！一个城市完了。砰！一个国家完了，砰！人类全部完了！宇宙是一个大原子弹。星球是小原子弹，有的睡着，有的醒着，只差引信。有人随时都想拉，人类呀，我爱你们，你们要警醒啊！

"散布硫酸铵，捉去坐牢！"人群里有人喊。

围观的人，没一个人听懂，更没一个人认同。

"动不动原子弹爆炸，动不动打世界大战，只有野猪和疯子才有这么些想法。"人们摇头，走开。

"转，转，转……"姜半仙像头闯到荒郊野外的牛，突然发现周围没了动静，一时停不下蹄子，赖着惯性狂奔。

"转，转，转，电子围着原子核转，地球围着太阳转，太阳系围着银河转，银河围着什么鬼转，一切都在转，一切都在飞，多玄幻的宇宙，多磅礴的能量啊！可视物在不见的能量面前，连一片葱皮屑都不算……"

他眼里只有虚无，只有混沌。

"如果心念主宰世界，那人人当皇帝，地球都盛不下了。"

"又来了一个阿 Q。"

"疯子的意淫。"

……

姜半仙还没讲完，观众一个不剩了。

情、爱、欲，是什么发的酵

没有爱，我一天都活不了。

"一切就这么来了，像迅雷，似疾风，如闪电，我甚至都没有准备好！"

"这竟然是真的。幸福在澎湃，泪水在汹涌。太阳升起来，明亮又温柔，天蓝得像绸缎。城市的楼尖，飘忽在云雾之中，街道的车流，深情款款地移动。行道树下，闪出悠然的人影。天地为我而生，世界多么美好，这样的日子，只要活一天就够了！"

"我有时想，你为什么不对我狠一点、冷一点？就那么一点点就行，让我的欲望死在萌芽中，继续单调枯燥地挨光阴，也更让你有青春花样的明天。"

"晨玲，我给不了你什么，而你给了整个世界，整个生命！对于你，愧疚占据着我的心。留的一丝丝的缝隙，还是对你的思念和感激。"

"幸福迎面而来，太猛烈，太完美！我只有祈祷，虔诚地祈祷。心不要承受这种暴烈，血液不要这么沸腾。得了非分之福，就应该向天祈祷，请主饶恕，如果命运要给我苦痛和报应，我也要好好接受。"

童午把自己的感受发过去，晨玲也把自己的想法发过来。

"遇见你，是上天的旨意，我心甘无悔。"

她又说，"有的女孩子，插足别人的家庭，寻死觅活的，要怎么怎么的。我不会，一定不会，那是侵略和伤害。为什么要弄得声名狼藉，家破人亡？对谁有好处？"

晨玲给童午的，是顺从、配合，是美而不自觉的素朴和温顺。这个，裴裳给不了，或者说，过去给过，现在给不了。

花艳诱人，禁果飘香，毒蛇嘶嘶地叫。

生活是所大学，门槛很低，没有围墙，爱情也是。真假，得失，浓淡，搅和浑然，难以飘别。

时间确实侵蚀婚姻，柴米油盐，煮烂了爱意，连责任都成为反噬的锁链。只要钻进了婚姻的围城，什么都成为刺向爱情的刀戟，连平淡都成为最危险的敌人。

童午的心在咆哮，晨玲的心在屠烧，就像强震后的海啸，狂涛巨浪，铺天盖地，直到能量在野蛮摧毁中抵消顿肃，留一地狼藉。

不明白，这欲望是从哪里冒出来的，像一眼望不到边的荒原，瞬间遍野蓊郁。他们之间只有无法忍受的思念，火烧火燎的爱意，出轨也好，插足也好，伦理也好，道德也好，只能让街谈巷议说去，让法庭律官判去，让小时缺钙大时缺爱的人骂去，让指指点点的人吃瓜去。

对于情欲，大脑就是屁股。

男女之间，爱、情、欲，最好分开，不幸的是，它们都同穿一条裤子。

他即兴写了一首诗《险处的风景》，但没有发给晨玲。

走进　就被你的深渊吞没

远离　又被你的雾纱缠绕

迷上这种险处的风景

总被美丽的距离欺骗

有种爱，天天相见，还是思念

他说，认识她之前，还不认识爱。

"呼隆！……"飞机在跑道上滑翔，加速。

武汉到海口的航班。

童午的心一颤，飞机昂起头，房子变小，地面膨大。

南方某市组织海南岛笔会，方塘市可报两至三个名额。翟主席去过海南，怕坐飞机，就让童午再约个把名额参加。童午说约了几个都说年终检查脱不开身，最后只他一人去。

其实，他没在方塘市约人，约到杭州去了。

"宝贝，我从武汉飞过去，你从杭州飞过去，我们海口美兰机场相会。"

"宝贝，十二月二日，那天正好你的生日，有这么巧合吗？蛋糕，你喜欢吃什么味道的？……"

那几天他们在电话里细致商定了海南幽会的一切。

童午和裴裳的关系时冷时热，但双方都试图修复。

晨玲这边参加公考顺利录取，年薪制。心情大爽，正好放飞。

浩宇一尘不染，邃远，澄朗。太阳的金光镀上舷翼，下面铺满了云层，看不见大地、村庄、河流。

一万多米的高空，杂绪全无，唯有爱和思恋，饱胀胸膛。童午脸色凝重，心潮翻滚，酝酿着什么，下飞机时发出去。

她的纯良，她的气息，她的带有奶油气的声音，叮叮咚咚在耳畔回响，她的呆萌，像泉水一样冒滴，伸手可掬。

两个多小时后，飞机在海口美兰机场降落。

晨玲收到了一条短讯。

天地对我温柔以待，我已拥有星汉灿烂。

蓝天，白云，海浪，椰树。

看那天空，愈近愈低，愈远愈高……

啊！第一次，生命第一次，如此亲近云朵，亲近蔚蓝，亲近阔叶林的闪光。

怎么，这云，柔如初夏新棉，洁若深冬白雪，在眼前，也在天边？在现实，又在梦境？

怎么，这椰风云影，见到你，就有了临空飘举的眩晕！才知道自己沉迷得太久，压抑得太久，低落了太久！

怎么，这海浪，款步轻轻，含情脉脉，似寂寞之花，浪迹天涯。

这里的一切，好像在对他们说，不要磨掉了热情，剥蚀了灵气，人生有更多更美的境域，更多的光芒和色彩，更多的召唤和远行……

童午比晨玲先到近三个小时。

他买了点心、水果等小吃，一盒小型蛋糕，蜡烛，做了好多准备。

晚上两人终于见面了。

灯光温暖，夜风中飘柔着海的气息。

"在认识你之前，我不认识爱……"童午深情望着她。

"嘿嘿"，晨玲微笑时的俩酒窝，如月出云海。

"说真的，对你不公平，我欠你太多，今生还不起。"童午想了很多，这个简陋的生日仪式让他过意不去。

"嘿嘿"，晨玲又笑，花开明亮的样子。

他们相顾无言，这成了交流的密码和习惯。

"玲。"童午轻轻喊。

"嗯。"晨玲柔声应。

"我觉得，全中国，不，全世界最好的一个女人被我碰上了。"

"是吗?"她笑。

"我啥也没有给你做过，就是在动车上帮你搬了一个箱子。"他难过起来。

"不止，不止，嘿嘿。"

爱让一切丰盈多姿，单纯和简朴是最牢靠的拥有。

"比如现在，给我地球的球长我也不要，我只要你，只要对我一无所求的你。我也明白了，有人爱美人不要江山的原因。"

这种纯真的爱，让他只有一种选择，就是拿生命交换。失去这种爱，就是让他去死，不，比死都残忍!

玉带滩，万泉河入海处。

浪退人进，浪来人退，一边海水，一边河流。

长千米、宽百米的玉带滩成为河海的分水滩。

童午和晨玲赤脚在沙滩上嬉戏。

"你从哪里来，我的朋友?"

他抱起一只大海龟，用脸贴着它，凝视着它的眼睛，喋喋不休：

"没想到，波涛汹涌中的生命，却是这么温柔、沉静。"

"你唯遇见我，我唯遇见你，堪比大海捞针。"

"见面仅今一次，从此天涯陌路。"

沙滩柔软，海浪悄悄靠近，激越一跃，水花四溅，众人尖叫。

浪花里的记忆冲不走，久久都有回声。

岛像天上的云，云像海里的岛。伫立在亚龙湾森林公园山顶塔楼，他们一起看海岸线的弧形，天海浑然一色，透着墨绿，闪着蓝光。

还有，舌头像蛇信子的女导游逛景点就催，挤时间去购物。大家要炒她的鱿鱼，童午和晨玲制止了：生活不易，你看她的嘴角都变形了，像蛇口了。

这是大海，生命摇篮；爱生万物，包括仁慈。

夜游三亚湾，惊涛拍艇，海风吹拂。

举目星辰明月，微笑无觞，低首紫浪氤氲，天地混沌。

那一夜，销魂失魄，乾坤倒悬。

这次笔会活动，主办方和协办方密切配合，参观旅游。

车上有人调侃，上车睡觉，下车尿尿，回去什么都不知道。伙食作息，吃得比鸡少，起得比民工早。大家自嘲：一个骗子，举着一面旗子，带着一帮傻子，癫成一群疯子。

团里很多人知道童午、晨玲是"野鸳鸯"一对，都见怪不怪，甚至引以为尤。

"做人太累，想成仙；成仙太难，还是做人；做人太烦，于是成佛；成佛太苦，还是做人……"团里一位穿椰树图案短袖的络腮胡子大叔，远观射向星空的激光，近看车内依偎缠绵的男女，感慨起来。

"这一路，被椰子汁喝成奶妈了。"一位女士说。

"我乳腺都增大了。"一位男士嚷嚷。

彼此都有些熟悉了，一些单身人士，用大尺度的言语，发泄和稀释心中的暗骚。

……

"啊，海上观音!"晨玲叫了起来。

高大端庄的海上观音像，此时，太阳正照耀在她的头顶，远远看去，成为洋洋大观的惊天壮景。

"诸恶莫做，自净其意。"

巨大石碑的几个字，让人驻足。

童午和晨玲手牵手，从汉白玉的连桥走过去。两边黄色的旗幡在风中呼呼作响。

"她能抗十二级台风。"

他突然停下脚步，转过身来，发疯似的仔细看她。

她也看他，回之以微笑。

"宝贝，就是天天看见你，每时每刻与你在一起，我还是思念你! 火燃火燎地思念你，这可怎么办呀!"

晨玲摸了一下他的脸。

他们围绕观音像转了一圈。

"我怎么觉得，观音的容貌变了，她是不高兴了。"晨玲仰望着观音像，太阳鲜耀热毒，刺得她睁不开眼。

从海上观音像返回南山寺，他们双手合十，回眸远望，伫立良久。

在南山寺烧香，此情无穷期，但愿人长久。

他俩是求什么来着？别人求保佑平安，他俩求饶恕罪孽？

"我们怎么跑到这里来了？"两人都不好意思起来。

仔细一想，荒唐啊。但退无可退，像鲸鱼游上了沙滩。

下一站，是天涯海角。

圆润无棱的几块巨石，矗立在天之涯海之角。曾被海风海浪亿万年抚摸，如今引天下爱情竞折腰。

"还是留张照片吧，这些天我俩都没照一张相。回去后想你，就翻出来看看。"晨玲说。

"天涯海角"几个红色的字，笔力刚劲，据说是个爱江山也爱美人的皇帝写的。

"听说有情人不能来这个地方的。"乱哄哄的游人中，不知谁在说。

这几个字，刺痛了两人心中的块垒。

童午想起他写过的一首小诗《海滩》，记得结尾几句：

　　　　狂风巨浪
　　　　淘出无言的结局
　　　　所有神秘
　　　　终究都会浮出水面

一次诸葛亮会，光大了经典的不朽性

有人活得云蒸霞蔚，是在榨取谁的生命？

商海淘金狂飙突进，程正所在单位的经费却入不敷出、难以为继了。

这天早晨上班，大家发现办公室电话停了。本来已有两个月的工资只发前三项，不少人还一堆单子没报销。虽火烧乌龟里头痛，但外面维持光鲜运转。而电话停机，对他们这样的要害部门，就有点挂不住了。

"通知全员开会！"鲜于乐才对办公室主任马匹说。

八点十分，会议室人员到齐。

"同志们，在单位没米下锅的紧要关头，今天把大家请来，开个诸葛亮会，主题就是如何创收，确保运转。咱单位的经济情况是，寡妇屙尿，只有出的，没有进的。现在鼓励干部停薪留职，提倡机关办经济实体，我们就不能借这个东风，做点家庭作业？财政每年拨的那几个小钱，养金鱼？塞牙缝？"

"办实体好啊！"有人眼睛一亮。

"投资从哪里来？"有人茫然地问。

"嗯，是呀，这资金……"鲜于乐才猛吸一口烟，紧皱眉头。

有人提出打报告找财政要。

鲜于手一摆："不找市长找市场，我穷要穷得硬笃！"

有人提出单位干部职工集资或社会高息揽储，鲜于手连摆两下："风险太大！"

只要思想不滑坡，办法总比困难多。

大小诸葛亮们搔破脑壳，想了很多方案，都被鲜于拍死。

"你们看来不开窍。我说个想法大家补充。"鲜于乐才把烟屁股按在烟灰缸里，然后举起一根手指头，略为压低一点调门。

"有句名言是，不捏白（说谎）办不成大事。今天关起门来说个落墨（实在）的话，我们胆子可不可以再肥一点？步子可不可以再大一点？改革嘛，允许试错嘛。"

见大家还云里雾里，集中不了思想，鲜于乐才干脆来个脱裤子放屁，爽爽亮亮——

"靠山吃山，靠水吃水，我们靠政府就吃红巴巴（公章）！"他又把那肥厚的手一伸，用食指头点了点：

"思路决定出路，出路决定活路。"

"啊呀，啊呀，我们就是差根弦，领导水平就是高！"付副主任随即大声附和并鼓了几掌。不过他还是注意克制的，不然办公会开成了捧场会、演唱会。

协作办大小诸葛们的头脑风暴，成为单位发展史上划时代的创举，树起全市名噪一时的标杆楷模。从开会策划、制定方案到项目实施挂牌成立，仅仅用了 4 天，超过深圳速度。其成果如下：

新公司坐落在方塘市最繁华的衙斋街闹市中心。

一个装饰一新的店面。

一块牌子，上面写着"楚天经贸事业有限公司"。

一张老板桌，桌面摆了招财进宝的琉璃貔貅。

一枚公章，单位开张介绍信到路边店刻来的。

一挂鞭炮，另有凑热送贺者配套了几箱震宇雷、冲天炮。

这"五个一工程"，全是拉的"赞助"。

开张那天，箫斋街车水人流，鼓乐齐鸣。

腰鼓队可不是那号水桶腰的女人，全都是楚王爱好的那种细腰，是容易让男观众加重颈椎病的那种臀围。

鲜于乐才的人脉深厚、交际广泛，在这次挂牌中彰显无遗。全市一百多家兄弟部门、二十多个乡镇，甚至省城里的、临近县市的单位，致贺随礼。

"解放思想，奇思妙想；解放思想，黄金万两……"

迎宾大会上的鲜于乐才，西装革履，虎模熊样，收放自如，名流风范。

"什么难题，都不在他话下。"

"这官该他当的，点子多，魄力大。"

"能干会道，善于应付各种困难局面。"

经协办的员工窃窃私语，对他们新来的掌舵人佩服得五体投地。

客人散去，财务一盘算，进账不菲。

这笔收入让鲜于大人乐开了花，当即指示办公室：

"首战告捷，通知今天晚上在皇家一号举行总结团宴，全体参加，允许带情况！"

鲜于一激动，把平常圈子里的最新流行词说漏了嘴。

"情况？"有干部点头称是，"鲜于主任粗中有细，总结工作带情况。"

"情况是什么东西？情况不就是个问题吗?"听出名堂的人挪揄。

"哎，我是说把各人的工作情况到时汇报一下，什么情况有没有问题的?"鲜于乐才赶紧纠正整肃。

领导改了口，其他人都"好好好"了。

后来有人还是搞清了鲜于乐才说的"情况"意思，不仅没有削弱对鲜于大人的好感，反而增强了莫名的信赖。

"鲜于是个正经人，过过嘴瘾而已。"

"老板鼓励下属带情况参加，与民同乐呗。"

"性情中人，真是个接地气的领导啊。"

晚上六点许，方塘大道皇家一号灯火辉煌，欢声鼎沸，总结庆功宴如期举行。

"酒量大的到豪包，酒量中等到一包，酒量小的到二包。"

鲜于主任亲自部署，酒量小的必入另册。喝不得几壶的，到这场上，混什么混？

"鲜于威武！今天简直横扫千军如卷席呀，啧啧，您老人家是干大事的料！"

酒席还未开始，不少人像喝醉了。

"跟着您老人家干革命，我们就有盼头了！"

酒酣话热，赞声如潮，鲜于大人渐入佳境。

"你们看过《三国演义》吗？这部小说最具魔幻主义的章节在哪里?"他眼珠转闪，扫视全桌。

众人有点不明白，放下杯筷，侧耳恭听。

有的说是"巧借东风"，有的说是"草船借箭"，都表现出自己熟读经典，学识渊博。

"错。"鲜于否了。

有的又说了几个，都被否了。

"空城计是也！"看到桌上的人无可奈何了，鲜于乐才终于倒出葫芦里的药。

"啊！啊！"众人面面相觑，大声称是，又叹自个腹内草莽，少喝墨水。

隐藏自己无能，只要狂赞别人有种。

"诸葛亮草船借箭，火烧连营，还是靠天吃饭。不发东风呢，或者发北风呢。空城计就更魔幻现实主义，完全靠自己！"鲜于乐才用筷子点划着，"这叫作干手蘸干盐，空手套白狼。"

鲜于抑顿了一下气氛，似乎有让时间停滞的能力。

"见钱不抓，不是行家。天赐不取，反受其咎。大家不这么干，我就这么干；大家都这么干，我就那么干；大家往左干，我就往右干；大家往右干，我就往左干；大家正干，我就反干；大家阳干，我就阴干；大家明干，我就暗干……我鲜于某人，还不是拿来主义，还不是在生活中积累，从实践中摸索的。那么多的人，开皮包公司赚大钱，我就不能赚？那么多单位，日子过得风风火火，我们单位该天天忆苦思甜？非禁即入，法不责众嘛。擦边球都打不好，到这场子上混？不管黑老鼠白老鼠，躲得过猫的就是好老鼠！"

"经典，经典呀！"桌上笑声、赞声像开了锅。鲜于大人的妙语高招，差点把大家夹在筷子上的肉都惊掉了。

"厉害了，经协办是方塘市第一个吃螃蟹的，而且还是阳澄湖大闸蟹！"付副主任的奉承机智幽默。

"好了！"鲜于乐才提高嗓门，"全部斟满，我敬大家。第一杯酒，祝贺楚天经贸有限公司挂牌成立，筹备工作又快又好！"

人人的杯子全满了，没有一个忸怩的。这桌的人本来就战斗力强，更是老板亲自点的将，都是感情铁喝出血的。

"啧溜。"鲜于一杯干了。

"啧，溜……"顺时针方向一桌人清杯了。

"啧啧，溜溜……"反时钟方向一桌人清杯了。

第三杯，有人歪斜。

第四杯，有人开岔，啧溜了。

这天晚上，喝了多么久、多少杯、多少瓶，都不记得了。有人现场直播，有人挂了吊瓶。有人碰青了头，有人摔痛了腰。有的你送我，我送你，互拉着手不放，拉锯来回送。有的躺在马路上唱歌骂人。同办公室的搂搂抱抱，亲热有加，却反复问："你贵姓啊？"并连连叮嘱："以后多联系！"……

在他们觥筹交错、杯盘狼藉的时间，电台、杂志记者编辑加班熬夜，赶制专题报道。

翌日，《改革出凤凰，小鸡下大蛋》头条新闻见诸媒体，经协办一下子成为敢吃螃蟹的典型。

采编者无不感叹，多年难找这种无中生有的运作、涉险闯禁的胆魄、白手起家的范式，一句话，难以捕捉这种鲜猛新闻活鱼。

楚汉棋摊那些事

只是因为多看了一眼。

"黑棋打了背弓!"

"这脚棋都没看出来啊!"

"这么臭的水平,还敢到街上下棋!"

围观者惊叹,骂娘,哄笑。

裴裳供职的《方塘故事》杂志社,坐落在老城区临街处,一棵粗壮的歪脖子樟树下。

歪脖樟树原是连理枝,可能是影响店牌的曝光度和远瞻性,被锯去一半。有些店主生意差了,要么改柜修台,要么怪罪行道树遮挡招牌,趁城管园林不注意,晚上偷偷砍了。这个店老板手下开恩,留了半棵树。这条街的树,死的死,活的活,青的青,枯的枯,断头吊脖,缺胳膊少腿,形成独特的"盆景"一条街。

从不对称的树隙,可看到"楚汉超市"的店牌。

这种路边棋摊在方塘老城区为数不少。有门面的中产阶层,开个超市商店,附加麻将馆或棋牌室,喝点茶水,吃点果什,招徕顾客。

但有的超市摆个免费棋摊,让进店购物人、过往行路客、游手好闲者，捉对杀一盘，攒聚人气，吸引消费。

《方塘故事》门前的楚汉棋摊，像百年老店，名声在外。主要是这里过客多，早餐夜宵店多，超市门前有小场地，铺了防滑地砖，上方绿树如盖，是让人情不自禁都要歇息闲聊的地方。

盘里的棋子，千万摸万人捏，锃亮发光，缺牙豁嘴，散发油蛤气，似有老年味。然恰是这脏兮兮的棋子，勾起人下手的欲望。

另一个原因是，超市女店主长得饱满鲜润，一张嘴巴像粘了蜂蜜，男主人尖鼻瘦脸，木讷少言。

还有，这个路边棋摊，紧挨方塘市第一大杂志《方塘故事》，多少沾了点文气，是有故事的地方。

每天大早，卷闸门"哗"的一响开了，店家就搬好了两张小棋桌，几条长凳或单椅。

到了九、十点钟，这里便聚满了人。

过早打着噎的，遛狗牵着绳的，散步背着手的，买菜歇个脚的，提着帽盔开摩托的，都把脑袋往里伸。

这人拢过来，生意就不一样了。

有的口渴了，"老板娘，拿瓶矿泉水来！"

有的把烟盒捏个纸坨一丢，"老板娘，来包二十的黄鹤楼！"

还有的长期在这干坐的，时不时买个打火机，或一支雪糕什么的，有意无意表达对店家生意的支持。

花这多篇幅介绍一个小棋摊，只因个中大有乾坤。

方塘城的麻将馆，几乎家家都开，说是"小赌怡情"，实则是利益的格斗，意志的肉搏。在麻将馆待久了，纵有南拳北腿、太阴真功都会输，只有馆长一家赢。

路边棋摊就不了。

费些口舌，炼了脑子，过点嘴瘾，利益上所有人都会"保本"。

人说观棋不语真君子，路边棋摊可随便说，反正输赢是"公家"的。看客们在输输赢赢、骂骂咧咧中，选边站的满足了虚荣心，和稀泥的图了快活发泄。就是最划不来的观棋人，也有"消磨时间""打发日子"的收获。对有人而言，金钱花不完存银行，但时间花不完，就真没办法。

楚汉棋摊有着顽强的生命力。

棋盘捶烂过，棋桌捣垮过，棋子砸破过。棋手们大多棋技与脾气成反比。

老板娘开始用超强木胶剂黏合棋盘，但不几天就被捶垮。棋子呢，用透明胶布粘好，在瘾大水平低的暴性棋手面前，这木玩意根本不堪大用。有把一盘好棋下烂的人，会出离愤怒，更是棋离子散。

后来老板娘设计了一个框架结构的铁棋桌和铁面板棋盘，以应付这种"打铁"局面。却因节省成本材料，盘底轻薄，弹跳性增强，棋子砸在棋盘上，不仅轰然一响，棋子甚至蹦到马路上去了。

但这更加过瘾。

楚汉棋摊，达官显贵，乡巴佬儿，肥瘦白黑，一律平等。

一盘开始。

捉对厮杀的，红方是阔脸大面的摩的司机，黑方是眉毛相抄的瘦个青年。他们是这里的常客，围观者总是眼熟。

红方拱卒。

一片树叶掉棋盘上。老樟树正发芽换苞，新陈代谢。

黑方架炮。

两粒黑乎乎的树籽落在棋盘上，像新鲜的老鼠屎。

开局都走得飞快，一下进入白热化。

"将！"青年把一粒红"包"往棋盘一搭，开始猛攻。他的炮子只剩半边，左边的"火"不知去哪了，"炮"成了"包"。

"怕你不成！"摩的司机大声道。

"再将！"瘦青年用手支着下巴，脸上毫无表情。

摩的司机冥思苦想，拿棋的手伸得老长，僵着。

"啪——"树上的一坨鸟屎掉下，击中他的虎口。

他朝上面一望，几只黑羽白喙鸟，吓得飞到另一棵樟树的更高处。

"这只鸟还拉稀！"摩的司机边骂边甩手，又用另一只手抹了，"我未必要走一着屎棋？"举着的手反而收了回来，他要继续考虑。

"支士嘛！""三脚不出车是屎棋！"摩的司机背后观棋的叽喳一片，他转头看了，没理会。

"出马、出马，这都不知道，还下棋！"后面有个人再次高声喊起来，一种命令和不屑的口吻。

大家都知道他的身份——脸上有麻子的退休的厅级干部。

"出马？还要出牛啊，"摩的司机白了一眼，根本不想朝后面看，"噪音，吵死人了！你晓得个啥！"

一个开麻木拉板车的，对他出言不逊，退休厅官脸上的麻子都气炸了。

"我不晓得，你晓得？"麻脸厅官怒喝，一坨唾液雪花样飞到司机头盔上。他退休是退休，但位退味不退，虎死不倒威。

"你就是不晓得……"也不知道是摩的司机这天被老婆骂了，还是下棋输急了眼，没有相让的意思。

"你、你这个人，不就是一盘棋吗，嘴里不干不净的！什么意思？"麻脸厅官在路边摊上被泼面子，这还是头一遭。

"梆，"摩的司机把红头盔摘下来，用叠在棋盘边沿的一粒卒子敲了敲，发出钢音，"人家下棋，还问我什么意思。"他眼睛不屑地盯着地上的落叶，"指手画脚，以为还在台上？别人只有听的份？"

看到两人言中带刺，动了肝火，在场的人，有的轻描淡写地劝一下，有的巴不得摩的司机大喝一声，上演揭竿而起、武松打虎的大戏。

麻脸厅官气喘如牛，对高大威猛的摩的司机，打不过，骂不过，脸上青一阵红一阵，白一阵黑一阵，一顶厅级乌纱，顶不过摩的钢盔。虎落平阳，英雄迟暮啊。

他哼的一声，背着手气呼呼地走了。

平日里，其实麻脸厅官已经是一千个放下身段，一万个平易近人了。一到社会底层，虽然夹着尾巴，还总是感到不对劲的眼神。总不能一天到晚待屋里吧，那跟坐牢有啥两样？这么出来转一转，看一看，说一说，招惹谁了？自己曾在台上虽没帮过人，但连门卫都没得罪啊。

"我又没剥削你压迫你，这仇富仇官的恨从何而来？"他恼怒地想。

死老虎也吓人。熟悉官场的人对麻脸厅官还是心存敬畏的。有时他也手心发痒上去杀一盘。有棋艺好的，会主动让一两局，体现比赛第二的精神。他怎么走就怎么走，爱怎么悔就怎么悔，反正不输田不输地。

可不认识他的人就不一样。过去没看到他在台上的风采，体会不到他衣角打人的威力，自然不吃这一套。

"师傅，你狠！让麻子出丑了。"有人冲摩的司机伸大拇指。

"你肯定不晓得，他是个大官退休的吧？每月坐家里都拿上万元呢。"有个看棋的用舌头舔嘴唇。

这是"虫介虫"（蜈蚣）碰到了"挖泥坨"（蜈蚣天敌）。麻脸厅官背影消失，有人幸灾乐祸地说，"挖泥坨"在方塘口耳相传，是什么物种，谁也不知道，但肯定是蜈蚣的天敌，一物降一物呗。

"他睡在钞票上都行，跟我没关系。"一盘输了，摩的司机把对方的棋子丢过去，打得棋盘嚯嚯响，"霉气，再来一盘。"

"我管他是谁。跟我做了一角钱的事？吃象！他百万千万，又不拿一分钱给我。他当他的官，我搬我的砖。我又不求乞他，吃士！"摩的司机可能输急了，骂骂咧咧。

麻脸厅官气跑了，背后被人肉吃瓜。

有的说他没有任何业余爱好，其实很可怜。老伴身体差刚过世，独生儿子曾吸毒，弹琴唱曲五音不全，打麻将又怕输钱，练书画那是涂鸦，搞锻炼却放了支架，百无聊赖逛棋摊，多句嘴又被人骂。

嗨，这一退下来，上天无路，入地无门，想把自己混成一般老百姓都不行。终身制就是好，延长退休怎么还不搞！

麻脸厅官被摩的司机硬杠和羞辱的事，很快在方塘城传开了。

但麻脸厅官住在深宫大院，两耳不闻窗外事。第二天，他又背着手在楚汉棋摊上闲逛。如果摩的司机不在，他也会弱弱地帮人家参谋几招。

棋摊小天地，社会大广角。

甚至，《方塘故事》杂志开辟的《世象浮绘》《破罐杂烩》等栏目的许多题材，就取自门前的楚汉棋摊。

这里还真人间万象。

手机掉了找不着的，捡到钱包交出来的，家庭不和诉苦的，吃饱了撑着到这助消化的，看了点新闻畅谈国际大势的，抱怨天气不遵循自然规律的……这半棵歪脖子树下的弹丸之地，只没吊死过皇帝，其他的事几乎都发生过。

饱满鲜润的女店主说："吵吵闹闹、逞口舌之能还是小事一桩，就怕那种揭竿而起、死不要命的。

"那年在楚汉店前就发生一件让人毛骨悚然的群殴。

"一伙人与另一伙人干架。妈呀，这打架斗殴的起因，一不是争田夺地，侵屋占基，二不是欠债不还，杀父夺妻。

"打起来的原因是——你怎么用这种眼神看我，讨打欠揍！

"现在的人，一个眼神不对付，就拳脚相加，刀枪以向。难怪希特勒一个念头，就挑起世界大战。

"也不知是为了女人呢，还是看着不顺眼呢。他们反正打起来了，一伙人输了，另一伙赢了，赢的又输了，输的又赢了。

"有一天，赢家的一伙，被输家一伙偏偏在楚汉棋摊伺机逮住了。

"赢过的一伙见势不妙，四散狂逃。但有一个不幸被路上什么绊倒了。

"输过的一伙围上去，人人实体练功。直到躺地上的人，像沙包样不能动弹了，但并没有满足输家的求胜欲望。

"有一个人走到旁边的肉铺凳上，摸起一把蒲扇大的切肉刀，朝地上人的屁股、大腿……娘哎！把我吓死了！

"你道输家变成赢家了？鬼哟。这次赢的人只能东躲西藏，但跑得了和尚跑不了庙。大年三十晚上，输家一车人直接开到赢家屋里，活生生把切肉过年的老赢家手指剁了，脚筋抽了。

"那场景看了，我脚抖索几天！"

老板娘神经质地耸肩道。

"可叹，赢了的输，输了的赢。

"可怜，只是因为在人群中多看了一眼。

"哎哟喂，这多看一眼，多说一句，搬起椅子就砸，抢起板凳就捣。你们看，那缺胳膊少腿的，不都是砸了的。还有，冲进我店里，摸起啤酒瓶就往头上捶，搬起啤酒箱就往人脸上扔！娘哎，那是血海深仇吧。我酒几元钱一瓶，捣破了好说，但人的脑袋也几元钱一个？不止吧？在人的愤怒面前，脑壳连一个糖葫芦都不值，命连一根雪糕都不当！

"现在的人哪来这种戾气，开口讲骂，动手讲打。是吃多了激素食品吧，是农药把脑壳毒坏了吧。你说打架就打架，动点口角手脚，死不了人吧？要用砖头、大刀、角锄、土铳，如果有氢弹他都会放！"

"把把把，这种不怕死的精神，拿去见义勇为不好？去去去，抗灾抢险不好？当兵打仗不好？"

尖鼻的、瘦小的丈夫妇唱夫随，离开柜台走了出来，说话像布袋倒棉花。

女店主破例给棋友们倒了点茶水，平抑恶劣氛围，涵养生财和气。

"还是当官好。"打架闹事的话题告一段落，不知谁又重新捡起麻脸厅官的话题。

有的说麻脸厅官在位时，一只麻雀都没帮过。有的说他帮是帮了，帮的都是三眷六亲、五姨八姑。

有说麻脸厅官只活在主席台和电视里，已经形成神经官能症。

说话的官腔官调，像烙铁烙在舌头上，身上的官味官气，刀都剥不下来。

　　一次他上街买菜，迎面撞上原单位下属。

　　他笑着看对方，想主动打个招呼，不料那人好像不认识他一样。

　　他精神受了极大刺激："不对呀，我在位时，这家伙对我鞍前马后，狗样跪舔，现在？哼！打个招呼吭个声，挤个脸，堆个笑，有那么难？他那科长不是老子能到手？吃吃喝喝的报销单拿来，老子看都不看给他画了，得了老子多少好。别人可以这样对我，他不能这样对我！"

　　麻脸厅官像霜打的茄子，好多时候蔫头耷脑，后来甚至性情大变，动不动对老伴吹胡子、瞪眼睛，好像老婆是科长的化身。

　　这样下去，还能活三天两早晨？老伴想，天天发脾气，心脏血管又不是合金钢做的。

　　知夫莫若妻。

　　她到商场转悠一圈，买了张老板桌、太师椅。还清出一间房，收拾干净，配上报架、茶几，基本克隆麻脸老公上班时办公室的原貌。

　　"老头子，你就天天到办公室里喝茶、看报、批文件，我就是你秘书。"

　　"讽我不？你莫要我哇，玩笑也不能这么开嘛。"

　　"开玩笑有何不可？有利于身心健康的玩笑，就要经常开！"老女秘书苦口婆心。

　　胳膊拧不过大腿，厅官只得照办，下面就走程序了。

　　"报告宋厅长，我去买菜，萝卜一根，白菜两颗，五花肉半斤，请批示。"

老伴每天出门都如此这般报告。开始有些别扭，但没几天就习惯了。

慢慢的，麻脸厅官脾气好了，血压正常了，尿糖降低了，恢复了往日的精气神。

"老头哇，你生来是做官的命啊，被人伺候的味道就是好哇。"

可当麻脸厅官适应了这种环境，老伴去世了。

这不，他到楚汉棋摊看棋，因为在人群里多了几句嘴，就受这等窝囊气。

如果混得好

半人半仙的间歇性错乱。

如果混得好，一夜就红了。有背景是个宝，没关系像根草。不攀不找，不送不跑，一辈子只能慢慢搞。

如果混得好，衣袂风里飘，头发往后倒，上班只用点个卯，工资奖金一个子也不少。

如果混得好，台上作廉政报告不打草稿，谁知他腰包里装的不义之财真不少。只要不东窗事发，瞧，他的为官形象真好。

如果混得好，夫妻大秀恩爱，还可拈花惹草。外面彩旗飘飘，家里红旗不倒。

如果混得好，一肚子稻草可以在重要岗位上搞，高职称高学历人才，在破烂堆里把生计找。

如果混得好，南郭先生不会吹竽却不用跑。大锅饭真香，大合唱嘈杂，只要装得像，可以混到老。

如果混得好，鱼目成珍珠，瓷器变玛瑙。死脑筋穷困潦倒，机灵鬼酒醉饭饱！

——方塘故事《世象浮绘》

这天，十字街头的人几乎围成铁桶阵。

人们先以为是哪个店铺开业，把头钻进人缝里一瞧，是姜疯子开讲了。

但一般人是不能直呼他"疯子"的。姜半仙心情好时，你喊疯子、流氓，他还是乐呵呵的。他心情不爽时你这么称呼他，非跟你拼命不可。

如果谁不小心喊了他"姜疯子"，他会反击："哎，你说什么事？你才疯子呢！"甚至爆粗口，"你才傻呢！"

输了，当众出丑；赢了，是欺负弱者。真理都在疯子一边，法律都不能奈何他。

于是，有些情商高的人，就喊他"姜大神"或"姜半仙"，这时姜老头定会眉飞色舞，摇首扭腚，念念有词，竹板子打得山响。

姜半仙出场，每每人气爆棚，笑浪盈天，方塘城比过年都热闹。那些段子，总让人们笑得前仰后合，摊贩们引颈争睹，甚至忘了生意算错钱。

"荤素搭配，随到随唱，爱听不听，悉听尊便。"是姜半仙的开场白和口头禅。

有传说，他原来一度有花癖，一见到花就摘下塞进嘴里大嚼狂咽。又听说他经常爬到市郊外的天通山上，仰天号啕："玉皇救我，玉皇救我，收走你爱徒，收走你弟子吧！"

疯子有人性是麻烦事，有情欲就更危险，如果还有正常人的审美观，那就惹祸端。

有段时间，他一见到女孩就有特殊反应。

长得差的就朝她们身上吐一口唾沫，长得好的就出其不意抓捏一下人家的臀部。

这样经常招来一顿猛烈的拳脚，有时被打得口鼻流血还哈哈大笑。

乞丐有人同情，疯子遭人不齿。有一次有人出于为民除害的动机，趁他深夜睡熟，在他的草窝里浇上汽油点了火，早晨一看那里烧成了一堆灰！

大家都惋惜城里少了一个逗乐打趣的"活宝"时，第二天他却在城北桥头上用沙哑的声音唱得更带劲了。

还别说，他还真享受过有关方面的福利。

那一年有人强调，方塘城区的疯子在街上出没无定，乱说乱动，随地大小便。有的一丝不挂，招摇过市，甚至比领导干部的味都大，极其有损市容观瞻，严重败坏方塘形象，必须加以整治，动态清零。

但时逢检查在即，时间紧迫。建疯人院或收容所，既没投资又来不及了。

怎么办？开会研究时，有人献了一策：集中装卸，送君千里。

于是执法人员用农用车或三轮车，趁夜色掩护，将这些人集中运送到外地放流。

在确定和选拔收治对象时，有人就为姜半仙说情："姜疯子是疯子里面有知识、通人性的，毕竟不是一般的动物或标准的疯子，你把他发配充军，万一哪天他清醒了，拿起法律武器，诉诸道德伦理，勇敢捍卫起自己的人格尊严和正当权益来，那不完了？"姜半仙这次享受了一次正常人待遇，留了下来。

时间长了，姜老头的影响力和传播力日益疯涨。姜半仙俨然成为方塘市的公知人物，甚至渗透了市民的精神道德和家政管理。

街谈巷议，没有姜疯子的内容，差点味精；酒桌饭局，少了姜疯子的插科，妨碍消化；朋友聊天，没拿姜疯子的笑料打诨，是不懂幽默。

上到风流倜傥的头面人物，下到灰头泥脸的市井贩夫，华堂闾野，茶余饭后，随时都会出现"姜疯子"这个元素符号。

比如，员工对老板表忠心，"如果我对不起你，就是姜疯子养的！"如果忠诚度要加码，"我骗了你，就是姜疯子的曾孙！"

比如，朋友之间论真假，商人之间谈生意，"哪个不讲感情的，是……""哪个得了冤枉钱的，是……"

反正哪个可以做，哪个不可以做，都跟姜疯子有关，都拿姜疯子参照对标，"只有姜疯子才这样，只有姜疯子才不那样……"

你说他姜疯子还不深入人心？还不家喻户晓？

还有，对不做作业的孩子，家长只要说："看，姜疯子来了！"小家伙们无不面如土色，迅速进入认真状态，比说"狼来了"还管用。

姜疯子还经常出现在夫妻吵架、朋友失和、街坊争执等各行各业的类比中。

老婆对老公经济收入不满，会说："哼，人家两片竹板卖唱说笑，都可以搞到钱，你比姜疯子都不如！"老公弗能应也。

邻里冲突互相挖苦，会说："你德性比姜疯子都差得远！"必先声夺人，赢得主动。

一句话，方塘市民的日常口语里，"姜疯子""姜大神""姜半仙"相当高频。

这天，疯老头在十字街头发表了一些颇具卖点的新闻，原装内容，如实转录。

我是爱情的饕餮家，我爱天底下的每个女人。虽然神一天到晚附在我的身上，却没有一个人对我感兴趣。你们不爱我，我偏要爱你们！爱得你们头昏眼花，爱得你们天旋地转，爱得你们口吐白沫！

呸，摆什么样子，装什么正经，我清楚你们的内幕！啊，广阔的夜色，无边的情海，多少佳男靓女在被窝里发疯发狂，我都美得要死了。有一夜我在河边玩耍，看到两个狗东西光着腚子在那里"嘿唷""嘿唷"搞动作，吓得蛤蟆一个劲地往水田里跳。我搬个石头狠狠地砸下去，立即躲到河边埋伏起来。

还有一次，我在街上转悠，来到一家旅社玩儿。见一间客房有光，我踮脚朝窗子里一看，嘿，一男一女在那里地动山摇，馋得人直流口水。老子气愤不过，学老鼠吱吱地叫，又用指头在窗纸上戳一下，那男的把头从被窝里探出来张望，我屏息不动，那男的又继续进行。我又用指头戳一下，那男的又望一下。我不动，他们又开始作业。我再戳，里面的灯就拉熄了，什么都看不清了。他们以为外面是只老鼠，哈哈哈哈！

姜半仙亢奋异常，扯着破嗓门滔滔不绝。这时候人们才看出他"不正常"的一面，露出"淫疯"的本性。

但偏偏这"牛打鬼"的话，围观者甚众。

我打破了天，天必然下大雨。下雨刮风，谁知是我拿浴巾子洗澡造成的呢？去年我到沟里拾馒头，脚被玻璃划破五分之三。那天清早本是晴天，毫无雨气景象，我拿浴巾包脚，仰卧喊天，天猛然下大雨。我喊一声，天就下一阵雨，不喊又出太阳。

你们这些凡夫俗子都不信神仙。我拿浴巾舞动，与天交谈，男女老少在旁边哈哈大笑。我说别笑，你们来看一看后院那棵桂花树，我要它那满树的花消失，信不信？他们当然不信，于是我把浴巾往树上一挂，花没有了，他们才感到吃惊。那棵桂花树，我要它开花马上开，即使大雪天，残花未败，新花就挂满了树枝。桂花一开，妇女外出卖淫现象就严重了。

一个砖头飞了过去，正好落在姜疯子的头上。鲜血顿时顺着太阳穴和眼角流下来。

"哎哟！这是哪个孙子打老子呀！哎哟！老子又没犯法，为什么要打他爹？"

姜疯子捂住流血的头，先是大声喊叫，看见手里一把血，又改成了哭腔："为什么要打他爹！唉哟，唉哟！"

在场的人一边嘟囔，一边走开。

"好恶，怎么能这样，人家毕竟是条命啊。"疯子挨打虽是常事，但还是有人叹息。

姜疯子昼伏夜出，神出鬼没，别人看不到的他能看到，别人想不到的他想得到，所以他的信息量大，花边新闻总是层出不穷。

还有什么是真的

有人让你下了地狱，你还感激涕零。

"数学天才出家当和尚，母亲哭阻拦不住。"这天，程正在办公室喝茶看报，一则新闻吸引了他。

"程正，你到我办公室来一下。"鲜于乐才在门口喊。

起身，丢报，出门。

程正纳闷，近段鲜于大人看他眼神都有些异样，未必是要把空了两年的科长给他？再未必是他送的假烟被发现了要退？想到这，他似乎听见了自己心跳的怦怦声。

"呃，是这样，我们单位的公司呢，目前有名无实。如果要检查，是过不了关的……"鲜于说到这里停顿了，思考着深吸了口气。

这一开腔，程正心里的石头落了地。跟自己那件糗事无关。这一刻，他差点爱上了这位好领导。此时只要不说假烟的事，鲜于大人让他到粪坑里咪蛆都愿意。

"实业公司没有一点实体是不行的。如果现在撤了，向上对外都是交不了账的，人家会说我们开个空壳公司骗他们份子钱，会说我们开皮包公司，搞假政绩。"

程正还是云遮雾罩。

"我们单位有这么多人,但像你这样有学历、有能力又年轻的人才少之又少。年轻人,有闯劲,正是施展身手的好时光,完全可以干一番大事业。"

程正心头发热,要提拔了?

有人敲门,人事科长进来。他脸上似有文件色,走路时两只细长的脚钉钉子似的。一看就是那种抓铁有痕、踏石留印的小"表哥",很有培养前途。

科长低首弯腰,双手托着文件夹,递给鲜于主任签字。那一刻,程正觉得人事科长都进来了,莫非有戏?

"我们单位协作活动繁忙,招待客人多。我有一个想法,还没上会研究。"鲜于签完字,一脸严肃地说。

研究?一听这词,程正浑身燥热。

人事科长拿着文件夹出去了。

"这就是,开一家餐馆为主的接待中心。一来呢,有了经济实体,外面就不会说我们楚天经贸有限公司是一个空壳。二来呢,自己单位吃喝也方便,开源节流嘛。"鲜于乐眼光直逼程正。

"开餐馆?"

"是。"

"谁去?"

"你。"

程正倒抽凉气,面瘫一样难看。他想的经济科科长变成经济实体,经济实体变成经济实惠。

"这个我没搞过啊,领导,这……"

鲜于乐才慢慢点燃一支烟,故意把烟盒扬了扬。

程正瞥了一眼,与自己送的烟牌子一模一样!

坏了，他在抽自己的假烟？这长时间还没抽完？

他悔不当初啊，送了两条假烟，自己一直如鲠在喉，不知吓死了多少细胞。这昧良心的事干不得。但谁叫他那么穷，买两条真烟的钱都拿不出呢？

"叭——"鲜于乐才吸一口，吐出一个烂烟圈，似乎在提醒对方抽的什么牌子，但又显出津津有味的样子。

未必这货分不清真假？但愿呀但愿。

"我一辈子不说假话，不办假事。"鲜于意味深长，"当然也不喝假酒，抽假烟，"他把话题一转：

"这样吧，公司办个实体还是你去，只要搞个一年半载，或短点时间都行，把这风头扛过去。经济科科长空缺，我一直顶着上面。这个位子没安排人。你好好干……我就不多讲了，下半年还有一批……"

程正点了点头。一是感觉烟的事，鲜于绝对清楚，既巧妙点破，又不让他当面出丑。他这抽的是别人送的真烟，你那送的才是假烟。二是经济科科长的诱惑真摆在那儿，虚位以待。

"那我就去吧，鲜于主任，感谢栽培！"像一头野牛被套上犁轭，程正不由自主就戴索进圈了。

他回到办公室，又在桌上看到了刚才那张报纸，数学天才出家当和尚，还联想起名牌大学生卖猪肉、养白兔的。

哼，这尼姑别人摸得，我就摸不得？他们都能卖猪肉，当和尚，我开餐馆算个啥？

其实，是那个经济科科长的空位，让他程正这么阿Q的。

不经底层挣扎，不知生存之艰

所有的失去，会在另一个时间归来；所有的得到，会用另一种方式偿还。

树挪死，人挪活。程正毅然决然与眼前的一切断舍离，觉得未来总比过去好，但他却迎来了人生最悲辛最黑暗的时刻。

单位与他签了合约。由于总原则是白手起家，自主创业，只预借三千元启动资金给他，而且还要逐月从利润中扣还。

这不是从米箩跳进糠箩，而是跳进了火锅里。

他一介书生，对经营是擀面杖吹风——一窍不通，但既然在鲜于大人那里表了态，就只能硬着头皮干下去。

开餐馆，呵呵，见鬼，都说这是四六开赚的行当。

程正也总朝好的方面去想，时下虎吃海喝，方塘市这么多家单位，这么多张口，市场这么大，这么多酒林好汉、肉池豪杰，一日三，三日九，不赚个盆满钵满才怪。他脑海里幻化出诱人的预期，原来十万、百万元户是这样炼成的……未必当年箅箕神说的是这意思？哎，曾经窝在体制内，朝九晚五，要死不活，多么可悲。

焦头烂额张罗一段时间，他准备试营业，挂牌"隽瑰"餐馆。

那天早晨，程正出去购物了。大堂有人做卫生，"三洋"（收录机）里放着欢快的歌曲，"我们的未来，在希望的田野上……"

突然一伙人闯了进来。

有的穿着制服，其中一胖头大白脸，走路像移动的肉山，旁人叫他"坦克"。

"听说这里准备开餐馆？"坦克吼起来，小胡子抖动着。

在场的面如土色，有人小声回答是的。

"证照齐全吗？"坦克的声音像换挡冲坡。

有人颤抖地指了指墙上，嗯，那不是的。"坦克"进来，房里似乎阴沉多了。

"手续齐不齐，我不知道？"坦克看都不看，大家感到恐怖指数骤然升高。

"没那么容易！"一个小个子从坦克胯边钻过来，大声斥责，头上的帽子矗一把铜壶样，像《红灯记》里的王连举。人虽头重脚轻，但看他第一眼的，总被帽子镇住。

"你这个餐馆，到底姓公姓私，姓社姓资，骑马打屁，两不分明！"

"注册资金玩空，经营界限不清，光天化日之下，大庭广众之中，特别还在我们眼皮底下开餐馆，简直和尚打伞，无法无天！你们老板，是想钱想疯了吧？""铜壶"怒不可遏，差不多要用脚踢屋里的家什。

一阵秋风扫落叶的斥责后，有一个长相斯文点的人走上来，和颜悦色问道："你们，谁负责？"

"负责的人买菜去了。"大家六神无主，生怕说错了话被追责。

"那你们告诉他哈，说我们来过哈，让他看仔细，想清楚，弄明白哈。"斯文者提醒。

"请问，你们是什么人呢？"餐馆人员怯生生地问。

斯文者像春天般的温暖，笑了笑，"连我们是什么人都不知道，难怪呀！"他指了指街上斜对面，大家恍然大悟。

"天啦，有眼不识天王山，该死！罪该万死！"厨师跑过来作揖打拱，递上烟："差烟，差烟。"

"跟你们老板说一下，让他把规矩讲好，否则就关你门！"坦克、铜壶丢下一句话，一伙扬长而去。

房间又明亮起来，"三洋"里唱出了铁窗泪，悲悲，切切，凄凄，惨惨。

大堂的人哪见过这阵势，个个惊魂未定，脸色煞白。

"好吓人啦，不会捉我们坐牢吧？我们肯定犯了什么法哟……"端菜工裤腿还在颤抖。

"这怎么得了哇，我妈的熟人介绍到这打工，一个月二百五，包吃不包住，原来是这样，不想搞了。"洗碗工哭丧着脸。

"那都是祖上积了福的人，"厨师叹着气，往墙角里丢了烟蒂，"所以，我卖血也要送伢崽读书，做管人的人，当管官的官。不能跟我这代人一样，猫狗不如！"

正说间，程正拿着一个本子进来了，他朝外面大喊："麻师傅，帮我把菜搬进来！"

他转头一看，大堂里的人个个垂头丧气，有的眼里含泪。

"怎么啦你们，开张大吉，蔫头耷脑的，也不讲点禁忌？"

大家都还未缓过神，还是收银员在柜台前说了原委。

"程总，要关门！"

"嗳，关门？"程正吃惊不小，问了头来尾去，感到事态严重。他支走了搬菜师傅，"麻师傅，你先去，我等下来结账。"

"噢，我还不相信你！可以赊，可以赊，这么大的老板，这排场的餐馆，还怕你跑了，绝对信得过！"麻师傅慷慨地去了，一脚把"绿蛤蟆"（三轮车）的油门踩得像打爆竹，喇叭像人捏着鼻子叫，一溜烟跑了。麻师傅做了一辈子生意，还没见过这世界上，一开张就赊账、就关门的餐馆。

"把那该死的音响关了，我去找鲜于！"

程正用手背抹了抹额上的汗，简单安置一下又出门了。

他忽然意识到，自己莽莽撞撞，竟一头钻进棘刺窝里。还想变成万元户呢，还说赚钱了出去旅游呢。笑话啊，耻辱啊。对他而言，既当不成官，也发不了财，甚至活下去都难。

程正风急火燎地来到了经协办。

鲜于跷着腿，叼着烟，看见额头冒汗的程正进来，并不感冒。

"呃，你餐馆搞得怎么样了？我正想约几个人去试菜的呢。"鲜于先开口问他。

"报告鲜于主任，他们要关门！"程正眼里射出焦灼的光。他办实体碰到难题，以为领导也会跟自己一样急。

"关门？所以，我又要批评你了，书岩（呆）子就是书岩（呆）子！"

"搞得好好了，正准备试营业，他们就说关门，怎么是这样，这么复杂，真是搞不懂！"程正老鼠进风箱，两头受气。他万万没想到鲜于是这种态度，想死的心情都有，悔不当初啊。

"程正呐，你脾气还不小呢！我都跟他们打了招呼的，手续边建边办，现在不是鼓励搞实业嘛，这个餐馆还是单位的呢，还姓公呢。不是提倡先上车后买票吗？管这个事的局长，曾经还跟我一起扛过枪、同个窗的呢。"

程正发现鲜于对他的态度变了，有些后悔在领导面前发火。

"这段时间，你都在干什么？"鲜于用食指在桌上点了点。

程正无语。

呵呵，他这段在干什么。这伙计在领导面前虽然尿急，但屁都打不出来。大会不发言，小会不发言，前列腺发言（炎）。

"你呀，给了舞台唱不出戏！"鲜于乐才见程正说不出所以然，越发不耐烦，"不是我说你，叫你锅碗瓢盆的事少找我，结果呢，你还真干脱壳了，独立王国了，要飞天了！"

程正听着鲜于的训斥，看着他白皙的手胡思乱想，能变成他的指头该多好。

一个餐馆开张，租房、装饰、招工、购物、借钱，他甚至有累得活不下去了的感觉。鲜于还问他这段时间在干什么，他肺都要炸了，但还得忍着。

也正是这些日子，让他明白，世上有多少忍辱负重、挣扎苟喘的灵魂，到处都是不被知道的痛苦，被人漠视的艰辛，遭受践踏的软弱。

他也想反驳申辩，但老虎吃刺猬，不知从哪里开口。

说他刚坐"绿蛤蟆"去菜场买菜？跟各路贩子讲价？说他厚着脸皮在家具大世界里赊椅凳还要虚张声势假装有钱？说他早上五点起床，晚上十一点才回到家里摸床不着？

他越想越气，嘟了一句：

"领导，白手起家办实体，得有多少事、多么难？还问我干了什么。"

"嗨，嗨，嗨！"鲜于乐才一串恶笑，满脸的轻蔑水样往下流，"这是你工作能力、工作水平问题。你干了什么？说你你还不服气？"

鲜于进一步剖析，全面概括："炒菜有厨师，收钱有柜员，端盘有小姐，洗碗有杂工，你是甩手掌柜还差不多，这都叫累？"鲜于用指头推了桌上的烟缸，"累什么累？我推烟缸也叫累，是吧？"

程正哭笑不得，鲜于只要结果，不要过程。

一个本科生，连个餐馆都开不好，贻笑千古。他当时是立了军令状的，不提脑袋来见他，鲜于大人就开恩了，还这累那累的。

"我问你，"鲜于法老样庄严，"你请相关职能部门领导吃过饭吗？！"

程正讷讷半晌，"我……想等餐馆开业后再请啊。"

"哈哈哈哈！"鲜于一通怒笑。

"我批评你还不服，"鲜于先扬后抑，"程正同志，你情商为零，甚至负数。请吃饭，时间不同，效果不同，人家与你不亲不邻、无缘无故，涮锅水都没喝你一口，跟你办个狗屁事？"他把手机往桌上一丢，"将心比心，人家碰上你这种不懂板的人，不卡拿要，都想卡拿要！"

程正的意思是，他一个开餐馆的老板，到别家餐馆去请客，这一是没钱，二是浪费，三是滑稽。未必要吃要喝，等不得这两天了？但他越解说鲜于越烦。

"跟你说不通！"鲜于冷笑，脸上好像一下结了冰，"开餐馆的不请人吃饭，说得过去吗？不笑话吗？你这去下海，不被呛得七窍流血才怪。舍得舍得，有舍才有得，先舍后才得，你贷款都要请，还等什么开业关业！"

鲜于还有恼火之处，毕竟隽瑰餐馆是他经协办的实体，还没开业就被关门，那不是让他鲜于难看？何况他跟那边头头脑脑都通融通融了。

"赶快，请他们吃饭！"鲜于完全不耐烦了，他暗想，还想当科长，就是提拔姜疯子，也不会提拔这种人，没一点政治头脑、商品意识。

"接待就是生产力，能喝就是战斗力。懂吗？有的部门有些人，刷存在感就是职责，懂吗？打哈欠就是工作，不说话就是发威，吭一声就要害人，懂吗？……像庙里的活菩萨，木质结构，油漆道具，但威力无形，杀人不用刀，不见血，你都不知道怎么死的，懂吗？"

鲜于说了一大通，程正若有所悟，点头告辞。

待他一走，鲜于乐才晃到其他每间办公室，脸都拉成两把木瓢：

"杵衣棒画双眼睛，也算作个人。这年头，还有这种栗木疙瘩！我看他书是从屁眼里读进去的！"

当然，程正都听不见鲜于背后的话了。

"今天骂得好，骂得对！"相反，他痛定思痛，用巴掌在耳根拍了两下，"鲜于的话，越咏越有味，胜读十年书。他是恨铁不成钢，真的关心我。"

变 通

人一低头，就会尝到甜头。

有人选上总统都靠一个"变"字。

他程疙瘩确实慢了，迟了，木了。得迅速地请那帮爷们吃饭，不然就要闹出开业即关门的笑剧，那鲜于不剁了他脑袋才怪！

变，变！变！！更高，更快！更豪！！

紧接着，程正风行雷动，上门打躬作揖，上香请神。

他首先见的铜壶。对方很赏脸，勉强答应参加吃请，但有一要求，坦克领导必须参加。

"哎，我不是要吃你这餐饭啊，这年头谁缺吃呢？"坦克忸怩半天，最后默可。他还跟程正指点，"那，你去接一下戴科长，戴界茂科长，他在隔壁107办公室。"

程正来到107，见有几个人在聊天嘻哈，他听得很分明。

"三句好话，不力（顶）一马鞭。"

"一蛮三分理，人就是怕狠！"

"当然也要讲究方式方法，做的做鹅叫，做的做雁叫。"

"……"

程正上前堆着笑问：

"请问哪位是戴科长？"

其中一人扬起黑脸，"嗯，什么事？"

"啊是您，失敬失敬！戴科长好！明天晚上请你们吃顿饭。"程正麻利递烟，腰屈成九十度直角，"我是隽瑰餐馆的，姓程，嘿嘿。"

"啊？"戴科长收住眼光，语调温和，一看就是一伙里最有话语权的。程正也听出是刚才主张鹅叫雁叫的那位。

"说掏心窝子的话，你手续没有完全办齐，就开张营业，是违法的晓得不？但我何苦要得罪你呢，方塘这一巴掌大，低头不见抬头见的。去，可以，但跟你约法三章，酒要喝，手续也要办！"

"办办办！"

程正连珠炮似的表硬态。

回来的路上，程正有一种完成了一件大事的喜悦。赠人玫瑰，手留余香。难怪有人以捐赠为乐，烟酒开路，左右逢源。

"酒要喝，手续也要办。"戴科长的话还在他耳边回响。他想起儿时村里有个"养禁"（看山）的老头叫炳喜爹，谁在禁山上砍了一根柴，定是没收工具加罚款，村里没有一个人不怕他的。炳喜爹的亲戚家没柴烧了，家里破箩筐烂筅担甚至旧椅桌都捣烂烧了。实在要断炊，亲戚躲到禁山上砍了几根柴救急。不想炳喜爹听到了响声，悄悄地上去，把他逮了个正着。

"炳喜伯，是我哇！"亲戚像老鼠见了猫，连喊十几个"炳喜伯"，指望放过她。

"管你炳不炳喜伯，今天的柴要拿！"

有人软硬不吃，还吃你的空口号？

第二天从早到晚，程正发动全员紧急筹备，又亲自上门，终于把几位要害人物，接进了隽瑰餐馆最好的包房。

"今天你们真给了我面子，让隽瑰蓬荜生辉。"程正抹着汗，躬腰颔首，递烟点火。

头晚他们几乎通宵研究菜谱，张罗接待。自己老家过大年，跟思理结婚宴请，都没这么上心烧脑。

他急呀，开家餐馆，一个残疾人都能干的事，他却干不好，那会让人笑得掉门牙的。他的激情被踩成了泥，尊严被捣成了酱。现在，他不是实现远大理想，干出轰轰烈烈的事业了，只要坦克、铜壶这些爹爹爷，许他开业就行。对，开业，开业就是开恩！至于赚不赚钱，就甭提了。他感到挣钱难，难于上青天，做人苦，苦于下地狱。那些发家致富的万元户、亿元户，是天蓬元帅、神仙八侣。他此刻甚至有个感恩的想法，如果这次坦克、铜壶要割他身上一块肉，也愿意！

变则通，通则灵。

下面的景象，就印证了鲜于的远见卓识，也让他这"栗木疙瘩"脱胎成"七窍呜嘟"。

"程老板，现在兄弟伙的，一家人了，以后有什么困难，尽管吱个声，这是我们的职责，"铜壶显然是他们一伙里"哇事"好听的，他手掌向上，大拇指朝着坐正上的一位，"这是我们卞局，一般的人是请不到他的。喏，我们今天帮你请来了。说句不该说的话，请他的人要排到北门畈里去。"

"啊！"程正用激昂的口气和神情表达感激度，"敢问贵庚是哪个'鞭'？"这请不到的卞局长请到了，而且还是以商招商、以客引客请来的。

"跟卡字差不多的那个卞。"旁边有人补充，怕人误想成虎鞭牛鞭的"鞭"。

"啊!"程正豁然,"卞局长,卞领导,如雷贯耳!"他在城区街头路尾打过照面。记忆里浮起他在街上大手指挥市场整顿的威武形象和街上鸟兽散的场景,不由对他崇敬万分。

"程老板,今天有什么菜呀?"铜壶语气幽默亲切。

程正心头一热,领导反客为主,与他零距离了。这正是他最得意的话题,他可是从昨天晚上就操劳起了,比筹办百鸡宴还投入。

程正从口袋里掏出一张长长的菜单,"喏,八荤、十素、六凉、四汤。"

铜壶淡淡地瞟了菜单,诡笑:"就是差点花菜!哈哈,卞局好不容易下一线指导。"

"落实落实落实!"程正突然开了窍,转身出门,号召餐馆所有女的悉数参加,男生负责后勤。

人说吃一堑长一智,看来还不够,得长两智,百智!

很快男女插花坐定,宾主零距离。

"哎,你们怎么叫隽瑰餐馆呢,这个招牌很个性嘛。"

程正解释,隽,美也;瑰,宝也,餐馆食材地道,服务员漂亮,还有……

这时收银员寥星说:"我们程总大学毕业咧。"

"啊,好!"众座终于投来齐刷刷敬佩的眼神,原来老板是大学生,一看就是文化人、明白人。

酒文化,吃文化,就是要文化人来搞!民以食为天,吃文化博大精深,没有几个"呢碌"(机灵)人还行!

主客反转,舆情哗变。程正都有点晕眩。多少年都没听过这种奉承话了。难怪要请客,难怪要喝酒。小小酒杯,简直黑洞一个,暗能量惊人。

有的表态，大学生发展，坚决扶持；文化人创业，强烈优待。

有的跟他当起参谋来：大街斜对面的"赐思"餐馆，店牌也很讲究。饮水思源，饮食思本，致富思德，暴殄思朴。那边老板相当厉害，人精一个，生意天天爆满，你这边可得好好琢磨琢磨，把他压下去。

有的指出，特色就是竞争力。你隽瑰餐馆，服务作"隽"字文章，食材下"瑰"字功夫，跟"赐思"饭店有得一拼。

确实，这是方塘最繁华的步行商业街，不进则退，慢进也退，谁也等不起，谁也坐不住。商品五花八门，店名千奇百怪。雨伞店么，挂称"雨"宙留，糖果店么，挂"糖"太宗；蛋糕店么，挂汉"糕"祖；疏通公司么，挂擒"屎"坊……

大家都善意提醒，在这条世纪大街，国际都城，开店没生意，那是热锅上的蚂蚁、篓笼里的螃蟹，一刻难熬。

一场混战，程正和隽瑰餐馆的全体人员歪七倒八，卞局、戴科、坦克、铜壶一伙脑热耳酣，宾客皆大欢喜。

程正那晚记忆断片，脑海只剩餐厅杯盘狼藉、夜空星斗灿烂的依稀……

十字街头，疯老头的新闻挑战无限

有这一个宇宙，就有另一个宇宙。密钥就是一和二。从大宇宙到小粒子，都是一和二的纠缠。

姜半仙的迷人之处，就是思维的跳跃性、情绪的不确定性和悟觉的诡异性。

人们说，箩筐里的，愿意听，筲箕里的，也愿意听。就是从一片葱皮屑，扯到太平洋，牛胯里扯到马胯里，也愿意听。

世界乱哄哄，精神病恹恹，疯话就会有市场。

空间和时间，都是对生命的蒙蔽。从宇宙观世，以哲思辨物，人类其实还在童年时期。

宇宙的边界，什么也不是，什么也不知，对人脑而言，无以理喻。

如果你看地上的蚂蚁爬行，看梁上墙角的蜘蛛结网，蚂蚁和蜘蛛知道有目光注视它们吗？

地球和地球人，可以忽略不计，甚至归零。姜半仙举例说，鱼在海底能知道天是蓝的云是飞的吗？如果它跳出水面看到真相非疯即死！蚊子在夜壶里知道头顶上的春光吗？如果上面有人撒尿，就是洪水漫天；有人拉屎，就是行星撞地球。

你可以回到过去，但回去的不是同一个空间。你可以穿越未来，但未来不是曾经的未来。

怀疑抵达真相。我们能感观的一切都局限在视界，囚拘在光锥。人的两片小小的感光的视网膜，能看清宇宙的真相？

如梦幻泡影，一切都不是真实的、全面的、可靠的、永恒的。

……

"胡说，这房子不真实？这车子不真实？"人群里有人骂。

"来，疯子，让我用石头在你头上捣一下，看是不是空的？"有人怕激怒他，尽量把"疯子"两字音量压低。

"怀疑一切？照这种逻辑，老公不可靠，老婆不可靠，兄弟不可靠，朋友不可靠，那可怎么活啊？"

"精神病病人看问题就是不一样，要么疯狂，要么灭亡。"人群里有人窃笑，散布这种言论，有什么益处？

上次姜半仙讲荤段子，就被人用石头教训了。

这次乱弹琴人听不懂，但没污染社会环境，反而还有宽容的声音。

"不过呢，如今的小鲜肉，眨个眼睛，摆个姿势，都有人捧有人追。可见粉丝比这更疯，更蠢，我宁可相信姜半仙！"有人持温和态度。

姜半仙似乎听到了下面嘀咕，哑着嗓子又喊起来。

"宇宙为意识而存在？我钻研了好久，物质意识混沌纠缠，无法分开。以物理规律和数学模式推理宇宙，去你的吧。无边无际，无始无终——光这点就不是数学，也不是物理，甚至也不是哲学。"

姜半仙越说越玄乎，听众越听越糊涂。

人群里议论起来：

"不信一切，一定是傻子，相信一切，一定是疯子。"

"说不清楚的，就莫要说，想不清楚的，就莫去想。"

"说宇宙密码是个二呢，他正是个二介货（方言，头脑不清的人）！"

真相就是没有真相。有人恍恍惚惚认同这点，但立即又怀疑起来。人在真实和虚象之间游移，稀里糊涂走了过场。

越简单的问题，越搞不准。越说不清的，说错了也对。姜半仙偏要挑战极限，谁都不能证明他错了。少数人说看到了鬼，大多数人没有看到鬼，多数人说服少数人没有鬼，少数人说不过多数人，最后有鬼没鬼，让权力和愚昧裁决。

"宇宙是什么，还要他说？精神病能把宇宙说清楚？"

"难怪精神病人的眼神都是游移不定、熟视无睹的。"

"我们眼里的世界是由父母、老师教的，万一，疯子的精神更接近宇宙的真相呢？"

"不说了，再说这个，大家都要疯了！哈哈，哈哈！"

姜半仙的演说在哄笑中散了。

我从水里来，不知水从哪里来

她一生都在演绎力与美的辩证法。

那时候她还在蓬草枝叶间吊着晶亮的灯笼。

她是渺小的、平凡的、脆碎的，风翅都会击碎她的精微，鸟鸣都会噪破她的恬梦。

她害怕来自任何方面的力量，她甚至只能以浮游和飘忽的形式寄寓自己的躯体，她流散于溪涧沟壑、高原低泽、莽林荒岗。

但她开始了寻觅，等待，呼唤；开始了汇聚，融合，孕育，累积。她操纵起命运的舵杆，向着远方，向着也许没有希望的尽头。她寻找着嬗变的机缘、成长的营养、力量的发轫。

她在山中蜿蜒、匐行，绿叶向她示意，花朵向她微笑，牧童在她的明澈里濯足，飞禽在她的清凉中颔首。

她一旦掣动，便不会犹疑，不会歇息，不会回头；她耐得住寂寞，经得起艰辛，受得了打击；她满怀跨越的冲动，奋发的意念，追问的勇气；她在高山的额头上镌下一条条皱纹，在岩石中击穿一个个弹洞，在峭壁上劈出一道道斧痕。

当她开始奔跑的时候，便给你展示何等奇伟的力与美呀！

这是水吗？她有时沉重，有时轻盈；有时蠕移，有时疾走；有时浅唱，有时怒吼。她温顺而又刚烈，娇美而又剽悍，冷寂而又炽热，奔放而又收敛，柔弱而又强大。

她天生向低，却给人以昂扬的姿态，她秉性柔软，却给人以进击的形象。她遇见平坦，则静若天仙；她遇见不平，则会翻腾；她遇见阻遏，则会咆哮。

她在天上运行，天便气象斑斓；她在地底潜动，地便繁荣多彩。她是溪，你可以与她的竖琴同歌；她是湖，你可以与她的韵致恋爱；她是河、是江，你会臣服于那奔腾澎湃的伟力。

她一定会把自己的生命推向高潮。

你见过大海吗？那是望不到边的壮丽。

你这时会想，水的童年呢，水的温雅呢，水的娟秀呢，水的柔弱呢，水的细碎呢，什么也没有了。她已经完成了量的质变，力的聚变，美的蝶变。

她如此雄奇、浑厚、苍茫、深沉、壮阔、袤远。她微笑宁静，却有悚人的力量；她轻轻喟吁，却滚涌着爆炸般的威赫，她沉静缄默却摇曳着火山雷霆……

水！这宇宙的精灵，地球的血液，生命的摇篮……

樊音正在上课，跟同学们讲《水》的故事。

她说生命是从水里走出来的，但不能、也无法跟学生们说，地球的水是从哪里来。

"不知她的过去，不知她的将来，只拥享她的现在。"

"对人类来说，水是胎盘褓褓。对天地而言，水是生命本身。"

亲吻一条鱼

那一夜，她与一个自由航行的生命邂逅。

周末，樊音学校的同事聚会。

别人劝，她也喝了点。

踏进家门，她看见水池的盆里有一条鱼。看到这鱼，醉了的她，激灵清醒，思绪活跃。

她俯身贴面注视它。

它轻抖尾叶，微翕唇口，自来水在它的脊背上滴着清响。

它的眼睛像是两粒星光，鳍翅像时间的化石，鳞甲恍若沧海桑田。这是宇宙的日记本，记录生命演绎的漫长和进化的生动，无法揣测的时间之手，描绘的神奇图腾。

鱼儿陷落囹圄，它眼光似乎含着异样的哀怨，它肯定感到了生存的变异和错乱。

"你来自哪里又走向何方？咱们，两个漂泊的生命，在这无穷的黑暗里，在无涯的时空里邂逅！"

樊音心里说，幸奇难过、忧伤。

这不是跟愚昧和荒蛮交谈，而是跟生命的圣祖神通。

浩瀚的时空，生命都是过客，何有高低之分，而在无边无际、无始无终里的邂逅，是无穷小的概率。

她似乎也感到了两者同处的幸运和悲哀，双手把它从水里托起来，深情地亲吻。

鱼儿好像也感动了，竟把她的舌尖温柔地吸了进去。

她在亲吻海的辽阔和蔚蓝，亲吻露珠和小草，亲吻太阳和星系，亲吻湖面的月光，亲吻有翅膀有灵魂的渔火，亲吻波涛王国的自由快乐。

你从哪里来啊，小精灵！在这万籁俱寂的夜里，游弋于时空的她们俩，跨过原始和遥远，穿越虚空和无常，像亲人一样对视和交流。

"我问你鱼儿，是我醉了，还是你醒了……"

那山那树那人

我们的镜头，我们的笔，我们的版面，要贴近底层生存状态，关注凡尘俗世。

——《方塘故事》墙上箴言

太阳在东山一露头，就让人不敢直视了。这漫山遍野的红叶，似非秋霜所染，而是被火烧红。

田园上翻耕的土地上冒出一层嫩绿，蒸着霜雾，袅进阳光的氤氲里。几只狗儿在撒欢，被追到的倒地上打个滚，露出白肚皮。

墨绿、烟青色的群山，峰峦线条清晰，是因为秋空的澄碧和大地的金黄。

方塘杂志策划了一组报道。那天裴裳和报社的记者去采访一个造林大户。

鄂赣毗壤一带的山，那才叫山呢，嵯峨、逶迤、冷峻、静穆。

从山崖上爬过去，便可看到一个行将斜倒的破茅棚，孤零零困在山沟里。

茅棚有一个黑洞洞的出口，筑围墙的竹条半截插进泥土，参差而稀拉，支撑棚子的树桩结满了菌子。

　　走进棚内，地上坑洼不平，水坑点点，霉味刺鼻，椅凳的脚都腐掉了，有蚯蚓在地上爬蠕。

　　这是一个植树者的家。他先后在四个地方搭过茅棚，一住就是二十六年。这个茅棚是最好的一个。

　　千古横亘的幕阜山，一代代山民们在这里与山拼搏，与山抗争，做过多少绿色的梦。

　　他就是这做梦人中的一个。

　　他叫林成海。

　　二十世纪七十年代，二十岁出头的他，来到方塘最边远的山区林场担任队长。

　　这里峰峦叠嶂，荒无人烟。海拔一千米以上的苍山莽梁，望一望都让人生惧发怵，他们却要在这里植树造林。

　　他和几位民工爬到叫"生死崖"的山腹，砍来树杈，割了芭茅，搭成了一个棚子，开始了艰辛的拓荒生涯。

　　这年冬天，山上下起了鹅毛大雪，积雪近二尺厚。当时他们的粮吃完了。冰雪覆盖了道路，用肩挑粮，既难又险。

　　于是他想了一个办法，穿上雨衣雨裤，用棕绳扎住裤管口，裤裆和裤腿装上米，四肢着地，手犁脚耙，在冰雪上一步一步挪行，这样才把米运上了山。

　　高山寒冷异常，水气一碰到人穿的雨衣就结冰，冻硬的雨衣雨裤"咯嗦"作响。而最可怕的是湿度大，满山遍岭几乎找不到一根干柴。他上山植树，早晨就把两张纸夹在腋窝里出门，以便饿了做引火煮野菜粥吃。

　　四年过去，三千多亩幼林在这个破烂的茅棚周围长起。

　　……

　　林场有了一定的规模，按理该考虑考虑建个栖身之所了，但这年，他被调到另一个林场任队长。

　　这里海拔更高，条件更为恶劣。他和几个队员在乱石荒草中垦出小块平地，搭起了第二个茅棚。

　　孤独的茅棚，坐落在深山大崖，没水没电没粮。山蚊子一叮，身上红疱即起。蚯蚓、蛇蝎爬到床和锅碗里是常有的事。放在茅棚里的米菜极易霉烂。被子长年总是潮腻腻的，一睡身上奇痒无比，生疮溃烂。棚内光线昏暗，人从棚内出来，常常眼睛发花站立不稳。

　　长年的茅棚生活，林成海患上了严重的风湿病，常常痛得躺在床上不能动弹，极度的营养缺乏，使他嘴角溃烂，面色蜡黄。几十年没有照过电的他，近似野人般的生活着。

　　那天他正在菜地里摘菜，只觉右脚背有异，一提脚，一条毒蛇正咬着不放，身子尾巴还吊得老长呢。顷刻间脚便肿得木桶样粗。他喊来其他人找来绳子，将伤口上方死死缠住，然后用石刀划破脚放血清洗才得以救命。

　　这里的大山小山很快又以四千多亩森林和三千多亩经济林回报了这位苦行者。

　　待到绿意葱茏，他又调到了另一家林场，搭起了第三个茅棚。

　　这一带气候干燥，冬茅草多，是山火易发之地。有年冬天，他们正在炼山（用火烧荒草野木），忽然大风乍起，火龙越过防火线直窜新造的五百多亩幼林。

　　此时有个民工正在埋头劳动还未觉察，生命危在须臾。说时迟那时快，他一个箭步冲过去，将他往就近的水沟里一按，自己伏护在那人身上，巨大的火龙和热浪从他们身上呼啸着旋卷过去……

　　工人得救了，但他顿即成了一个"火人"。

他的手差不多烧熟了，皮肉脱离，骨头露了出来，眼睛、嘴巴、鼻子烧得糊成一片。

他对赶来的总厂领导说："如果我死了，就把我埋在那片幼林中。"

人们含着眼泪把他抬下了山，在医院抢救了一个多月后，大山又收留了他。

……

他实在离不开这些山了。

与山厮守了几十年，他对山有着母亲般的眷恋，对树有着孩子似的感情。

这些大山小山、高山低山是他的生命，他的一切。

有一次，一场无情的山火把他抚育的一千多亩成林焚毁了。

痛惜不已的他爬上山头，看到自己的心血付之一炬，抱着半截残黑的树桩伤心地哭泣。

摸爬滚跌他不怕，挨冻受饿他不怕，流血流汗他不怕，就怕这心爱的树被人偷、被火烧！

此后他就想出一个办法，在山上凡有水的地方挖个坑，山火一发，坑里的积水随时就派上用场。这以后他的辖区就从没有发过一次大山火了。

五十多岁的他，没有一分钱的积蓄，没有一件像样的家产。他的全部财产就是这茅棚背后那漫山遍野的森林。

他是队长，按理说砍几棵树，做一间像样点的瓦屋，是件小而又小的事情。但他从没有这个念头，厂不建好、林不收益他就不做窝。至今厂里欠他的工资几万元。尽管是这样，他还要接济民工，如果民工都跑了，他的植树梦就会彻底破灭。

　　他的妻子也是这林场的工人。人们说，一棵树嫁接了另一棵树，他们就在这破茅棚里相濡以沫几十年。

　　他们的孩子就在这茅棚里生、茅棚里长。上学要到十几里山路外的学校，夫妻俩常常从山上回来晚了，不能及时接送，孩子怕这黑咕隆咚的山冲不敢进去，坐在路边哭喊，往往都是好心人把他们带到这个茅棚里。

　　二十六年了，他从这座山到那座山，从这片林到那片林，从这棵树到那棵树……在那漫长的岁月里，他就重复着这种单调的常人不能忍受的劳作。跟他一起的人有的打了退堂鼓，有的因不堪忍受这种生活吵架离开。每当这时候，他就一个人扛着锄头默默地上山，他要用行动感化别人。

　　……

　　那年五月，他又调到了一个造林分厂。这次他说要跟自己好好地盖个"安乐窝"了。

　　他先来到这山沟里砍来树木栽上，用竹片一围，上面盖一块雨布，便到岳母家里接妻儿。

　　"那边弄好了，这是最好的住地，你们都可以去了。"

　　妻子携着孩子来到他们的"新家"，一看也高兴了，因为这确实是几十年来最好的一个窝。

　　娘俩一脚踹进棚里，泥巴没到了脚踝上！在里面折腾了半天，怎么也找不到一块好搭床铺的地方。

　　家安顿下来，没过几天发起龙卷风，雨布像叶子般浮了起来，茅棚"哗"的一声塌下，幸亏他们闪躲及时才免被砸。棚顶没了盖，大雨又像瓢泼似的往里灌，孩子吓得直嚎，他们一家人就在这电闪雷鸣的夜雨中淋到天亮。

他辗转五个分厂，继续在山上拼着命。总计经营面积八万多亩，其中造林四万多亩，在那绿色的林海中，生长着九千多万元的血汗财富。

他也从一个风华正茂的青年变成了银丝满头的老人。八十多岁的老母亲在家里盼了二十六年，只盼儿子、儿媳能回来过个年，但这个小小的愿望却一直没有实现。那年正月二十三日，老人与世长辞了。亲戚来送噩耗，他正在山上栽树。

他全然忘记了山外的世界，忘记除这山、这林以外的一切。常常挂着树枝、拖着疲惫的病体，望着那无边无际的林海发呆：

"树啊，你要快点长啊，我快要老了，精力也不行了，不知还能照管你多久了。"

后来他还是病倒了。临终就要求把他埋到茅屋后的树林里，不开追悼会，不立墓碑。

……

把自己卑微到泥土里，才能绿出暖人的风景。

从山里出来的时候，裴裳和同伴情不自禁地凝望着身后那绵亘的大山，对那个孤独的土堆深深地鞠躬。

"如果你因缘位落山区，那么你必须义无反顾地向山宣战。因为山既是你永远的障碍，又是你别无选择的出路；因为矗立在你眼前的山，你不制服它，它就要压倒你。"

"生，像地下长出一根苗，死，像山上枯了一棵树。多少人变成了泥土，名字都没有留下。"

生存需要汗水四溢，甚至鲜血淋漓。

花开的笑意，落叶的哭泣，天道五行，各司其位。

裴裳在采访本上，记下了这些话。

千年幕阜，藏着多少秘密

天地只有形影，没有真相。

白云如谜团那样千年万年地飘，风儿像禅歌那样千年万年地唱，幕阜山日夜遥望着蓝天，谁遥望过你？

与幕阜之巅邂逅，是我生命之旅中的偶然和定数。

莽莽苍苍，迷迷茫茫，横亘和拥挽着湘鄂赣边区，幕阜山一如她的名字，挂着巨大深重的幕帘，藏着永远也揭不开的神秘。

她伟岸的身段，雄奇的头颅，在历久经年中缄默着，在时光流驶中沉吟着。人们常常怦然心动，但总看不清她的容颜，无法抚摸她的胴体，每每投去深情而无奈的目光。

天近了，云轻了，风柔了。高大笔直的水杉树摩挲着苍穹，寂静得要滴出水来。蝴蝶翩跹如精灵，阳光生动如画笔。所有的生命活在上帝的照耀下，活在天籁的轨道里，活在自己的节奏中。

虫豸们在丛林里弄出若有若无的动静，林光在远近处点染若隐若现的音影，森林和土地的气息，草木腐殖质的味道，鲜花和绿叶的心事，难道，这是生命的原态和乐园，也是生命的起点和归宿？

原来，人们向往的距离，膜拜的高度，一旦走近和拥有，便平淡若风，简单似无。唯有一种禅静和空灵，让人触目惊心。

山顶处有一处凹地，一池泉水映着林荫天光。浪奔千里、润育万物的江河湖海，起始竟是如此空静羸弱。

人啊，总觉得高处别有洞天，远方风景独好，总想着还会爬得更高，走得更远，可爬着攀着，身边的风景褪了；走着走着，身边的人散了，最后来到了一个空空如的地方。

席地而坐，仰望着树林间的天空，那曾亿万年滑过的流云，那亘古不变的深邃，多么纯净，多么庄严。然而它对这个星球上，正隆隆升腾的炮火和怒火，无休无止的杀戮和侵害，时刻都在发生的死亡和痛苦，视而不见，见怪不怪。

这里没有扰攘和纷争，因为离天很近，上帝睁眼看着。她博大纯静的高洁，让恶浊轻俗失重沦陷；她渗透古今的沉默，让多少音响成为嘈噪喧嚣；她穿云破雾、高与天齐的雄浑伟岸，让一切成为脚下尘埃。

这样的山，人的肉体着附，乃是大幸；人的心灵触碰，就会颤抖。

陪我们上山的，是在这里开发的一位外地商人。他说，神秘就是诱惑，沉默就是力量，他相信宇宙中能量守恒，信息守恒。幕阜山非同寻常，一定藏着世人无以知晓的惊天秘籍。

我问他，你一个外地人，怎么对这块土地、这条山脉如此钟情，他说是冥冥之中的缘分。

自然是如此伟美，生命却如此脆弱；精神是如此高洁，生活却如此低污。我感到无法妥协、就范，而且总是不自觉地滑向后一端……

嘀、嘀、嘀……

这天，裴裳在编辑部整理前几天去幕阜山区的采风感想，接到一个电话。

"喂——"对方有意拖长腔调，好让她辨识。

"你猜猜，我是谁?"

"你是寥俊果!"裴裳愣了下。

"错!你呀，就喜欢'偷禁果'。"对方调侃。

"你是覃越古?"裴裳又猜。

"错!啊呀，如今的感情，只三个月保鲜期，还越古?"对方又油嘴。

"不好意思，真想不起来了，阁下是?"裴裳不想再猜了。

"看样子，我在你心目中还是没有位置啊!其实我跟你吃过饭的，你可能忘了，当时还给了我名片呢。"

记忆是个谜，明天的不旧，当下的不新，远去的像刚刚发生。

"啊，易总!"她想起来了，打电话的人叫易超天。

"首先表达我对你们媒体人的崇高敬意!我上次在木有乡谈业务，看到茶几上有本杂志，上面一篇文章，是你和另外一个记者合写的。《四个茅棚和八万亩森林》，写得太好了!你对小人物命运的关注，太赞了!"

对方的热情，让裴裳耳根发烫。

"裴名记，文曲星下凡呀!我开始怀疑，这个裴裳是不是我认识的那个裴裳。"对方声音有些变了，"结果一问，竟然是你!我发现十个美女，九个名字好听!"

"哟，你嘴巴上像涂了野桂花蜜呢。早听说你发迹了，当老板了。"

"哪里，浪得虚名，混日子呗。"

"你怎么想起跟我打电话的？"

"电话里说不清，下午请你喝个茶，叠水湾那边，赏脸吗？"

"这……我下午有一个稿子。人走了，办公室空着，领导一下子就发现了。"

"哪个在那当社长？社长、主编我都熟得很，要不我帮你请假？"

"现在换了。社长叫贾大亨，主编是海培古。认识吗？"

对方稍迟疑："到底是文化人，名字都高深难懂……不认识没关系嘛，我还不是可以让人打个招呼的。"

"不不，那反而不好。"

"你稿子留着再加班嘛，又不是等着上版面，你那是期刊，不比报纸。"

"那……好吧。"她勉强答应了。

"我四点开车来接你。"

"不了，我打的来吧。"

裴裳迟疑了一下又追问："那，还有哪些人呢？"

"你来就知道了。担心什么，我又吃不了你。"

裴裳还是有些忐忑。

中午出门时，她对童午说："一个稿子领导在催，我晚上要加班，你管好囡囡。"

四点一过，裴裳照着对方发的地址，打的来到了叠水湾红月亮茶楼。

曲廊迁道，假山流水，鲜卉锦鲤，精致字画。

"这边坐。"在一间小茶室，易超天起身迎接她。

"你还是那么美！"他盯着她，摇头赞叹。

"人呢，就我们两个？"她看了看四周。

"你要多少人？又不是打老虎。"

"不过也无所谓，喝点茶嘛。"她淡然一笑。

轻音乐不知从何处溢出，如梦似烟。

"你喜欢喝哪种茶？砖茶、花茶、红茶、绿茶、普洱、龙井，防癌的、抗衰的、养颜的、提神的，都有。"

"随便。"

"干脆点几个小菜，喝点酒吧，白酒、红酒、洋酒，你喜欢哪种？"他问。

"我不喝酒。"

"为什么？"

"过敏。"

"那我喝酒，你喝茶吧。"他有些失落。

"喝茶都喝茶，对你不公平。"

"我愿意。"

"反正今天你做主，听你的。"

易超天叫来服务员，点了茶品、小菜和XO。

"你还记得我们是怎么认识的吗？"易超天问。

"是你在我们杂志封面做广告。"她说。

"不对。"他摇头。

"是那次在木有乡喝酒？"她猜。

"也不对。"他无奈地笑道。

"那……"裴裳努力回忆两起交集，都被易超天否定了。

从接他电话到现在，易超天满嘴的"错"和"不"，不仅没有疏远距离，却增添了磁力。她明明是记得清楚的，他却要否定，这葫芦岛种的什么葫芦丝？

"是你还在读中学的时候！"他望着裴裳，表情复杂地开口了。

"不过，只能算我认识你，你不认识我。"他低下头，"小时候我们都住在云溪镇。我家与你家住得其实并不远，一个巷子拐弯就到。那时你是大户人家，我上学从你家后面过，经常闻到厨房里飘出的香味。"

裴裳微微一笑，双方有些拘谨起来。

服务员端着盘子敲门进来，摆放好物什，退出。

"门关好。"易超天追上一句，服务员用力点头。他摆杯，倒酒，把碟子尽量往裴裳面前靠。

"真过敏假过敏？"他大胆地看了她，"喝点红酒不要紧的。"

"喝了脸发红。"

"脸红就更美了。"

"身上痒，不舒服。"

"我帮你挠就是，哈哈。"

轻音乐换了一支吉他曲，她凝神听着，脑海里浮现童午冷冷的脸。

"今天听你的，喝就喝。"她突然改变了想法。

易超天一听，心潮澎湃，按了服务铃。

服务员怯生生地进来，刚客人说不要打扰的。

"拿瓶英国的红酒，法国的也行。"

"好，稍等。"

红酒上来，他跟她倒了半杯，用眼瞟她，她没有叫停的意思，便哗哗给满上了。

"你随意。"他激动不已地端起酒杯，与裴裳的杯子碰了，一饮而尽。

裴裳抿了一口，趁他仰脖，看到他戴在左手的名贵腕表，发着鳄鱼眼似的绿光，右手腕也腾出来，戴着细细的珠链，像缠身的大闸蟹。

"你还没有回答，我们怎么认识的呢。"他又给自己倒满了。

"翻箱倒柜，都找不到了！"她用餐巾纸擦了一下嘴唇，有些兴奋。

"在读中学的时候！"易超天喊了起来。

"全镇学校文艺汇演，在云溪高中的大礼堂里，人山人海，热闹非凡，你在台上演节目，我们挤在台下看。我不记得那是什么歌，好像有一句，在那辽阔的草原上……"

他长吁短叹，凝起回忆的神情。

"你和其他女生，在台上翩翩起舞。随着那音乐的节拍，好像在云朵里翻呀翻，海浪里摇啊摇的！你自然的、圆润的笑容，像黑夜里的闪电，一下就击晕了我！我人生第一次知道女孩是这么美的，跟我以前看见的不一样，我第一次知道女人的美是可以把人吓死的！"

易超天的话，把裴裳也拉到回忆中。

"是，那个时候我是校宣传队的。白天演，晚上演，满处演。怕耽误学习，后来爸妈不让演了。"

"那是我第一次认识你！我那个时候才多大？十三四岁，这是什么年龄！怎么回事！暗恋？初恋？我搞不懂，搞不懂啊！在那辽阔的草原上，这句歌，多少年了，我一听到，一唱起来，就要哭。"

"呵呵，这么严重？"裴裳微笑着，"有这么回事。不过那时候是充实的、快乐的、难忘的。谢谢你还记得，我自己都不觉得，都不知道。"她略显矜持，理性。

得不到别人的爱固然悲苦，被别人爱也会厌腻，甚至恐惧。

易超天端起杯子，在裴裳面前亮了一下，豪猛地喝下去，酒花都溅到额头上了。

"易总真是海量。"她也随他喝了一口。

"裴裳，你说怎么这么神奇，我在台下看了你一眼，就再也无法忘了你！从此以后，这个小镇的一切都是那么美丽，犄角有形的屋檐，拖着水草的小河，凸洼蜿蜒的巷道，夏天知了喳喳叫的池塘，春天发绿冬天枯零的水杉，都与你有关。每次从你家门前或者后屋走过，多么希望看到你闪过的倩影，却又多么害怕看到你本人！还有，我总觉得，你家的灯光与别家的不一样，那像是天上的彩霞。"

"是吗？那么小，朦朦胧胧，懵懵懂懂，啥都不晓得。"裴裳端杯抿嘴，心生涟漪。

"天啊，但是我记得！记得！而且记在骨髓里了！"

"那你怎么不找我呢？"裴裳笑道，"你们男人都是事后诸葛亮，马后炮。"

这话彻底激发了易超天。

他把酒杯在桌上轻轻转了转，瞪着她："现在迟不迟？"

"肯定迟了呀，再是下辈子的事。下辈子吧，这辈子不可能了。"她摇头微笑。

"我有无数次去找你的念头，但无数次被自卑和怯懦击退。我有时偷偷的，装作不在意的，在老远处看着你走路的身影，看着你与别人谈笑风生的样子，五脏俱裂，不能自拔。"

"我跟你写了好多的信，可都不敢发出去，最后咬着牙撕了、烧了，写的时候痴迷沉醉，泪眼湿润，事后一看又羞愧难当，浑身发凉，唉！"

"后来我们都搬到了方塘市，好多年都见不到你了。但有一次在市里的文艺晚会上看到了你！你唱的歌是，绿叶对根的情意，还是那么独特迷人的嗓音。"

"我跟别人倾诉过，说出我可悲的苦恼。有人叫我赶紧跟你表白，我听了茅塞顿开，血脉偾张。是的，一定表白！马上立即！可是只过了半个时辰，我就不敢了。在你面前，我脑袋一片空白，完全像一个傻子！"易超天边说边往杯子里倒酒。

"呵呵，真看不出来，你现在怎么这么大的胆子呢？"裴裳忍不住笑了起来，"别再喝了，易总，已经喝多了。菜和点心都没动，光喝酒。"

轻音乐像细雨一样渗滴，轻烟一样缠绵，是萨克斯曲——《回家》。

"我们真正认识，应该是在木有乡的酒席上。"裴裳也有些醉意，被人暗恋也好明恋也好，没有哪个女人不柔和起来。

"听说你在那里租赁承包了荒山，面积有上万亩。我们当时采访一个深山的光棍村……噢，做我们这行，要么是碰到强者，要么是碰到弱者；要么遇到对的，要么遇到错的；要么遇到笑的，要么遇到哭的……"裴裳话多了起来。

"人啦，都是命，是运。我开头也头破血流，后来有些运气的成分。反正我有个原则，活得不能比端铁饭碗的差！你好像对我的单相思不感兴趣？"易超天把话题拽了回来。

"有啊，被人暗恋还不高兴？"她笑出自己最好看的样子，把杯子端起，"敬你，感谢你曾经的情意！有的有缘无分，有的有分无缘。说真的，谁没有过去？谁没有曾经？哪个人一生心里只住着一个人？"

"是的，你说得太好了！情感是个混沌怪兽。你看，我十三四岁就暗恋了，单相思了。阴差阳错的爱情，东扯西拉的婚姻，一切都是片面表象。纯洁、童真、忠诚，这只是字典里的一个词，教育和惩罚老实人的一个词，现实生活里不存在。我在网上看到一个调查，三分之二以上的男人，在外面都有女人，而一个有外遇的男人，一定就有个有外遇的女人！两性的迷宫太恐怖，定睛细看，你会吓死，捂着眼睛，还能活下去。"

"哎呀你看，我脸红得发烫，手在发痒。"裴裳伸出手给易超天看。

易超天借机拉住她的手。

白皙、柔软、滑润，他梦中的那只手！

易超天的心脏，都要跳到茶几上了。

裴裳缩回手："我说喝不得的，过敏，没骗你吧。"

"裴裳，恕我冒昧，我说一个最秘密的事，行吗？"他声音开始颤抖。

"有什么秘密，说呗。"她拂了拂手上泛红的地方。

"你除了老公，在外有其他的男人吗？"

"怎么问起这个，不告诉你！"她有些生气了。

"有就有，没有就没有，何必不说？这世上的男人，谁没有几个女人？这世上的女人，谁只有一个男人？"他嚷道。

"有怎么样，没有怎么样？"她知道他说这话的用意。

"有，你就正常，没有，你就傻瓜！"

"傻瓜，我？"

"肯定傻瓜！你才貌双全，一辈子就一个男人，不亏嘛？"

"不好吗？才不亏呢。"

"不好，大大的不好，那对不起上帝，对不起生命，对不起……"

"各人有各人的想法，各人有各人的活法。"

"是是是，对不起！"易超天醉意朦胧中，觉得刚才的问话实在唐突无礼，他做了一个用手抽自己嘴巴的姿势，"对不起，我说脏话了，太混了，在梦中情人面前出洋相了，下不为例哈，其实我很绅士很斯文的。裴裳别介意啊，我在你面前，要么哑口无言，要么胡说八道。"

"没事，到了几点了？"她望着他腕上的表问。

"怎么，萨克斯把你吹得想家了？"

"我怕太晚了不好。"

"没什么不好呢，你知我知，两个人在这里，服务员都没进来打扰。"易超天也感觉两人时间待得不短。接近尾声了，内心更是急切而沸腾。

"我感觉你外面女人很多，是不是？"她对眼前这个男人有些不信任，干脆就着他的话题问道。

"哪里哪里！未必只是女人我就看得上？裴裳呀，你住在我心里几十年了！我发誓要混出个人样来，都是为了你！我的心容不下别人，我忘不了你。真的，几十年了，我对你的爱都没有说出口！我简直可怜可悲可笑！连一个爱字都不敢说！"

他又抓住她的手。

"裳，今天我终于表白了，这是我一生中最伟大最美好的时刻！比跨过太平洋还辉煌壮丽，比阿姆斯特朗登上月亮还庄严豪迈。"

她用另一只手轻轻地剥开他的手。

"易总，别这样，我好不自在。"

"你喝酒过敏，帮你挠痒嘛。"易超天抽回自己的手。

"我们做朋友不是蛮好嘛，当哥们，当战友，多好！"

"诨话！"易超天叫了起来，"男女之间哪有纯友谊的，那多难受啊，男女当朋友，受得了吗？行得通吗？"

"问题是，我还不是蛮了解你啊。"

"哎？不了解，我会让你了解的，我不会让你失望的，我会让你幸福的！"他敏锐地抓住了她犹疑闪烁的时机。

裴裳觉得，眼前这个男人，富有、热情、顺从，与自己的丈夫不一样。

"来日方长嘛，易总。"

此言一出，易超天几乎无法控制自己了。他走近裴裳，从背后一把抱住了她，哽咽倾诉。

"没有……来日方长……我爱你……几十年了！裴裳，我的女神，我的上帝，我的生命！从今天起，从这一刻起，我可以为你抛弃一切。"他把脸贴到了她脸上，"我……"

"啊，啊！"裴裳差点叫出声来，"快别，易总，易哥哥，别这样，吓着我啊！"她摆脱了他，正色道："真的，真的，我不是那种人，你看走眼了。这样不好，快看，到了什么时间，我真要回去了！"

易超天呆若木鸡，满眼尴尬和无奈。

"易总，非常感谢你，以后有机会的，好不，我先走了。"她要起身。

"不！"易超天一把拉住她的手。

"你走可以，必须给我一个拥抱。"

裴裳稍作犹豫，不轻不重地拥了一下他，然后打开门摆摆手，回眸一笑，"走了，啊？"消失在萨克斯的泣诉里。

易超天坐在那里，抓点什么东西塞进嘴里，沉浸在她残留的声息里，无法平静。

"来日方长，什么意思？她分明给我留了空间，留了机会，如果她对我一味拒绝，会这样说吗？"

他思索着、回味着，"我肯定有希望！对了，她还有一句话，以后有机会的，这还有假？这不是明白不过的暗示？"

酒精的燥热和内心的激昂，让他头晕目眩，浑身颤抖。

"而且，她还拥抱了我！假如她对我没有一丝好感，会有这样的动作？不可能，绝对不可能！女人啦，你们到底是个什么怪物？"

他原来想不通，现在明白了，占有才满足，获得就快乐，欲望是幸福的一半。世上有清心寡欲的幸福，纤尘不染的高洁？

不管怎样，这是他易超天人生中灿烂的一天，光辉的四个小时！少年时代倾慕的恋人，被他揽入怀中，而且还留有进展的希望。他易超天隐忍了几十年，等待了几十年！这次决不轻易放手。他算是被彷徨、怯懦害苦了，再也不会犯这个错误了。他懂得了女人，了解了女人。男人离不开女人，女人离不开男人。只要软磨硬泡，死缠烂打，没有剥不开的核桃壳。

爱要鲁莽点。鼠首两端，竹篮打水；犹疑模棱，空樽对月。女人是花，从含苞待放到凋谢成泥，哪一朵都不会摇曳着等你。这个世界坏得很，混得很，多少艳遇，多少幸福，都被那些脸皮厚的、胆子肥的抢去了。

教育的原生态

夺去或给予孩子的未来，只是一点点耐心和温暖。

"我的孩子已半年多没读书了，送到哪个学校都不要，在家里又不听话。十二三岁的伢，这样下去就毁了！都说你们学校不嫌弃差生，求你把他收下吧！"

这天，一位农用车司机家长找到方塘市桃李中学，声泪俱下地哀求着。

"把孩子带来吧。"校长答应了，并把他安排在樊音的班上。

樊音所在桃李中学，位处城南，入学率不高，生源连年锐减。

人们明里称樊音是"孩子王"，暗里也有"破烂王"的绰号。原因是，打架闹事、调皮捣蛋的学生，别的班主任不愿收，她收。但年终评"文明班""先进班"，她的得票率最高。

校长舒波澜曾收到了一封学生的长信。

其中一段是这样写的：

"舒校长，你知道后进生最需要什么吗？有的老师，手里拿着两样东西：一种鼓励，一种嘲笑。鼓励是送给优秀生的，嘲笑是送给落后生的。后进生就像房屋的角落，几乎一辈子都照不到阳光。其实世界上哪有甘心落后的人！人人眼里都闪烁着渴求向上的光芒，只不过这种光芒，往往被忽略甚至被扑灭了！后进生承受着更大的压力，仿佛整个世界都压在头上，心里有更多的迷茫和屈辱，更需要别人的鼓励、微笑和温情……"

舒波澜陷入深深的自责，流下了难过的泪水。自己有三十多年教龄、当过多任中学校长，这样围着应试教育的指挥棒办下去，顶多算作无奈的正确。

素质教育千呼万唤，但追求升学率，在很多中小学校，仍是狸猫换太子的游戏。

每年升入重点高中的学生仅占毕业生的百分之十五，余下百分之八十五的学生何去何从？他们的命运有人关注吗？

是造就"考试机器""答题大王"的尖子生来打造学校的品牌，还是转化一大批"双差生"来造福一方、服务大众、面向未来？全体教职员工进行着激烈的争论。

那天樊音参加的教师会开得很长很晚。

会议室里的灯光，成为无数"差点生"的最后一丝温暖和希望。

会上，舒校长眼眶湿润。

"百分之十五和百分之八十五，孰轻孰重？无视大多数人的教育是失败的教育，眼里只盯着极少数尖子生，而忽视一般生甚至抛弃差生，这是教育的黑洞，教育的反动，教育的悲哀！我们桃李中学就是办垮了，也不能这样搞！"

于是他们确立了一个面向全体、关爱后进、尊重个性、因人施教的育人模式。

老师把主要精力投入了转化差生的工作中。来校学生，绝大多数基础差，有近三分之一的学生甚至不会做作业。

为此，在一、二年级实行分组分层次教学，根据不同程度的学生，设置坡度不同的教学内容、教学方法和教育目标，递次渐进。为发掘学生的各种潜能，兴办了文学、音乐、美术、体育等各类特色班拓宽和深化育人环境，推出了"一、二、十"的教育模式，即每位教师每学期主持一次主题班会，每个教师要当两名后进生的"校内家长"，每个家长每月抓好转化差生十件实事。还通过举办"教育周""家长接待日"等制度，建立起"学校、家庭、社会"一体化的教育网络。

爱，让染尘的花蕾重新绽放。

有个叫王子的学生，因为打架闹事、不愿学习，被一所学校开除，在家里又不服父母管教，到社会上游荡了半年。

他走投无路的父亲，抱着试试看的心情，把他带到了桃李中学校长舒波澜办公室。

王子被分到了樊音班上。

樊音并不因为他有劣迹而对他另眼相待，而是暗中观察，寻找切入点。

一天，王子邀约几个同学在家过生日。

"祝你生日快乐！"樊音提着水果突然出现在王子面前。

小王子过生日，本就有些偷偷摸摸，现在樊老师来了，他不知是惊是喜，脸一下红到了脖子根。

要知道他从来没受到过这样的尊重。

后来樊音多次与王子促膝长谈，鼓励他振作起来。王子有体育特长，就让他参加特色班专攻篮球。

王子从此走上正路，后来又因篮球打得特棒，毕业就被一家单位抢走了。

这些年，桃李中学共接纳了许多这种辍学在外的学生，并让他们的"双差"成为历史。

有人说桃李中学是"收破烂的"；有人说是"生源不足被逼的"。

"我们不怕差生！"

"给机会，再给机会，不能让孩子这么早就流向社会！"

"都是做父母的，都是从孩子长大的。"校长舒波澜就一句话。

把别人的孩子当成自己的孩子，才是教育的魂魄。

中学生处于人生的特殊分化期，是成虫还是成人，是学好还是变坏，就差那么一点点。

一点耐心，一点温暖，就在于"灵魂工程师"们及时、细微的、爱意的施予和塑造。

发掘学生百分之一的闪光点，然后去做百分之百的努力。

桃李中学有个特别章规，转化一个"双差"生，会得到与培养一个尖子生同等的奖励。避免以"事小"而不为、以"功高"而为之的价值取向。

有名学生叫陈启，父母双双下岗，读小学六年级时沉湎游戏机，打架骂人。老师批评他，他用木凳砸老师，后来干脆把书本一撕，进了网吧。

初一分班，樊音看了成绩单：语文 16 分、数学 13 分。

一次他又打学生，樊音看见了。

但她不揭他过去的伤疤，也不用"屡教不改"之类的言语刺激，而是把他带到办公室，倒来一杯热茶端到其手中。

她告诉他一时冲动的后果，告诉他来学校并不光是为了考大学，告诉他人生的路还很远很长。

后来樊音了解到他擅长跑步，就把这一闪光点在班上公开表扬。上课时，有意找简单的问题让其回答，让他慢慢建立自信。

滴滴温情，终于使幼小冥顽的心灵复苏。

三个月过去，陈启从分班时的倒数第一进入前四十名，期末进了前十名，初二进了全年级前二十名。并被推选为班干部，由以前"被管的"变成了"管别人的"。

陈启在作文中写道："是桃李中学给了我新的生活，是樊老师让我扬起了人生的风帆。"

这种反差让陈启父母喜出望外，他们逢人就说："若不是桃李中学，若不是樊音老师，我儿子一定毁了！这种恩情，我们永远不会忘记！"

爱，为那些迷惘的灵魂注入新的希望。

金石为之开，朽木亦可雕。班上有个学生毛造，由于表现不好，"把全城区的每个小学都读了一遍"。

进校时字都写不拢，被认为是"不可救药"了。

樊音买来字帖，让毛造一笔一画地临摹，然后让他一天记一两个英语单词。一年之后，期中考试进了三十七名，还有班上的卫来同学，刚来时是八十一名，现在是一十七名。

爱，化腐朽为神奇。

还有个学生李大志，爸爸进了戒毒所，妈妈长期在外打工，哥哥在一家发廊学理发，他失去温暖，情绪极度低落。

樊音把他带到家里吃饭，掏钱给他吃早饭，买学习用具。

那一次，李大志望着樊音，眼泪唰唰的往下落。

"樊老师，你若是我妈妈，该有多好啊！"

樊音也哭了。

看着那一双双天真可爱的眼睛，谁能夺去他们的未来？

那一刻，她强烈地觉得，没有不合格的学生，只有不合格的老师。

而善待差生的结果，也让优生更优。

桃李中学的升学率，居然连续多年在方塘市名列前茅，她带的班，年年被评优等班。

这在方塘市创造了近乎违背教育规律的童话。

"原来我的潜意识里都嫌贫爱富、扶强弃弱啊。"

"育人成功后会享受到巨大的乐趣，这是金钱买不到换不来的快乐！"

老师们都说，当他们把一个濒临悬崖的孩子拉回来，又让他们走上一条光明坦途、在社会成才的时候，有种无法形容的成就感。

清晨，用铃声破晓，与晨曦同醒
夜晚，与青灯相伴，与星月共梦
启开一颗颗幼稚的心灵
点亮一双双混沌的眼睛
让雨露沐浴每一片绿叶
阳光渗透每一朵花蕾
所有的翅膀，站在肩膀上起飞
去拥抱自己的天空，找到人生的舞台

年复一年，日复一日
守着那一间教室，那一块黑板
直到满头霜雪，暮年老迈
都知道"回报"这个字眼

是那么陌生和遥远

因为，燃烧了青春，付出了年华

也许还守着清贫，熬着寂寞，缠着疾病

这种职业的诗意

是听种子发芽、青枝拔节的声音

这种职业的崇高

是亲手放飞一双双翅膀

是耕耘着今天，塑造着明天，收获着未来

这种职业的纯洁

是眼睛读着眼睛，心灵挽着心灵，希望带着希望

这种职业的快乐

是守望着寂寞寒窗，却有桃李满天下的欣慰

青春与五颜六色的花朵一起开放

梦想在知识的浩海、精神的高天翱翔……

　　有一年教师节，樊音在学校参加演讲比赛，听到掌声如雷，最后她拿了一等奖。

老师办公室，一个家长来讨教

塑造和被塑造的不确定性。

人兽难相通，人与人亦然，甚至大人小孩间都如此。大人所以为的少年，眼睛里没有一丝黑暗，灵魂中不见一声叹息。他们的世界常被漠视、曲解、误读，精神和情感世界尤甚。

儿童是神，在他们没有被社会污染之前，就是神。那是生命的胚蕾，混沌初开的清晨。这时期欲望最强，奇思妙想最多，感官反应最烈，但他们什么能力也没有。

一句粗暴恶语，一次歧视嘲弄，都会在幼小的心灵掀起巨大的波澜。一个人从小长大，无论身体还是心理，会经受各种攻击、刺伤、磨难、凶险。遗弃、漠视、轻侮，随时都会改变一个生命的走向。欲望的狂风巨浪，诱惑的陷阱深渊，时刻都会吞噬一切。

人格的塑造，有无限的可塑性和偶然性。孵育正确的心性，建构健全的理智，充满无限不确定性。走正行反，毫厘之差；往上朝下，芥末之间。

"樊老师，范进秀的家长找你。"樊音在教师办公室写教育随感，有人喊。

一位家长被引到樊音面前，哈腰点头：

"老师好，你是我家孩子范进秀的班主任吧？"

"是的，"樊音起身倒杯水递他，"请问有什么事？"

对方迟疑了一下，不好意思地干笑，拿杯的手僵硬着，水差点泼出来。

"说实话，我有点紧张，见我们领导和老板都没这么紧张，好笑吧，樊老师。"

"不必不必，真的不必，有什么事直说。"

"我是范进秀的父亲，叫范中举。嘿嘿，不怕见笑，父母给我起这个名字，是因祖上几代人都没读书。"范中举说，"父亲当初想要我中个举人，像范进一样。我不，我只要我的儿子考个秀才，嘿嘿。"

"呵，这名字好嘛，儿子是秀才，父亲是举人，行行出状元。"樊音笑道。

"其实，我一直就想找你们聊聊了，平常少有沟流（通），开家长会，那么多人，我又不好说。"

"你今天就放开说吧。"

"嘿嘿，你让我放开，我又放不开了。"范中举倒吸了口凉气，缩了缩脖子，俨然断头台上的人看到头上的铡刀。

樊音和他都笑起来，办公室其他的老师也笑了。

"哎，我还是鼓起胆子照直说吧。本来做家长的，对孩子老师嘛，巴结都来不及，一般只说好的，这你也知道。"

范中举戚戚然，像老鼠找到大米，又发现旁边有只猫。

"昨夜在电视上看了新闻调查，嘿嘿，主要讨论孩子的家庭作业，为何变成家长作业……"

范中举还是想冒险，来了一趟，不吐不快，他睨了其他老师一眼，"这个问题提得好！反映了大多家长的心声，反映了孩子的现实。"

樊音看着他，有伏案的老师偷偷瞄了一眼，来者不善呢。

"樊老师，不好意思，我是个大老粗，一说话就不中听，可能冲撞了学校，冒犯了老师，你就大人大量莫计较。我听很多人说，你是一个好老师，我才来的。"

范中举喝茶，太烫，吐了点地上。

"啊唷，首先，你们老师确实辛苦，我们不能昧着良心说你们。但在这个前提上，有些问题还是可以讨论甚至争论的，反正对事不对人。"

"当然，你有话就说，不要紧的。"樊音鼓励他。

范中举还是有些闪烁，他怕话说出来，对自家孩子不利。

"既然来了，就敞开说，不要有任何顾虑，老师也是人，不是神。"樊音语气宽容，笃定。

"这孩子的家庭作业，完全成了我们家长的作业，我实在受不了了！你说我天天在外忙活，焦头烂额，疲于奔命，好不容易回到屋里，小崽把作业递上来，我看又看不清，搞又搞不懂，烦不烦人！不错，家长是最好的老师，那把学校都解散算了嘛。一次两次没问题，确实需要家长辅导的也应该，你天天如是，不过分吗？人受得了吗？就没个界限、分寸？我们过去哪个家长管了？父母扁担倒下来，不认得个一字，谁辅导我们了？我还不是读了个大专！"

"喝点水。"樊音看茶应该冷了，提示他。

办公室其他老师，开头以为是家长来扯皮，还想来劝诫拉架，一听他是大专生，也就集体噤声。相信樊音这个"破烂王"不是白叫的，肯定对付收拾得了。

"樊老师，我来这里，完全是鼓起吃奶的力气，不，吃螃蟹的勇气。唉！我再不来，就要神经了。前天晚上，我心里烦，把儿子打了一顿。后来我躲着哭了，我不应该。我是为所有的孩子哭，他们是天下最可怜、最悲哀的人！"

范中举喝了口茶，瞟了四周，怕扩大了打击面。

从神色里看，改作业的、备课的老师们，都暗里听着这个家长的话，心生不悦。要玩刀弄斧，别到鲁班家嘛。什么人，敢到这里论教育。

不知是茶多酚让他神经兴奋，还是那些老师的神情刺激了范中举，他干脆闸开江河的说了起来。

"电视里采访记者连线的那个教授，更是气人。说话不急不慢，调门不高不低，观点不对不错。不晓得是个啥教授，还什么教育改革研究中心的。你就表个态嘛，你不隐瞒观点嘛。什么各个地方各个地方的做法，什么各个家庭各个家庭的需求，混沌一片，含糊不清，互调一勺酱醋，各打五十大板。我和老婆碗都不洗，地都不拖，跑到电视机前，想听听权威高见，呵呵，你听听，他讲一分为二，讲因地制宜，讲辩证法相对论，云里雾里，花头哨尾，讲来讲去是继续下去，存在的就是合理的，从来如此错不了的。这个教授我看就是读死书上去的，占着茅坑，大放厥词。纳税人的钱，拿去发展种植养殖事业作用还大些！我宁可让胡屠夫打我一巴掌，也不想听这些胡话、废话。哦，那打耳光的，是范进舅舅吧，我忘了。"

范中举这一席话，像开水倒进蚂蚁窝。

一个大老粗，对权威媒体国家级的专家教授评头品足，出言不逊，这样恶劣的家长还是第一次看到！难怪自家孩子不出息，原因就在这，破窑出不了好瓦。

"呵呵，不说这些，"范中举意识到有所冒犯，赶紧收住话缰，唾面自干，"各有各的难处呗，教授也不敢说真话呗。"

"喂，范进秀爸爸，你冷静冷静。有些话就只是专家拿来说说的，问题大家都解决不了，我们也没办法。"有老师插话了。

"你孩子不搞，别的要搞啊。不搞的试试看，若干年就有结果。开奔驰，拉板车；当白领，拖牛粪，你选。这应试教育，确定不是我们要搞的。"

"光靠老师不行，家长必须参与进来。全世界都认可，都这样。"

其他教师纷纷插嘴帮腔，为樊音鸣不平。

没想到范中举把杯子放桌上，冷冷地站了起来。

大家心跳加快，不会打人吧？个别的人甚至有后仰的姿势，防备范中举发起疯，举椅子砸过来。

"算了，今天说了也是白说，来了也是白来。我说不过你们，更犟不过社会。几亿人为几所名牌大学去拼命，比画饼充饥都可笑，比望梅止渴都荒唐。你们都去考清华北大吧，你们都去读剑桥哈佛吧，我们家范进秀随便了！家庭作业，该你们老师改的，你们要改。要我改，我有时间就改，没时间就不改，你们不要怪我！更不要转嫁到孩子身上。我不也读了大学吗？读出来不也是下岗谋生吗？不也是养牛养羊、饲鸡饲鸭吗？老师，一起得罪了。"说完悻悻而去。

"这个家长奇葩了，还是少读了书。我以为是跟樊老师送土特产、请吃饭来的，结果是跑这跟我们上课的。"

"胆子够大的，敢说国内著名教育专家，但他好像不算粗鲁。"

"从今天开始，他儿子范进秀自生自灭。他家长说了的，我们没责任。"

"不过我有点同情……"有个坐角落里的老师叹着气，发表了不同意见，"卖瓜的，不会说他的瓜苦。从起跑线上开始，就是一场疯狂的争抢，惨无人道的游戏。真为挣扎在题海纸堆中的孩子们痛心。少得可怜的睡眠，挤不出来的快乐，没有童年的人生，从子宫里出来就要拼拼拼，争争争。救救孩子，救救我们自己啊！"

听着这些话，樊音一言不发。

暑期到了，教育局组派力量去边远山区支教，她打电话跟在广州的非明商量后报了名。

姜半仙发布关于欲望的数理模型

人类正在与地球玩一场疯狂的游戏。

从地下深处提取数万亿吨的大量的碳，并把这些碳释放在大气和海洋中，当作惊奇的、骄傲的发现和创造。

碳排放推动了工业革命和科技发展，造福了人类。

但不幸的是，它也会为人类掘墓。从长远来看，我们会耗尽石油。然而，新的可持续的能源在哪里？

这是人类历史上一个最疯狂、最愚蠢的实验。

世界是由能量组成的，能量也许就在我们眼前和身边，但何时看得见找得到？空窗期是如此的紧迫和短暂。

在混沌之中，我们应该怎么办？每个人的力量是薄弱的，声音是细微的。每个人都应当共同参与来建构一个人类的新价值。

在新的混沌之中，恐怕只有两个真实不虚：一端是全人类共同的社会，另一端是真实的个人；其间的种种群体都是某性质的共同体，而各种共同体之间，有重叠但不会等同。

建构的起点，首先是在承认你我的存在，在彼此承认另一个人存在之上找出相处的规范。

这天，姜半仙在闹市区的十字街宗惠坊，拿着报纸念。其后发布钻研成果和神启心得，解析相关疑问。

有一个人问他，人为何总是不知足。

姜半仙认为，宇宙是一团欲望，它的构建就是从欲望开始的。欲望不是高等动物的专利或特权，它在低等生物乃至分子、原子层面，都能找到影子，是普遍规律。

姜半仙说，量子纠缠就是欲望，电子云就是欲望。我们所不了解的微观世界，有理由把骄傲自大的人脑当成猪头。

宇宙最开始只有氢，现在有一百多种元素，这是什么操作？姜半仙断定，无机世界已蕴含着欲望，有机界就不用说了。化学键、化合物是干啥的？它为什么要纠缠，为什么要化合，为什么要爆炸？

一般人说到这里，就不敢往下说了，就宇宙是神创造的、神设计的了，大自然干脆是个巨大的人了。

反正谁也不知道，谁也说不准，是非对错都是猜。

如果青蛙说错的，恐龙不能证明青蛙是错的，那么青蛙是对的，恐龙一边去。

太阳曾经围绕地球转了多少年，人类还不照样吃香喝辣，天为我开，四方来贺？

姜半仙就处于这种奇妙的境况。

姜半仙指出，分子、原子、电子，还有其他，基本粒子都有欲望。它们构成的细胞、器官、植物、动物到人，欲望一路叠加升级。欲望下不保底，上不封顶。

姜半仙特别强调，节俭是美德，繁盛即罪孽。

为方便人们理解，他建立了一个数学模型：

欲望＝分子的平方除以锁死系数。人的欲望是电子、原子、分子叠加膨胀，若除以良知系数，就趋于无限小。

有人对锁死系数不懂。姜半仙举例，有人有一千个女人，他还嫌不够，你问他最喜欢哪一个，他说下一个。有人有一个女人，觉得有了一千个，你问他还要不，他说不要了。

宇宙在演化中追索，求存，轮回，应果。

他说，意识的顶层是理性和逻辑，也是物质演化的最高形态或终端，意识不能识别和摆脱本身的局限。作为基始态是能量和信息、高级态为智能意识的宇宙，就是欲望无限叠加升级，膨胀爆炸。它以人类为代表，也可能还有更高层级维度的代表。

"哈哈！宇宙是一团欲望，层次叠加的欲望。"

"这个想法有意思，比从性欲的角度解析人还先进。"

"哇噻，先以为姜半仙是人云亦云，却原来还真是个鬼头！我在大学都没听过！"

当睡觉都成奢望

卑微的生命，存在就是快乐。

程正发现，生存压力肆虐自己的生物钟。

清晨五点多，楼前环卫工人把垃圾桶弄出响动，他像闹钟样醒了。

原来这是睡得最香、最沉的时辰，现在他得赶大早去集市买菜购物。

餐馆开业，如果一炮不打响，就会烟熄火寂。

食材极重要。家禽野味，要地道。各式蔬菜，得新鲜。他在街上搜罗，见到乡下人挑菜上街，就拦路抢截。有时在环城河桥头或城郊路口，狩猎样逮进城的乡赶。在大菜场，"本地的"东西是稀罕物，分分钟就没了，或者根本就没有进去。有的与狩猎、捕捞、养殖户联通，订货直供。

程正每天起得比鸡早，后来发现人家比他更早。

野生的乌龟、甲鱼（方塘人叫脚鱼），在方塘市几乎绝迹。偶有上桌，那是宾主身份的象征。这曾是叫花子受用的秽物，现在成了大人物的口福。而像隽瑰这种餐馆，这等购物渠道，买着野生甲鱼或珍禽异兽，需要间谍般的手段。

那天，程正居然在桥头碰上了。

一个裤腿卷到膝盖的老汉，提着一个丝网袋走来。

凭着敏感，程正知道那是好货，急步上前拦住。

"这甲鱼，哪里的？"程正比挖到古董都激亢。

甲鱼的头伸出来，脚爪挥动着，小眼睛发光，似乎找到了救星。

"哪里的，问得蹊跷，"老汉上下打量了他，眼珠子骨碌地转，确定不是林业公安的，口气就有些不屑，跟卖文物样庄严，"跟你说吧，我昨半夜看田，挖沟清淤，锄还没落泥，嚯，泥巴还会动？以为发地震呢，过细一看，财喜来了！听说这大脚鱼现在卖几百元一斤，我田里的谷都不值这个钱。"

"那么神，我买了。"经老头这么一说，程正验明此甲鱼野生正身，就下手了。

听说对方要买，老头更神气起来，"我小时候，田塘的甲鱼到处都是。现在呢，莫想搞到一只！我活了几十年，都不认得甲鱼了，你说稀不稀罕，金不金贵？我儿媳坐月子，儿子想给她炖汤，我坚决不同意，就跟我吵架……嗨，吃了嘴巴一抹，几百上千元没了，划得来吗？平日哪有一分钱的来路！可怜呐，我一锄拜天，一锄拜地，一年劳动到头，搞得几块钱？看，我到城里舍不得钱搭车，昨晚两点钟就赶路了。"

老头拎高了网兜，"他说我王八比儿孙都重要，我也没法！太难了，真太难了哇，跟你说吧，能捉到这种甲鱼，碰到这种好运，不亚于那个叫……叫什么锅笼铺的，像发现新大陆一样难！"

程正看老头眼神，就知道砍价无望，急急按老头的出价买下了。

他一阵暗喜，还是起大早好。隽瑰餐馆的档位一上来，什么人物都可对付了。

难怪，斜对面赐思饭店生意爆满。原来，人是万物之灵，那老板又是人精。据说他的理念就是，人无我有，人有我优，人优我特，人特我奇，人奇我怪。他开餐馆不是一般的豪强生猛。水里游的，除潜艇捞不来；天上飞的，除导弹逮不住；地上走的，除了鬼捉不到，其他都是席上菜，盘中肴。

这只真王八，让程正想入非非，心骛八极。只要功夫深，钢棒磨成针。开动脑筋，这个星球上什么弄不到？如果隽瑰发达了，也可以朝满汉全席转型升级。

快意间，一个后生开着三轮车突突过来了。

"停！停！"程正猛地挥手喊道，他瞟见后货箱躺着跟人一般长一般大的东西。

后生咯噔刹车，轮子在地上滋溜冒烟。

别看后生年纪小小，却一派老人与海的巫雨沧桑。

"哎呀，这鱼，跟猪一样。"程正暗叹。

"这是望川河的鱼王，鱼王噢！"后生拉好刹，跳下车，挥舞着刺青手臂。

程正看了鱼几眼，这鱼他确实没见过，像绿毛水怪，披鳞金妖。

"我搞鱼多年，敢说这条鱼，绝对是望川河祖母级、太爹辈的鱼，搞不好是长江东海爬上来产卵的，我们这里水质好嘛。"

"呃，这鱼，肚子好大。"程正看那鱼肚眼，像人的脐眼。

"怀孕了呗，里面有鱼仔。"后生从牛仔裤屁股兜掏出烟，点燃。

“怀孕了你也捕它？”

“生仔的鱼才好捕。”

“开个价，我整条买了。”

“你要得这多？一百多斤呢。”小青年迟疑道，“几家餐馆抢着要，昨天别人约好的。”

“不不不，跟我走！”程正递上笑脸，“价格好说，价格好说，我是个直白人。”

“好的。”刺青后生听到“价格好说”，碰到个不“在行”的新手，现卖不如现得，也就发燃了车子。

程正提着甲鱼，半个屁股坐上刺青后生的三轮车副驾位，指使他开到隽瑰餐馆。

“你是餐馆老板吧？”刺青后生侧脸大声问。

程正回答是的，马达声噪人，他尽量少说话，但又生怕小青年不卖他鱼。

“这鱼百年一遇，适合招待厉害人物，”刺青后生说，“不是算嘴（方言，吹牛），方塘人搞鱼，我一般看不中。不管多深的水，不管多大的湖库，我都搞过。就是龙王，我都要请出来！”

“厉害，见识了。”程正不开这个餐馆，不知水有这么深，也不知动物世界这么悲摧。有人就是厉害，若他愿意，星星都搞几颗来，月亮都能大卸八块。

“搞鱼光用网不行，大水面怎么下网！鱼在深水里像潜水艇有核动力，渔网跟蜘蛛丝似的，一抹就没了，网破鱼洒脱。炸也不行，深水里丢炸弹，嗨！小鱼虾翻了白，大鱼弹都不弹，弄不好反把自己炸断了手脚，损失更大！”

“兄弟，我们建立长期联系，等下留个电话！你的货，有多少收多少！"程正对刺青说。

写下电话，他瞥了前方，太阳刚露头。河堤有人在光瀑里跑步，像逆流而上的鱼。

这是程正卓越的一天。采集的食材正宗地道、最优最特，就是玉皇大帝、王母娘娘来了，都拿得出手。头天他找表亲借了点周转金，要下深水，大干一番。

"奏乐！一早忙到现在，放点音乐散散心！"临近午时，程正让人打开三洋录放机，创造迎宾氛围。大堂里歌乐骤起，咱们老百姓，真呀真高兴，咿呀子哟嗬嘿呀……

但意想不到的是，他们大眼瞪小眼，小眼望苍天，一整天，客人的影子都没有！

真是急死人呀，房租、工资、水电，一天得多少开支！开个餐馆，买了"莽"菜，未必自己吃了？

程正不时往门口瞟，员工们也伸长脖子瞄。

不好意思，除了汽车喇叭声飘进门来，什么也没有。

有人悄悄看了斜对面的赐思饭店。

没有对比就没有尴尬。天啦，车子停满了，人行道全占了，有的车没有位置，前轮扒着半边路肩，像极了野猪破畈逃窜的模样。一拨拨的人进进出出，估计还有没包房没桌位退出的。但就是没有一个人走进隽瑰餐馆。有的虽然朝这里瞟，但都是怀疑不屑的眼色。意思是，你隽瑰餐馆竟然一桌客、一个人都没有，肯定菜是馊的，汤是现的，进你馆子，那不见鬼！越是排队的，越是有人挤；越是空落的，越是没人去。

第二天，不，第三天，赐思饭店依然人满为患，隽瑰餐馆依然门前冷落。

临近十二点，他们心灰意冷时，一个胳肢窝里夹着个精致棕皮包的人急匆匆进来。

"搞一桌饭，菜要最好，不管价钱。"

"好，好，好!"大堂人旋即欢腾忙活起来，各就各位，分奔一线。

不一会儿，一伙客人进来了。看穿戴和气场，就是人中龙凤，世间尤物。

在最大的包间，客人坐定，嘻嘻哈哈，谈笑古今。这伙客人显然是去赐思饭店没有包房而改到隽瑰来的。

程正敬烟行礼，介绍特色大菜，甲鱼不野生不要钱，肉食不新鲜就免单。他甚至——为热络气氛，拍胸脯赌咒自贱：

"我一早去山旮旯里买的，甲鱼如果不是野生的，那我是你们亲生的!"

正说得起劲，拣菜工一脸愁云走进来，悄悄把程正拉了出去。

"哎呀，不好了! 程老板。"拣菜工快哭出来了。

"什么不好了?"程正不耐烦地问。

"你那天买的甲鱼，还有大鱼肉，都……"拣菜工面如酱色，"臭了!"

"呃?"程正惊出冷汗，怒问缘由。

"本都杀好、洗净放在冰柜里的。哎呀，那天放音乐，把插头扯了，忘记了回位，结果冰柜里的……"

冰柜音响放一起，装修赶进度，正准备换的。该死的插座，少了两个眼……

程正跑到厨房，与厨师盛双泉（大家喊他勺哥）紧急商议。

勺哥说："采取食材混搭和佐料强化等独门厨艺，可以将臭味降到最低限度。但本质坏了，再怎么整都没法子。"

"生意好做，伙计难寻，老古人说绝了！"

"你们是有意给我挖坑，没一个人操心！"

程正咬牙切齿地到大堂里骂了起来。一想是那天自己得意忘形喊"奏乐"的，又怕里面的客人听见，只好憋住。

"就看你的了，勺哥！"程正满脸愁云，没辙了。

好不容易来了一桌"狠客"，好不容易筹备了"莽菜"，却碰到这种糗事！就看厨师的魔幻料理主义了，这次弄得好，加工资！

程正踅回包房，写好菜单，又递上两副扑克，稳住顾客：

"各位领导，经济半小时，菜马上来！"

点菜这种事，本由美女小姐干的，但程正越俎代庖，主要是客来少了，要打场面。

半小时过了，没见动静，客人不耐烦了。

"怎么还不上菜？客人又不多！"一个打牌的探着脑袋大声问，明显是输钱了。

"就算设国宴招待外国总统，这菜也该上了！"另一个跟着嘟哝，可能也输了。

"马上，马上！"程正不时进去一并递上笑脸和烟，好不容易熬到菜上桌了。

他进厨房时，看到勺哥打架样的，左右开弓，手脚并用，脖子上的毛巾掉了，用手把眼睛上的汗抹了，胡乱一甩，锅里的味道丰富多了。勺哥辛苦，勺哥伟岸，程正暗暗钦佩勺哥，心疼勺哥。开餐馆，厨艺就是生产力，味道就是回头率，厨师就是大爹爹，大伙都吃他的饭。

"不干不净，吃了不生病，此乃胡说八道，纯属为了押韵。"

"据最新研究，胆固醇多了死得快，胆固醇少了死得更快。"

"人的吃禄都有度数，多吃早死，少吃慢死，不吃即死。"

菜上了半齐，客人边吃边聊，没听到桌上的异常，员工们侥幸又敬仰，暗里都竖大拇指，"啧啧，勺哥好样的，啧啧，隽瑰胜利了。"

"唔，这甲鱼……是野生的？我怎么吃出避孕药的味道。"有个人嘴一撇，斜眼扫视左右，"你们尝不出来？"他不像是开玩笑。

"耶，这鱼块大是大，怎么有股人味？就是那种木料腐烂的味道。"

虽说众口难调，但桌上如果有人引导舆论，就会唆诱味觉，形成认同效应。这甲鱼离野生十万八千里，这鸡汤不但不滋阴壮阳，还伤肝毁肾！

"老板，老板，来来来！"刚那个夹包进来订餐的，一脸不高兴地喊程正过去。

"这鱼肉怎么回事，味道怪怪的，辣不辣、臭不臭、香不香的，搞的苏格兰情调，还是日韩料理？"

"你害死人啦，知道这是什么客人吗？说出来怕吓着你！我是看你店没生意，照顾一下，结果，好哒！一桌饭搞成这个馊样，不如关门算了！"

程正脸上青一阵红一阵白一阵，连连解说："东西绝对正宗，厨师水平有限，休怪，休怪……"

他硬着头皮，铁起心肠，空着腹单敬一圈。又表态，主菜不算钱，如果实在不行，干脆全部免单得了。

也有好心人打圆场，慢慢平息了一桌的怒火。

结账时，程正履行诺言，有异味的几个主菜一文不收。

"再见!"送走客人,程正躺倒在沙发上。

那个夹黄包的走远后,回头看了门上招牌,往地上啐了一口,"隽瑰,见鬼!还再见,再也不见了!"黄包客又望了望赐思饭店,骂了起来,"我宁可去对面吃屎,也不到这里见鬼!"揩了嘴的餐巾纸,怒摔地上。

程正像被人当众脱了裤子样难堪。

他胃里没有食物,满腹酒精烧燎,一下午恍恍惚惚,处于崩溃边缘。

三洋录放机里放着二胡独奏曲,"远方的客人请你留下来"。

他望着门外的楼顶天宇入神发呆,风吹着树林摇曳起伏,天空无可名状的阴郁,在他心屏永远定格。真不明白,干事咋这么累,活着咋这么难,心里咋这么苦?

几十年后,他都会清晰地回忆这一幕图景:远处风吹树摇,耳边音乐哀怨,一种活不下去的感觉……

即使后来他发迹了,但一想起那时每天眼巴巴看着赐思饭店的焦灼,被客人横训随斥的卑低,他的心就阵阵痉挛。

失散的炊烟

看到一个寂静的下午，跟小时有父亲的时光一样，她哭了。

樊音的家乡因出土过一件国宝级文物，加之山水得宜，民宿客栈建了不少，近年乡村游热起来。

这天，一伙贵宾来了，珠光宝气，穿戴考究，不是肥头大臀，就是瘦成豆芽似的。他们指指画画、嘻嘻哈哈，把木梓树说是白果树。

有只猫懒洋洋走来，被卷头发女士发现，她搂起长外套说："来，快让我跟猫咪照个相！"人群里有人提醒："它咬你的。""不！"女士说，"这里的动物老实多了，不比大城市！"说完蜷下身子跟猫合了影。

樊音回家了。

她在弯弯的故乡小路上蹒跚、伫立，吃力地辨认着，搜寻着。

那河弯，那山岗，那田畴，一切都变了模样，唯有回忆压迫着心灵，堵塞着喉咙。

白昼炎热的阳光，夜晚的萤火凉风，月光似水的晒谷场，老头的赤膊和蒲扇。禽畜猞猞，夜虫蟋蟋。有大人摸着夜色，赶着水牛从田里归来，犁铧与路石摩擦的闷响。黑暗的贫苦的影像在墙上缓缓移动。她躺在竹床上，百思不解地望着天上的织女和牛郎。

故乡的冬天，总是在烟熏火燎的柴薪堆里噼里啪啦的。下雪的日子，总给她留下难忘的回忆。没有哪里的雪比得上故乡的雪，缠绵缱绻，意味深长。

她坐在火塘边，用火钳在炉灰里点点划划，唱一些哀怨的歌儿。她的心多感而纤敏，特别害怕贫困、害怕失去亲人、害怕家里的变故。

每个凉意渐起的秋天，都会勾起她的哀愁和疼痛。冥冥薄暮，黯淡天色，她就想起故乡，想起亲人……

有时，她睡在喧闹的街市，忽然被一种歌声惊醒，那歌声使她忆起了童年的时光。她便呼吸沉重，泪眼迷茫。

一注故乡的日光斜斜照过来，一缕故乡的炊烟袅袅漫起来。

那是哪一个夏天，哪一片金黄金黄的阡陌，赤着脚在故乡多石的小道上行走，树影寂然静立，有人在远处喊她的乳名。

每回故乡，她仿佛被注入一种灵魂的营养，回到喧嚣的街市，又以一种新的姿态活着。

樊音觉得，她是这个世上乡愁情结最深重的人。

亲人团圆，在穷苦年代，儿时岁月，就是一种心灵的营养。

童年的回忆总是和过年联系在一起的，那是最庄严的时辰。自己像一个圣徒般度过这过年的几天，恨不能挽住时光的分分秒秒。

她和那些父老乡亲攀谈，遥想曾经岁月，都淡了、冷了、散了。村子的人有的老了，有的长大了，有的嫁走了，有的嫁来了，熟悉的面孔少了，陌生的面孔多了。这里的人，像沐风一样接受死亡，像庄稼样接受磨难和平凡。

山，已不如过去的高大；野，已不如过去的空旷，河，已不如过去宽阔。那块场地，那个巷子，那个捉迷藏的仓库，那棵掏鸟蛋的老树，都不见了。透过不规整的水泥楼看去，唯有一缕烟霭挂在远空，犹如缥缈残存的岁月。她一个人在村里徘徊，童年已走得太远太久。

那个溢满童年梦幻的小学给撤了，教室用来关了牛羊。

颓败的教室杳无人影，墙脚苔藓斑驳，满屋蛛网斜挂，一条黄泥小路，弯入往事的深处。

她生出无限的悲凉，在博士后学历都不稀罕的现在，谁还在意小学母校？

曾就读的中学给撤了，改成了一所完小。

翁郁的柏树林已不见了踪影，瓦屋教室拆了，土质篮球场被水泥场地取代，校园里曾是青春洋溢的身影，如今是牙牙学语的稚童，只有琅琅书声还在风中依稀。那些校外劳动的茶园如今荒草萋萋，威严的数学老师抱病退隐，食堂会炒菜的老爹爹早已作古。

她脑海里浮现毕业时同学们相拥哭泣的情形。

聚散离合曾经丢在风中。

越是惶惶然，越是失去。心篮装得越满，丢失得也越多，灵魂也就越空越痛。

有人告诉她，她们的高中学堂被卖了。

呵，这高中要算是"相当级别"的母校了！那是芳华飞扬的岁月，理想像阳光一样灿烂，情感似烈焰一样炽热。

那么充满爱和美好的所在，被卖了？

她找空去那里看看。

过去的小桥流水、环境幽雅的母校，现在成了生意人的场所。

无论怎样搜寻和辨认，都很难找到多少与记忆相吻合的物什。

木板房子拆了，代之以水泥高楼，大树砍了，替之以陌生的围墙，校园里曾经那些天没亮就啁啾的鸟儿，早已远走他乡。

她抬头仰望，只天空没有变更，唯白云还似曾相识。

岁月恶狠狠地背过脸去，甩她无尽苍凉伤悲。

在她还心存一丝侥幸时，又传来消息，自己就读的大学也被兼并更名了。

好家伙，她的母校从小到大一个个没了。

现在，人要问她的母校，得结巴半天了，解说时得打括号了。

感慨过处是无奈，无奈而后是淡漠。

原来，母校和故乡，是只适宜在梦中存留的东西。

她是什么，算什么，伤感的怀旧者？流浪的寻梦人？

其实什么都不是，什么都不算，只是故土一缕失散的炊烟，飘吧。

竹林深处

一个万元户的沉浮，告诉了你什么。

驱车在鄂南山间驰行，河水如带，山峦似蟒。

你有一种平常心，你有一点不经意。

突然，一丛丛翠绿扑入视野，你开始看不起眼，但那绿色的诱惑却会牢牢地粘住视线。

猝然间，你卷入了一个竹的世界，漩进了一片竹的汪洋。

你来不及想，也来不及看，在那层层叠叠、铺天盖地之间，在那青山奔突、绿浪拍天之间，那似乎非植物意义上的竹，简直是一阕无边无际、无始无终的绿色生命合唱！

鄂南多竹，竹海方圆百里，无有杂芜。这里山中有竹，竹中有山；山上有竹，竹上有山；山外有竹，竹外有山。楠竹生长不择地，不选向，随遇而安，落地生根，一触（竹）即发，巉岩边，荒草里，沟溪旁，无处不蓊郁、无处不婆娑。

入得竹林，你更讶更诧了，仿佛千根琴索，万管箫笛，演奏着一种神秘的律章；又像千杆矛枪，万面旗帜，俨然一个搏杀的疆场。阳光下的竹，俊如处子，雾岚里的竹，静若修女；眼前的竹，妩媚似釉画，远方的竹，绰约像传说。

这是一个奇妙的群体，它们排拥，更迭，挽绕，不争斗，不拒斥，一根根，一叶叶，你中有我，我中有你，温馨地融汇，和谐地组合。刚挺而谦恭，拓展而谨严，喧闹而又恬静，在秩序的恪守中，凝结成厚重，构筑了雄浑，编织出磅礴。

"鄂南竹，年年发，年年绿；一根竹，两斤肉，斫一根，长十尖，斫一线，长一片……"

鄂南的竹，总和那粗犷的山歌和大碗的米酒嗨在一起的，总和那烟雨的岗峦和多石的山路长在一起的，总和那四季漂流的船篷和竹筏载在一起的。

这天上午九时许，竹海镇边源村举行公路通车典礼。

不少媒体应邀参加典礼，《方塘故事》也在列。

车队沿着一条新修公路缓缓盘上了大山。

在这个欢乐的队伍里，人们注意到，一个穿着灰旧衣服的、微驼着背的中年人眼里噙满了泪水，他叫余移山。

"听说，你是方塘故事的记者？"

"我是。"裴裳发现有人找她。

"能帮我，宣传下吗，别人都不愿意。"

余移山木桩似站着，脸有白印，嘴角溃疡。他说话细细的，是别人可以不听、或随便拒绝的那种声音。

这条曲曲弯弯的山路，一沙一石、一坡一坎，都凝聚着他的心血和汗水。从这条路在边源村人梦里伸展的那一天算起，至今已有九年了。

这破天荒的大好事，人家都在笑，他怎么……裴裳有些纳闷地点头，算是答应。

通车仪式一边举行，她就找人采访。

"各位来宾，各位乡亲，大家好！"主持人把话筒抵在嘴上，声音激昂，"对于自古听不到汽车叫的竹海镇边源村来说，今天，是个不寻常的日子！"

边源村坐落之地，一山咬一山，一峦叠一峦，前菪水库，后抵大山，多少年来与外通驿，就靠一条陡峭的羊肠山道。村民们攀崖越岭，肩挑背驮，苦不堪言。这些年来，山外的飞速发展更是拉开了它与外界的差距。大家着急呀。

那年，村干部和群众找到有关部门，要求实施修路计划。部门表示支持，但鉴于实施的工程项目较大，要求边源村先垫付资金，验收后拨款。

但谁来牵这个头？村里群众想到了经济条件好、在外有路子的余移山。

土生土长的余移山时年四十岁，曾当过民办教师，后来开设了一个小卖部，积蓄已达两万元，他买了新房，购置了大彩电，日子过得红红火火。

看到找上门来的村民们恳切的目光，他便二话没说，盘了库存，付了租房，回到了家乡边源村。

那时的余移山并不知道，这短短的十里山路，会充满如此地艰辛，如此地坎坷。他看到边源村人世世代代，在这条崎岖的山道上摸爬滚跌，实在太苦了。小时候父亲经常带他做一些修桥铺路的活儿。那时，父子俩刀砍箕挑，总想给乡亲们解除一点痛苦，自己也乐在其中。但如今这条公路，要在海拔一千多米的高山上劈山开基，实在太难了。

边源村人砍了几丘山的竹子，七拼八凑，所筹集的钱款仍寥寥无几。移山坦然地对一筹莫展的乡亲们说："把我开批发部挣的两万元钱先垫上开工吧！"

"仪式第二项，鸣炮！"主持人声音嘶哑地喊，他刚介绍了嘉宾和这条路的来龙去脉。

一声炮响，千年沉睡的高山土石卷扬。村民们男女老少齐上阵，还从邻县等地请来了民工，工程就这样热热闹闹上了马。

余移山晴天是个灰人，雨天是个泥人。他白天挖土炸石，晚上还要和大家商量安排第二天的工作，熬红了眼，累弯了腰。他住在一间人家搬走废弃的泥屋里，又脏又暗，晚上睡觉时老鼠从脸上、身上爬来爬去，尿屎撒到眼里、嘴里。

一冬一春过去，工程完成土石方五万多方，修好桥梁一座，台堤一处和大部分路面，花去资金四万多元。

由于种种原因，上面只拨来八千元，实在是杯水车薪。边源村人失望地放下土箕，望着未修好的公路，发出长长的叹息。

一个月后，外地民工讨账不断，余移山站在那未修好的公路上苦苦思索。山外的发展何等惊人，家乡还这么闭塞、落后，边源村有丰富的煤炭、竹木资源，有名噪一时的优质矿泉水。他意识到这条路不是一条普通的路，而是全村一千五百人的活路。为了子孙万代的幸福，一定要把路修通。

余移山豁出去了，他一咬牙卖掉了自己的房屋和彩电，还有一块场地和一口鱼塘，筹到了八千四百元，支付了民工的工资。

此后，他倾家荡产了。

一家五口成了无根的浮萍，只能租房住，付不起租金，又被人撵了出去。他们东家借屋西家躲雨，后来，好不容易在城里租了一间不足二十平方米的房子立脚，又继续起他的修路生涯。

"一脚踢开拦路虎，双手推走肠梗阻，日月星辰乾坤换，千年山门一朝开！"有人高声念着红本上的赞美诗。

那年腊月，边源村下起了罕见的鹅毛大雪，余移山站在那条未修通的公路上，冻得瑟瑟发抖。

雪花飘落着，覆盖了大山，覆盖了路基。

他已经山穷水尽，只有四处求援了。

找谁呢？他想起自己有一个远亲在省某单位。兴许他在省里认识一些人。但是上路没有盘缠，他到处借钱，到处碰壁，因为谁也害怕与他这个穷光蛋打交道。

没办法，他跪在七十多岁的老母亲面前，请求道："娘，我借不到钱了，把年猪卖了吧。"

老人含泪答应了。就这样，他拿着卖了年猪的三百元钱，走进了凛冽的风雪里。

上面被他为家乡修公路不顾一切的精神感动，拨款两万元。然而，原欠的债务不能完全了结，公路仍未修通，边源村人仍然听不到汽车的欢叫。

家产散尽，两手空空，余移山一家陷入极度困窘的境地。没钱买菜购米，经常吃了上餐愁下餐。手里没钱，买起米来，三斤五斤，一餐餐地挨，一天天地挨。有时没米下锅，他就硬着头皮，找好心人借几元钱买点粮食应急。

有一次，他去买煤球，对方问要多少，他说："十个。"老板说："还没见过这样的顾客。"

小孩吃早饭，一元钱三个人分。他读中学的女儿，时常上学时只朝她的父母看一眼就默默地走了。小女儿无钱上学哭喊着："爸爸，你日也修路，夜也修路，修来修去，家都修走了，求你去做点别的事吧。我要读书啊！"

他的妻子严重贫血，经常昏倒，无钱医治，躺在床上呻吟，他听着五脏俱裂，到街上不知所措地走着。

邻居的一位老大娘看着过意不去，给她送去两支天麻，说天麻煮鸡可以补血。可他没钱买鸡，天麻一直就放在抽屉里。

有年腊月，打发了讨债人后，全家只剩十六元钱了。他到街上称了两斤肉，买了一只五寸长的鲢鱼和一把青菜，就这样过了个年。

有关余移山的议论，寒风一样刺骨。

"不是金刚钻，要揽瓷器活，吃一肚子亏，戏又不好看。"有的指着他的鼻子骂，"你是全世界第一号傻瓜。"

过去带他一起修桥布路的老父亲，看到儿子落到这步田地，也烦他了："你怎么这么蠢啊，我巴不得讨债人把你打死就好了！"

余移山眼在流泪，心在流血。有谁知道，他是边源村第一个走出大山的"万元户"？他曾是全村最富裕的人，二十世纪八十年代初，他就拥有两万多元的家产了。

他过去做生意跑过很多地方，看到外地很多漂亮富裕的农村。外面的世界都发达了，家乡好像还没睡醒似的。近十年时间，他日思夜想的就是这条路。

那夜，他做了一个梦，梦见那条心爱的公路，如飞龙翻腾，推山排岭，扶摇青空，边源村从此变得一马平川，村民从此告别了那肩担背驮的历史。

"你是什么身份，要操这个心？"余移山的举动也引出了多种话题。有的说他动机不明，有的说他方法不对，有的说他头脑不清。

在如潮的议论面前，这个修路人就跟那路上的石子、山上的竹子一样沉默不言。

　　他一直还在这条没有竣工的山路上走着，人们不知道他还有什么能耐，也不知道他能否走到路的彼端。

　　"山不再高，路不再远，边源村不是被遗忘的角落，美好生活在向我们招手！"

　　仪式进入尾声。

　　"你当初就没有想到后果吗？"裴裳问。

　　余移山摇头。如果想了，这一切都不会发生。

　　"总觉得，会有人救我……"余移山嚅嗫着，望着风中的竹影，眼神渺茫，泪光闪烁。

　　裴裳陷入沉默。在采访生涯中，她第一次有了无力感。

逝去的时光里，那个夏天的颜色不一样

过去的日子，拎得轻重的，寥若星辰。

消逝的岁月，历数可忆的，庶几无痕。

日子如豆子，粒粒相似；岁月是筛子，不停丢失。人生三万天，能忆起的有几许？

那个夏天很热，却令程正脊背发冷。

没有资金，没有人脉，房子靠借，客源靠拉，购物靠赊。他只能事必躬亲，来不得半点闪失，容不得一丝纰漏。

这是最弱势的群体、最底层的生活、最真实的苦楚、最简单的快乐，像沉默的齿轮，普通且平凡，运转无痕迹，却撬动着社会大机器轰隆有声。

饲鸡的，放鸭的；偷鸡的，摸狗的；强壮的，弱小的；朴实的，奸诈的；阴险的，固执的；横蛮的，软弱的；仁善的，冰冷的，他都要面对，都得经历，那就是他生存的土壤，活着的根基。

他整天忙得头昏脑涨，辨不清早晚的颜色。有时人手不够，就把思理也拉到餐馆。

粉尘，浊乱，噪音，谩骂；恐惧，冷漠，哀号，杀戮。菜市场像一个硕大的喉咙和肛门，人兽在此进出，生死在此接续，香臭在此转换，盛衰在此轮回。

买菜时讨价还价，收账时挤陪笑脸，赊物时信誓旦旦，迎宾时点头哈腰，送客时打躬作揖。额头的汗，眼里的泪，肚里的苦，心里的血，就是那个夏天的颜色和记忆。

而最难熬的时光，是他们把一切打理好了，等客来的时候。

他们既不能站在门口迎接，因为可能没有一个人进门，那只是白鹭望大水，空看。又不能怠慢松懈，如果真有客人进门，见这懒散样子，会掉头走人。

看到斜对面的赐思饭店，熙熙攘攘，进进出出，而自己餐馆门前冷落，他们个个都是哀怜的眼光、失落的神情。

偶有一两桌零星客人来，大家欣喜若狂。程正还打电话要明思理过来当帮手。

这天中午，一个戴墨镜的人走进来，四处打量着。

"吃饭吧？"收银员廖星迎上前问。

"菜单呢，看看。"来人取下墨镜，"有蛇没有？"

廖星不好意思地摇摇头，又迅速编了一个理由："有家餐馆杀蛇，把蛇头剁下，哪料蛇头飞起来，咬了杀蛇人的手，我们老板就不敢买了。"

墨镜本来转身想走的，见收银员有几分姿色，就挪不动脚了。

"天气太热，就不跑了，"墨镜手肘撑在柜台上，微笑道，"干脆你帮我定几个菜好吧。"话落端着茶杯进了客房。

菜上桌时，明思理也赶来了。

"就这几个菜，哪些人陪呀？"里面有人不高兴。

"怎么不搞几朵花呢，这喝起来不闷？"

"哈哈，薛总，十二点过了，太晚了，蛇都进洞了。"

"可就地取材呀！"那个叫薛总的拉长了脸。

墨镜出来了，对廖星说："我们薛总要求，你们一起吃，陪下吧，人少。"

廖星虽有些不情愿，看程正默许的眼神，就进去了。

没一会儿，墨镜又出来了，"薛总说老板娘也要参加，他说这家餐馆很不错，以后就是公司的定点餐馆，统吃现结！"

原来是明思理进去倒茶时，给薛总留下了"深刻印象"。

而程正也早有所闻，鲜于乐才策划的楚天经贸公司开业，这薛总还是莅临嘉宾。薛总大名薛本空，是方塘化工厂的老总，这算是看中了他隽瑰餐馆。

不容易啊，有几个薛总这样的长期大户，还愁什么客源！让对面的赐思饭店发抖吧。

明思理进去了，她无法拒绝。她也听说过薛总的，威风八面的一个人，有一句话让几百人下岗的魄力。

薛总口味就是不一样，服务员陪还不行，非要老板娘陪。

"老板娘，好漂亮！"

"一边一个，飞机带翅膀！"

"这地方不错嘛，怎么今天才发现。"

包房的门开了一条缝隙，里面的笑声浪了出来。

程正先递了一巡烟，后在厨房帮衬，随后提酒瓶、酒杯进来了。

思理和收银员坐薛总左右，喝得起兴。

"我们老板娘从来不陪客的，今天薛总面子大了。"廖星见程正进去，不知是巴结，还是显摆。

程正强颜作笑，敬酒。

"不用了，老板娘在这里就行，她在你家肯定是一把手嘛，今天她说了算。"薛总喝完，拍了明思理后腰，又顺势在她大腿上一按。

"慢用。"程正敬完酒，退出包房，"咣当"把半杯酒猛地往垃圾篓一摔，酒溅了一地。

"程总，"大堂里有服务员看他发脾气，上前劝道，"是不是客人对菜不满意？"

程正恼火地一拂手，"别管！"

服务员悻悻而去。好不容易来了桌"狠客"，这程总却不高兴，这是怎么了？

也不知为什么，明思理加盟隽瑰后，生意明显好了起来。她人长得有模有样，待人接物张弛有度，协助管理精打细算。照此预测，不过一月就可以回本。她明思理来错了吗？

那天打烊后，程正推着自行车，踯躅在回家的路上。他甚至连骑自行车的力气都没有了，后座更不可带一个人，思理只能跟着走。

"结账时，他们菜单都不看，随便写，有两个大菜根本没上，也算进去了。"明思理说，"今天收获很大，一帮傻子。"

程正窝了一肚子醋酸，阴阳怪气地回道："那个薛总，有点色呢，名不虚传呀。"

"他色不色，关你什么事？"明思理今天喝了不少，晕乎乎的，她知道程正想说什么。

"哼，关我什么事，你不知道？"

"我知道什么？"她反问。

"你真不知道？！"他怒目圆睁，"喝酒就喝酒，他和你桌下什么动作，老子看得清清楚楚！还到这里装蒜！"

"他要动手动脚，关我屁事？"她恼了。

"好，好，好，还不关你屁事，是不关你屁事……"程正突然发起疯来，"但关我屁事！这餐馆不开了！"

"不开就不开！未必是我愿意开？"不料，思理转守为攻："我正想问你，你们男人在外面都是这样的？你在外面都是这样的吗？"

程正哑火了。

"你能回答吗？真实地回答吗？"思理紧追不舍，"呃，我是个什么人，难道你不知道吗？"她指着他鼻子，"你不敢回答我，说明你也是这种人，你肯定不是个好东西！哼！"

"我先要问你！"程正突然把自行车龙头提起，往地上猛地一蹾，他能想象出，薛总飞机带翅膀的放浪样。

"还以为你是个淑女，在我眼皮底下，跟别人说话眉飞色舞，我差点当场用酒瓶砸死你！"

"怪我吗？是你要我来的！他要动手动脚，我拦得住吗？难怪一整天凶神恶煞的！呸！"

"好，拦不住，拦不住，你意思是别人叫你上床，你就上床是吧？"他咬牙切齿。

"还怪我，怪我有什么用呢！"

"好，不怪你，你言语暧昧，眼神混沌，我看不出来？告诉你，你得不到好的，等着看！我有几壶你喝的……"程正大爆粗口，他潜意识里一定要加倍报复。

他的怒骂引来路人驻足侧脸，便打住了。

"你不要脸呀！天下第一，找不到第二个！"明思理不甘示弱地反击，"你这个破餐馆开不开都无所谓，我跟着你受够了，还说我!" 说着愤然快步走了。

他还在后面骂个不停。

"上床就上床!" 她回了一句,消失在夜色中。

街灯昏黄,浊尘弥漫。那是程正一生看到的最阴郁、最凄苦的夜色。

没人火上浇油,他便冷静下来。

走到这一步,都怪自己。干上这一行,就是低头族。那种没有实质性的暧昧,似是而非的热情,是生意的需要,生存的需要,这是没有办法的事。情爱迷离,谁能分得清,怎么分得清,为何要分清?

等程正怏怏地推着自行车到家,思理都洗了睡了。

醋意妒火戕戮爱,也会激发爱。

第二天他们和好如初。

程正知道,自己已经沦落到了最底层,卑低如泥土,下贱如草芥。

在挣扎式的生存面前,人格、尊严一文不值,包括忠诚、爱。

他也感到,同在屋檐下的两个人,像夜空的两颗星星,看似挨得近,可情感的空间和秘密,却隔着光年的距离,死样的混沌。

……

命运像气球,靠它不牢,抓它不着,却会触底反弹。

一个多月后,他们的生意有了起色,眼看即将要收回成本了。

这意味着后面赚的利润,归他个人所有。

这天中午,程正心情大好。客人走后,他让厨师加了几个好菜,全体加餐。

"敬你,救星!" 程正端起酒杯,"这段时间生意好起来,第一功臣是勺哥!"

"是呀,虽然没拿厨师证,但勺哥在方塘称第二,谁也不敢称第一,他悟通方塘吃文化,横扫饮食一条街,乱拳打死老师傅!"

"扶大厦之将倾,化腐臭为神奇,勺哥是烹饪天才、魔术大师,该上《方塘市志》,扬名立万……"

大家豪夸猛赞,勺哥醉眼微醺,"过奖过奖,我是替隽瑰着想,替程总着想,替兄弟姐妹们着想,同船过渡嘛。这神仙也有打瞌睡的时候。有的菜,还是被味觉刁的人吃出来了。"

"来,勺哥,我敬你!"厨师助理杜八司瞭了一下门外,压低了声音,"你们是不知道,勺哥的超强技艺!那天来了四桌,天啦,不约而同都点了糖醋排骨!结果料少了,我们都吓出冷汗。勺哥急中生智,把前天人家吃剩的、忘记倒掉的、已经馊了的排骨,三下五除二,就鼓捣成了新鲜的糖醋排骨!"

杜八司做出恶心表情,"唉哟咧,我像做贼似的,不,像偷人似的,端上勺哥花样翻新的作品,正等着挨骂呢。哪知他们吃了大赞,烧得真好!这排骨不老不嫩、不酸不臭、不伦不类,要的就是这种特色!试想,如果吃肉吃出猪的味道,岂不滑稽?有机蔬果吃出人粪尿的味道,那不荒唐!吃地沟油非要吃出厕所和下水道的味道,那不作呕?"

满桌上的人差点笑喷,有的呈呕吐状。

"声音小点,小点!"

"关上门,自家伙里说不要紧,你们千万莫外传,商业秘密。"拣菜工柯尔蒙食指竖在嘴唇上,说话的声音低得几乎听不清。

勺哥被众口称赞,反倒谦虚起来,"谢谢抬爱,谢谢抬爱,功劳是大家的,没有你们的配合,十个老勺也不成。你们拉客人喝花酒，分散注意力，就是围主打援的绝招，声东击西的妙着。人说怪酒不怪菜嘛，他们喝得眼睛翻白，魂都被勾跑了，哪里还管菜什么味呢！"

"既然说到这了，我也要批评一下勺哥。"柯尔蒙酒酣话热，不吐不快。

"勺哥别的都好，就是卫生问题，说起来重要，做起来次要，忙起来不要。客来猛了，他像指挥千军万马的将军，炉膛烟火熊熊，灶台瓢勺叮当，额上大汗淋漓，鼻涕吊起灯笼，信手一抓把，往锅盘里一摔，嘴里骂骂咧咧，怕他们不吃？这汗和鼻涕人畜无害，哈哈哈哈！"

庆功宴喜浪翻腾，美气氤氲，隽瑰餐馆达成空前和谐。

饭毕，厨师单独找到程正，说家里急用，请预支一个月的工资，程正欣然答应："寥星，给，条子不用打，勺哥我信得过！"

兽类的讨伐

眼下兽国已陷入末日恐慌。

原因是，众兽们怎么也赶不上人类"吃文化"的进化速度。这可急煞了兽王大人。

现在它紧急召集众兽们，声讨人族。

鸭公第一个到场。

"你的嗓音怎么这么沙哑？"兽王问。

"大王啊，我嗓子原本十分清亮，那边盛行吃红烧鸭、啤酒鸭、酱板鸭、绝味鸭，只只鸭子全被砍颈割脖，故嗓子哑也。"说罢声息全无，兽王无言以对。

这时，猪大腹便便地走来了。

兽王好生纳闷，猪祖宗们一个个原本身材苗条，婀娜有姿，现在怎么变成这等肥头大耳、粗脖肥臀的啦？

猪叫道："大王有所不知，那边以肥硕为美，饲养员只准俺吃饲料和激素，却不许吃减肥降膘药。俺是大众化荤菜，天天都需要，桌桌少不了。那边只把我当肉吃，没把我当命看，有什么办法！"

"谁叫你进化速度慢？人族原来与你同树躲雨，同洞睡觉，现在你只能与他们同桌共餐了，唉！"兽王叹息。

话音未落，青蛙一瘸一拐跳了过来。它鼓着满肚子怨气诉苦："大王，这吃害虫的职业俺不干了！俺在那边昼伏夜出，捕捉害虫，可他们倒好，把俺的大腿当作盘中佳肴。这回，俺真正碰到了比昆虫更可怕的天敌！"

兽王看青蛙的下半身，不胜唏嘘。

越到后面，越惨不忍睹。有头无脚的，有壳无脑的，有眼无珠的，有肝无胆的……全都成了新兽类！

果然，一头被剐了皮的牛走来。

众兽们大为诧异，它为何一丝不挂？

牛哞道："那边不光吃俺的肉，还穿戴俺的皮。如今，吹风浩荡，假的比真的还真，真的比假的还假。皮肉市场十分火爆，牛皮供不应求，他们把俺的衣服剥去吹牛皮了！"

兽王捂住眼睛，不忍直视。

只有老鳖逃过一劫。

它神采奕奕爬过来，头摇得像货郎鼓："忽然一夜吃风来，王八成了桌上菜。他们挖地三尺，移山填海找俺吃，我的同伴全被'清蒸'了。可怜俺在面临厨师刀剁斧砍之际，急中生智，穿了个背心，这才得以侥幸逃出，捡回一条老命！"

众兽们一起感叹，难怪乌龟是兽国里当之无愧的寿星！

叹息间老虎赶到。

众兽们欢呼雀跃，只见虎皮斑斓有色，虎威赫然气势，到底是兽中骄子，莽林巨擘，人人谈虎色变，个个避恐不及，他们总算手下留情了吧。

但仔细一看又傻了眼：天啦！虎哥上面气宇轩昂，下面空荡荡的，虎鞭不见了！

众兽惊探原委。

虎啸："那边越是稀奇的东西越受欢迎。根据吃什么补什么的理论，他们把俺的生殖器给割去进补了！俺现在只有虎威没有虎性了！"

最后恐龙到场。大家松了口气，龙哥应该安全的吧？

不料它的命运更加残酷，哭丧着脸大放悲声："那边要吃遍上下古今，已把俺从古墓里挖出来，说要克隆了再吃！"

……

——方塘故事《破罐杂烩》

舌尖上的人类，以万物朝我的逻辑推定，在火和熟食的美味中沦陷，丝毫不理会强加给他类生命的逆天之痛。

耶稣上了十字架，那是为了救赎人类的苦难。但谁来救赎天下所有生命的苦难？这绝不是一个天真的话题。

骄傲自大的现代人，已经丧失了对自然的敬畏和依赖。

餐桌上的美食，任何一个不是活泼可爱、乖巧可怜的生命。

人类奢靡浪费之风积习已久矣。舌尖上的"剩宴"，更是触目惊心。"三公"消费首当其冲。"剩宴"是殄大自然之恩，慷纳税人之慨。

在公务接待和公款吃喝的带动下，各种商务宴请也在不断攀比。甚至于在贫困的农村地区也不例外，在红白两事的办理中也在跟风比力。

婚宴是浪费的重灾区，常常是"吃一半倒一半，摆菜只是为好看"，是"面子消费"。

桌上越灿烂，脸上越有光。对于浪费普遍的原因，有说是源于

"炫耀性消费",有说是"对浪费的道德批判弱化",有说是"太节约会没面子"。

在人口膨胀、资源萎缩的这个星球,浪费就是侵害别人生存权、生命权的"无形杀手"。

状 态

忽然想起了状态。

生存是一种状态。宇者，浩浩然，上不见顶，下不见底；宙者，茫茫乎，前不见头，后不见尾，人类却悬浮其间。

活着是一种状态，死亡是一种状态；光明是一种状态，黑暗是一种状态；进步是一种状态，落后是一种状态；成功是一种状态，失败是一种状态；幸福是一种状态，痛苦是一种状态。

状态总是合理的存在。种瓜者得瓜，种豆者得豆，种蒺藜者得刺。

状态又是错位的构成。有的人活着，他已经死了；有的人死了，他却活着；有的人站着，他却跪着；有的人健全，他却残缺；有的人富有，他却贫困。

有人播下一粒芝麻，收了一箩西瓜；有人付出一簣箕银子，只获一片葱皮。

状态还是悖谬的组合。"衰草枯杨，曾为歌舞场"；"陋室空堂，当年笏满床"。正叹他人命可怜，哪知自己奔黄泉。此一时也，彼一时。或张冠李戴，或狗尾续貂。台上道貌岸然，台下蝇头鼠眼。抒情的歌手，其实是打架闹事的恶汉。温文尔雅的学儒，实乃俗里巴几的鄙夫。一本正经的高论，只是不着边际的废话。腐臭的沼泽，长出奇美的鲜卉。污黑的粪塘，埋着雄才的冤魂。和尚是个淫棍，囚徒当了保安，娼妓追求贞洁，杀手讲究仁义。猴子会成为老虎的首领，虾公当了鲨鱼的上级，蝌蚪是牛蛙的偶像。

油光可鉴的沙发，肚里全是麻袋。醇香四溢的美酒，不过一瓶缩短寿命的毒药。脍炙人口的早点，其实是老鼠的尿液。喝了一钵鸡汤，挨了一记耳光。猴子可以放火，鹧鸪不能点灯，孔雀土星照命，阉鸡洪福齐天。河东兴旺发达，河西龌龊邋遢。猫给鱼开追悼会的那天，忽听："快来捉贼啊！"一看，喊者乃盖世大盗是也。

一切皆为状态。好的状态，坏的状态；善的状态，恶的状态；惯常的状态，荒诞的状态；混沌的状态，肮脏的状态；伟大的状态，可笑的状态；未进入状态的状态，正在状态的状态。

　　　　　　　　　　　——方塘故事《世象浮绘》

　　从起点回到原点，这是生命的轨迹，也是生活的形态。

　　这天，程正在菜场和别人讨价还价，餐馆拣菜工柯尔蒙气喘吁吁地跑来。

　　"程总，领导找你，要你现在就过去！"

　　"找我？哎呀，今天客人多，忙得要命，哪有工夫。"程正面露不悦，草草结了账，打车去了。

　　这段一来，自己累得吐血，没人过问一句，领导找他干吗，安排吃喝招待，马匹打电话不就行了？难道是他这么累死拼活让饭店走出低谷，感动了领导，要表彰提携？

　　程正设想了一百种答案，都不敢肯定，总觉一定不是坏事。

　　自己干得正红火，为单位增了光，添了彩。

　　他一脸疲色，满心期待，走进鲜于乐才办公室。

鲜于面无表情，丢了一句，"你找付主任，已开会研究了。"然后埋头看文件。

程正敲开付其炎副主任办公室的门。

"你来了。"付主任冷冷地看着他，也不叫他坐。

程正感到气氛严重不对。

刚才路上想的，跟眼前的场景沾不上边。

"你餐馆不能开了。"付主任话带冰屑，像外星人样冷漠。

"为什么？"程正猛然一惊，脸色发白。

"为什么，"付主任鼻孔里哼了一声，"你一点都不清楚，还是装糊涂？"

"确实不清楚，请领导明示。"程正强压火气，不知从哪说起。

"性质极为恶劣，后果极为严重，影响极为败坏！"付主任对事情定性戴帽，却不暴露是鲜于乐才的指使和意图。

程正像被八轮拖车撞了，只觉得脑袋嗡的一声。

"什么事，有这么严重，你们要干什么！"他嚷了起来，"我好不容易把生意做上路，你们突然不让搞了，这不违法嘛，我们可是签了协议的。"

"是你违反协议，让它变成一纸空文，失去法律效力，懂吗？"付主任说，"从今天谈话后生效，你明天就不用去餐馆了，我们找人审计盘存。""这是集体决定，没有商量余地。"

"我到底犯了什么法！什么原因都不说，当我好欺负是吧？"程正怒喝，"那我们只能法庭上见了！"

付其炎见这架势，口气稍软，指着椅子说："你坐下，我把话跟你说清楚。"

程正见对方软了火，慢慢坐到椅子上，他要弄明白，这到底是为什么。

"你开馆搞实体，虽与单位签了承包合同，但，有的承包得了吗。这，只是个形式，是个象征性的约束。你与单位不是平等的法人关系、经济关系、政商关系，懂不？说白了，就是儿子与老子的关系、孙子与爷爷的关系，懂不？况且，你那里已经不成样了，稀烂的！"

付其炎接着说了餐馆发生的许多"烂事"。

程正有的似是而非，有的懵然不知，像发生在另一个世界。

"陪客么，要所有女性都披挂上阵？你自己的老婆搭上去就得了，怎么把服务员都拉上去！连收银员都参与喝酒大战，都是些什么客人，账算错了怎么办？"

付其炎突然压低了声音："你知道小廖是谁吗？"

"还不是收银员。"程正说。

"糊涂！"付副主任是老子教儿子的口气。

"那是什么？"程正诧问。

"那我就不说了，自己去悟！"付副主任不想展开，换了话题。

"还有更好看的，"付其炎满脸鄙夷，头快摇落了，"你是哪里请的鬼厨师？"

程正一头雾水，他原辞了一个，之后又聘了一个，不知他指的是哪个。

他记得第一个厨师是毛遂自荐找上门的。姓朴，大家喊朴师傅。因开业在即聘不着人，水平太烂，没多久就辞掉了。这第二个相当出色，还跟他喝过庆功酒的，提前预付了工资的。

"这有什么问题呢，原来那伙计手艺不行，我早辞退了啊。"程正解说。

"辞了？嘿嘿，嘿嘿……"付其炎一串干笑，先不说话，程正寒毛倒竖。

"你隽瑰餐馆，上演了足以载入史册、流芳万古的活剧。"

程正看着付其炎的脸，像黑暗里的棺材头般瘆人。

"你那朴师傅，炒菜手艺不精，其他方面出类拔萃！"付其炎常说"认字读一边，不怕跑上天"的，这么只读下面一截。

"嗨，他去了几天？就跟洗碗工勾搭上了！不仅在厨房里温存，还在客房的沙发上，地板砖上现场作业——我没说假话，客厅的沙发后来买的，你说是不是？"

付副主任咽了口水，"原来没有沙发呢，他们在哪里求欢？你知道吗？不知道的话，我就告诉你，在餐桌上！"他一派侦破杀人大案样的神态，"你别不信！要不你去查一查，上面还有高跟鞋印！不只是这，地板砖上那可是经常性的，用报纸垫，用餐桌布垫，你知道吗？"

程正像进了鬼屋，怀疑、恐惧、惊慌，却一句话都说不出，喉咙的肉都僵了。

付副主任说的全是细节，比他亲身经历还真。你信，还是不信？

"没钱开房，要么就去野外作业！那桌布没腥味？客人吃了不吐？我活这大把年纪了，也是第一次听见这种稀罕事，吓死人了！"

"啊，老子这么倒霉……"程正倒抽一口冷气，边骂边回忆，难怪他生意那么差！难怪员工没心思打豆腐！他想起员工反映过，餐馆有些异样，晚上像有贼来过，但又没失什么东西。但那时他忙昏了头，也就没在意深究。万万没想到，会有这种事！

是不是单位要中止合同，所以瞎编胡捏的呢？细节这么清楚。

程正疑窦丛生，很是不甘：

"不对呀，这是谁发现的呢？餐馆里只有我有钥匙，厨师有，再是收银员廖星有，"他寻思，"这种事，是谁说出来的？谁告诉你们的？"

"你是个聪明人，一想就知道。"付其炎任不动声色，"是谁不是谁，已经不重要了。事情发生了，鲜于主任说，家丑不可外扬，目前只有少数人知道。还是给你留条后路，年轻人嘛。"

"我就不明白，发生这样的事，她为什么不直接跟我说，而要越级跟你们报告，这个丫头！看不出啊，我对她不薄哇，工资比其他人都高，每天轻轻松松，又没做什么事！"程正好像猜到是谁了。

"再说，我辞退了的人，说出来有何意义？这不是有意跟我过不去！"他恨，他怨，他悔，这个世界隐藏的丑恶，要刨开来算账，人恐怕都没有活下去的勇气了。

"就算这是真的，跟我有什么关系！"程正还是不服，紧盯着付副主任。

"跟你没关系？不守规矩，管理混乱，乌烟瘴气，到这种程度，还说没关系！"

付副主任满脸杀气，他必须无条件服从。

程正对眼皮底下发生的事一无所知，厨师不可能把自己的风流韵事拿出去说，根子只可能在廖星身上。

他仔细回忆，当时进来时，付其炎明确告诉过他，廖星在隽瑰只当收银员，不能安排其他的事。他隐约想起，付副主任提示过他，这安排是鲜于主任的意思，必须不折不扣地执行。

"我已经说到位了吧，再不赘述了吧，"付其炎见程正还在深思默想，估计对方已经臣服，"明天你就不用去餐馆了，在家休息一个月，等候通知。还有，我劝你一句，你不是干这行的料。痛苦是吧？干得累不累，干得难不难，你自己清楚，何苦呢。"

付副主任的这个"累"字，才是压垮他的最后一根稻草。

程正的心态一下起了变化。他实在太累了，太苦了，累苦不说，还这么多人戳他屁眼，所有的人都与他为敌。

"好吧！"他咬牙说出两个字，起身出了门。

回到家里，程正把这事告诉了明思理。

"这个理由不成立吧。"思理一听，几乎丧失了理性，"这么恶毒，这么整你！厨师是跟鲜于的妈、付其炎的妈打了皮绊（方言，发生不正当关系）？就是跟他妈打了皮绊，也是一个愿打、一个愿挨呀！按他们这狗屁规矩，下级打了皮绊，上级要受处理，那——"

明思理指着程正："你也去打个皮绊，叫他们狗官也莫当了！"

程正望着墙壁，听老婆大骂。他已表态不搞了，一切无法挽回。

"未必他说不搞就不搞？"明思理怒气冲冲，"肯定不是理由，要不我这就去质问他们，老子要把他们骂得狗血淋头！"说完就要起身。

程正一把拉住："你不去不去，要去，我明日再去！"

他答应还去，思理就不再坚持。

她稍冷静后分析："肯定不是这个原因，里面有鬼。要跟他们搞个水落石出。吃那么大的亏啊，每天忙到黑，刚好上路了，要盈利了就不让搞，这是哪门子王法，黑了天呀！"

思来想去，夫妻俩实在咽不下这口气。

第二天，在思理的怂恿下，程正又找到付副主任办公室。

付其炎正打电话安排餐馆盘存的事，看见程正进来，说"抓紧抓紧"几个字，马上挂了。

"你来干什么，不是让你休假吗？"付其炎脸拉得老长。

他正安排把餐馆的账目一分一厘核清楚，绝不让程正揩公家一滴油！没想到，说曹操，曹操到。

"付主任，在我心中，你是一个公平正派的领导、有人情味的领导。我没别的说，就是感到冤，感到屈，以这种理由不让我搞，我一万个想不通！说句不怕吓着领导的话，我甚至想死！"

程正憋住眼泪，紧紧盯着付其炎，咬牙切齿地说：

"但，要拉一个垫棺底！"

此言一出，付其炎突然脸上堆笑，亲热地走过来，拉住他的手。

"坐坐坐，莫冲动，你是高素质人才，知书达理，日子长着呢。"

他和善地把程正按坐在椅子上，在背上拍了拍，"老弟呀，我喊你老弟是吧，这不，我也正想找你谈谈的。换位思考，将心比心，你也要理解我。小老弟呀，我不是一把手，又是受人之托，有些话当说不当说，还得掂量掂量。既然你今天来了，我跟你再透露一点。"

付其炎言辞恳切起来，"程正，我是把你当作兄弟的啊，你只比我儿子大三岁，我们本是父子辈的，但我把你当兄弟，比儿子都亲。你不知道，我老婆跟你都是一边天的人，都在一个乡，不知道吧？"

乌龟活得长，就是多缩头。程正刚才那句恐吓话，差点把付副主任吓尿了裤子，让他变成了世上最亲切的上司。

昨天晚上明思理跟他出的点子奏效了：什么人都怕狠、怕横、怕愣！

接下来，付其炎跟程正交心谈心，让他如沐春风，似驾祥云。

"老弟，老弟，说实话，我很同情你。宣统三岁都能当皇帝，你大学生开个小餐馆不是小儿科？你知道我从来不说别人闲话的。搞得好好的，单方面改变现状，这当然不合理呀！人非圣贤，孰料孰知，又没长火眼金睛，下面的员工打皮绊派（方言，发生不正当关系），谁管得了呢？"

付副主任四下一望，俯近身子，压低嗓音，"那些事，都是廖星跟鲜于说的。这个你晓得就行了，不能说是我说的哈，千万千万！我是从不说人闲话的。我今天跟你讲的，走出这个门，就把它丢到臭水沟里去，好吧。说实话，我也并不完全清楚她跟鲜于什么关系，只晓得她隔三岔五到鲜于办公室去。有一次鲜于跟我发过一次火，说你不仅书呆子，连一个木头人都不如，吃屎都要掺沙子。当然我又不知道他为什么发火，但有一次我附和探听，就知道了一点。"

付副主任上前关了门，一想，干脆反锁了。

"听说是小廖有一次把包忘在柜台，连夜骑摩托去餐馆取包。打开门发现不对劲，客房里空调没关，咣当有东西掉到地上，又听到人的喘息声。未必有小偷？她吓得半死，忙打开所有的灯，然后走到客房一看，天啦！就是我跟你说的那一幕，明晃晃地出现在她眼前！厨师和洗碗工手忙脚乱，他俩刚提起裤子，天气热，穿戴少，很快镇定地收拾，像没事一样。"

付副主任瞟了一眼门锁，沉吟着，"但是一些细节，鲜于怎么这样清楚，我也纳闷。"

"可恶啊，原来在我那里安了一个间谍！"程正恍然大悟，"难怪他总说我这也不行、那也不行的，可能我餐馆的账目他都清清楚楚。"

程正口里的"他"，是鲜于乐才。

鲜于与廖星的关系扑朔迷离，绝非寻常，有说是亲戚，有说是情人，只有鬼知道。

"这倒不是主因，"付副主任又亲热地拍了程正肩膀，用征求的、平视的眼光看着程正，声音恳切、慈爱，"老弟，有一点，我这当老哥的，能否知心地给你提个醒？"

程正点头后，付副主任说："他喜欢吃吃喝喝，你餐馆开张一个多月了，竟然不请他去吃一顿，这就是你不对了。老弟呀，吃顿饭算个什么事咧？一个月请他吃一次两次，算个什么？喏，羊毛出在羊身上！吃了喝了，要给你减任务、免上交利润，不是他一句话、一笔勾的事？你老弟呀，这聪明的人！特别是，当时让你请有关部门吃饭，就是他提议的！未必他提议你请别人吃，你就不知道要请他吃？老弟呀，最应该招呼好的，却没招呼好，不出问题才怪！"

付其炎掏肝掏肺，绝对忠诚，说："据说还有件事，他老婆一伙人打麻将，约了几个去你餐馆吃饭，你居然让人记了账！糊涂哇老弟！请都请不到的神，接都接不到的客，吃了饭，你还记账，还美其名曰，只是为月底成本核算作资料，那你为什么要他们中间的人签字？糊涂哇老弟！还有，廖星与他是什么关系，你稀里哗啦把她拉去，陪不三不四的客人，这他都一清二楚，他会高兴？他会答应？他会满意？"

服了，程正彻底服了。

他不仅像鲜于骂的，"吃屎"都要"掺沙"，而且还要掺石头，掺泥巴！

他想起在菜场买鸡，胖子妇女说过的一句话，人踩人脚下之泥，人抬人无价之宝。他感觉自己就是那地上的鸡毛鸭血，被杀千刀，还被踩万脚。

从被踩到被抬，从被抬到被踩，自己都不明白个中原委。

他暗暗咬牙，唯有死死扛住，决不向命运低头。

……

这段惨痛经历，让他脱胎换骨。

回来后，程正像变了个人，他反过来做思理的工作："老婆，有人说世上没有理通，只有气通，是的，我服了，也通了！这餐馆不开也行，随便找碗饭吃算了。"

不知是被程正"要拉一个垫棺底的"吓着了，还是"要和他们在法庭上见"唬住了，也据说是思理找一个在某部门当官的亲戚出了面，没几天又接到电话，餐馆还是由他程正继续开！

付副主任代表鲜于要求，再给一次机会，但工作态度要端正，有些问题要整改，不能老牛破车埋头拉，抬头看路很重要。

退隐淡泊，是惯看繁华落尽

林前眸回，山坡转身，青春便是不再。

到山里去，碰落林梢的露珠去，听风的歌谣去，读叶的故事去，睨花的媚眼去，跟山谈恋爱去！

那一缕雾岚，绢丝样挂在山的酥胸，那一抹云霞，梦幻般飘在山的发际，那一瀑山泉，歌一样的唱飞下来。

这就是山里么？忽儿一座苍梁横空立马，使人顿感屏蔽，忽儿一丘岗峦龟蛰蛇行，使人臆想横生。

有山笔立，有山蜷伏，有山错落，有山叠绕；有山险峻，有山粗重，有山婉约，有山昂扬；有山迅跑，有山腾跃，有山凝望，有山低语，有山沉思；有山裸着膀子，有山舞起裙裾；有山赫然一幕画帘，挂老枝的书法；有山陡然开合，落成美丽的遗憾，造千年无猜的悬念。

山是大地的乳房，道德的窖藏，情感的寝床。那里，乡愁水土经年不失，情感四季发芽拔节。

平畈有这些吗？都市有这些吗？

山里人，意志种在风淋雨浸的土壤，然后长成树的姿势，长成鹰的翅膀。山里人，抬眼就把山打穿一个洞，挪腿就把山踩成一粒丸，把艰辛当玉米棒样嚼。山里人，喝酒碗子顿得山响，待客时会剜下自己的心肝，煨在热气腾腾的砂锅瓦罐。

"山道的崎岖教人直面生活的坎坷，山川的阻隔，使人特别珍惜来自遥远的知音，山的狭塞使人更想奋力挣脱俗羁，山的丰美又使人超然物外。"

山咬着山，山追着山，山叠着山，不知道，哪山更高，哪山更大；山中有山，山上有山，山外有山，不知道，哪山更美，哪山更奇。凝重如铁，奔放如风，娟秀如泉，斑斓如虹，空灵如云，飘逸如雾，南鄂的山呀！

看着车窗外列队迎候，又没入视野的山，樊音眼睛湿润。

樊音走进深山，仿佛命中注定的归程。

多少人拼死觅活要从山中走出，可生活却只给了另一个荒原。

富足会浸淫心灵。思想的王冠，更容易戴上清贫的头颅。

有种看来不屑的生活，被人过得自在滋润

过去太冗，太赘，只取一瓢。

"当，当当……"上课铃声，在山水的寂寥里，像珠落瓷盘，颗粒清晰。

樊音支教的学校坐落在库区。

山水迢迢桨声急，戴月披星荷锄归。

堆叠着的绿意和静谧，仿佛能拧出水来。

这里是二十世纪六七十年代，兴修水利筑起的大型水库。东西狭长，主水面四十多公里，大小上百个库汊，进出乘机船或靠木船摆渡。

幕阜小学完小建制，规模不大。库区的生活虽是水上漂，但世代都适应了。苦难也会让人习惯，就像沙漠之于骆驼。

学校几名教职工，大都本乡本土，外来人也留不住。

与樊音一起支教的，还有一位姓陶的未婚女子。

樊音的学历和职称可以教高中，为何教中学，再到小学？大家不太清楚。

那些年库区建了不少学校，但异地搬迁，洗脚进城，生源越来越少，而学还得办，一个都不能少。

"樊老师，感谢了，你到这里来。"到校第一天，老校长用颤颤巍巍的手，一边帮樊音搬东西，一边说。

老校长叫殷水生，是修水库那年代出生的。

"这所库区学校是三省交界之地，小孩上学非常难、非常苦，你是自愿的吗？"客气过后，老校长说话，也就不掖着了。

"当然，自愿的。"樊音说。

校长拿起断了一截的砍柴刀，敲响了集合铃。即刻，三十多位学生列成了不规则的队形。

"同学们，这是新来的樊老师、陶老师，大家欢迎！"

那天中午，校长让工友坐船去大坝买了鱼、肉，款待她们。

席上，老校长端着一杯浊酒，眼里还是疑惑和惊喜，"敬你们，两位仙女，下凡了！"

"幕阜小学是世外孤岛。你们来了，而且是主动申请，太敬佩了。"

他咕咚一口，喉结锈弹簧样动了一下，花白的头发像久旱的庄稼。

"但，我有些话说在前头，这里比你们想象的更苦、更难、更寂寞，得有个心理准备。"

樊音她们点头。

"很多人来了，走了；来了，走了。唉，这也正常，人往高处走，水往低处流嘛。"老校长望着窗外的天空。

"他们去了生活的大海。"

听着老校长的话，樊音心生波澜。

在这个角落，接受和见证过多少告别和遗忘，才能说出这种话？

"殷校长，您放心，我们做了最苦最难的打算。"

"知道，知道，一看你们就不是一般人。这鱼是水库里的，味道不一样，嗯，你怎么不吃肉？"

来到这里，樊音每天都记日记，把所见、所闻、所感付诸笔端，有的与朋友们分享。

过去她无比向往大城市，倾慕大城市，现在却对繁华喧腾有种莫名的恐惧，这种变化好像是突转的，命中注定的。

记得小时候父亲带她去了一次武汉。过长江大桥，看着滚滚江流，她激动得颤抖。在闹市区，她望着鳞次栉比的高楼、来往穿梭的公交车暗自发呆。如果生长在这样的大城市，该是多么幸运！

现在她却无比眷恋农村乡野来，甚至越偏远越好，觉得这里才是灵魂安放的地方。

比如，她过去看到有人出家削发为尼总摇头。世界这么美，幸福这么多，为何要断舍离？遭受挫折，大不了重新再来，怎么放弃逃避？

现在她明白了，有人不事尘烟，苦行超修，向死而生，都不是被逼的。相反，却是心甘的、执着的、快乐的。

跨越利害，无关生死，不管何种姿势和朝向，信仰的强度超过钢铁。

清风像酒一样醉人，湖水像海一样湛蓝，白云像银子一样发亮。这里的太阳哦，每天滴着露水升起，鸟儿都会错当果实去啄。这里的月亮哦，你笑她也笑，你哭她也哭。

你知道从繁华都市到贫困山区的感受吗？就像烧红的铁块，从烈焰腾腾的炉膛取出，丢进冷水里淬火。

与其在喧嚣中坠落，不如在宁静中沉淀。

这是生命的圣静，越过尘俗。

有种生活，让人恐惧，使人疯狂，可对有的人，却是滋润和营养。

生活无以比照，上天造出一种叫知足自满的方剂，让贵族和丐帮各得其适。像圆周率，拖着尾巴却没有结果。像哈勃常数，不同的算法有不同的答案，但它们都是相对有用的参标。

你如果认为，辉煌人生和光彩生活只会在一线城市发生，而不可能在一个山区库区的贫困角落生长，那可就错了。大都市除掉喧哗和欲望还有什么？除了贪婪和奢侈还剩多少？除了光、色、情，除了水泥、化学和装饰，还剩什么？

越到这种地方，越能看清和知道，自己需要什么，不需要什么。我一无所有了吗？不，我拥有天，拥有地，头上星光似灯，心中流泉如瀑。我被生活打败了吗？没有，我主宰着命运大笑奔逐，我任引灵魂自由飞翔！

思理，裴裳，你们不要鄙视我，更不要可怜我，所有的同情对我是种侮辱。生活有如登山，条条路看到不同的风景，条条路都通山顶，哪条对哪条错？人生有如渡水，舟楫搏逐都抵彼岸，殊途同归。那么多的人往一条路上挤，那么多的人朝一个方向走，腻不腻？厌不厌？

我喜欢这草叶的气息和泥土的味道，我觉得自己太出彩、太光芒了。我循着心中的信仰，皈依着自己的内心，服务和温暖着社会。不像那些出家的僧尼，奔着自己的宗教去的，入世出世，舍我求我。我不是这样的。我向往着求索着。我眷恋尘世，不会遁入空门。这些孩子让我不孤单，他们是我灵魂的伴侣。是他们的贫苦，他们的童稚，救了我的命，他们才是我的老师！我如果只聆听先贤圣哲的光辉思想和阔谈宏论，我就只能从屋顶往下跳！这里还贫穷，要营养，要温饱，而这一要，就要走了空虚；这里的心灵还需要数学、诗歌，这一要，就要走了无聊。

近期看到媒体上报道大学生去贫困山区支教的新闻。除了感动，其实更多的是理解。我觉得他们并非为感动别人而去的。循着别人的眼光和说教，干不好任何有意义的事情。我需要感动天地、感动世界吗？不需要。为了别人感动而去吃苦受累，多功利、多别扭、多虚假啊。

虽然每天都看到日升月落，但有哪一天太阳的升起，能烙入你永生的记忆？哪一夜的月亮在你的凝视中，始终挂着独特的皎洁？

是夜，她们安顿好，樊音记下了一天的感想。

沉入水底的故事

死亡，让生命短暂而绚烂。

樊音支教的幕阜小学，坐落在库区的一个坳冲山地，远眺波光粼粼的湖面，侧目是绵延环抱的群峰。半山溶洞，泉流訇然，经年不绝，依山寺庙，香火不断。

凡来此地的游人香客，渡船进出，既领略高峡平湖的轻快浪漫，又沐享古刹天籁的肃穆庄严。

没几天，樊音就熟悉了学校的人设和沿革，教职员工四老三少，除校长外，食堂的工友已近花甲，还有一位女老师也过了天命之年。

学校为解决伙食，种了几块地，自给自足。米、油等，要渡船到坝上或集镇购买。过去他们还养过猪、鸡，但由于污染而放弃了。

食堂的工友腿有些瘸，据说是当年修水库炸石落下的残疾。

他上嘴唇明显地往上翘，总想翻上去填补鼻孔。

不知是谁抓住了他这一形象特点，绰他以"老翘"之称，于是大家都这么喊起来。

"老翘"其实姓曾，名有余。很显然是父辈们缺吃少穿年代生的。老翘老婆是农村的，但他却是"正式工"，也叫"半边户"。

老翘腿脚不便，却快人快语，一说话眨眼不停。他烧得一手好菜，菜地里随便弄点什么，锅勺乒乓，满桌喷香。以至于那些离开幕阜小学的人，就算人走茶凉，还留着食堂饭菜的香忆。

"这地方，不能怪人家。"

"留住了人家的胃，还是留不住人家的心，"老翘总笑眯眯的，略带一丝苦意，"哪像我，书读少了，当伙夫的命。"

这天放了晚学，老校长坐船出去办事了。

老翘忙完了，坐在操场边的石块上。

"翘大哥，忙好了。"樊音和陶里霞走过去。

老翘聊起这个学校的前世今生，老师们的家长里短、喜怒哀乐。

"我们校长可了不得，工作年年先进，只是一辈子家庭不幸，"老翘点燃一支无滤嘴纸烟，"他少年丧父，中年丧妻，老年丧子，样样占全。老天不公，不知为什么事，把苦难往他一个人头上堆。"

樊音脑海浮起老校长的白发，心也沉了下来。

"一般人是扛不住的，不知他是怎么挺过来的，唉！"老翘摇头叹息。

樊音从老翘的嘴里听到了一个故事。

校长不是老来丧子，其实是青年丧子。

殷校长是本村人。那年他在外地教书，三十多岁。他们的家依山而建，路窄坡陡，出门抵水。

有一天他媳妇把四岁的儿子安顿在屋里，去后山地里割苕藤，先后不过十几分钟。

回来时，就不见了儿子。

她满屋找，没有动静。

女人意识到了什么，面色煞白，大喊着飞跑出来。

在驳口小船边水面，浮着一团东西，她慌忙跳下去，把儿子抱了起来，喊道：

"说话！说话！"

"你咋这么不听话哇，我咋这么糊涂哇，把你放家里！"

"天啦！崽呀！哪样得了哇！"

水生老婆号啕着，惨哭着。

儿子脸如白纸，口鼻里血水流出，已经没有了气息。僵硬的手脚蜡棍一样，手指弯成拼命抓住什么的形状。

她把儿子的衣服剪破撕掉，抱着他头朝下倒，口鼻里出来的东西并不多。

"呛死的，很明显是呛死的。"老翘说，"如果是喝到肚子里还有希望，但呛死的是没得救的。"

水库人家，大人都划船习水，但小孩子还没这个意识。他可能是出去找妈妈。

"唉，就这一下子，出了惨事。水生听到信回来了。哎呀，我一生没有看到人那么哭的。他懂点溺水施救的办法，把小孩抱在手里，又斜放凳上，想倒出里面的水，又跟他按压了好长时间，但于事无补。"

邻亲们赶来，看到这场面，无不唏嘘。

后来他们从楼上撬了几块木板，钉了一个长方形木盒。孩子换好新衣，穿好鞋子。衣鞋都是过年过节才穿的，平时舍不得穿。

水生老婆开始发疯似的不让孩子入殓。

"我昨夜都抱着他睡觉的！我昨夜都摸着他睡觉的！今天就不

了？我还要带他一夜，就一夜好吧，求求你们！啊！啊!"她披头散发晕过去，醒了又呕吐起来。

大家好说歹劝，她才放弃这个念头。

在最后钉上盖板时，水生老婆又从地上跪着过来了："再让我看看，再让我看看!"

她用脸贴着儿子的小脸，抚摸儿子的手，像筛糠样抖颤："崽，我害了你，害了你。"

木盒钉好了，她又朝木盒里喊："为什么不是我躺在这里？我换你去吧！换了吧！我造孽的崽啊!"

屋里凝滞的空气里，悲伤都能用手抓得着。

过一会儿，水生老婆对着木盒里的儿子，一字一顿地哭诉：

"崽，你这辈子跟错了爹妈，这辈子太穷太苦，下辈子投胎，找个好爹妈、有钱人家……"

从此屋后多了一堆新土，上面撑着一把伞，过往的船只都可看见，像一朵硕大的花。

"我一生看过好多死人的事，就这次忘不了。不知怎的，我看大人死还好受点，老人死也好想点，这小孩死……"老翘吸了口烟叹。

"是我害死的，是我害死的……"那以后，水生的老婆天天就是这句话，说了就哭，哭了又说，"他算一辈子吗，他算一辈子吗？他来到世上太短暂了，还受苦，不如不来。"

故事讲完，老翘用手抹眼泪。

他还说，校长老婆经历这件事后，完全走不出来，得了重病，不久也去世了。

月亮抬起头，满脸泪痕。

樊音的心像被塞进一块烧红的烙铁，她有些眩晕。

夜风里仿佛有飘忽的亡灵哀鸣，湖水无声抚平了人间所有的伤痛。

"对不起，你们一来就讲这个。"老翘丢了烟蒂，声音萤火样闪烁。

停一会儿，他又说，"我没有别的意思，是觉得殷校长太不简单了，他似乎把自己的爱转移到学生身上了，不然这种打击谁能受得起。"

"这里出门是水，肯定有人经常掉水里淹死吧？"陶里霞问。

"嗯，还不是认命。没人看到的就那样，有人看到就有救，"老翘又摸烟点燃，"我那湾子里就发生过一件事，小孩命不该绝。"

老翘说他们湾有个叫成时渡的，生有四儿两女，家大口阔。四儿子和几个细伢在水库边玩，不小心掉下去了，在水里挣扎，岸上几个吓得哇哇大哭。

不远处地里干活的鲍应果听到哭喊声，冲了过来。

小朋友看见鲍伯伯来了，告诉他成时渡家的小孩掉水里了，老鲍听了，迟疑一下，跳进了水里。

湾子里听到动静的人和成家的人相继赶到，老鲍已经把孩子救上来了。

孩子无恙，正在那里哭。

老鲍浑身湿透，喘着粗气，脚踝流着血，用手按着伤口。

村里人和成时渡一家子，简直不敢相信自己的眼睛——

救人的，竟是鲍应果！

为啥？老成家和老鲍家可是世代的冤家。

不知道从哪一代开始结仇生怨，两家除了打过骂过，没有任何交集。

鲍家和成家是前后院邻居，老房子先后都有多次翻盖，两家始终有后代在这居住。但从祖上三四代起，因为房前屋后的地界出处打斗不断。老成家还保留发黄的腐蚀的两家界墙的文书，上面还有湾子里去世老人的名字和指印。

可文书管人管地管不了天。老成家在界墙边栽树，树冠把太阳遮住了，老鲍家的院子只有中午才见到日头，园子里种什么都不长。

老鲍家找老成家沟通，不管用。

老成家说，他在自己的地方栽树，又没过界线，遮了阴不关他的事。喏，祖上文书在这，法律效力摆着，他的地盘他说了算，栽葱种蒜，别人管不了。你房子朝向不好怨谁，有本事就叫太阳从西边出吧。

老鲍家只能暗自生气，一点办法都没有。

两家为房前屋后打骂了几代，这不，庄稼地偏偏又挨在了一起。

库区山高水深，寸土难拓。两家都一锄锄对向挖，分界的一根垄，窄到几乎要"穿"了。

种地的时候，两家又因为地垄吵起来。双双的老婆和孩子都在场，老成对老婆和儿子大喊："怕什么事，他家一崽一女，我家四崽两女，打死俩还有四个！"

只有一崽一女的鲍应果，只得选择退让缩头，连忙护着老婆孩子逃躲，不想成时渡老婆的一块石头飞过来，击中太阳穴，血当时就流出来了。

老鲍的儿子见状，挣脱爸爸就要上去拼命，老鲍的老婆死命抱住儿子。老成一家看见老鲍的头脸有血，也心虚悄悄地溜走了。

这件事才过去几天，老鲍头上的伤还没好，老成家的四儿就掉水里了，而且救他的，是仇人老鲍！

老成买了一瓶好酒，去了老鲍家，这是他出生以来第一次登老鲍家的门。进门前，成时渡还瞥了一眼界墙边的果树。

"你来干啥？"老鲍看见老成来了，有些意外。

老成扑通一声跪在地上。

"大哥啊！谢谢你不念旧恶，救了我四儿一命！如果不是你，我们家就白发人送黑发人了。那样的话，我的后半辈子会生不如死的！"

老鲍哼了声，没说话。

"以前都是我不对，是我们欺负你了，我以后肯定改，如果我说话不算数，就让我不得好死！"老成眼泪出来了。

老鲍一听老成说这话，赶忙把他拉起来。

"干什么了，发这毒誓，有啥话说开不就完了吗？"

然后他朝里屋喊：

"老婆子，炒俩菜，兄弟拿酒来了，我们哥俩喝一杯。"

就这样，两人你一杯我一杯地喝上了。

"兄弟，你真够狠的，当初让老婆孩子打我，还说，四崽两女，打死两个还有四个。你知道吗？你家四儿掉水里时，我站在岸上想起你说的话，说实在的也迟疑了下。依得我肚子里的气，真想让你尝尝失去儿子的痛苦。但转念想，孩子少不省事，不能因为大人间的恩怨让他失去生命。再说，见死不救，我也做不到，做不到啊！"

老成羞愧难当，痛心疾首：

"大哥呀，咱们世代结怨，是我成家祖上没积德，让你现世现

报的教育了。你是个好人。我跟你当牛做马都不配。以前我们家仗
着兄帮弟势，欺负你，那是作脚背向，以后再也不会了。我等会回
去，就把界墙的树全砍了！"

界树一砍，鲍家的院子通亮了。成家还把地里界石移走，让出
一厢地来。

从此，两家相互赠柴送米，嘘寒问暖，成了好邻居。

湾里人都想不到，成鲍两家世代的仇，在这辈解开了。

几年以后，孩子们长大了，四儿成了老鲍家的女婿。

……

"好人、坏人，恶人、善人，就一念之差，一口气的事。可人
啦，总是想不回来，转不过气，也总不长后眼睛。"老翘讲完了，
叹道。

夜空的星粒，像被铣磨过，清新，晶亮。

樊音在夜风中哆嗦了下，一看时间，已凌晨一点了。

我在山里读月亮

山里的夜，那份惊心动魄的空灵和静美。

山里月露脸的时候，那是漫天的神秘、轻灵和幽雅。

皓月当空，万籁俱寂，月辉静静流泻，轻轻涂抹，似淡乳清泉，去了浓炽，无有重味。岩石峻嶒，岗峦起伏，少得遮拦，无有嚣噪。这月辉是真正的清辉，少富华之态，张扬之状，不自认施舍，无铺陈之滥，存留两可，收取自如。不接受捧场，不矜高怠懈，慷慨宽容，落寞超然。

没有人与你交谈，心无杂沓累负，只感到冥冥中有一种言语，不必究考，无须应答。恍惚每个角落都在思想，而人身的生命却原始着，肉体完全自在起来。

在这种无边的沐浴中，人是没有企念狂想的，热血梦眠着，灵魂淡泊着，何曾有，对月当歌的飘逸，把酒临风的豪迈，叩问苍穹的激越，思接千载的精深。

山里月只吸引你而不诱惑你，只润泽你而不浸淫你，只注视你而不搅扰你。这峰与那峰默然对望，这峦与那峦挽手搂腰，月光雪一样在千山万壑中缤纷。

这月色勾人幽深幽深地思，邈远邈远地想。曲曲弯弯、若隐若现的山路，兔子似的钻进了林草深处，村舍像宣纸上涂描的画作，林子似云烟中浮动的梦境。

在这月光的温情抚摸和柔怜梦吃中，万象俱朦胧，一切皆美物，愈看愈美，愈思愈幽，愈品愈趣。那是渺茫的歌声，那是迷离的往事，那是温婉的瞳波？……

闭窗卧榻难入梦。那月儿依然无言，挂在心屏的遥远里。

愤怒和烦恼，都来自欲望。

一个人知道烦恼来自欲望，并跳出来看着它的荒诞、可笑甚至危险，是不容易的。与利害不争，与欲望和解，才耐得住寂寞，抗得住纷扰，守得住心性。

樊音写道。

留守，那个年代与那片土地的痛

春天，我看不见；亲人，我看不见……

依山而建的瓦房，堂屋里有些空荡，几把木椅，缺胳膊少腿。

一位六岁的小女孩，静静地坐在小木椅上。

她盘着小发髻，穿一件碎花褶边裙子，脚着红色塑料凉鞋。

小女孩先天失明，她来到这个世界，睁开眼睛，只能看到一种颜色。

她似乎愉快地忍受黑暗，只是因为从来没见过阳光。

暑假，樊音和陶里霞，与村干部一起进行学龄儿童家访。

她们走进门，与屋里的一位老奶奶打了招呼，说明来意。

"桑佗（昵称），有人来看你了。"奶奶对女孩说。

"是哪个来了啊？"小桑佗望着门外，声音清脆甜美。她站起身来，却没有迈开脚步，而是伸出双手下意识地触摸。

樊音上前一把抓住她的手："快坐下，桑佗姑娘。"

小桑佗的母亲黎香患有孕高症，孕期六个月时早产了。出生时她只有三斤多重，后被诊断患有先天性青光眼。

六年来，小桑佗的家人遍访省内有名眼科医院，得到的答复都是：无法治愈。

269

为了撑起家庭生活，桑佗的爸爸远赴广州打工。

也许是承受不了这种压力，桑佗的妈妈，在她三岁时"逃离"了这个家，至今杳无音讯。

留守在家的孙女，耗费了奶奶全部的心血。

"上半年送她去坝上的幼儿园，上了两个月的学前班，只好接回来了。孩子需要人专门看护，连走路都要人牵。"奶奶黯然神伤，知道孙女这辈子，读书是没办法了。但她不愿说出口，更不想让桑佗听到，那样就完全掐灭了孩子的希望。

虽然只上了两个月的学，小桑佗学会了唱歌。六一儿童节，还上台表演了节目。

"桑佗，给大家唱个歌吧！"村干部打破了沉闷的气氛。

小桑佗端正了身子，唱道：

"我的好妈妈，下班回到家，劳动一整天，多么辛苦啊，妈妈妈妈快坐下，请喝一杯茶。让我亲亲你吧，我的好妈妈……"

口里唱着"好妈妈"，却从没见过妈妈的样子，三年来再也没听到妈妈的声音。

桑佗心目中最亲的爸爸，也只能过年时回来看她一次。而这，就是她唯愿的幸福和阳光。

樊音照奶奶提供的号码，拨通了桑佗爸爸的电话。

她简单介绍后，把电话递给桑佗。

"爸爸，你在干什么呀？屋里来了好多人啊。"一听到爸爸的声音，桑佗脸上马上露出开心的笑容。

"你什么时候回来？我好想你呀。"

"爸爸也想桑佗啊，等过年时回来啊。"

"爸爸，干吗要到那么远的地方去呀？"

"桑佗，爸爸如果不打工，就没有钱给你治眼睛，给你买新衣服、买玩具、买好吃的。"

"那好吧，你早点回来，我想读书呢！"

电话这头，桑佗久不肯挂。

电话那边，爸爸哽咽泪流。

女儿大了，想读书了，怎么办？

樊音是农村出身，她知道，在山区要走出贫困大多靠打工。背井离乡，抛家弃子，就成了贫困家庭迫不得已的选择。

而青壮年劳力纷纷外出，村里十有八九都是空巢老人和留守儿童。

辞别桑佗和奶奶，她们又坐船去了另一个三四户人家的村落。

在村里，比起小桑佗，另外的孩子就要幸运得多。起码，他们都看得见五颜六色的世界。

"平文，吃方便面！"一老头在屋场边喊。

七岁的孙子"平文"，听到爷爷的喊声，有些不情愿地往屋里走。

小平文刚满一岁时父母离异，母亲回了湖南老家，爸爸常年在上海打工，祖孙俩相依为命。

樊音一行走进他们的家，房里四处堆放着杂物。除了一个旧电视机，几乎没有像样的家什，更见不到城里孩子的玩具或课外书籍。

放暑假了，平文白天和邻屋的小伙伴一起做游戏，晚上就在家里和爷爷看电视。

老人告诉樊音，平文最喜欢的零食就是方便面。所以每次他不听话的时候，爷爷要么方便面哄，要么棍棒伺候。

"想读书吗？小朋友。"

樊音试着和小平文聊天，但他低着头，一语不发。

"问你话要回答撒，把头抬起来！"爷爷在一旁急得动手去掰他的头，小平文反而双手紧攥，眼泪在眶里打转。

祖孙俩一僵持，爷爷操起一根木棍就要开打，众人连忙拉开。

"别打别打，孩子从小就没有父母疼爱，够可怜了。"

"七岁的世界，与七十岁的世界，肯定有差异，但有什么办法呢。"

"为了让孩子安全过暑假，村干部经常把他们召集到自己家里看电视，教他们学拼音和算数。"

库区深山，像桑佗、平文这样的留守孩子太多。

窝家里吧，被贫穷所苦，日子不好过。外出打工吧，撕裂了亲情，散失了家庭。山里人如何走出这两难境地？那些缺爱又缺钙的孩子，是这片土地的伤，更是他们心里的痛。

推举杞人为史上最牛气象学家和预测大师

寒暑倒置，季节混沌，气候极端，环境破坏，灾难频发，让人想起什么来着？

周朝杞国有个人，一天到晚忧心忡忡，就怕天会塌下来。天却一直没有塌下来，"杞忧"也被当作头号笑柄。

可谁会想到，一个被天下耻笑三千年的人，居然是个真理掌握者。

有人甚至力举他为史上最牛气象学家、预测大师。

别笑。理由还不是一般的充足。

其一，杞人具有卓越的超前意识。

距今三千多年前，杞大人就提醒芸芸众生不可高枕无忧。虽然年复一年，日复一日，走了太阳，来了月亮，天没有塌，也没掉东西。

可三千多年后，问题真就来了。物种灭绝，大气污染，气候变暖，冰川融化，海平面上升……从已出现的危难兆头看，天塌地陷，人类末日，可能并不只是儿童们看的动画片。杞大人早有先见之明，大音希声，简直就是天下皆浑他独清，众人皆醉他独醒！

其二，杞人具有强烈的忧患意识。

杞人忧天是出于对全人类、普天下的公忧。如果天真的塌下来，全世界所有人，都会砸得头破血流，压成肉酱骨粉，谁能幸免！难道他杞人是私字当头、个人第一？是吃撑了胡思乱想？假如杞大人没有先天下之忧而忧的公忧意思，普急情怀，只会扫好自家门前雪，种好一亩三分地，老婆孩子热炕头，才懒得操这份闲心呢。

三是，杞人具有天生的风险意识。

人说进门观脸色，出门看天色。又道是，人有旦夕祸福，天有不测风云。杞大人肯定是当时的业界精英、发明大王。他爱动脑筋，勤奋钻研，善于从不可能中找可能，从别人想也不会想中想心事。不像如今有的人，饱食终日，浑浑噩噩，光等天上掉馅饼，掉妹妹。或心存侥幸，觉得自己命大，天塌下来有高个子先撑着；或居心巨测，幸灾乐祸，就巴不得天塌下来，比他有钱的全部砸死，比他官大的全部砸光。可怜杞大人，在别人打牌赌博、喝咖啡泡妞的时候，他老人家还在那里观天看物识气候，潜心思考，忧天忧地忧人忧己，却被说事者笑成"杞忧"，真是冤枉！

最后，杞大人还有甩人几条街的好德性：百分百的自知之明。

人是自然之子，和谐顺应方能生存，一膨胀就坏了。人定胜天的狂妄，急功近利的浮躁，饮鸩止渴的蠢举，不计后果的苟且，事不关己的麻木，在杞大人这里找不到半点影子。看那地震、海啸发作起来，万物之灵们只不过是片片落叶。在残酷的自然灾害面前，谁都是儿子、孙子、弃子。

综上所述，杞人的优点实在令古今气象学家、预测大师汗颜，令那些笑他之人可笑。

——方塘故事《破罐杂烩》

"应该组织考古人员，把杞人从古墓里挖出来，予以平反昭雪，还推举杞人为史上最牛气象学家、预测大师！"

这天，姜半仙在十字街宗惠坊大放厥词。

围观吃瓜的，知道这疯子又在扯淡，一片哂笑。

不想姜半仙怒斥：

"笑什么笑！我说的，可是正经事！远在光年，近在眼前。我总感觉，一两百年之内，地球将有大事发生，人类将……"

待人群安静了，姜半仙说："地上的蚂蚁知道人类吗？把蚂蚁窝捅破，放了水，烧起火，它们知道是有人搞破坏吗？蚂蚁也搞等级差别，团队协作，救死扶伤，是人类无法破译的社会组织。外星人看我们，说不定连蚂蚁都不如！"

姜半仙还没说完，下面一片骂声。

"一派胡言，确实疯了，把人跟蚂蚁比。"

"原来总说偷鸡摸狗，男盗女娼的，怎么扯起末日异端来了！"

"报警，叫派出所把他抓起来，造谣惑众，破坏稳定！"

宇宙和人脑

孤独忧郁的大地之巅。

北纬三十八度的华中，有一片原始森林，是地球最美的遗产。

晨玲告诉童午，单位公差武汉。

童午思来想去，跟翟主席请了事假，又跟裴裳说单位要他去武汉开会。

他们在武汉碰头，辗转宜昌，抵达神农架。

大巴上有人瞌睡，有人看手机，疲乏让所有人沉默。

车上突然播出歌曲，把童午从梦里唤醒。

他常有这种情形，在沉沉的睡梦中，只要一种歌声，犹如灵魂电击，战栗醒来，满满的世间美好。

童年的时光、青春的记忆、恋爱的欢喜，有的旋律，能把岁月情景烙进人的血液。

音乐会渲染幸福，也放大悲怆。

这是昭君出塞的故事。

突然梦醒，肩上靠着美人，均匀的呼吸，微微的发香。

童午无声看她时，她也醒了，脸上虽有些倦色，却是那种憔悴的美丽，眸白上的小血丝清晰可现。

"昭君故里，那山上的一个村子里。"他指着右前方。

那里不只有美，不只有爱，还有比这更伟大的东西。

晨玲坐直，盯着车窗外。

静静的香溪河依山蜿蜒，流进历史的深处。

"我日夜追逐真理的阳光，渔夫却笑我何不随波逐流。"

童午大学时代把屈原的诗歌段落抄写下来贴在寝室的墙上，甚至粘在蚊帐上。

他看着车窗外的山，高峻、苍莽、凝重，似有无以言说的悲悯。人道岁月静好，却浸透着怆雨凄风。每一寸和平的土地，都是血肉之躯夯就，后人只是乐享其成，不以为然。

"就因昭君没有贿赂那个画师，他给皇帝提供的画像，本来就逊色不少，还在眼睛边加了一个痣。"

讲解员说，肯定还是有人不想让皇帝看到她的，女人之间的醋劲比汽油还火烈。

"和亲之日，当昭君一袭华服亭立大殿，六宫粉黛顿无颜色，汉元帝反悔了，但已经没有办法了。"

黄沙漫天，雪絮飞舞，关山重重，一队车马踽踽独行，走的是一条不归路。

亲情的撕裂，远行的寂寞，思念的痛苦，那个凄美的故事，穿越千年，在香溪河里呜咽……

"一去心知更不归，可怜着尽汉宫衣。寄声欲问塞南事，只有年年鸿雁飞。"有人吟起王安石的诗。

神农架的木鱼镇被大山夹抱，一条小河哗哗有声，宾馆、餐饮商店依山盘落。

"到了，木鱼镇。"

清新，淡然，空灵。

神农顶，华中之巅。

他们拾级而上，离天，离云朵，离生命的来处更近了。

天蓝得太纯粹，云月都成杂余。这里曾只是花和鸟的家园，只有风的歌唱、星的呓语。

"我心里闷，有点透不过气。"晨玲停下脚步，轻轻拍了拍胸口说。

"这里海拔不到三千米，怎么有高原反应？"童午说，"放松情绪，均匀呼吸，会慢慢缓解的。"

"我今天突然就有点怕，我们这种日子还有多少？"她问他。

他沉默下来，目及远空，一团云的形状，长下巴、短鼻子、宽颧骨，极像个野人，好像还抱着个孩子。

童午和晨玲都生起一丝惧意，地上没找到的野人，跑天上去了？真是想什么来什么。

"玲，听说一个女孩失恋了，跑到可可西里去了，结果只剩下一个骨架和衣鞋。"

"我不会这样的！"

在大九湖，两人沿湖边木步道踽踽而行，各色各样的草，看来平常不过，却是濒稀植物。

好奇是祸端的开始，诱惑是痛苦的源头。

童午拥抱了一下晨玲，双唇在她眉梢上轻吮。

"态度决定一切，"他浮起隐隐的莫名的忧虑，"同是掉了钱包，有人茶饭不思，有人一笑了之；同是失去爱情，有人以死相抗，有人风轻云淡。"

"看，天鹅！"

有两只黑天鹅不知什么时候从湖里爬上了岸，在草丛里隐藏着，穿制服的管理人员赶其下水，它们却赖着不动。

"这是人们常说的，癞蛤蟆想吃天鹅肉，那天鹅？"晨玲有些不相信，问工作人员。

"当然。"

这是动物最后的家园，如果这里没有了，天鹅就只有书本上的照片和实验室的标本了。

两只天鹅互相依偎着，听见有人议论它，脖子伸起来，有半人多高，发出呷呷的叫声，极不情愿地跳进了湖里。

"这是天鹅……有时候心中图腾，永远不看到更好。"

他们相约来到这里，是经过一番考量的。

她和他常在电话里说："我只想去一个人所不知的地方，不是为冒险，不是为刺激，是为了皈依。"

可这个世界，最稀缺的是宁静。

……

神农祭坛。

"祖宗，我来是向您请罪的！"人群中的童午站在边隅，双手合十，微闭双眼，默对神农雕像。

他说，旅游不是走，是要坐，不是看，是要想。

大自然只剩这一点家当了，人类好日子不多了，我睡不着啊。

这个星球，三次生命大爆发，五次生命大灭绝。还不知道有多少生存毁灭的轮回。

他望着无言的天地，充满着无限的爱和哀愁。

人类当初茹毛饮血，筚路蓝缕，开疆拓土，是为了生存、繁衍、发展、幸福。文明当然不能开倒车，但未必只有一条单行线、不归路？难道生死存毁都是此消彼长的铁律和法则？

"是你吸引了我，一切是我自愿的、情不自禁的。无论我们之间是什么结果，我都会接受。"看着眼前的景象，童午不知怎么想起晨玲曾对他说的一句话。

富饶的贫困，贫困的富饶，本质就是混沌和魅惑。晨玲对他就是一片原始森林。占有和涉足，就是他的动因。她图他什么呢？可能就是经历和好奇，或者根本说不清。

他们的这种地下恋情，其实自始至终也理性、现实，甚至粗俗。

有时，晨玲对童午说："我跟你这么死去活来的，但如果没有遇见你，遇见了其他男人，也许一样吧。"这话听起来虽然残酷，但可能是真相。

下一个景点到了。

"金丝猴是这里独有的，地球上只剩一千二百只了，而且无法人工繁殖，珍稀濒危。"有人介绍。

童午和晨玲在园笼前看。金丝猴体型不大，面首秀气，动作温柔，眼睛眨巴，小猴跳到母猴怀里撒娇，颇有幼儿园的景象。

"当我认真观察猴子时，有凝视深渊的恐惧。"童午像在太平洋发现了新板块。

"什么话呀？"

"人是猴子，猴子是人。"

"哎？"晨玲睁大眼睛，想了一下，猛眨几下扮猴子的神情。

"我们同在一个星球，可对于它们来讲，我们就是外星人。"

导游说，猴子也搞斗争哲学。要当猴王首领，必须打败所有猴子，才有至高权威，坐享三宫六院，锦衣玉食。

叹可怜，那些被打败的猴子，只能另谋生计，自找活路。就算反悔服软，硬要恋旧归队，也会被群起而攻之，最终会被众猴子活埋。

他看见她眼里的泪光。

在接下来的熊猫馆，则是另一番模样。

"同是生灵来到世界，命运却是如此殊异。下辈子转世，如果不变熊猫，我继续待在地狱里。"她说。

童午觉得，他们千里迢迢来到这里，要让每一景一物都变成音符，谱成乐章，在日后的每一次回忆中反刍回嚼，曼妙如歌。

天鹅、金丝猴、大熊猫，一样比一样珍稀，一物比一物濒危。

他说，在稀薄的空气里，欲望更加膨胀；在稀有的资源里，人性更会撒野。

我在这里风月为伴，宁馨入梦。南极冰川加速融化，地球正在变暖，海洋塑料堆积如山，百分之九十五的物种已经灭绝，十多亿人挨饿缺水，有人却要用荒峦时代的丛林法则解决问题。

有限的资源，无穷的欲望，上天给它的子孙们出了个难题。就这么熵增，这么耗散，最终复归虚无。

生存时，不是幸福的问题；

贫穷时，不是爱情的问题；

病痛时，不是富贵的问题；

死亡时，不是生命的问题；

混沌时，不是问题的问题。

……

　　结束一天的游历，他们迫不及待回到宾馆。

　　屋外人声渐息，万籁俱寂。

　　屋内天摇地晃，风狂雨骤。

　　"宝贝，隔壁，有人的啦，你声音不能太大，宝贝！实在不行，就用毛巾、被子堵住嘴好了。"

　　哪有诗和远方，幸福就在指尖流淌。

乡愁的样子

山路弯出的乡愁／那里有我生命的秘语／炊烟下的故土／总是我思念的痛。

路蜿蜒，峰回转，过了一村又一庄；

天蓝蓝，水碧碧，湖光山色清风爽……

这里的山水，一半人造，一半天籁。

下码头，坐机船，从库汊驶入，水面次渐推阔，天空豁然开朗。

远峰近岭转，大波小浪连，苍鹰空中飘风筝。三两座孤岛，前方水面兀立，总有一两棵树影，似平湖的画情写意。

"如果你是诗人，请不要吟诵，还有什么词语，比这风的吟哦更滋润肺腑？如果你是歌手，请不要歌唱，还有什么韵律，比这鸟儿的啁啾更抚慰灵魂？如果你是画家，请不要描摹，还有什么色彩，比这水光山影更怡养心田？"

"无论智者仁者，无论阅历天下，这里的山水啊，定会让耳热心跳的你沉默下来。好好接受大自然的恩惠吧。你可以把思绪交给山风去撩拨，把心灵交给清波去洗濯……"

山，不高不低，绵延起伏；水，不渺不茫，深沉清澈。临春，天蓝地绿，真水无香；至夏，碧波潋滟，清风送爽；如秋，层林尽染，红叶傲霜；入冬，琼枝玉叶，寒水藏歌。

库区湿地的四季美景轮番上阵，轰炸你的游兴。

这里有丰富的生物多样性，有长颈白尾雉和白鹇等多种国家一级保护动物，云豹、白鹭、苍鹰、浮鸥、草鸮、画眉，抬眼可见。

当地诗人填词作赋，寄情山水：霞聚峰峦，日照田园。岫壑青，白鸟横旋。奇山异石，飞瀑流泉。有梨如霜，桃如面，柳如烟；凡尘洞府，人间天阙。好景常，麾汗相传。新耕后土，守望来年。看云中茶，林中药，水中莲……

面对环境污染的重压，守望人类的未来和子孙后代的福祉，在时间无法重来、资源不可再生的大逻辑里，对人类，对生命，对未来，对太阳系、银河系这个生命唯一的家园而言，清风明月比什么都重要，绿水青山比什么都珍贵。

"你若有情，你若有意，去山水鄂南看看吧，这是地球家园珍贵的遗产！"

——樊音日记

转变观念

二十岁祈望爱情，三十岁梦想成功，四十岁追求荣名，五十岁只要安宁，六十岁少生病就成，七十岁能活过就行，八十岁化作一片云……

时针转个不停，观念变得不行。

美慕别人年节门庭爆满，一看还有满街灰头土脸、穷困潦倒之人，想想自己工作轻松，少量奖金，嘿，转变观念，也还可以。

嫌工资低，没好待遇，发现还有下岗的人为养家糊口干脏活、卖苦力，年底血汗钱都讨不来，便转变观念，没了脾气。

人家子女考上名牌，风光豪迈，羡煞人也。发现还有打架闹事、躲课逃学、酗酒吸毒的子女不在少数，一看犬子尚且乖巧听话，按时回家。于是转变观念，望子成"人"，退而求其次。

烦小孩吃零食，乱花销，猛发现有邻居的儿子残疾在身，腰驮背挑，一生的伤痛与负累，看自己的宝贝蹦蹦跳跳，好手好脚，满心欢喜。于是转变观念，一掷百元大钞，给，买吃的去！

进餐馆，跷二郎腿，消受酒肉，有菜不合口味，拿服务小姐或先生开涮。细细一想，人家也是人，既不比你丑，也不比你笨，却干着这等服侍你的差事。忽然心软，恻隐悲怜，转变观念，怒气全息。

张三的别墅富丽，李四的雅室堂皇，恼自己房子楼层不好，采光不强，通风不爽。一看，高楼底下，大厦旮旯，还有那么多矮破旧屋，顶上还有窟窿，不漏雨才怪呢。嘿，转变观念，洗了睡去。

好当官，终于当了官。不料发现，做官也就这种味，要干好还不容易。一份权力一份责，偷懒使不得。身处风口浪尖，一举一动看得见。办事不力，众人唾弃；谋职无方，被人骂娘；拿了公家的，天天气短心慌；得了冤枉的，夜夜噩梦惊魂。昏官庸官，危藏经纬；贪官贿官，祸伏旦夕。唉哟，转变"官念"，无官一身轻，清正度年岁。

做梦想发财，票子一多反麻烦。良田万顷，日不过三餐；华堂千栋，睡不过八尺。更有医生警告，脂肪肝、高血脂，注意节食。冠心早期、糖尿征兆，不宜烟酒。劝君清心寡欲，人生碌数全无。嘿，转变观念，挣钱干什么，拿命换纸钞？甚荒唐！

觊觎人家老婆漂亮，一推想，再美的人也是吃喝撒拉，锅盆碗勺，时间久了都会审美散光。张三的老婆是李四眼里的美味，李四的老公是赵五眼里的风景，王二麻子眼馋五大癞子的，五大癞子垂涎八大瘸子的，说不准拥有的就是最好的呢！于是转变观念，心中窃喜。

进菜市场，满眼刀斫斧砍，血肉横飞，牲灵涂炭，心里直发怵：被宰头抽筋何等恐怖。同是世间客，到此同一游，天渊相差，云泥之别。好险！幸亏自己不是一只剪毛羊或者一条阔嘴鲶鱼。赶紧拍拍脑袋揉揉眼，转变观念，变人真好，变动物那就完犊子矣！

取出积蓄去旅游，碰上旺季，站台一窝蜂，车厢一锅粥。嘈杂拥挤，异味刺鼻，无立锥之地，坐过道旁厕所挨到景区。为赏外景，损害内心，于是转变观念，暗暗发誓：这等花钱买罪受的事，下不为例！

有了一点成就，可总是有人不待见你；谁也没得罪，有人加害你；有人赏识你，没人善待你；很多人阿谀你，很少人帮助你。总想出人头地，往往处处碰壁；总想上天入地，其实能活着都不易。于是转变观念，躲进小楼社区，蛰居乡间一隅，打扑克喝酒，放浪山水！

花花世界，浩浩太虚，虽不大红大紫，也不豪富显贵。能让人活过一回，老天，真谢你！

——方塘故事《世象浮绘》

"年卅晚，行花街，迎春花放满街排，朵朵红花鲜，朵朵黄花大，千朵万朵睇唔晒……"

北方雪絮飞舞，南方飞花迷眼。

寒假一放，樊音就来了广州，并决定在南方过年。

大年初一，她和施非明相约逛花市。

还没进入越秀公园的门，两人激动得跳起来。

瞧，"醉舞秋风"，洒脱奔放；"百年沧桑"，绿意婆娑；"激情岁月"，花红似火；"瑞鸟东来"，夸张逼真……

所有的色彩创意都来吧，金橘、桃花和水仙，素馨茉莉嘉年华。

一钵泥沙，吐吞山河；几枝花叶，万千气象。

盆景根雕，因材生发，借势写意，由境造情。一张一合，都现美妙韵致；一修一剪，顿缀无穷生动。

"天啦，全世界的花都来赶集了，"樊音拉着施非明的手，都不知从哪里看，"我想，形容广州的花市，字典里的词，一个都不合适!"

原来自然绽放的生命，比人类更有想象力、创造力。

"年华，年与华原来是连在一起的。我们今年在广州过一个特殊意义的年。"

"谁说一路走过去，花会开的？"

"不知道的太多了，我都成了刘姥姥。"

"留住美好，岭南作证！"

那一天他俩在人流和花朵间穿梭，走走歇歇，吃吃喝喝，乐哉悠哉。恨不能把这无限嘉华打包回去，一瓣瓣饮。

……

"逛一天花市，有什么收获？"快结束时，樊音坐在一处石级上问非明。

"最大的认知是，生活不止一种颜色！"

"赞同。"樊音笑道，色彩能描绘思想，正如旋律能传导情感一样。

这个城市，总有排山倒海的势能、轰鸣不息的动力。

"当时一毕业，直接来这就好了，鱼死网破，撞穿南墙。可惜我们总是晚了一步，慢了一拍。"

世界不会变，生活不会变，它总保持自己的颜色和节奏，唯一能变的是人的想法、人的态度。

她意识到，人与人之间的层级、差别，只在执念的深和浅。

樊音指着自己说，想法太好太多，可惰性总在发酵，将人打回原形。

"能掐会算，命不由人。南漂，北漂，都是水上漂，呵呵。来这边的，就是为了钱，就是为过有钱人的生活！"

"人总是一不小心，就把赚钱放在生命之上，二不小心，就把金钱当成唯一信仰。"

"一辈子脱离本心，按别人的眼光活，随大众的口味走，照虚拟的模式过，多么地非人道、逆天性。"

"就像这花，可以各式烂漫地开，为何要一种样子活！"

有人断想，站在四维空间看，人就是被操纵的程序动物，做着不想做的事，爱着不该爱的人，活着不中意的命。

两人边走边聊。

施非明望着在天空绕圈的鸽群，"诸法无我，诸行无常。"他感慨，"吃早点时，我观察那男男女女、老老少少，个个看起来都是喜笑颜开、悠然自得，全是成功人士的表情。在这里，你根本看不出谁的水潜得深，谁的钱袋鼓。随便一个人，老头或小伙，一问干什么，都是办厂的、跑业务的、当老板的，有的还是老板的老板。哎呀，搞不清楚。也不知是来早了还是来晚了，是该来还是不该来，反正肉都被吃了，只有剩骨残汤了，我们看到的所谓机会，都在别人手里了。"

施非明苦笑着，在路边摘了一片小尖，含在嘴里吹出声音，又"呸"地吐了出去，"来得早的成了，来得晚的也有成了，就是我们，切！这一比，我俩就得吃挂面啦。"

"刚才都说了，改变想法呢？咋一下又打回原形了。"樊音把鼻子挤成了一个圆坨，"大年初一，说话就不能讲点禁忌？"

"好，不说了！"施非明缩脖眨眼，都忘记了是在过大年了。

他仰头望天，鸽群又闪了回来，便把手指伸成 V 形。

"我在越秀山发誓，不管一切如何，要以向上的姿态，飞得更高、更远……"

　　过成泥，还得过，这叫生存；不成活，还得活，这叫生活。

　　享受既得和现在，别试图走近真相和本质，那会涅槃寂寥。像这缤纷的花海，只管听闻色彩芳香，就像她是为你而开。

　　回家路上，她们吟起一首名叫《昙花》的小诗。

在黑夜的深处

悄然打开心灵

让瓣瓣芬芳

舒展成光的形状

开放是为了

拉长生命的短暂

可有谁知道

最难坚守的

是这寂寞的美丽

被水淹死的鱼

J河穿过F城，F城人嗜钓。

河水无污染，河鱼纯绿色天然，食之滋阴壮阳，强身健体。淘史者说，古代有帝王太后甚好J河鱼肉，为尝活鲜累死骡马无数，拉坏车辚无计。如今F城钓具系列，通过国际质量体系认证，荣获世界博览会金奖，评为消费者信得过的产品。

J河之鱼，不仅肉嫩刺少，汁甜汤鲜，乃舌尖一绝，且品种繁多，钓闻耸听。有的说钓过乌龟，有的说钓过王八，有的说钓过鳄鱼，有的说钓过鲨鲸，有的说钓过水怪。钓绩登上杂志封面，钓术媒体系列连载，欲申报吉尼斯大全。有的说鱼的牙齿好，把钓钩都吞进胃里当了营养；有的说鱼咬劲足，只得进行人鱼"拔河比赛"，有的说鱼咬钩争先恐后，前面的鱼咬钩，后面的鱼咬不着钩就咬前鱼的尾巴，这样常常形成"一钩多钓"的奇观。

钓鱼从实践向理论多次飞跃。关于钓鱼的出版物畅销爆火，一时洛阳纸贵。有的钓家参与国际学术交流，有的钓家巡回培训讲学。钓鱼文化成了炙手可热的地方金矿，挖掘者镢头榔头齐下。

各种钓鱼比赛精彩纷呈。部门组织的、个人发起的、公私合营的、股份协作的，全城蓑笠翁，竿线满江红。

钓鱼的相关业态繁荣勃兴。垂钓业带动饮食业，饮食业带动旅游业，旅游业带动种养业，"鱼乐"融"娱乐"，形成产业链。

沿河两岸的开发热一浪高过一浪。各式建筑装饰亮点纷呈，有哥特式厨房，有罗马派客堂，有蒙古包单间。河鱼一条街，钓具国际城，前来参观取经者如过江之鲫，接待部门不堪重负，全鱼宴吃得昏天黑地，接待酒醉得日月歪斜。"五一""十一"黄金周，游客呼啸纷沓，人满为患。

J河长年暗波汹涌，从没断流干涸。河里讳莫如深，钓事越激越热，钓道越钻越深，钓经越编越精，钓风越刮越烈，钓闻越传越玄，J河的鱼成为"亚洲第一鱼"，F城之钓成为"天下第一钓"。

某年大旱，J河河床露底，无鱼。

有好事者曰，鱼被水淹死了。

——方塘故事《世象浮绘》

人生沉浮，实很偶然。

有人打电话，邀程正去钓鱼。

"钓鱼?"程正有些不情愿，"蓑衣哥，这段时间我可忙得很啊!"

程正喊的"蓑衣哥"，号称"江南第一钓"，是方塘市钓协常务副会长。方塘作为百湖之乡，钓鱼成为地方"公雅"。

蓑衣哥带着一帮钓友，几乎钓遍了鄂湘赣边区的每片水面。

程正记起，好多年前出去钓过一次，那条鱼自己舍不得吃，而送给了鲜于乐才。

"程大老板，约你几次了，总要给点面子吧。"蓑衣哥以会长的口气撺掇，"出去调理下身心嘛，钱是赚得尽的?"

对方说得在理，程正还是犹豫。

"兄弟，都是好玩的事，未必是你有钱我巴结你？明天那地方，是我一个重量级会员联络的。刚开钓的塘，鱼都跳起来吃钓，保准你拉到手软！"蓑衣哥的话像钩子，"而且，那里风景好，是鄂南小漓江，鱼肉的味道，上了舌尖上的中国！"

他这一说，程正心动了，"但我钓鱼水平太臭了，跟你们这些高手打不上帮哦。"

蓑衣哥见程正松了口，声音大了：

"钓鱼讲个什么水平。记得那年你说不会钓，结果拉了条最长最肥的大青鱼，是不是？这刚开钓的塘，鱼又呆又萌，乍憨还傻，追着咬钓，空钩都不放过！实在不行，叫他们拉一网。未必还让你大老板打空手？不说了，明晨四点半，我开越野车来接你！"

"起那早？"程正嗯两声，勉强同意，他想到餐馆里正要鱼。

"早晨空气好，手机设闹钟，发定位给我，准时来接。大老板克服下，与民同乐嘛。"

公司忙是忙，但他听闻，关乎几百上千万人生死的大战役打响，将军还在下棋娱乐呢。

"好吧。"想起过去天天起早床，他完全答应了。

翌日凌晨，蓑衣哥把程正几个约齐了。

越野车打着车灯，驰出市区。

坐副驾位的程正得知，"小漓江"在五十公里远的山区，与外省接壤。他望了望车外，东方泛出鱼肚白，星星闪烁如鱼眼。

"你们这鱼钓得远。"他似有悔意。

"这算远么，最远的有二百多公里。"后座有人说。

"为何要起这么早？"他问。

"这算什么事，还有早的。半夜三点起床，比周扒皮半夜鸡叫还早一个小时。"后座说。

"太佩服了，你们这种精神。"程正摇头。

"叭——"蓑衣哥亲自开车，他的设备是方塘市最先进、最豪强的。他过去在一家部门干过，那时就上班钓鱼两不误、两促进。双休日之前，他就精心准备谋划钓点、竿线、饵料之类，星期一上班，准能听到他在办公室里侃钓经，晒钓果，比如鱼太多冰箱放不下，冰柜买小了，说得其他人口水直流。

蓑衣哥五十出头就主动改了非，干脆一心一意管协会，聚精会神抓钓鱼。

他先后参加过国内多项比赛，拿了不少大奖。多少人都随他的钓竿起舞，誉他"江南第一钓"不含糊。

"今天委屈了程老板。"蓑衣哥专注开车，言语节约。

路途遥远，消困解闷，大伙都在找话头。钓术，钓具；钓趣，钓闻，但大多是赞扬前头握方向盘的人。

他们说，蓑衣哥广受钓友推崇，不仅钓鱼是行家里手，钓人也是一把好手。有的会长，稻草干吹风，滋（自）古（顾）滋（自），自己钓得盆满钵满，柜满箱满，不顾会员清汤寡水，没一鳃半鳞。

蓑衣哥不仅主动与钓友分享钓术，还对手气不好、钓绩惨淡的人慷慨无私："老弟，拿几条去！"

人家越不好意思，他越发大方："兄弟这就见外了吧，多拿两条，多拿两条……"

所以与蓑衣哥一起混，好玩，服气。

有人说，蓑衣哥堪称"江南第一钓"，核心的核心，要害的要害，是敢于创新，辩证施钓，总有让人意想不到的神操作！

"的的确确！"后左座的人用手猛拍蓑衣哥后椅皮。

他精彩讲述道，在一次全省钓鱼比赛中，估计隔第一名差一两条鱼。我们蓑衣哥灵机一动，换了饵料，不到几分钟，拉起三条大家伙，从数量到重量，对第一名实行惊天绝杀，全盘碾压，为方塘钓协争得了荣誉。

当时记者们要蓑衣哥谈绝杀的绝招，我们蓑衣哥非常谦虚地说："运气呗，相比其他高手，还有很多需要总结改进的地方。"

当记者一走，我们蓑衣哥笑了，说他是用石头钓的。

石头钓鱼？玩忽悠，也不至于此吧。

他说石头钓的就是石头钓的。反正你管他怎么钓的，这钓起来就是硬道理，活蹦乱跳的鱼在那，信不信由你。

蓑衣哥经常告诫我们，不创新死路一条，不变通一条死路。

比方钓饵，你用植物，我就用动物；你用动物，我用矿物。比方钓具，你用短竿，我就用长竿；你用长竿，我就用海竿；你用海竿，我就用网拉……

哈哈，蓑衣哥就是蓑衣哥。玩幽默都与众不同。他说，核心技术必须掌握在自己手里，还能示之于人？

蓑衣哥回来跟我们透露了一些理论方面的东西。他说，在一块塘里比赛，都用面粉坨、蚯蚓、蚱蜢，鱼会有审美疲劳，甚至患饮食腻歪症，要调换口味，不能"捏着死卵子过水"。

左后座的越说越激动。

蓑衣哥最神的一次，是"一钩三鱼"，咬别人的鱼，翘起尾巴。先抢食的鱼，尾巴被抢得稍慢的咬住不放，又被后面抢得更慢的鱼，骑在翘尾巴上，一起出水上岸！

嗨，这鱼饿急了，什么蠢事都干得出来，海洋里的鱼塑料都啃，作孽。

当然，鱼类也反对吃独食，有躺平消极一族。左后座发咒说，这是绝对真实的事情，如有假说浮夸，他今天掉水里喂鱼。

窗外亮了，黛山黑水。

蓑衣哥关熄大灯，继续行路。

"钓鱼道路千万条，安全才是第一条。"蓑衣哥清了嗓眼，扯到安全问题，天亮了话也多起来。

有一年几个人去鲶鱼嘴水塘钓鱼。那天阴雨，上面有高压线。一个叫龚万运的，非要去那里开竿。大家劝他莫去，他称用短竿短线，够不着高压线的，说他读书物理成绩全班第一，尼龙线导啥电。还说越是危险的地方越安全，无人骚扰，鱼都窝在那。大家说不过他，各自打窝放线开钓了。

过一会儿，只听"嘭"的一声，龚万运倒地上动都不动。

他被电了！大伙惊慌跑去，龚万运黑脸雷公，口吐白沫。几个人立即打救护车，掐人中。幸好鲶鱼嘴离乡镇卫生院近，车来得快，救回一条命。

死里逃生的龚万运，后来查找触电原因，钓线好像没够着电线，怎么被电了？难道是自己开竿前，在土地庙边屙了尿，对菩萨不恭，加害他的？得，这以后屙尿，得有方向感，不能对着土地庙……

蓑衣哥说起另一个叫赵四的会员，就没这么幸运了。

那次几个到望川河上游支流的麻陂堰钓河鱼。

赵四独辟蹊径，非要到河中孤岛去钓。说那是不沉的航母，既钓鱼，又赏景。蓑衣哥劝他，天气预报今天有暴雨，去不得的。赵四望了望天，一脸不屑："哎呀蓑衣哥哥，这么好的天气，咋会下雨呢？现在的天气预报不能全信。我学气象的，放心，死不了的。"

哪知道，天色陡变，大雨倾盆，山洪暴发，狮子岩、老虎冲的大水一股脑儿泄到麻陂堰。

赵四的尸体是在望川河下游找到的，被一个大柳树兜挂住了，差一点打到长江去，漂入大海看航空母舰了。

"后来赵四的家属扯皮（方言，争论、推脱），钓友是赔了钱的。协会有人不愿意，我要带头赔！"蓑衣哥说，"真不知道现在的行情。一起喝死的赔，一起钓死的，难道就不赔？别人命都丢了，你几块钱舍不得？叭叭！"蓑衣哥用拳头捶了一下喇叭。

"到了！"不知谁兴奋地叫了起来。

这是一个山陡岸窄，水深莫测，被网箱截围的库汊。

青色的天空上，浮云像水面的死鱼，岛屿浸泡在墨绿色的湖中，像大锅里煮的青蛙。醒来的山雀叽喳几声，又安静了。

蓑衣哥发布钓前动员：

"兄弟们，看这水的颜色，丝绸般绿，里面肯定有好货！今天是本塘开竿，这是我们协会副主席、资深钓师'满天星'的铁哥们请客。鱼老板不仅全程免费，还特地杀了土鸡，备了洋酒，中午好招待。这钓鱼嘛，有本事就放开了搞！钓到龙王都可拿回去，分文不收！"

这"分文不收"四个字，充分调动了会员们的积极性。大家迅速安静下来，潜心事钓。只有对岸打火机点烟的声音，或忍不住的咳嗽声。

隔着水面听对边人说话，声音仿佛不是传过来，而是搬过来的。

蜻蜓点水，蜉蝣划桨，胆大的还立在竿头上。

一只白鹭浮标样立在远水中，风吹过，浪打过，它一动不动，寂寞地等守水里的鱼，可鱼始终没有出现，便翩然飞走了。

太阳从山脊上探出头，半边山上的光，开水样泼向湖里。

"哗啦！"忽听一声闷响，估摸有人钓到大鱼，大家目光齐刷刷地看过去——

"哎哟！程老板落水了！"邻位的慌忙高喊。

众人大惊，蓑衣哥三步并作两步冲过去，镇定脱衣。

"莫急莫急！"

"哎！哎！哎！"程正在水里的声音像鸭公，"好深……好冰！冰得发烫……"

水里的程正开始并不慌乱，因为他有点水性，还得讲究尊严。但发现小时候背着父母在浅塘里练就的狗刨式划水完全没用，就有些紧张了。

"噫，这底下……啊……怎么……"他越挣扎，离岸越远。库汊是锅底形，有可怕的吸力。

"伸他竿子，快！"蓑衣哥喊。

钓友赶快收竿，递向程正。

"够不着，够不着呀！"钓友丢掉竿子，慌忙喊叫，还捋袖脱衣，想往水里跳。

"哎——"蓑衣哥发现不对头，大喝："你会水吗？""会啊，在游泳馆里学过一点。"对方答，准备见义勇为。

"那你不是送死！"蓑衣哥骂道，"在这种绿色天然游泳池，你那种技术，是寿星吃砒霜，活够了！"又朝水里喊，"你挺住啊，程老板，坚持就是胜利。"

蓑衣哥赶到了程正落水的地方，并不慌急。

"救命啊，他快不行了，哥哇，你倒是快点呀！"有人喊。

只见蓑衣哥一边解裤带，一边喊："把几个矿泉水瓶的水泼掉！"

"蓑衣哥疯了！还有时间开玩笑？"大家真急了，麻利倒掉水，把空瓶递他。

"你们晓得个啥！"蓑衣哥把几个空瓶子往裤裆里一塞，又系紧皮带，"增加浮力，这也不懂？"

大家知道蓑衣哥水性好，并没有往水里跳的意思，又急又恼又疑，"当主席的，见死不救，原来是这号人。"

"蓑衣哥哇蓑衣哥，不行了不行了！"程正真的体力不支了，大叫，"我脚，抽，筋，了……"

"再坚持下，放心，你死不了的！"蓑衣哥还在幽默。大家慌作一团，他慢吞吞的，发了火烧开水泼。敬爱的蓑衣哥今天咋啦？好像还要抽支烟下水似的。

"再不下去，要出人命啊！"岸上一片呐喊乞求。

"啪！"只见蓑衣哥把钓竿往地上一顿，跟打狗棒般长，提在手里，扑通下水了。

程正被钓竿拖上来的时候，脸色苍白，显然呛了几口水。

幸好水质不错，这些年网箱养鱼拆了不少。

等程正缓过气来，都问怎么落水的。

他说，发现鱼咬钩了，就抓起竿子，噫，好沉！是条大家伙，他拉呀拉，哪知脚底石子打滑，滋溜就下去了。

开头水浅，他抓住钓竿不放，可人总是打浮，脚根本够不着地。落水之人，根本不是鱼的对手，被那厮硬生生往中间拽。

"这是我第一次落水，好难堪呀！"程正一脸尴尬地骂。

蓑衣哥抹着脸上的水笑道："冇读过书？老人与海。一个老头把鲸鱼从海里拖上了岸，你这算什么事。但程老板今天受惊了，我要深刻检讨，真诚谢罪，中午喝点高度酒压压惊。"

程正湿衣贴在身上，像条朦肚大鱼，直打哆嗦。

"撤！莫冻着程老板了。"蓑衣哥一声令下，全体起竿收线，打道回府。

一班人速速来到塘主农庄。听到程老板落水，塘主拿出自己的一套干衣服，"程总，不晓得合身不，先将就下。"

程正进去换衣，几个钓友都异口同声地讨伐蓑衣哥。

"今天是眉毛上挂剃刀，好险！"

"蓑衣哥，你那叫临危不乱？差点把岸上的人急死了。"

"蓑衣哥哇，作为我们老大，方塘钓鱼的领军人物，你什么都好，就这点不地道。救个人，慢吞吞的，人家叫爹喊娘，你却闲庭信步。万一淹死了，我们脱得了壳？蓑爹爹哇，赔不起的呀，他是大老板，价格不一样啊，一个得几十万！"

蓑衣哥先哈哈一笑，又压低声音，正脸肃色道：

"这是救人的技巧，懂吗！"他手指在几个人头上点了点，一副身经百战的派头。

"下水救人，千万不能接触本人，搞正面突破，硬杠强攻。一把被他抓住了，比钢丝都箍得紧，最后一起喂鱼，懂不，急有什么用？那是干着急。要等他呛得七死八活，没有体力了，才能施救。伙计，要晓得，在他精力旺盛时去拖拉，结果就是多死一个。急啥！这能跟那些狗屁报道说的，与时间赛跑、与死神较量？"

蓑衣哥点了一支烟，"这种事见得多了，哎哟喂，我老蓑只救他一个？就是半死不活地拖上岸，一般都有救，打 120，交公安就得了。这是技术活，你们不懂的。"

"菜上齐了，来呀！"

"赶快喝点烈酒，祛寒压惊！"

"程老板，敬你！大难不死，后福齐天！"

云之南

这是怎样的精美绝伦！我写不出你，这可怎么办啦！

"我有年休假，想去云南玩。"那天，晨玲打电话告诉童午，要他想办法同行。

童午想了几天，故伎重演。跟翟主席请年休假，跟裴裳称单位公派云南参加笔会。

离地球赤道最近的雪山。

热与冷的共存，冰与火的妥协，去与留的取舍，生与死的混沌。

临出门，他破例求了裴裳一个浅拥抱。

女儿囡囡丢下手中的作业，跑过来了，"爸爸，什么时候带妈妈和我去一趟西双版纳？"在她心里，彩云之南，是个美丽的地方，有故事的地方。

"爸爸这次是公差，不能公私不分啊，明年等你放假了，爸爸一定带你去西双版纳看大象！"

……

丽江古城，四方街，五凤楼，木府。

叮咚的雪水，五彩的石头，清脆的琴音。

三山为屏，一川相连，曲幽窄达，小巷流转，柳叶轻飞，人潮络绎。

童午和晨玲坐在小桥上。

"天地司空见惯，山川审视疲劳，我满心急热，五脏六腑像被煮沸了，连一句也写不出！"他望着壮丽的雪峰想道。

有歌手站着自弹自唱，泪眼向天。

情深一生守
缘浅各西东
还完前世孽
转眼陌路人

玉龙雪山梦幻般高耸在远方。她离赤道如此之近，却终年积雪。

传说一对相爱的人在这里相识，可他们都是指腹为婚，不能自主恋爱。经过无数次的抗争，无法改变现实。

有一天，他们相约牵手，朝雪山顶走去，前面是石落不闻声的万丈悬崖。

族人追上来了，两人纵身一跃……

他们自由了，可以相爱了，永远在一起了！

在通向雪山山巅的缆车里，有人指着云影雪线问："哪儿是他们殉情的地方？"

"如果有一天我要作别这个世界，就听一首歌，知道是什么歌吗？"他似乎想起了什么，看着她感慨。

"什么歌呀？"她问。

"杨柳歌。"

她摇头不解。

他说，十八岁那年，看了莎士比亚的《奥赛罗》，女主人死了，一首《杨柳歌》，简直把他击晕了，那是世界上最悲伤的歌。

童午话音刚落，手机响了。

他从军大衣兜里摸出来看，老婆的电话，便悄悄压了。

他不想让晨玲听见。

"咯噔!"缆车猛地一抖，车内人一阵惊悸。

电话又响了，铃声在这密封的空间里清脆而急促，童午瞟了一下晨玲。

"接嘛。"她说。

他按了听音键。

"你在哪里?"电话里裴裳的怒气，几乎炸屏。

"云南呀，不是跟你说了吗?"

里面是咬牙切齿的声音，只是晨玲和其他人听不清地方口音。

"老婆，信号不好，等会跟你说，等会再说。"童午又一把按了。

那一刻，他感觉到像被刀捅进胸膛，他寒战着镇住脸上恐慌的表情。

晨玲有意不看他，意识到了什么。

电话又响起来。

童午干脆关了机。因为再要交谈，会出尽洋相，尴尬无比。

他把手机塞进大衣口袋，脸僵得像雪中的冰岩。

玉龙之巅，天昏地暗，寒风呼号，人几乎站立不稳，也看不清一切。冰屑雪粒打在脸上，像刀割一样痛。地上滑溜，有几次他们险些摔倒。虽然租了厚厚的军大衣穿在身上，但感到寒风像利刃样往里面刺。

他们碰到了最坏的天气，几乎一秒钟也待不下去了。

"快下山，怎么是这样！"

那么圣静温柔的玉龙雪山，何以如此残暴冷酷？

有些风景，只适合远距离地崇拜，还是留着念想好些。

两人迅速坐索道返程。

缆车匀速下滑，晨玲一阵眩晕，又想呕吐。

"这里海拔有五千多米，高原反应啊。"童午安慰道。

"难受极了，心像被挖出来了。"晨玲倒在童午身上。

走出缆车室，童午打开手机。

一条短信闪出。

"你还关机，到丽江去干什么？与谁去的？你立即回来！跟我说清楚，否则我就去单位找你领导！"

童午感觉像失重样，从云端直坠深渊。

除了他和晨玲，这天知地知、你知我知的事，绝不可能有第三个人知道，怎么走漏了风声？

以往出差，她从不过问的。

"未必她诈我的？"

童午极力让自己冷静下来。她还没抓着把柄，到时大不了耍赖。

唉，这婚外爱，要多优美就有多狼狈，要多幸福就多丑陋。

他们还计划去泸沽湖的，广告词说那是美得令人心醉的地方，所有爱情都会沦陷。西双版纳，更是去不成了。

接下来就是煎熬。

身边的美人欲罢不能，家里的狮吼让他忧心如焚。眼里的景物，模糊不清，像煮煳的粥。

"玲，怎么办呀？"他试探她道。

晨玲没有吱声，瞟着远方的雪山。

她不给态度，他无声叹息。

过了一刻，她开腔了："她是怎么知道的呢，不可能的呀。要不，你打电话问下，如果她确实发现了我们的事，你就买票飞回去。如果她只是诳你的，就在电话里解释清楚。"

"不用太急。"他缓和着气氛，否则接下来双方都没了心情。

回到宾馆，他单独找了一个僻静的地方，打裴裳电话。

"我在这里学习，有什么问题吗？"他拨通电话后，壮着声音道。

"你是一个人去的吗？"

"当然呀，未必我带了女的，带了情人？"他故意调侃。

"鬼晓得！反正我有第六感觉。"

"哎呀老婆，你这是胡思瞎想啊。"

"但愿如此。"

"那你说，先打电话，怎么发那么大的脾气？"童午暗喜，老婆果真是诳他的！

"老婆，你写报告文学，写通讯报道，接触的都是正面人物，怎么一天到晚心里还这么阴暗，这不精神分裂嘛。"童午趁热打铁揶揄一下。

"哼，正是因为接触了社会的层层面面，我才对你放心不了！"

"你莫疑神疑鬼。"他拖长腔调，语气肯定。

"我这几天莫名其妙地恐惧，总有不祥的预感。"

"你这是庸人自扰啊，嗯，老婆，别傻，都好好的。"

"昨夜我做了一个噩梦，你在外面有了人！你说没有，我就不信。呵呵，你看，我居然把你们捉在床上！还喊思理和樊音都来作证。我跟你骂呀，打呀，你说这不是真实的，这是做的梦，我也巴不得这是梦，拼命地捶打自己，撕扯自己，极力睁开眼睛，发现这不是梦……"裴裳气喘吁吁，"后来我终于醒来，天啦，还真是个梦！我就不知道，怎么这梦，比真实还清晰，还恐惧？那天上的云都发亮，山上的空气能用手抓，不知谁说是神农尝百草的地方，身上衣服色调、家具纹理都清晰毕现。有时候，梦里看到的，反而那么真切，现实看到的，却是这么模糊。"

"乱想！亲爱的，你完全精神病……"童午被裴裳的话惊呆了，满心愧惶。

"现在手机网络这么发达，外面的宾馆房间随便开，出轨率多高，我当记者的不晓得？只能眼不见为净。"

"别说远了，老婆，我们生气是生气，吵架是吵架，但哪个家庭不吵架？哪对夫妻不怄气？我是爱你的，我是珍惜这个家的。还有两三天就回来了。哦，需要买点什么特产？这里的银子很便宜，质量也可靠，要不跟你买个手镯？"

"不要不要，旅游少买点东西，小心被坑了。"

男女之情，最是混沌不清。忠诚就是风中的蜡烛，这一时亮，下一秒熄，但你总觉得它一直亮着。

"这么说来，老婆大人是诈我的了？"

裴裳默不作答。

童午松了一口气。

"你那电话打来，把我吓死了。老婆啊，想起我们恋爱时去看过的电影《奥赛罗》吗，将军掐死妻子时，我们都哭了。猜疑和嫉妒，会摧毁一切，连安宁也不放过。"他恳切地说。

"老婆，手机都发烫了，就说这些吧，喊吃饭了。"

"在相信和不相信之间，我还是选择相信。哪怕自欺欺人，哪怕滑稽可笑。有些话不说出来，还有希望，还是完好的样子。一说出来，像摔破在地上的瓷器，补都补不好了，有缝隙了。"她警告道。

"你说得好，听你的，好老婆，我爱你，就这样。"

童午沉浸在庆幸中。如今老婆说任何话，比音乐都好听，一句顶一万句。

甚至"我爱你"说出来，他都起了鸡皮疙瘩，多少年都没说过了。

其实，从裴裳的语气里，他还是嗅出了不寻常。如果她一点都没有觉察，怎么会凶乎乎地质问恫吓？说一大堆云里雾里的阴阳话？未必她是想留下空间余地，以回旋和挽救？

所以，他还是忐忑，只是裴裳没有逼着他立即回去，才稍稍宽心。

童午打完电话回到房间，晨玲斜躺床上睡着了。

"怎么样了？"她睁开眼睛问。

"好了，平安无事，她诈我的。"

他倾过去，拥吻晨玲。

刚在那里说完"我爱你"，他觉得自己此时就是一个小丑。

他闻着她的体香，仿佛吸入魔毒，血液都在咆哮。

就算泰山崩于前，就算一切烧成灰，眼下的这个女人，都难以让他放弃。

得到的麻木不仁，失去的耿耿于怀。这个时刻的这个他，这个时刻的他的爱，像喷涌冲天的熔岩，他的情，惊天地泣鬼神。他割舍不了。那是要他死，不，比死更可怕，比死更痛苦！她柔怜温婉的声息，美妙无比的胴体，让他欲仙欲醉，欲罢不能！这叫贪婪？这叫自私？他从来没有遇到这一切，他以前没有这种爱，他愿死在这种爱里！死在她的怀里！

他头脑暴热，思绪汹涌，浑身颤抖。

人，不止一次爱！如果只有一次，那太冒险了，太不公平了，太虚假了。一次婚姻遇到最爱，芸芸众生碰到真情，概率趋于零！

有人说道德是弱者的护身符，强者的遮羞布；有人说道德是人类避减伤害的精神契约。他们在爱，疯狂地爱。恋爱脑的道德都搁一边了，替那些道德多、情欲少的人祝福吧。

再磅礴的激浪，也有退隐的静缄。

"我们回去吧，你老婆肯定怀疑你了。"晨玲说。

"还有苍山、洱海，西双版纳不去了？"

"留点遗憾，可能更好。"

惊人的轮回，悲怆的穿越

比死亡更恐怖的。

前面我们已经熟识了樊音，但她的故事远不止那些。

比如，一般人对自己三岁之前是没有记忆的，但樊音却有。

她说能感知从混沌状态到生命降世的许多情感画面。似乎辩忆冥冥中从娘肚子里出来，那一瞬间的新奇和神秘。灵魂似乎飞越无穷的时空，从一个舒适的地方，突然来到一个有光亮的、喧闹的、浑身不适的世界。

是不是活过多少次，也死过多少次，她觉得自己的生命，似有数次轮回。

比如，看到绿叶花朵，感觉好像在哪里见过，多么温暖、亲切，是在梦里，还是世界的另一边？

比如，看到树上的鸟儿、沙漠中的骆驼、草原上的马，总感到它们身上住着自己的灵魂。

比如，她天生晕血恐屠，所以，从她记事的时候，就无比害怕杀生的场面。她会替那些悲哀的生命，感悟痛苦和绝望，亲历被杀戮和死亡。

更为严重的是，看到任何被杀戮的生灵，她都感到有眼神和心灵的交流，会虐心窒息，背负罪孽，不啻大病一场，好长时间都无法平复。

她与施非明结婚后，一直不敢去菜市场买菜。

那是在方塘市。有一次，她到菜市场买菜，看见一个生意人用一根绳索套上一只山羊，往一个绞架样的东西上吊，山羊四腿悬空后，朝天空惨叫，不一会儿就动弹不了了。

那是何等无望而惨烈的挣扎，那种叫声跟它平日里的叫声何等不同！那叫声让她至今回忆起来都战栗不已。

羊吃的是草，喝的是溪水，且性情乖顺，无伤异类他族。它的脚满是被荆棘挂破的伤痕，它的皮毛是艰难觅食留下的皲痂，可它却逃不过野兽的撕咬和人类的杀戮。

无缘大悲？不，对她而言，是同体大悲。

她觉得众生万物，都是老天爷的子民。生死更替、循环因应，你是他，他也会是你，你成为他，他也会成为你。世间万物，只处在老天爷的不同分身区段。

仁慈和想象是孪生姐妹。

是想象力让她这么仁慈，还是仁慈激发了她的想象力，人们不得而知。

她说，一直怀疑生不带来、死不带去这句话。那不过是物化的、片面的、私我的看法。生命的本质特征是遗传和繁续，而有的东西与生俱来。

一次，有人请她到羊肉馆吃涮羊肉。饭后，下楼后在一棵树下看见一大一小两只待宰的黑山羊。

她顿然泪流满面。

人家不解，问她为什么哭。

"那两只羊羔多么像邻家的两个孩子。"她说。

"它们顽皮可爱，感觉有些不对头，满是贪恋尘世的绝望的眼神，恐惧中无奈地享受着最后的时光。"

那次她回去就大病一场。

以后都不敢从那里经过了，她也从此不吃羊肉了。

一段时间，不管吃什么肉，甚至吃过动物油做的菜，她都虐心难受。

奔跑吧，这不眠的歌声

她倾听黑夜里的歌唱，为那些不知名的生命祈祷。

这些年方塘城市规模的扩张是惊人的，从东进西拓到南延北伸，从依山簇林到拥湖面江。

这个城市得天独厚，区位优越，生态良好，房价始终低迷。一边是"刚需"，一边是"过剩"。有段时期，方塘市甚至被网上列为二十大"鬼城"之一。

当年樊音和非明在方塘以首付方式购了一套商品房。

新居在城乡接合部，她家住四楼。门口一片开阔地，有个大水塘，长满各种灌木和庄稼。

这是樊音记下的当时装修和入住前后的感受。

城里的人，从一个局狭蜗居，搬到另一个局狭蜗居，从一间挤窄的斗室，辗转到另一间挤窄的斗室。

在无边无际的宇宙中，拥有一片蓝天，空间，竟成奢侈。

这不免讽刺。

人们享有城市化和数字化，在霓虹、粉尘和噪声的侵染围困中，对大自然都有些陌生了。在水泥囚格里待得太久，甚至都没有远眺、仰望和倾听的习惯了。

城里的住所，难有一处开阔的视野和空间。远眺的目光，总被灰色和冰冷的高楼折断。

现在，老天给我打开了一扇窗，让我与大自然，如此亲近。

清晨，太阳沾着露水升起，把鲜亮活跳的光芒掷到身上脸上，翁树郁草在微风中摇曳，鸟儿从空中划过，落下啁啾细语。

还有，居然有几只喜鹊，在院子的一棵盆景树上做起窝来。

被这地球上最胆小的生命信赖，并当作友好邻里，我们可乐坏了。

那一夜，我在阳台上遥望远处的灯火，被震撼了——

哇声一片！

蛰伏沉寂了一个冬天的蛙鸣，无数不知名的生灵的吟唱，奏起了一片此起彼伏、激天荡地的合唱。

这久违了的声音，在黑夜里，在万家灯火的城市的一隅，听起来多么新意、多么亲切！这天籁之声只在儿时听过，太遥远又太熟悉了。

黑夜的倾听更为真切，声音也更加清晰。

打鼓的，弹琴的，吹小号的，拉长调的；节奏明快的，律调舒缓的，音量亢昂的，语气柔曼的……这雄浑交响曲的丰富性和穿透力，丝毫不逊于人类的任何一家大剧院的专场晚会。那些知名的、不知名的无数生灵们，从夜幕初降到晨光熹微，都在不知疲倦地歌唱！

屏息谛听，有的在呼唤，有的在应答；有的昂扬，有的隐忍；有的急切，有的悠然……你有一千双耳朵，它就有一千种语言和意境。原来，每一个生灵，都用人类无法读懂的语言在歌唱，在诉说。

每夜，我枕着这歌声入眠，也在它的伴奏中迎来新的一天。当我心情抑郁，它仿佛奏出异样哀愁；当我情绪舒畅，它也欢快爽朗。渐渐的，窗外飘不进这种声音，我便怅然若失，睡意全无。

可是有一天，又有一种声音轰然入耳——

那是推土机的轰鸣！

抬视远方，新掘垦的土方，像瀑布一样翻覆，倾泻。新建的楼盘已开工建设，车辆机械日夜不停穿梭。

再细看，已落成的参天楼宇，蹭掉了月亮和星星，四面八方在建的楼盘，张开巨大的臂膀围拢过来……

而这一方生命的乐土，已成了滴水不透的逼仄之所。我知道，这些日夜歌唱着的生命已无处可逃！

我无法阻挡这城市包围农村的巨潮，也无法叫停那些狰狞的机械的吼叫，我更无法拯救和放行这些无助可怜的生命。只能心中默念着，这一天来得迟些，再迟些……

推土机的轰鸣更近了，都能看到铁铲的闪光，高高的新土正在一点点埋没和吞噬那些绿地和树林，不断有大树颤抖着倒下，像中枪的士兵。说也奇怪，这一幕，有时让那些歌唱着的生命，也突然莫名地集体失声。那是恐惧？冤怨？无奈？

再细细品听这黑夜的歌唱，又是一种况味了。它似乎更为急切，更加慌乱，更加悲戚。完全没有童年在家乡田野里听到的那种悠扬和宁馨。难道它们都有被追赶虐杀的共同履历？难道它们知道了自己的宿命？

我知道，这片乐土的歌声，终究有一天，会被崛起的街市的喧哗和人车的嘈拥取代。那一抹美丽的绿色只能永远留在记忆里，我有这鸟鸣虫噪、日月临窗的生活将一去不返。在铁铲的怒吼和水泥的围困中，这些生命就要失去永远的家园了，而这亿万年的天籁之声，会成为这片土地上的绝唱。

我欲哭无泪，心像灌了铅般沉重，有时在莫名地抽搐。

在渐隐将息的蛙声中抬头仰望。啊，珍贵的拥有总归短暂，所有的生命都是过客，只有那星光璀璨的天空，才是永恒的、不可侵犯的。

你如此悲伤，为何却注视前方

月亮仔，云间梭，先生弟弟后生哥，冷粥剩饭该我吃，山上的露水该我驮……

机船犁开碧水，钻进一个库汊。

到了一个山头的驳岸，樊音和陶里霞相扶着下了船，哼着歌沿路而上。

三年级一个叫库小妮的女生没来上课了。

星期天，她们找到了小妮的家。

"库小妮，你怎么不上学了？"

正在喂鸡的库小妮，看到樊老师和陶老师出现在家门口时，蜡黄的脸一下子红了。

"妮子，为什么不读书了咧，你成绩那么好。"樊音欠身上前，摸着库小妮瘦弱的双肩。

库小妮放下手里的鸡食瓢，低下了头，不吱声。

"能告诉我原因吗？"

她还是没抬头，不说话。

屋里走出来一对夫妇。

他们知道是库小妮的老师后，很激动。

"啊，你们是妮子的老师？辛苦了，辛苦了！"

夫妇搬来两把椅子，用嘴吹了吹上面的灰，"快坐，快坐。"

趁主人进屋，樊音瞥了四周，这是一层平顶房，似乎刚装修，能闻到新涂的水泥、仿瓷气味。

"家境还不错啊，孩子咋不读书？"樊音与陶里霞相视低语。

"老师喝茶。"正纳闷间，女主人倒来了两盅黄豆盐茶。

樊音了解到，这对夫妇不是库小妮的父母，而是大伯和大婶。

"大哥，大嫂，库小妮怎么不读书了呢，小孩成绩好，多可惜呀。"

"就是要她读哇，哪不要她读呢，为这事，我们不知……"夫妇俩苦脸叹息。

"小妮，那你为什么这样？"樊音对站在一旁的库小妮说。

这一问，她们知道了原委。

库小妮的父母在她五岁那年，双双死于一次沉船事故。

"她奶奶完全是因为这个事哭瞎了双眼的，去年才过世。"小妮大伯说，回忆着讲起了痛心往事。

那一天小妮的爸爸妈妈乘船去集镇办事，船行至中道，突遇横切飓风，船上几人全部翻入水库。

库小妮的爸爸熟悉水性，救了几个人，但因库深水冷，双腿抽筋，最后体力不支沉入水底。

库小妮的妈妈本就不悉水性，还被另一个落水者死死缠住。

库小妮成了孤儿。

那天不知道什么原因，库小妮的爸爸妈妈好像预感要发生什么，临出门时折道回来亲了她的脸："妮仔，以后要自己照顾好自己。"

"我们一直都在蒙（方言，糊弄）。出事时，跟她说，爸爸妈妈是困了睡着了，睡好后会醒来的。小妮完全相信。"

出殡那天，她问："大伯，这是要把我爸爸妈妈抬到哪里去？"

"他们会回来的……"大伯忍着泪骗她。

小妮相信着，盼望着，等待着。

"不到五岁的孩子，完全可以骗得过去。开始她每天哭，每天找。我们编了好多的理由，都说爸爸妈妈出去打工了，赚好多好多的钱，买很多很多好吃的回来，还送她到城里去读书……"

"我不要钱，我不要吃的，我不要读书，我只要爸爸妈妈！"

她经常一个人站在那里等，那里望，直到太阳落山，星星露眼。

"有一次，她班上的同学说小妮的爸妈死了，她还跟人家吵架。她一直相信爸妈还活着。"

有时候，小妮还是感觉异样，特别到逢年过节时，别的孩子有好吃的，有新衣服。

"大伯大妈，你们不是说我爸妈过年会回来的吗？"她拉着大伯大婶问。

"大城市跟这里不一样啊，那里要加班，加很多很多的班，赚很多很多钱，才能回来。"

这一望一等，几年过去了。

"直到上个月，我们才把真相告诉她。开始，她经常背着我们到她爸妈的坟头去哭。我们拉不住，每天非要去，她要跟爸妈说几句话才睡得着觉，有时半夜里都去。家庭苦难的孩子，就是不一样。"

大伯双手捂住自己的脸，眼泪从指缝里溢出来。

"她太懂事，知道这些年都是我们养她。她说不读了，不想我们再花钱了。我们盖这个房子欠了些债，现在库区又不准养鱼了，就靠种点柑橘，养点鸡，经济来路少。"

在库区，贫困地区，每一个失学孩子的背后，都尘封着难言的悲情和伤痛，都是一个跌落的希望。

库小妮一直沉默着，拿起扫帚扫起地来。她有些孤僻，话越来越少。

"库小妮！"樊音喊。

小妮放下扫把，走了过来。

"是因为没有钱不读书了的吗？"

小妮不说话，用手剥着扫把柄。

"你大伯大婶不是帮你出钱吗？"

小妮摇了摇头。

"不愿他们花钱是吧？"

小妮还是沉默。

"小妮，如果是因为钱的原因，你就听我一句话！"

樊音蹲下来，拉着小妮的手。

"我来帮你，帮你读到大学！好吗？"

"老师，这怎么好意思呢，长年累月，又不是一笔小开支，你们老师也苦，工资也低。"大伯还以为自己听错了。

库小妮睁大眼睛，怔怔地望着樊老师，泪水在眼眶里转，又珠子一样滚落在地上。

"不了，樊老师。"她把头偏一边。

"为什么？你不用担心！"

小妮轻轻抿了抿嘴唇，脸上现出与年龄不相称的复杂表情。

"大哥，大婶，这些年你们辛苦了。以后小妮的学费我来负担，只要她肯读，我供到大学为止，你们不用为钱的事操心了。"樊音起身说道。

"这怎么好意思，小妮爹妈不在了，我们想办法。"

"就这么定了，明天去学校！"

樊音话音刚落，不料库大哥扑通一下，跪在地上。

"小妮遇上好人了！小妮遇上好人了！"他哽咽着，仰头说道，"德弟，如果你在天有灵，就看看，小妮遇上大好人了！"

"大哥快起来，别这样！"樊音和陶里霞一把将跪在地上的小妮伯伯拉了起来。

她们还是第一次见到一个大男人在自己面前跪哭，也不由得双手颤抖，鼻子发酸。

"现在我俩都在幕阜小学，学费、生活费按年按月交就行，以后如果走了，或者小妮升学了，我到时给她办个存折。"

第二天，库小妮被大伯大婶送来了学校。

小妮眼睛肿得像核桃。

她大婶说，小妮在被窝里哭了一夜。

……

与樊音同行的陶里霞，后来打探到，樊音当老师那些年，一共资助了六名贫困生。

而这，除了学生和家长，她没让任何人知道。

能够说出来的善，不是善；能够哭出来的痛，不是痛。

在无垠的时空，个人的生存挣扎、悲苦不幸、善念良举，是尘埃、泡沫，都会被湮没、抹平、忘却，就像没有发生过。

粥

一种食物对她的教诲和启悟。

樊音病了。

也不知道是喝了哪家添色素香精的饮料，还是吃了有残留农药的"绿色食品"呢，反正，肠胃在"造反"了。

她平常身体不错，以为这是小恙，挺一下会过去的。

停食了一餐，感觉有所好转，她便开始动起筷子。

但当天夜里，病情反弹。

是禁食力度不够？她咬紧牙关，一连绝食三餐。

肚里终于没有动静了。

此时她已饿得走不稳了，便恢复进食。

哪知，病情很快又卷土重来！

这次不依不饶，大有攻城拔寨、直捣命门之势。

她一整夜在厕所来回穿梭，最后都站不起来了。

身体如此了，可偏偏那段日子，一位当领导的同学宴请，且是"不得请假"，"要识抬举"的。

席间任凭怎么解释都无用，说她"装病""摆谱"。

在"情面"的重压下，她在杯里倒了一点点"意思意思"。

真是蹊跷，只小呷一口，肠胃立马绞痛起来。

顾了面子，苦了里子。

后来发展到，吃什么吐什么，吃什么肚子痛，特别是带有油星的，肠胃似乎要跳起来反抗，它可不管你饿得两眼发黑，双腿颤抖。

她只打电话问非明，想扛过去，不想去医院。

非明说，不吃药，那就喝粥。

粥，这可是她这辈子最讨厌的食物。

小时候在农村，家里若是哪一餐煮了粥，她宁可饿也不端碗。

粥这种食物和烹调方式，不知谁发明的，一把米，一罐水，让它叽里咕噜烧半天就成。那个年代，粥就是穷人的专利。如果哪个亲戚请客煮了粥，客人会记恨一辈子。若遇年节，不管再穷的人家，都不会煮粥吃的。

也不知是与生俱来对它的厌恶，还是小时候吃腻彻底摧残了味蕾呢，反正多少年来她都对其敬而远之。

但这种时候，保命要紧，别无他择。

她试着喝了一碗，果然肠胃宽容。后来加大食量，肠胃也照单笑纳，最后痊愈了。

粥，把她从病魔手中拉了回来，回到生命的轨道。

原来这世界上最简单、最不起眼的食物，却是救命的良药。这粥——自己最疏远和淡漠的不屑之物，却是生命最素朴、珍贵的养分！这让人们漠视的，却是最要感恩的，就像空气和水土。

"粥"字拆开，"弱米"。

她仔细端详碗里的粥，眼睛也开始湿润。

多少年了，她何曾这样专注过它。粘连的汁液，柔淡的线条，细碎的瓣花。雪一样纯柔，花一样晶洁，玉一样温润。她仿佛看到这种精灵，在田畴中摇曳，在春风中微笑，饱含千古不化的乡愁和沧桑阅尽的淡泊。

　　一个生命的存在，既有它的神奇和伟丽，也有它的简单和自然。觥筹叮当，盛筵贵席，山珍海味。在这个吃喝世界、血腥地球上，他类生命无一逃脱、无一幸免成为人类的桌中餐。同在一个孤独的星球，强弱之间、幸难之间、善恶之间，隔着光年以计的距离。感到现代人类已被圈养，仅靠异化的食物和药物维系。

　　她似乎听见了自然的叹息，生命的呻吟。疾病和痛苦会改变一个人的生活态度。

　　从此，每每对飞进房间的生灵，她都会打开窗户，让它们重回大自然的怀抱。

辞职风波

混沌横亘，来往因应。

樊音完成了两年支教，回来后就辞职了。

而且是裸辞，一切福利待遇与单位脱钩。

这一消息在方塘教育界造成不小的负面影响。

樊音是公认的教学能手，她支教和助学的事迹被媒体发掘，一时成了炙手可热的典型。电视台记者采访了她，报纸杂志也登了她的事迹，有关部门拟将她树为年度感动方塘人物。

人们说她是"最美孩子王""姐姐老师""妈妈老师"。她教育改革的论文在权威杂志发表，教研课题、示范课屡屡被作为行业标杆。她的儿童思想启蒙、青少年心理教育理念更被津津乐道。

求职和就业，对寻常人家，好歹是生计大事。当老师收入不高但很稳定，不知多少人考不上、拱不进呢，她怎么就跟破斗笠一样，丢风中了呢？

一个普普通通的老师辞职，在社会上掀起不小的风浪，人们想问，个中蹊跷是啥。

樊音的辞职信很简单：

尊敬的学校、教育行政主管部门领导：

从今天起，我辞职了。

崇高、平凡，人生有多种选择。只要不影响他人，只要不贻害社会，无所谓高下，无所谓对错。

前半辈子我选择了，后半辈子再选择一次。我想为自己再活半辈子。

无悔于过去的选择，更感谢这个平台，对不起那些关注的目光，感恩在这个行业遇到的所有大人、孩子，他们是我生命的一部分。

单位待遇一概不要，成绩一切清零。

樊音把所有的荣誉证书、论文资料都烧了。

我欲乘风归去，休管身后熙攘。

参透生命，先让身外之物剥离，死去。

听到樊音辞职的消息，明思理和裴裳最感意外。

但生活的残酷和真相在于，缺谁都成，缺啥都行。这里悲天悯地，长吁短叹，那边炊烟升起，云霞灿烂。

这事在教育界和社会上的影响，像壶里烧开的水，沸腾冒泡后，很快复归平静。

时间是只饕餮怪兽，会将一切吞没无声。

一个人工作那么优秀，内心却又那么多怨忧，这也许正是樊音成为教育新闻人物的关键。

她到底是因为什么直接的、具体的原因辞职，成了方塘教育史上的悬案。人们一直雾里看花，连明思理、裴裳这样的一级闺密都不明就里。

　　这真是正确的无奈，光荣的悲哀。

　　不合理的存在，合理的不存在，这世界似乎什么都会发生，什么都难以预料，从喧嚣到沉寂，从沉寂到喧嚣，从混沌到混沌。

一对男女在出租屋里谈人间差距

这个星球上，总有痛不欲生的贫穷。

施非明站在阳台，眺望远方。

楼林轩昂，蚕天蚀地。疯狂的喧嚣，恐怖的繁华。在山一样栉鳞的楼海里，密密麻麻的小窗格，灯光如豆，人影依稀，里面是不为人知的喜怒哀乐。

晚餐时他几乎一言不发。

他眼里的一丝异样，樊音都能读出来。

樊音在方塘辞职后，来到了广州。非明托老乡，在越秀区找了一个私立全托小学当教师。

"碰到事了？"她问。

非明摇了摇头。

樊音夹点菜放进嘴里嚼着，就不问了。

过了一会儿，他叹息起来。

"底层人物活在同一个城市，却没活在同一个世界。"

樊音停住咀嚼，想了想，说：

"本来就是。这人与人之间的差别，天文级单位。"

"我们如果不是读了点书，能找到事做，就完蛋了！"非明还是摇头，"太不公平。"

"这有什么好说的。谈公平，大多人得跳楼！"

"正是！医院有人跳楼了。"施非明说，"这两年医院接连出事，不知为什么。"

樊音怔忡望着他，等待下文。

"上次是个富人，查出癌症，跳了；这次是个穷人，没有病，也跳了。"

有病有钱的跳，没病没钱的跳，这又不是开的游泳馆、蹦极床，随随便便就往下跳？

在樊音的追问下，非明讲述了这个悲惨的故事。

因为不在一个科室，有些细节是从现场医师护士那里听来的。

死者是一个打工仔，三十多岁。

据说，他没文凭，也没特长，人又内向，找工作一直都不太顺。就算找上了，都是收入低的工种。有一家单位，他干得可以，但因迟到了一次，被同事告了，老板训了他。

他涨着脸问那些同行，谁没有个特殊事，谁没迟到过，都是天涯沦落人，为何跟他过不去。

后来他好不容易找到一家新单位，妻子分娩，生下二胎。

因为预产期提前，相当长的时间夫妻都没收入，这事令他猝不及防。

他厚着脸皮，去找老板借钱。

刚来的人，借钱？老板疑惑地打量他的衣着，不会是骗子吧？

"给 100 元路费，"老板冷冷地说，"你打好借条，从月底工资中扣除。"

那双打借条的手颤抖不已，写的字几乎不认识。

青年一出门，老板撕了丢进废纸篓，根本不指望他还。

他失魂落魄地来到医院。

没钱买奶粉。

"可怜的孩子，你到我家来干吗？"他嘴唇微微颤动，一言不发，眼里无神地看着周边忙碌的人，感觉与自己不是一个世界的。

这时他手机响了，一个灰旧破屏的手机。

母亲突然得了脑溢血，要赶紧住院抢救。

接了电话，病房里的人只听他叹了一口气，没跟任何人说话，就不知去向了。

过了一会儿，就听说，有人跳楼了。

妻子在被子里没有力气地哭喊。没有奶水的婴儿，在苦命妈妈的怀里，猫一样地啼。

……

故事讲完，他们俩全然失去味觉，也没有谁去刷碗筷。

"那他母亲呢，脑溢血等着救呢。"

"不知道啊，大家都被吓傻了。"

非明是医生，生和死，平常事。

有时，见多识广的坏处，是麻木不仁，良心结痂。

人常有侥幸或错觉，苦难和死亡是别人的事，或者离自己还远，总有人在替自己下地狱。

"兜里一分钱也没有的滋味，我尝过……"施非明回忆着跟樊音讲起一桩自己的往事。

读大学时，我每月发的补贴不到二十号就完了。我不敢找家里要了。找同学也借了，关系好的甚至借过多次。我家境还算好点的，父亲有工作。寝室同学还惨些，有个同学说写信要钱时，父母竟把家里的谷子都卖了。他们手头上也紧，只能借一元、两元、三元的。但我那时爱运动，饭量大，寅吃卯粮，常常不济，最后连个一分钱的硬币都没有了。

听着，我说的是硬币。因为一个硬币，一元的也好，一角一分的也好，都能发挥作用。挤公交车，有一个硬币是件大好事，趁售票员不注意，往投币箱缝一塞，有意弄出咣当一响，他不知道我投的一元还是一角，蒙混过关也容易。

但那时同学三个一群，四个一伙，外出活动多。总不能天天坐在图书馆吧。有次几个室友约出去玩，坐公交车。去时同学帮我买了票，可中途因为他们有别的事分散走了，就剩我一个人回校。

天啊，路途太远，还赶不上晚自习，走回来是不可能了。

上车得买票，我一分钱也没有。

贫穷之苦，堪比黄连。

我紧张得不行，还是决定赌一把。

那时是售票员卖票，挎个帆布袋，指缝夹一本车票，一叠大小钱币，吆五喝六。但有时人多拥挤，漏票逃票的不少。

车厢常常是，头挨头脸贴脸，挪步踩着后脚跟。售票员龇牙咧嘴，还只挤到一半，哗啦一声，到站的人饺子样倒下去了，还买个屁的票。遇到责任心强的，会高声喊叫："买票！买票！后边的那位，还有那个穿黄衣服的，那个脸朝窗外的，买了吗？能不能自觉点！"

当然，遇到个责任心差的售票员，乘客逃票，就有空子可钻了。

但愿这趟遇到个责任心差的。

我挑一辆人多的公交车挤了上去。

这是一个女售票，长着虎牙，头发微黄，脸长啥样记不全了，但声音忘不了，像石头砸在额角上的感觉。

我看了一下公交车路线，始发站妇幼保健院，途经民政局、学院区、养老院，终点站是火葬场。

中途下车的不少，车上空荡起来，到我学校还有四站。

我开始心慌了，不敢看女售票员，生怕与她的视线相遇。最怕听到那句话："来，你把票买了。"

车窗外掠过商店、夕阳、树影。

我焦灼地等待，那好像是一个世纪。

其间用眼睛余光扫了眼虎牙女售票员，她面无表情，比鳄鱼还可怕。我到现在都从骨子里害怕售票员。

贫穷是生命的天敌，人类的公敌。

人啊，从胎盘里来到这个世界，迎接他的，只有白和黑、冷和热相同，其他的，差别就大了。有人那么富，有人那么穷，因由是什么，原罪在哪里，谁也不清楚。是命该如此，是不够努力，还是……我的心乱极了、糟透了。

"到站了，到站了！"公交车刹停，售票员声音沙哑、倦怠。

我意识到即将胜利。大气不敢出，低着头，欲一个箭步跳下车。

"票呢？票呢！"有人大声呵斥。

我抬头一看，天啦！

虎牙售票员把我堵在车门口，她铁桩样的脚呈大字叉着，表情像鼓眼恶煞。

"……"我涨红了脸，脑袋嗡嗡叫，手下意识地到兜里摸了摸，里面是空气。

既不能说买了票丢了，那是幼儿园级别的撒谎，鬼信。也不能说没买。没买就露馅呀，一个大学生，天之骄子，兜里却一分钱都没有，坐车不买票，比说你屙屎不擦屁股还丢人。

我干脆既不动弹，也不言语，平生第一次当起开水桶里的死猪。

"看你长得阔头大脸，穿着体面，为何逃票！今天不买票，休想下车！"女虎牙售票员劈头盖脸地数落着，车上的人眼光攒齐投过来，观看羞辱大戏。

"我钱包被偷了……"不知是被她"看你的穿着"的话启迪了灵感，还是急中生智，我编了个体面的理由。

"扯淡！不买票就说钱包被偷，你不会是大学生吧，编故事蛮可以呢，快点快点！买票买票！"售票员伸过手来。

司机也探过头，尖刻帮腔，"喂，你年轻人，好意思、好意思？"猛按喇叭，以机代骂。

"确实，没钱……"我只记得最后说了两字，就彻底哑巴了。

就那么僵持着。

那是世界末日样的时间。

我对贫穷的恐惧，仅次于死亡。

"我帮他买了。"这时一位大妈摸着扶手移过来，递给售票员一元钱，又对我说："好了，你快下车吧。"

我没有看清那位大妈的脸，甚至都没报以一个感激的眼神，就被轰下了车，其实是根本不敢抬起自己的脸。

当时只觉得她跟自己的母亲一样。

从赌一把上车，到下车被堵住，这个故事，是我难言的隐私和永远的伤痛。

善良并不与生俱来，它是贫穷苦难的孝感。

我现在只要路上遇见乞丐，都会施舍一点，那是因为我知道在众目睽睽下被羞辱的滋味，脸被踩地上摩擦的无奈，那是因为我对贫穷深深的恐惧，还有救人于水火的踏实感。

"资本遇到暴利就会铤而走险，走投无路的贫困也是。"听完丈夫的往事，樊音有些难受地感叹。

"没听说过吗，如果你没有富过，就不知道富人之间的连襟，如果你没有穷过，就不知道穷人之间的倾轧，如果你不是白领，你就不知道中产阶层的攀比和虚荣。"

"上等社会人捧人，中等社会人比人，下等社会人踩人。"

"哟，快八点了。"非明瞧了瞧墙上的钟。

想调整一下心情，他随手打开电视，个个台都是娱乐节目。油光脂气的面孔，富贵豪华的摆设，装嫩扮娇的鲜肉，胡编乱造的情节，装模作样的痛苦，无病呻吟的台词。

他摁住频道开关，闪过全部频道，就是不知选择哪一个，干脆关上了。

显然跳楼男子的事还影响着他们的情绪。

"我有十几年都不看电视剧了，一集都看不下去，不，三分钟都难以坚持。"

樊音在一旁抱怨："花那么多人、财、物创作的作品，总是不在现实生活这个频道。那根本不是真实的社会、真实的生活、真实的文学、真实的艺术。是创作的认知误区？好像不是啊，这太简单了。完全逃避现实、脱离生活，这种艺术有啥用？是才华不够，好像也不是啊，有才的人不少。问题出在哪里？这么多人，总有几个坐得下来的吧？到底怎么回事呀。唉，不看了，不说了。"

　　内在的美德比不上外在的物品，灵魂的高贵比不上财富的华美。人性野蛮生长，欲望饕餮膨胀，总有人沉湎其中，乐此不疲。

性别产生的奥妙

上天赐人以爱和快乐，也赐予等比例的苦和责任。

樊音与丈夫施非明各自上班的地方，隔着一个多小时的路程，据说这是夫妻的标准距离和空间。

进屋，拥抱。

"真香，感觉这满屋子都是电荷！"樊音笑道。

"今天煲了一个排骨山药汤。"

"工作出色，今天哀家给你奖励。"她后半句话压低了声音，施非明听出意思。

吃饭时，他给她夹菜。

"你说的奖励呢？"他明知故问。

"什么奖？"她故作不解，"未必诺贝尔还设个煲汤奖？"

"老婆现在说话可以不算数了，破坏契约精神，这是一个严肃的事情！"

樊音笑而不语。

"兑现呀！"施非明直奔主题。

"急啥，又跑不了。"

"我就是急，就是急，急死了，要爆炸了！"施非明眼里射出烈焰。

他咕噜一下，把嚼了一半的饭菜吞了，"不知怎么回事，我今天特别特别想……一看到你的面容，一闻到你的气息，浑身都在颤抖，你看，像被电到一样！"

年轻的新婚夫妻，半生不熟的小别，都是这样的情形。

少顷，施非明丢掉碗筷，走到妻子跟前。

他先把头埋在她前胸窝，听闻起伏里的、他熟悉的什么。

"你的气息里，我总能找到情感的密码！"

"……"

他又一把抱起她，往床上走去。

"哎，饭都不吃啦？"她拍打他的手。

"嗯，再等一秒钟我就要死了！"

"别忘了那个……"

"啥子那个这个的？"

樊音嘟起嘴，柔声道："要是怀了怎么办啦？说好现在不要孩子的。"

"遵命，夫人。"

……

"樊音，我好像放空了一切，身体轻快得像云，像烟。全世界所有的幸福加起来都不及这一刻。"

床上的他们，语调平缓地絮叨着，像暴风骤雨后，两片落地静止的树叶。

"这些天，我老想起我们初次见面的情形。老婆，你那时扎着发卡，脸上的笑靥像春风里的花容。你沉思的样子，一下就把我收拾了！记得那次出去散步，你看见一只受伤的小猫躺在马路中间，吓得脸都白了。你不停地说，猫猫真傻呀，睡这马路上，车一开过来，不就被压死了？你赶紧跑过去抱起来，还要送到附近屋堂找它主人。是谁家的猫猫，好像有些生病了，一定是被抛弃了，它又睡回马路上怎么办？唉，跟谁一辈子，只要几秒钟就定了，真是奇怪。作为一个女人，你的真，要打一百分；你的美，要打一千分；你的善，要打一万分！"

记忆也是幸福的源泉，能激发情爱，唤醒道德，珍惜拥有，拉长生命。

"我们结婚虽然迟些，却印证了好饭不怕晚是吧。"

总想着可能还有更好的，总拿自己的与别人的比，家里的与外面的比，前面的与后面的比，就不要结婚。不把野心拴牢，不把奢欲钉死，就不能结婚。

樊音泪光点点，用手摸了一下他的脸，这也是她满足的习惯性表达。

"如果以后有了孩子，还有这么好吗？因为你的世界要分一半给孩子。"他又抱紧了她。

"谁知道，所以现在，把以后的日子借过来先用？"她在他怀里餍足地笑。

"我相信未来的生活一定忙碌且美好。当然，我们要成天操持奶粉、尿不湿，还要请保姆，买新房，经济负担会重多了。但那都不要紧，我也时刻准备着。没有压力就没有动力。"

人生苦短，信仰为灯。

信仰的神奇就在于，信则有，不信则无。你对它的态度，决定你的结果。

"所有的幸福都会用痛苦换，一点不多，一滴不少。"

施非明坐了起来，若有所思地说："老婆，看到很多家庭的争吵，估计我们也不会例外。准备好了吗，你那两个闺密老说我们不吵架呢。"

"我们能跳出周期率吗？能走出围城吗？要不我们拉钩约定，争创一个这星球上的夫妻和谐家庭！"

樊音点点头，她轻轻地从被窝里伸出白皙的右手，跟施非明拉了个钩。

两个最不相关的人走到一起，结成命运共同体，不适和难容，矛盾和烦恼，会以千百种方式迎面而来。有的对付了，有的经过了，有的忍耐了，有的散开了。

走失的是事故，留下的是故事。人看到别的家庭幸福，都会觉得自己遇人不淑，家庭才这么不幸。五十步笑百步，但笑到最后或者哭到最后的，叫作婚姻。

施非明说对了，上天让男人和女人走到一起，赐他们以性爱的快乐，然后也赐予等比例的责任和苦痛。

他忽然意识到，父母对子女的爱，为什么永远是单向的。始作俑者，是男欢女爱。

性爱这人生最大的幸福，得偿还最大的养育之苦，还要抵押生命的遗传和繁衍之难。

"老公，在这边打拼，暂时不能生孩子，要看以后的情况。我想，如果这里有奔头，就按揭买套小户型房子。如果没有起色，咱们都回方塘算了。这里小孩读书成本太高，生活开支负担太重，老家开销低，日子也安稳点。"

"这是后话，后话咧！"施非明摇着头，又压住樊音，"我想要孩子，但又怕有了孩子，你就把我晾一边了。"

　　"要是怀上了怎么办？"樊音用手摸着施非明热烫的脸问。

　　"我不管，我今天要把自己全部榨干，完全燃烧，化为灰烬！"施非明狂暴地说。

　　"看你，这么虎突狼急的，好像明天太阳不起来，世界末日到了一般！"

她跟他讲起一个土堆里的故事

日子都是平凡的、琐碎的，串起来就是人生。而它时时都在断裂，散落，遗忘。

身上无痛，卡里有钱，一觉醒来，天亮了还有云霞，你得庆幸，这是人生的奢侈。有多少人已昨夜星辰，有多少人正熬着不幸和痛苦，在你看不见的黑暗和远处。

红得发紫，富得流油，众星捧月，万人拥戴，谁这样活过？这样活着？要么是梦话，要么是鬼话。那都是想象的活法。

晚餐，樊音在外带了饺子回来煎好了，两人正吃着。

"一个普通人的离亡，对这个世界来说，实在算不了什么，可对于那少数几个生离死别的人，却是难以承受的撕裂和剧痛。"

"你为何说这话？"非明觉得妻子有些异样。

"桌上的锅贴饺，让我想起了姨妈，"她说，"过去每次去姨妈家，姨妈都煎这种饺给我吃。"

非明黯然看着妻子。

"你跟我结婚时，都没看到过我姨妈。"

"是吧，只看过一次她照片，黑白的，很模糊。"非明说。

"姨妈离开我已经十年了。"樊音细嚼慢咽，语气沉重地讲起了她和姨妈的往事。

姨妈的坟茔在一个僻冷的山窝，前些年清明，她去看过。

风浸雨淋，已经塌陷，一个不起眼的土堆，上面长满了野草。

如此湫隘之所，却是至爱亲人血肉之躯的归宿。

姨妈在外婆家排行最小，那时她年轻漂亮，没结婚时常来我家帮干农活。

记得在一个山坳，她在蚕豆地锄草，一边用毛巾擦汗，一边快活地唱着歌儿。

"北风那个吹……雪花那个飘……"

姨妈很美的样子，映在金色的阳光里。淡淡的有些幽怨的歌声，在山谷间飘荡。

这情景这歌声，永远烙进了我幼小的心灵。

后来姨妈嫁给了一位军人，进了城。

我那时特别羡慕城里人，以有个城里的姨妈而自豪。一到寒暑假就老爱往她家里跑。她也以有个考上大学的姨女而感到光荣，还时常向左邻右舍推介一番。她把好的让给我吃，处处宠着我，甚至把她的两个孩子都晾一边了。

一次，她家买了一辆崭新的永久牌自行车，那时自行车可是个宝物。才学骑车几天的我，第二天就背着她和姨父，新奇地把车骑到街上兜风，结果哗的一下碰上了一辆手扶拖拉机，自行车被完全撞变了形，前后轮都差不多叠一起了。这是姨父动用转业安置金买的，自己上下班舍不得骑，俩小表弟都不让摸的。我完全吓坏了！可姨妈姨父知道后并没有责怪我，说没伤着人就好。

那段岁月，姨妈家是一个特殊的港湾。我学习、工作不顺心，或在外受了委屈，都爱往她家跑。她成了我们在城里的第二"母亲"。

正当姨妈家日子好过起来的时候，不幸的命运降临了，她到医院检查，鼻咽癌晚期！

我知道姨妈特别慈善，总是体恤病弱之人，但她特别害怕死亡，而这样的厄运偏偏被她遇上了。

听到这可怕的消息，我如万箭穿胸。不敢想象，她是怎么迎接这巨大的不幸的。

然而令我意想不到的是，当她得知自己的病情时却显出异常的冷静。我想其实她是想缓和大家，也放松自己。

她也四处求医问药，为挽留生命做着无奈的努力。一段时间，她通过艰难的化疗和服药，肿块竟然消失了。大家觉得奇迹出现了，不知道有多么欣慰。

后来，姨妈还高兴地坚持着上班去了。

"活着真好，健康真好，工作真好。"她脸上现出了久违的笑容。

可是好景不长，几个月后，病情反弹，急转直下。大家心里好像灌了铅。姨妈虽是泰脸淡色，可也时刻表示出对生命的无限留恋。

"我只有四十七岁呀！"有一天，她不无伤心地说，"如果老天开眼，让我活到五十岁都行啊！"

听到这话的人无不泪如泉涌。

我们总是极力宽慰她，让她开心快乐，让她享受生命最后的温情。这期间，她似乎好好地反省了自己的一生。她对前来看望她的人说："我这一生是白活了，还没明白是怎么一回事就完了。你们要珍惜啊，别像我这样，猪婆命！"

姨妈离开这个世界的最后时刻，痛苦万状，在医院的病床上翻滚。我赶去看她，无奈地站在那里。这时，她压抑住痛苦，定睛看了我一眼。

这是怎样的眼神啊！她是要我记住她，还是……

两个小时后，她与世长辞。

姨妈躺在那里，像一片静美的落叶。

母亲作为她的大姐，哭诉着她短暂的生平，如泣如诉的哀声里，好像闪过阳光金黄的山坳，掠过幽朦依稀的月色。充斥我整个心神的，是可怕的惊惶，是对生命遁入虚无的想象。我似乎看见姨妈变成一颗微粒，飞向时空隧道，没入茫茫太宇，完全在替她感历死亡。

一连两天，我都处于这种奇异的恍惚状态。大悲大哀，哭不出啊。

入殓时，几个乡下来的人忙碌着。我定眼盯着静静躺在灵柩中的姨妈，棺材盖抬上去了，那一刻，姨妈的音容永没了！

坐在姨妈的棺椁旁，我想起了她生前的一些情节。我外婆是患中风去世的，瘫痪在床上六七年，屎尿拉在床上，有时糊里糊涂抓着吃，身体已佝偻成团。

外婆入殓时，蜷曲变形的身体已放不进棺椁，只得请人上去用脚踩压，才能合上棺盖。

听说当时姨妈疯了似的满地打滚，别人拉都拉不起来，现在她却随母亲而去……我终于抑制不住，扑在她棺木上哭得几近憋气。而那次我才真正明白，泪水其实并不能冲走骨髓里的悲痛。有的伤只会结痂，痛却会相伴终生。

姨妈出殡时，一出城区，天降大雨。这是我一生中见到的最罕异的天塌地崩的大暴雨啊，那雨完全是用瓢泼的，是天在哭泣吗？

锄头挥舞起来，一切止于一抔黄土。

亡者进入了安静，把无休止的哀伤留给了生者。

十年了，我那撕裂的伤口仍在滴血。那时我就想给她写一篇祭文。她生前总说我是大学生，有文化。可是我写不出，她是一个小人物，一个普普通通的妇女。我也不知她平凡生命的早逝，能够给世人带来什么启示。

"北风那个吹……雪花那个飘……"这怨诉的歌声，时常萦绕在我的脑海，回荡在我的梦境。

早年间我去看过一次，姨妈的坟茔都已经塌陷了，上面长满了草，摇着孤独与宁静，跟荒野没有二致。大概，谁都不知道，这里曾埋葬过谁。可这么多年来，我还是忘不了那草堆里的面容和眼神。

后来我从不敢踏入她的家门了。因为一进门，会因为回忆而窒息，由于悲痛而疯狂，我生命中一段血肉亲情从此离散……

往事讲完了，施非明哭成了泪人。他是医生，生死司空见惯，不知是什么触动了他。

"你说，一个人死去，除了少数几位亲眷，谁还记得？要不了几年，会在这个世界上了无印痕。"

也许，大人物是不死的，只有平凡人才死。除了墓碑和遗像，这个世界不会记得他们来过。

父亲的咳嗽

我今天吃饭/喝藕汤/发现汤里有我小时候/父亲挖藕的身影/我见他用草绳把/北风捆在身外/用红肿的赤脚/敲打冰凌/手伸进冻泥里/去摸一年的希望/喝着，喝着/热乎乎的藕汤/把我的喉咙哽咽了

——方塘故事《藕汤》

方塘市的一位老者出了本诗集，其中一首写贫苦的诗，樊音竟过目不忘。

贫穷和疾病与人类始终如影随形，是多少人挥之不去的梦魇。

那一次樊音回到了阔别已久的故乡。

刚在门前坐下，她看见父亲从山里挑着一大担柴，缓缓地走到面前，把柴捆艰难地颠落地上。

近年有一只眼睛失明的他，用另一半混浊的视线看了看她，然后用挑担撑着地面，剧烈地咳嗽。

是的，父亲言语不多，时常用这种咳嗽与他的儿女们交谈。她什么也没有说，只是走过去拎了拎那横在地上的两捆粗大的柴火，又看看他那干瘦的脚胫和露出趾头的胶鞋，心沉如石。

父亲是个煤矿工人，据说他过去就跟那煤坨一样老实、肯干。是他一锹锹地撅着一家人的生计。

他那么剧烈地咳嗽，矿井就那么剧烈地吐出煤块。

他在穿过了那条长长的生命井道后，就不得不以严重的矽肺病提前退休了。

说是退休的他，回到农村却面临更沉重的劳役。

儿时的事大多都忘了，但对父亲的眷恋和思念至今还使她惊魂骇魄，记忆犹新。父亲特别疼爱她，但又一年四季在外，因此父女俩见面，就成了千期万盼的时辰。

那时父亲的矽肺病就很严重，老是咳嗽不止。有时要长时间用剧烈的咳嗽缓解窒息的痛苦。

久而久之，这咳嗽声便深深地烙进了她幼小的心灵。有时候她突然听见那熟悉的咳嗽，便不知有多么欢乐。在她的印象中，父亲总是咳嗽着出门，又咳嗽着回家的。

有时候深更半夜，这熟悉的咳嗽声把她从梦中惊醒，她就知道父亲又要走了。每每这时，她便睡意全无，全神贯注听着那扇木门的吱吱声、外面的脚步声，再就是那飘走了的，越来越远、越来越小的咳嗽声。

记得上小学四年级，天下着大雨，她正在上课。老师在教一支歌。这雨声歌声激起了她无法忍受的忧郁和思念。恍惚中她听见了父亲的咳嗽声，一向安分守己的她，不顾一切地从教室里狂奔了出去！

外面的雨下得好大呀，突然她在迷蒙的雨帘中看到了一个熟悉的身影，那正是父亲！

她钻进父亲的雨伞下，父亲问她怎么不上课跑出来了，她哆嗦着、战栗着，什么也说不出，满腔哀怨，欲哭无泪。

长大了，懂事后，父亲的咳嗽声，逐渐变成了抽打她心灵的鞭子。

她开始害怕听到这种咳嗽声了。而父亲的病日趋加重，他咳嗽得更厉害了。有时咳起来，身子剧烈地摇晃着，随时要放下手里的活计，有时走路都得停下来。尽管是这样，他还是一刻不停地劳作着。

她记得童年的老屋、蛛网、挂尘，每次她同老人在这昏暗的老屋里见面，父亲总是把那半失明的老眼移向别处，她也把眼光移开。父亲神色茫然，仿佛某种黑暗里恹恹即烬的灯火。说也奇怪，儿时他们父女之间的那种亲昵已荡然飘散，父女俩内心盼见面，而见面时相对无言，讷然木然。仿佛两个隔着一个世纪的陌生人，双方都分明感到了心灵的颤抖和无奈。

等父亲去忙什么时，她就看他。啊，他老了，他实在是老了。她极力地搜寻起对父亲最早的记忆和印象，但又实在难以分辨，只是感觉到他过去高大些，不像现在这么佝偻、迟钝、沉默。

一代生命蓬勃起来，一代生命却枯萎下去。

也正因如此，每当她匆匆地回到故乡又匆匆地离别老人时，总要伤感地回头一望，再回头一望，而此时，父亲的咳嗽声早已远去了。

人世间一日不停地变化，所有珍贵的东西都将被撕裂，至亲至爱的人都将各奔东西。她时常这样预感，时常这么忧恐。那两年，上一代几位亲眷相继死亡，这震碎了她的心灵。

她自然想起了父亲，想起了那个在田沟山坎，在冷黑破败屋子里缓缓移动的孤独的身影，他和母亲在那个被人遗忘的角落里相濡以沫，子女吸干了他们的乳汁和血汗后鸟一样远远飞走了。

那一天下午，樊音从故乡回到城里，又是那样匆匆地来，匆匆地去，朦胧依稀中，听见了父亲的咳嗽声！

　　一下车，她便疯了似的租了一辆摩托车，风驰电掣地往故乡赶。她扑向父亲的怀抱，像儿时钻进父亲的雨伞下一样，眼泪像决堤的河水一样倾泻……直到哭累了，才赶回城里。

　　父亲在撕心裂肺中过了一辈子，这种病根本无法治愈。她们只能眼看着他艰难地咳嗽着，一步步走向岁月的深处，走向生命的终点。

　　父亲已经去世多少年了，但那熟悉的咳嗽声，仍如重锤般敲打着她的心房。

　　"老婆，你在想什么呢，看你这难过的神情……"施非明看见妻子陷入沉思和回忆。

　　"想起了父亲。想起了那一代人，上一代人，一代比一代穷，一代比一代苦。"她喃喃低语，只有贫苦生活缔结的亲情，贫苦亲人的不幸，才是她心中的最痛。

人们对于程正财富来源的猜想

时也，命也，运也。

这是个谜一样的时代。

信息爆炸，物流汹涌，手机上可读到亿万光年外星系的表情。坐在檀木椅，跷着二郎腿，品马里亚纳海沟的鱼。

历史现代，随意穿越；奇迹神话，即时变现。莫名其妙的狂热，事不关己的麻木，急功近利的执着。能力品德，没有界碑，高洁卑污，混沌不清。金钱可以摆平看似不可能的事。不管伪装得多么好，都有被戳穿的风险。从万人膜拜到体无完肤，分秒钟反转。皇帝的新装成为日常品……

说谜一样的时代，还有一点是，有人如何发的横财，福尔摩斯也探不出个所以然。

程正发迹了。

在人们眼里，他是一夜暴富的。

而且是神不知鬼不觉暴富、只考验人们想象力的那种。嘿，你要问人家怎么发财的，不如去问花岗岩，你是怎么变成石头的。

程正的发迹，你们就猜吧。

程正辞职后，挂靠了当老板的表弟。表弟在方塘耕耘多年，他们抢抓了有人急于甩掉包袱的机遇，做了一笔大买卖，价值两千五百万的厂子，五百二十万就搞定了。程正从那里分得一羹。一个千多人的厂，要死不活，每年交不出几个角子的税，职工动不动闹事，人家天天把一个大葫芦挂脖子上行吗？早卖早主动，早卖早脱壳，早卖早发展——这种机会让少数几个胆子大的给逮着了。

程正在那里是此处不留爷，上天呢，就给他打开了另一扇窗，给了个留爷处。他到深圳闯荡了两年就得手了。人们说那是一个遍地黄金的地方，可机会永远只给努力更幸运的人。据说，程正通过人脉关系在一家高新企业当白领，深得老板赏识、信任。他三下五除二就把资金、技术和市场摸到手，又赶上内地招商引资回来办厂。土地配送，厂房套装，三年免税，"七通一平"……家乡的村干部苦口婆心，三请四接，一揽子好政策为他量身定做。在外再怎么发财，也是锦衣夜行，肉埋饭里吃，有啥意义？虽然企业两头在外，但成本核算下来，还是让他暗喜不已。何况，自己本有热爱家乡、报效桑梓的心愿。

程正的巨额财产来源不明，还有个不雅的说法。

他利用老板的信任，偷梁换柱、暗度陈仓，干了"剽窃""席卷"之事。

或者，资金在银行挂空挡，要素成本空手套白狼，资本经营打太极，炒概念炒出新气象。反正，这好事就落在了他身上。

至于三年前的一个穷光蛋，如何魔术一般变成大老板，人们惊诧莫名，疑问一串，不好问也不敢问。万一要问，他就几个哈哈敷衍，或者"走，喝酒喝酒"，谁还去问呢，问也不告诉你。谁说资本是带血的罪恶的？要看在什么环境、什么气候、什么土壤。它说不定戴着大红花，披着黄绶带，挂着金勋章呢。

反正现在不影响他企业家老大，不影响他成为座上宾，不影响他成为时代骄子、经济红人。

"你们就少点酸葡萄心理吧。"程正说。

有一点需要指出，程正现在出手大方、阔绰豪放了。他再也不是那个真烟都送不起的人了。

"死送，送死。我一出手，就把人家喂饱了。"他与人打交道的智力，迅速超过了老婆。

"我要走在潮流的前头，我要按紧人性的死穴，我要扼住命运的咽喉。"他说，他完全看清楚了，只要是人，没有几个能逃得出金钱的万有引力，没有几个脱得开利益的强大磁场。

"钱嘛，就是毕昇发明的纸，就是阿拉伯数字，就是生不带来死不带走的粪土。"

"钱呢，也越多越麻木，越多越肮脏，越多越罪恶。"

他还说，要想奋发，必须做出迅速而准确的努力。前面就是万丈深渊和地雷阵，也要星夜出征，付诸行动。

他的公司继续开了餐饮业，只不过档次与过去不可同日而语了。他说，从哪里摔倒，还从哪里爬起。他要把过去损丧的尊严和青春，十倍百倍地夺回来。

在森林

一种丰富和宁静把她捕掳了！这林林总总守望的，仿佛是远祖的幽魂。

一片森林，这是土地最美妙精微的作品。

她是时间、空间、绿叶、花朵的生命共同体。

那一天，樊音无意间走进一片森林，一种丰富和宁静把她捕掳了。

这是一个多情的怀抱，一方绿色生命的家园。一叶一姿态，一花一韵致，一茎一风骨，一果一妙味。生命的灵，生命的色，生命的香，林林总总站立，自由自在舒展，次第缤纷开放。

松树的沧桑，修竹的婀娜，刺杉的直率，红枫的炽烈，绿楮的富态；山楂树摇曳着情绪，野茅叶舞蹈着精神，牵牛花吐诉着心曲，常春藤迂回着爱意，似有微笑在荡漾，眼神在守望……

一泓溪歌叮咚着，一只蛾子扑闪着，翅膀上尽是讳莫如深、精妙绝伦的灵异图像，这是来自何方的冥冥言语？

一棵饱经沧桑的古柏，长者样思索沉吟；一只红尾鸟在枝头上啁啾着云彩。

嫩绿，杏黄，和谐默契；嫣红，绛紫，浑然融合。看不完数不尽的花草，叫得出叫不出的林木，听得清听不清的吟唱。草叶的微芬，潮土的凉气，落叶的呓语，嫩芽的心曲，轮回的蓬勃和枯萎，更替的新生和死亡。生命在各自的空间竞相铺展，交叠权益。繁荣葱郁不乏秩序恪守，个性张扬互不抵触侵害，热闹动感却不喧哗嚣噪。

"这挂着清露的原始静寂，如果舀它一瓢，去喂哺喧嚣的都市多好……"

"森林的气息、声音、色彩，仿佛前生梦境。到这森林，我好像回家了！"

樊音对施非明感慨，森林总会给她以独特的慰藉和宁静，像褪褓之于婴儿。

直立行走的人，走了千年万年，从海洋走到陆地，地球走到月亮，月亮走到星空，最后还不是走进了这一片青青艾艾的灌木，这一抔毫不起眼的黄土？

这个星球上的智能动物，沉湎于纷争攘扰，醉心于荣名功利，执着于胜败沉浮，像绷紧的发条、离弦的箭镞。总以为世界是为己而生，为己而设，被无限宠幸，而这种自负却总在复制遗传着。

日月轮旋，星光照耀，风和鸟儿唱着歌。

这是唯一？只有这一个世界吗？只有这一次机会吗？

谁在警告，地球给人类的时间只有两三百年了。

亲爱的，享拥当下，热爱生命，一息尚存。

推己及物的不堪

在浩瀚的太空，我们这个蓝色的星球多么美丽壮观。可在这个星球上，却一刻也没有停止过残酷的杀戮。人们诅咒人与人间的杀戮，容忍兽与兽间的杀戮，却热衷人对兽的杀戮。

我们都是过客，同那些我们所不理解的、所漠视的生命一样，都是匆匆过客。这个世界不会拒绝每一个生命的到来，也不会由于一个生命的离去而有什么缺失。

那天樊音闲来无事，在柜子翻看相册和日记本，看到自己曾经写的日记，一时神滞泪湿。

里面写的是原来非明先来广州，她单身一人在方塘时，养了宠物狗。可每每狗狗总是不幸夭亡，这让她一次一次地受伤。

现在看当时记下的感受，仍然难过伤心。

有些冗长，但她还是一口气看完了，那仿佛又一次面见她失散离亡的亲人。

我发现，尘世间有忠诚度超过人的生灵。

嘟嘟是个少见的狗种，小巧玲珑，既洋且丑，乖巧机灵，四只小脚的爪毛呈白色，像穿着运动鞋，走起路来，晃得眼花缭乱，加之屁股一颠一颠，令人忍俊不禁，尤其是它的颈部长着浓密花白的毛，像围着一条围巾，好靓一个小帅哥！

嘟嘟只有三个月大，开始在房里有点随地乱拉，这让我极伤脑筋。不过有一点，它决不在卧室里大小便，有时憋急了就嗷嗷叫，示意我牵出去解决。这就怪了，它怎么知道不到卧室撒尿？就这一点小聪明，把我感动得一塌糊涂！后来它在客厅里屙屎屙尿，我都容忍。

嘟嘟特顽皮，它孩子气地同你撒娇、调戏、找乐，喜欢到处咬，追着咬你脚，咬你鞋子。它尿尿了，你去拖地，它跳到拖把上，荡秋千、坐碰碰车似的，乐不可支，还耍赖，让你哭笑不得，烦气顿消。你把拖把举起来，它还紧紧咬着布条不松，以至吊起老高，滑稽极了。

嘟嘟还有一点让我感动万分。你睡觉时，它悄悄地随你旁边躺下，绝不吵你。一大早，它就扒在床沿，示意你起床。

嘟嘟给我带来的欢乐，使我常常乐得手舞足蹈，笑得前俯后仰。它甚至成为屋里的中心和热点。

一次，我给它喝了点热酸奶，结果它大病一场，把我吓坏了。嘟嘟一惊一乍，痛苦地趴在地上。我心就像刀割一样，后来它奇迹般的好了，这才如释重负。

嘟嘟对我们十分依恋，寸步不离，一听得门响，它就会突然警醒，一溜烟蹿了过来，反应快比闪电。逛商店公园，爬山散步，我都带上它。上班出门，只能用好吃的先把它骗到里面，然后偷偷溜走。

当它发现时，追到门口拼命地抓咬，那种无助、可怜、惊慌，使我揪心！我边走边听着那声声哀鸣，心就像提到了喉咙上。

离开嘟嘟，我都无精打采，忧心如焚。好几次我都想跑回家，但又强忍作罢。

总算熬到我回家，听见楼梯和钥匙响，嘟嘟急切地叫着守在门口，直往你身上扑跳、舔啃，那个喜出望外、激动幸甚劲儿，堪比一个失散的孩子见到了他的父母，也超过任何一对恋人。

有时，我怪怪地看着它，它也怪怪地看着我，来自冥冥中的两个生命，有了说不清的沟通对白，将心比心地做着各种想象。

我无可救药地疼爱着它，甚至到了病态的程度。为什么我对它的情感的烈度，竟胜过对一个人？是它的真诚，它的率性，它的孤弱？是它来到世间的不测和无助？

我的痛无以止息，是因为发现有时候，狗比人还人，人比狗还狗。世上有这种生灵，你喂它三天，它记你三年，而有的人，你对他好三年，他三天就忘了你。

某些劣性仅人才有，贪婪、忘恩、负义、陷害、虚荣、伪善，动物没有。

嘟嘟后来被人打死了，丢在荒草丛中。不明原因，查不到凶手。我一连几天，哭得死去活来。

五月五日

我知道，这种伤痛可能会被人当作笑料。

在一场从未见过的冰雪里，我与一个洁白如雪的生命邂逅，留下无法止息的伤痛——

那年的一场雪，让我一生寒战。

它是我从武汉买回来的。小狗叫多多，小巧玲珑，脸面秀气，毛像雪一样白。它小得近乎滑稽，尤其是那条小尾巴，像一个艺术品摇晃着，一看就是血统高贵的那种，使人联想到白色公主，一问，果然名字就叫"贵妇"。

车子在冰天雪地里飞驰，多多安静地躺在我的怀里，时不时甩动一下头，偶尔也站起来往车窗外瞧瞧。我感到，这可能是世界上与人最亲近、最温顺的动物了。这种狗食量小，体质弱，从不叫出声，也不敢在外面乱闯荡。然而它虽文弱却十分通人性。一高兴，两只金莲小脚在地上快速磨蹭，小尾巴摇得像货郎鼓，让人陡生爱怜。

这个冬天太反常了。雪越下越大，温度下降到零下五六度。我在客厅里用纸壳做了个窝，里面放了很多旧衣服，第二天又给它加了一床小棉絮。但多多特别怕冷，白天就蜷伏在取暖器旁，可晚上就不行了。

果然第二天，多多就感冒了，一动不动，神情恹恹，小鼻子里流出鼻涕。我的心里像灌了铅。雪越下越大，如不及时治疗，肯定熬不过去。

我抱着多多找到宠物诊所。打针时，多多惊恐万状地叫了起来，这是我第一次听到它叫。外面是狰狞的黑暗、冰雪和寒风，怀里是病入膏肓、弱不禁风的生灵。在严寒和病魔面前，生命如此脆弱，如此孤独无助。

一连打了几天针，多多的病情并不见好转。外面仍是大雪纷飞，寒风呼号。我每天都心急火燎地看天气预报，祈望老天垂怜，消雪放晴，让多多渡过难关。那时甚至觉得，光顾我家的兽医，是这世上最亲的人。

同美丽的兽类亲近，我成了病态的人类。整天忧心忡忡，郁结难解。我总是情不自禁地思念它、牵挂它、疼爱它。我不知道为什么！我的身心、血液、睡梦里都是她楚楚可怜的样子！

一进门，我首先就要寻找她，呼唤她。而她就那样楚楚可怜地看着我。一次，我回到家里，跪在它的窝前，失声痛哭起来。

雪仍在下。垮塌、阻塞、寒冷、死亡在天地间弥漫。多多的病总是好不了。我忙于繁重的工作，内心还承担着一种无法启齿的痛苦和悲伤。白天，它本能地跑到电暖器边依偎着，电光长期的刺激，已使它快睁不开眼了。我简直一筹莫展，总是提心吊胆地度过那每一个漫长的寒夜。

我永远也忘不了那个极度寒冷的早晨！激切的手机铃声把我吵醒。我睁开眼，衣服都来不及穿全就跑过去。一看，多多在沙发上浑身发抖。原来它夜间出来小解，黑暗中回窝迷路了。它根本没能力和精力自我保护，竟在黑暗里、在零下几度的严寒中冻到天亮！

我一把搂住它，贴在还没穿衣服的胸口，喊着它，亲着它。它全身筛糠一样颤抖！听见我的喊声，它也小孩子一样可怜地叫唤着，那声音与孩儿的一模一样！我第一次听见来自人类以外的人的叫声！

我肝肠寸断。

雪未化，冰未消。要过年了，请兽医给打了针，多多好起来了。我的心如坚冰消融，云开雾散。

我忽然想起，多多才六个月，它的生命中还不曾有过一个春天。一定让它熬过这一关，春天就要来了。

鼠年正月初二，它大病刚愈。一整天，我都要抱抱它，与它说说话，生怕它的病会反弹，生怕它再有什么不测。我已经承受不了任何有关它不利的情况。

晚饭上桌前，我把多多举得高高的，看了又看，亲了又亲。

饭还没吃完，有人告诉我：多多不见了！

我丢下碗筷，摸黑在全城找了大半夜，不见多多踪影。

那一刻那一夜，我真正懂得了何为欲哭无泪。多多从没独自出过门，这里街多人杂，它根本不会回家。是被一夜的严寒冻死，还是被好心人捡了去？我们只能暗暗祈祷……

多多走了，天晴了，雪化了，气温回升，春天已爬上院里的枝头。生命最好的季节来临了，可多多却不在我的身旁。

这一场世纪大雪，无数生命杳如黄鹤。

多多，你在哪里？你的小窝还在我的家！虽看一眼就心如刀割，但这么久了，我都不忍拆掉。

有一夜，多多终于在我梦中出现了！她洁白如雪，还是那么楚楚可怜地看着我，在黑暗里清晰明亮。梦醒来，枕上寒泪一片。

从此我害怕雪天，这寒入骨髓的痛。

三月十日

我有罪，曾亲手害死了自己的最爱。

第一眼看到皮皮，就让人心生喜悦——这小子生得真伶俐可爱。绵密的茸毛，黑得发亮；两只蓝色的眼睛，像两颗骨碌转动的宝石。皮皮个头不大，一跑起来，就如一个毛球在地上滚动，煞是有趣。

莫看它个头小，可在身段比它大几倍的同类面前，却毫不示弱，很多大狗都怕它。

　　它对我很是依恋，形影不离，出门都要躲着它，那就像亲人之间的离别。

　　后来不知怎么的，皮皮身上长了螨虫，很是痛痒，但背上怎么也挠不着，它就时不时猛甩身子，或在地上打滚，其情其状真是可怜兮兮。

　　于是我把它的毛剪光，买了杀螨药，给它涂上。皮皮知道这是为它涂药，很是配合，一动不动。为让它尽快好起来，我把药涂得多多的。

　　不幸发生了。这种药毒性很大，皮皮老用舌头舔身上的药，结果出现中毒症状！这是我万万没有想到的！

　　皮皮全身哆嗦，颤抖。我知道大事不好，一下子蒙了。

　　那天中午，我在外吃饭时，一直心神不宁。我把带回的鱼肉放在地上，皮皮颤抖地走过来，吃那鱼，很艰难的样子。它身上的毒性越来越厉害了，我预感这是它生命中最后一次吃东西了。

　　我最心爱的朋友，却让我亲手害成这样。懊悔、绝望、悲伤，让我都快要疯了。

　　下午，皮皮看来完全不行了，它越发颤得厉害。我急忙打电话喊来兽医，输液急救，想挽回它的生命，可兽医却找不到血管了，一针又一针，血渗了出来，皮皮还是那么乖顺，它知道我们在救它，一声不吭。我亲热抚摸着它，沉痛地呼叫它，它只是恹恹无力地看着我。

　　针打不进，只有听天由命。

　　这是我第一次亲眼看见，朝夕相处的生命与我告别、陨落、熄灭。

　　皮皮还是那么沉默，那么无助，那么无奈，它的腿已经支撑不起身子了，走一步，颤一下，时时倒在地上，但它又倔强地站起来，一步一颤走进房间——在生命的最后时刻，它知道那是它的家，它的窝。

为了缓解和稀释身体内的毒性，兽医建议用热水浸泡皮皮的身子。我们把皮皮放进脚盆里，皮皮已经毫无气力，任我们怎么拨弄也不吭一声。它就像一个懂事的孩子，眼里是那种无限留恋尘世的神情——我永远也忘不了这一天、这一刻，皮皮的眼神！那种无助可怜的眼神，对生无限留恋的眼神！

泡过后，我们又把它放在地上。皮皮的病情似乎并不见好转，已经毫无办法、无可奈何了。我只能心如刀绞地看着皮皮慢慢挨近生命的终点。

天黑下来了，守护在它旁边直到半夜的我，实在撑不住了才上床睡觉。我在祈祷中迷迷糊糊睡去，又无数次从睡梦中醒来，那一夜是多么漫长，我多么希望皮皮能挺过来。

晨光熹微，外面突然响起了鞭炮声，我有一种不祥的预感，皮皮没有像往常一样到床前来找我。

我赶快披衣起床，皮皮躺在原地，一动不动。我俯身一看，它眼睛还是那样微微张开，好像还在留恋地看着这个世界，我不知道它是在黎明前的黑暗里的哪一刻，与这个世界告别的……

我哭着找到一个纸箱和棉袄，把可爱的皮皮包裹好。在刺骨的寒风中，来到城北的一座山岗上，把皮皮埋在一棵柏树下。

"皮皮，你就到这里好好玩吧，这里有鲜花、青草、蓝天，还可以看着整个城市。"

我一步一回头下了山，在马路上号啕痛哭。

皮皮已经死去一年了，埋葬它的山岗已经被推掉做了新房，一切都变了模样。但每当我从哪里经过，都要望一望那个山头，那棵翠柏……那个生命，曾给了我怎样的打击，怎样的哀伤，怎样的悲痛。

那些生灵的弱势和无助，如此刺痛和唤醒我的灵魂。

乖皮皮，怎么回事，一想起你，我又要哭了。

农历七月十四

宝马和水牛

他与发小狭路相逢。

程正开着豪车在乡间颠行。

水泥路虽然曲窄，破损，但不是他少年时代的那条泥泞路了。故乡已不是那个故乡，天低了，山矮了，河窄了，房挤了。

有村民赶着一头水牛过来，程正小心翼翼地避让，隔着玻璃似乎都闻到了牛的鼻息。

"正姑？"车窗外有人喊他乳名。

程正揿下玻璃，头伸出来，看了看赶牛的人。

"啊，你是？"

"我是石滚，石滚哇！不认得啦？"

"石滚？天啰，你就是那时的石滚！啊，想起来了，想起来了！"

程正连忙下了车，把手伸过去。

对方看了自己牵着牛绳的手，晃了晃，缩了回去。

"你变了，完全变了，不是你喊我，我肯定认不出来。"程正瞪大眼睛，记忆里那个少年已成了面前的老头。

石滚花白的头发像脱粒过的麦秸，穿一双趿湿变形的胶鞋，裤管上有泥巴印，现出一截有疤痕的脚胫。

石滚的"墨几古的黑"，与程正的"雪尽里的白"比，是非洲和欧洲。

程正又看了看他牵着的那头牛，眼睛红红的，眼角挂着一溜眼屎，毛发凌乱，不时粗重呼出口气，背上有白色的鞭印，仿佛经受了无限的艰难和困苦。

石滚是程正儿时的玩伴。现在不管从哪个角度看，都不是一个层级的人，更不像同龄人。

"你，这是，干活去？"

"是的……啊不，我不去了，不搞了！"石滚拉了一下牛绳，改变了主意，"啊哟，我把牛送到那里，中午到我屋里吃饭哈！"

"不麻烦，不麻烦了。"程正有些为难。

"一晃几十年啦，都老了，难得一见。上次听说你回来过，一下就走了，大人物啦！"

程正笑了笑，不知说什么好。

"我屋里没什么好吃的，家常便饭。"

"不用了，石滚，我看看家里的老人就走。"

"哎呀，你是嫌我穷了吧？巴结不上你了，就坐一下嘛，我俩叙叙旧。"

"那等下再看，你先去做事。"程正说着启动了车子。

从后视镜里，他瞟见石滚还站在原地，扭着头怔怔地看着车屁股。

程正的车停在门前一个小场地，几个老大不小的人凑过来，像看见怪物似的，有的摸灯泡，有的抚门把，嘴里说个不停。

"别乱摸，别乱摸，摸坏了赔不起的！"

"这是正姑的乌龟车，晓得不，他搞发了！"

"呀，他是我们这个地方最富的。比过去的地主富农，还富万倍都不止！"

"他先前是告（教）书的，后来就不告（教）书了，当大老板，狠得很！"

"别人一分钱都难挣到，他咋那么厉害？"

"真神，这人还是不是肉做的啊？"

程正看见一帮人在车边叽里咕噜，喊了一声：

"细伢崽注意哟，这皮肤很嫩的，看可以，莫拿棍子和石头在上面划啊！"

……

中午时分，程正和家人唠嗑。

不知什么时候，石滚僵笑着，站在门口。

"正姑，熟了，去我屋里坐下吧，"石滚立即"啊"的改口，"还喊正姑，看我不小心叫起小名了。"

石滚还在老屋里住，他在不远处靠山挖了小块地基，做了一层平顶房，但没钱装修，像烂尾营房。

这老屋是程正小时候来得最多的地方，但现在感觉比那时候阴暗、潮湿，有阵阵猪圈里的气味。

堂屋里一张木桌，上面摆菜，有的用钵子装，有的用瓷盆扣，旁边是塑料壶装的米酒。喝酒没杯子，放了碗。

程正掏出钱包，撮了一叠来，数也不数："空手来的，你拿着！"

"哎哟，这哪好意思！我哪能接呢？这……"石滚不肯，望着程正，脸都红了。

"你不接我就走了！"程正将了他一军，石滚怯生地接了。

"小时候你是我的偶像哦，我那时什么都模仿你的。有一次你穿的那条短裤，旁边有两条白杠杠，裤兜上面也有，走路的样子，多好看啊。我也吵着要我爸妈买，结果被打了一顿……"

程正看石滚还僵着，"还有，你走路的姿势，重一脚轻一脚，摇摇摆摆的样子很酷的。再是，你吃饭把头埋在碗里专注的样子，简直把我征服了，还有你喝汤时弄出很大的响声，我回去怎么也学不会，几回拼命往嘴巴里抽，一点响声也没得，差点呛着了。真的，小时候你各方面都比我狠的，很呢呶（聪明）的……我崇拜明星都没有这么崇拜你，那时我是你的——现在叫粉丝，知道么？"

"嗬，嗬嗬，嗨，嗨嗨……"石滚一串摔破罐子似的笑，"啊，啊！真不记得了！哎呀你……"他紧接着猛摇头，可能并不太懂偶像、粉丝这类词的含义。偶像是什么东西，好吃吗？还有粉丝，他家里也有，薯粉丝，腊肉绿豆一起炖，好吃，嘿嘿。

"还有，读小学时你跟女同学说话，就蛮大的胆子。中学更不说了，"程正撇了撇嘴，"总之你那时什么都比我厉害！"

两人边吃边聊。

"你老婆孩子呢？"程正问。

"老婆那年跑了，一子一女都出去打工了。"

"正姑哇，啊不，我又乱叫，都几十岁了，还叫你小名，看我这记性！"石滚喝酒不吃菜，酒精发作快。

"没关系的，从小叫惯了呗，还亲热些。我不也叫你石滚嘛，你还比我大。"

石滚见正姑没嫌弃他，还跟小时候一样平等相待，激动得不知所措。

"正姑哇，我这个人认命，只认命。哎，人算不过天，犟不过命，命是个岩（一定）的。古人说，命里只有八角米，走遍天下不满升。”

石滚酒兴起了，粗黑的大拇指朝着程正："你命好，你是我这大屋场里命最好的人，最有本事的人！"

"正姑哇，小时候这个屋场里，我跟你玩得最好的，我们一起捉鱼摸虾，一起上山砍柴。嘿嘿，记得不，我俩在山上，还一起打条客（方言，脱光裤子）。"石滚用手伸过来，打一下程正胳膊，"记得不？在老虎窝的山埂上，嘿嘿。"

他们大笑起来。

"石滚啊，你那时候成绩比我好！我就不明白，怎么没有考上大学？中间为什么不读了？"

"哪样不读了！我告诉你！"石滚先像中了彩票样的弹起，后又低下头，感觉不值得这么激动。

他回忆起来。

"我那时候看电影，遇见一个女孩子。她长得清纯，洗了头发。我就多看了她几眼，她也与我对了几眼。这么一来二去，我就跟她递了一个眼色，起身走出场地，她也随我走出来了！你说这是怎么回事！我的手脚都在发抖，心都要蹦出喉咙了。那个时候不开放，保守得很，男女说话都脸红。我只是鬼使神差，胆子大一点，哪知道那女孩真跟我出来了。"

"石滚，你还艳福不浅吧，想不到！后来怎么样？"

"后来？嘿嘿，后来上田埂的时候，我牵她的手，她也让我牵。后来我又抚她的头发，还……天啦，从那一刻，我知道什么是女人了！你说，上天怎么有这样的创造？女人这么美，这么好，这么……咦哟，我当时什么都不会，什么都不懂，又怕，又慌，咦哟。"

"干了，干了，这碗干了，这碗干了!"两人同时端起酒碗，叫了起来。

"狗东西，还有啥电影比你这个好看! 你……"程正放下酒碗，指着石滚的鼻子笑骂，"没想到，那时你胆子这么大，上得了天呀真是，我就说嘛，好白菜就是被你们这些狗猪拱了的!"

笑过骂过，程正板起脸说："我再问你，你要老实交代，这跟你考大学有什么关系?"

"没关系? 关系大得很!"石滚没轻没重地唱了一大口酒，眼神发亮，"那一夜后，我满脑子都是她，满脑子呀，完全魂不守舍，一刻都无法安定。老师在黑板上讲题目，我是老虎看风车，越看越转。整天似是而非，恍恍惚惚，我只想她，想她的一切。"他望着门外，"晚上我偷偷地跑出去，到看电影那老地方去，到我们走过的田埂、山岗上去。多希望她跟我一样，也来到这里，再一次遇见，可是，我既没考上大学，也没有遇见她。"

"那算我的初恋吧，没头没脑，无果无终。唉，那个时候，没有手机，没有电话……吃菜吃菜，都冷了，"石滚苦笑，"年轻的时候，爱情是天，爱情是地，爱情是命。年纪大了，爱情是个笑话，是个可有可无的东西。"

石滚又咕噜了一口，说："这是命吧。正姑老弟，我想，如果不看那一场电影，我可能顺利考上了大学，跟你一样，吃香喝辣，风风光光。命啦，千争万争，莫与命争。"石滚眼神混浊失落，苦着脸上下打量自己，"你看我这个讨饭相……"

"哎，你脚是怎么了，小时候不瘸的呢。"程正跟随石滚的眼光瞥他脚，发现了异样。

"打田被机子搞了的，那年双抢，天气真热，牛也病了，我借别人的机子打田，田角转弯，操作不好，劈叉一下，当时骨头都出来了，现在走路还是不行。哎呀，农村人过的日子，只比那头牛好点点。啊，见笑了，你怎么不动筷子，这菜肯定不合你口味。"

"说远了，这菜好，这菜好。"

他们沉默起来。程正夹了块腊肉，上面有黑锅灰，还是往嘴里塞。

"香，这腊肉。"程正用异样的眼光看石滚。

"滚子，那时我打架也打不赢你，你咋力气那么大？你手脚好快！记得我拳头拼命地猛捣乱刺，但还是你更快更沉地打到我脑门上、胸口上！真的，那一夜星星满天，月光一地，我永远都记得，至今还在隐隐作痛。"

泥坛米酒进口好后劲大，程正有些醉了，"那时不知为什么，跟我一起长大的，同年同岁的，只要打架，我都打不赢，次次鼻青脸肿的总是我。我一边抹着鼻血，一边听胜利者的嘲笑，看他们不屑的眼神。搞劳动也是，你们能挑能扛，我就不行。读中学寄宿，食堂要交柴，挑柴去学校，你们最少挑五十斤、六七十斤，可我就是挑不动！家里到学校三公里不到，路上你们几乎不歇火（方言，休息），我却歇了二十多次，到学校一过秤，二十三斤！"

程正趁着酒兴，把过去的事也放电影般回忆了起来。

"这还不算，我几乎都在拼命，但老师说我好逸恶劳，懒惰成性，以后讨米没得路，都会摔破碗。把我骂得狗血淋头，甚至还顺便侮辱我的父母说，麻绳捆布袋，一袋缠（传）一袋，聪明有根，富贵有种，懒惰也一样，有遗传。"

"往事不堪回首哇，"程正摆了摆手，"滚子，那你后来老婆怎么……"

石滚好久都没有动筷，这会夹一点什么丢嘴里嚼着，闷声不语。

但他奈何不了酒精的功力，何况眼前是儿时光屁股的伙伴。

"还不是柴米的夫妻。正姑老弟，不怕掉底子，我什么都跟你说了。她嫌弃我穷，嫌我没用，不管不顾的，跑出去几年了。"

石滚长叹一口，像耕田的机子呛了烟。

"你到外面做龌龊事我管不了，也不想管。我都无所谓，但你是孩子的娘啊！小孩是你身上落的肉呀！你也不管？老虎恶，也不押崽（食子）呀！不要小孩，不要亲生骨肉，一跑了之，你还是人吗！这我就不能原谅了。她在广州、四川，到处跑。后来，又想回来，进这个屋，我没答应。如果不是真心真意过日子，我愿下辈子，下下辈子，还当光棍！"

程正眼前的石滚，曾经的强悍和俊雅荡然无存。这个过去的偶像，从彩云中跌到牛粪里。多了的是，一事无成的固执，一贫如洗的忍耐，一筹莫展的迟钝。

"唉！虾有虾路，鳖有鳖路，螺蛳有拗头路。"石滚打着酒嗝，酸楚地叹，"但是一想，无钱逼倒英雄汉，何况一个弱女子？不过，只要她回心转意，农村的女人到处跑，又不是我一家，又不止她一个，只要小孩认这个妈，我没得话说，一切认命，都算了。孩子大了，快要成亲了，我那房子做了一个壳子，借了不少钱，搁几年了。哎呀，农村里，你家女人干什么没人管，你家土砖烂屋有人笑。人穷被人瞧不起，没钱鬼都不进屋。只要她回来，维持这个家，我还是一口气叹了！"

看得出，石滚心里要强，但为了一个完整的家，他什么都能承受。

醉意朦胧中，程正脑海里，浮现起当年石滚的样子。

那时他四方大脸，牙齿齐整，额上的刘海一搭一跳，移步生风。上体育课，带球过人，马一样奔，拉都拉不住，三大步上篮，十拿九稳，好像是"搁进去"的。

青春，输给了时间；爱情，输给了贫困；努力，输给了运气。

那时的程正，不知暗生多少妒羡，没有石滚长得帅，没有石滚个子高，尤其是讨女孩子喜欢这方面，他程正只有在一边听的份儿。

但现在，嘿嘿，他心理上是完全碾压石滚了。

时间是个魔术师。

他醒了醒神，喷着酒气，指着石滚的鼻子，几分诡秘地嘲骂："凡是在学校里谈情说爱的，没一个有好结果！"

还有一点，喝了那么多的酒，自己是怎么把车子开到城里家里的？程正脑海一片空白，这让他多年后仍后怕无比。那时虽不查酒驾，但万一车开到河里、撞到树上、冲进人群呢？每想到此，他都下意识地脊背发凉，双手作揖。

有的大胆，出于无知，得于侥幸。

比

邻居时常诉说，儿大爹没用。他总以为孩子永远是孩子，自己一把屎一把尿养大的，在远见和卓识上是不能跟老子比的。

比如，爹为儿子长好身体，锅勺撩得山响，汗流浃背端出几个菜，他却吃饭不认真，眼盯电视看游戏。

老子便斥：从前呀，我吃饭认真又专注，却食物链断节，营养物匮乏。每天红苕啃得双眼翻白，酸菜噎得馊屁直抽，那种苦处，你晓得不？又比如，儿子用钱大手大脚，老子说：以前呀，我连这么大的票子都没见过，那种可怜你晓得不？

老子和儿子，就这么过去现在、现在过去地比。

老子硬要比，儿子偏不比，还最后通牒："老东西，懂代沟吗，比什么比。"

老子弗能应也。

"你是师父！"气得七窍生烟的老子，突然不冒气了，他对儿子抱拳拱手，茅塞顿开，明白晓畅。

也是，我怎么越活越糊涂！这世上的事确实比不得。试想，咱们的前辈们在泥巴地里掌锄头柄，面朝黄土背朝天，咱辈们通过从农村挺进城市的求学道路，洗脚进城，鱼跃龙门，现在工资按月领，啤酒天天饮，头发梳得溜光，皮鞋擦得贼亮，像个修正主义分子，跟那汗滴禾下土的老父老母比起来，算是"比下有余，比上也足"呢。

是的，"人比人，气死人"，一比就要比出肝火来。

同样一个脑瓜，有的聪明透顶，有的一窍不通；

同样的生辰八字，有的做官，有的搬砖；

同样一个娘肚子里出来，大哥当元帅，二哥卖芥菜；

一样求财望富，张三发了，李四塌了；

一样的八小时工作制，王五麻子的票子白花花，赵六癞子的票子皱巴巴，更有肖七跛子口袋空空眼巴巴；

一样的吃五谷杂粮，孙八娘健壮如牛，刘九爷弱不禁风；

一样的工资级别，人家的房子阿房宫，咱家的房子鸽子笼；

一样的鼻子眼睛，人家的老婆丹顶鹤，咱家的老婆胡萝卜；

一样的女人身上掉下的肉，人家的孩子学习好，咱家的孩子到处跑；

一样的组建家庭过日子，别人大鱼大肉年年有喜，咱家缺穿少吃天天生气。

你说这世上的事情有个啥比头？

有人为过多的钱产发愁，有人为少有的铜板而乐；

有人为保护集体几十元小财物舍身，有人为鲸吞国家成千上亿巨款赴死；

烈日炎炎，有人要到风景名胜逍遥取乐，有的却要在潺田暑地里挥汗劳作；

同是适龄儿童，有的想读书进不了学堂门，有的钱多子女成了虫；

同是上天的子孙，有的衣不遮身、食不果腹、朝不保夕，哀苦求生；有的巧取豪夺、不劳而获、吃他人心肝，还嫌胆太苦，味不鲜……

如此这般，比比皆是。

人比人气死人，兽比兽也气死兽。

同是四脚着地，有毛在身，驴子比马高，马比驴子大，狐狸智商超，老虎力气好，兔子会爬坡，老鼠善打洞，公鸡会打鸣，蛤蟆弹跳行，牛皮耐蚊蝇。

异类比不得，同种不能比。穷乡僻壤的狗，形销骨立，虽然夹着尾巴做人，一生难得啃上剩骨头，甚至连堆新鲜的人屎吃不到；而富官之家的狗，住的空调房，嚼的火腿肠，肉汤懒得尝。

真是越比越悖谬，越比越荒唐。

人人都当主角，还有谁当配角；个个成了英雄，最后全都狗熊。同在蓝天下，你是儿子孙，他是老大人；同在路上行，他坐乌龟车，你就拉板车；同在发廊里，他跷二郎腿，你跟他捶背；同在餐桌席，他山珍海味全吃腻，谁管还有饿汉吞鼻涕……

比什么！越比越扯淡，越比越狗屁！

——方塘故事《世象浮绘》

童午参加一次同学会。

由厅官同学马凯歌做东，时间、地点、食宿、接送、座谈、纪念品，清单式安排，一条龙服务。

活动在马凯歌主政的鄂山市举行，包下了当地最豪华的"沧海"大酒店。

当年从大学校园作别，一晃二十多年了。

曾经那一张张稚气热血的脸，现在怎么样了？

烫金邀请函，文采飞扬，真情四溢，全班同学翘首以待，心如鹿撞。

初夏的太阳，像出炉的钢球，热辣炙人。

童午约了方塘的另两位同学，一个叫崔焱，一个叫胡轼。

他们开车上路了。

崔焱毕业后分在一家企业，去了趟国外，淘了第一桶金，买了几个临街门面，倚靠租金过日子。胡轼呢，在单位混得要死不活，偷偷躲躲做生意，被发现后干脆辞了，干起个体户。

"我们班上，马凯歌搞得好，还有牛仕荣，早就是副厅了。"

胡轼没心没肺提起这个话题。他对班上全体同学的职务，熟悉到小数点后的程度。但这车上仨同学嘛，职级方面，隔马凯歌是几何级差距。

两人半天不吱声，只有司机按了个喇叭。

"不大清楚，我中间出去了，都二十多年了。"崔焱不冷不热地接了一句。

童午也是五味杂陈地嗯了声，他都不想听见这个官字。

同学发的发了，塌的塌了；黏的黏了，散的散了。仕途也罢，商海也罢，职场也罢，他感觉有人像插了翅膀，有人像戴着镣铐，而自己，显然属于后者。

车子在高速上嗖嗖飞驰，窗外移景换天，车内沉闷一片。童午在方塘的这几位同学，平素虽在一个城市，但其实很少见面。

这同学呢，总是亲热得很，无嫌无隙，其实呀，当官的当官，搬砖的搬砖；有钱的有钱，有闲的有闲。

作为大学毕业后的第一次聚会，有人做东，免费游乐，大家预期满满，报名踊跃。生怕被说成不懂好歹、不识抬举、不讲感情，或者不合群的异数另类。

导航到了鄂山市沧海大酒店。

翁郁的雪松，似大鹏展翅，给人以高远的震慑和威严；冲天的喷泉，让天空都有些阴沉。大堂里，巨幅书画，气派豪华，红木椅几，笃重沉实，空气里弥漫着淡淡香水味。

这种接待规格氛围，像召开国际会议。十有八九的同学，感受到了马凯歌的盛情和能量。十有五六的同学，没领略过这等待遇。

大厅里三个一群，四个一伙，填报名单，领纪念品，找自己的住宿楼层房号。

"张一虎！"人群有人认出了老同学，大声喊叫，"呵，你不是虎子吗？"

"哟，哟哟，哟哟哟哟！"

"咿呀，咿呀，咿呀呀呀！"

小股合成大团，像开水锅里的汤圆，滚荡，碰撞，粘合。

"哎呀，你是？啊！王三牛，天啊，牛哥，你还老样子！"一个同学笑仰了，用手指着，不停点划。

"哎哟，你记性真好，难怪那时微积分考第一！"

"我不认得你？你还跟我干过架的呢，"笑仰的那位骂道，"你个家伙，当时在球馆里打我，什么东西！"

打人的三牛同学不好意思地笑："啊，打过你？真的吗？二十多年，一点印象也没了。"

"我现在一落雨就返损，肋骨都成天气预报了。你那时在班上大块头，校篮球队主力后位，一屁股就把人拨一边去了！"

"过去了，都过去了，现在根本跑不动了。"三牛同学提腔顿脚，耸肩摇头。

"我那次带球，突破上篮，跳投擦板，你一肘子，让我当即倒在地上！你完全是蓄意的。我投篮很准，你不想让球进了！场边好多女同学看球赛，你有意的。"

三牛同学始终微笑着，他摇着头，摸了摸同学前胸后背说："不记得了，不记得了。"声音掺带特意的宽和。

"哟哟哟哟！"这时，大厅起了尖叫声，像麻雀窝里进了蛇。

原来是来了几个女同学。

厅堂所有交流顿然停止，向她们聚焦。

童午注意到并回想起，其中那个穿裙子的，是当时的班花华以娴，男同学们吃饭睡觉谈论的对象。

当年他们班上女同学少，男女数量极不和谐。

趁握手瞬间，童午看了看华以娴。

他差点惊掉下巴。

那张晨读时、操场上、舞台中、林荫里，动不动挂着嫣然红云的脸呢？

大厦巍峨宏阔，水晶灯华辉泻地。

她张嘴说话，齿缝稀松，牙龈露出，牙齿长了一截。脸上的涂抹尽了全力，但没能压住皱纹老气。尽管穿件亮丽鲜艳的裙子，变形走样的身材还是邻家大婶的形态。

只因为细看了一眼，他永远都忘不掉，那被岁月打败的变形金刚。

"华美女，你还是老样子，老样子。"童午恭维着，暗忖她的变化太大了。走在大街上劈面过，他是绝对认不出她的。

她眉宇间妩丽的样子，须靠残留的回忆美颜，钩沉，显影。

这也难怪，她曾经美丽时，他只能远远地看，朦胧地想，现在丑了老了，他能近距离地审美，也就有了十二分的疲劳。

童午他们离马凯歌的城市近，是先到的一批。后面的陆陆续续赶来了。看得出，这里有个庞大的接待班底，是官是民，姓公姓私，就不得而知。

他们也询问到，马凯歌在市里开会，全程只能有限参与，望大家一定尽兴、开心。

有限参与是指，凯歌同学只能在座谈会、宴会和卡拉歌厅短暂现身。他公务繁忙，大家都懂的。

马凯歌的召唤力绝非一般。座谈会开始前，清点了人数。

除死去的全来了，连生病的都不缺。

童午想，像他们混这档的，要组织同学集会，想弄出这等阵势，简直是癫蛤蟆思维。

组委会还宣布了最大的憾事，牛仕荣出国了。

还有童午想不到的。

马凯歌把三十年前班上辅导员、课任老师，甚至院方的领导也搬来了。

班长鲜于灵光主持座谈。

领导讲话，同学发言，程序缜密，主题集中，一边倒地为马凯歌唱赞歌。

院方领导赵四驹还准备了演讲稿，在深情回忆、高度评价马凯歌同学德智体美劳全面发展后，赋诗一首，引发共鸣。

别梦依稀三十载，
鄂山挂帆济沧海。
人生得意马蹄疾，

春风笑迎凯歌还。

当人们发觉，赵副院长把马凯歌工作的城市和名字，都嵌进了大作时，掌声雷动，经久不息。

同学会变成了诗歌会，联谊会变成了追思会。

尽管不少同学感觉，这集会有些变味。但穿裤子跑偏了裆，脚还得往里放。一是在座没有一个混到厅级，二是人家好吃好喝还发纪念品，你连几句恭维话都吝啬，岂不寡情薄义还缺德？

记忆的闸门打开，有人还是想起，马凯歌当时在学校里，跟砖瓦头一样普通，课桌凳一样平常。只是半夜在宿舍用电炉煮青蛙吃，差点引发火灾，赵四驹要处分他，后来不了了之。这一联想，大家就知道，那个时候，马凯歌就有化险为夷、平步青云的能耐。

"师不必不如弟子，弟子不必不如师！"

"莫光看强盗吃肉，也要看强盗挨打！"

坐在靠近马凯歌左右的同学，不时插话，抚慰人心。他们都混得不赖，优越感明摆着，身份等级在那里。

"还是要当官。"坐童午旁边的崔焱和胡轼小声嘀咕。

联谊座谈扎实推进，几乎人人发言。

有说马同学安排周到感谢的；有说马同学在学生时代就显示领导才干的；有说马同学大智若愚、大辩若讷的；有说马同学虚怀若谷、海纳百川的；有说马同学能力卓越、大将风度的；有说学院里像这样的马同学，五百年才出一个的；有说建议像马同学这种厅级以上的时代骄子，在学院广场铸铜像给新生们励志的……

好话被说尽了，重复没有意义，童午打腹稿时相当煎熬。

大家不虚此行，不负盛情。

"童午，你个斑马（方言，善意的骂人语），怎么尊口不开？"马凯歌老远望着，丢话过来。

厅官大人一直都在赞歌声里三缄其口，这么突然喊起童午来，所有人的眼光箭镞样射来，把正在胡思乱想的童午弄了个结实的涨脸红。

"大家都说了，要吃饭了，不耽误时间了。"童午支吾着，然后喝了电焊水似的，闭了嘴。

"听说你还在省里发了诗歌的？你原来语文成绩不好的呢，那诗歌是不是你写的哟？今天一句话都不说，老同学还跟我讲价钱了？"

聚会的一锅好汤，被一粒老鼠屎搅坏了。马凯歌差不多认为童午是来搞破坏的。

"好好好，老师们，同学们，快一点钟了，心里有话的，酒桌上再谈！"

最后还是主持座谈的老班长鲜于灵光救了驾。

班长就是班长，当年就选得准。新生班里选班长，辅导员在新生档案里看到这名字，鲜于灵光，嘿，班长就他了，在黑板上一写，全体鼓掌通过。秧好一半谷，名好人多福。

这以后，马凯歌虽然还跟童午有说有笑，但有深不见底的、骨子里的轻蔑和不屑。

宴会在廊奄高拱的凤凰大厅举行。

童午仰望穹顶，都是丰乳肥臀、袒胸露肚的西洋画作，好像是伊甸园的故事。

虽然来的都是客，但睡觉还是分了总统套间和非总统套间，吃饭是领导、老师、班干部、女同学一桌，其他自由组合。

旗袍小姐、西装先生，训练有素，东西合璧，儒雅曼妙。

"沧海腾龙这道菜，太恐怖，大龙虾像头牛！"

"坏了，吃这厮到底用刀叉呢还是筷子呢？"

"这毛巾干什么的，吃饭还要洗个脸？程序好复杂！"

"一小碗两百五，鱼翅汤不就是粉丝样的东西，好吓人。"

明亮的灯辉，暗藏的心绪，惊奇的眼神，虚假的笑意，木讷的举止。

马凯歌的一个哈欠，全体师生得感冒。

主宾席上，马凯歌言语不多不少，表情不阴不阳，动作不徐不疾，远远看去，眼睛龙珠一样发光，不时有小姐躬身低首，用手遮住嘴巴跟他悄悄说话，他眼望前方，轻轻点头。

待宾主基本就位，马凯歌端杯起身，致祝酒辞。

人们发现，马凯歌受人拥戴，就是口风很紧。即使在座谈会上，他多是以点头、眼神、微笑示意。

按礼仪程序，他不得不"讲几句"了。

马凯歌致辞时有一两处略显结巴。

有些同学记得过去他有口吃的毛病，有的却没印象。

现在更不说了，他就是哑巴，也比别人威风。

有些人会说爱挑，对写《红楼梦》的曹雪芹都会提意见，曹公文章写是写得好，就是普通话不标准。

接着，大家纷纷下位，推杯换盏，咣当一片。同学们开始还在试探摸底，不一会儿已是呼涎吭哧，沸情盈天。

有的高声大叫，有的压低嗓门，有的交头接耳，有的……

马凯歌自然是在人们口耳相交的讨论中心。

"马凯歌同学，你最讲感情！"

"凯歌呀，我喊你哥哇！你不是哥，胜似哥！"

"你那个戴帽子的项目给我搞了，烟都没抽我一包，还没感谢你呀！"

"你是用行动说话的，不是用嘴巴说话的人！"

"什么时候到我那里去指导？给个机会呀！"

"我虽然在你面前自卑，但我跟你同个寝室，我骄傲！"睡马凯歌铺下的同学，异常激动，凯歌那时有鼻炎，一次把浓鼻涕搭到他被子上，他没有怪罪，幸好啊！

当然，有的表白，尽量压低了声音。

"我搞副局长，局长，都是你！没有你老人家，就没有我今天的一切！"

"我亲戚的亲戚、朋友的朋友，都多亏了你的关照，你的话比菩萨都灵！"

"你给我们同学做的好事，就像天上的星星一样多，所以你就是我们的月亮，我们的太阳！"

晚上的卡拉 OK 歌会，马凯歌说要开会，他跟华以娴等女同学跳了一曲舞就匆匆告辞。

……

同学会结束，回途的时间好像快多了。

惊喜、感激、酸楚、惆怅、屈辱，童午双眉紧锁，心如沉石。

马凯歌在会上唯独点名要他发言，他却鬼使神差断了片。

"他对我们这么盛情，我却没有发言表达感激，确实遗憾。"车上，童午自怨自艾，自言自语，意在刺探。

"哎，说不说无所谓呗，同学会开成追悼会，过分了！"个体户同学胡轼牢骚一句。

"早些年我在十字街听姜疯子说，原始部落的官只是仓库的保管呢，现在是什么了？这本来只能算作一种职业，却变成了天，变成了地，变成了神！"

"有人如果能证明银河是宇宙的客厅，都不如当个厅官。有人能研究出月亮是地球的哥哥，都不如当个小萝卜头！"

在那种高光时刻，都是你好我好大家好，马凯歌全世界最好，小场合却不然。

仨同学都装作背后不论人非的高姿态，改换了另一个话题——马凯歌口吃的故事。

"这我听说过，早些年张一虎告诉我的。马凯歌真命天子，有如神助，抽风连级跳，一辈子没放跑过一次机会。"

"他确实说话结巴，这我们在学校就知道的。但据说他骂人不结巴，作报告不结巴，唱歌不结巴，就发脾气结巴。"

胡轼说，之前有次选拔考试，笔试他是没问题的，但面试就不一定。要面对很多考官，当面答题，现场直播。你一结巴，答不上来，不仅当众出丑，还会升迁无望。

马凯歌的亲戚们在电视机面前，紧张焦急地等待。

那些平日里跟他有过节的，还有一起参加竞争的，都暗暗等着他面试出洋相。

奇迹发生了。

马凯歌没有结巴，当场高票通过。

"他，妈，妈的！都都都想老子结……巴，老子偏，偏不结巴！"

收到入职文件那天，马凯歌结结实实骂了一通那些希望他结巴的人。

艺术的疯狂

天地大奥，命运大诡，人间大痛，几粒象形文字，若干字母符号，无以表达。

那天，翟主席会上纵论天下，谈笑古今。下面有手机铃音叫了起来。像寂静庄重的正规场合，有人突然放了响屁，十分另类，也像交响乐团跑调的小号，独特滑稽。

童午慌忙拿起手机，是晨玲的电话。

他立即起身离开。直到身后的声息基本消失，才按了接听键。

"告诉你一个好消息！"电话里的语气新奇、激动。

"噢，什么好消息，"童午难掩兴奋，"我又没买彩票，中不了的。"

"中了！"

"中啥了？"

"你当爸爸了！"

"什么?！"童午睁大了眼睛，"再说一遍！"

"恭喜你，当爸爸了！"

童午意识到了什么："你，是不是怀了？"

"嗯嗯。"

他眼睛发黑，像突坠深渊。

双方陷入沉默。

他想收拾了一下这乱麻着火似的心情，也在思考，下面的话该如何说。

"怎么，不高兴吗？"她问。

"高兴，当然，高……"他哆哆嗦嗦。

"那，为何半天不说话？"

"宝贝，你是怎么想的？"他声调柔和亲昵，却哭丧着脸。

"我？怎么想的，呵呵，这还要说吗，我当然激动啦，那么多的思念，那么多的经历，我很慌很怕，但还是激动。"

"激动什么啊，小傻瓜？"童午语调有变。

"我第一时间就告诉你，你不激动吗，这里有你的……"

"我的意思是……"童午舌头打卷，喉咙发僵。

晨玲还沉浸在莫名的兴奋和恐慌中。

"宝贝，这怎么办呀，到底多长时间了？"童午是过来人，他想了想，还是开口了。

"时间很紧的，月份大了就不得了呀！"他嗫嚅道。

"你什么意思？"

"我……意思是……"

"你今天怎么了，嘴里像含着个烧萝卜？"她有些恼火。

"我的意思是，这孩子又不能生下来。"童午重重地叹了一口气。

"那怎么搞！"

"只能去医院打掉。"

"啊？你，就是这句话？！"

晨玲愤怒地挂了电话。

童午被巨大的不祥的预感笼罩着，他知道自己被突然卷进了风暴中心，木桩似站在那里。

必须说服她！而且时间越快越好。

他知道拖下去有多大的风险。如有什么闪失，会捅个天大的窟窿！

他迅速把电话拨了过去。

"玲，对不起，是我不好，千万别生气，千万莫着急，千万千万，我的小太太，我的小祖宗！"

"我身上两个月没来了，今天到医院去，化验是怀孕了。才高兴激动几分钟，却听到这种话！你就不能让我多高兴一会儿？打掉，打掉，说得轻巧，谁陪我去医院呢？"

晨玲是那种慌乱绝望的哭腔，"我可怎么办，怎么办呀！"

"是我不好，你怎么骂都行，我只求你冷静，一定冷静！我会想办法的，会处理好的！一定会……啊？"

瓦岩寨餐厅的建筑风格，是让人联想有绣球抛下的那种竹楼。

"开席了，开席了！……"

首发式后全体就餐开始。

农家乐老板大声介绍特色菜，板栗烧土鸡公、筒子骨野藕汤、正宗柴火豆腐、腊猪蹄肥肠吊锅，所有的蔬菜，自产自摘，绝不打农药化肥，都是人粪尿、有机肥。

而农家乐的老板也爱好文学。

这次不仅吃喝全免，还人人赠送一个白绳牛皮纸袋，里面是土特产和他的一本新诗集。

翟主席近些年张罗方塘市各类艺术家作品出版事宜，这个出书，那个卖书，在家里念兹在兹，差点把家里搞成了个出版社。

因为耳濡目染，一次，他三岁的孙子一本正经说："爷爷，我也要出书！"

"哎？傻小子，你出什么书？"翟平平把脸一沉，又慈爱地摸孙子头，嗔道，"你不晓得，现在出书的比看书的多，划得来吗？"

"那你为啥帮他们出？"

"傻孙子，你不懂的，长大告诉你。"

翟大人内外有别。人家掏钱出书，有利于地方文艺繁荣，他这执牛耳的还能不推？

"童午，菜都上齐了，你还在这里，翟主席发脾气了！"舒曼韵在远处喊。

"好好好，就来！就来！"童午按住手机对着远处回答后，又对手机压低声音："宝贝，我爱你，我一定好好爱你，他们在找我了，等会我跟你打电话，一定，别急，一定冷静！啊？听话，乖。"

他梦游般的走向餐厅，那竹楼的颜色似乎变黄了些，房子矮小多了。

"童老师，你跑哪去了？"

刁大名一上桌，坚决要罚他的酒："我几年就写一本书，个个都评价发言，就你借故跑出去老半天，不够意思嘛。"

"该罚，这么长时间跑出去，那是打国际长途吧？"翟主席面露愠色。

"自罚一杯，赶紧！"全桌不依不饶。

"行，我认罪伏法。"众目睽睽下，童午端杯的手微微战栗。

烈酒进空腹，似刀割火烧。

他痛苦万状，眼睛涨红，泪水漫溢。

"哈哈，这就是重色轻友的下场！"

"呵呵，下次罚两杯！"

那怪谁呢？人家好酒好肉好伺候，请他来抬庄捧场。说话不要本，舌头滚几滚。好话说一担，自然有人爱。这样的场合，他一言不发不说，还跑出去煲电话粥。翟主席考虑，下次这种聚会，他可以不参加了。

童午像被投进了油锅，烧焦样的难受。

凄迷中他看到桌上有一双手，摆杯，倒酒，叮咚有声。倒酒的手主人，是一位农民文学爱好者，写东西到处求人发表，家里经济条件差，有点怕老婆。

童午突然羡慕起他来："如果我是那双手的主人就好了。"

总之，他就一个念头："我不是我多好，我是别人多好！"

那些要被拉到刑场枪毙的人，那些得了绝症的人，那些贪污受贿东窗事发的人，恐怕就是这种心情。

他背着妻子让一个黄花少女怀了孕，那边情况紧急，这边事态危急，全线十万火急。他不敢想象晨玲的态度，更不敢想象裴裳的反应。

一个已点燃了引信的核弹，进入爆炸倒计时。

想死的心情，他算真正领受了。

尽管他强作镇静，但桌上的人还是看出端倪。

"童老师，今天特别装佯！未必光喝罚酒，不喝敬酒？这么多作家在，还在玩深沉，像临产的母猪，一动不动。"

"呃，其实，我们方塘市的作家中，最有希望的就是你。凭你实力，搞个贝诺尔奖都可以！"一位门牙断了一截的乡土作家高喊，嘴里一坨菜渣，嗖地从牙豁里奔出，导弹样飞进吊锅汤里。

"哎呀，是诺贝尔，亏你还是当作家的。"有人纠正。

豁牙作家用一只手捂住嘴，他看到自己的导弹落点，略有不好意思："呵呵，喝多了，喝多了，管他诺贝尔还是诺么贝，反正跟我没关系。"

"那也说不清楚，万一得了呢。"一个坐机关的作家，显然没注意菜渣飞行轨迹，在被导弹炸过的目标里，用汤瓢结结实实舀了几勺，倒进自己碗里："你们以为评奖完全讲公平？得了奖的一定水平高？你们以为评委不是人？神经不错乱？眼睛不青光？脑壳不进水？我看有的评奖，比这汤都油，都黑，都混！"

酒席高潮迭起，话题翻新，童午却像掉了魂，只依稀记得一种嘈杂的样子。

"恭喜你当爸爸了。"她的声音，她的形象，又在脑海里鲜明起来。满满奶油气，浅浅双酒窝。他突然心疼起来，这句话倒最体现晨玲的可爱和温柔，含有对他的尊重，是商量的共享的口吻。他隐约感到，她应该会听从他的意见，这个坎可以迈过去。如果把她那边的事情搞定，这边根本不用急了。

人家跟他说话，童午就"嗯嗯嗯""对对对""是是是"的，也不知是自说自话，还是他言他语，他一面味同嚼蜡地吃着菜，一面懵懂地端杯装样，直到席中人散，各自拜拜。

他记得，其间曾无比谦恭地向翟主席敬了一杯。因为在这苦难的时刻，是万不能得罪单位领导的，是绝不能再添一丝乱的。如果一切平安度过就好了。那一刻，翟主席多么伟大而亲切！

意志和热血

我的欲望、罪衍、灵魂，是闪过了的，唯一永恒。

与翟主席、刁大名等文友辞别后，童午找了一个僻静的地方，又心急火燎地拨晨玲电话。

可一连拨了几次，没接。

童午头昏脑涨，脸色煞白，额头和后颈沁出了汗珠。

他不停地拨，还反复看，怕是太急把号码弄错了。

但确实没有错。

他抬头望了望，天空似乎倾斜着。

她不接电话，他满心恐惧和焦躁。

他失魂落魄地走着，但不知往哪个方向。在没打通晨玲电话之前，他是不能踏入家门的。

"叭叭——"一辆大货车怒鸣喇叭，呼啸而过，他似被刮去一半般的难受。

他踉跄了一下，意识到自己太靠马路中间了，便拐到人行道。

这一刻，如果被撞死，他愿意。

糟糕的心情，不祥的预感，未知的后果，他甚至都不敢想下去。

如果是这样，当初的一切，统统都是混球！

那一点点短暂欢乐，要付出这么沉重的代价，爱的美好和浪漫去哪儿了？

他满心恐惧，绝望。

名、财、情、欲，哪一样都凶险无比。如果幸福都要痛苦换取，没人需要幸福。

诱惑面前，开始时，心一横就过去了，忧烦与伤痛，就与你无关了。你还过原样的安宁日子，但现在，后悔来得及吗？有用吗？唉！

如果上天再给他这样的遇见，他会分秒间将它扼杀在萌芽状态！

瓦岩寨离城区不远，方塘城的楼宇在他眼里，渐渐高清，穿城而过的望川河，泛着波光。这些年市里的一河两岸改造工程，建设了石砌护坝，沿河步道，亲水平台，游人憩园。童午与裳裳恋爱时，曾在那里去过，不过那时蒹葭苍苍，石滩历历，现在变了模样。

"童老师，你去哪里？"

有人跟他打招呼，童午胡乱地朝对方努努嘴，"前面。"

"少喝点呀兄弟，你脸像醋泡过，酒伤身体啊。"

"是是，也没喝多少。"童午心不在焉地点头，他突然意识到自己走路歪歪扭扭，被路上的熟人看到了，便强装镇定，收正脚步。

人说酒醉心明，但是谁跟他打招呼事后不记得。

他在一个防腐木双人靠椅上坐下来，瞥了一眼脚上的皮鞋，灰不溜秋，好像有些变形，像两只苦难的船。

"电话里她的口气，像变了个人。她年轻，碰到这事，肯定乱了方寸，唉！"河风一吹，他清醒多了，甚至想起看过的杂志上的婚外情故事，血淋淋，惨兮兮。

"干脆告诉裴裳算了，跪求她的原谅。"他不止一次的有这个念头。裴裳这边稳住，还有家庭，还有一切，感情以后慢慢偿还修补。如果家庭保不住，那就两头失去，一辈子完了。

但一想到怎么开口，人家肚子大了要闹事，还有，特别是囡囡……他不禁打起寒战。

他环顾四周，远处是望川河上的一座老桥，曾经有很多人从上面跳河轻生。还忆起一幕有人用船竿，在波涛中捞尸的情景。

他的心口像压着泰山，连思考的力气都没有了，有无数个一了百了的冲动。

"滴——"手机响了。

晨玲的电话。

"天啦！"童午几乎哭起来，"你还是你吗？电话不接，我手机打烂了，我怕你完全听不进我的话了！"

"我手机没电了。"她答，声音平和。

"呵！天啦！"童午喊起来，酒全炸醒了。

"我都急死了！我有好多话要跟你说！"童午意识到，一切还在掌控中。

"宝贝，知道吗？你差点要了我的命！"他说，"其实，我比你一万个难过，一万个忧心！"

"……"她想说什么，又哑口了。

"如果，如果两个人的痛苦让我一个人受就好了，我现在能为你做什么呢？"他哀声道。

"……"她在思考。

"你说话呀，宝贝！"

"算了吧，我到医院里去。"她做了决定。

"噢?! 你……这……"童午激动得说不上一句完整的话，哽咽着，眼泪汹涌而下。

这句话，让他知道有救了，顿感释然。

"就是一点，谁陪我去医院呢？人家问我男朋友咋办？"她提出来。

童午用手挠了太阳穴：

"宝贝，你就说男朋友出国了，一时回不来。"

晨玲没吱声，默认这个理由。

"我到网上查了下，现在是无痛人流手术，不知要不要紧，吓不吓人。"她说。

"应该没事的，宝贝，杭州你还有哪些女亲戚，不，亲戚不行，女同学女闺密最好，让她陪你去医院。肯定还得打一段针吃点药的，我马上给你打点钱来。"

晨玲想起，她有个女闺密，还蛮要好的，谈过朋友的，听说也有怀过，便说：

"有的。我去找她吧。"

"玲。"童午难过起来，手机微微颤抖，屏面已经烫脸。

"嗯。"晨玲柔声地应。

"我还是那句话。"

"啥话呀？"

"世界上最好的女孩被我碰上了！"

"是吗，说多少遍了，老掉牙了。"

"不老，不多，每说一遍都新鲜，说一万次都少了！"童午完全是一种哭腔，"我恨此时为何不在你的身边！这对你不公平了，太不公平了！你越是这么通情达理，我越是觉得欠你太多、太多！你这么温柔、宽容，能替别人想，让我有种入骨入髓的爱，我真的可以为你去死！"

"你这才像个当爸爸的样子。"

"哎，碰到这种事，我也很紧张，先头对你态度不好，"他说，"你知道把我吓成什么样了吗？你知道我这一整天怎么过来的吗？我都死几遍了！"

"我当时是有点烦，但一想只能这样了。我也说过，不会拆散别人家庭的。"她说。

"说实话，我怕你也跟其他女孩子一样，一哭二闹三上吊，那我就身败名裂、家破人亡啊！"

"别说了，我明天跟我同学联系，先挂了。"

"好吧宝贝，你千万保重，有什么情况一定打我电话，记得在工作时间。"

夜色墨水一样漫过来。

过山车般的，噩梦似的——这一天对童午来说，仿佛比一生还漫长，那是悬崖将坠的惊厄，向死而生的神奇。

现在，童午可以心安地回家了。

但他的眼泪还是忍不住流下来，他太怜太疼晨玲了。这么一个美丽女孩，把人生最宝贵、最美好的东西给了他，他有罪，他不配，他难过。

不知走了多长时间，他终于踏进了家门。

"爸，你又喝多了。"囡囡指着童午的脸埋怨。这句话也让他恍然回到了现世。

裴裳坐在沙发上看电视，问：

"咋这么晚？"

"你们都吃了？"童午答非所问。

"你问早餐、中餐还是晚餐？"裴裳说。

"当然是晚餐。"童午惶惶地答，意识到自己还没真正从白天的事里醒过神来。

"晚饭后都看完两集电视剧了。你喝成这样，未必没吃？"

"吃了吃了。"童午其实还是中午在瓦岩寨吃的午饭，他不知晚餐时间早过了。

有现代最新研究，时间其实并不存在。

对时间感受最深的人，一是水深火热时，二是百无聊赖时，三是极度幸福时。

童午老半天不敢面对裴裳的眼神。

此时，他既庆幸，又愧疚。

好险，他差点做出把那个事与裴裳和盘托出的蠢举。他倒吸一口凉气，一颗核弹掉在头上没有爆炸，这是怎样的侥幸！

现在，那边晨玲的事稳妥了，这个家保全了。

"爸爸，你好大的酒味！以后不许喝了，隔壁小区一个叔叔死了，说是喝酒死的。你还不引以为戒，悬崖勒马！"他装模作样跟囡囡套近乎，被一把推开，"听说单位还开了悼念会。"

"不是悼念会，是追悼会。"童午纠正女儿，"乖乖，不说这个了，不吉利！"

"我马上放寒假了，你说过带我和妈妈去西双版纳的，还有丽江、玉龙雪山……"

"好好好，我来想想，不带你去带谁去？"童午脑海里闪过丽江的画面。

"爸爸说话算数?"

"算数。"

"拉钩。"

"近期学习怎么样？你进步很快，我听说还当了班干部哩。"他换了个话题。

"我跟你说过的，学习委员，怎么是听说?"

"呵，对不起，爸爸糊涂。"

"你们总是糊涂。"

童午一时语塞。

"错误的事非要做，你们大人的世界搞不懂，明知道酒喝了坏身体，非要喝!"

"身不由己，迫不得已呗。宝贝，这个社会竞争太残酷。"童午突然感觉女儿长大了。

"还有吵架。"囡囡忽然收紧脸，"什么原因，什么事情，非要吵、吵、吵。我害怕极了! 恨死了这种声音!"

"没有吵啊，爸妈好长时间没有吵架了啊!"

"好长时间? 三天两早晨。"

"爸今天跟你表个硬态，立个严规，以后一定不吵了。再吵你就……"童午想起了什么，觉得话可不能说绝，"随你怎么惩罚。"

"我就离家出走!"囡囡噘起了嘴巴。

"瞎说! 快去做作业。"一旁不语的裴裳喊，她虽在看电视，其实都在关注他们父女的对话。

童午走进卧室找衣服，进厕所冲澡。

他扫了一眼房间里的什物，那么熟悉，那么亲切，而这些，差一点都失去了。

他打开水龙头，把水温调低，一任水帘罩淋全身。

不经意间，吵吵闹闹中，女儿都长大了。他想，自己为女儿做了什么，除了给了她生命，其他似乎一片空白。

人啊，得了非分的，就失去拥有的。生命都装在一架无形天平上，维系一种微妙的平衡，不保持警敏，会坠落崩盘。

而使人失重变形的，就是无处不在的诱惑。扼杀它，分秒钟，被反杀，得耗上一辈子，甚至搭上身家性命。

有了下地狱的意志，才有去得了天堂的可能。那些毅然决然掐灭贪欲的人是有福的。

一个热血昂扬的人，发现有新的自己不曾拥有的爱，领受了从未见识过的美艳极乐，要他老老实实待在平淡和琐碎中，好难。

那不光靠意志，更需要智慧。

可大智慧和超意志，与已经沸腾了的热血无关。那个，还是交给寺僧或思想家去吧。

爱的产生混沌不清，消失却痛感如铁

他听见光阴的马车扬起风尘渐渐远去，他听见爱情哭哭啼啼后冷淡如水了。

躺在病床上的晨玲，面容略显苍白，还是那种击而不垮的、憔悴的美丽。

液体从吊瓶里无声而有节奏地滴落，进出不停的护士的白大褂，轻盈带风，空气里弥漫着医院里特有的药香，夹有隐隐的血腥味。

处在激情上涨期，也许这种挖肝掏肺的肉体之痛，要小于情感和恋思的折磨之苦。

与童午这么长时间的感情纠葛，晨玲不会不想到结果，不可能不留后路。

可是，爱有回头路吗？奔着结果就不是这种爱，甚至产生不了爱。你给我什么，我予你什么，不可能不在乎，但不可能全计较。

如果女人或者男人，提一架天平，拿一把算盘，去寻找爱情，无异于缘木求鱼。男女之爱，本质是寻找和配制己所欠缺，涉猎新鲜刺激，填补生命空虚。不对称，不平等，才有持久的引力和动能，就像两性不同的发肤器官。

要不，一个已婚老赶，一个豆蔻少女，怎么就爱上了？

她迷他的成熟、深刻、安全感；他恋她的童真、纯良、不谙世事的呆萌，飞蛾扑火的傻帽。

要问，这到底是爱呢，情呢，欲呢？两人都没有经历过，甚至都不往深处想。谁能拎得清，分得明？问月亮去吧。

"玲，你想啥呢？"晨玲的闺密看房里人少了，凑近身子小声问她。

"没想什么，还有几瓶？"晨玲翻动了一下身子，眼神亮一下，表示反应。

"就这一瓶，打完没有了。"

闺密是晨玲的发小兼同学，是那种从中学、高中到大学都没中断过联络，背地里讨论爱情、分析男人的闺密，上大学虽不在一个城市，但毕业后都回了杭州。

"你男朋友要是知道你受这么大的苦，不知有多么心痛！"

晨玲还原身子，躺成刚才的样子。

"呃，我说玲当（小名），咱们几十年无话不谈，我找男朋友，一点一滴都跟你说，你却对我有隐瞒。"

晨玲把眼光移向吊瓶。

"你什么时候谈的男朋友？"闺密说，"一直就没听你说谈了的，这么肚子都大了！"

晨玲白了一眼，示意不提这个话题。

闺密做了个鬼脸表示服从。试想，做这个手术，晨玲既不能告诉父母，也不能告诉亲戚，只有她才是依靠。

"医生要我住一个星期，止血，消炎，观察。算了，我想明天就走，或者回去找个医疗点打针。"

"那可不成，有风险的。这不是挑根刺，剪指甲。大手术懂吗？对身体伤害蛮大，要听医生的。多一天少一天无所谓，我全程陪护嘛。"

邻床有探房的进来了，提着鸡蛋，捧着鲜花。

"哈喽！欢迎你来到这个世界，小宝宝，这是太阳系九大行星之一的地球。"

"你看看，多像啊，跟他爹一个模子印出来的，遗传是个怪东西。"

"嘿嘿，这刚生的伢咋像个小老头？皮皱皱的，像已经活了几十年样的，哎呀！"

"声音小点，别把小家伙吵醒了。"

一伙人议论纷纷，明显有讲人气比排场的意味。临出门有人瞟了瞟冷清的晨玲这边：病人瞅吊瓶，陪护看手机。

"我猜你男朋友一定是年轻又帅气！"等探房的散去，闺密细声细气，挑起了老话题。

不过，这次换个唱赞歌的角度，讨晨玲高兴。

晨玲眼神笃定，一丝浅笑。

"哈哈，是吧，"闺密知道找对了话题，语气自豪多了，"像你这样的妙龄美女，不可能找个老头子的！"

"他不年轻。"晨玲吐出四个字。

"不过也是，大几岁无所谓，只要不是爹辈爷辈就行。"

"差不多。"

"哎？！要命吧你，长辈？"闺密先是不解地睁圆了眼睛，后又点头颔首，转变了态度，觉得年龄不是问题。

"那，他一定非常、非常有钱啰？"

　　"他没钱。"

　　"哎?!"闺密差点叫出声来,"没钱? 什么意思?"

　　闺密又想,不过,是的,真正的爱,金钱也不是障碍。

　　"那,为何这么大年纪还没找老婆?"闺密又问,"最少他是单身吧?"

　　"不是,他有老婆、孩子。"

　　"哎! 哎! 你! 你!"闺密站起身,惊愕地把头伸向晨玲,僵住不动的架势,像楼房拆迁时拉歪的水泥柱子。

　　"你疯了!"

　　闺密用眼瞟了瞟左右,强抑怒火,"没人,没钱,没名分,啥也没! 哎呀,一颗锈铁钉,你也爱得上! 你咋堕落到这种程度? 天啦! 你是疯了吧?"

　　闺密双手托着晨玲的脸,像噩梦醒来又看到了鬼。

　　"这,你还是那个晨玲吗? 你还是那朵校花吗? 你还是那个男同学心目中的女神吗? 这个世界怎么了? 你是怎么了?"

　　闺密咬牙切齿,每说一句,都尽量贴近晨玲耳朵,生怕别人笑话。

　　"如果不是你手术卧床,我会给你一个大嘴巴! 把你打痛、打醒! 你这是吃错哪门药了?"

　　闺密的眼里闪着泪花。

　　"在学校里,那么多人追求你,你像一朵骄傲的牡丹。为你写情书的手都会颤抖! 你像天上的皎月,别人望一眼你的勇气都没有,现在,现在,我的妈呀! 好白菜还未长大结苞,就被猪拱了,狗吃了! 如果知道你是这个样,那些暗恋你的男人,都要来杀了你的!"

"呜哇，呜哇！"有张病床上的婴儿车里，传出激烈的啼哭，明显对这个嘈杂的世界不满。

"喂奶喂奶，我的小姑爷，为什么事哭哇？"婴儿的爸爸是刚"升级"的小青年，说话尽量增加幽默，手忙脚乱地把褓褓往床上孩子他妈妈那里搬，刚才还说欢迎儿子来到太阳系九大行星的。

"呜哇，呜哇！"哭声不降反升。婴儿车里的主，显然不吃这一套，可能是嫌搂抱动作太粗鲁，跟他在胎盘里待的感觉不一样。

床上的母亲把奶隐蔽着塞进"小姑爷"的嘴里，哭声止住了。

"小祖宗，要求还蛮高咧。你来到一个完整崭新的世界，无数的生命没你这么幸运，你还哭！"

晨玲和闺密眼神相交，被小爸爸的话吸引。

"呀，依呀——"另一床的小主人，也跟着啼哭起来，但声音小得多，是受了衣被的阻蔽。

这床的父亲出去了，"小姑爷"的爸爸爱莫能助。他憨笑道，"呵呵，此起彼伏，又一个领导作报告了。"

忙乱、焦虑、喜悦、无助、陌生……开水瓶触桌，塑料椅拖地，不明真相的笑声，各种特色的方言，进进出出的脚步声。

小生命们初来乍到，一定会觉得，这个地方南腔北调，好多牛鬼蛇神！

病房安静下来。吊水打完了，晨玲坐起来。

闺密削了一个苹果，用开水泡了，递到她面前，"记着，这段时间不能吃冷的。"

"玲当，我想不通，我很难过。"闺密显然还耿耿晨玲的做派。

"比我都难过？"晨玲冷冷地说，她知道闺密不会放过她，摆出不怕开水烫的架势。

"当然！"闺密不依不饶，恼火地盯着她，"我问你，你们是怎么认识的？"

"动车上。"

"什么？"闺密越发感到离谱，"原来还是动车上认识的一个人？"

"是的。"

"怎么就发展到这一步呢？是他勾引你的吧？"

"说不清楚。反正不能全怪他，我是积极分子。"

"真是狗血啊！"闺密恨得浑身冒汗，再次压低怒火和声音，背脸看墙，以免让人看到她的狰狞相。

"你是亚洲第一、世界第二号大傻瓜！就是第三者插足，也要插到肥地里，插到泥巴上，你是插到牛粪上！狗屎里！你这种倒插、乱插的行为，比牛粪、狗屎都恶心，你跟小学生，不，"闺密偷偷指了指邻床，"跟那俩刚出生的奶伢的智商比，都存在问题！"

晨玲望着空吊瓶，干脆让闺密发泄完。

天花板上，居然似乎有一个人的脚印。她眨了眨眼，越看越像。

这么干净的天花板，会有人的足迹，是梦寐，还是幻觉？

"生活就是虚拟，爱情就是欺骗！百分之百，千分之千！这个世界没一件牢靠的东西，没一样正经的东西，没一种长久的东西。花岗岩都会风化，合金钢都会锈蚀，你这胡子眉毛一把抓的爱，简直胆大包天，旷世奇葩，可以申报吉尼斯的乱搞胡来纪录！这已经不是可笑、可恨，是可怜了。真的，我为你感到可怜！"闺密替晨玲接过吃剩的苹果，丢进篓里。

房间突然有些安静。他们的对话时强时弱，若有若隐，像瓷窑里的闷烧，听得哔里剥落，看不见焰火，可能还是吸引了他人的注意。

闺密沉默了，后来整天都难得说几句话了。

出院的头一天，闺密还是忍不住问：

"你怎么会喜欢大叔的？原来没听说你喜欢这型号的呢，咋就变了？"

"我也不知道。"晨玲摇头，淡淡回应。

"好，既然不想说，我也不强迫了。不过，你如果再犯这样的傻，就不要找我了，我不想见到你。还有这段千万注意休息，加强营养，"闺密手机约来了车，将行旅放进后备厢，又把身体虚弱的晨玲护上了车，砰的一声关了门，"你，保重！"

看着出租车一溜烟消失在人海，闺密眼圈红了。

她冤屈呀，在这个什么都明码标价的时代，性比菜地里摘瓜菜还容易，找对象却比大海捞针都难。这个神一样的女孩，怎么犯起如此低级的错误？她现在立即醒悟，抽身，还来得及，不然……

还不了的亏欠

那个冬天，他向老婆透露了一个秘密。

施非明看到了一条新闻，久久不能平静。

腊月二十九日下午，方塘境内高速路段，发生一起惨烈车祸，两死一伤。

主要原因，雾霾天气，路面结冰，车速过快。

媒体采访后，爆出深层内因。

方塘籍在外办厂的老板，欠着农民工工资，赶在阴历年前送钱回，结果车祸，夫妻双亡，司机重伤。

"唉，为这样的事把命送了。"施非明叹息。

这让他想起身边发生的一件事。

早几天，医院一位探视病人的青年，在走廊闲等时，无意中看见对面长椅下有一个报纸包。

青年觉得纸包不同寻常，就悄悄上前拿着进了厕所。一打开，果然厚厚一沓百元大钞。

惊喜异常的他，把钱揣进裤兜，溜出医院，打车走了。

青年在后座数了数，八千元。

他想，这钱对有钱人不算什么，但对没钱人，就是天，是命。

不巧的是，他自己家里也急需要钱，也有病人要手术。

一番踌躇，他决定还是回去探个动态。如果没动静，拿钱走人。如果有情况，就交出去算了，拾金不昧。

小青年让司机把车开回医院。一进大门收费处，有个老太太正在哭。旁边有人询问，老太太说刚上厕所就把钱丢了，八千元，现在病人手术做不成了。

小青年按预想的方案，把钱从兜里掏出来，递过去。

"老太太，在这，我捡到了！"他又补充道，"我到处找人没找到，还找到医院外面了……"然后闪身而去。

青年出来，不料还是那辆的士。他聊起这件事，的士司机也感动，免了他车费。

两件事对非明的触动太大了。

特别是这八千元，是巧合，还是天意？

他决定把一件心里藏了多年的事跟樊音坦白。

"我们家乡出了那么大的车祸，仅仅是为给村民送工资过年，把命搭上了。"那天晚餐后，非明说道。

"我也听说了，唉！"

"老婆，我有件事瞒了你……"他不好意思地笑笑。

"你还有秘密？"樊音以为玩笑，"有的秘密，就藏心里吧。"

"已经藏太久了。"

"不会是有大美女看上你了吧？"

"不是大美女，是穷小子。"

樊音一头雾水。

非明讲起了几年前的事。

那年刚到广州这家医院，一个男实习生分到他名下带。实习生叫小落，家在山西农村。他自小跟父亲相依为命，好不容易考上了一所医学院，毕业前来到医院实习。

非明刚来时也是单身汉，闲时就把小落拉一起喝酒闲逛，慢慢有了感情。

有一天，小落没来上班。非明有些奇怪，平时他从不迟到的，有事都会跟他说。

非明打小落电话，结果知道他父亲胃大出血，必须立即手术，否则性命不保，让他赶紧凑手术费。

小落哪有钱呀，借了个遍，还差八千元。

他没有跟我开口。其实他何尝不想开这个口，只是碍于情面吧。

非明那时手里有准备付房租的钱，再到财务借了点，凑齐了八千元。

小落见非明转钱给他，意外惊喜，感激涕零。

"非明大哥，是你救了我父子两人的命。这个钱，我一定还！一定！"小落哽咽半天，最后话都说不下去了。

非明让他快去救人，什么话以后再说，把他打发走了。

"开始时他会偶尔跟我打电话。我也得知，小落父亲手术虽然成功，但不能下地干活了。小落为了照顾他爸，就再也没来广州了。"

后来好长时间他不打电话了。

有一次非明打过去，暂停服务，显然他手机都没用了。

"我当时急了，懊恼不已。我觉得遇上了骗子，这辈子肯定见不到他了。说实话，这八千元影响不了我的生活，你还不上说一声不行？"

"去年，我的账户每月总多出一两百元钱。记得原来借钱给小落时，他说以后要还，就把钱打这个账户。但为什么一个月只还这一点呢？他也应该参加工作了，经济状况总会好些了吧？是不是父亲病重未愈，他们家还是过得不好？"

……

"啊，是这个秘密呀，你随便相信人，上当了吧？"

樊音听到这里，已经知道个大概。

但她转而又想，小落既然要骗，就会永久消失，怎会打钱回来？

个中定有蹊跷。

……

于是他们决定，好歹抽时间去小落家一趟。

"小落跟我说过的，他们家离五台山不远。我们如果讨不到钱，就顺便去景区看看，就当旅游一趟。"非明说。

小落会不会装作不认识？会不会见了他们溜之大吉？会不会约家人村里人动手打人？

他们设想了好多种结果，就是不敢往好处想。这钱他想还，早就还了。但一百两百地还，那不是故意捉弄人？

"如果碰到上面任何一种局面，我们就不提钱的事，直接走人，就说来山西旅游的。"樊音定下调子。

她记起一件往事，有个亲戚大年三十去讨钱，不知是言语不合，还是对方故意赖账，亲戚不仅没讨到一分钱，反被人家打一顿住进了医院。

五一期间，非明和樊音登上去山西的火车。

一路上，他们很忐忑。

施非明的脑海里浮起曾经与小落在一起的情景。

"你真好，非明大哥，都说你们湖北人是九头鸟，"一次，小落喝醉了，望着施非明的前额，"人有九个头，肯定聪明绝顶。"

"哪里哪里，地不分东西南北，天不分上下左右，人不分黑白红黄，都差不多呗。"非明笑起来，这小子情商不低呢。

"非明大哥，你厚道、宽容、善良、慷慨，是我一生碰到的最好的人。真的，我生来就没人对我这样好过。"

小落酒量不大，但喝起来一口半杯，非明就制止他，"我们家乡有句话，酒醉聪明饭胀呆。你年轻，世道人心还不懂，总要存点防人之心。老弟，酒可不能这么喝，都不知自己是怎么醉的，酒后也不记得自己说了什么话，做了什么事。"

他这么说，小落伏在桌上哭了起来，不说话了。

非明把他杯里的剩酒倒了出来，叹道："叫你悠着点，你非要这么意气，我说的兑现了吧。小落哇，酒品看人品。你还是社会经验少了点。"

"我命不好，三岁就没了娘。家里穷，被人瞧不起，谁都没有把我当人看。你是这个世界上唯一对我好、让我感到亲人样那种好的人。我实习期就要到了，真舍不得离开这里，离开你！我愿跟你一辈子，当牛做马服侍大哥。"小落哭得特别伤心。

有人喝醉就哭，掏肝掏肺，那是酒醉吐真情。可这个小落，却真会装，真能演。非明还说他涉世不深，教他不要随便相信人，结果被欺骗玩弄的，是他自己。

非明心里想着，为自己过去的一切感到懊恼、可笑。

这事瞒了妻子，他心生愧疚。八千元，在广州不算什么，但在山区县市，当时就能买一套房。

其实樊音是有些生气的，但后来想通了。她不也暗中资助过失学的孩子。人都有走投无路的时候。当时那么紧急，何况人家现在有还钱的迹象。

他也在媒体中看到救人急难，后来被十倍、百倍回报的故事。

第二天中午时分，他们照小落原来提到的地址，终于找到了他的家。

从一条窄弯的山路走过去，村里一位老人给他们指了路，"前面那棵枣树边就是。"

小落的家破败不堪，木门都快腐烂了，墙脚长了青苔，院里杂草丛生，地上满是土疙瘩。

推门进去，一个满头白发的老人，蜷坐在阴暗潮湿的角落，眼神空洞茫然，似乎看不清东西。

老人听见有人进来，一脸愁容，张皇不已。

"你们……是……"

"小落爸你好，我们是小落的朋友。"非明顺便把买来的东西放在一把破椅上。

他们没有看见小落。

"叔，小落呢?"非明问。

小落爸身子颤了一下，眼睛空洞地对着门口。

他说，儿子五年前去世了。

非明和樊音又了解到，原来每月一两百元是小落爸托人给他打来的。小落临终前，对爸爸特别交代了。

小落爸说，他现在做不得事了，政府跟他办了低保，每月只能还一两百元，担心这钱怕是到死都还不齐了。

"老人家，你错了!"这时，樊音突然大声打断小落爸的话，

"小落的八千元钱，当时已经还齐了，您不要再还了！"

老人迟疑一下，连连摇着白发凌乱的头。

"还齐了？骗我吧，他哪来的八千元？他有钱没钱，我知道，他不是这样说的。"老人头摇得更厉害。

"唉，小落原来跟我说过，他在医院捡到过八千元钱，都走出院门了，最后还是回去给了人家。他说如果那钱不还人家，他也就不需要跟你借了。"

施非明怔住了，哽得半天说不出话来。

后来，他们说了好多，小落爸还是半信半疑。

非明从口袋里取出一叠钱，"叔，这个拿着，那钱不要还了！你还我们也不会要的！"

"不，不……"小落爸枯瘦蜡黄的手摇晃着，一边推脱，一边站起来，"我去做饭……"

非明和樊音忙拉住了小落爸，"叔，您保重，我们会来看你的！"两人把钱放在椅子上出了门。

"好人，好人啦！儿子，看见吗，你大哥大姐来了，不要我们还钱了。儿呀，这辈子还不起他们的，下辈子当牛做马都得还啊！"

走了好远，两人还听到后面老人的哭诉。

广林女哭方城

一女，姓麻，叫万筒条，家住东南西北中，手机号码147258369，工作单位：方城琉璃砌筑公司。某日与友人会面，谈起麻将生涯，竟唏嘘不已，泪水潸然。

一哭麻将如补药。听见麻将响，心里总痒痒，方砖是个怪，打了又想打，玩了还想玩。有次得了偏头痛，来到医院打吊针，三天六夜不见效，真是急坏了她老公。广林女骨瘦如条，面如白板，眼看行将万一，便干脆叫来几位麻友，战得眼睛发紫脸皮泛绿，岂料病去如西风，痛消如北风，大喜过望，遂杀一鸡，备四菜一汤，满堂发财，个个笑得像八万。皆叹："麻药"真灵验，治病兑硬现，得了偏头痛，不必进医院。还在大门挂出对联：天大地大，二五八最大；爹亲娘亲，三缺一最亲。

二哭麻将如毒药。白手起家，抱财进屋；腰缠万贯，输得喝粥。有种的乱打乱胡，孬种的不胡乱打。山重水复疑无路，柳暗花明心里慌，想赢的偏输得精光。麻城深又深，光棍成富翁；麻城大又大，财主成乞丐；麻城高又高，杀人不用刀。谁若吃了这味药，奈何桥上不好过。

三哭麻将如熬药。厉行节约，攒钱赌博，一朝失手，看水流舟；精打细算，以利再战，钱球滚大，全靠干粘。麻将桌上，大大方方，麻将桌下，分毫不让。行善积德，一毛不拔，赌博放血，眼都不眨。我劝麻公重抖擞，不怕输得苦，就怕断了赌，金盆常洗手，实在戒不住。

四哭麻将如炸药。桌前甜言蜜语，桌上粗言恣语，桌后闲言碎语，碰上公安无声无语。进款的欢声笑语，掏包的恶言恶语。赢家凤眼花鼻，输家驴脸马嘴。真是个："四人委员会，协作像兄妹，上打下不动，六亲都不认。"战至酣处，废寝忘食，无分旦暮，不知魏晋。小孩饿得哇哇叫，场上女主怒发作："儿呀，眼下老娘正有火，你个小狗莫惹我。"又看那战场，麻大是个"砖家"，麻二是个"杀手"，麻二半天不开和，眼看即将"干水"，悲怆欲绝中定了大胡，紧张得手筛糙米，脚弹棉花，"啪"——苍天终于开眼：锦绣江河清一色，地动山摇杠开花，打得鬼子如乌鸦！岂料麻大起身拂袖，欲当"空军司令"。"拿钱来！"麻二抓住不放。麻大反击："要钱没有，要命有一条！"舌战不如实战，软磨不如硬干，麻二搬来一个砖头："老子锤你的一饼！"麻大摸起一把菜刀："老子削你的二条！"一番浴血硬杠，"砖家""杀手"进了派出所。

广林女哭毕，又汪然出泪叹：忽然一夜麻风来，千家万户赌桌摆，四合院里办企业，八达岭上中大彩。乐此而不倦，劳命又伤财，世人看不穿，六十八双砖。

——方塘故事《破罐杂烩》

嗜赌的基因，可能要追溯到人直立行走之前。

谁摘到又红又大的果子，谁狩到最肥最壮的猎物，靠努力，更靠运气。

上帝给多劳多得的人开一道门，也给不劳而获的人开一扇窗。

不知什么时候开始，方塘市几乎家家户户都有麻将桌，十有五六的户开麻将馆。打麻将成为无业者的主业，有业者的副业，全民嗜好的乐业。

麻将兴盛勃发的现象，经济学家想不通，文化专家猜不透，社会学家徒奈何。

公公媳妇同桌，儿子老子开打，男女混搭捉对。数字若干，琉璃几粒，精彩的麻将人生，繁荣的无烟经济。

古有孟姜女哭长城，今有广林女哭方城。

有人总结了一下，发在《方塘故事》破罐杂烩栏目。

方塘市的麻将经济，几近成为撬动地方发展的三驾马车。

首先是生活方式的改变和重构。

以六合乡码元村村民"天天搓"的幸福生活为例。

有日"天天搓"老婆要他下地挖红薯，不想隔壁"三缺一"正约他。

他心痒难耐，不由自主上了麻将桌。

老婆找到他，眼看一场战斗即将打响。

"自摸！""天天搓"高喊起来，恰巧他胡了。

这一摸，几担薯都有了，还去挖个啥。

"我一身泥一身汗，累得腰驼背痛，""天天搓"把收的钱往老婆手里一塞，"挖薯有这划得来？"

老婆也是广林女，就睁只眼闭只眼了。

桌上有人嘀咕："也是，打个七对、清一色、杠开花，就是几十上百元，来钱又快又多，何必还去汗滴禾下土？"

"天天搓"就是生病住院，还总惦记麻将。甚至吩咐人把搓麻将的响声录了音，放着解馋。据说有次打牌都快散场了，"天天搓"还没开胡。最后一盘，他听了"硬七对"，摸到手里没喊出声，人直接瘫桌底下了。大家慌忙把他扶起来，看他捏着一张牌死不松手，正是他"硬七对"吊的"白板"！众皆唏嘘，如此爱方砖，达到楚王好细腰的程度。"天天搓"遗言有约，棺材里什么不放，一副麻将是必须的。家属遵照执行，搓哥全副武装，麻将冥币，潇洒上路。

方塘人对麻将的痴迷，非同寻常，超乎想象。

就是发了地震，桌子在转，房子在摇，若是"硬七对"听了，也会岿然不动，等着人家"放铳"，逃命的事再说……

其次是引发了传统消费观念的革命。

以中心城琉璃社区码庄巷居民祝大勇为例。

迷上麻将前，祝大勇进商店菜场，都要讨价还价。简直抠成葛朗台，买猪肠都带卷尺来。有一回祝大勇好歹要拉人喝酒，而且牌楼奢豪，人数不限。呃，勇哥咋了？喝酒好大胆，消费像上海；请客真大方，生活像香港。一问，是他中了"特码"。

大勇鼻子一吭，在桌上输了，人家"谢"字都没一个。请客落了个大人情，何乐而不为？

关于中文的妙处

当代语言的魅力，小量收录，留外星人调研和我们的后人考古用。

理想，就是离乡。升职，便是升值。誓言，就是失言。缘分，就是怨愤。失去，就是拾取。清醒，就是庆幸。晚上，就是玩赏。云雨，就是孕育。结婚就是皆昏。

楚汉棋摊，几个人边下棋，边热聊方塘方言。

"通滴然红"（红得通透），"介丝然绿"（绿得纯粹），"墨几古然黑"（黑得像墨），"雪尽然白"（白得像雪），"杏几介然黄"（黄得像杏）。

甜，叫"沁丝的甜"（甜味不绝）；冷，是"几冰的冷"（像冰一样）；逃，叫"射矢的"（射箭一样）跑……

比如大人喊他，"吃啊"，是吃饭的意思，"不错"是好的意思。

但，好的意思是什么意思？不好的意思是什么意思，扯不清了，不好意思。

人生识字糊涂始。

生下来的人类，是地表上最弱最笨的，可后来变成了最强最灵的。

那是远的，近的；红的，绿的；美的，丑的；恶的，善的；那是无聊的，那是有趣的；那是永垂不朽的，那是千刀万剐的……

这还有特定所指，简洁明了，有的就不了——

比如约会。

"今晚老地方见，要是你先到了，你就等着吧，要是我到了你还没到，你就等着吧。"

如果这些话让我们的后代去考古，难度不小啊。

小孩放学后回家，说老师批评了不少学生。

"校长说，都说了校服上除了校徽别别别的，让你别别别的别别别的，你们非得别别的别别的!"

又比如，"李白李太白李太太太白李太太太白。"

鸟语还是人话？李白老婆皮肤白不就行。

嗨! 咬文嚼字。老鼠进书房，必定搞名堂。

中国有一个品牌叫足球，广告语或专用词是：

"中国足球谁都打不赢，中国足球谁都打不赢。"

如果哪个猴年马月，我们的后代们把足球搞上去了，一定要记得，你们的祖辈们早就预言在先啊。

那次他开车出差差点翻了，只是反应快，紧急之中拉住了手刹，保住了一条命：

"还好，我一把把把把把住了!"

那天他出门办成了事：

"这一直是块心病，我今天出去了了一件事。"老婆问他："了了吗?"他答："了了。""怎么了的?"

"我跟她意思了。"

"啊，什么意思?"

"我说，一点小意思，你不收就不够意思。她说我什么意思，我说有什么意思，就一点小意思，她说我的意思是今天你意思意思就没意思了！"

"这本书的意思很清楚，你要清楚，尘世间的事说不清楚，你要想清楚，你想清清楚楚却想不清楚，你不想清楚它清清楚楚，清楚不？"

语言真假混沌，佯谬不详，却约定俗成，人云亦云。

不被拥有的，都有吸引力

要怎样的努力和幸运，才有这种人生。

"走，喝酒，打牌，钓鱼；走，洗脚，泡吧，唱歌！……"

在方塘有一类人，无职业，无实业，却活得滋溜生香，吧唧有味。

程正发现并走进了另一种生活。

这种生活，他过去想都没想到，却被那个阶层的人，早过得怠倦腻歪了。

摸点彩票，放点利息；做点码庄，打点麻将；喝点小酒，泡点小妞……不羡皇帝不羡仙，只想这样活几天。

那些年，酒桌上常常会碰到这类人，你不知他从的什么业，发的哪路财，却吃香喝辣，有品有范。

这天，程正受邀参加一个应酬。

桌上的人大多不认识，开始气氛还稍显沉闷，可不知谁冒出一句话，一下炸了锅。

"廖财神买彩票，中了五百多万！"

"天呐个呀喂！"众人惊呼，国际大赛读秒绝杀的那种尖啸。

"正听说，方塘有个人，随便一摸，中了大奖，还是您老人家！哇噻！"

今天正是他请客。

"别客气，叫小廖就行。"廖财神淡然一笑，像没中奖样的。

"廖财神，你那是什么手啊，对这有研究吧？几时也教我们几招！"像卧室里闯进了狮子，有人惊愕的脸一直僵着。

"哪里哪里，我是瞎眼鸡仔撞米头。"廖财神重复一下笑容。

"天啊，我只要中一百万就满足了。而且，拿五十万出来请客！"有一个叹道，眼里羡出水。

一番恭维溢美，有人取经：

"廖财神，借问你是几多钱摸到的嘞？"

廖财神不好意思地摆手：

"嘿嘿，不多，六块钱。"

此言一出，桌间又是一片仰天俯地、叫爹喊娘地惊慨。

"有福大贵之人！中这种奖，属于智取，概率太小了，比选上总统都难，啧啧！"

"先听说方塘有个神算手，懂阴阳八卦，通天象命理，掐凶吉祸福，难怪呀，花几块钱就摸到几百万！"

坐一旁的女子尖叫不止，"我以为是个戴老花镜、留美髯须的老夫子，原来是个潇洒俊俏的大帅哥！"她蹭上去，在廖财神脸上吻出"吧嗒"一响。

有叹为观止，就有自叹弗如。赞美的声浪稍微平息，接下来就是反思的叹息。

"如果是我，怕一角钱都摸不到。"

说话人叫庞光炎，脸上凝着千世万代倒霉的气色。

"钱认人呗，钱长眼睛呗。"有个稀眉毛薄眼皮的，老是摇头乜眼，可能脑袋里满是钞票。有人喊他"夏水道"。

"哎哟，这世道，穷的，屙屎没纸揩屁股，富的，肚脐眼流腊肉油。"一个厚嘴唇宽下巴的人，一直在叹世道不公，程正后来知道他叫华洪池。

"这是吃饭，恶心死了！"有人说他打比喻不看场合，完全影响食欲。

既然摸奖比当总统都难，大家还是很现实，再扯这话题没意义。

"像程总这种不摸奖的，却摸到了发财的窍门、生活的真谛。"过了一会儿，有人不知怎的，赞起程正来，不怕得罪廖财神。

"哪里哪里，"程正连忙放下筷子，向说话人点头敬意，又与廖财神相视一笑，明显有富豪阶级惺惺相惜的意味：

"比不得，确实比不得，像廖财神这种赚钱不费力的人，才是天地大英雄，人间真俊杰。天要把饭给他吃，命要把钱给他花，"程正用纸巾揩了嘴，"我嘛，曾经苦海无边，麦城落魄，现在只能算脱贫，温饱水平。好吧，下次喝酒，我来安排，桌上原班人马……"

在方塘城里，有人打架出名，有人偷腥出名，有人豪富出名，有人蛮横出名，有人疯狂出名，有人莫名其妙地出名。

廖财神真名廖俊果，就是莫名其妙地出名。

他不抢不占，做点慈善；不打不偷，英雄无绯。俨然方塘人见人抬的坊间名流，花见花开的街巷大佬。有的人甚至以认识他，自感身价倍涨，若是跟他还有交集，那就豪迈三分。

茶吧进，酒馆出，歌厅泡。背靠廖大人，个个雄赳赳；跟着廖财神，天天乐悠悠。

这天是廖俊果兴趣来了，喊了一拨哥们小聚。

三个屠夫侃猪，三个秀才说书。都是发财道上的人，程正很细心地观察廖俊果。

他轩昂不凡，白皙儒雅，一看就是不长胡子的那类男人。凭一脸贵相，就会让人想起"聪明有根，富贵有种"的昔时贤文。

慢慢地，程正发现他慢声细气，说话让人等半天。喔，这被天上馅饼砸到的人，还真有禀异之处。据说这也是成功者的特质。粗声大气，命苦不贵。又据说，决定命运的因素，是语速并非性格。

廖俊果喝了口酒，却不动筷子。这更加强了程正的认知和判断。

"我一个玩得来的，"廖俊果讲话散发着领袖气质（有人说他是物质领袖），钱好像会改变人的磁场，"关于命运和富贵的问题，有很多解说。古代的先贤至圣，早就揭示了答案。有人还在那里瞎说，有用吗？哥们，要晓得，老祖宗远比我们聪明。"

廖俊果拿筷子的动作都比别人优雅，他夹了离自己最近盘面上的一小片菜，放进嘴里。盘里的菜别人翻来翻去，他并不介意——吃人家的唾液不计不嫌，横财是该这号人发的。

"我一个玩得来的，"廖俊果捡起前面的话题，"他致富的经历，根本可以写成批判讽刺现实主义的小说。"

"那是谁呀？"有人小声嘀咕，世上居然还有廖财神佩服的人。

"叫覃越古，一个敢闯敢干的主。名字就可以说明问题。他呢，养过牛羊孔雀，建过猪场鸡舍，包过旅馆酒店，开过歌厅茶馆……嗯，方塘故事的记者，给他写过多次报道，什么鸡住别墅呀，猪睡宾馆呀，葡萄喝牛奶呀，写得蛮好的。"

"来，喝！"廖俊果觉得大家聚神听他说话，夹菜的动作又不想停下来，便端起杯子顺邀一下。

"结果呢，牛羊遭遇暴雪大冻，病之死之，跑之失之。猪场被炸了，因为在望川河下游的人，水里老是喝出激素味猪粪气。旅馆酒店经营也不咋的，搞黄赌毒被查了。后来还卖早点，有人又曝他的牛肉面，用的死马肉，还放罂粟壳。"

廖俊果说话虽然慢但别人愿意等——这不光是人有钱了别人对他态度起化学反应，而是内容硬核，标点符号都不多余。本来你就来吃他喝他的，能不听？

"结果呢，结果呢……"他夹了一颗花生米放嘴里。

"还是开歌厅赚了钱。"

大家就纳闷了，虽什么钱都不好赚，但什么事都有人干，未必这就叫批判经济学和讽刺现实主义？

"赚了的都这么说，那你程老板又怎么赚到的呢？"有人又插话了，他们觉得像廖财神这种摸一摸就发财的活，那是神仙干的。还是他程老板的发财方式更接地气，可以复制模仿，操作性强，说不定分分钟学会了。

"什么钱都不好赚呗，所以搞企业办实体的人，我是蛮同情的。"程正见有人扯到他，有意降低姿态，总不能光吃菜不表态。但他今天是受人之邀，也不好多言，主角是廖俊果。

见程老板的发财方式，也有些像雨像雾又像风，闪烁其词，还三缄其口，桌上钱少点的人，对探讨交流发财秘方，都不耐烦了。

"厉害啊，我开歌厅蚀了血本，主要是发了一次火。"庞光炎骂道。

"是呀，都说什么赚钱种什么，什么赚钱养什么，什么赚钱卖什么，我要跟着去做，肯定亏得像个斋鸡公！"夏水道薄眼皮眨巴几下，也发牢骚。

"怨我直言，赚了钱的，不是巧取就是豪夺，反正不靠诚实劳动!"华洪池昂起头嚷嚷，下巴挂着菜渣，"有的人抽风冒泡，只是增加大气温室效应。"

"话不能这么说，诚实的也不少。"有人驳斥。

但桌上资金困难的人多些，反对意见渐渐占了主流。

"我什么都干过，就是赚不到钱。再只能看，到月亮上挖陨石，到火星去贩矿渣有钱赚不?"有人骂骂咧咧，鬼知道他赚没赚。

"你算过一头猪出栏的成本吗? 仔猪、饲料、防疫……搞实体的，只能蒙着糊涂搞。一算细账，准吓出尿来。一年搞到头，是个光板，甚至倒贴。"

夏水道说着夹起一块猪蹄肉，开口咬，掉碗里，"所以不得不佩服廖财神，还有程老板。"

他意思是，这么多的人要吃要喝，不赚钱的活没人干，那怎么行。

"哎，养猪的要像猪样的笨，胡吃海塞，壮烈捐躯; 养牛的要像牛样的累，只问耕耘，不问收获。"有个人幽默了一下，显然是肚里有点墨水的生意人。

"是的，是的，太对了，"庞光炎马上跟着起哄，"我正想为什么，十个九个，养猪的，越来越长得像猪，养牛的，时间长了就像牛。不信吗，到十字街去问'江南第一相师'，他也承认，完全是这回事!"

"我也赞成! 种子、化肥、农药、人工、机械，种一亩稻能卖多少钱，要花多少成本? 你算算看，田不荒，肉不贵，岂不怪哉!"

人人都有不堪言的苦，本本都是难念的经。坐对面的华洪池，眼睛鼓起金刚式，干脆放下筷子，脱产骂娘。

"这还不说，现在时兴网上买卖，那些种田养猪的，多少人懂电脑？"

"太快了，从农耕时代，一脚挪进信息时代，不适应！"

"激素、色素、香精和防腐剂，让诚实劳动和产品快成世界非遗了。"

"老天爷很聪明，让大部分人汗流浃背，小部分人挥霍消费，以维持地球转动有序。"

不种不养，黄金万两，不创不造，又快又好，喝！

五谷不分，养尊处优，四腿不勤，锦衣玉食，喝！

后面的干脆懒得骂了，毕竟都是有良心的富人。只听一片吃肉喝汤响，还有火锅里的鼓泡声。

"为什么我眼里常含泪水，是因为想起弱势群体。"不知是谁冷不丁吟起诗来，也不晓得是醉了，还是他哭点低。

碗筷叮当，热气升腾，有人愤世嫉俗，也有人天下怀柔。

桌间有人提到的一个人物，只闻其声，未见其人。

他就是廖俊果说的——饲过牛，养过猪，开过店，在歌厅发迹的覃越古。

都说钱难赚，只对了一半。看看方塘城这些冒出来的有钱人，再看看他们的生活方式，那是麦秆孔里观银河，太小看了。

程正觉得，墨黑朱赤，三六九等，人是分层级，有圈子的。该相遇的人总会遇见。他就进入了这样的圈子，过去想进也进不了的圈子。

望川河喂养一个城市，乳房干瘪了

那细细的波，是怀里的星辰大海。

望川河莽苍浩荡，在方塘城却打起缠绵太极，冲出饱满匀称的双乳图形，不逊麦田怪圈的精描巧绘。

谁能想到，一件震惊四海的商代青铜器，是当地农民用锄头扁担出土的，其时正挂在河堤上。

遥想当年，尊鼎雄伟，刀箭激越；车马辚辚，旌旗摇曳；战争褫夺，枭莽相争，史书没有记载，族谱无以考证，任凭后人猜揣。

历史不能假设，时代不会虚无。每一条河都曾经沧桑，徙迁万重。水土会流失，文脉有留传。人们有理由相信，这是一片神奇幽诡、蕴藏深厚的土地。每一镢头，都可以挖到历史掌故、文化典藏。

有的城市依江，苍茫缈远，不着边际；有的城镇挨河，流量细弱，难成气候。望川河刚好。不宽不窄，至清至浅，阔柔相济。盛水期，渔舟荡夕阳，现江海之气，苍茫之美；枯水季，赤脚嬉清流，享水上浪漫。水草鲜绿滑溜，波浪里鱼一样摇摆游动，冲积连片成团的卵石，泛着月色样的银白，而此时你一定会惊叫，好水！这清亮的样子只在记忆里见过。

方塘市的望川河和天通山，一阴一阳，一曲一觞。望川河是灵，天通山是魂。凡是懂点地理风水的人，无不对这天作之合的地理击节扼腕。

由此上溯，望川河由三条河交汇而成，一曰天水，一曰地水，一曰人水。三条支流，曲曲弯弯，遁进峻峰逶岭，云深不知。

这是大自然最后的乳汁。

生命逐水而居，因水而衍。上游的每一条河流，无一不是绿树繁花，乡愁依依。一河两岸的肥田沃土，旱涝保收，种养两旺。河港总连着一个屋堂，串着一个村庄。晨起的人沿着石级走下亲水石板，木桶一推，水波漾开，两担清流挑上岸来，哼一支小曲，洒一路湿印。

上了年岁的人都记得，这条大河曾生长各式各样的鱼。每到春雷水涨，鱼会溯流而上，产卵繁衍。鲶鳅的激灵，蟹龟的憨敦，虹鳟的锦胸，白鳊的银肚……

炎炎夏晨，老妇小童，用木杵捣衣声和笑骂声噪醒山村。太阳的金光散落在河里，近远处皂树杨林里的知了，"呼吸呀，呼吸呀"颗粒样意味悠长。那就是望川河的夏天，流在世世代代方塘人心中的乡愁。

往下游去，河面愈加宽阔，愈加安静。葱茏的林被，透丽的山色，闪动的鸥影，那是无处诉说的空灵落寞，又像欲言又止的瞳波，恍若汇入长江、走进星辰大海前的回头一眸……

文景

著

尘世

下

团结出版社

UNITY PRESS

© 团结出版社，2025 年

图书在版编目（ＣＩＰ）数据

尘世 / 文景著 . 一北京：团结出版社，2025. 3.
ISBN 978-7-5234-1651-8

Ⅰ . I247.5

中国国家版本馆 CIP 数据核字第 2025WD3196 号

责任编辑：牛　浩
封面设计：书香力扬

出　　版：团结出版社
　　　　　（北京市东城区东皇城根南街 84 号 邮编：100006）
电　　话：（010）65228880 65244790
网　　址：http://www.tjpress.com
E-mail：zb65244790@vip.163.com
经　　销：全国新华书店
印　　装：四川科德彩色数码科技有限公司

开　　本：170mm×240mm　16 开
印　　张：57　　　　　　　　　　字　　数：500 千字
版　　次：2025 年 3 月 第 1 版　　印　　次：2025 年 3 月 第 1 次印刷

书　　号：978-7-5234-1651-8
定　　价：198.00 元（上、下册）
　　　　　（版权所属，盗版必究）

下　册

酒与感情的扯淡

咱们"酒文化"的最大特征是"要你喝"；最佳境界是往"醉里喝"；最终目标是往"病里喝"；最后结果是往"死里喝"。

壶里乾坤大，喝酒有不对；

杯中日月长，不妨天天醉。

酒是"穿肠的毒药"，但无"毒"不成席，这"药"与人须臾不分，还和感情粘在一起。

宴请，不把客人喝成"野鸡窜"不成敬意，没有"现场直播"，就算失败。

酒使人原形毕露。有的喝得笑，有的喝得哭；有的越喝越温柔，有的越喝越粗鲁；有的喝了骂上司，有的喝了打老婆；有的喝成变态狂，有的喝了尿裤裆。

感情浅，舔一舔；感情铁，喝出血；感情真，一口闷；感情薄，慢慢磨。

桌上，你豪一尺，我爽一丈。几盅白酒喝下去，满座皆伸大拇指，此处一定有掌声。

只可怜酒终人散，讲感情的呕得像只得了痢疾的瘟鸡，翌日上午还眼红脸肿，像个坐月子的妇女，全然忘了桌上"感情铁"的人姓甚名谁。

一旦你被公认为"酒仙""酒圣",非得保持"仙"气和"圣"度,想谦虚不行,拿高血压、心脏病搪塞,免谈!

喝死之日,就是酒肉朋友鸟兽散之时。

——方塘故事《世象浮绘》

程正近来最大的心得,是对酒的透悟、无奈。

有些饭局是机遇,有些饭局是艳遇;有些饭局是馅饼,有些饭局是陷阱。

那天晚上,他正刷手机,廖俊果一伙又在约。

"哎呀,昨天都跟老婆作了保证,一定戒酒的。"他压低声音。

"但今天,有最最最重要的客人!"那边的人轮流接过手机说。

程正潜意识里,是喝不行,不喝更不行。

社会人,就是关系人,太对了。生意人,就是关系人,更对了。甚至,有效益的关系得有,无效益的关系也得有。要留空间,得有后手。谁知道什么时候要关系,什么时候不要关系?

一只蜘蛛,起早摸黑,织张网挂起,总有蚊虫自投罗网。

书到用时方恨少,急抱佛脚就难搞。这关系网嘛,宁可备而无用,不可用而无备,这是关系学的精粹。

程正冥思苦想,拉关系还要趁早抓小,打提前量。等人家变了富豪成了阔佬,当了将军做了皇帝,再拉关系?你滚一边凉快去。

混沌乾坤,苍茫世界,你知道谁能帮你,谁不能帮你,谁对你有用,谁对你无用?

他跟老婆深刻剖析,耐心解释,交际力就是创造力,应酬率就是生产率。此乃活命哲学,成功思维,不可小觑。

所以,该吃吃该喝喝,要拉拉要扯扯,你得时刻准备着。

夹着个包，打扮好好的，哪里有人哪里挤，哪里热闹哪里去。不怕放低身段，不怕掉点价位。

嘞，一次下午茶，喝出一张大合同，完全可能；一桌饭吃出千万效益，不是扯淡。老待屋里不动，像猫咪蹲守墙角，等老鼠自动投案，岂不荒唐。

程正在机关混过一番，像开水锅打过滚的饺子，虽皮破馅露，但有模有形，意味还在。

有时，他也推翻自己的观点，有人不必留存在生命里。朋友多、人脉广，其实也伤身耗神，浪费光阴。

说服了老婆，程正一路胡思乱想地来到了他们约定的地点。

菜早上齐了，一桌人围着，留了空位。

他脱去外套坐上，瞧盘里的菜，有人动了筷子。

"赌场摸奖中彩的，官场朝中有人的，情场彩旗飘飘红旗不倒的，乐场一首歌唱火吃香喝辣的，都是上帝的宠儿，命运之神对口帮扶的对象！"

老说"钱长眼睛"的薄眼皮夏水道，滔滔不绝，开场即高潮。

上次问廖俊果花多少钱摸到奖的庞光炎，悄悄夹个大鸡腿，低头迅速咬一口，又小幅动作，咬口朝上放碗里。

"泼掉！泼掉！"有人发现夏水道杯子里倒的是水，大声喊起来。

"别人喝酒你喝水？搞的什么鬼！"

"你也是上天的宠儿，不，应该是上天的爷爷！"不知是谁还记得他上面的高论。

趁别人说话，庞光炎赶紧将鸡腿肉大咬几口，露出胫骨，看上去是个残腿。

"昨天搞多了，中午又搞了。你们这比上战场都残酷无情呀，杀人放火都有特赦的啦!"酒换水露了馅，夏水道神情自若，作贼心不虚。

不管他如何洗脱，坐对面的华洪池走过来，把他杯里水往墙角一泼，又狠狠地满上酒，并警告：

"一粒粮食一滴酒，你这是极大的犯罪!"

"经常听夏哥说农民苦，喝的都是薯渣酒，原来是假惺惺。"

"这酒上千元一瓶，有人闻都没闻过!"

夏水道被全桌臭骂。

见有人酒换水，扫他的兴，廖俊果也有点不乐意了：

"这酒可以的嘞，我一个贵州朋友给的，原浆窖藏，内销特供。"他意思是，到这方塘这种三四线城市，有几瓶真货？

夏水道该骂，谁叫他偷鸡没找好时机，人家干这种活天衣无缝。

"倒这么满，我先喝了两大口不减掉?"夏水道苦着脸，盯着跳酒花的杯子，打了个嗝，呼出恶臭，但被一大桌的菜香中和了。

"还减掉?不罚你就不错了，情节特别严重，性质极为恶劣，看贫下中农不骂你，这么好的酒往垃圾桶倒。"

"以后再搞鬼，重罚。"刚倒酒的华洪池重申，下巴伸得像把木瓢。

"你们看哈，我这瓶矿泉水没动，喝的硬酒!"有人举起矿泉水瓶，声援严明执法，强化喝酒打假。"井水不犯河水，矿泉水不兑酒水。"

"那，哥们，我喝死了，这里有人送花圈吗?"夏水道歪着头嗲一句。

"当然有，一人一个，不锈钢花圈。"有人揶揄。

"天天这么喝，怎么受得了啊，"夏水道还在苦诉，"喝了伤胃，不喝伤心，谁发明了这鬼东西！"

"再莫扯那经了，废话不是！一杯酒，一直说！"

席间有人脑短路，突然冒出新话题，与大家正谈论的，八竿子打不着。

"千人单位，万人团队，当一把手的概率趋近于零！但好多人却相信虚位以待，成天做着百米冲刺的姿态。"

脑短路的那个人估计在单位上受了气，"老子看透了，拂袖撒手，坚决放弃！"

听到有人说这，程正指着廖俊果笑，"正是，都想跟廖财神一样，中大奖，那地球的钞票要码到月亮上了。"

"来，兄弟们，这一轮干了，"廖俊果端杯催进度，"喝了去唱几首歌。"

"哪家歌厅？"有人问。

"遇见。"廖俊果说出地方。

"啊，遇见歌厅！听说这是方塘最高档次的歌厅啦。"

"廖总请客，就每人发一个小姐好吧？"有人要求。

"发就发嘛，有什么了不起。"廖俊果吭了声。

他果然大气，不像有的人，越有越抠门，稻草秆吹风，小气。

生不带来、死不带去，这钱是飞来横财，该花得花。

"遇见，呵呵，"庞光炎两手一摊，左拥右抱，但着力点显然是左手旁边上次蹭廖财神香吻的女士，"呵呵，遇见——好有诗意，遇见谁？最好遇见古代四大美女！取这么一个名字，太有情怀、太有创意了！"

廖俊果提议喝团圆酒，全桌伸臂仰脸，盘碟叮当。

混战之际，靠窗坐的程正，玩杂技似的，嗞溜，杯子的酒没了。

"我干了哈！"程正对大家晃杯，装出一脸痛苦难受样，然后坐定。他的酒不是喝肚里，而是喝后脑勺的窗外了。

……

"这天怎么下雨了，是酒啊！"

楼下有骂声。

当然只程正听得最清楚——楼下有人被浇了酒，说要上来打人。但仰头一看，悠悠碧空，浩浩茫天，又没摄像头，鬼晓得是哪窗哪桌泼的？现在极端天气频繁，下硫黄雪陨石雨都不稀奇，何况下点酒水？

楼下有人劝躺枪者，没起泡没出血，骂几句就算了，何况这酒精是消毒的。

菜剩一桌都行，酒剩一滴不成，这是酒文化的规矩。

程正的骨子里，确有铤而走险的基因，不然刚泼酒的夏水道被骂了，他还顶风作案，胆子够肥的。

这也是逼出的招数，舶来的智商。浪费粮食，暴殄天物，让别人去说吧。试看饭局酒席，场场恶战，层层陷阱，有一个善曹操？有一个佛菩萨？为了个不锈钢花圈，冲锋陷阵，视死如归，脑壳进了豆渣汤？

所以，他程正也学乖了。

"马得住"的，往死里喝，碰到"硬茬"，苦干加巧干。酒变水是首选。潇洒端杯，喝了不吞，择准时机，吐到盘里；或者喝进嘴里，毛巾纸片，呼吐转移。反正，酒场如战场，什么手段都正当，纸巾窗帘和地毯，寻找杀敌自保的好办法。

这不，偏偏身后是窗户，天助他也。

不是他程正不哥们，不是他程正不义气。是他不敢漠视老婆明思理在家里的谆谆教导，殷切告诫。

喝到肚里，毒肠烂胃，伤身损命，泼到地上，回归自然，人畜无害。反正酒精是要转化挥发的。关键时泼酒，是珍爱生命，理性消费。

明思理总是给他授法支着，能躲就躲，能泼就泼。泼点酒，哪个说你三观不正道德败坏不成？哪个捉你坐牢不成？

天上一轮满月，两人千里之外

孤苦无言，千年守望，你的爱举世无双。

太阳把一摊火泼进河里，水燃烧起来。

远山渐次层叠，而青而黛，而烟而空。

水鸟生动，无声黑白，一两只小船，写意在苍茫水面。

站在窗前的童午，猛然看到了岁月的形状，光阴的步履。

他坐回办公室新沙发上，鼻孔里钻进油漆味。

方塘文联，因城建发展改造拆迁，与十几家单位搬进了一栋高楼，办公条件鸟枪换炮。

看着窗外有些泛黄的树叶，他不免心生悲凉。

池塘里荷花，枯枝败叶，触动了他的情思。他连忙拿起笔，一气呵出小诗。

抛却骄傲的冠冕/无有令人一见倾心的花色/然而啊，你越是沉默/越是一种歌声/你越是散淡/越有韵味/越是残缺/越是一种风骨/越是不事雕饰/越是线条优美/这凋零中的抒情啊/最是动人的乐章

他觉得很棒，取名《残荷》，发给晨玲，觉得标题不妥，又立

马撤回。

晚上，童午收到了晨玲的短信：

一团思念，圆了又缺，缺了又圆。

这条信息，让他炸出冷汗。

童午跟晨玲交代过，一般不要发信息、打电话，尤其是下班时间。她为什么发？还是这么露骨的信息，万一被裴裳看到，那不完了！

第二天，童午打电话问晨玲。

"我受不了，真的，"还没开口，那边传来呜呜的哭声，"早知道相思有这么苦，我就不要爱了。"

接下来是她没完没了的泣诉。

"昨天一整天头昏脑涨，万虫噬心。我对自己说，不行，这样下去会垮掉的。后来稍稍轻松了，以为自己好了，会撑得住的。可夜里居然做梦了，梦中的情景比现实更甜蜜。那种美好和沉醉，能唤醒植物人！我舍不得醒，想闭上眼睛再次入梦。"她说，平常做了好梦，醒来后又继续做，居然成功过，可这个梦，却无法接续。

她披衣起床，怕惊动父母，又不敢拉灯，寻着月光来到阳台。月亮怎那么瘦？她呆呆地望着它，直到慢慢地变成一摊黄色涂料。

"遇见你和你的爱，我才知道人间有天堂。"梦里他的话还在耳畔回响。她的思念，像被雷雨轰醒了的芽苞，疯狂拔节，直到婆娑三千，天翁地郁。

如果她想了却这种爱，就像要被劈成两半，那种撕裂的剧痛，让她条件反射地妥协、退缩。

童午也是这种癫狂的、燃烧的状态。但回到家里，他就压抑、惧骇、寒战。

与裴裳沟通，已经完全找不到点。两人说话的轻重、冷热，语气、态度，无法进入同一个频道。

她感到他是一堵墙，他觉得她是一丛刺。爱没了，听到对方的声音都发寒，厌腻。

在他心目中，裴裳的声音变了，感情变了，而且身体的每个部位也变了。这还是过去令他销魂的那个人吗？不是。这是一截木料，碰到一点都冷瘆。

变了颜色，变了味道，变了感觉，变了一切。他再怎么装、再怎么做，都无济于事。

对童午来说，老婆、孩子，还可以分心耗神，相思之苦就要轻了许多。

但对于晨玲，童午就是她的全部。

"宝贝，以后别这样了。要知道，我也想，比你更想。但放任自己燃烧，会变成灰烬的。"

晨玲嗔过来："不怕，我被思念烧焦过无数次，又生出芽，长出肉来了。"

"凡事把握一个度。想要长久，就不能朝朝暮暮，须臾无间，你不希望我们天长地久吗？"

"我还没有爱过，好好地、痛快地爱过，怎么掌握这个度，度是什么呢？"她好不甘呀，"你说，这么隔着不远不近的距离，守着不明不白的情分，发个短信都顾忌，这算什么啊。"

"好吧，为了你，也为了我们，我来忍，我来熬吧。"她说。

他花了很大精力，才让晨玲回归理性和平静。

回不去，放不下，这爱太没希望。

那天，她又在电话里哭。

童午也试探着引导她，如果碰到了合适的人，一定要恋爱，成家。

"可以呀，你帮我找吧。"她说。

那一刻，童午眼睛湿润，有了与她结婚的冲动。

市民的新去处

来了又去，新了还旧，爱，多少才够？

太阳落下地平线，留个月亮的挂钩，最早的星星发出玻璃屑样的光刺。

这天晚饭，裴裳对童午说：

"今天星期六，囡囡去姥姥家了，我们出去走走吧。"

童午略有疑虑地看了看她。裴裳一反常态，他有点摸不透，但只能随同。

"去哪里走？"

"望川河边。"

新辟的沿河步道，散发淡淡的油漆木味，夹着河里的鱼腥味和水草气息。

方塘市过去城区没有公共空间，更没有休闲公园。这些年城区改造步伐加快，特别是一河两岸公园，成了市民早晚的好去处。

曾经当着水泥的囚徒，关在钢筋笼子，有这么个 3A 景区，市民们蜂拥鱼贯，清晨傍晚，人满为患，比星际移民还火热。

"记得不，"她指着远处绿草萋萋、卵石历历的地方，"那里原来有个大沙洲，那一夜我们坐到一点多钟。"

他想起和裴裳恋爱的时光。那时候，他整个身心都在燃烧。他怎么就觉得，裴裳就是最美的存在？在当时的他心里，其他的女人，跟裴裳比，只能算陆地上移动的活物。他们都觉得自己是天下最幸运最幸福的人。

"你那个时候好本分老实，甚至还害羞。"她叹。

可现在，相互之间，连一个爱字都说不出口了。

爱的消涨更替，是普遍规律，还是他俩的个案特例？还有，一个人见到无法抵挡的诱惑，能踩在脚下，眼都不眨，头也不回，这要什么境界，何种历练？

他和她回忆，有些争吵，互相伤害，事后想来都分不出对错，理不出头绪，又不得不和好，成为循环拉锯、毫无意义的消耗。两颗千疮百孔、伤痕累累的心，就像废墟上的重建，填填补补，却不能修好如初。

"你变了。"她说。

"你一样。"他说。

其实，两人的沟通障碍，是各自仍然留着空间和秘密，都在猜疑和游移。能解决的问题想不到一块去，不能解决的问题又不愿触及。

不知不觉，热炽，纯真，神秘的期待，黏稠的甜蜜，刚刚抓到手里就没了，让他怀疑，好像就没有拥有过。

"她的心像一座坟墓。"

"他给我死亡般的痛苦。"

吵吵闹闹，貌合神离，多少还存在着包容和放下的意向，但十分脆弱，压垮它，只需一根稻草的外力。

裴裳想起杂志社同事家庭解体的事，拎起一个话题。

"我单位一个女的离了，平常看不出任何异样，早几天都在秀恩爱。"

"什么原因？"他敏感起来。

"谁晓得。离婚的人和事，如果你单听一方的，可能得出决然相反的结论。"她声音发冷。

"要么，那恩爱是假的。"童午叹，"也不知道，有没有真的。唉，也不知道，将婚姻进行到底的诀窍是什么。"

"谁晓得。最不相干的人同住屋檐下，本来就很滑稽。"

两人又说起了风凉话。

"唉，她们一对最让人羡慕，甚至嫉妒。怎么一下就散了呢？男的在有权有势的部门，女的才貌双全。当时举行的婚礼豪华盛大，让这个城市都黯然失色。"

"看这飙升的离婚率，莫非，婚外情要成为新常态？结婚要成为非物质文化遗产。"

流水夜影，望川河像一个老人在叹息。

游人从他们旁边经过，行色匆匆，悠闲自得，走的放着歌曲，跑的打起赤膊，能闻到草木气和人汗味。

有人牵着小狗，狗儿远比人兴奋，不时到前面树下或灌木丛处，一只后腿抬起，做个记号，表示到此一游，下回还来。

"坐会吧。"裴裳在一条长椅上坐下。

童午也跟随坐下，隔开距离。

路上两宠物相遇，一只去闻另一只的屁股。

朦胧中，童午惊悸地发现，这正是他那天那次与晨玲打电话时坐的地方。

巧合？天意？夜色遮掩了他脸色的异样。

公园开园大半年了，童午是第二次来这里。那一次是梦游般走来的。

裴裳又和童午聊起她同事离婚的话题。

"我说句话，可能你不喜欢，"裴裳语气夜风一样嗖凉，"女人可以不要男人，但男人离不开女人。"

"可能吧……"他若有所思。

裴裳深吸了一口气，"你知道现在好多人不愿结婚的原因吗？"

"房子、车子、票子、孩子……压力太大，结不起吧。"

"我想不是核心原因。"

"房价这么高，收入这么低，就业这么难，孩子没人带，想想都发寒颤抖。"他说。

"结婚嘛，结有结的理，不结有不结的道。但不愿结婚，原因更大的，在精神层面。"她说。

童午的手机响了，但他没有接的意思。

"怎么不接？"她问。

童午僵硬地掏出手机，磨蹭半天。

"有人说，只要解决了性，不管是男是女，这婚，可以不结。"

"喂，翟主席吗？好，明天，上午八点半开会，呵，讨论市新年音乐会筹办事宜……"

"你们翟主席变性了，怎么听起来像个女人的声音？"

"不是翟主席是谁？"童午把接电话的名字翻出来，把手机再次递到裴裳的眼前，屏光映现了她扭歪的脸。

"看，翟主席。"

"我不喜欢看别人的手机！"她拼命压抑着怒气，"已经发生过的东西，不知道比知道好。"

有人说，如果推行夫妻翻对方手机，离婚率要再翻一番。

他感到一股比河风更凛冽的寒意。

"你，什么意思？"童午站起身，又不敢远离，围着座椅焦躁地踱步。

"我那次到一家部门联系广告，碰到了翟主席。"

"那又怎么样呢？"

"怎么样？"裴裳冷冷地拖长音，"翟主席问我说，童午身体不舒服，在单位跟他请了病假，是什么病，好些了吗。我说翟主席你不是安排他去外地培训学习了吗？翟主席说哪里哪里，你童午跟我说是请病假呢。啊！后来翟主席突然拍了拍自己的脑袋，人老糊涂了，记糙了，那次云南，是有这回事，嗯嗯……"

裴裳的话，尖刀样捅进了童午的胸膛。不是夜色遮盖，他想必脸如白蜡。好在裴裳后面透露的翟主席的几句话，让他意识到，自己还没掉下悬崖！

"你别瞎说，翟主席是糊弄你的，他说话总阴一句阳一句，让你摸不着头脑。这是他一贯风格和个性，别人都这么说他。"

"我不想当婚姻爱情的侦探，那只是千辛万苦、费尽心机去给自己找墓坑。因为案底浮出，就是一切完结之时。"

童午似乎听见自己的心跳。裴裳是知道了故意不说，还是确实不知情？这么长时间，他们之间不冷不热，今天她主动约他出来……不管怎么样，她能给双方置空间，留后路。

"老婆，你今天怎么了，翟主席是开玩笑的，他性格就这样子，老不正经。那次我真是学习培训，一个人去的，另一家单位先有个指标，结果他们临时变卦，才是我一个人去的，机票又不能改。你要相信我，老婆，我舍不得这个家庭，舍不得囡囡，我不敢想象没有你、没有囡囡的日子!"

他几乎堕入深渊,一只脚都悬空了。翟主席有意无意救了他。

看裴裳的态度没有变本加厉,童午又坐回原地,搂拍她的后背:"同船过渡,前世姻缘。你单位上的那一对就是教训,离婚的痛苦,再婚的艰难,谁不知道!你找不到男人吗,我找不到女人吗?都不是,对孩子打击太大了,实在太大了,我都不敢想象父母离异时,孩子的惊恐,孩子的眼神,那是活脱脱的血肉撕裂!杀人诛心!"

他靠在她的肩上。这个肩膀和气息,甚至都陌生了。

"我现在生不如死,就是那种要疯要死的感觉。"他是那种惨烈灾难幸存者的声音,"求你,不开心的事都不说了,一说话就进入吵架模式,就是翻老账,就是论对错,我疯了吗?你疯了吗?走,去把囡囡接回来。"

曾经的爱,美好而短暂,还没爱够,就被裹挟一空。爱没来得及就过了淡了,比一场雷阵雨都快。搭了个积木,房子都在,这爱是什么事儿,以为得到了会一直留存下去,保鲜下去,却完全不是。爱情是消耗品,婚姻是易碎物。

循环的无意义的烦躁,得不出结论的思索,使他们苦痛迷惘,精竭神衰。他们的情感世界,似染了墨汁的豆腐,面目全非,混淆不清。

情焰焚烬,爱,不过是非癫即痴的梦呓;欲潮退去,胴体,就一堆蛋白质碳水化合物,像超市案板上褪色变味的五花肉。

爱不够,是看不透;欲难已,是放不下。

性格是种病

心灵创伤，无论过去多久都有隐痛。

方塘文联要提拔一个副主席。

莫看清水衙门，逸岗闲职，也有火星碰地球的爆裂。

有人提醒童午，你有机会呀，水平资历摆在那，四十多岁的人了，就不能弄一下子？

也有人替他出主意，幼儿园里要奶喝，都兴哭呀闹的，你想坐在那里等，不至于这么天真吧？

童午也想去跑去送，去讨去要，但一到这种时候，就迈不开腿，酸醋味、忤逆劲越发重了。

他盘算了一下自己在翟平平心里的分量。平时工作按部就班，逢年过节小有人情，没有大的方面得罪过他，如果万一他手电筒照他这来呢。

眼睛盯地上，看捡不捡到钱包。

这天，他试探性地坐到了翟平平的办公室。

"翟主席，我现在一把年纪了，工作上您老多指导。还有其他方面，也请您……"话说一半，童午就噎住了。对他童午，这找人要官，比吃屎都难受。

但翟平平却猜到他的心事。

"我们这里是要提一个副职，"老翟思考着用舌头顶住下颚，把嘴弄成类人猿下巴的形状。

"但是，你不在考虑之列。"他说完眼光从童午身上移开，盯着桌上。仿佛要提拔电脑，也不会提拔眼前这个人。

"为什么呢？"童午叹息着自言自语，怕冲撞领导。

"为什么？我就直说了吧，你的桃闻满天飞！"

童午的喉咙像被灌进开水。

偷鸡不着，反被啄了眼。

你找他要官，他抓你要害。

本来他对翟主席心存感激的。上次他请假外出与晨玲私会，老翟在裴裳面前说漏了嘴，又脑筋急转弯，救他于水火。不过，就是一只斑鸠当领导，也不希望下属出乱子嘛。

"我们家庭是闹了一些矛盾，现在和好了，何况也没影响工作啊。"

翟主席似乎比自己没提拔还来气，"你不晓得方塘诉讼发达，告状成风，满街的上访专业户？你一提拔公示，马上有人检举你，你这个必查。到时赔了夫人又折兵，不仅提不起来，还把那些事一股脑带出来了，影响你个人家庭，影响我们单位，你说这怎么搞？"

翟平平两手一摊，慈祥地看着童午说："嗯？我这是为你好，保护你，明白吗？"

童午憋屈呀，他不明白他的事是怎么传出去的，他更不明白，这种事竟成为他职场上的紧箍咒、绊马索。

"犯了错误改正了，有何不可？"他还心存侥幸。

"影响在那里摆着，问题在那里放着。癞痢头上的虱子，只能带进棺材，人和虱子一起死，或者带到火化间，一起升天。带病提拔，我不敢担这个责任。干脆直说，你政治上是判了死刑的，就死了这份心吧。或者等以后大家都忘记了，换了新领导，看有无可能。"翟平平前后矛盾的说教和口气，是警告他进职的事，以后要打句号。屎屙在鞋帮子上，提都不要提。

"好，这事就当我没有说，"童午起身告辞，"谢翟主席关心。"

求不到官来秀才在，何况老翟还保护了他的家庭。再搞僵了，老翟不但不提拔，还给小鞋一双。

从进门到出门，童午像闯进了南极洲，只觉得骨髓都在打寒战，又转回了赤道，水深火热。

他坐回那里，六神无主，好像突然要打瞌睡，这是他受到重大刺激就出现的心理反应。

他清理了昏涨的头绪，长时间眯眼沉思。

儿时往事浮上心头。

村里大路边上有一棵桃树，结满桃子。桃子白里透红，吸人眼球，吊人胃口。

走过路过，总有人投去羡馋的眼光。

"耶，路边这好的桃子，为何没有人摘?"有人撺掇，公共诱惑，见者有份。

有一次，他和几个玩伴，趁着夜色摸上树，坐在树杈上，大嚼狂咽，直把肚子撑到鼓胀。

"不好了，我有点恶心想呕，这桃子打了药!"有同伴叫了起来。

"天啦，我只说没有人摘，还是东家喷了药，我们会不会死呀?"

之所以还活到现在，树主人当时喷的是煤油，而非农药。否则他们都投胎转世了。

还有一次，还是那些玩伴，晚上看电影回来，溜到人家菜地里摸黄瓜。每个人边摘边啃，消灭了好几条，吃了直接在地里拉粑粑，一堆，两堆，"这是人粪尿，有机肥，我们吃的东西都还人家了，两抵。"

然而第二天有人在学校里说他是"小偷"。

那么多的人，摸了那么多的黄瓜，屙了那么多的粑粑，就他一个是"小偷"，就他一个人"屙屎不擦屁股"。

这羞辱在他幼弱的心灵，多年的阴影挥之不去。那种伤，只能结痂，无法治愈。

是吊在面前的诱惑碰不得？世上哪有好果子吃，是大家都偷瓜，只他一个人是贼？还是……

"我怎么想起这来着？与升职有什么瓜葛？"

童午用力摇了摇头，他要把那些恶劣的乱糟糟的情绪，甩出一点才轻松些，可它们偏偏成串结团地来。人会在痛苦中回忆快乐，在快乐中回忆痛苦，他是在痛苦中回忆痛苦。

在孤独中被攻击，在攻击中被孤独。童午觉得，自己的童年，充满了贫穷、饥饿、劳苦、委屈，有多么的不堪，尤以心里的戕害和情感的创痛最是难忘。

他想起，读初一时寄宿在校。一次做梦，尿在床上，他一夜都睡在湿被上，想用自己的身体把床单焐干，但到起床都没能做到，结果湿印子被邻床发现了。

"快来看哟！童午尿床啦，童午尿床啦，画地图啊，世界地图啊！"一下子，他被冷言白眼压得喘不过气。

这还不算。让他领教人言如刀，是另一件囧事。

有一节课，班上不知哪个放了个屁。下课铃一响，同学们捡起这个屁展开猛轰：

"有人放原子弹哟！"

"有人放硫酸铵哟！"

"这屁明显是苕丝酸菜味哟！"

更有甚者，一个高他半个头的男生直接站起来：

"同学们，听本法官说！"

高半个头当着全班男女同学的面，指着童午的鼻子：

"就是他，我们班的打屁大王！"

在哄堂大笑声中，童午咬牙切齿，抢起拳头，欲使出平生力气，对准高个子就是一拳！

但，对方的块头和气焰像一堵墙，出手未敢心先怵，只得缩回了手。

这事还没完。

接着是班主任在大会上激越高昂的主流声音：

"笑人的屁，无志气。有些人为了屁大的事，还打人骂人，你打得赢几个？哼哼，我们这可不是武术学校，这课堂可不是演武厅！"

这显然是高半头男生在老师那里告了状。他委屈得想死。但骨子里的懦怯还是占了上风。众目睽睽，泰山压顶，这种场合，就是把他拉去砍头也得就范。他脑海里只有一个声音，随便你怎么说，就是快点说完，快点结束，快点放学。

可是，偏偏这个老师的口才一流，平素一张嘴，能说得月落星沉，太阳出血，加之很难捕捉这种训斥立威的典型题材，很难遇到这种老实巴交的打击对象。后面完全是滔滔不绝，江河泻地，全校师生前仰后合，共享精神大餐，比学期结束庆新年加餐吃肉都过瘾。

他需要一丝和风，却来了场暴雪。

正义有多稀罕，黑白就有多混沌。

"君子动口角，牛马畜生动手脚……"老师的话，几十年还在他脑海里激荡，心若虫噬豸咬，千疮百孔。

童年是鲜花的，少年是天真的，那是成人的臆测。

他觉得，童年的痛苦和伤害，得长大后使尽全力，加倍偿还和掩埋，无有丁点错误偏差，才能勉强走出来，活过来。

钩沉往事，搜寻记忆，不是为了雪恨，何况所有的伤害都有双份的回报，何况那些伤害都成了他发奋进取的垫脚石。

生命的每一天都珍贵，有的沾着哭泪，有的泛着笑意，有的怀着伤痛，有的无声无响，有的不鲜不亮，有的忽明忽暗。

他体验的都要记录，他经历的都要留痕。

因为，这是上帝的馈赠。

人得学会和适应与隐痛共存。满腔热情拥抱不完美，失望惯了，可能还有惊喜。

童午能怎样？偷过人家的桃子，偷过人家的黄瓜，偷吃了人生禁果。有些恶活在真实里，有些恶活在虚假里，有些恶活在培养基里，有些恶活在花丛里，有些恶活在黑暗里，有些恶活在遗忘里。

还有种恶，活在公众的追捧里，活在明晃晃的聚光灯里，活在选择性记忆里，活在软弱和麻木里。

翟平平是怎么知道他那些事的呢，童午百思不得其解。他和裴裳还处于微妙的、脆弱的修复阶段，现在是东墙垮西墙塌，碎了一地。

"囡囡，爸这一辈子已过了大半，"晚饭桌上，灯色苍黄，童午顾左右而言他，"做官，发财，对你爸爸而言，都不作指望了，现在只赌家庭和睦、身体健康。"

"当官做什么？我见到官字都讨厌。我有点怕，那官好像不是人这种动物。"囡囡把夹起的菜又丢回盘里。

童午怎么也没想到，翟平平居然拿这个理由来堵死他的仕途。这让他有口难辩、有苦难诉。他和晨玲的事，翟平平是怎么知道的呢？难道晨玲？难道……

"你去找过我领导？"待囡囡进屋去，他问裴裳。

童午像走在碎玻璃渣上，快不得，慢不得；轻不得，重不得。

"没有。"裴裳冷冷地回答。

"那，他怎么说我那些事呢？"

"啥事？"裴裳语调不变。

童午苦着脸陷入僵滞。

"单位要提一个副职，从外单位塞进来。我哪点不行？这辈子对当官没任何奢望，只要给我一个科长、股长或组长之类的，就心满意足。我这出去、下去，总要有个称呼吧，不能叫老童，叫童革命、童油条吧。"童午把盘里的一点剩菜倒在垃圾桶里。

"搞不成了，有什么事？证据在哪里！"童午瞪着裴裳，"你告诉他的吧？那捕风捉影的事。"

裴裳脸色有些难看，那是她内心的痛处。

"我没你的脸皮厚！我还有脸去找他们！想知道吗，就跟你说了吧，就是那次，你说去云南培训学习，我去单位跑广告，碰上翟主席，顺便聊起来，他说你请了病假在家，要不要紧，我说他不是说你主席安排他去云南出差了吗？你玩的杂技就穿帮了！还捕风捉影，有这么纯真？"

童午像摊烂泥。这一刻，他愿从地球上消失！

他这才知道裴裳对他的一系列侦查，竟是这么一个偶然的原因。他第一次强烈地感到，裴裳是一个多好的女人，自己竟然不珍惜。同室久居不闻其香，完全左手对右手的麻木。

他满脸愧疚地上前去抱妻子，尽可能压抑着没哭出声。

裴裳用力推开了他。

"良心发现了？你给了我多大的伤害，多大的痛苦！我多长时间都无法正常工作！我当初怎么会跟你呢？我怎么这样眼瞎呢？这事我一个字都不想说了，心里像刀绞！"说罢进卧室了。

童午的心，就像一堆泼了冰水的枯槁死灰，狼藉到了极点。

这时电话响了，是他一个朋友许高明打来的。

"干吗呢你，在文联搞了这么多年，就是排队也轮到你了吧，这次怎么没份？我说老兄弟，你书呆子气哟，现在可好了，弄一个这样的人来当你领导，够受的了。"

"什么人？谁？"童午心里发紧发痛，却又装作平和地问。

"一个司机。嘿嘿，高中都没毕业，跟几任领导开了十几年车，转了身份，提了干。可能其他单位不好安排，就放到你这里，反正有关系，嘿嘿。"

"他叫什么名字？"

"司徒登。"

童午一听，咦，还有这个姓？别了，司徒雷登，来了，司徒登。

"这种学历，这等出身，怎么开展工作？"童午又问，他没反对的份，只有接受的份、疑问的份。

"哎哟，这你就不操心呗，他就是牵一头骡子来，也可以搞的！"

"不过也是。"童午无语了。

"人家开车也有本事，几朝元老，抬轿驮杠，不容易耶。嘿，安全行驶几十万公里，没有摔死一个人，这就是政绩。也许你在他眼里，是臭文人、酸秀才呢，只会爬格子，连蚂蚁都不如呢。据说司徒还有一个特点，嘴巴稳，像电焊的一样，哪个领导不喜欢？兄弟，你也不要把人看扁了，这种人才见过大堂客，老司机一枚，小心为要！"

童午耷拉着头，一时间他感到自己一无是处，像垃圾桶里的瘪谷壳，鸡都不啄。

"老哥哇，木已成舟了，你不争取，别人争到了，现在只有大呼万岁的份了。千万不要以为自己学历高、能力强，看不起人，不服从人，赊着得罪人。记住，机运比努力重要得多。什么时候放堆狗屎在你头上，你闻不出臭味，就成熟了！"

呵呵，哈哈，底层人除了坚持，一无所有，老实人除了等待，别无选择。

人总会被迫隔层分级，限制锁定无以摆脱，然后堕入一个死循环，接受奴性加码，迷信盛行，行尸一样苟活。

"爸爸还没睡？你看几点了？"囡囡写完作业睡了又被吵醒，跑了出来指着墙上的挂钟问。

"睡睡睡，洗了睡。"童午嘟囔着，像说梦话，他自己都不知说了什么，起身进卫生间去了。

热点话题

今年的天气，哈哈哈。

我总是忧惧，人们对一切毫不在意的样子。

"热！"

"热煞！"

"天要收人啦！"

打赤膊，穿裤衩，叽里咕噜；喝冰水，嚼雪糕，怨天骂娘。

楚汉棋摊聚集的一伙，就一个话题：

现在这么热，以后怎么活。

"报道说，有地方一个月温度全40℃以上，有地方几个月滴雨未下。"

"没听新闻？全球进入烧烤模式，亚洲叫热喊渴，澳洲的农场烤焦了，连北欧这样的清凉世界，有的高达45℃！嗨！"

"我活到六十多了，感觉今年是最热的一年。"

窗前阳光烈，疑是地上雪；举头望苍天，低头思热源。

地球高烧不退，有人还在拉筋扯皮，各吹各调，一副不怕开水烫的样子。

上天要谁灭亡，首先让谁疯狂；上天要谁发抖，只要让他发热。

"热从何来，其实只是一个化学常识，小儿科普。大量无度的掠夺和开发，埋在地底的石油、天然气，化学能变成了热能，大气散不出，能量守恒，温室效应。只不过，这是渐进式、慢热型，温水煮青蛙式的。"

一个穿短棉绸、学究模样的人抱怨，这么热，老婆还不让开空调，节约电费，怕那空调的热气哪天会兜回来。

"让一部分人先热死，然后问题就解决了。"打赤膊的说。

"莫听那些危言耸听，地球说不定还在变冷呢。"穿裤衩的泼了冷水，"听说地球正进入冰河期呢。"

"随大流呗，反正热死的不是我一个，大不了同归于尽，怕啥！"喝冰水的人塑料瓶咣当一下丢在地上。瓶子连跳几下，滚一边去了。嗨，为什么尼姑不怕热，和尚怕热？

"热天上庐山、去东北避暑不就得了。还有办法，让科学家加快研究，移民其他星球！"一个摇折扇的晃着风，上面是名人诗词书法，问君能有多少愁，一江春水向东流。

"反正我这一代，儿子孙子这两代是没问题的。"

学究气质的人对上面的言论和态度明显不满。

"有些人，像天通山上的锦鸡，一身漂亮的羽毛，喜欢在树枝上唱高调，见到人一头钻进草丛里，把头埋得紧紧的，一动不动，屁股露在外面，全然不管不顾！"

他比杞人都急，说了好多别人懒得听的话。

"国家是不动的，大气是环流的；地球是不平等的，但末日是平等的；一时是不平等的，但长期是平等的；生是不平等的，死是平等的；现在是不平等的，最终都是平等的。"

学究模样的人以商量的口吻对那摇折扇的人说：

"我认为对于人类而言，脚踏实地比仰望星空重要多了！拥有的一个好端端的地球不珍惜，偏要去不着边际的太空找宜居星球。都是地球人，疯狂的战争掠夺，无度的乱伐滥采，恣意的胡排瞎放，地球被她的不孝之子折腾得千疮百孔，最后惨遭遗弃。"

地球母亲在呻吟，她在骂，不孝子啊，你们都看得见千万光年外的世界，为何对我的伤害视而不见？动物、植物灭绝的速度都以小时、分针、秒针计，你们的野心却像病毒一样复制和膨胀，作死的节奏似乎没有减挡转弯的迹象。

大家正聊着，老板娘穿超短裙出来了。

"那不简单，地球变成火球之前，人都移到别个星球去，"她吸了口冷气，"唉，就怕有些来不及！"

"热也有热的好处，以后的人都不需要穿衣服了，省不少事。"有人瞄了一眼老板娘的白大腿。

"估计到时人类也进化到耐高温了，地球最终守住了，但水深火热，民不聊生。子孙会指着我们的墓碑说：这些祖宗啊，也不积点阴德，把我们的饭都吃了！"

大家都被"来不及"吓着了。

学究的话听不进去，老板娘的话，一句顶十二句。

打赤膊的、穿裤衩的、摇折扇的，最后达成一致的痛心疾首和出离愤怒。

"我想总有一天，有比地球更热的星球上的高级动物，找到比他们稍好点的地球上来了，指着人类的骷髅和化石说，从前呀，一个多好的地球，被古代的鸟人给糟蹋了！老板娘，再拿瓶冰水来！"

赢家和输家

他心里住着一只鹰，时时都想飞出来。

"所谓按揭，就是让银行把你按住，然后在接下来的几十年里，再一层一层地揭皮；

"开头你得首付百分之三十，银行拿着这笔钱，付给了开发商，用于建房子的成本和利润；

"相当于，开发商已经把刚建好的房子卖给了银行。如果房价涨了，你倒没事，因为有几套房子的人，毕竟是少数，根本就不敢卖；

"如果房价大跌，银行依然会一分不少地照收原来的本金和利息；

"一栋楼盘建起，银行没出一分钱，开发商也没有出一分钱，银行只是暂时先垫资了建房的钱；

"银行收到首付款之后，先付给开发商钱，开发商和银行的债权关系就此了结；

"接下来几十年的房屋按揭的利息，变成了银行所赚的利润。

"谁才是高房价的幕后推手？

"……"

"作为一个门外汉，我说清了没有？说对了没有？"有人鼓着金鱼眼问。

"这做生意呢，有的是让钱生钱，有的是用钱买教训，有的只能烧钱懂点道理。"

"这都是低位运行，高手就不是这种水平了。"

这天，几个人侃起房子"炒"和"住"。

肚腩里是渐渐堆积的脂肪，脑袋里是精于算计的圆滑，这一伙，一看就是那种酒局茶馆、肉林舞池出没的主。

程正的朋友潘多来，曾经营餐饮、酒店，也转行做过其他生意。与人合伙投资开发了一处房地产，结果董事会内讧，闹得对簿公堂，濒临破产。

程正也曾帮他一手，无奈纠葛太深，几近死结。

"过来坐坐吧，正哥。"这天下午三点，潘多来心情不爽，打电话给程正。

不一会儿，程正夹着手包来到潘多来的办公室。

"你当初账没算细。"程正把手包轻放在茶桌，端起潘多来倒好的小陶杯砖茶，"你心一急了，毒药都喝，我当初多次提醒。"

民间揽资，收益周期长，资金链一断，谁来救？

"算细账就没活了，"潘多来说起自己赌博的事，"上回那几人，硬把我拉到澳门，丢了两千多万！"他敢说敢做，也不藏着掖着。

这一豪赌，让潘多来的公司运营雪上加霜。

"老弟手发痒噢。"程正爱莫能助地看着他。

"是发痒，该剁了，唉，背运，霉气！"潘老板火烧乌龟里头痛，却面不改色。

"我承认我赌性重。"潘多来眼神混浊，但聪敏凶野，像老虎狮子，宁可饿死，也要守在食物链顶端。

他夹小陶杯的钳子在半空中停住，说：

"但，请问老兄，世上什么又不是赌呢？"

人说虱多不痒，债多不愁，潘多来似乎金刚之身，天生有抗打击能力。他信奉的是，死生天注定，富贵险中求。

"拿把算盘，嘀嘀嗒嗒，能打出人生的精彩？非凡的生活，谁是在算盘珠子上拨出来的？活着就要赌！"

以健康赌金钱，以背叛赌家庭，以虚假赌友情，以青春赌明天，以王冕赌性命，以平安赌刺激……

万劫源于贪，赌乃贪中贪。

程正端杯呷茶，陷入沉默。他现在已然"近墨者""局中人"，是"五十步"与"一百步"的关系。自己也不是那种"靠着墙根摸着走"的人。现在方塘人，谁还记起他曾是一个穷教师，一个副科职都捞不着的人？

"去了的，还是去了。"他安慰道。

"我不甘心啦。"潘多来微笑。

"错错错！大错！"程正忽然声音高八度，"我说一个事你听，看你甘不甘心！"

潘多来被他搞蒙了，眼神乞怜地看着。

"麒麟的老板跳了楼，知道吗？"

"你是说城东新区那个楼盘？我听到过，不知真假。"

"骨头都化了灰。可怜呀，我跟他有过交道。"程正叹息，"很仗义的一个人。"一起的哥们弟兄，山饮海喝，风头无两，一下就没了。

"跳楼，至于吗？"潘多来加茶。

"跟你一样，赌。也不知道他是怎么想的。资金有缺口，银行贷不出，就去赌一把，头次输，翻倍搏，又输了！嗨，秤砣打枣子，枣子没打着，砣去了，一跳了之，惨！"

程正叹，如今破产重整，没人敢接盘。资不抵债，股东扯皮，死无对证，一塌糊涂。

潘多来心里咯噔发寒。他觉得这个正哥，毕竟还是"喝了墨水的人"。自己得及时止损。砍了左手，右手再怎么也得留着。挺，熬，可能还有变数，还有机会。

"船要沉，等沉下去再说，哪有先往海里跳的？楼要塌，等塌下去再说，哪有先往地上跳的道理？"程正突然想起曾看过一部电影的情节。

"我也觉得，等死总比找死好，"潘多来脸上现出怪怪的笑容，"他那是执意去赌的。"

"人生来就注定了，有的东西试不得。跳楼会不会摔死，也去试试？得癌症痛不痛苦，也去得一次？噫，你这茶叶蛮新鲜，武夷山的吧。"

"唉，不说这个事了。正哥，我们去松松骨吧，坐久了，浑身酸。"潘多来不想再扯这个话题了。

"去哪？"程正问。

"那个，"潘多来倒掉茶渣，"雅香阁，新开业的，蛮舒服，小姐素质高。"

"我晚上还有客呢。"程正脑海闪起明思理，找借口。

"哎呀，什么客这么重要。我今天喊你来，心情不大好。就不能陪兄弟一会？"潘多来语气诡异，不由分说，"走走走，先去休闲一下，到时就怕你舍不得走呢。"

他们开车来到雅香阁康养会所。

潘多来手里玩转着车钥匙，对前台说："两个人，单间。"

前台两位同时起身，一个与潘多来搭讪，一个去里面安排。

看得出，潘多来是这里的熟客。

"我跟你聊了一下午，现在不聊了，咱俩分开，互不干扰。"潘多来对程正说。

程正很快被领进了按摩单间。

按摩室虽是新装修，但没有异味，而且光影可亲，温馨怡人。

小姐面容姣好，皮肤白皙，穿淡绿套装短裙，语气轻柔，举止得体。

稍稍沉默，他们攀谈起来。

"啧啧。"

"啧啥呀？"

"漂亮。"

"谁漂亮？"

"还有谁。"

"谢谢。"

双方都见怪不怪，如遇故交。

"你，读了书吗？"

"大学毕业。"

"啊，什么专业？"

"酒店管理。"

"既读了书，又这么漂亮，就没想过干点别的事？"

"这事不好吗？"她反问，睫毛一闪。

"好好，当然好。"他一时语塞，"我没有别的意思，绝对不是瞧不起这个行业。"程正卷起裤腿，不停地检讨。

她把他的脚放进水桶，"烫不？"

"水不烫，你有点烫。"

洗脚女嫣然一笑。

程正暗里一惊，她的笑太美了。

"泡什么药水？有玫瑰花的，有茉莉花的，有……"

程正心都酥了，难怪潘多来说，怕他来了舍不得走。

他甚至都没听她说什么，"随便随便。"

"那就百合花的，一百九十八元。"洗脚女出去了，关门轻缓。

这个女孩，身材、脸蛋，比哪个明星都强。命运混沌，天不遂人。

程正思索着，看着墙上挂画。

荷花，展瓣的，未开的。上有题字，入污泥而不染，笔画脚爪样，却成一体。

洗脚女手法有些生疏，程正感觉得到。

"你这里有哪些服务？"

程正心生涟漪，试探地问。

"就正规洗脚。"她答。

"啊，好，这好。"他不吱声了。

"噫，这里有个鸡眼呢，"过一会儿，洗脚女抬起他的脚，像发现珍珠样仔细看，差点都挨到她的粉脸了。

这一辈子，没有女人把自己的臭脚捧得这么高的。

"你真可惜了！"他动情起来。

"可惜吗？劳动光荣，不都这么说吗，我也这么以为，有什么可惜的？不要掩盖了，你是瞧不起我这个行业。"她使劲推了推他的脚肘。

"那当然，不是。"程正中邪似的坠入温柔乡。被美丽异性吸引，一脚指甲屑的理由，都不需要。

"你试着改变自己的命运吗？"

她摇头，又笑问：

"你是怎么改变自己的，想讨教讨教。"

"我吗？过去落魄潦倒，一咬牙跳了槽，想自己没想过的，干自己没干过的，扭转了命运。哎哟，好痛，轻点。"

她停下手里的活，有些意味不明地看着他。

"看得出，你是个成功人士。"

"成功也没得个什么标准，虽不大富大贵，但有吃有喝，能过日子就行。"程正嘴里说着，心里却想，这美丽的女子怎么沦落在这里？

"哎，这么年轻，谈过朋友吗？"

"早结婚了。"

"老公是干什么的呢？"

"男人没一个好东西，不想提。"

"你这不打击一大片？"

"就是！"

程正被这女子莫名地吸引了。

"你这里就真没有其他的服务？"他又续起前面的话题。

"你想怎样？"她装作不在乎地说。

"你不知道我说的意思？"他干脆挑明。

"刚才说了，这里正规按摩，莫乱想。"

"天呐，一间暗室，两个男女，怎么正规法？你正规，我正规不了!"

洗脚女微笑着。

"哎呀,到这里来的都这样,怎么就不能正规,心静自然凉。要服务到别处去服务,我不是那种人。"

"你越是这样,我越是喜欢你,你如果是那种随便的人,我倒不喜欢。听到了吗,小可爱。"

如果洗脚女只埋头做事,全程无交流,他就会作罢。可他像猎鹰一样,从她的言语和微笑里嗅到了什么。

她有眼神会意,这让程正灵魂出窍。

"不知为什么,我对你有种很特别的感觉,你也许不信。"他说。

"宁可去信鬼,也不信男人的嘴!"她带着失望的鄙夷,"如果信,就轮不到你了。"

"这不是缘分吗?缘分就是这样的,你等我,我等你,不偏不倚到一起;你等我,我等你,不识无缘就死机。"

洗脚女换了程正的一只脚,涂喷香油酒精。她的心里慢慢起了反应。

"噢,我还没问你,姓名呢?"

"焦莲心。"

"什么交,什么心?"

"焦大的焦,莲花的莲,花心的心。"

"噢噢噢,一下就记住了。"

"有一个洗脚的人说我这个名字独特,脚连心,呵呵,脚上全身所有穴位都有,经络通五脏六腑,怎么不连心呢。"

"加个微信好吗?"洗完脚,他说。

“你扫我吧。”她拿出手机点开。

加完微信，他掏出几张大钞，“你脚洗得好，这是给你的劳动光荣奖，前台的有人结，你不管。”

焦莲心摆手不接。

“你真不要？”程正有些惊讶。

洗脚女低头收拾，不理他。

“还怕我收买你？你以为天下没有一个好人？不要我也丢这里！”

洗脚女从挂衣架上取下外套，替他披上。

他顺势一把拉过来，边剥开她的手，边说：“拿着，别这样，若认为我是坏人，可把我拉黑。你今天这钱不要，我也不想拿回去了，钱算什么东西？”

看程正这么执意，洗脚女也没再坚持了。

“如果想起我，就微信联系，我忘不了你的，会想你的。”

程正下楼，潘多来早已在大厅沙发茶座等待。

看天色不早，他们开车回去。

“你那位可以吗？正哥。”潘多来发动车子。

“可以个啥。”程正摇头。

“那这客我不白请了？这里的小姐都不行，再只能去冥王星上找了。”潘多来边倒车，边嘟囔。

“可以是可以，铁公鸡一只。”

“怎么啦，不配合？正哥还是书生气，心软。这种事，既要耐心，更要雄蛮（方言，强迫的意思）。”

“你的意思是，你那位很配合？”程正问。

潘多来打了一下方向盘，没有回答他。

　　程正自然猜出了什么，更加闷闷不乐。

　　"嘿嘿，看你急得像只猴子！"

　　"我哪里急了。"程正脑海里回映起焦莲心好看的脸颊。

　　"滋——"车子驶入街道红绿灯前，一辆电动车斜刺冲来，潘多来一个急刹。

　　"最怕这个电动车，不声不响就来了。"潘多来说道。

　　"人家送外卖的也可怜，你寻欢作乐，心不在焉，还骂人！"程正嘲他。

　　潘多来哈哈大笑，"正哥就是正哥，不是'斜'锅，更不是'沙'锅！"

　　"唉，多少人为了生活，四处奔波，他屋里的孩子或许还没有学费，医院里说不定躺着病人，都为一点钱狂奔，甚至裸奔，哪里还讲什么交通规矩、安全意识……你看，有的美女，上了大学，居然跟人洗脚，你女儿跟你洗过脚剪过指甲吗？"

　　程正大发感慨，跟多少人比，自己幸福得不耐烦了，要找死了，都没感觉。

　　"哎哟，你那位不是大学生？我先说这里来的小姐素质好，学历高，是真的吧。"潘多来下意识瞟了公路两旁，怕又冒出送外卖的电动车。

　　拐了几个红绿灯，车子驶入大街道。

　　"正哥，赌场我是输家，情场可不一定。你赌场上是赢家，情场上不一定。"

　　"那你介绍一下情场得意的事嘛。"程正揶揄道。

　　"我只提醒你，这种场合就不要认真了，不要滥情佛系。你到那里谈真爱，就是对牛弹钢琴，点火炬找汽油桶。"

这点程正内心并不认同。他觉得无边的世界，埋汰着无数的美好。崇高卑低是一对邻居。每个角落都流放着伟大的灵魂。

太空旋转飞奔的星系，无有上下正斜、目的方位，只有混沌的过往、短暂的虚像、未知的结局。而那金字塔尖上的所谓华丽高贵，只不过是渺远的虚幻的烟云。

大染缸

以毒攻毒的奇效。

每滴水都曾经沧海，每粒沙都寓天地造合。

这种遥远的相似性，宇宙的同一性，甚至令最强大脑的科学家都惊奇着迷。

来说一粒沙子。

望川河的沙，淤堵河流，抬高河床，滋生水患。地壳岩石的溶淬，风化冲积的产物，在现代建设中派上了用场。这不起眼的沙子，成了稀缺俏货，用有关眼馋者的话形容，比河里的乌龟王八香，比岸上的黄金白银贵。

望川河的沙，量大质优，取之不尽。因为上游一带是砂土地质。本地那些先知先觉的商人和有经济头脑的业主，不知从哪年哪月就潜龙入渊，垄断经营。但沙是大自然的，是洪水从别处冲来的，于是这沙渚就成暗流汹涌、龙争虎斗的渊薮魔宫。为之打架斗殴的、杀人殒命的、倾家荡产的、妻妾成群的……河水奔腾不息，岸上恩怨沉浮，潜裸莫辩，清浊混沌。

沙子靠自然水磨，石子得人工雕琢。公路两边的山，好多龇牙豁嘴，缺胳膊少腿。昼伏夜出，满装快跑，大卡车吐着黑烟，吼叫着为少许人积蓄资本。城乡的路，修了又补，补了又破，像老和尚的百衲衣。水泥路，沥青路，只要一通车，半载几旬，就像被导弹轰炸过，坑坑洼洼，过往车辆行人，一路跳舞蹦迪。

所以方塘人都有褪不去的灰色记忆。有人把这归结为资本原始积累必要的代价，资源性发展绕不过的牺牲，现代化建设需要承受的阵痛。

只是苦了这沿路的村庄屋堂的人，不是被马达的轰鸣声碾碎了夜梦，就是天天在烟尘笼罩中难辩太阳的真身。沿路的树莫不灰头土脸，披麻戴孝，等到下雨后才现出久违的绿意。住马路两边的人，一定要具备地表最强心肺功能、最坚生存意志。

一管就死，一放就乱，几粒沙石，着实考验人的智慧。白天休眠，黑夜作业，检查叫停，不查开工。有人干脆想出妙招，山前竖幅广告给你看，山里抢起胳膊加油干。画面上好山好水好生态，画背底浑水浊气灰当菜。

"吃山管山，吃水管水，吃屎管茅坑！"

"我们望川河的沙全球第一。办石子厂、河沙厂最赚，走水路可以卖到上海。"

"搞的人比河里的刺鲫（小鱼）多，批不下来。"

"那你是怎么批下来的？"

"这个嘛，哈哈……"

这天，程正、潘多来几个人喝茶闲聊。

经历了那件事，他与潘多来的感情也骤然加深，生意上也有合作意向。

他们注册的公司，搭伙参份，干股湿股，还要引雨露，找后台。

蛇有蛇路，鳖有鳖路，螺丝有拗头路。挂羊头卖狗肉，走自己的路。

"哎，正哥，那伙计之后没找你了吧？"潘多来提起上次帮他摆平的那个事。

"没有啊，那天上午就即止安康！"程正跷起大拇指，点头撇嘴，"潘弟超能，不得不服！"

救人于水火，方显强人本色。

"来，绿头发，把你治理那小子的情况给程总汇报下。"

潘多来叫"绿头发"的人，一直坐着不动声色，目光凶冷，表情僵硬。他其实没有绿头发，是个光头。

"绿头发"清了清嗓子，脸上的肉不对称地扯动一下，双手打拱。

"还要钱！哼哼！"他翻了下白眼。

程正感激地看着他，像望珠穆朗玛峰的眼神。

"那天我们几个约起，打了免提，叫'三刀'跟他通电话。"

"绿头发"说话斩钉截铁似的，汇报了战果。

"'三刀'问他要多少钱，他说我们是什么人，我说你的老朋友，见面肯定认得。他说不认识，我说不打不相识。

"他说有人动他老婆的心思，得拿一百万私了。我问他在哪里发现的，他说手机里。我说狗屁吧你，手机上的东西能信？你是不是想钱想疯了！他说有聊天记录，我说有聊天记录算啥！人家聊天说他爱上了慈禧太后，能算爱上了？

"他说他老婆都承认了，我说老婆一方承认不算数，那是诬陷栽赃。你在你老婆那里做了记号？狮子大开口，他呢还嘴硬，一百万，怎么不要一个亿呢？

"我说你在哪里，我们现在就把钱送过来，顺便敲掉你大嘴里的牙齿。哈哈，他吓着了，说既然兄弟们出了面，也就意思意思，少点也行。

"我问多少合适，他说五十万吧，我说，你老婆电影明星是吧？睡个觉这么天价？多话不说了，一万元钱！报个账号，就此了断，一结两清！

"最后补一句，他是我们的重点保护对象，如果你再找了人家麻烦，我们目前也正好没事做，找你拿点费用花销！"

一个电话搞定九十五万，程正像看了恐怖片桥段，对"绿头发"佩服得五体投地。焦莲心老公电话里阴鸷凶悍的声气，一直在心中挥之不去，这下云消雾散。

"绿头发"说出"劳务"开支明细。

"五万元，给了那个人一万，'绿头发'一万五，'三刀'一万，其他五千，嗬（吃喝）了八千。亲兄弟，明算账。见者有份，出力有偿，哥们弟兄总要犒劳一下吧。一共跟你节约九十几万，哈哈，三台挖机一年都搞不了这么多钱！"

大家满是获得感和成就感。

"绿头发"说，"三刀"其实晓得那个吸毒鬼，原来干过一架的，在楚汉棋摊那儿，用砖头捣他脑壳，血朝天喷，却死不了。

"听三刀说，那个人的老婆身材确实好，眼睛会说话。那个人在女孩读高中就跟踪追击，死缠烂打，每天上学守在路上求爱。女孩不答应，还考上了什么学堂，那个人就跑到她读书的城市，每次头发梳得溜光，穿戴得整整齐齐，到学校去找她，带她买衣服，吃烧烤，给她不少钱。女孩家境不算好，父母又管不了她。结婚后，那个人在好些城市搞传销被抓了，好像还电信诈骗，吃白粉。"

　　程正听得心惊肉跳，虚脱发怵。他万万没想到居然是一些素昧平生的人，把他从悬崖边拉了回来。现在他已然没了大难不死的庆幸，只有鬼魂缠身的郁悒。

　　后怕，无奈，悲怜。蹂躏与被蹂躏的，损害与被损害的。他想起焦莲心，她的美丽，她的命运。

　　他隐隐觉到，这个大染缸，自己已成局中人。

　　财富扼杀快乐，情欲毒蚀心灵。回望自己走过的路，如果当初不改行，安分守心，做个拿工资的教师，或随遇而安的职员，过着清贫安稳的日子，这可能就是大多数人所走的路，所拥有的人生。

　　但他潜意识里还是否定了这一切。

　　就算生活可以重来，他也不会走过去的老路！贪心，说白了就是，总相信有更好的活法，总觉得别人活得比自己好。

　　不管怎样，现在人们嘴里"程半亿"的他，财务自由，物质富足，还去吃二遍苦，受二茬罪，他是不会答应的。

黯淡了剑舌枪唇　生动了钟釜争鸣

哭笑不得的文学。

《方塘故事》杂志总编海培古居住小区。

场地上，几个孩子哼哼唧唧地唱。

一位路过的大爷听出点名堂了。

"小乖乖，你刚才唱的什么？"

"网红歌。"

"小乖乖，在哪里学的？"

"幼儿园，都唱呢。"

"你懂这歌的意思吗？"大爷问。

小孩摇摇头。

大爷正要离开，小孩冲他扮怪相，做鬼脸。

"诗歌最好玩，坐在马桶上，能变成皇上哟！"

大爷笑得前仰后合，拍了小孩屁股，"乖孙子，老师说你在幼儿园里光尿床，为啥不去坐马桶，当皇上？"

岁月啊/你带不走/那一串串喷香的烤鲜肉……

老爷爷走了，小朋友又唱起来。

网红诗卷起的风暴，佐证了汗水和灵感、耕耘与收获的悖谬。

有人想破头，写断手，一句留不了；有人伸懒腰，屙尿尿，脍炙人口。

黄袍加身，彩票中奖，亿万分之一，甚至零概率，还是有人迷，有人痴。

"你找谁？"

"我亲戚。"

一个中年乡下老头，挑着土特产，正与小区门卫交涉。

老头姓全，名仕衡，一生爱好写作，痴迷文学。

"住几栋几号？"门卫问，是很负责的那种。

"唉，不记得。"全老头愣住了。

"亲戚？不记得？"门卫扫了一眼他挑着的东西，一脸疑窦不屑。

"是亲戚，远房老表，只是好多年没联系，这次上他家看看，我手机前不久掉了。"老头说得有鼻子有眼。

全仕衡的情商智商明显高于写作商。他好说歹求，活编现造，门卫左瞧右看，可能想起穷居闹市和富在深山的关系，准备放行。何况老头不像拿炸药包进小区的坏人。

全仕衡是有名的倔性子，一根筋。他埋头写作，入戏太深，不怕坐牢，不怕离婚。用他自己的话说，生是文学的人，死是文学的鬼，追随缪斯心不悔。

他以"苦行僧""全是空"为笔名，豆腐块散见于大小报刊。写着写着，子女散了，老婆跑了，但苦行僧永远在路上。

全仕衡是有一次在笔会上认识海培古的。先前也在海总的手里发了点稿子，但命中率低。全老头要公关，就这么挑着土特产来了。

苦行僧不知在哪访到了海培古的楼门号，按了门铃。

海培古开始有些不悦，但从门镜里望了望，苦行僧挑了不少东西，就开了门。

苦行僧挑着担子，像西天取经的沙和尚，满头大汗地就往屋里跑，海培古来不及递上鞋套，土特产就哗啦摆客厅了。

"你怎么进小区的？门卫让行吗？"

苦行僧不好意思笑了笑，"说是你亲戚，就过了。"

"大白天的，挑这么多东西，别人看见会怎么想？"海培古面露愠色。

"一点土特产算什么。何况是亲戚，哪个怀疑？"苦行僧用袖子抹着汗，"放心放心，我的大总编，太廉政了！"

"不要再搞了，现在不比过去啊！"海培古摘下眼镜，用手指揩了揩，镜片有些花了。

苦行僧细致地介绍他特产的特色。

"海总，这些都是正宗的山货，你是清楚的。比方说豆腐，只有我们老家那乡那村那井里的水，打的豆腐才好吃。世上的水井泉眼何其多，我们村是天下第一洞，江南第一泉。这是老天照顾，没得改。"

海培古倒了杯水，一边看着特产，一边听全老头讲解。

"特别蹊跷的是，我们的太婆酸菜。说起来你也许不信，全球全国全省，全市全乡全村，只有我们村的蔡大婶腌制的酸菜，才有那种酸味酸劲。不瞒你说，她烧的水，用的盆，压的石头，都有讲究。特别是她的手，真是神了。同样是腌，别人的手弄就不酸，要么酸歪了，或者酸溜了。蔡大婶的手腕，就酸得正，酸得巧，酸得妙。据说这是因为她手上有一种特有的菌。谁能相信，太婆酸菜品牌，买全国卖全国，咱全村人吃的就是蔡婶手上细菌的饭！"

酸菜丝堪比黄金条。海培古听得玄乎，将信不信地点着头。

他觉得这全老头莫是搞错了行。文学创作一般，直播带货不赖，功夫在诗外？

"海总，我还有更特色的产品，金石泡辣椒！"

全老头从化肥袋里取出一个玻璃瓶，揭开盖，用手扇了扇，鼻子吸了吸，又合上。

"您以为我冒这么大的风险挑进来，没有价值意义？恕我啰唆，这个辣椒的泡制过程，堪比一部长篇小说，情节曲折，故事动人。"

全老头介绍"金石泡辣椒"时，底气更足。

"这种泡辣椒，不仅要水、光、温等多种条件适宜，主要是腌制有祖传秘方。"

"秘方？"海培古今天发现，山里世界更可爱，微观世界更精彩。眼前的全老头伶俐贤达，童心未泯。

舒曼韵那种文学花骨朵，膏养他的心，全仕衡这种文学老腌菜，挺开他的胃。

"你还没告诉我，什么秘方呢。"他心情大爽，"不会是蔡大婶用脚做的吧？"

"这，这就省略吧。"全仕衡犹豫起来。

"说嘛。刚说得好好的又打住，吊我胃口？"海培古坚持着。

"种辣椒的土地，一定要施牛粪，人的粪不行，那样味道变了，此其一。我们那里的牛，比别处的牛更牛。那也不是一般的牛，肉比别地的牛更香，牛粪也比别处牛的劲道足。我这是正经话。橘生淮南不是桔。反正不管动植物，生错地方就不是它自己了。其二呢，泡制这种酸辣椒，除了要用特殊泉眼的水，还要添加童子尿！海总，我不是倒你胃口，这确实是祖传世袭，如有假话，我出门就被车撞断脚。我们金石牌泡辣椒，无论大员要员，不管今人后人，吃了还想吃，吃了还要吃！"

海培古几乎被这个老头晃晕了。

见过行贿送礼躲猫猫的，见过求人攀贵羞答答心戚戚的，见过给点不值钱土产品拿不出手怕人嫌弃，谦虚谨慎戒骄戒躁的，没见过王婆卖瓜这么胡嗨瞎夸的。豆腐胜过汉白玉，腌菜强过金缕丝，辣椒开口成网红。

"好，谢谢，谢谢！"海培古暗里感到全老头酸辣过头，间接逐客。

不过，你就是送他一个亿，也没有这点礼品有特色，长记性。这一点，海培古还是认账的。

临走，全老头笑着拿出一沓皱巴巴的稿笺。

"海总，拙作，请斧正。"

"好，放我这。"海培古接了。

全仕衡摸着扁担出了门。

给全老头倒的水都凉了，一口没喝，他连杯带水丢进篓里。

听着楼道脚步声消失，海培古走到窗前，看着老头瘦弱、佝偻的身影在下面移动，顿生怜悯，鼻子发酸。

多少人，明知看不清起点，走不到终点，与成功沾不上边，想出头注定无缘，却要这么孜孜不倦。

执迷？悲酸？滑稽？可笑？

文学就是这种让人哭笑不得的东西。

代 沟

生命和爱情都是意外，没有哪次可以预演。

如果把人生输入程序，与笼中小白鼠何异。

在童午和晨玲几年的地下情中，晨玲的家庭，背景对他一直都是模棱两可的。一方面是他不好过问，也不想过问，另一方面，晨玲也没主动告诉他。

晨玲的父亲是品牌牛奶的经销商，生意做到了无锡、镇江等多个城市，大大地赚了一把，家产过千万，后因一件毒奶粉事件，生意大受打击。

但他只是中间商，没亲自掺杂使假，属于间接作恶，被动犯罪，加之既非原告又非被告，掉头抽身，迅捷麻利，生意总算维持下来。

养牛的不如挤奶的，挤奶的不如造奶的，造奶的不如卖奶的。

反正他要坐在金字塔尖，奶头山上。

他叫晨木云，奶界大佬，网售牛人。

听说他信奉"奶嘴"理论，塑个奶嘴头的形象，给点象征性的甜头，就能创造"马儿不吃草，马儿跑得好"的效益。或者画个大饼，给点小利，能让牛儿彰显"吃进去草、挤出来奶"的社会价值。

成就人生梦想，不怕一万，就怕万一。他嘲讽实体种养，热衷虚拟经济。炒概念，玩套路，剪羊毛，割韭菜，除了资本运作，什么都是浮云。

晨夫人呢，雍容富态，穿金戴银，仿佛全世界的富足都挤到她身上了。

这是一个人人艳羡的家庭。晨木云夫妇俩视独生女如掌上明珠，还盘算着找一个高学历、懂经营的女婿，执掌他们的产业。但明相暗托，多方物色，却屡屡落空：门户对的年龄小，学历高的家里穷，长得帅的不上进，有出息的没道德……

找个婆家，真是煞费周折，烧干脑汁。

晨木云夫妇发现，这年头，年轻人的三观跑到时代的前面了，甩那些唠唠叨叨的父母们几条街，婚恋观更是变了个鬼打架。这男大当婚，女大当嫁，人还是猴子就开始了。现在可好，男方年近不惑，不急不急，没对眼的；女的三十不立，找不到感觉，缘分没到。有的干脆将独身进行到底，实在逼急了，租一个顶包。

财产继承就不说了，这传宗接代都成问题。世道变成这样子，让前辈们老眼混沌。

你说这代沟嘛，也不至于空前绝后吧；你说时代不同吗，繁殖后代也变异？

猴子不上树，多打几遍锣。

终于，晨家柳暗花明，喜出望外。

晨木云战友的战友，是个猪饲料老板，姓史，名天佳。曾因引进生猪出栏快、肉鲜嫩的添加剂技术，生意风生水起，品牌声名远播，成为猪饲料霸主。

史老板有个独生子，叫史卓勇，正宗的纨绔阔少，行头比他爸还大。身份介绍时，说这是史天佳的儿子，他会一脸不快，说史天佳是史卓勇的爸爸，他就神气活现。

据说史天佳夫妇开始不孕不育，想尽了千方百计，都宣告失败。

背地里有人幸灾乐祸："掺杂使假，断代绝后呗。""赚黑心钱，遭报应呗。""搞那么多钱，有个屁用。"

史天佳夫妇被人暗骂了多少年，不想有一天老婆居然怀了孕！

老来得子，史天佳视为天官赐福，命注金锁。小子那是要风得风，要雨得雨，要光得太阳。史天佳在儿子身上用钱能解决的问题解决了，不能解决的问题也用钱解决了。不仅有国内最好的教育，还送到国外读了一轮。

史卓勇拼爹没输过人。在幼儿园和中小学，谁看他眼色不对或一言不合，他非打即骂，家长每次扯皮，他爸出面，立马摆平。卓勇遇到比他厉害的，就说我爸是史董，饲料大王史天佳知道不？连史大佬都不知道，还在这个星球上混？这一说鬼都怕，啥都斗不过钱啦。

不信神不信鬼，就信小伢一张嘴。

史天佳还真是个角色。

他是典型营商环境的典型经营人物。

有了牛人当队首，碾压猪样的对手。史天佳开创的猪饲料新技术产业，凯歌一路，全线飘红。

史家公司主打猪饲料，兼营鸡饲料、鱼饲料等禽畜食品系列。他的广告创意史无前例。鸡吃了他的饲料，精神亢奋，产量惊人，个大个大个个大，难产难产会难产。鸡蛋圆滚滴溜，一白双黄，营养全面。

不知道他的科研团队引进了啥子技术，鱼饲料更是了得。据传见了这种饲料，鱼在水里团团转，吹出七彩泡泡。又说通过基因改造，使鱼的记忆保持时间由四秒缩至一秒，鱼嘴严重进化，咬功盖世。不光咬钩上的食，还咬钩钩，甚至跳起来咬钓竿。有一个钓士，在史氏饲料喂养的塘鱼，创造了空钩钓上一条大鱼的超级神话。这一真实记录，至今无人打破。

史天佳为人仗义，性格豪爽，敢说敢干。一次有客户质疑他的饲料不绿色不环保，他猛拍桌子大骂一通。

"有肉嫌毛，有酒嫌糟，这是哪门子逻辑？未必你要回到饿死人的原始社会才好？"

"你吃的喝的玩的不都是我们纳税人的血汗？这是实体经济懂吧？"

有一次他背里骂频繁视察他项目的官员。

"抓项目抓产业抓个球，抓胡子抓眉毛抓个毛，光打鸣不下蛋还不如我的鸡尾毛，调门高，口号空，严重影响我鸡的产蛋率……"

战友介绍战友，奶霸欣逢肉霸，家产旗鼓相当，天赐金玉姻缘。晨木云夫妇暗中高兴，正打算阴历年底把女儿婚订了。但史家那边态度却有些微妙，反正他是男方，年龄大点不着急。史天佳不止一次说，让他再浪几年，浪够了会收心的。人生大事，顺其自然，莫搞得那玄乎。老辈们两床被炕上一搁拢，婚不也结了？

父母操办这些，晨玲也不买账。

"什么年代了，还包办婚姻。"她说。

后来迫于父母压力，她扭扭捏捏，去见了一两次面。

记得有一次，玲玲回来一脸菜色，默不作声。

"怎么不高兴，卓勇对你不好吗?" 妈妈问。

"好啊，好得恐怖!"

有些话大人不好问，妈妈只好作罢。

牛脚凼里翻了船

本是套路客，竟成局中人。

《方塘故事》总编辑海培古摊上大事了。

这天，他在《方塘故事》编辑部强调，要多视角、多题材创新办好《世象浮绘》《破罐杂烩》等栏目，要求以一个成语+人物的形式，坚持真实性原则，着眼"灰色地带""混沌空间"。

笔名苦行僧的全仕衡，隔三岔五给海培古送土特产，就想在《方塘故事》杂志上发稿子。

全仕衡写作禀赋平平，有的稿子改得面目全非，删得几乎只剩"苦行僧"三个字了。但他却对写作爱得执着，痴得疯狂，慎始慎终，不弃不休。

他有时写信，有时打电话，有时发信息，稿子啥时发，哪个栏目发，问得子卯分明，催得咄咄逼人，这就把海培古问腻了，惹毛了。

"呃，我说老全，你把我当秘书是吧？"有一次海培古正主持编务会，电话不停地响，终于发恼了。

电话那边开头咽声吞气，后来口气硬朗起来。

开完会，海培古想想有些不妥。全老头送的土特产在他脑海里闪回。平日里他都在会上强调，读者通讯员是报刊的衣食父母，怎么全是空话了。办的报刊没人看，揩屁股都没人要，有啥意思？

"刚对不起啊，老全，莫怪我，最近心里烦。"

"没关系的，不过……"全仕衡顿了下，还是不温不火地补了一句，"海大总编，你那态度，还真有点让人吃不消呢。"

听他这么一说，海培古也不高兴了。

"你的稿子能安排的都安排了，不该安排的也安排了，没必要天天催，听见吗？"

"我不难吗？"电话那边抱怨起来。言下之意是，神经兮兮去采访，搜肠刮肚开夜车，信誓旦旦表硬态，稿子却发不出，老脸往哪里搁？

全仕衡觉得每回送东西，海大人高兴不了三天，几块钱的稿费搭车都不够，自己跟采访单位拍胸脯的稿子，偏偏发不出，窝囊又窝火。

"我们也有我们的难处，不能换位思考一下？"海培古提醒说。

"我正在换位思考呢。别人的文章，搞连载，发专栏，我文章就那么差？"全仕衡怨道，他潜意思是，稿子质量差一点，土特产弥补了嘛。

"不说了不说了，我正忙呢。"海培古生硬地挂了电话，他新闻敏感性不差，嗅到了对方话里的火药味。

这是他始料不及的。

吃了一点他送的东西，惹麻烦了。

他觉得，底层这些文字爱好者，应当低到尘埃中泥巴里，对他这样文坛重量级人物，得规规矩矩、毕恭毕敬，跟他说起话来怎么这样放肆？

他想着把土特产全退回去，可有的都吃进肚里拉出了屎尿，还怎么退？要不折算成现金，一次性退他？

当然，海培古还有办法。发稿权都在他手上，大不了给全老头多舀几瓢加几匙不就抹平了。

可因为那时他正在力捧文联女诗人舒曼韵，专栏系列，评论加推，档期版面确实吃紧，全仕衡的稿子一搁几月半载，你让求名心切的他怎么没意见？

说来也巧，《方塘故事》全仕衡期期必看，篇篇必读，对编辑意图和发稿动向了如指掌。其间他也学着舒曼韵的诗，创新试水，写了"键盘体""音响流""梦呓式"等多花样的组诗，无奈石沉大海，不受待见。

特别是他的"结巴体"组诗，意象错突，洒脱恣肆，句子随意断，标点胡乱放，有撼天动地、驱神赶鬼的冲击效果，比马桶诗更具杀伤力，可哪有版面呢？哪有伯乐呢？

所以问题来了。

不说吃人家的嘴软，你海培古重女轻男是肯定了。舒曼韵写在马桶上拉屎，他也写在马桶上拉屎，甚至马桶的大小规格品牌一致，屎尿的气息味道惊人一样，发得她的，就发不得他的？

全仕衡反复研读舒氏诗作，就是题材独特，敢闯禁区，敢冒冷门。其他嘛，完全可以复制模仿，无外乎就是进厕所坐马桶上拉屎，揩完屁股神来一笔，摆个帝王姿势就完事。

"我的为何不发？为何不发我的？不发我的为何？"

全仕衡忍了又忍，有一次忍得神经都错乱了。他创作了一组鼻涕诗，并附上一封信，寄给了海培古。

海总编收到了，但还是丢一边了。

全老头猜到了结果，打电话给海培古。

"海主编，又打扰了。信收到了吗？这组诗能不能发？"

那天海培古不知什么事情与社长贾大亨拍了桌子，正一肚子青烟黑火，便没好气地说：

"说了一万遍，有版面就发，没版面就不发。未必每次都要跟你汇报？那你来当这个总编好了！"

全老头本不是个善茬，他看海培古是个暖不热的生铁壶，气也不打一处来。

"能当你这个总编的，可以用猪箩担！到街上，到地里，随便抓个两只脚的，甚至四只脚的，都可以搞，听明白了吗？"

"你！"

海培古气得脑子突然短了路。

全老头觉得既然翻了脸，干脆一抹黑。

"你把杂志当成私家地，栽葱种蒜，饲蛙养龟，都是你说了算，才晓得你是个不知好歹的人！"

"跟你有什么好、什么歹？你送的那些东西多少钱，我都算给你！"海培古脸色铁青，也失去了理智。

"算就算！你这杂志给我揩屁股都嫌脏！"全老头愤然挂了电话。

海培古有了一种混天沌地的世界颠倒感。

他的办刊宗旨贴泥土接地气，错了吗？他跟你发那么多的稿子，不算数吗？遇上这种人，怎么对付？

这种时候，"贾一把"平常反复强调的，在他脑海里嗡嗡有声。

"以后全听他的，打太极拳，跳太空舞，虽不着边际，但落个清静。"他开始反思了。也对那天跟贾社长拍桌子有一丝悔意。

第二天，海培古就以了解居民生活为由，问几个农村出身的编辑，一缸金石泡椒多少钱，炸豆腐、干豆角、干萝卜丝市面上什么价。

他要换成人民币，退给全仕衡。

"没见过这么要名不要脸的，要名不要命的！"他咬牙切齿骂道，"为出人头地，不择手段，我就知道这人不正常！码字队伍里，这种人占了多大比例？怎么被我碰上了？"

过了好多天，他的心态才慢慢平复。

搭错车

情感的河流，看得见翻滚，却不知底细。

晨玲去了一次上海，参加同学婚礼。

几年不见，她们大多或婚或育。

这事对她刺激不小。

"都约好先不结婚的，怎么都当了叛徒！"

"说婚姻是坟墓，都一个个往里跳！"

最先撕毁"君子协定"的那位上海闺密，小孩都上幼儿园了。

看着往日的闺密各奔归宿，谈论的话题都不大一样，她感到自己落单了。

那天她们喝了不少红酒。

"打个不恰当的比方，今天从上海去杭州，最后一趟动车，票坐有限，挤上去了，就在杭州，挤不上去，你就在原地。"

"同时代的人跑光光，你在原地心慌慌。婚姻这趟车，没挤上去，一定被动挨打。"

"你们知道剩女是怎样炼成的吗？"另一个正处蜜月期的女生说，"上车时犹犹豫豫，以为还有下一趟。下一趟车可能更豪华，更舒适，搞不好是专列，呵呵，不过，专列司机是个渣男……"

过来人你一言我一语，大谈心得。

晨玲想起那年她和童午在动车上的相遇，嘴角掠过一丝苦笑。

"是人都分泌肾上腺素，不结婚，对不起天地自然，对不起荷尔蒙。"有人嚷。

"我那位是父母撮合的，看还过得去，一想嫁了算了。"一个刚订婚的女孩说，"万一要离再说。"她明显是受父母之命进的围城。

"我爸妈越说我越逆反，现都有结婚恐惧症了。"有一位仍然单身的女子说，熟人相托，亲戚牵线，朋友介绍，她都相了上十次亲，次次砸锅。地球上看起来几十亿男的，合适的，一个都找不来。

"我到时候，掷个硬币，决定结不结婚。"

晨玲这回还真感到了压力，难怪父母天天有意无意逼婚。

人对时间的长短感觉最是混沌。命运越是顺利，时间越是飞快，十年二十年，一晃没了，那中间几乎是空白。时间这东西，说长也长，说短也短，在乎感觉。同学会，闺密会，对人的触动最大。

在回杭州的车上，晨玲有些惆怅失落。

这时史卓勇打她的电话。

他问她在哪，她说在上海回杭州的车上，他问她到上海干吗，她说去同学那里玩。

他说回杭州给她接风，她随口答应了。

一念起，一念落，须臾刹那间。

那段时间，她对自己与童午之间的感情有些迷惘和犹疑，在电话里吵过。父母不停催促，史家甚至都送来了订婚礼。

史卓勇打电话来要跟她接风，她也就不好拒绝。

　　史卓勇刻意打扮了一番，开着豪车到站接到了她，径直到了一家五星级酒店。

　　他还约了几个哥们，成双成对的。

　　除了晨玲与史卓勇两人还有些扭捏生涩，其他情侣你侬我侬，莺莺燕燕。史卓勇果然是个造氛织围的角色。

　　"卓哥威武，嫂夫人惊为天人！"

　　史卓勇眉飞色舞，"言重了，言重了，八字还没一撇。"

　　倒红酒时，晨玲用手罩住高脚杯。

　　"不喝？那脸上的酒窝长着干啥的？"

　　大家七说八劝，她莫名地把手松开了。

　　壁灯柔和，杯盘洁亮，菜肴精致，青春爱意自由飞扬。

　　童午给不了她这种生活，她脑海里闪过这个念头。

　　桌上的人抢着给晨玲夹菜，盛汤，倒酒。她看到那些手，纹有花蝴蝶，还有小蜈蚣。

　　"我头有点晕。"被几番劝喝，晨玲用手支着脸颊，眼光迷离，头甚至磕在了桌上。

　　"啊，喝不得为何不先说？"史卓勇贴着她的脸问。

　　桌上的哥们见状，都不约而同挽手拥臂纷纷散去。

　　不知过了多长时间，晨玲抬起头问：

　　"他们都走了？"

　　"走了。"

　　"好像饭都没吃完呢。"

　　"哪晓得，给我们俩留一个寂寞世界。"

　　"你这酒好醉。"她说，"我在上海喝的，没这醉人。"

　　"是吗，我这是自带的进口红酒，百分之百正宗。"

“我还以为你放了迷魂剂呢!”

“不喜欢吗?”他问。

“我今天像赴了鸿门宴。”她说。

“我会给你幸福的!”史卓勇抚着晨玲的肩膀和头发。

她笑一下,移开他的手。

“这里要打烊了,我们找个地方休息,不要影响人家。”

他把她扶进预先开好的宾馆房间。

从一个花坛走过时,她抬眼望了一下,夜空朦胧,像个漫着雾气的深渊。

“不,我要回家。”她感到身心像失重样的飘。

“这么也回不了呀,喝成这样,伯父伯母会生气的。”

“我们,还缺少了解,这也太……”她感觉自己不太清醒,用力摇头。

“对不起妹妹,我已经爱上你了。”史卓勇几乎不由分说,解开她的衣扣。

她只感觉他那双手铁钳一样,而自己浑身乏力。

夜风夹着雨点打在玻璃推窗,发出哆哆的响声,不知过了多久,她醒了。

史卓勇打开灯,在床上到处找什么。

“你找什么?”她瞪着他。

史卓勇没搭理,继续找。

“不找了,不找了,你永远找不到!”她没好气地说。

“这么说来,你不是……”他后面的两字没说出来。

“不就层膜吗,有那么重要?”她冷冷地说。

“我以为,你是一个美丽纯洁的少女,没想到你比我还开放,哼。"他揶揄道。

"开放是你们男人的专利？"她反唇相讥。

刚才饭桌上还扭捏作态的俩男女，一下子跟夫妻样吵架。

"对不起妹妹，我不会计较，不会。"还是史卓勇圆滑。

晨玲看出他言不由衷，"计较不计较，都来得及。如果你真介意，好聚好散。"

史卓勇等的就是这句话，其实他一直压抑着失望和懊恼。

"那，如果实在没这个缘分，订婚礼就不用还了，算我一份心意。"

"订婚礼？我不知道。你明天就收回去！那本是你们给我父母的，跟我没关系。"

"哎呀，一日夫妻百日恩嘛。"

"不说了！"晨玲要穿衣起床。

在他们别别扭扭的议论和争锋中，窗外露出晨光。

对晨玲，那一夜比一个世纪还漫长。

她痛定思痛，决定与史卓勇彻底了断。

一个星期后，她去了方塘市。

女打字员的组诗横空出世

看那神坛，谁都可以啐一口。

方塘市最权威的杂志《方塘故事》，发表了文联女打字员舒曼韵的自由组诗。

一个打字员的诗，像生了翅膀长了脚，传遍全城大街小巷。

美女作家写文章，比一般作家还要引人关注。

人们都忘记了文坛是啥样的，干啥的。小孩子们还以为文坛文坛，是放墙角的什么玩意。

这么不仅知道有个文坛，还被美女诗人给打破了，腌菜泡椒，鸡零一地。

这得从《方塘故事》杂志的办刊宗旨上溯源。

报刊往何处去，纸媒怎么办，这是个问题。特别是这种自办发行的纸质刊物，生存还是毁灭，更是个火烧须眉的问题。

古人发明的词汇成语，都被今人践真笃实，赓续光大。

比如，"杂志"，杂谈杂感、杂闻杂趣、杂人杂事、杂花杂鸟，干脆开了个《破罐杂烩》栏目。关系稿，人情稿，欢迎来稿，像老城区的汤火锅，狗肠蘑菇大白菜，加点佐料人人爱。比如千篇一律，《方塘故事》印证得无以复加，什么文章什么标题，不是口号就是问号，可直接找基尼丝挂号申报；比如千版一面，《方塘故事》里面的几个大佬名咖，长期霸占头条，乌龟的脚呀，鲫鱼的腮呀，叶儿的梗呀，花儿的瓣呀，煞有介事，连篇累牍。

满纸虚妄言，一把浓鼻涕。

每年发行订阅，可怜这些办刊人，动员三姑六姨，八戚九友，求爹爹，告奶奶，当孙子，还是颗粒无几，订数惨淡。刊物哪里办得下去！除了拉长废品回收产业链，振兴厕所下水道疏通业，几乎一文不值。

围绕生死存亡，刊物内部有过争鸣。一方是摆脸谱，弄架势，装正经，一方是要看天气，接地气，冒热气，除馊气，但到底是向死而生，还是休克疗法，谁也说服不了谁。"在黑房摸了三天三夜，最后还从老角里出门。"期期编些老八股新九段，季季发点你我他虫鸟花。写谁谁看，谁写谁看，最后由收废品的老头看。这种群策群力造垃圾、一本正经拼消耗的活，除了印证千篇一律、千版一面的古人成语智慧，没有剩余价值。

办刊人总不能喝风吃土吧，所以要争市场呀，要有订阅量呀。

主编海培古深耕文坛，与翟平平交往甚密。他是急进的先锋改良派。坊间传出他与社长贾大亨早就"不葛脚"（方言，不和谐）。海总编的观点很鲜明，就是走进火热的社会生活，抚慰底层的痛苦灵魂，把脚上有牛屎的作者读者当衣食父母、贵友嘉宾。

海培古胡子拉碴，头发蓬松，隔着玻璃镜子的眼神让人捉摸不透。他能言善辩，语速灵快。因为话量过多，嘴角上的白沫常常来不及清理。据说他在大学里是校辩论队里的主力二辩，不知是真是赝，反正他各地的培训获奖证书之类的红本本，差不多一箱子。

几次把酒言欢中，他也认识了文联大美女舒曼韵。

这不，他们又在饭局上了。

"海总，我也有点小小的……"舒曼韵笑意嫣然，娇滴滴的，说了半截子话。

"小小的什么？说嘛！"舒美女的话，和她的诗一样，标点符号，海培古都听着记着。

"嘻嘻，有点爱好……"她还是留个省略号。

"说呀，小美女，爱好什么？"海培古脸上的笑容都快凝成硬坨了。

"还不是，文学，嘻嘻。"舒曼韵终于嘻出了后半截，把一句话嘻完整了。

美女诗人说话，麻花馓子拼，还是有人听。

海培古"啊"的一声大叫，比老鼠发现大米缸还激动。

"好啊好啊！我就说嘛，外表美的人一定内心美，这是不以人们意志为转移的自然规律和美学原则。"海培古眼睛直勾勾地看着舒美女，然后高高举起右手，大拇指像酒瓶头样竖起，"方塘文学繁荣，原来有根基，有土壤嘛！好，好，好！强将手下无弱兵，绿水塘里有大鱼，翟主席关门培养、亲自扶携的美女诗人，有实力！"

"那么，你都看过哪些书？"他关切地问。

舒曼韵断断续续说了一些书名，在座的却鲜有所闻，有的还是《化妆大全》《香水通鉴》之类。

海总编迅速转移话题，切换视界，他一贯怜香惜玉，爱才护犊：

"现在写些什么呐，有什么大作？"

"现在，嘻嘻，写点诗了。"

"写诗好啊，我们方塘出个李清照不好吗！"海培古又一连串好好好，意思是方塘这块江南宝地，必定要出伟大的诗人，而且是伟大的美女诗人。

舒曼韵感激啊，笑出最好的样子。

"你写的诗在哪里，手里的大作可不可以拜读？"海培古对长得靓又写诗的女子套近乎，把杂志总编的身份丢到爪哇国去了。

"我加您微信，"舒曼韵白嫩的手指娴熟飞舞，"我扫您，嘻嘻，还是海总扫我吧。"

双方互加微信，舒曼韵顺便把她写的一揽子组诗传到海培古微信里。

"还不赶快敬酒！"翟主席在旁边提醒，"海总亲自在杂志上跟你发诗歌啦，别人想都想不到啊！"

"我不会喝，不好意思，海总编。翟主席知道的，我……"要她喝酒，舒曼韵有些忸怩。

海培古脸上笑容消失："哪个天生会喝酒？"

翟平平也一旁鼓风拱火："今天我可就保不了你啦，可别怪我大义灭亲哟。"

"那好吧！"舒曼韵眉毛一飞，自己取杯倒酒。

引蛇出洞了，桌上一片欢腾，有的起身脱衣。

岂料，酒至半酣，舒曼韵反客为主。

她端着酒杯，挨到海培古的肩上。

"嘻嘻，今天，高兴……"她微眯醉眼，"海总，海总……"

柔情蜜意的几个"海总"，彻底把海培古喊酥了。他后背上感到了软润，酒精荷尔蒙在体内交相激荡。

他顺势用手托了一下她的腰，又缩了回来：

"你成……成家了吗？"他吸了一口气，看着盘上面一块好肉，边伸筷子边问。

"结了！早结了！"翟主席端着酒杯大喊，"你问她结没结婚？嗨！早就结了。她当年拿个请假条，找我们分管的签字，分管的看她请这么长时间，不愿签。她一急就嚷嚷起来，我怀孕了，翟主席知道，翟主席清楚，你去问他。"

天呐，她怀孕，不说老公知道，却要说翟大人知道，桌上听出道道的人笑坏了。

海培古眼睛圆鼓，他惊喜的神情，似乎从玻璃镜片凸出来。

"哎哟，原来都少妇了。你看我，还以为舒小姐没结婚呢，话都不敢放开说，哎哟哎哟！"

见翟大人和海大师都如此浪漫主义，桌上的人都趁热打铁，大呼小叫，以售快感。

"皮肤好白，像石板街的新鲜豆腐脑，嫩、白、拂。"

"现在的人，谁知道结没结婚，结不结婚……"

"哎唷子哟，依儿子哟，该出手时就出手哇。"

酒席像蒸笼揭了盖，大气冒荡。

"海总，海总，"舒曼韵娇声欲滴，"我的稿子，您多指教哟，能不能发表，还望……"

"发发发！"海培古马克沁机枪似的，一连多发，"你的稿子？必须发，坚决发，彻底发！今天我海某人丢句话在这，"他手指往桌上一戳，"从今以后，你就是画一只鸭，勾一只鹅来，都给你发了！这点小事，相信我是能做主的！"

酒桌小平台，能量就是大。就是要上天，喝点酒也冲了，就是要去死，喝几盅就不怕了。

想都不敢想的，想了；想说不敢说的，说了；可做可不做的，做了；可成可不成的，成了。劝君更尽一杯酒，事半功倍哪里有。

"拜个师！"有人怂恿。

"干脆拜个干爹！"有人加了码。

"管他干爹、湿爹，喝下去才是硬爹，干爹不能光喝受酒！"有人主持公道。

酒友们看戏不怕台高，翟主席首当其冲。这不光因舒美女是他麾下爱将，而是方塘的文艺繁荣进入新阶段，人人洗脚上岸，个个赤膊上阵，真正迈向"注意力文学"时代。赚得了流量，引得来吆喝，诚实劳动，靠笔吃饭。打字员又怎么样，拜倒吧，跪舔吧！

翟平平、海培古酒海沉浮，阅尽春色，要数最尽兴、最淋漓、最荣光的酒局，与舒曼韵的这次，位列前茅。

作为一位文艺刊物主编，于公，推举了人才，培植了新生力量，引爆了文学涨潮；于私，拜了干爹干女，拓展了人脉，壮大了队伍。

更为卓越的是，让一位美女诗人莽昆仑般惊艳出世。

海培古回去后从微信上下载了舒曼韵的诗，加了编者按，发了封面导读，编排了栏目头条。

哎哟喂，谁也没想到，舒美女的诗，在无边的暗寂中，搅起滔天巨浪，引发文坛海啸。

借助新媒体，这些诗的传播，具几何级、立方式的速率膨胀。

翟平平欣喜不已。他领导文联作协这么多年，一轮明月，满天繁星，此生慰矣。

他当然更要举贤不避，站台镇场，撑腰打气。

"我是写旧律诗的，搞老八股的，但跳起脚，举双手，赞同舒曼韵的创新突破！"

突然袭击

爱情像天平，一丝怠慢就会倾盘。

"童老师，有个小女孩找你。"

这天上午十一点，司徒登副主席走进童午办公室，"他说是你的亲戚。"

"人在哪里？"童午起身问。

"广场的喷泉边。"

"她怎么不进来？"

"不知道呢。她说请接电话的同志转告一下就行，我刚接的座机，这小女孩蛮有礼貌的。"

"小女孩？哪里的亲戚？广场喷泉边？她知道单位的座机？为何不打他手机？……"

童午满腹狐疑，边走边望。

既非大型节假期，又非双休日，广场人影稀疏。音乐喷泉开放当初，灯光摇曳，水焰冲天，车水马龙，像一圈饿极了的人，围着一个冒泡的大火锅。但市民对人造景物，容易审美腻歪，加上喷一次得耗几百上千元，音乐喷池很快偃旗息鼓，锈蚀颓败。

热闹非凡的场所，人声渐去反显萧条，像散席的剧场，空洞寂寥，更阴森瘆人。

童午远远看见有个人影在那里踱步，像他早年死去的一个亲戚。他用手拭了额角，有细微冷汗。怎么会有这种幻觉？

等他缓过神来，音乐喷泉到了。

"怎么是你！"

童午张大嘴巴，并未喊出声来。

晨玲微笑着，神灵样降临。

"你，吓我一大跳！"童午嘴里吐出颤音。

"嘿嘿，嘿嘿。"晨玲笑语清脆。

童午满脸惊惶，他四周张望着，明显是怕遇见熟人。

"你真是！为什么突然袭击！我可不喜欢这种飞行模式。来也不提前打个招呼，如果我出差了呢，如果我没时间见你呢？你不白跑一趟？！"

晨玲认真地看了童午一眼。

"我是想给你一个惊喜嘛！"

童午露出为难甚至苦涩的表情。

她一脸不解地看着他。

"不是别的意思，玲玲，我是说你要让我有个心理准备，也好安排你。我这段时期心情糟透了。"

"是因为我吗？"

"不不，工作上的事，我都不好意思说。"

晨玲脸上凝起了冷霾，酒窝好像也消失了，这一定是怒火中烧。

"你厌倦了吧。"她把眼光移开，"我知道你终究会厌倦，但没想到这么快……"

"不不，听我解释，"童午不顾一切抓住她，像狂风中即将脱手的风筝线，最后刹那拽住了，"玲，我是为你好，都挺好，千万别乱猜，你替我想一下，就会理解的！"

"我今天，第一秒钟看到你是惊恐，第二秒钟是陌生，第三秒是厌倦。我不该来的，真的，"晨玲不想直视他的脸了，"你以为我那么傻，那么呆？"她思索道，"原来这就是宿命，宿命啊。我这大老远的，是来看脸色的，听讲经布道的。原来古人经历过的，后人都在重复，真相有这么残酷吗？唉，书本上的现实，现实中的书本。"

广场上有人朝这边走来，童午慌了神，拉住晨玲，"走，待这里不好。"

他们转移到另一个无人的地方。单位上的风言风语使他如芒在背，与裴裳的长期冷战让他窒息，还有其他看得见看不见的凶兆，把他逼到了崩溃的边缘。这个时候，晨玲的出现，他不免心惊肉跳，愁肠百结。

这是个新建的休闲公园。汉白玉桥，红木廊道，波光粼粼，烟柳依依，设计建造用了心，但景观还是差点品质，像西湖的边角余料。

"玲玲，"童午趁换环境调整姿态，"你怎么知道我们座机号的？哦，这我告诉过你。那你怎么不打我手机，要打座机，让人家知道多不好。我们单位都有风声了，我已经受到影响了。但是我不怕，我不管，我不理！其实我们都期待爱情的突然袭击，谁不期待呢？"

喏，这里的公园也是仿苏杭园林建的，湖、堤、草、林、花、桥，但就是没西湖有灵气、名气。就像女人，器官结构都差不离，有的人为之死去活来，有的人弃之如敝屣。彼时彼地的爱到了这里，怎么就水土不服呢？他童午怎么叶公好龙了呢？

他指着那片荷塘，"谁不喜欢从天而降的爱情？谁不喜欢天上掉下个林妹妹？谁不喜欢人群里看都没看一眼，就冒出个白素贞？"

晨玲受了感染，心情好了不少，她似乎回忆起杭州西湖的一幕。

"你说不搞突然袭击，那曾经我们在动车上相遇，不是突然袭击？你有心理准备？你有构思策划？"

她脸上阴天转多云，"我现在回想，在动车上那次，如果你要是有预谋的、蓄意的，有准备的，用了心思的，那你可真是一个坏男人！渣——男——人！"

"是是是，宝贝，我是个不懂浪漫的坏男人、老男人、渣男人，确实，我应该张开双臂高呼，让爱的突然袭击来得更猛烈些吧！"童午低声有力的附和，生怕损害这难得的和美。

艳阳强烈温柔，花草迎来送往，清风拂脸润心，莺燕你侬我侬，样样恰到妙处。这就是幸福的时光，快乐的样子。

爱情阴晴无定，欲说还惑，遇不可求，就像世界杯决赛的进球，必须高强度，大难度，否则没价值；必须是倒地前一秒，否则不精彩；还必须是上帝配合和不可复制，否则不神奇。

地球上的人多了，一定会冒出神；爱情的神走了，一定会还原人。

还是那家宾馆。

他们共同回忆起动车上的相遇、相识、相爱，一次次，一幕幕，美好而难忘。

童午发现，他确实离不开晨玲了。他爱过裴裳，那也是强烈的爱，幸福的爱，但没有爱晨玲这么纯粹狂热，刻骨铭心，地裂天崩。他曾无数次地问自己，人为什么不止一次爱情？是因为没碰到真爱？是因为相爱都是随机偶然？他对晨玲的爱，是不能承受的心灵之重、情感之极、生命之限。没有哪一天，她不萦绕在他心里，她成为他生活的动力、心灵的慰藉。她的一颦一笑，她的言谈举止，她的一丝一缕，都成了他生命的一部分，不，是整个，是全部！

"不能这样，不能这样！这是不道德的，不公平的，没有结果的。这一切都不是真的，是虚幻混沌的。从今以后，不想她，不理她，渐渐冷却，慢慢放下，自行消失。"他甚至找出她的很多的不是，想着她也给自己带来了忧愁和痛苦，这样坚硬地否决，冷血地拒绝，心里才有些许安宁。

可她总是，时时，处处，从血液里冒出来。

在心宫脑海，夜里梦里，她都是不请自到。她就是他的神，他的灵。他发现，自己对她，根本忘不掉，割不断，舍不了，只能极力止息和减轻思念的痛苦而已。

现在他又见到了她。魂牵梦萦的变成现实，那是怎样的一种燃烧和颤抖！她青春的气息，她奶油般的情话，她冰清玉洁的肌肤，你要他舍弃，就是剜去他的心，切去他的肝，粉碎他的骨！

要是可能，他愿意睡在她怀里，永远不再醒来。

"不知为什么，我今天特别恐慌，特别地有犯罪感，好像总有人看着我们一样，我害怕因为紧张而死去。"童午言不由衷，心里很乱，连他自己都不知道为什么这样说。

"这是最后一次。"晨玲轻侧身子。

"我以后不来了。"他的怠慢伤害了她。

"为什么？"童午像弹簧样坐起来，"我不能没有你！一想到有一天会失去你，我就没有活下去的力气了！"

"总有一天会了结的，迟了结，不如早了结，"晨玲眼神茫然，"我说过不影响你家庭的，现在不仅影响了，还影响了你的工作，你的前程，"她叹息，"不过呢，我得到了什么吗，我也被影响了啊，为什么幸福这么短暂呢？为什么会两败俱伤呢？要是我们当初不认识就好了。"

"玲玲，我求你，什么影响不影响，假如不假如，不要说违心的话、丧气的话，我受不了！"

"我也受不了！"晨玲喃喃细诉，"你这样不开心，像背着大山样的。真的，我再不会来了，这是最后一次了，从今以后，我们相忘江湖，天各一方。这辈子，我也不会找人了，不能去害别人了。"说完把头埋进了被里，被子随即颤动起来。

童午极力安慰她，但她还是哭个不停。

"我何尝没想过抽身而退？我何尝不知道这躲躲闪闪的难受？我一开始是好奇，是冲动，当然更是爱，后来却发现这是一条不归路，但完全身不由己了。我总是犯错，总是后悔。我想放弃，想放手，我该怎么办，怎么办呀？"

"宝贝不哭，天塌下来，我们共同面对。你是天底下最好的女孩，我不能辜负你，不会辜负你的！"

童午好说歹劝，晨玲的情绪才慢慢稳定。

末了，她抚摸着他的头，问他："你今天慌慌忙忙的，不采取措施，我又怀了怎么办？"

童午如梦初醒，他深思半晌，满眼无奈。

最后吐出一句话：

"如果再怀了，我们就结婚！"

苦行僧醉闹杂志社

她当了一次救火队长。

这天下午，《方塘故事》编辑部开编务例会。

海培古要求全体业务人员到会，不准请假。

海总编对开会要求甚高，仪式感、规模量，都得保证。谁要是不参加会，他会雷霆震怒，当面斥责。

大会套小会，上会传下会，动不动开会。有员工盘算了一下，确实如海总编说的，会开得少之又少。一年三百六十五天，只开了两百五十多个会。

迟到一刻，罚款一百；缺席一天，罚款一千。罚金都用来喝酒，不挪作他用。

"磨刀不误砍柴工，社里开了几个会？"有一次他在会上敲着桌子吼，"不管什么人，开会必须参加，你屋里死了人都不行！"

杂志社十来个人，开会每人前面竖一个牌子，就听他海阔天空、芝麻谷子的工作部署。

海培古掌握一个诀窍，会议也是生产力，会议就是存在度。不开会，他的观点传播就失去载体和渠道。黄牛角，水牛角，各搞各，各顾各，成何体统。

员工对他敢怒不敢言，背地里作了顺口溜：

"半瓢叮当水，一张假文凭；唯我天下尊，说话不饶人；口蜜腹藏剑，堪比庆父能。"

海培古每次会上的开场白和结束语，自己背得滚瓜，别人记得烂熟。点评小说、散文、诗歌、评论、新闻稿件都是几句现话，像唱亡歌的和尚道士，四乡八邻的白喜事，不管哪一家，不管死了谁，全是现成的三魂七魄，哭腔哀调。死人欣赏，活人鼓掌，热热闹闹，皆大欢喜。

"嗯，天下文章大半抄，不抄就是大草包。我归纳了一个公式……"海培古讲创作原理、选题策划。他耳朵上夹了一根烟，前截多出翘起，像海防废墟上生锈的炮杆。话一多了，嘴角总现白色积聚物。凡这时，大家都知道海总已进入状态，到了高潮。

嘴角上的白沫，不用舌头舔，恶心，用舌头舔掉，更恶心。

别人发言他随意打断，开口就吼。他讲话，谁要是上厕所、看手机，一定当场开涮。他过嘴巴瘾，人家听之味同嚼蜡，鸡皮倒竖，他全然不知，或顾而不理。

这种情形，会后就有人议论了。

"一个怕油的人，吃了一碗肥肉，正在呕吐之时，又来一碗。"

"听他开一小时会，不如坐一年牢，想死的心情都有。"

"标题怎么做？我教你们三招，保证得奖！当然我也是网上查的，要善于学习嘛。"海培古讲完一个议题又来一个，下面还有一摞，可怜有人膀胱都快胀破了。

"我们有些人做标题，假、大、空，令人不齿。你看人家的标题做得多样！一个腐败官员，一天三个醉，酒局满档期。一次喝醉了，摇摇晃晃上厕所，一脚踏空，掉粪缸里淹死了。"

海培古舌头清了嘴角上的白沫，用手拢了一下乱发，不料把耳朵上的烟打掉在地了。

"嗨，掉粪缸里！"他一边弯腰捡烟，一边嘟囔，"哎呀，掉冰窖里，掉锅炉里，掉马里亚纳海沟都行，就是不能掉这种地方！谁愿意出手相救呢，保不准自己惹一身臭。"

他把捡起的烟吹了吹，"这件事被记者抓到了，写了稿子，人家的标题是……"他把烟挂在耳朵上，"你们知道吗？"

众皆摇头。

"一失足成千古臭！"

众人笑翻了。

"真是不幸，不巧，掉哪里不好要掉粪缸里！"海培古补充道，"掉其他地方还有评烈士的可能！"

有人脸上出现介于哭笑之间的神情。

"不要笑，要么好同志，要么阶下囚。"

这时有人急报，院里有一个喝醉了的老头在闹事，好像是针对《方塘故事》的。

"是个什么东西，高高在上，得意忘形！"人们听见了下面的叫骂。

"哼哼哼，世上还有这种人，一只狗都比他通人性！"

声音传到楼上，咋这么熟悉？海培古意识到不妙，侧着脸窗前一看，正是那个全老头！

他草草宣布散了会。

万一那人直接上来，当全体的面揭起他的胸衣，指着他的鼻子骂，或者拿扁担什么家伙，正面杠上，谁秀才谁兵还说不清呢。

"去去去，把他轰出去！"海培古说完夹着包躲进自己办公室。

海培古额上沁出冷汗。上次与全仕衡在电话里对骂一通，他以为双方出完气就算了，哪知他闹上门来！

"人家的屎尿诗发得，我的发不得？你是喝了她的奶？哎，美女的作品发了又发，奖了又奖，老头子的作品推了又推，压了又压！"

"我不晓得你那点花花肠子？我还把你们的刊物看得那么神圣，原来办刊的人是几个这样的牛打鬼！"

……

"哟哟哟，这不是苦行僧吗？老人家，别生气，有什么事，到屋里说。"有人认出了全仕衡，连忙劝解。

全老头本是"一根筋"扯犟子，酒精这一加持添劲，手脚铁棍一样的拐不了弯，别人根本拉不动。平常与海培古有芥蒂的人，借故溜进办公室，只从窗户露出一点眼和脸。

劝架的力量很是薄弱，任由全老头大鸣大放。

"这么霸道，一点这样的小权利，攥得紧紧的，我看他是祖宗十八代都没当过官！幸好也只这么个狗屁芝麻绿豆官！"旁人越劝越拉，全老头越犟越倔。

这老头子哪里人，到这里骂街放泼？

楼上窗户里有人嘀咕，这骂的谁呢。猜来猜去，还是有点像骂海总编。可海培古什么人，蚊子都不敢从他头上飞的，今天怎么声音图像全无？

"瞎写，瞎编，瞎发！"

"你醉了，这是正规单位，不是菜市场，像什么话呢！"有人提醒。

"我不像话，你们像话？猪鼻子插葱装象，办什么鸟刊，原来这么烂，这么臭！"

楼下骂声和劝声，对《方塘故事》全体人，刀样戳心扎肺。

在全仕衡老头眼里，他们加班熬夜，都是制造废品，视同空气。

全老头骂累了还不歇，朦胧中不知听谁说"报警"两个字，酒顿时醒了一半，丢下一句"粪坑蛆蛆，苟合之众"走了。

《方塘故事》因刊发屎尿诗声名大振，这么又被全老头大醉怒骂，一时形象崩塌，员工们灰头土脸。

海培古与贾大亨本就龃龉嫌隙，这么惹了是非，现在腹背受刺。

他紧急处置的一件事，就是把全仕衡挑他家里的东西造了张清单，以高于市面百分之十的价格悉数折款退回。

"裴裳，有个忙你帮下，也莫对外人说。"海培古把裴裳叫到办公室。

裴裳有些不解地看着他。

"我被人坑了。"海培古拿出一个黄皮纸信封。

"里面有三百多元钱，请你想方设法去送给那个笔名叫苦行僧的作者。"

"稿费吗？"裴裳问。

"不是不是。他为了发自己的稿子，送了一点土特产，硬要担我家里去，还骗门卫说是我的亲戚，他死赖活乞，我就收下了。"

海培古脸色极难看，裴裳把目光移开。

"什么年代了，他还是用手写，太落伍了吧。不会电脑，不会打字，寄来的稿子，都要编辑再跟他打一遍，那不为难人嘛，人家都是计分工资，谁跟你做义工？"

他压低声音怒斥：

"我不知道他文章是怎么写的，做人是这种下三滥的德行！"

"社会部的韩小华跟他最熟，要不让他去处理？"裴裳说。

"那不行，这事得你去办。有人正等着看我笑话呢。刚说了，你莫告诉任何人。"他翻手机，"喏，这是他电话，我转你。"

裴裳忘了，韩小华与海培古素来关系不好，这事由他去办，那不是阳台上面露屁股吗。

"行吧，放心，我想办法。"

裴裳退出海培古办公室，这才知道那天全老头大闹社里的来龙去脉。海总把这种要事交给她去办，是对她莫大的信任，她生出一种难言的怜悯和感动。

她想与韩小华聊聊天，以打探全老头的住址，但如果海总知道她去找了韩的办公室，会怎么说。

正犹豫间，韩小华跑她办公室来了。

韩的脸上现出难解的笑容，却不说话，等裴裳先开口。

"韩主任，怎么想起到我办公室来？"

韩小华只是笑，但这种笑，显然是提示那天的事。

"上次那个老头那么闹，也不知……"裴裳看左右无人，拎出话题。

"这是他最老实的一次，哈哈。"韩小华露出自己笑里藏刀的意思：

"海抛皮也有今日，哼，多行不义，天道报应呗。"

裴裳"嘘"一下，示意他压低声音。

韩小华四十出头，据说是在贾大亨手里招进来的。平日里贾社长挑这剔那，吼上唬下，社里的人说遍，就是从不说韩小华半个不字。

裴裳忐忑不安，海总交代要务，还叮嘱避开姓韩的，这后脚她就跟他的对手粘一起了，如果让海总知道，肯定会骂她出卖领导，两面三刀。

她又嘘了一下，用手指了指海培古办公室的方向。

"我怕啥。"韩小华嘴硬声音小。

"那天的老头子是?"裴裳问。

"业余作者，瘾大水平低。跟你好，脱裤子你穿，跟你翻脸，抓屎丢你锅里。"

"看他的稿子写得不错呐。"裴裳说。

"还不是精神分裂，性格分裂，思想分裂。我与他打交道多一点，原来稿子都往我这里投，后来不了。那种人厉害，得罪不起。你想，他老婆都不要的人，可以说六亲不认，抹面无情。平常给你点小恩小惠，请吃请喝，但那是利用。他的东西吃得吗? 面上喷喷香，内里有倒刺，吃了让你卡在喉咙，吞又吞不下，吐又吐不出。"

"还是韩主任高明。"裴裳很吃惊他对全仕衡这么了解，好像摸着了他脊椎骨。

韩小华从裴裳对面椅子上起身，摇头撇嘴，有虎口逃生的惊幸。

"他那次非要拉我们几个人去喝酒，电话打来打去，我实在推不掉，就去了。跑那么远，嚯，原来还有不少人，有的外单位不认识。他刚说是专门请我的，结果是杂牌混搭，污七糟八。我耐着性子吃了那一餐。

"我就听他在桌上吹牛，说写文章他在方塘称第二，没人敢说第一; 说方塘码字的，没有一个好东西; 还说在歌厅包厢里，看到哪个领导与美女……有名有姓，真假莫辨。

"你想他请个客，一抹带十杂，说个话搅混一大群，谁敢跟他套近乎？我暗暗发誓，下不为例。"

韩小华守住底线，及时止损，是个精明鬼。

裴裳听得浑身发麻，她更加同情海培古了。

"他没正式工作。原来因为能写点东西，有好德惜才的领导帮他安排了单位，结果他吃熟饭，屙生屎，东一榔头，西一棒槌。有时单位领导要材料急得跳脚，就是找不着人，打电话不接。据说那年下大雪，棚垮压死了人，领导正要报材料，他玩起隐身法，活不见人，死不见尸。后来听说他被别人请去写状子去了。他总能编理由，不是姑舅死了，就是侄女出嫁；不是今天胃胀气，就是明天脚痛风。就像一根生了蛆的腊羊腿，丢了，还有点好肉，留着，膻臭难闻。全老头最后被辞了几家，搞起单干了。"

韩小华一口气说出一挑担全老头的事，最后概括：

"他是那种一年结二十四次婚，没老婆过年的人！"

韩小华把全老头形象勾勒丰满了，裴裳不禁打几个冷战。她都有点害怕见他了，这鸡毛信咋送？

"没有工作单位，那他住哪里，电话号码呢？"裴裳见时机已到，问了她最需要的。

"电话号码？我早就删了。这种人的电话留手机里，晦气。只知道他住西门街素松巷那里，几号就不知道了，租的房。对，就跟原来姜疯子住地不远。"韩小华说，"一方水土养一方人，那里有殡仪馆、火葬场，尽出牛鬼蛇神。"

费了半天劲，裴裳没有得到想要的结果。

这时韩小华的手机响了，通知明天全体参加重要整改会议。一会儿，裴裳也接到了通知。

事不宜迟，领导等着，她得赶紧去办。

韩小华出去后，裴裳下了楼，骑单车到西门街，找到了素松巷。

还好，她从一个补鞋匠那里问到了全仕衡的住址。

这是一家理发店，修剪师用剪刀指了指楼上。

上楼时，裴裳的脚在打颤。

这是典型的楼下门面出租、楼上住人的那种店楼。

"你好，请问是全老师吗?"裴裳看见一个老头正在厨房里忙，声音尽显客气。

"嗯，是。"

"我是《方塘故事》的。"她微笑着介绍自己身份。

"呵呵，快请坐!"全老头放下活计，往地上甩了甩手上的水。

"你是裴编辑! 久闻大名，如雷贯耳，你是怎么贱脚踏贵地的啊? 错了，贵脚踏贱地!"全仕衡忙不迭地递椅叫座，"大驾光临! 蓬荜生辉!"

裴裳也把老头好好地吹捧了一顿，说感谢业余作者对杂志社的支持，说全老头文笔老辣，是全市难得的杂文高手。

在老头心花怒放之际，她掏了信封说明此行目的。

"全老师，感谢您长年为社里奉稿，这是一笔稿酬，严格说，是海总个人给你的润笔费、辛劳费。"

全老头脸色大变，一时语塞。

他打架样的推挡，坚决不收。裴裳也感到他那双湿漉漉的手，他刚才太激动，毛巾都没找到，来不及擦。

"全老师，全老师，"裴裳也急了，她放弃往他手里塞的动作，"全老师，听我说，今天这个您非拿不可!"

她换成一种恳求的、妥帖的口吻：

"写文章，拿稿酬天经地义，我们的稿酬太低，又经常发错发漏，业余作者、通讯员可怜呀。你是我们的重点作者，骨干通讯员，发稿多，这个算我们的额外补偿！海总亲自安排的！"

全老头还在推辞。

"如果你不接，我可生气了，是您瞧不上我。"

裴裳走过去，把信封放电视机矮柜上。

全老头身子僵僵站立，像守门员看见球进了自家球门。

"那是我醉了，喝醉了，"他痛悔地叹息，"啧啧啧，丢丑啊，几十岁的人，把丑丢到天上了。"

"没事没事，喝醉了嘛。"裴裳尽量不让他难堪，"全老师跟那没关系哈，都过去了，您老忙，我就告辞了。"说着挪脚出了门。

"走吧，吃饭。"全老头看了看脏兮兮的厨房，客套着。

"不了，谢谢。"裴裳后退着扬了扬手，下了楼。

轻盈、短暂、愉快，她又快又好地完成了任务，完全没有了来时像进殡葬场的恐惧。

这老头热情有加，理性淡定，怎么跟韩主任说的不一样？是自己耳软，还是色盲？

她脑海里闪现出海培古、韩小华的脸。秩序规置中的合理罪恶，高尚话语下的卑鄙灵魂，死在别人嘴巴里的人，活在真实生活里的鬼，醉生梦死，一片混沌。

过程与结果

有的正确像空气，谁也找不出错误。

《方塘故事》第二天的特别专题会议如期举行。

主持会议的贾大亨一脸严肃，就像债主见到逾期不还钱的人。

贾大亨后脑勺的秃肉既正又中还圆，光得像滑冰场的溜面，嫩得像婴儿的皮肤。从侧面看，他眼睑下凸起两坨横肉，双腮常有细微的翕动，那是经常内生恼恨、切齿磨牙的肌肉记忆。他的正面相很少有人说得清，不光是眼神飘忽、诡异、暗浊，更因为一般人没敢正眼看他，那比参观奥斯维辛集中营还难受。

共事长点的人，都知道老贾深谙权谋，会琢磨人。什么人怎么打发，什么人怎么对付。对下，恩威并重，远交近攻，各个击破；对上，装儿当孙，效小忠售大奸。同谁反目翻脸，伺机报复，看他心情。

贾大亨一次酒后袒露心迹，说人都是好斗动物，你不斗他，他要斗你，你不吃他，他要吃你，所以要敢于斗，积极斗，玩命斗。与他斗的人，自己是怎么死的都不知道。他斗争的最高境界是，"你把对方卖了，还流着感激的眼泪帮你数钱"。

原来在其他单位，他就说，只要把一把手侍奉好，什么都不怕，二把手可以马虎点，三把手以后的就不谈了。

"等二把手、三把手、下把手上来了，我早到其他单位了。"

何况他们都在斗，也互咬，争宠献媚，暗里较劲。更何况，二、三把手上不上得来，是个天大的问号。他要先斗为强，日后再说，大不了把人得罪光。

"没人跟我玩，回家跟孙子玩去。"他像打多了气的轮胎，又硬又蹦。

《方塘故事》现在新闻不断，斗戏连台。

每次有了大事要事，贾大亨主持会议时，都省略程序礼仪，开门见山，直奔主题。

海培古与他坐对面，两边分别坐一溜。座次像小学生插的秧，稀密不均，东倒西歪。开会坐整天，都不愿互看一眼。

"各位，你们知道吗？我的职务和职称现在变了！"

贾大亨沉着冷静，话锋讥诮，显然有备而来。

大家一头雾水。

"最近外出开会也好，应酬也好，"贾大亨瞥视两边，威风凛凛。他讲话永远只两边扫，从未正眼看过对面的海培古，"人们都不喊我贾社长了，喊贾屎长，我从社长变成了屎长！屙屎的屎，屎尿的屎。"

"我们《方塘故事》，这次荒唐到家了，故事可以得大奖！"贾大亨每次讲话，多有肢体动作，但脑瓜上的一圈细发服服帖帖，与海培古头上的蓬松，成为对照反差。

众人悚动，知道今天会议的主题了。

"同志们啦同志们，悲哀呀悲哀！"贾大亨用双手撑着椅靠，肩膀一耸，把身体架高一点。

"是怎么策划的，是怎么选题的！难道这世上除了屎尿，除了子宫颈、前列腺，就没有可写、可编、可发的了？你的屎尿导向、粪坑导向，要把人导到哪里去？正能量在哪里？火热的生活不去写、去编，星辰大海不去找，不去跑，非要往马桶下水道里钻！"

贾大亨正确率百分百。他说话时，别人大口呼吸，都不敢造次，那是因为他永远代表正确。

他常在会上会下怒拍胸脯，"我屁股上没屎，怕什么！敢跟我碰硬较真的，放马过来！"

这一下就把别人镇住了，人们不知道他有屎没屎。反正他说有屎就有屎，他说没屎就没屎。但还是很多人说他多少有点屎。

现在他又以没屎的身份、没屎的底气开涮了。

"这稿子是怎么上版面的！呃？"贾大亨其实也畏惧海培古，海有海的圈子、海的地盘、海的势力，他再怎么顾左言右，指桑骂槐，就是不能把矛头直接对准海培古。他知道，一把手跟下面的人斗，赢了也是输了，输了更是输了，你说一万句，顶不了人家乱来一句，所以要提高斗争艺术，注意批评策略。

"一个老头子，敢来社里发飙骂街，个中原因是什么？这在一般情况下，我借他一百个胆子也不敢！奥妙在哪里，我看，有人屁股上有屎，裤裆里有尿！"

裴裳偷觑了一下海培古，他面无表情，内心翻腾，像笼中困兽。

之前她把去全老头家的事，一五一十告诉了海培古。

他屁股上曾有屎，现在揩干净了。

贾大亨这一句话像划了根火柴丢进了沼气窖。

"砰！"海培古突然猛地一掌击在桌子上，像池子炸开了盖，全场吓坏了。

"谁屁股上有屎？说清楚！"

海培古脸涨得通红，"天天念那白口经，谁听？都办成死人的刊物了！一丝创新，就是反动，一毫变化，就是犯规，这杂志没法办了！"他夹起包就要起身走人。

"海培古，你干什么！"贾大亨咆哮，"这是开会，讲规矩！"

"你去把规矩讲够吧，老子不搞了，辞职！"

"好，你写报告！"

"跟你写报告，你有这个资格？"海培古一脸鄙夷，"哼，别人不知道，我还不知道？你那个官是买来的、跑来的、讨来的！我跟你写报告，你不配！"随后犟骡般走出会议室，谁都拉不住。

贾大亨与海培古，像一丘地的苞谷棒，风格相似，性情类比，大众场合敢打猛冲，决不示弱，完事后会装孙卖乖，曲线迂回。

抓管理，保稳定，贾大亨不错；搞创新，促繁荣，海培古不赖。《方塘故事》在非此即彼中走钢丝，形成独特的办刊风格。

瓦釜唱主角，黄钟跑龙套，这杂志办得像小孩过家家的纸牌屋。

一个音符，一滴眼泪

美好无痛的爱，只存在梦幻里。

"下雪了!"不知谁叫了一声。

江南下雪，天空似乎要长时间酝酿。

这个雪夜，方塘剧院，一场新年音乐会正在举行。

音乐会邀请了不少名家大腕，这是方塘市民难见的阳春白雪，听觉盛宴。

交响乐在大堂回荡，悠扬而激越。

童午沉浸在美妙的旋律里。大学时他会多种乐器，是校乐队的成员，吹过笛子，拉过小提琴。他曾经的梦想，就是当一个独奏乐手。所以后来的写作，有意无意的，都要在句子中揉入韵律美、画面感。

二胡独奏。

男演奏家弓法娴熟，顿跳自如，白皙纤细的手指，蝴蝶样翻飞。

青葱的岁月，逝去的亲人，寒风中瑟缩的生命，生命中道不清的明媚和忧伤……深沉如泣的旋律，勾起童午的回忆。

他想起了大学的时光。几个男生坐在亭子里，仰望月亮，讨论爱情。像一群不会游泳的人，看着海洋的蔚蓝，跃跃欲试，又惊惧张皇。

一曲终了，掌声响起，穿旗袍的报幕员上场。

这个间隙，童午拿出手机。

他看到，晨玲发来了空白信息，一个感叹号。

这个时间发信息？一个感叹号？他的心不由紧缩起来。

他移出排座，躬身走出大厅。

暗影幽光，雪花闪烁，似幻觉，若梦魇。

地上已是一片白了。他踏着雪地，走到拐角僻静处，拨通了晨玲的电话。

"玲玲，有事吗？"

"……"电话里似有叹息声，没回答。

"怎么这么晚发信息啊？"

电话里叹息声重而清晰。

"怎么了，你好吗？"他急切地问。

"不好。"

"怎么回事，快说呀！"

她半天没吱声，最后还是说出了空白信息内容。

"我……又怀了……"

童午只觉得脑袋嗡的一声。他不由仰眼看天，剧院在黑暗里起舞，旋转。

如果她再怀上了，他就要娶她。

在他狂热如火时，他答应了晨玲的。

"就这么巧？这么巧！唉！"他痛惜地喊了起来。

一时间，电话里陷入死样的沉默，仿佛听得见雪花砸在头上的声音，隐隐的乐声传来，像埋在土堆里样微弱。

"我回来后，'好事'到期了没有来，"晨玲的声音在寒风中飘着，"我先怕是情绪波动推迟了，又等了几天。今下午去医院，哎，真是无语！老天怎么光跟我作对呀！"

"怎么这么巧，巧啊！"童午跺了一下脚，又压低声音，绝望地喊起来，"巧、巧、巧，太巧了。"这就像出车祸，前一秒不是，后一秒不会，刚刚那一秒，改变一切。

他像遭遇了雪崩，感到自己的世界要被捣成碎片。

"玲玲，你怎么打算？"他胆怯起来，因为真正要同她结婚，无论是哪方面都没准备好。

"我什么打算？这是你说的话？"晨玲的话像冰块样冷冽，"医生说我再不能做了，说不准以后不能生孩子了！我的打算是生下来！"

童午无言以对。

晨玲的话第一次让他寒战。他意识到必须调整姿态，对方的怒火还在上升，再不能说半个"不"字。

"好好好，生下来，我们结婚。嗯，我说过的，说过的……"

这话让晨玲稍微安静了下来，其实她面临的压力并不比童午小。

他们一下陷入风烈火燎的急迫。她不可能把孩子生在娘家吧？

"玲，你千万不要急，你要好好的，把身体养好，我们还有未来，我们都要冷静、理性对待这一切。你稍微给我点时间，相信我，一定相信我！我会跟你随时联系的，我想好了方案再告诉你。"

童午挂了电话，失魂落魄地回到剧院。

"好一朵茉莉花，满园春色香也香不过它……"撕心裂肺的乐声，像狂飙暴飓灌进他的五官，震得他踉跄趔趄。

他已经找不到自己座排号了，在那焦躁地张望。

晨玲确实让他沉醉、迷恋，但要突然失去现有的一切，他顿感天塌地陷。

童午好不容易摸到一个空位，但瞬间就坐不住了。他只觉得耳朵里嗡嗡作响，昔日让他心醉神迷的旋律，变成了恶魔的嘶吼，催命的符咒。

"好一朵茉莉花，我有心摘一朵，又怕别人骂……"

他又离开座位，喝醉了似的跑出音乐厅。这其间他瞥了一眼大堂里的面孔，个个安详笃定、闲鹤恬云，完全与自己不是一个世界的人。

待身后的乐声细了，他急不可耐拨通了电话。

"玲！你说话方便吗？"

"爸妈他们在隔壁，听不见的。"

"这时间太紧了，你算算，十月怀胎，现在只有七八个月了，我们什么准备都没有，双方的家庭，婚礼的操办，单位对付，还有意想不到的事，这样急忙草率，问题太大。"他虽然气喘吁吁，但说出的话，是思考和梳理过的。

"那你说怎么办？"

"玲，你能否……"他央求道，"能否再到医院去一次，为我们受一次苦，这样我们以后……"

"不行！"电话里的声音像要炸屏，"医生说上次手术就没做好，更没休息好、护理好，再做会大出血，会死人的，知道不！你只管快活，不担责任？上次去，我编理由骗闺密，这次又骗吗？她已经耻笑我了，你不知道她那次怎么说我，骂我们的！你到底要我去多少次才罢休？一百次吗？!"

这些话，字字似刀，戳在他的心上。

他突然发现，原来世上没有又纯又欲的女人，没有召之即来挥之即去的性爱。如果要有，只在幻想里，睡梦中，只在烟巷青楼。婚外性，苟于侥幸，婚外情，直通地狱。

"我不爱你时，你天天黏糊，我爱上了你时，你却要跑了，为什么！为什么！你只享受过程，不接受结果？那何不先告诉我结果？我为你付出了一切，青春、健康、名声，一个女人的一切！"

这字字血泪的泣诉，掐灭了童午最后的希望。

他现在真正觉得，在晨玲面前，自己是个可悲可笑可耻的男人，不配这份爱情。只有危难，才照见一个人的肝胆性情。晨玲发脾气都是那么明事理，通人性，能接受。过去他只把她当不谙世事的小女孩，现在一夜长大了，变成了精神巨人、灵魂伴侣、生活拐杖。

"按理说，我可以去医院的，大不了绝育，大不了一死，主要是我爱上了，离不开你了！知道吗？坏蛋！"

电话里碎肝裂胆的泣诉，仿佛整个雪夜都在恸哭。

我要结婚了

有种结局像鸭毛，终究会浮出水面。

那些年，晨玲父母时不时催婚，她总能找出理由搪塞。

她也看到，身边男女，好多都不愿结婚，有时，她有意无意地说："现在不兴结婚，谁爱结婚谁结去！"

但现在，她要结婚了。

随着肚子里动静越来越大，晨玲茶饭不思，辗转挣扎。

那天她与童午又打了电话，终于下定了决心。

一连几天，她就想一个事：如何跟父母摊牌。

权衡再三后，她觉得要先从妈妈这边说。况且有些事，不好跟爸爸说。

那天爸爸出门了，妈妈在看电视、嗑瓜子。

"妈！"晨玲叫一声，走过去坐在边上。

妈妈看着她，一脸幸福，"宝贝今天咋这么乖？跟老妈零距离！"

"妈，您一向宽宏大量是吧？"也不知过了多长时间，她开了口。

"当然。"妈妈笑着，抓几只瓜子。

"妈，我自己的事自己能做主吧？"

"当然，女儿已经长大了。"妈妈把瓜子送进门牙间。

"妈，假如您遇到不如意的事，而且特别不称心的事，会怎么样？"

"顺其自然嘛。你不是经常表扬你妈宽宏大量吗？"晨夫人笑出声来，"嗯，你今天怎么啦？跟老妈谈人生哲理来了？"

"妈，"晨玲渐渐鼻子发酸，"假如您女儿，有让您心烦的事呢？"

母亲睁大眼睛，怪怪地瞪着女儿。

"你乖乖女一个，哪有烦我的事呢？你不就是要钱吧，多少？说个数。哎，你今天怎么脸色不对啊！"

晨玲可怜兮兮地望着母亲，但极力抑住眼泪。

"妈，我要结婚了！"

"好啊！"晨夫人高兴地一拍大腿，"我就说女儿从小就孝顺懂事的嘛，我和你爸操心的这门婚事，你终于同意了？好啊！人家条件那么好，你过去会享福的！玲玲，现在找对象跟大海捞针样难啊，看我，头发都急白了！"晨夫人弯脖低头，让女儿看自己的白发。

"不是他。"晨玲使尽了平生力气，吐出这三个字。

"不是他，那是谁？"晨夫人嘴里的瓜子喷飞出来，"你搞的什么名堂？！"

"妈，您先不发脾气，听我说完，"晨玲带着哭腔，"我爱上了一个人。我没有办法，我已经离不开他了，我肚子里……"

"离不开他？肚子里？"晨夫人一听发了疯，"啊！谁？你再说一遍！"

"湖北，离武汉不远。"

"什么样的人？"晨夫人一脸僵硬，眼睛快竖起来。

屋里核爆样可怕，窒息。

"他多大岁数？"

"跟你差不多。"

"有家庭？"

"嗯。"

晨夫人闪电样，"啪"的一巴掌扇过去。

晨玲一动不动，脸当即肿起来。

"天啦！这是怎么回事呀！"晨夫人满屋子乱跑狂嚎，用拳头猛捶沙发，一脸眼泪鼻涕。

"妈，你不是说我自己的事自己做主吗？我跟他是真爱。"晨玲哭着说。

"你那是什么真爱，你懂什么是爱！"晨夫人醒醒神，极力抑住自己，问：

"家里经济条件呢？他是干什么的？他老婆干什么的？"

"条件一般，他是一个诗人。他老婆不大清楚，好像是杂志社的记者吧。"

"天啦！你是怎么惹上的？你们疯了，完全疯了！"晨夫人咬牙切齿，又抡起巴掌要扇，却突然改向，朝自己脸上暴抽起来，竹板样劈啪作响。

晨玲大声哭喊，一把扑过去拉住妈妈的手。

母女俩抱着哭成一团。

"到公交车上拉一个来，也比他强啊，你吃错了药？好好一个女子，去当第三者，破坏别人的家庭，你让我们的面子往哪搁呀！"晨夫人又推开女儿号啕起来。

"我也说不清楚，反正木已成舟。"晨玲止住哭声。

"看你爸回来不活活掐死你！"晨夫人抹着眼泪鼻涕，"就算家庭差点，穷点也行，学历低点也行，只要是单身青年，年龄相当，都说得过去，你偏偏要干这种伤天害理的混账事！天啦，我可怎么走出这个门？怎么面对亲戚朋友？我不活了！不活了！"说完就往厨房里跑。

"妈！"晨玲声嘶力竭地哭喊着，冲上前一把抱住了她，"妈！女儿这辈子对不起您，下辈子当牛做马来报答您。要死，我去死好吧，让我去，好不？是我犯了罪，造了孽，应该我去死！"说罢要往外冲。

晨夫人被女儿这架势猛地吓醒，反而突然镇定了。她预感大事不好，女儿如果想不通，可能会出大祸！她反过来一把拉住晨玲。

"你把孩子先打掉，打掉。听妈妈一次好吧？"晨夫人停住哭喊，恳求女儿。

晨玲摇了摇头。

"怎么！你想挺着肚子举行婚礼？让全杭州的人看笑话？"

"打不得了。"晨玲低下头。

"怎么打不得？现在技术好！"

"我已经打过一次。"

晨夫人又大声号哭起来。

"这一切是真的吗？"她指着电视机，"这屋里的事比电视里编的还惨啊，我们晨家好像没有做过坏事呀？做生意赚了点钱，这算做坏事？上天怎么这么惩罚我们？为什么？为什么啊？"她几乎哭昏过去。

"干吗呀？干吗呀？"电视里正播小品，一个男扮女装的人头从墙里探出来。

这喊声把她们拉回了现实。

晨夫人从悲愤里找回一点理智，她看着楚楚可怜的女儿，预感到，作为母亲不能控制自己，后果会更加严重。

她想女儿是不是一时头脑发热，是不是没碰过男人，没谈过恋爱，没经过挫折，做出的幼稚举动？

"玲玲，你想好了吗？还有没有改变的余地？你再想想，一切还可挽回，还可改变。你答应妈妈，再冷静地想想，听听别人的意见。你还是冷静地想想，再冷静地想想，好不好，妈妈给你几天的时间。"

末了，晨玲还是摇头。

"我想过了，想得脑袋都要炸了。"

晨夫人说服不了女儿，更意识到，这件事，对她爸爸而言，更是晴天霹雳，血雨腥风。

她不禁怜悯起女儿来，她小时候扎着辫子的样子，一笑一对小酒窝。

"妈妈，我做了这种事，为何先跟您说，因为都是女人，更因为，我还指望着，您我结成一道，渡过爸爸这一关的。"

后来晨夫人想到，一切都发生了，纠结已经没有意义。绝对不能闹出人命！这是底线。女儿已经被刺了致命的一刀，再也不能承受第二刀、第三刀了。及时止损，这个家还能保全，还有希望。

她听进了女儿的这句话。

母女又抱住痛哭，好长时间都不分开。

再后来，晨夫人告诉了晨木云女儿的一切。

令所有人意想不到的是，父亲既没有打她，也没有骂她，甚至都没看见他发脾气。

晨木云一病不起，两个月后溘然去世。

据说他临死都不愿见自己的女儿。

蜘蛛人谈成功哲学

总有比他早起的人。

下午五点，程正把充好电的手机，拿起来翻看。

他被一个段子吸引——当今"三大扯淡""四大怪事"。

靠工资买房是扯淡，靠保健长寿是扯淡，靠努力升官是扯淡，做人不如做狗受宠爱，做事的不如告密的受信赖，内行不如外行的提得快，忽悠的比敬业的更豪迈。

程正一连几天喝得歪七倒八，意识到这样喝下去要完犊子了。这天铁定心待家休整，哪儿也不去。

平常这时候，都是喊喝酒的电话。他条件反射地翻查一下手机，有两个电话是潘多来打来的，还是忍不住拨了过去。

"你搞什么？电话不接！"潘多来又急又气。

"肠胃不舒服，上厕所呢。"他找了个茬口。

"到'传奇老大'来，不要开车。"潘多来几乎命令道。

"喝不得呀，雀雀不行了。"程正压低声音，把"确实"说成"雀雀"，这是他们的黑话。

"来来来来来来!"潘多来绕口令似的连飚六个来。

"不喝酒不喝酒,这回我跟你介绍个狠朋友!"前面说过,方塘人对崇尚的事物,言必称"狠":"狠朋友""狠领导""狠关系""狠酒""狠菜""狠花"……

"什么朋友哇,这么狠?"程正有些动摇。

"来了就知道,保证让你开眼界,刷三观。"

程正半信半疑,"来可以,酒不喝,腊肉煮线粉,有盐(言)在先。"

"哟,现在喊你喝点小酒,还谈价钱了?你打个的,我发定位给你。"

程正无话可说了,不由得摸了肚子,皱眉叹气,摇头自语:"胃呀肝呀,你又要受苦了,喝最后一餐,明天坚决戒!"

隔一会儿,他走过去,眼神戚戚地望着明思理。

思理一看,是请假的意思。

"你已经连续喝一个多星期了,还出去喝?"思理怒了。

程正一脸无奈,"有笔重要业务要谈,得见一个狠人物,请老婆大人放行,今天保证不喝。"

"什么狠人狠物,喝死了都变鬼变土。"明思理知道他又在谎骗,不想听了,"哎呀,滚滚滚!"

程正打车来到"传奇老大"酒店,问到预订房间,潘多来他们都没到。

他扫了一眼墙角沙发,一个瘦小个在低头看手机,像蜘蛛织网,不动声色。

"你是司机吧?"程正问。

对方抬头看了他一下。

"他们人呢？"程正又问。

"路上。"蜘蛛人没抬头，像蜘蛛正在吐丝。

"让你先来点菜的吧？"程正说。

对方微微点头，继续看手机。

话不投机，两人各自看手机，再无多少交集。

不一会儿，潘多来带着一伙人急匆匆赶到。

"啊，皇阿玛！来晚了！失敬，失迎！"

潘多来一进门就朝蜘蛛人鞠躬打拱。

"来来来，正哥，"他激动地把程正拉到"蜘蛛"面前。

"我跟你介绍一个重量级人物，皇总，皇耀威。皇帝的皇，耀武扬威的耀，耀武扬威的威。"潘多来声音发颤。

蜘蛛人站起身，比沙发肩高不了多少，他缓缓地向程正伸出一只手。

程正的脸顿时涨得像腊猪肝，他连忙双手捧住皇耀威鸡爪样的小手：

"啊，皇总！皇总啊！"

他刚把他当司机，当这餐馆的服务员，乌龙啊，天大的乌龙！

他为刚才的冒失，恨不得猛抽自己嘴巴。

一时间，程正神魂颠倒，乾坤淆乱。眼前的这个"皇帝"，让任何人来看，都只跟餐馆里关在笼子里待宰的、营养不良的牲口样普通平常。从人才表达的角度，就是到菜市场选最脏乱差的摊主，也比皇耀威同志强。怎么在潘多来眼里，竟然是个狠人物？这个潘多来，哄他出来喝酒就喝酒，喝茶就喝茶，青天白日，怎么说梦话！

啊嘞，程正转而一想，潘多来呀潘多来，今天就看你魔盒里装的什么鬼花样！皇耀威呀皇耀威，今天就看你耀个啥子的威！

程正再仔细地正经地偷睨"皇帝"的尊容。

尖腮、窄脸、细眼，两片眉毛像蘸墨不饱的笔毫，画的一撇一捺，不对称还分叉。眼睛像多年不取水的枯井，浑浊不清，唇线不明的薄嘴皮，让人想起猪大肠或贴在阶沿墙角的藓衣。倒是穿着短袖的手链腕表，发出阴幽的绿光。

但任凭他怎么揉眼刮目，重新打量，"皇帝"的外观，还是一个门卫的水平。

这时一窈窕女人婀娜进门，屋里瞬间珠光宝气。

女子带着淡红框眼镜，腰细，臀大，长腿，比蜘蛛人高出三分之一。她给蜘蛛人开车，刚从停车场进来。

"这是我老婆。"蜘蛛人说。

啊嘞！相信见过这两人，内心的激烈反应，不啻看到人间第九大奇迹。

事后程正知道，这是蜘蛛人的"第四任"，从秘书岗位转正的。她在一所大学教书，副高职称，懂三门外语。

程正注意到，这种场合，不见"绿头发""三刀"那一拨兄弟，多了方塘市若干有头有脸的人物。所有的人对蜘蛛人点头哈腰，敬仰有加。

"对不起，我有眼不识泰山！"程正刚才出了洋相，知道在敬酒上再也不能出糗了。

他端杯起身，脸肌僵硬，眼神乞怜，"皇总啊！我负荆请罪，先自罚一杯。我一口干了，你只端下杯子就行。"

"咕噜"，程正没动筷子，这空腹一杯，烧心煎肺，撕肝炸胆，但还是顽强抑住，咽下喉咙里返呕的酒液。

"不用，不用，我不会喝酒。""皇帝"端起冒着气的杯子，客客气气地舔了一点。

酒桌有点怪，特别是遇到庄严场合神圣人物，那些敬酒的人，谁起头乒乒一杯干，后面的，也一定会乒乒乒乒，跟着节奏干。

酒精下肚快，菜会堆成垛。醉酒人手里的筷子都找不着北，也拿不稳。

蜘蛛人以不变应万变，一杯白水扫天下，所有人愿打愿挨。

酒毕，潘多来提请"喝茶醒酒"。

"秘书"兼"老婆"的女人，开车姿势优雅，坐上皇耀威的豪车，有在客厅坐着的感觉。

有人问，这车多少钱，蜘蛛人轻咳一下，不贵，只三百来万。

来到茶馆，门匾上，灯火辉映着"朝野大騙"四个镂雕镏金草体大字，一看就是大书法家题写，笔画章法不按常规出牌，总让人觉得要多看一眼。

酒喝得二不来该（方言，尽兴），有人老往厕所跑，有人喜欢打电话。

与蜘蛛人来的另一个人，首先启动总机开通模式，看样子是皇耀威的男一号助手。

"我与他关系好得很！"一号助手拨号之前，像盗墓人即将挥镐开挖，警眼环视，神秘兮兮，"你知道他是什么部门的吗？"

意思是，他打电话的这些人不一般，个个都是你们方塘人说的那种"狠物"。

"我说出来会吓着你，"一号助手稍停，"他权力大得很呢，叫你寅时死，不能拖到卯时去！"

大家对一号助手印象不深，他先前办事去了，开头介绍时把他姓啥名甚都忘记了。

"我认识的兄弟，都不是吃素的！"男一号助手说，"打个比方，他们决定大事，像屙尿一样随便！信不？"

"打电话，"皇耀威把手机递过去，示意助手，"与邬哥聊聊。"

"吧！耀兄！"电话通了，那边久别重逢的声音。

皇耀威接过电话，双方忆往昔、话曾经，大谈特谈兄弟情谊。

助手一旁悄声解说，这个人只能在电视里看见，但皇总却可"随便吼他"。

拜拜了一个，启动第二个。

"再打漆哥、曹哥！"皇耀威发出指令。

他们接连打了几个，遍地开花，没一个哑弹。

贵妃醉酒秀恩爱，老板醉酒找爱爱。真相在酒后浮出水面，完全印证了"皇帝"的潜泳能力。他确实没穿"新装"。那些"兄弟"果然个个服服帖帖，热络无比。

"再打巴哥，看他在搞什么。"皇耀威努了努嘴。

这个电话没有接。

皇耀威刚才指哪打哪的神通打了点折扣，大家脸上略显尴尬，注意力转移到喝茶上。

巴哥的电话来了，男助手示意穿汉服的斟茶女退出。

"哎，哎……"这个来头不小，口气更不一样，但亲切程度更强一级。"嗯""好""行""可以""不错"，遇到个大来头的人，嘴里就是一个字、两个字，他在训斥下级时一定不是这种口气。

"对不起哟兄弟，刚洗澡啊，这时还穿个裤衩呢。"

"哥，"皇耀威把巴姓都省了，"你亲自洗澡唯，真是接地气的哥，听说最近工作有变？"皇耀威竟然对他们的人事调动都一清二楚。

"是哦，下乡啊。记得到那里去看我啊。"电话里声音更加亲切，词语量大了起来，他说的"乡下"，是一个中等城市。

"必须的，必须的，一定一定，就聊这么多，别感冒了，你老人家去把裤子穿上，哈哈！"皇耀威贴心地说。

这一顺溜打下来，快一个小时，邬哥、漆哥、巴哥、曹哥、牛哥、桂哥、佘哥、盛哥……手机烙铁样发烫，电池红格报警。

"不打了，十一点了，都睡了。"副手还要打，被皇耀威制止了。

"这里面最小的副处，最大的就不说了。"助手的脸上表情轻松、豪迈。

程正、潘多来像听故事一样，插不上一句话。他们在方塘城也算是吃风喝雨的人物，这么小巫见大巫，傻了眼。

"皇大神，是做什么业务的？"

待激动的潮水退去，程正斗起胆子问"皇上"。

皇耀威扫帚眉一飞，笑而不答。

"他呀，什么业务都做。跨界混搭，杀神挡佛，只发句话就是利润，真正的高手！"助手代言。

"上个月我帮一个单位搞了一个多亿，又在另一家谈，大概四个亿。"皇耀威轻描淡写地说。

有人以为听错了，开口闭口几个亿，这是幼儿园里做游戏？

但一想起他那一大排电话里的从容和霸气，就信以为真了。

他到底搞什么业务，外人还是铁匠看古董。这种买卖，肯定不是摆摊设点、批发零售，更不是种稻植麦、养鸡放羊那种生意。

皇耀威的秘书兼老婆自始至终在那嗑瓜子，只用嘴角的动作和若有若无的眼神，表示她的参与度和融洽性。

论生意诀窍，讲发财套路，程正和潘多来与他们也是一个流派，一种风格，但不在一个级别。平台决定命运，高度决定生死。有什么办法，跟那动动嘴皮子，煲煲电话粥，就豪赚狂揽比起来，你简直是白萝卜充人参。

房里乌烟瘴气，桌上乱七八糟。汉服女又进来加茶，帮桌上清洁，香水味分散了注意力，改变了气场和话题。

沉寂一会儿后，皇耀威发表了一句著名的、细思极恐的、让人绝望的论断。

"一百人，只有一个人成功！"

这话好像老调重弹，大家也就不怎么在意。

皇耀威发现这帮酒糊涂，并没有理解其中的重大意义。

"重要的事强调下哈，"——他把手机举起来晃了晃，然后一字一顿地说，"一百个人，只有，一、个、人，成功！"

众人思考了一下，有些疑惑，数字比例能不能稍大点，两个，或者三个，再不就一个半，不行吗？

"不，只有一个！"皇耀威语气坚定，板上钉钉。

他把手机往桌上一丢，食指竖个一的时候，酷得像到火星上宣布领土所有权一样，难怪有成群结对的老婆兼秘书卫星样追随着转。

"说一百个人都失败，违反辩证法，那都去躺平算了。有一两个甚至十几个成功，这就不正常，不可能的！那样社会就乱成一锅粥了！"

有人联想，方塘城这些实体店呜呼哀哉，萧条一片，搞实业的，几个不亏得焦头烂额，喝风嚼雾。

为了让在座的参深悟透，"皇上"又打了不少比喻，用了不少词语。

"看不透内卷化、无效性竞争的人，跟飞蛾扑火找出路、不会游泳去水里抓鱼一样。"

他说，画一个香葱大饼，让你从幼儿园开始竞争，陪几个幸运儿虚耗生命，游戏人生。不是吗？不服吗？

皇耀威俨然空空道人，高深莫测，反正他是吃到葱花肉馅饼的一个，但他不忽悠望梅止渴的人。

他打了一个比方。

摸彩票，秒中一个亿，几千万。中奖的人，前不是，后不是，左不是，右不是，上不是，下不是，就那个时辰、那个点，就那一只手，那两根手指，两片指甲。偏了毫厘，错了半丝，天渊云泥。

时代有个风口，早不得，晚不得，想不到，等不来，撞上就成了。鲁莽冲进去，不一定成功，想明白看清楚跑过去，已经迟了。

一只黑蜘蛛，在蛛网上荡呀荡……醉态朦胧中，程正脑海里出现了幻觉。

的确是个"狠物"，是个"狠得很的狠物"！眼前的这个小不点，才三十多岁。潘多来牛啊，怎么结交了这种高人？他觉得自己真是老了，拿不出手了，赶不上趟了。多么可笑，多么讽刺，他还以为别人是蜘蛛，其实自己蚂蚁不如，狗屎不是！

人与人之间的能级比，完全不能称斤论两，得用天文数字算；人与人之间的差距，绝不是用尺量，只能用光年计。

一个人，如果还有点知性理识，就一定会感到渺小和自卑。他发现，不管在什么地方、什么行当，总有比他能干的人，总有比他智慧的人，总有比他早起的人，而且黑压压的一大片。

幸福和安宁，大多活在运气里

看那花正红月正圆，可地下的真相，会把人眼睛惊瞎。

"啪!"这天晚上下班，童午一只脚刚踏进门，裴裳把一叠电话打印单重重甩在茶几上。

她直呼其名，大声怒喝，嘴里是他熟悉的那句骂声。

"这是干什么?"童午大惊，夹着的包差点从胳肢窝里掉下来。

"我今天到邮局把你的电话都打印出来了!"

"疯了你! 你说从不看男人手机的，竟然去打印我的电话单? 你这什么行为? 不卑鄙吗?"

"我卑鄙? 你流氓都流到杭州去了! 还说我卑鄙，你今天非跟我说清楚! 你跟一个杭州女的，三天两头有电话，最长的打一个多小时!"

"打电话算什么? 现在网络发达，偷菜、结婚都不算个事，都是虚拟的。打点电话算什么?"童午重重瘫坐在沙发上。

"你今天不说清楚，要么你死，要么我死，我要跟你拼了!"裴裳冲了上去，抓起那叠电话单，往童午劈头盖脸摔去。

童午眼冒金星，房间纸单一地，像出殡后的灵堂。

裴裳这个架势让童午始料未及。

他脑袋嗡嗡地叫，隐约闻到——这是他极度暴怒或惊恐时特有的状态——闻到自己的血腥味。

他赶忙去把门窗关上，以与外界尽可能隔音。

"你说不说！说不说！"裴裳披头散发，暴怒抓狂。

她紧逼上来，脸部扭弯变形，眼光像钢炉的火焰。

这种苦难时刻，童午只想极力忍抑、淡定。

"你冷静冷静，想想后果，好不？"他前言不搭后语。

他还没说完，裴裳一耳光甩过来。

由于用力过猛，她失去重心，差点摔倒。

"哎呀，天啦！"裴裳歇斯底里哭喊，"看，偷人啊，偷人啊！"

虽然门窗全关了，但这声音高分贝，一里开外都会听到。童午感到一定会有左右隔壁的人敲门进来劝架，但没有。

他几乎崩溃，头凑到裴裳的脸前，"再说一次，不要闹！你再闹，我就跟你同归于尽！"

"啪"的又一巴掌扇来，结结实实落在他左脸，他感到像炮弹在身边爆炸，耳朵一阵轰鸣。

童午捂住脸，"那是一个文学爱好者，要写诗，又不会，要我辅导，我就在电话里跟她讲解……"

裴裳像头暴怒的母狮，"不想听！不想听！"

"我就打几个电话，什么都没有！"

她冲上去又要撕他。

"你再乱来，我一刀砍死你！"他转身到厨房里，要摸菜刀，又鬼使神差地趔回来。

冥冥中的一丝理性告诉他，必须隐忍！必须隐忍！！必须隐忍！！！

"就凭几个电话，至于吗？至于吗？"他像一条横冲直撞的疯牛，突然看见悬崖。

童午自知理亏，但内心有一个声音，只要没有证据，只要没抓着现行，决不承认。一承认就更加不可收拾，无法挽回！

"真的真的，你先听我解释，她是一个小女孩，比囡囡都大不了多少，是晚辈，小屁伢，她对文学几乎痴迷……"

多少无可挽回的惨剧，系于须臾的暴怒。

"我们也是在网上偶然认识的，她天天吵着要拜师，还说要送礼品我……哎呀，我都不愿意，都没有答应。"

他说，那几个长点的电话，无外乎是谈论诗歌找感觉、散文定主题、小说编故事的。

"确实烦人，烦人！我以后决不打了，这电话，差点害得我家破人亡！"童午胡编乱造，甚至爆粗口，竟让裴裳稳定多了。

他一把拉住她的手，"老婆，我确实舍不得这个家，舍不得你，舍不得囡囡。"

裴裳的沉默，是另类爆发。

"你与她保持了多少年的联系？"她又嘶喊起来。

他像碰到火山口，喷出一柱更高的熔岩，黑压压的灰烟从天而降，扑了过来，只能做着最后的、无奈的挣扎。

"要不你再去查，查出一次，我就去死！"

童午争辩道，可他从裴裳眼里知道，她没有放过他的意思。

他感到再被动下去，更让她有罪推定。

"就只你查的这些，真的，不骗你，确实没骗你。"

他指着她鼻子，换一种声音：

"去查你的试试，你不也跟男同事打电话聊天！你不也跟外面异姓暧昧不清！风言风语都传我耳里了，以为我不知道？我计较了吗？问过你吗？只是装聋作哑罢了！"

他把声音变成让人信服的低沉，"嗯，方塘与杭州，隔这么远的城市，能有什么呢？互联网时代，这样互不信任，还过得了日子？说实在的，我确实打了一些电话，她也跟我打了不少电话，拜师学艺，业务交流，这有什么了不起？当然，也是我不对，糊涂，有家有室，一把年纪了，而且我一直觉得亲情是超越爱情、大于爱情的。"

童午都被自己感动了，"行了吧！我以后绝不跟这女的有任何联系了，如果再有，我出门被车撞死，我得急症死！如果再有，我是你生的……"他又发出一大串毒誓、咒语。他觉得自己的辩解，完全是哄人骗鬼，可笑至极，但为度过眼前危机，只能如此。

他的心在滴血，也觉得伤害了晨玲，跟她说的又是另一套。他完全成了可耻、可悲、可怜的两面人。

"嘭、嘭……"有人敲门。

"你记着，我不会放过你的。"裴裳压低了一下音调，指着童午的眼睛，边说边去开门。

童午迅速用手摸脸理头发，收拾表情。

女儿进来了。

"你们又在吵？"看着地上一片狼藉，她怔怔地站了一会儿，狠狠地扫了两人一眼，转身进了自己的房间，砰地关上了门。

"没吵没吵，囡囡，把门打开，爸爸跟你说话。"童午一边捡起地上的电话单，一边上去叩门，"真的没吵架，一点小事，说了几句。"

囡囡在外面场地跟其他孩子做游戏，回来拿东西。

"你们接着吵吧!"

囡囡在房里闷了一会儿出来,摔门而出,声音像法庭的惊堂木敲出来的。

他们的争吵停下来。

囡囡是小区的孩子王,放学和星期天都会经常带着大小朋友们在场地上做各类活动。

她们的"跳房"游戏是,瞄准地上画的"房间",用一块瓦片渐次投掷,从进门到大小房间,单脚跳踢瓦片,转身原路返回,不能走错、踩线、出界。

这个游戏,囡囡从来都是赢家,今天输了。

"输一次就哭了?"场地的人嚷着,"看哟,囡囡的脸上都是眼泪,这也输不起。"

囡囡背过脸去,用袖子抹着眼泪,然后一个人消失在人群中。

童午和裴裳吵架,因女儿的撞入戛然而止。

但显然双方仍憋着怒火和仇恨,像两记惊天炸雷间的静默。

童午还是那种想法,事情已到这一步,只要不大打出手,泼汤泼水,这个家就还有希望。再是,他还是不能坦白自己的隐情,一切都只能硬扛守变。

裴裳进了卧室,关上了门。

童午感到,一切似乎都还在按自己的意愿走。他感到下巴脖子火辣辣的,用镜子一照,有两道指甲印。幸好当时他头一偏,否则妻子的五指山,会刮他一脸"九寨沟"。

他慢慢收拾着狼藉的房间。

"急事冷处理,就有不一样的结局。"他庆幸自己刚才的忍让。他甚至有些后怕。如果刚才在厨房找到刀或其他凶器,后果不堪设想。天底下多少激情杀人的惨剧，让当事人没有后悔的机会。暴怒中的头脑和心灵，不是没知识不善良，不是缺道德差教养，而是灭亡前的疯狂，让所有的知性和理智都跑光光！

他心里阵阵发慌，那是暴奔的沸血回流心脏。

不知过了多少时间，卧室门响，裴裳提着一个行李箱出来了。

"……"童午想看又不愿看，想说不愿说，只有一个隐约的"你"字口形。

行李箱的滑轮在地板上划出弧圈，发出急促的闷响，像坠落的飞机，最后从头顶掠过的声音。

裴裳走到门口，咣地扯开门锁，连门都懒得关，消失了。

那一刻，童午的心像被剁碎了似的痛，但他终究没有上前拉住妻子。

他用死一样的眼神盯着裴裳的身影消失的那扇门，耳畔只有滑轮和门锁的回响。

脑海里，晨玲的声音，奶油一样的声音冒了起来，还有脸上的小酒窝。

为什么那里温柔如梦，这里刚暴似铁，为什么那里灿烂如春，这里寒意似冬。他痛苦地闭上了眼睛。

人性万古不变，女人还是不同。

他只要温柔，哪怕一丝丝，只要安宁，哪怕一点点，其他什么都不要。他这才知道，为什么宽容是人世间最稀罕的德性，特别是在被伤害中的人，仍优雅着的宽容。

肌肤的舒滑，眼神的电意，鼻息的芳甜，肢体的曼妙，女人身上销魂的一切，这些跟宽容比起来，是那么逊色。在嫉妒和仇恨中，都变成反噬的毒矢、炸弹。

晨玲一个女孩子，遇到了那么大的难题，身心受到多么大的伤害，都始终是克制的、理性的、宽容的，甚至发脾气也是可爱的，可以接受的，让人反过来会更加怜爱她。女人的温柔是人性至宝，道德珍品能融化整个世界。

晨玲在医院待那么久，都只跟她打几个电话。所有的苦，所有的难，所有的痛，都担当了，没有指责，没有怨尤。说话如春风，笑靥如阳光，挫折和困难对于她，云一样淡，风一般轻……她是神灵，对，神灵！只有神灵才有如此气度，只有神灵才有如此宽容，只有神灵才有如此胸怀！

童午呆坐着，激烈沉痛地思索。窗外渐浓的夜色，衬得房间的灯光明亮很多。有一个念头从他脑海闪出："同她结婚，把这一切结束！"

他四顾无言，突然触电似的想起，这么晚了囡囡还没回家，慌忙在门边鞋架下趿上一双鞋，闪进无边的夜色里……

婚姻里欠的债，不只一个人替你还

孩子出走，他对爱情退缩了。

"囡囡！囡囡！"小区场地人群早已散去，只有楼窗里的灯，洒在地上的魅魍光影。

"囡囡，你在哪里？"童午像个走失的孩子，极度茫然、恐惧。

"囡囡，爸爸喊你哩，快回家呀！"他在小区的几个单元楼道里上蹿下跳，逐家敲门，都说没看见。

"她跟我们跳房，中途一个人走了，还哭呢。"有小朋友告诉他。

"往哪里走的？"他急切地问。

"不知道，跳房她输了……"

童午脑海里浮现他和裴裳吵架时，囡囡发抖的身子和无助的眼神。

打裴裳电话，关机。亲朋戚友的电话打遍了，无任何信息。

他赶紧跟她发一条"囡囡失踪了"的短信，也没有回音。

他意识到，妻子一旦狠起来，比钢铁都冷硬。

童午急火攻心，疯了样的嘟囔。如果她现在在他眼前，他一定会失去最后的理智。

"未必就不打开手机？千错万错，孩子没错。她恨我，孩子是她的心头肉啊，就这么无情、冷血！这是女人吗？这是一个母亲吗？"

他像一头斗牛场上被戳进梭镖的野牛，满腹的暴恨、断肠的惨痛，却无处发泄，无力反抗。

他潜意识里是，夫妻再有天大的错、天大的恨，都不能殃及无辜的孩子。

"这婚离定了，她是狼心狗肺！"他在心里恨恨地骂，他要好好地爱晨玲，这个纯良、温柔的女孩，值得他赴汤蹈火，值得他粉身碎骨！

"囡囡，你到哪里去了呀？"他仰头看天，夜空像一口倒扣的黑锅底。

他忽然感到脚趾剧痛无比，弯腰一看，原来是鞋子左右穿反了，气急得一把脱掉，扔到路边。

"喵——"一只猫蹲在黑暗里，被飞来之物吓得蹿上了院墙。它立定后东张西望，觉得没有危险，在上面懒洋洋走着猫步。

他甚至带着哭腔跟翟主席打了电话，说孩子不见了。

"快到派出所报个警！跟电视台联系，播寻人启事！"电话里翟主席也急了，"两边的朋友亲戚都找找，是不是你们大人吵架了？"

童午挥手拦了一辆的士，穿着袜子过去，拉开了门。

"师傅，快，到派出所！"

童午手机响了。

他第一个念头是裴裳打来的电话，结果不是。

"童老师吗？"

"是我。"

"你们家囡囡呢?"

"她失踪了,我去报案啊!"

"不用了! 在我车上!"

"啊! 太好了,请问,你哪位呀?"

"你到家里等,我把她送来。"

"下车,师傅,派出所不去了!"车没停稳,门就打开了,他急忙付了车费,几乎是跳下了车。

的士司机纳闷半天,他可能是第一次载这种慌慌张张、穿袜子的、不找零的顾客。

"不对,我为什么不让的士把我送到家里?"

等他回过神来,的士已经没影了。他只得重一脚、轻一脚,高一脚、低一脚往回走,像杰克逊的太空步。

被夜风的凉意浇醒了,他才感到自己这身一副狼狈相。

他挥手又拦了一辆的士,急急赶回了家里。

他趿上拖鞋,神情甫定,一男一女带着囡囡进门了。

"囡囡! 你! 你!"他扬起的手,又落下了。

囡囡看都没看他一眼,进了自己房里,砰地关上了门。

"呵! 你们是……想起来了,你是囡囡曾经的班主任,郭晗老师,太感谢你们了!"

童午参加过家长会的,郭晗老师他认得。

"不客气,不客气,你还记得。"

"郭老师,囡囡这是?"

"我们今晚饭后到望川河散步,从老一桥回来。在桥栏人行道上,发现一个女孩子站在那里……"

不对劲,这么晚了,一个单身小姑娘,怎么在这里? 一定有什么事！

"回去看看！"郭晗对爱人说，那伢好像是她曾经的学生童囡囡。两人赶快踅回来。

果不其然，桥上的灯光让她看清了，正是童囡囡！

眼前的一幕更是把两人吓傻了！

她双手抓住桥栏正往上爬，甚至一只脚都跨过去了。

"姑娘，你这是干啥，干啥呀！"还是她老公反应快，一个箭步冲上去把她抱住了！郭晗也目瞪口呆。

"童囡囡！我是郭老师！"郭晗大声喊起来，"你这是干什么？傻孩子！"

听着郭老师讲述，童午站立不稳，说不出话来。

"说出来蹊跷，我早两夜还梦见童囡囡。我带她春游，她胸前的红领巾在风里飘呀飘，脸还特别清晰鲜艳。我正说几年没见了，怎么就梦见她！"郭晗心有余悸，"今天太巧，真就碰上她了！真是万幸。"

"这伢命真大，夜那么黑，"郭晗的丈夫头发灰白，脸相慈和，"谁管这种事，人家以为你是看风景，哪晓得你是想不开？"他难过又后怕，"天黑潭深，你一百个人跳下去，都不见得冒一个泡泡。"

"在路上我们问她，是什么事这样想不开，她好歹不说。后面我们猜出了大概。"他们也看到了童午下巴上的指甲印，"万一要吵，也不能当着孩子的面。哎呀，夫妻吵架，其实小孩更苦。大人觉得世界还可以改变，小孩子就觉得天都塌了。"

恐惧、感激、羞愧，童午此刻的心里什么都有，他一句话都说不上来，也不知说什么好。

"你伢是个很不错的伢，不然可惜了。小学三、四、五年级，她成绩上等，组织能力强。写作文，用的词甚至大人都看不懂，呈现出与年龄不相称的成熟。她作文里的一些语句，我都怀疑不是她写的。嗯，这伢只要好好培养，一定会有出息。当然她也有弱点，就是倔强、执拗、孤僻。"

郭老师压低声音，"两个大人吵架，真得避一避小孩，家庭不和，对小孩的伤害不可想象！"

临出门，童午发现没给客人倒茶，拉开冰箱，找不到茶叶。

"不用不用！"郭晗夫妇直接起身告辞。

送走客人，他推开囡囡的门，房间漆黑。

他按灯，竟没摸着开关。

他冲上去抱住坐在窗桌前的女儿，声泪俱下。

"囡囡，爸爸对不起你，爸爸不是人。你知道吗？你是我的天、我的地、我的命。"他的潜台词是，就是因为不忍伤害她，他才忍受了这一切。

囡囡一把推开，怨恨地瞪着他。

"你们为什么要生我？"

临窗的光影，照在她的脸上，泪水好像从月亮上滴下来。

接下来是她伤心的哭泣。

那哭声，仿佛黑暗中的怨魂，深更半夜的寒霖。

童午突然被电击似的呆定着，这惨痛的一幕，永远定格在他的心屏上。

"一定不吵架了，我马上跟你妈和好，你再不乱想了，好不好？"他哽咽着，"别的爸爸妈妈不也吵架？为什么别的孩子不这样走极端？你原谅我好不好，我说到做到好不好？"

他几乎彻夜未眠，时不时到女儿房间观察，说尽了好话，总算把女儿稳住了。

童午回忆，开始他和裴裳争吵，囡囡在一旁沉默不语，或用惊恐的无助的眼光看着他们。后来大人每每吵架，孩子平时不做的事开始做了，甚至到厨房里去做饭，拖地板，叠衣服……

有一次他问原因，她说：

"爸爸妈妈，以后你们要我做什么，我就做什么，只要你们不吵架。"

看着她瘦小的背影，童午心里在流血。

"不能离婚，没爸没妈的孩子，要多凄苦就有多凄苦，要多可怜就有多可怜。"

让孩子承受这种不能承受之重、之痛，算了算了，自己的幸福，自己的爱情，都不要了！

夫妻离婚，一纸休书，各自走路。可孩子呢？完全是个死结，孩子都有哭不出来的那种痛，那种绝望。

女儿跳河，侥幸碰巧被路人挽救，这是上天对他怎样的警告。以后还有这样的幸运吗？他想都不敢想了。

没有爱情，还能苟活，但撕裂亲情，无法忍受。

"不能离婚，不能离婚，"他脑海不断强化和笃定这个念头。只要孩子不受到伤害，只要这个家还有表面上的完整。

那一夜，他愁肠寸断，痛定思痛，囡囡的眼泪清晰滚烫，晨玲的温柔渐渐远去……

他，退缩了。

当窗外露出曙色人声，太阳抬头又来，他迷迷糊糊地昏睡过去。

上班族的招呼语和脚步声，摩托发动的急促吼噪，渐近又远的卖早点的吆喝声，树叶样飘零的汽车喇叭声……

　　对这些忙于生计的人，那是平常平淡的一天，而对他童午这个家，却是噩梦般的寒冬和长夜。

爱这个世界，就要当没来过

在公园的树叶间，他们专注于一缕阳光。

生命的美好，不是过去，不是将来，而是那一刻。

"一个人，你说是英年早逝好，还是天年寿终好？"

"宇宙无垠无穷，生命按长短来算，没有任何意义。"

"你的开头不明白，你的结局不知道。只有短短的经历和过程。"

"所以生命只有、也只能专注过程。于是有人做了一种选择，英年早逝，向死而生。"

"当然，从自然本能讲，没有人情愿这样做。但大多数泰然赴死的人，从思想内在和灵魂深处，是一定做过掂量和选择的。"

"人固有一死，有的先，有的后。是先好，还是后好；是长好，还是短好；是为己好，还是利他好，面对共同的不变的结局，心念和态度的迥异，给后人和生者的形象和意义大相径庭。"

"活得短的，无有衰老病痛折磨；为利他而死的，后人追念他，都是某种补偿。"

"于是，有些人选择了英年早逝，留下了最美的样子。"

"所以，生命最伟大的品德是接受死亡。"

卵石的小路，绿草的岗地，鸟鸣的树下。

休息日，樊音和施非明在小区游园溜达。

仰望，沉思，遥想。

"那是太阳的鲜血吗？"樊音叫道。

她们看见，婆娑的树叶间，阳光像汁液样流淌，火苗一般闪烁，在荫翳间发出异样的光晕。树叶一如吮乳的婴儿温润柔怜，树冠像年轻的母亲安谧美丽。

南方城市和公园，热带阔叶乔木特有的茂盛和繁荣，阳光像新鲜发亮的奶油。

这是四月的时辰，爱情和思想蹦出胸膛的季节。

蓬勃的生命，都在竞相张展着各自的姿态，每个角落盛满温暖和明媚、躁动和诱惑。

樊音拉着施非明的手，微闭双眼，凝神谛听，冥思静候，似在等待一枚绿叶掉下来叩击额头，更想那阳光的金樽，泼下无声的流韵。

似母子之间的依偎抚爱，情侣之间的缠绵柔怜，这树叶间的阳光，燃亮着奇美的灯盏，化育万物、营养苍生。

她见过什么景象，比这更静美如画？有过哪种感触，比这更浓郁似酒？这是瞬间的美丽，还是美丽的瞬间？这是永恒的短暂，还是短暂的永恒？

"活在当下多好。不念过往，不侈未来，唯愿时光永远停留和驻足在这一刻！"

在情感的深扉中专注于这个生命的亮点，生活的郁结倏然而散。樊音的眼里泪光闪烁。

这一刻，她洒脱于红尘之外，独立于纷扰之上。

　　她知道，她们的日子不富有，也不轻松，似不带光彩的珠链，没有浪花的流水。也许这种日子，这种生活就是最好最贵的。

　　她突然忆起儿时的一个星夜，不知谁在黑暗里说，明天醒来，今天就没有了。

　　"这一刻很快就过去了，今天很快就过去了。越是美好，越是短暂……时间是个什么东西呀，短得好像我没有来过，快得我好像没有活过！"

暗能量的出口

付诸行动的愤怒和妒忌，像跳出水面的鱼，都有落点和回响。

裴裳愤然出走，有那种头也不回的决然。

几个月，这对于一个家庭、一对夫妻、一个孩子妈妈，已经相当漫长了。

夫妻之间家长里短、无关紧要的争吵，和好复合，是随便就可以找到借口或机缘的。

但这种情形完全不同。裴裳那边是怒火中烧、憎恨满腔，直奔水落石出，鱼死网破。童午这边是无法作为，奈何不了。死赖硬扛，又处于下风，但如果坦白一切，后果更无法预料。

"以孩子的名义，与她寻求机会和好。"他千百次有这种念头，却没一次付诸行动。他们之间的事，根本不能也不敢告诉囡囡。囡囡也就当不了调羹匙。他找裴裳主动认错吗？晨玲那边怎么办？如果那边能了断，与裴裳和好，以后他在妻子面前怎么做人？

他越想越乱，越想越烦。内心滴血流脓，外表还要装出无所事事的样子。

"妈妈怎么还不回来呀？"囡囡偶尔逼问他，"你们这次因为什么吵架？到底谁对谁错？你说以后不吵了，为什么不去找她？"

"会回来的，会，"他似是而非地答，"你只管好好读书就是，大人的事，你还不懂，也莫要问了，我会找时机去接她回家的。"

"我再有天大的错，她也不能对你不管不顾吧？"他也找了裴裳好多的不是，"你这个妈妈心太狠，脾气坏，不值得这样惦记。"待女儿的情绪稳定些，又说，"不管一切如何，我都会让你幸福的，你是爸爸的心肝宝贝！我什么都不要，只要你！"他眼里泛着泪光，可以把爱情踏成泥丸，也要让女儿幸福。

囡囡渐渐也对妈妈出走这么久音信全无感到失望和怨恨。在她的心里，这世上还有什么比她们之间的亲情还重要？

孩子总是相信陪伴的一方。

"你就不能低头认个错，去找妈妈？"有一天，囡囡急了，催他，"你说和好的呢，怎么没行动？"

他为难地摇头，"这个时候，她是十头牛都拉不回的，再等几天吧。"

童午有不祥的预感。

这个家庭一旦破碎，最大受害者是女儿。如果她学习上有出息，以后的路就要好走得多。

"囡囡，你快读初三了，一定要努力考上一中啊，这是最要紧的，爸爸最期待的。"

他内心焦虑、恐惧、无奈。他深知裴裳的个性，她出走的这一段时间，一定不是空白，有够他喝一壶的内容。如果了解真相，对他就是迎头一击，致命伤害。所以他干脆装聋作哑，不闻不问，反正自己有错在先。

其间他试探性地跟明思理打了电话，当然没有暴露他们吵架的内情，而是找了个借口："思理，裴裳是不是上你们家打麻将了？

有个客人为采访的事正找她呢。"

"没有啊，裴裳不在我这。"

"这两个月，都没上你那打过牌？"

"她不怎么打牌的，你不知道？我正说好久也没见到她了，未必你也一样？"

"不是，你忙你忙。"他马上岔了话题。

和晨玲的非凡的短暂的幸福，却要更漫长更深重的痛苦补偿和填充。

他不仅回不到过去，也无法选择了。他只能捱，只能熬，并做着最坏的准备。

于是，那天吃饭，他试探着对女儿说：

"囡囡，如果妈妈在外面找了男人，你觉得怎么……"

"哼！妈妈是那种人？找男人干什么？你不是男人吗？她找男人就不要我了？"囡囡惊疑地看着他，"这个我还真没想过！你们，搞不懂！"

"你妈经常说，她跟谁过都比跟我强，还说有钱有能的人多得是，外边的好男人用脚捞。"

"那是气话吧。"

囡囡眼神里，能感受到父亲语气中的怨毒。

妒火就像核能，一经点燃，会爆发毁天灭地的威力，造成不对称性破坏。人们常常见到，那些拈花惹草的人，反而是天字第一号的醋罐子。

"你们这么吵啊闹啊，为了什么？到底为了什么?!"囡囡愤嗔不解。

童午无言以回。他默默嚼着不知什么味道的饭菜，脑海里闪出晨玲的酒窝，还有穿牛仔裤走路时摇曳的长腿。

"囡囡，我们不是自己想吵。其实我最痛恨吵架，最害怕吵架。吵架是世界上最愚蠢最糟糕的事。"他夹了点炒鸡蛋放到囡囡碗里，"注意营养，蛋黄增强记忆力。"

童午无奈地意识到，婚姻中，一方纵有旷世之才，是现象级英雄，在对方眼里依然是个满身缺陷、生厌生怨的俗侣。他也发现，女人的纤敏直觉，是专门用来发现和放大男人缺点的。可是没有女人，他一天都活不下去。

男女搅和不清，情爱混沌不明。道德是个搅拌机，搅糊了，家庭长寿；搅不和，婚姻短命。

"囡囡，要记住爸爸的话，你一定要把书读出来，这样才有好前途，这是我唯一的希望！爸爸不是个好人，不算个好人，但爸爸对你的爱是永远的、真实的、牢固的……这段时间，我推掉了所有的应酬，每天在家给你做饭，等你陪你，以后也会这样的。"

囡囡点了点头，放下碗筷进卧室去了。

但没有妈妈，她的落寞像要从身上淋下来。

上帝的囚徒

我们被谁锁定了。

童午想起早年在街上看到的，摆摊人卖的一种鼠笼玩具。

镀着金黄色的小铁笼，圆形，中心有轴。一只小白鼠困在其中，上有诱惑的出口。小白鼠不断地攀爬，轮子不停地旋转。一看到希望，便跌落原点，所有的努力都是徒劳。

最后小鼠累得吐血而死。

这种特殊玩具的制作理念，让他过目不忘，心里发怵。

遽急狂的追逐，毫无意义拼搏，希望失望循环，幸福联通痛苦，现实没入虚无。

上帝按自己的意愿设计了人。努力和失败的轮回，美德和欲望的佯谬。制笼人自己何尝不是被锁死在这种笼子里。生是偶然的希望，死是必然的结局。生死循环，盛衰荣辱，人类都困在上帝的囚笼。

一切都浮出水面，横在前面，清清楚楚，结结实实。

在裴裳出走的前些日子，童午两头犯难。

妻子发现他们的事，要不要告诉晨玲？

他想，万一与裴裳和好了，以后就不能与晨玲有任何来往；如果与裴裳关系破裂，他也迫切想知道晨玲的态度和想法。

踌躇再三，那天他还是拨通了晨玲的电话。

"玲，她知道我们了。"

"啊。"她好像早就等着这种结果。

"哪晓得，她还查了我们这两年的通话记录。"

"还会这样子的？"晨玲声音发紧，"她是怎么发现的呢？你不是说她一般不看你手机吗？"

"我也不清楚。过去她有些怀疑，或许佯装不知，但这回把我们的通话都打出来了。我几乎没有了回旋的余地。"

"你们肯定大吵了吧，"晨玲想了想，"现在她怎么样？"

"她已经出走好久了。"

"你没解释解释，打几个电话有什么关系。"

"说了，她不听，也不信。"

晨玲陷入沉默。她不想往下说了，这何尝不是她想要的结果。

"玲，我现在快撑不住了。"他问自己，还有其他办法、其他的出路吗？晨玲的反应有些出乎他的意料，这方面她似乎不能分担他的压力。

他们在电话里不知道还说了其他什么，第二天下午四点多钟，晨玲赶到了方塘市。

苦难中的相见和哀情，炽烈而沉醉。

内心千疮百孔的童午，有些经历打击后的迟钝。见到晨玲，整个身子都在颤抖。

他抚着她微微隆起的小腹，噬啃着她，无力而恳切。

她摸着他的胸脯颈项，说不出什么话，像温顺的羊羔，在风雨中弱弱地哞叫。

"玲，问个问题。"他端起她的脸。

她抿了一下嘴角，算作回应。酒窝的浅笑，让他欲罢不能。

"你愿意跟我结婚吗？从内心。"

她迟疑一下，轻轻点了点头。

他感觉到有一股热血往头上涌。

"你说话嘛，说句明确的响亮的话来，给我一个承诺，才能让我面对接下来的一切！"

她有点不好意思，抱紧了他。

"我只要你。我愿用一辈子的痛苦来换，决不后悔，决不！"

一见到她，他的世界就翻个底朝天了。失去她的恐惧，压过一切，痛过一切，他没法离开她了。

她的气息，柔顺、美妙、充满魔性，让他无法醒来。

他全然忘了自己跟囡囡说过的话，完全变了另一个人。觉得女儿那里可以掌控，可以说服，而晨玲这边无法抗拒，无力改变。

"我跟她过不下去了。尽管她没有抓着我们什么把柄，但她那个性，我是知道的。她不是忍气吞声、逆来顺受的那种女人。跟你不一样。唉，为什么女人差别这么大？我认识你、有了你之后，对她的感受都变了。她睡在我身边，就像一位僵尸，比死人都害怕。天啦，我怎么有了这种感觉？这是我曾爱过的人吗？说真的，我极力掂量、阻拒对你的爱。我知道这对你太不公平，一开始就不公平。我不愿连累你、伤害你，你是一个这么好的女孩，我怎么舍得去害你呢？玲，但我没法回到从前，没法！说实话，你让我再去爱她，比登天还难！"

晨玲静静地听着，她也感到了某种压力。爱在心中汹涌，但结婚，她其实也彷徨、惧怵。

"如果两个人都真正相爱，家庭方面处理不好吗？"她突然问，不知想起了什么。

"应该会，至少理论上会，那是相处的问题。"

"那，你们怎么没相处好呢？"

他皱起眉头，"我觉得人与人之间不同，相处结果就不同。"

无论男人女人，当爱欲汹涌，未到看淡、放下的时候，一定会循蹈前人的错误，重复昨天的故事。三观、脾气、个性、教养差别就不说了，甚至一点点不起眼的习惯，都会积厌生恶，引爆成灾。婚姻在审美疲劳、哈欠连天，甚至怨恨满腹的时候，外来的诱惑，就是压垮它的那根稻草，点燃油桶的那根火柴。

"玲玲，六点了，我要回去了。"

"回去干吗？"

"给小孩做饭。"

晨玲看着他，脸上掠过一丝复杂的神情。

"确实对不住你，女儿要中考，非常时期。她妈妈不在家，我欠她太多了。上次差点出了大事，我费了九牛二虎之力，才把她安抚好的。"

他抚着她头发说："晚餐要不我买点东西来，或给你叫个外卖？"

晨玲不吭声，她没有饿意，其实午餐也只是在车上随便吃了两片面包。

"你同意吗？宝贝。"

"不同意又怎样？"

见晨玲面有不悦，童午说："我知道你这么远来，很累很苦，主要是我女儿太可怜了。我这个家已经对她够伤害的了，如果她不能顺利考取一个理想的学校，一辈子就毁了，到时也成为我们的负担。"

晨玲眼里闪过不易觉察的苦色。

两人都意识到,激情过后,都得面对现实。谈家庭关系、日常生活,都有异物感。

"那晚上呢?"她问。

"晚上我尽可能过来陪你。"

这是童午嘴里第一次吐出"尽可能"这种话语,说明还有"不可能"。

两人陷入短暂的僵冷。

童午虽没说话,但肢体动作显现内心的焦虑。

"去吧去吧,"她干脆摆摆手,"我坐七八个小时的车,就为了你这几分钟!"

看到他说走就走的意思,回想激情时他说的话,晨玲无比失落伤心。这其中也有他谈话引发的情绪,隐隐投射过来的、未来生活的阴影,让她不适。

晨玲跟自己的父母摊牌,家里已不可收拾,她已经吃尽了苦头。但他们第一次感到,爱情和婚姻都不是想象的样子,想要的模式。

"那外卖呢?"他问,"晚上你吃什么?"

"你不管了。"

她从某个角度发布桃闻，让人性一丝不挂

资源稀缺有限，欲望狼奔豕突。到底要多少流血和死亡，才能构建人间的秩序和安宁；到底要多么自律和幸运，才能走完体面的一生。

在方塘城，"舀姐"是与姜半仙齐名的人。

舀姐实名无从考知，她巧舌如簧，能言善辩。在方塘没有她不知道的事，没有她不议论的人，是公认的"消息灵通人士""民间故事大王"。

人说嘴多惹是非，但舀姐的八卦就是有市场。如果一两天少了她，人们若有所失，哈欠连天。

"有的家庭，争风吃醋，出丑出糗，还是因为少见多怪。"这天，舀姐边抓麻将边感叹，"我见过的欺骗、背叛，让人不再相信爱情、相信忠诚。"

她讲的故事真假难辨，佯谬混沌，却让人耳朵竖起。

你若说舀姐讲段子光俗不雅，那还未必。以偏概全，舀姐不干；以假乱真，舀姐不会；造谣惑众，舀姐不敢。

舀姐原来在几家宾馆干过多年前台，谈起宾馆里的秘闻趣事，让人跌破眼镜。

"有个女孩，长相甜美，从外表看，是三好生，纯情高洁的那种。

"每周六、周日她都会来开房，天黑前回到学校。每次她自己先上楼，男朋友后进去。

"有做卫生的跟我聊，才知她原来有两个男朋友，周六一个，周日一个。我问她怎么知道是两个？保洁的说，房里打扫出来的火车票不是一个地方，也不是同一个名字。

"还有一个客户，办了会员。长相像我们热捧的一位游泳明星，名字我不记得了。他每周都会带女的过来，最小的十几岁，最大的四五十岁。

"那次他退房说，再也不会来了，要回去结婚了。他有一个女朋友，谈了五年，分居两地。

"我想那个女朋友可能正与他爱得要死要活的吧。

"舀姐见多识广，现实版剧情远比电视剧狗血，难怪现在电视没人看了。"

"这毕竟是少数吧，如果都这样，那还得了！"有人不信。

舀姐反讥，"其实远比这精彩，我这还是中低档酒店，高档酒店里的，会颠覆你们的三观，那简直是四维空间的景象。"

咣，一个麻将子跳桌下了。

"别说了，听这野事，恶心死了，我半天都不胡牌。"一位女牌友抱怨。

舀姐弯腰，捡子上来，继续恶心。

"有的艺高人胆大。"

舀姐说，有一对夫妇，登记住楼上，结果他到楼下开一间房，晚上下来跟一个女的缠绵了一个多小时，又上楼去抱着自己的老婆睡觉……娘哎，茅屋上戏火，却安然无恙。难怪人说色胆包天，他这是色胆包星系、包平行宇宙。

"舀姐，我放一铳给你，把那个风流人物告诉我好吗？"牌友半开玩笑半认真地说。

"不行，我不喜欢道人长短，揭人隐私，这个得保密。"

"舀姐，这不是你的性格嘛，你素来心直口快，实话实说。"

"是呀，哪个人前不说人，哪个人后无人说。"有人怂恿舀姐，干脆说清楚，她们绝不外传。

舀姐之所以被冠以方塘市"两个半聪明人"之一，并非浪得虚名。她深入浅出，雅俗共赏，娱乐大众。曾有人说，舀姐可胜任方塘男女情爱大数据中心客座教授。

千万别以为她文理偏科，知识面窄，只精通男女之事。她时不时来点增广贤文、昔时贤文，满口古人曰圣贤云。全市上至达官显贵，下至贩夫走卒，谁谁有两手，谁谁有一腿，她随口就来，满腹活鱼。

若不是她讲究口德，不知道得有多少人，裸奔在大庭广众之中，光天化日之下。

"舀姐，你今天吊人家胃口。如果你告诉我，晚上请你去靠背摊，吃新上市最肥的龙虾。那味道真鲜，据说有人一次能吃一脸盆！"

"就是馋得流口水，我也不中你计。"舀姐不为几只虾折腰，"这条新闻是我一个姐妹告诉我的，她亲眼看到的。等我下次核实了再讲。"

舀姐用舌头舔了一下嘴，上唇橡皮似往下拉，以包住龅牙。从脸相看得出，她为自己的一口坏牙长期苦恼。

"首先你请客就没诚意。亏你说得出口，吃一个靠背摊，想听我讲国际重闻、寰球要闻……得请我吃大餐！这年代哪个还缺吃？这消息比荆轲刺秦王还重大。"

"我还有一个条件，"舀姐压低声音，"以后不管怎么样，不能说是我说的。我可不想惹这个祸。"

舀姐这是举一反三，井绳心理。

方塘市的街头巷尾，牌馆茶座，也传过舀姐造谣生事，被人扇耳光的事。有一次她说了人家隐私，后来七传八扩，到了当事人耳朵里。那女人怒不可遏，跑进来把正在打牌的舀姐像鸡一样揪住，迎面就是几耳光。

人们以为舀姐要发疯拼命，她却说："你什么人，我打你，别弄脏我手，看有人收拾你的……"

结果舀姐说的事，就不知怎么被女的老公实锤了。那个家庭随即昏天黑地，鸡飞蛋打。那女的遭受的，绝不止她舀姐的几耳光，老公拳头冰雹铁锤似的，更结实沉重，被揍后脸紫得像吐鲁番的葡萄，眼睛肿得像海南岛的椰子，半个月都不能出门。

"看，是不是有人收拾她？"舀姐听到有人跟她出了气，打麻将之前把外套一脱，双手叉腰，"哼，跟我舀姐过不去的人，几个有好下场！"

的确，她是好心被当成驴肝肺，"我没有说半点假，只是善意地提醒，让他老公早发现、早预防，把婚外情消灭在萌芽状态。我挽救家庭，减震社会，不但讨不到好，还挨打受气，天理良心何在！"

舀姐说得千真万确，严丝合缝，为何饱受诟病，遭人不齿？

方塘人明白了一个道理，真话说不得，特别是"某些方面的"。

但问题也来了。

你说隐私说不得，那些明星的隐私，不但可以大吹特擂，深窥穷掘，还可以卖出天价钱。狗仔队围追堵截，无孔不入，爆款不断，谁管了？开家餐馆，不放佐料，谁吃？办个媒体，没有卖点，鬼看？

她舀姐还是小范围、非正式地发布，你那是大网络、全媒体地发射，恨外星人不知道。

哼！

思来想去，舀姐认定，还是走自己的路，让人去骂吧。

"凭什么要让我闭嘴？你不想看，眼睛蒙着就是；你不喜听，耳朵捂住就是。总有人愿意看，喜欢听。像开胃菜，餐餐少不得。你三宫六院、七十二嫔妃，大摇大摆，多吃多占，把俊男靓女资源糟蹋光了，我打光棍、当寡妇的说说都不行？你有钱人风流快活，我无钱人让耳膜过点干瘾怎么了？小范围小场合，说几句悄悄话，声音压得这么低，犯了哪门子王法？"

这真是，撼泰山易，撼舀姐的性格难。

所以，舀姐有市场，吸粉率居高不下，支持率挺而弥坚。

舀姐也有一个观点，博得了大多数本分人、憨实人的认同，这就是：

撑死胆大的，饿死胆小的；腻死歪门邪道的，困死谨言慎行的；乐死不要脸的，愁死脸泛红晕羞答答的。

光叫的狗不咬人。舀姐的论调，虽难入大雅之堂，也不代表主流舆论，但在某种领域、某些局部、某个角落，把人性揭得一丝不挂，让大家成天乐呵呵，何错之有？

人们说，重口味的人大有其在。舀姐要到哪个开放国家或者火星金星移民选总统，得票率绝不会低，黄袍加身都说不定。

有瘌痢嫌瘌痢，没瘌痢想瘌痢。

要是人们三天两夜没看见她，都觉得生活没油少盐了。

"舀姐呢?"

"听不到她的八卦，我一天到晚腰酸腿痛，哈欠连天。"

"没有舀姐的日子，淡出鸟来。"

还有不少慈悲的人揣度，像舀姐这种长得丑又守寡的女人，彻底地被男人边缘化，半彻底地被生活边缘化，一定是下半身的骚动，转化成了上半身的妄动，值得同情，理应宽容。

物质也好，能量也好，情感也好，都遵循守恒定律。就是宇宙的暗能量，也有个出口。

眼只看到有限，心却通向无边

绕开了爱，便躲过了劫。

苍凉的天空，时有三两雁声滴落。阴历十月的天气，本就日短夜长，加上雾霾蒙罩，白天的太阳哮喘样有气无力，傍晚像烧完屁股的蜡烛，恹恹地熄去。

人们发现，这些年秋冬季节，雾霾变成了常客。

曾经不少人甚至都不认识的霾，现在却影子样不离左右，挥之不去。

不能说过去没这玩意，但浓度频次今非昔比，它有时一连十天半月赖着不走。

裴裳敲开了明思理家的门。

"你来了？稀客嘛。"明思理看着裴裳的脸色，俨如天气的翻板，没有活色。

她本来准备狠狠数落一下她的，但看到裴裳完全老了一圈，便住嘴了。

裴裳进屋落座，不说话。

"打那么多电话，你不是说忙吗，怎么想起要来呢？"

裴裳还是不吱声。

疯牛进了瓷器店，捣烂了珍品，人家还没发现。

此刻的裴裳，就是这种心境。

她闯入了一个新世界，这里还是旧社会。

"好久不见，深沉多了。"思理嘴角现出一丝冷笑。

裴裳动了动鼻翼，极力抑制住眼泪，但还是有一两颗落了下来。

这期间她眼泪都被怒火汽化了，见到老闺密，又凝结着涌了出来。原来，人的泪腺服软不服硬。

"我本来想痛骂你一顿的，但不骂了。可怜之人必有可憎之处。你的风流韵事已在方塘的大街小巷疯传，自己还蒙在鼓里吧？"

明思理见说话的时机到了，趁热打铁。

"那个姓易的，人家说是方塘第一采花大盗。你上位出名很快呀，怎么就傍上他呢？你让我不认识了。冤枉跟你几十年，还什么闺密，蜂蜜差不多。知人知面不知心啦，你的初恋，呵呵，高尚的爱情，梅开二度！"

裴裳噎着，想说话却说不出。

思理听闻她的事，跟她打了多个电话，她都借口不来，今天主动上门，负荆请罪来了？

明思理也不好再说什么。

"程正呢？"裴裳小声问，她不想他知道。

"他出去了，有事。"明思理答，其实是她接到裴裳要来她家的电话后，把他支走了。

"屋里没其他人了。"明思理削好了一个水果，发现烂了一坨，丢篓子里，她又削了一个，递给裴裳：

"你是怎么跟他搞上的？"

　　裴裳恨恨地骂了一句，"那狗养的。"

　　"骂他干什么？床上做君子，床下当小人？你不爱他，还滚床单？"明思理一脸不屑和诧异，"全方塘的人谁不知道易超天，说他老少通吃。你插队而已，既不是第一个，也不是最后一个。"

　　"我骂我那个狗养的！"

　　明思理立马知道自己听错了，原来她骂童午。

　　"他有什么好骂的？你好意思骂别个。你们那乌七八糟的事，我耳朵都听起茧了。这把年纪，还想不通看不淡。"

　　裴裳看着明思理，难掩愤怒、委屈。

　　"你原来吵架都往我这来的，这次为何不来？"思理板着脸问。

　　"我都不想说，说不出口哇！"裴裳又想大哭起来，但还是强抑着。

　　"你在外面瞎搞，还牢骚满腹！"明思理用脚把垃圾桶移近她。

　　"是他先在外面瞎搞！"裴裳又骂。

　　"你怎么知道？有证据吗？"思理睁圆了眼睛。

　　"证据？这么多年了，我一直忍着，憋着。前年我就发现不对劲！有一次我碰到了文联那个姓翟的主席，他单位的老大。我问姓翟的，你安排童午去云南丽江学习了是吧。可翟主席说没有。他说童午说得了重感冒得打几天吊针。翟主席说，他昨天好好的，怎么就病了呢。本来单位职工生病，他安排人去医院看下的，童午说不需要不需要，在家休息几天就好了。

　　我当时血直往头上涌！还是稳住神，对翟主席说，是的，他这几天头痛得厉害，要休息几天。

　　他骗了我，一定是！直觉告诉我，他肯定是带女人去外面了。我回想起前面几次，他应该也是带女人出去了，跟我说出差开会。

后来我干脆去邮局，找熟人把他的电话单打出来一查，全部清楚了！这狗娘养的！跟那个女的一直都有紧密联系，三天两头电话，有时还打一个多小时。"

"这就是证据把柄？"明思理锁着眉头。

"肯定啊，他有时一个月都不碰我。"

"还有呢？"

"还有？够了！他百分之百外面有人。我绝对不搞捉奸抓现行那套。因为走到那一步，一定出人命，谁也不保证会做出什么事来！"

两人对话陷入急促的停顿，像爆竹点燃的引信，烧到根部的短暂沉寂。

"我不赞同。"明思理跟她加了点水，"童午的事先不说，我只想听你的桃闻。"

"我？我有什么？"

裴裳先是一愣，后来索性也不想隐瞒了。

"哼，这是他应得的！到这个份上，要么跟他拼命，要么找心理平衡。否则这个坎，我迈不过去！"

明思理倒吸一口冷气。

"一塌糊涂，一塌糊涂！"她看着裴裳，惊恐万状，像瞪着突然溃堤冲来的洪峰。

"原来外面说的，都是真的！看来无风不起浪。从此我会相信谣传了。"思理脑海里浮现昌姐的喇叭嘴，和抓麻将鸡爪样的手。

"一礼还一拜，这样公平。"裴裳说完看着侧面地板。

"那你怎么跟易超天搭上的呢？"思理的闺密成了谣传中的主角，自己都有些好奇了。

"我也不知道。他说曾经暗恋过我。"

"那，暗恋就变明恋了？"

"他原来找过我，我没搭理，说小时候就暗恋我。"

"小时候暗恋？荒唐。我小时候还暗恋过曹操呢。"

"反正他那样说，我不管。"

"你还不管，已经跟人家上床了！"

"又怎么样呢？"裴裳一副不怕开水烫的样子。

"这么说来，是你主动找他的？"

"当然，我要出一口恶气。他不暗恋我，我都会到街上拉一个男人来！"

"为报复而报复？"

"开头是，后面跟他有点感觉了。他不像外面说的那么坏，好不好？"

"天啦，"明思理哭笑不得，"汉奸是慈父，淫贼是仁兄，那就更不得了。你在儿戏，儿戏哟，懂吗？我的姑奶奶！"

她们沉默了一会儿，都感到一时半会谁也说服不了谁。

"现在扯平了，互不欠账。"

"这么长时间，囡囡怎么样？你见过吗？想过吗？"

"中间去过一回……"

"你见到她没？"

裴裳摇头不语。

"鲜花美艳动人，香气扑鼻，根系却在黑暗和压抑里挣扎。裴裳，一个家庭的安宁和稳定，都来自付出和牺牲。一分一秒不努力，就会险象暗生。你欲要平安，不仅不能要更多的，可能还得削砍一部分既得的。你的心太硬了，过去没看出来。看来，你已失去理性了。"

明思理放慢语调，"赶快刹车！否则更大的灾难在后头！"

"华山一条路，我已经没法回去了。"

"回不去也得回！"

"回去之后只会是吵、打，甚至……"

"放屁！再说一遍，回去！必须回去！"思理大骂。

裴裳不理了。

"要不我把他叫来，童午？"

"我不想见他。"裴裳像个恶煞。

"噢，那我把程正叫回来，"明思理说着，拿起手机，犹豫起来，"哎呀，你现在搞成这样子，他又怎么好说童午呢？"

"你算了，我现在真不愿看到他！"裴裳眼圈泛红，背过脸去，"我，我只想囡囡。"

"或者，我去把囡囡接来，今晚就在我家住？"

"不了，思理姐。"裴裳想到，这样扩大化，反而对孩子伤害大，但她现在已像失重的落体，没有抓手，无以挂靠。

过了一刻，明思理下了最后通牒：

"裴裳，作为几十年的姐妹，我跟你掏肝掏肺说一句，你们现在已经处在毁灭前的疯狂状态，几乎不可能理性思考问题。现在必须听我的，否则我们断交，否则莫进我的门了！"

明思理站起来，烦躁地把茶几上的果屑拂到垃圾桶。

"如果你觉得两个人都在气头上不好说话，那我打电话叫童午来，先摸清他的底数，再两人当面沟通好不？一句话，你思想非得打通不可！"

思理又一字一顿说："你，跟那个姓易的，必须一刀两断！"

裴裳脑袋嗡嗡一片。她心中的痛，肉里的刺，并没有拔出来，现在要她单方面妥协，太难。

她越想越按捺不住，站了起来。

"思理姐，你能不能少说两句！你没有经历过，说我有什么用？你程正这样，我也会说你。我嫁程正，你嫁童午，试试！"

裴裳气就气在，她都要沉入水底，只有最后一口气了，岸上的人还在嚷嚷，为什么溺死了，还不快爬上来，真笨！

"你又不是童午的老婆，你叫我如何如何。你不说我还平静了，你一说我就越烦、越乱。我心里的痛，谁也治不好。我已经只剩一丝活着的念头了。能够上班，能够说话，能够正常地、心平气和地来找你聊，多不容易啊。"

明思理也沉默了。

大道理在错误的时间、错误的地点，跟噪音等价同质。她觉得，难以说服眼前这个人。修复感情的创伤，需要时间，也只有时间。

裴裳坐下后，又僵持了一会儿，还是话不投机。

"谢谢你，思理姐，你的关心，情领了。只是现在，已经没有意义。"她说罢出了门。

看着暮霭昏色里裴裳离去的背影，思理心里阵阵酸痛。

她拨通了程正电话。

裴裳这边滴水不进，让程正去童午那边操作看看。

第二天，程正联系童午，童午说忙，脱不开身。

晚上，他决定到童午家去探个究竟。

童午听见敲门迎了出来，见是程正，引进去，又转身把囡囡卧室门轻轻关上。

"童午，屋里说话不方便，我们还是出去走走吧。"

他俩出了门，朝向人少的街道。

"这么长时间都不跟我们联系了，有什么大作？"程正递上一支烟，童午摆摆手。

"好久不见，没有话跟我说？"程正摁打火机，有风，点不着。

童午情绪低落，闷头不言。

"家家有本难念的经。我们是这么好的兄弟，我也没有打探别人隐私的兴致和习惯。"程正背身点燃了烟，童午闻到了香味。

"兄弟，你是怎么让老婆知道的呢？"程正吐了一口烟，看着童午一笑，用脚踢飞一个石子。

"我说话素来就直，你可能不喜欢听。这种事，被另一半逮住的，是情商与智商低了。"

童午没有回应。他耳畔有了电话单摔在茶几上的声音，再就是耳鸣的感觉。

"人家踩着你屁股了？没有吧。人家提着你的裤子了？没有吧。人家录音录像了？没有吧。都没有，那你为什么说我偷人了。就这点证据，你可以反戈一击，倒打一耙！打电话算什么，上网聊天算什么，就是裸聊都不算什么！这个要理直气壮，当仁不让。就是打官司上法庭都不怕，知道吧。你们文人啦，玩一个女人，只差没打锣唱街，搞得血雨腥风、乌烟瘴气。"

童午先以为程正这回跑来，会狠狠地把他骂一通，然后像个长者，或者像个教授讲师，谈婚姻道德、家庭守则，或者以过来人的姿态，灌输心灵鸡汤。哪知道，他竟然站在自己一边，交流心得，攻守同盟。未必像战国时代的纵横家，先迂回包抄，后一击要害？反正，在这方面，程正要比童午棋高一着，专业在行。

"那个，女孩……"童午欲言又止。

"你不要说，也不用说，我不是来调查的。天下男女之间那些事，说复杂就是八级地震，说不复杂就一丝微风，不可能一个样，也没什么两样。我只是提醒你，家庭玩散了，得不偿失。"

童午明白，这种事嘛，他在道德洼地，所以只有听的份。

"我跟你说，这种事打死不能认，何况她现在没抓着硬把柄。"

"还是有点把柄的……"童午说出电话单的事。一个男人，不是业务联系、工作关系，长期与外面女子通电话，说得过去吗？

"那叫把柄？我刚说了，那不叫把柄。"程正底气很足地拿出方案，"这个好对付。没抓着现场的，都是有救的可逆的。眼不见为净，口说无凭嘛。使另一方睁只眼闭只眼，难度不大。你委屈一下，放低姿态，把裴裳接回来，眼泪鼻涕，深刻检讨，痛改前非，求她给你一次机会，应该没问题吧？"

童午用沉默表示认同。

"你觉得我说的有道理，那就马上行动！小孩在家，你快回去！"

路灯在雾霾浑浊的夜色里挣扎，像排列的发了霉的爆米花。

童午踽踽独行在回家的路上。

程正与他的一席语，同这天色一样，让他的心态有些动摇改变。

每一种脱壳都有阵痛，深究下来，其实就是削砍既得的幸福。得了鱼，必须舍弃熊掌，不能拖泥带水，鼠首两端。

一阵冷风袭来，童午打了个寒战，清醒多了。

程正所言极是，欲望是幸福的天敌，这种事，只能自己救自己。

斩断与晨玲的一切，重新回归家庭——这个念头在他心里像石膏倒进豆浆，渐渐凝析结块。

霾越来越重，灯越来越浊，恍若远古的悲苦投影现世。肉体生生灭灭，灵魂来来往往，生死化合分解，世象混沌循环。弥漫着的丝丝缕缕，飘忽着的若有若无，恍如生命的另类形态，灵魂的别样存在。

他隐隐感到，空气里的一切，虽然细碎不见，缥缈难辨，但都是无形的缠绕与纠葛，无言的追讨和索问。

转基因

她看见太阳明晃晃的，还是相信这世界上有鬼。

明思理住区的几家麻将馆，几乎每天都有电话约她。

"明富婆钱多脾气好。"馆主总第一个喊她，大家都愿意跟她打。

但她还是喜欢往一个叫"阎婆"开的麻将馆里跑。

阎婆"约角"时嘴甜，能看人说话。对男牌友就说，你有个好老婆，贤惠、温存，打灯笼难找；对女牌友就说，你老公是能人强者，百里挑一；实在没有特点的夫妻，说他伢真听话有出息，官要当到厅部级。

最后对每个人都一句话："今天你一定赢钱！"

结果想来的蠢蠢欲动，不想来的也心动。

反正，来她家的，没有一个不喜欢阎婆的蜂糖嘴、菩萨心。她总能发现每个人、每个家庭的亮点。而调和牌友之间的摩擦龃龉，阎婆更是一把好手。

这天，阎婆一大早打电话"约角"，还是三缺一。不是要送小孩子，就是得去看医生，不是乡下做客了，就是上街买菜了。

阎婆一电话把舀姐给打来了。

方塘城片区的麻将馆，信息共享，人员互配，但舀姐桌上闲言碎语多，有麻友不愿意跟她打。

阎婆就百般解说，人家虽多嘴多舌，但出钱硬呀，何况"三缺一"，将就一下吧。

趁其上厕所，旁边有人嘀咕，舀姐是方塘市跟姜半仙齐名的两个半聪明人之一。姜半仙侧重天文历史，舀姐主打风月野史。

等舀姐上桌，明思理细看了她一眼，嘴巴喇叭状，薄唇龅牙，像梵高的名画。

舀姐打牌还真"硬赌"，一盘不挂，从不跳伞。一次她打到最后一盘，别人胡了大胡，她钱包空了，于是把手表一脱，"还差你十元钱，这表押你手上，下次我拿钱来取。"那人见舀姐这么"傻脱"，反而不要了。

舀姐一脱成名，麻将"硬角"一个，赢了些口碑。

所以大家反过来看她的优点和正面了：牌桌上说点笑话趣闻，坊间八卦，能活跃气氛，激发交感神经，改善血液循环，促进新陈代谢，有什么不好？特别是她讲得绘声绘色，有肚脐有眼，坚持真实性原则，总让人耳竖腮烫，喜闻乐听。

"锥子！"这天，她讲起了爱情的力量。

锥子是麻将子红中。

一个男泥瓦匠，有家有室的，却在外有了情妇。

情妇离他们家两公里左右，隔三岔五，暗度陈仓，颠鸾倒凤。

那年发了该死的疫情。没活干不说，还找不到与情妇幽会的借口。怎么办？他心生一策，何不利用自己泥瓦匠的技术优势和开拓精神，挖地道到情妇家里？

说干就干。两公里长的地道，工程量大呀。用挖机动静太大，那就愚公移山吧。一锼锼地挖，一篓篓地运。速度慢是慢点，但爱情的力量实在是太大了。

"一万。"舀姐打了张牌。

挖呀挖，刨呀刨，经过艰苦卓绝的努力，几个月后，地道正式开通。

这地道让他和情妇饱享鱼水之欢。

幸福总是那么短暂易碎。

"黑东!"她又打了张牌。

有一天，情妇老公不知怎么提前下班，泥瓦匠紧急慌忙钻入地道。不对呀，鬼子进村了，还跑屋里来了。这还是小时候看电影地道战的镜头。情妇老公雷霆震怒，这床底什么时候有地道的，他当初装修根本没这个项目设计!

情妇老公二话不说，紧追其后钻入地道，两人摸爬滚摔，经过九九八十一关，一直扭打到泥瓦匠的家里。

"发财!"她又打了张牌。

……

舀姐讲的故事，叫"疫情期间的爱情"。

"姐妹们，以后男人说工作忙没时间，你还相信不？插头!"舀姐打出七条，翻着白眼，扫视全桌。

几个笑趴了。

舀姐随便讲什么段子，都让人前仰后合。花边新闻、各式桃闻、昔时闲闻、新近杂闻，别人讲不出味道，在舀姐嘴里，就成新鲜麻辣烫、极品豆瓣酱。

有些人天生吃嘴巴子的饭，嗅觉特别灵，记性异常好，快慢善拿捏。人们说舀姐，活脱脱成了方塘市"两脚移动公司"通信中心主任，成色十足的"民间大数据"。

"唉，种瓜不得瓜，种豆不得豆，种蒺藜也不得刺，这个世界上的东西，还有什么能相信呀！"

她先叹了一口，引出话题。

大家一头雾水，舀姐又卖什么关子？

舀姐的妹妹曾在一家亲子鉴定机构工作过。

一些"认亲"的事，她自然而然"舀"到了。

"地球上人多了，要吃要喝，不搞点转基因，能抵挡得住吗？"

"舀姐，你平日讲故事顺溜，今天咋前言不搭后语？嘿，我胡了！你打的九饼。"坐对面的女麻友说。

舀姐不以为然，她一边掏钱，把故事线索顺溜了：

"千不怕，万不怕，最怕传宗接代转基因！"

前面说了，她妹妹在一家亲子鉴定机构。

有一回，一个三十多岁的女子，开车守在我妹妹下班路上，跟她说要改亲子鉴定结果。

她是三天前带孩子来做亲子鉴定的。

"你能不能把结果改一下，这是我的一点心意。"女人把一袋钱递我妹妹。

这怎么能改的，犯法的事，妹妹当然不肯。

"如果钱少了，再加，你说个数。"对方央求。

妹妹问她为什么要改变结果，她道出原委。

原来她丈夫出车祸死了，公公婆婆质疑孙子的血缘关系，这涉及大笔遗产分配。

女子哭诉道，她也不是原配，与初恋分手后嫁给了这个亡夫，可哪知怀了初恋的孩子。现在这一鉴定，那不穿帮滚犊子了。财产没她的份儿，她和孩子以后还怎么活？

"你说悲哀不？人死了还不知道孩子是谁的？"舀姐讲到关键处加以点评，增加情节的穿越性和魔幻感。

可这个故事太残酷，在场的人半点都笑不出来，甚至还暗里急那女的下步怎么办。

"吃了的放中间，等下我要抢你的杠！"麻友提醒舀姐。

第一个笑话没达到效果，舀姐不甘心。

又有一回，有个男人带孩子去做亲子鉴定。

一进门，他开门见山地问：

你们这个亲子鉴定准不准确、权不权威？

我妹妹说当然准确，当然权威。

男子说准确就行，权威就好。

三天后，男子来拿结果，进门笑嘻嘻的。

我妹妹心里难受啊，因为她鉴定后已经知道了结果，孩子不是这个男人的。

唉，又一个家庭悲剧！

我妹妹心里紧张极了：这个可怜的男人，跟那些知道真相的人一样，一定会捶胸顿足，痛哭流泪，或者怒火万丈，摸刀去杀，一场血战在所难免。

"是真的吗，确定？"男子问我妹妹，看一遍又一遍，反复核实。

我妹妹吓得腿都打颤了。

男子紧紧盯着我妹妹，铁定的口吻，问：

"这个结果，说明孩子父亲不是我是吧？"

我妹妹都快哭出来了，但不得不明确告诉他残酷的结果。

"对，孩子与你，在生物学上，无父子关系。"

"好啊！这太好了！"男子跳了起来。

紧接着，他疯了似的狂笑不止，嘴巴都歪了，"我就说长得一点不像我嘛，看她还怎么说！"

在场的人以为男子是受了刺激失常了。

但不一会发现都想错了。

他平静后告诉我妹妹，他准备跟妻子离婚，可妻子不想要孩子。他也不想要，就以长得不像自己为由来做个鉴定，没想到还真不是他的，他就真不要了！

"她再没理由拒绝吧，孩子不是我的，不是我的！她再赖不脱了吧，还是要相信科学啊！"

男子说完风似的消失了。

"我牌好烂，连一粒将都没有，"有个不开胡的人抱怨，"舀姐，我一点火星都没有，你能不能讲点正能量的段子？"

"这哪里是段子，开玩笑吧你，"舀姐不阴不阳地说，"我免费讲故事，你还挑三拣四。"

她笑了一下，又吊人胃口：

"好好好，满足你的要求，换个选题。"

一个姓瓜的农村老头，发现孙子长得莫名其妙，就寻思着带他去做个亲子鉴定。

瓜老头的孙子五岁多了，一直由他和婆婆抚养。儿子长年在外，他只好带孙子一起来做。

结果出来，瓜老头傻眼了，孙子跟他一点关系也没有！

瓜老头怒火三丈八，七窍冒绿烟。含辛茹苦带大的孙子，竟不是自家的血肉，岂不把人急死、气死！

他回到家，立马打电话叫回儿子。

儿子一进屋，不问三不问四，就把媳妇痛揍一顿："我在外辛苦赚钱养家，你竟在家风流快活！"

媳妇被一顿暴打，寻死觅活，紧急喊冤，找村干部，说要瓜家还她一个清白。

事情闹大了，瓜老头要儿子坚决离婚。

媳妇愤怒地说："未必我还舍不得你这个破瓜家？离婚就离婚，但要再做一次亲子鉴定！"

没办法，瓜老头的儿子带小孩又去做了。

结果出来了，儿子与孙子是嫡亲关系。

出轨了？出鬼了！未必问题出在爷爷身上？

瓜老头找来老伴当堂审问，哎呀喂，真相出来了。

瓜老头年轻时家境优裕，经人介绍认识了邻村一漂亮女子，很快领证结婚了。

邻村女子家里很穷，却偷偷地喜欢上了村里另一小伙。就在她与老瓜结婚前的头一夜，她与心上人偷偷在一起互诉衷肠，还行了周公之礼。这不，就揣着别人的种子，进了瓜家的洞房……

舀姐讲完，哄堂大笑。

但不一会有人的笑容突然凝固了。

大人真精彩，小孩太无辜。

那些天方夜谭的故事和人生大痛，永不会走远。

"明富婆来了！"有人喊，是阎婆把明思理叫来了。

桌上赢钱的一位，马上起身让位，说要去接小孩。

麻将机像搅拌机样转起来，她们重新开始。

有人打牌屏神静气，全心投入，生怕打错一张牌。

舀姐却不是这样，像四月夜里的蛤蟆，憋不住嘴。

"人心隔肉皮，谁又知道谁。糊涂一点好，眼不见为净。"舀姐往垃圾篓啐了一口，又开讲了。

"老公怀疑老婆在外有男人，老婆怀疑老公在外有女人，不戳穿是大智慧，各玩各就最好。"

"一打二闹三喝药，名声臭了，家也散了，孩子得遭多大的罪！"

"这年头，奇葩层出不穷，辈分乱了，季节反了，生个孩子还转基因，冤不冤？"

"舀姐，你这都是编的吧。"

"编的？嘿嘿，实话告诉你，身边的故事更动人。至于是谁，就不说了。明告诉你们，我牌定了，将莫乱打，我见将射！"

阎婆端上切好的果什，"吃，本地瓜。"

舀姐抓了一片，咬一口。

"你们没听说吧，方塘有个老板拈花惹草，被人讹了一百万，最后找黑社会摆平的，据说还是花了五十万。"舀姐边吃边说。

牌过几巡，明思理胡了个"万一色"。

"钱找伴呗，明富婆大胡只滚。"

"怎么搞的，明阔太每次都有火。"

明思理把钱放进麻将机盒子，"咣"的关上。舀姐的话，她听得不对味。

"有钱嘛，不该？二饼。"

"可怜，我们不是过的日子，五万。"

"各人有各人的想劲，只要他回窝，随他怎么搞。"

"我要是发现我男人在外乱搞，非用剪刀阉了他不可。"

“都在暗箱操作，清官难断裤裆里的事。”

“就算太阳明晃晃的，我还是相信有鬼。如果没有黑暗，全部见光死了。”

“你管得住？未必成天系到裤带上，那不累？”明思理也开腔了。

麻友们各抒己见。

舀姐脸上浮起一丝诡笑，眼光尽量避开明思理。

晚上散场，明思理回到家，程正在。

“老婆，今天怎么脸色不对，输了？”程正问。

明思理不搭理，换拖鞋。

“哎呀，胜败兵家常事，蚀财免灾嘛，输点钱不要紧，我跟你财政补贴就是了。”

明思理表情木然，看都没看程正一眼。

“是不是在外面呕了气？”他问，“麻将馆里什么人都有，有啥值得计较的？”

明思理突然把钱包往桌上一摔，眼里射出火：“我今天是碰到鬼了！打牌的那个叫舀姐的，说了不少似是而非的事，我总感觉话中有话！”

程正大惊失色。

“她说什么？”他心脏都要蹦出来了。

“你在外面给我注意点就是！再一次警告了！”她指着程正的鼻子，“知道不？有些事，我是睁只眼闭只眼，这世上没有傻子，只有装傻的人！”

“外面捕风捉影的话，也信以为真？是哪个烂嘴货，我这就找他对质去！”他咋呼着站了起来。

"你不要脸，我还要呢，"明思理见丈夫这样，反而降了火气，"人在做，天在看。反正你在外面有什么问题，就提前跟我说。我不阻拦，也不挽留，你净身出户就是!"

"老婆，你今天怎么了？那个女人到底说了什么?"

思理白了他一眼，没搭理。

妻子理性、柔弱的一面，程正既庆幸，也愧疚。

因为他想起童午和裴裳的事。裴裳去查电话记录，非要撕破脸，闹个水落石出。摊上这种女人，何其糟糕无奈。思理却不是，她妒忌愤怒，却留有回旋的余地，有让人接受的软弱和隐忍。看来，对待生命不能承受之重、心灵不堪承受之辱，人与人的反应并不一样，就像上刑场，有人瘫，有人哭，有人骂，有人笑。

他觉得自己捡到了个宝。拥有的，原来是最好的。

"我宁可让自己的眼睛瞎了，也不想看见那种丑恶!"

明思理自言自语，恨意难消，像青天白日碰到鬼。

"我不比裴裳，没有男人不行，我碰到这种男人，就让他立即从眼前消失，一秒都不要超时!"

程正百般安抚，她再也不说话了。

也就是从那时起，明思理就对夫妻之事彻底失去了兴趣，别人说，她都反感和恶心。

人生第几次

这是那双牵着他长大的手吗，几十年了，他几乎就没有摸过这双手。

那一天施非明心情特好，好得莫名其妙。

可第二天，他接到电话，母亲患重病住院，得速回。

他有说不出的惊骇和担忧。

非明奇怪地发现，凡是自己心情大好，家里就要出事，老天似乎有意不让他拥有了无牵挂的安乐和宁静。

"妈，您怎么样啊？我明天回来看您。"接通电话，他的声音有些发颤。

话筒里传来母亲的声音："唉，不要紧的，我这么大年纪了……"

人，反正都是这条路。

他的心像灌了铅，买了第二天的票并请了假，但时刻被忧虑灼烧着，干什么都无精打采。樊音因无法调班，他只能一人回家。

晚上睡下来，半醒半梦中，儿时的往事，母亲的音容，潮水般涌上心头。

他尽量不去想，可又情不自禁地想。他担心，母亲一向身体差，小病不断，可从来没有住过院，这次得了急性胰腺炎，七十多岁的她，能逃过这一劫吗?

第二天下午，他赶到了母亲病房。母亲双手都打着吊针，从她脸色一眼就看出，是与死神拼过一场的人。老人两天两夜水米未进，听说病情发作时痛得在床上打滚，现在药物起了作用，才有所好转。

非明看到，母亲更加苍老了。

晚上，病房空寂起来。

他坐在病床上，母亲打吊针的手动弹了一下。

看得出，她想摸儿子的手，但却不习惯，似乎也不好意思。

他立即轻轻托抚着母亲打吊针的那只手。

母亲的手蜡黄、僵硬、茧斑累累，肿得很大，青一块紫一块。

"这是那双搀扶着我长大的手吗?"他鼻子阵阵发酸，都老成黑土枯木了。

"几十年了，几乎从来就没有摸过这双手，我对这双手怎就这么熟视无睹啊。"

他的心像被电击了一样。

这时母亲又呻吟起来。他让母亲靠在怀里，用脸紧贴着她的苍苍白发。

他忽然感到，在难耐的痛苦和对生的渴望面前，在她的怀里，母亲完全像一个无助的孩子!

他想起岁月的无情，想起衰老和死亡，母亲白发的头颅，枯瘦的身躯，即将临贴那冰凉的泥土，心中涌起一股巨大的、不可名状的悲恐。

小时候牵着妈妈的手，但已经记不得了。

多少年了，这个给他生命和一切的人，竟是第一次如此亲近!

而且是在一个陌生的病房！这难道会是仅有的一次？到底是什么使伦理钙化、亲情麻木？子女有多少精力、多少心思留给了为了养育自己而付出所有，却要在寂寞和苦痛中远离自己的父母。

等母亲稍稍安静下来，施非明找出她备着的梳子，轻轻地梳理着母亲的白发。

这一小小的举动，母亲显得特别感动。

"儿子啊，你父亲走得早，我虽然受了苦，但你是来报恩、报恩的。"

"这是报恩？我报了恩吗？妈。"施非明望着母亲，极力抑住自己的眼泪。

生命代代相传，母爱山高海深，多少年来多少代，这是一个永远的不等式。父母之恩，其实是永远无法回报的呀。可叹的是，人还总把好的一面给了外人，坏的一面给了家人。

回方塘的那几天，施非明神情恍惚，心境极差。

有原来的同事知道他从广州回来了，请他吃饭，饭后又要唱歌。

实在拗不过，他快快来到歌厅。

有人拿起话筒，唱起了《人生第一次》。

"我第一次看到的哟，是你的脸；我第一次走的路哟，是你把我牵；我第一次听到的哟，是你的喊；我第一次流下的泪珠，是你为我擦干……"

一首歌没唱完，他就疯了似的离开歌厅，泪眼迷离地向母亲的病房跑去。

有种和平叫妥协

灵魂足够深邃，所有的悲苦都可以填埋。

裴裳回家了。

她不是被闺密的大道理讲回来的，也不是父母劝回来的，更不是童午求回来的。

"我离开过这里吗？"

像梦游的人醒来，愤烈轰然的一切，都在另一个世界。

她揉了揉涩肿的双眼，有种大病初愈的虚脱。

"我怎么回来了？"想起自己当初出门的毅然决然，她心里还是屈辱和不甘。

裴裳出走这段时间，去父母家小住过一段。

当时父母感到不对劲，还是盘问起来。

"囡囡呢，午子（童午小名）呢？你都不跟他们联系，吵架了吧？"

"没有，你们不要管。"她摇头不理。

父母有所不知，其实哪是几天，她是几个月都没跟他联系了。

"不管？最后都得我们管！"父亲七十多岁了，患有哮喘病、高血压。

"裳崽（方塘一带女的也称崽），又是因为什么事吵架？"母亲放下手里的活计，凑过来问。

"妈，你们真的不要管，我一个人就够了，连累你们有什么用。"裴裳不知是抱怨还是安慰，她知道夫妻吵架，家人也轻松不到哪里去。

"不是原则上的事，睁只眼闭只眼算了，小孩都大了。现在困难点不要紧的，咬咬牙就过去了。再何况，跟谁过不也是过？再找一个，也许比这更差呢？我们年纪大了，身体又不好，也管不了。"两老人不停地劝。

"他在外面有人！"裴裳吼了起来。

父亲身子颤了一下，母亲呆在原地，都说不出话了。

看到母亲的眼神，裴裳突然后悔，万不该说出这种事！自己是不是气疯了，这怎么能告诉老人？

但顷刻，她好像要抚慰受惊的父母，又恶狠狠地说道：

"我也有。"

这话说出后，屋里戛然一片死寂。

她只记得父亲"你们是干什么啊，干什么啊"之类的话，再就是母亲抹眼泪的样子。

"我当初就不同意这个婚事！你偏不听，现在好哒！救狗狗咬人，老子不是这个身体，非去跟他拼了不可！"裴裳脸色发紫，老人上气不接下气。

"算了老头，你自家女儿也有错。你气坏了身体，又得在我身上撒气，唉！"

裴裳的心像被剁了千刀似的，"叫你们莫问，非要问，叫你们不管，偏要管，你们管得了吗！"

她换了口吻，"再说一遍，我的事我来处理。处理不好，不进你们的门。你们照管好自己就行了。"

她还在后悔跟父母说这个事。

男女在感情上受挫，家人的掺和，要么是风吹在石头上，要么是汽油浇在火焰上。

她答应与童午和好，但反复要求父母不掺和她们的事。老人都不好再说什么了。

而这都并不是裴裳走回家门的理由。

……

那天夜里，她做了一个梦，那种一辈子忘不掉的噩梦。

轻轻的细细的柳条飞呀飞，烟色的湖面的波荡呀荡……她和童午坐在船上，说不出的轻盈舒坦，说不出的明媚快意。为什么梦里的幸福比现实里还要炽烈？看见了雷峰塔，有系着的风铃……他们上岸了，人群好挤，一个女子走过来，脸上有一对酒窝，那微笑好像泛着光。童午一下跑过去，挽住她的手。她在后面大喊，童午干什么！哪里去！可任她怎么声嘶力竭，童午依然绝情而去。她在一家宾馆里见到了他们，还有警察，她问童午为什么不搭理她，问这是个什么妖精，童午一言不发，面如铁石，这叫死了心？她上去撕咬她，他不知怎么抽出一把刀，她感到胸膛像被捅进了烧红的铁条，痛得生不如死。警察带他们去民政局离婚，在一条街的拐角处，囡囡跑来了。"妈妈！妈妈！"她被嫉恨烧红了眼，只想去离婚，脚步加快了，囡囡飞快追上来，一把抱住她的脚，"妈妈，妈妈……"她用脚踢，用手扇，疯狂地踢、扇，直到囡囡的脸肿了，流血了，她还在踢、扇，后来囡囡放手了。

裴裳"啊"的一声醒来，枕巾上的泪水告诉她，那是在梦里哭的。

她坐起来，打开灯，继续哭。她感到眼睛里、心里还堵着血泪。

"乖女儿，我怎么打你呢，怎么打你呢？我多可恶啊，多可恶啊！"

她们要离婚，女儿跪求不让，甚至抱住她的脚，她就下死手打她。她一生做过无数噩梦，自己从悬崖上掉下，被人放进棺材，被推进火化炉，但没有哪一个梦，是她这么残忍伤害无辜的女儿。

她啜泣着，直到把自己内心堵塞的悲痛放空，才关灯睡下。

"大不了冷战，但还得回家，囡囡太苦了。"她想。

没有人忍辱让步，这个家肯定得散，梦里情景就会变成现实。

第二天，她咬牙沉脸，拖着行李箱回家了。

离开这么久，晚上她睡不着。

外面人声渐息，光影疏淡，已经能听到墙上钟表的嘀嗒声。

明思理的话又在她脑海里回响。那些话也许理性，却难以在她心里激起共鸣。这不是她冥顽不化。如果程正在外面出轨养小三，明思理的话就有用，她就全听，这叫身受感同。

走过的路要抛在脑后，经历的事要丢到风中。厄难一旦缠身，承受就是拯救。

裴裳感到，回忆之门不要轻易开启，那只会带来更多的沉重和痛楚。

恍恍惚惚间，她进入了梦乡。

一双手伸进被窝，搂抱过来。

"别碰我，死过去！"她猛地大喊。

"小声点哎，别把囡囡吵醒了。"

"你不滚开，我就起来！"裴裳把被子一掀。

童午悻悻地回到主卧。

白天她进门，第一个念头就是想抱着女儿痛哭一场，可因为童午在，她哭不出来，更不想让他看见自己哭。

她进屋到现在，和童午谁也没搭理谁。

夫妻久别，要么酿成炽烈的甜蜜，要么造就冷血的憎恶。

但是谁也睡不着，或者都是半睡半醒。

其实，童午对外面的传闻一概不知。他自己做贼心虚，也做不到贼喊捉贼。这种事大多在茶余饭后、酒席牌桌间传播，没人跑到当事人面前去说。

裴裳感到，囡囡更加懂事了，言谈动作是心酸的成熟。裴裳抱着她无声地流泪，她就原谅了她。

"再不吵了妈妈，再不吵了就是好妈妈。我以后读完一中，考上大学，会离开家的，你们一时半会见不到我的。"

囡囡还在他们之间当起调停者，有时扮怪相，有时讲乐子，想他们绽脸开笑，重归于好。

但两人还是冷战，僵持地过着日子。

……

那一夜，午时已过。

裴裳感到迷迷糊糊中，一双手搂抱过来。

这次，她没有动弹。

他们互相感到，似乎没有改变，有些新鲜甜美。

但是双方都不能细想，只有肉欲的发泄，没有灵魂的契合，像这种同床异梦、各怀心思的性爱，必须关闭想象。

他们好像约定一样，把各自的过往切除，试着重新开始。

　　童午逼着自己想，谁的爱情不是九死一生，甚至千疮百孔。裳裳也似乎这样想，谁的家庭不是血雨腥风，创伤累累，他俩这算好的，还不至于声名狼藉，家破人亡。

　　那一夜，他们算作和好了，但少有交流，像焊接的溜疤，外面光亮，间隙尚存。

　　第二天，囡囡也渐渐露出久违的笑容，走路也更加轻盈。她当即就跟姥爷姥姥高兴地打电话，爸妈和好了！

　　把灵与肉、性和爱拆开来，不失为苟且求安之道。

　　妒忌这只心魔，你喂肥它，就张牙舞爪，成形放大；你轻淡它，就渐殆若失，疏声没息。像罂粟花，没熬成毒药，就是人们眼里的风景。

绯闻没长脚，却跑得飞快

性乃人之首欲也？

方塘市的麻将馆，是大家乐此不厌的去处。

麻将馆既是娱乐场所，又是信息平台。人们说，要了解方塘城里的世相百态、人文信息，只要到麻将馆就行，这里荟萃了诸子百家、三教九流、天文地理、鸡毛蒜皮。

麻将桌上，新闻海量，荤素搭配。特别是一些绯事桃闻，在这里大行其道。谁家屋里养小三，谁欠债跳了楼，谁暴病死得快，这里一定最先传播。

前面说过，明思理是牌友们喜闻乐见的好伙伴，也是附近几家麻将馆里极受待见的常客。

这天，麻将馆又早早地约了她，不巧又与舀姐同桌。

思理心有不爽。她曾悄悄跟几个麻将馆的东家说，舀姐在就不要喊她，但这家馆里"三缺一"，实在找不到人了。这么当面遇上便不好退出。何况上次人家说话也没指名道姓，总不能自行对号入座吧。

舀姐今天开头手气好，几圈下来，桌上大小钞票码了一叠。

手气好人话多，话多人手气好。"舀姐"牌速语速双快双闪，敏捷伶俐。

"人啦，不晓得为什么事，"舀姐打了一张牌，"你们想不想听新闻？"

"想啊，又是谁谁出轨了吧？"桌上有人说，"舀姐三句不离本行。"

舀姐哂笑："十个男人九个花，一个不花身体差，"她故意放慢语速，"不过，这些女的呢，也生得贱。"

有人嗅到这次主角是女的，催她快说。

"我那天夜里真是倒霉，"舀姐叹道，会说段子的人，都是把控节奏的高手，"我打麻将回去，十二点了。"

她慢吞吞地叠钱，取牌。

"说嘛，舀姐，绕什么圈子。"

舀姐只做鬼脸，干脆不说了。

"你再这样啰唆，我们不听了。"有人说。

"那你把耳朵捂住，我开始讲了。"舀姐笑着切入正题。

"一对野鸳鸯搂肩搭背，被我突然撞见。"

"这有什么，到处都是。"

"路灯很暗，又是转角。问题是他俩不认得我，但我认得他俩！"

"那又怎么样？"

"那就不一样！"舀姐语气肯定，"男的是方塘有名的老板，我看得一清二楚，因为他们是迎灯，我是背光。吃了，看我，刚打六万又吃九万。"

"哎呀，现在的野鸳鸯比蚊子都多，不稀奇。"

"哪里不好玩，非要压马路。"有人也为野鸳鸯的智商着急。

"那是谁？"有的等不及了。"《方塘故事》杂志社的女记者。"舀姐声音压低了，比钟馗捉鬼都神气。

明思理心里一怔，静声听着。

有人说，哎，女记者多了去，哪晓得是谁。

"我只透露一点，她姓 P，再多就不能展开了。嗨，方塘市巴掌大，太小了。"

明思理突然明白了什么。她与裴裳好长时间都没联系的那段，难道？舀姐显然不知道她和裴裳的关系。

"安静打牌，别打诈胡啊！"思理对事不对人，打断舀姐的话，"有的话是不能瞎说的，特别是这种事，要出人命的。"

"是的，舀姐肯定是看花了眼。黑灯瞎火的，长得像的女人多得很，或者人家是不是喝醉了酒要扶的。"有人帮腔。

虽然这个话题在明思理的干预下消停了，但直到打牌结束，她一直出牌犹豫，心事重重。不仅舀姐没有打诈胡，其他人都没打诈胡，就她还真打了一个诈胡，赔了钱。

她走出麻将馆，就跟裴裳打电话，没人接。

回到家里继续打，终于通了。

"裴裳，你在哪里！"

"写稿呀。"

"写稿，怕是瞎搞吧！"还没等对方应声落，明思理怒喝起来。

"你来我家一趟！"

"有事吗？思理姐，明天吧。"

"必须来，就现在！"

"……"

裴裳最终没有来。

以前，只要明思理一打电话，就算天塌地陷，裴裳准会出现。这么看来，她真有些反常。

舀姐说的，已经八九不离十了。明思理越想越不对劲。

晚上，程正回来，明思理一脸怨气走到他面前。

"裴裳真有问题了。"

"有什么问题？"

"她给童午戴了绿帽子。"

程正略有惊慌，但马上镇定。

"你怎么知道？童午那边没消停，裴裳又来了，他们在比赛？"

"打麻将的人都知道了，说明都满城风雨了。我们几十年，还是不懂她！"

程正思考了一下，没有正眼看明思理。

"你怎么不发表意见？这可是一个家庭的重大事故，何况咱们与她家关系这么好。"

程正不置可否，下意识用手挠了一下耳朵。

"哎，你说呀！"

"其实我早知道了。"他突然说。

"什么？你也知道？早知道为何不跟我说？"明思理一脸诧异。

"这捕风捉影的事，怎么好说？万一冤枉人家了呢？我又没当过侦探，哪个没有看走眼的时候？"

"那你是听哪个说的？"

"饭桌上。有个叫易超天的，酒喝多了吹牛。"

"怎么吹的？"思理急了，凑近来。

"哎呀，能怎么吹，还不是说摘天上的星星易，追自己的初恋难。他牛得很，说人生大愿已了，死而无憾了。"

"我听不懂，什么初恋次恋、明恋暗恋的，到底怎么回事？"思理越听越糊涂。

"那家伙说，追到了什么初恋情人，我们逼问他，他开始死都不说，但后来喝醉了，自己又说出来。"

"他初恋情人是谁？"

"裴裳。"

思理睁大眼睛，眸子一动不动。

"我当时听了极不舒服，一口气跟他连喝三杯，听说第二天他没起床，打吊针。"

转山转水转乾坤，谁的后院不风景，你易超天都"北约东扩"到他老婆的闺密了！

明思理噎得说不出话来。一切皆有可能，世上没有让人不相信的东西。她突然觉得，现实生活中的戏份，让所有的编剧蹩脚。

"裴裳跟我几十年，都没有说过自己有过这等事啊。"

"哪晓得。玩了人家老婆，居然还说出来，你这德行，我不把你喝死？"

"为什么要逼问呢！你们这些狗男人，畜生！"明思理骂起来，"人家不说，你们要他说，人家说出来，你又挂不住，他未必晓得裴裳是你老婆的闺密？还怪人家，坏的就是你！"

老婆说得对，坏的就是他程正。易超天可能就知道裴裳跟明思理关系好，更知道明思理是他老婆，先是吞吞吐吐，喝醉了被他勾出来，弄个大乌龙。

你漫不经心的，正是别人觊觎已久的，你厌倦生腻的，正是别人朝思暮想的。男女世界有点像回收站，前庭后院，废宝互易。

程正耷拉着脑袋，不吱声了。

"那怎么办呀，童午可能还不知道吧。"明思理白了他一眼。

不知道他知不知道，反正这种事，是自己的老公老婆最后知道。

"这个千万说不得的。像人家得了癌症，你跑去告诉他，说你不要怕，没事的。人家能没事吗?"

程正反复叮嘱明思理，结成统一战线，都守口如瓶，永远不提这个事，当作什么事都没有发生。

"这我知道，但我得单独找裴裳谈谈。"

"只要她回心转意，当然，一切如初。得了癌的，如果本人确实不知道，跟正常人一样。"

程正摇头道：

"万一这个事穿了帮，也只能忍啊。你把人家杀了，自己也得坐牢抵命。你大吵大闹，自己名誉扫地，谁都落不到好。"

他显然有意让思理明白，这种事，就是一忍了之，风过雨过，损失才能降到最低程度。

"如果你也出现这种事，我就跟你拼命!"明思理怒火中烧，显然是想起舀姐先前说过的一些事。

"好凶呀老婆，天下所有男人都会犯的错误，你就不能网开一面?"

"叫你犯，叫你犯!"明思理上前猛揪程正的耳朵。

"哎哟哟!"程正大叫，"老婆你下手好重，这跟我有什么关系!"

打闹过了，他们安静起来。

"我下回把裴裳叫过来，你不要在家里。女人要面子。"思理叮嘱。

"如果我出轨，你也这么给面子多好！"程正阴阳怪气，明思理又要上来扯耳朵，他像猫一样闪开了。

那天晚上，明思理无法入眠。

几十年无话不谈的闺密，还有自己的老公，竟然对自己守着秘密。

活长见久，一定有接踵而至的意外，摧毁你的平安，颠覆你的认知，改变你的人生。

该去的都会去，该来的都要来。

这不，他们当初三个同学三个家庭，离亡、变故、背叛，那些人间发生的一切，一项不缺的都来了。

仇恨有种　嫉妒有根

一种执念收拾了他，无关理性和逻辑。

被命运牵着鼻子走，就不可能有自己的节奏。

"最坏打算，离家出走，我现在只有你了。"那天，晨玲又在电话里哭。她肚子里动静越来越大，已呈燃眉之急。

与爱相约，与家分裂，她飞蛾扑火。

童午更是无比煎熬，度日如年，但也必须摊牌了。

一天晚上，趁囡囡不在，他一脸苦色，幽灵样走到裴裳跟前。

"有什么事，说吧。"裴裳也不看他，别着脸。

"我……爱上别人了。"童午一咬牙说了出来，不啻拉了同归于尽的炸药包导火索。

"一直欺骗你，对不起，"他说，"我猪狗不如。"

"噢，知道了。"

裴裳表情木然，眼睛看着地上，"这么说来，我曾经猜疑的，都是事实？"

童午低下了头，也看着地上。

他先以为听到这，她又会歇斯底里大发作，甚至准备伸过头脸，迎接狠狠抽过来的耳光。

不想裴裳竟平静如水。

"再不装了？"她问。

童午不说话，脸似乎小了一半。

"你……"他结结巴巴，"放过我？"

"是的，"她眼瞟别处，"我也放过自己。"

她的回应和态度让他吃惊。

他出神地看着裴裳，又环顾房间里的一切，沙发、茶几、电视机，一个个像亲人的面容。

当他看到衣架上挂着囡囡的衣服时，突然冲进房间，扑到床上恸哭。

"多少年了，这是她对我最好、最平和的一次。"童午痛彻心扉，无可奈何。

如果他俩从来都是这种姿态相处，这种方式交流，说不定一切都不会发生。容忍对方的残缺甚至恶心，都不煎炒样的急着双方的适应和改变，都不觉得忠诚和宽容理所当然，就会构建一种微妙平衡和姑且，难道这才是夫妻的相处之道？

但一切都迟了。放纵一回，错过一生。

有的错误，不会给你改正的机会，哪怕一次。

他抹干眼泪又找到她。

"我只求你一点，离婚的事，先不告诉囡囡。她马上考试了，等以后她考上了大学，再把这事告诉她。这段时间，我们离婚不离家，就像一切没有发生过。千万千万不能让她知道，她上次为我们都要跳河了！"

裴裳背过脸去。

童午也知道这一切都是垒沙挡水，但没有任何办法。晨玲那边，几个月就要做妈妈了，女儿从高考到进大学也是这段时间，两者会"撞车"。

感情破裂的人，还同住一屋，为了小孩，达成默契，敷衍苟且。你瞧我行尸，我看你走肉。要多荒唐有多荒唐，要多憋屈就多憋屈，要多滑稽就多滑稽。

囡囡在家，他们说话的方式是"囡囡，去干这""囡囡，去干那"。囡囡对他们的交流方式见怪不怪了。过去他们吵架、冷战，就是这样子的。

囡囡不在，两人则极少交流。

那一夜，童午说：

"我舍不得囡囡，舍不得这个家。可能是鬼迷心窍，不知道以后会不会后悔。"

她开始没有反应，后来接腔：

"跟我无关。"

"未必，就不给回头的机会？"他试着问。

"给不了。"

"为什么？"

"我也有了人。"她冷冷地说。

童午无言地看着裴裳，心里像注进沸钢水样的痛。

"不认识了？"对他这神态，裴裳嗤之以鼻，懒得正看一眼。

一个受伤女人的反击，比刀刃还锋利，比冰霜更冷酷。

从这一刻开始，他们开启了寒冬模式。

但伤到极处，反而放开了，言语轻淡了。两人就在这种亲近的疏远、熟悉的陌生中，保持必要的、最低限度的合作。

有时，他们像没有发生过什么事一样说话，特别是孩子在的时候。没有了任何肌肤之亲，双方都不约而同地把其当成了雷区。爱情消失的憎恶，亲情转化的仇恨，更加强烈逆反。

"你扮无辜，糊弄别人可以，但不要糊弄我。"

有一天，童午还是忍不住发飙了，"有一句话埋在我心里太久，今天就把它吐出来！"

他是那种不高不低、自己都厌恶的声音，"到底是谁报复谁？你过去也跟别人暧昧不清是不是？那个狗养的姓甚名谁我都一清二楚。你好像还不止这些！你敢指天发誓吗？"

"在他单位采访，吃了几次饭，怎么啦？"她说。

"哼！就吃饭那么简单？"他怒喝。

夫妻之间那些事，像哽在喉咙里的刺。也不知是说的谁，吃的哪桩醋，发的哪门火，记的哪门恨。童午觉得，有种隐痛只能藏埋，说出来辱没自己。他恨那个男人，更恨自己的女人。

"亏你记得，我都忘了，"裴裳冷若冰霜，"说这些，还有用吗？"

这种事，隐晦不言是妒意，挑明表露是仇恨。

有的秘密，应该带到坟墓里去，就像它没有存活一样。

……

这次争吵，显然改变了家庭的走向。

"我先说等囡囡高考后去拿证，可能等不了了！"

他的怒火，像出膛的炮弹。

"明天都可以，现在也行！"她的回应，像雷霆轰顶。

几天后，童午和裴裳拿了离婚证。

童午记得，他和裴裳去民政局，一前一后。

那个地点也是他们结婚登记的地方，十几年还在原地，甚至房间的摆设都没多大变化。

这么一个四线城市，离婚居然要排队，仿佛在超市购物。

"你们都想好了吗?"

一个中年妇女，眼睛在老花镜上面眨巴，重点观察双方表情。她用后脚跟都会断定，这是一桩不可救药的婚姻，做挽回努力，是无用功。

"想好了。"童午和裴裳异口同声。

老花镜麻利地给他们办了。

"好，下一个。"

出了民政局大门，裴裳拦了一个的士，一溜烟不知去向。

童午一个人走在大街上。

没有眼泪，没有悲伤，他觉得他输是输了，但还没有输光，还有希望。

仅有的伤感和眷恋，被新的期待挤走。

晨玲的声息在他脑海里呢喃，西湖的波烟在前方袅袅。

"与晨玲成了家，自己一定做出改变，十二倍的珍惜呵护，一万份的忠诚忍让……"

他想着在以后的生活里，如何让以前吃过的苦和受过的伤，变成第二次婚姻的导师和良药。

他走进一家大排档，叫了两碟菜，要了小瓶白酒，自酌独饮，调整心情。

"唉，这叫离婚，这么迅捷，这么简单，"他嚼着菜，像嚼着塑料样无味，"天啊，我都不知道啊，自己是单身了，这是什么感觉! 天地空荡荡的，世界好像只有一半。"

他原来以为离婚是撕心裂肺、天塌地陷的事，不想几句话几分钟就了结了。

"无论贫富，无论疾病，无论……都不会……"他想起那些婚礼上耳熟能详的誓言，觉得空洞、虚假，跟主持人嘴里的白沫一样毫无价值，与现实的婚姻生活完全无关。贫富疾病可能不是婚姻的天敌，背叛和平淡一定是。有时只要一点多余的个性和灵敏，一丝不期的傲慢和懈怠，就可以把婚姻击得粉碎！

他想起与裴裳的曾经。

要说走进婚姻，两个人没有吸引、没有感情，是不可能的。只是这种爱情输给了那种爱情，此种生活输给了彼种生活，该种选择输给了另种选择。谁是谁非，孰优孰劣，他也迷茫混沌。

裴裳走路的姿态，不在乎的神情，冰冷的远去的背影，深深地刺痛了他。

"玲。"他拨通了晨玲电话。

"嗯。"

"我与她，离婚了！"他语气细弱又坚定。

"啊！真的吗？"

"刚从民政局出来。我们终于可以光明正大在一起了，"他提出，"接下来我们定个日子把证领了。"

"嗯，我爸在世时非要和我脱离关系。我妈背着他给了我一张50万的银行卡，"晨玲喃喃说道，"现在妈妈身体大不如前了，这个跟我有关的。她还是心软了，哎呀，我不孝啊。"

"玲玲，我对不起你，对不起你一家人。"他难过道。

"女儿判给了谁？"晨玲问。

"判给了她，"童午说，"她还有两个月就中考了，在学校寄宿，按协议学费、生活费由我负担。到时我恐怕只能净身出户了。"他的声音沉重起来，"这一切是我造成的。"

他的眼泪滴在酒杯里。

晨玲叹了口气，沉默了。

过一会儿，她说：

"我们经历了这么多，老天会眷顾我们的。不管怎么样，都要振作起来，当然这句话应该是你来说。"

"玲，我欠你太多了。真的，这辈子还不了你。"

"有的爱为何世俗不容，现实不允。"他痛苦地想，如果他和晨玲的地下情没有败露，可能他们之间的爱会淡化、流失，最终会相忘于江湖，消失在人海。他继续维持着像所有人一样的家庭，晨玲也会嫁人，过她丰衣足食的日子。这也是爱，也是人生。但现在他们却闯进了另一个世界，走上了另一条道路，过上了另一种生活。

为了这份爱，自己鲜血淋漓，还伤害了多少人。爱，既不是婚姻和荣耀，也不是幸福和自由，仅仅是责任、忍受、牺牲。

有时，他一觉醒来，被自己吓了一跳，"我离婚了，又要结婚了。"

梦里夜里还是过去，未知的一切扑面而来。

秋夜望月

　　明月升起来，梦幻般照着，窈窕邈远的天幕，清朗而幽秘。萧瑟的秋风，撩拨着人的愁绪，令人顿感季节的更替和时令的压迫。

　　天地悠悠，江山漫漫，上和下，古与今，月儿就这么照着。月是一种语意，含情脉脉，欲言又止，如喃喃梦呓，似温柔浅笑。

　　他千百次望着这轮月，这个熟悉而陌生的精灵，亲近而遥远的情人，听她娓娓地吐诉，沐她无边的光泽。

　　一切静美如画，一切朦胧似诗。

　　这是照彻古今的月吗？银辉四溢，活力荡漾，清新如初，平和安谧，富华美满，一如娇花的羞赧、新娘的脸颊，何有原始的荒蛮，何有古远的陈履旧痕；何有茹毛饮血，杀戮、争端、战乱、贫穷和罪恶；何有悲情、哀剧，云遮雾锁的神话？何有无法揣测的天地造合、乾坤变幻？

　　浅浅的伤，隐隐的痛，淡淡的愁。一弯月，那是天空的一道伤口，盈盈亏亏，圆圆缺缺，惆怅千年，伤感千年。

　　月是一种心事，要不，为什么漂泊异乡的人望它，总多一丝愁绪；为情所困的人望它，总多一缕忧戚；人生失意的人望它，总多一份落寞；命运多舛的人望它，总多一层悲凉？

　　月儿，这不灭的灯盏！问你，茫茫星际，遥遥太虚，唯你孤灯相伴，濡沫相守。这千年孤独谁与知晓？这美艳绝伦谁与揣度？这高行壮举谁能了悟？这惊世骇俗谁解其味？你泰然一笑，豁然一心，光炳千秋，阅尽沧桑，让一切显得轻淡微茫。

远去了，荣辱恩怨，湮灭了，纷争万端，荣华花谢，富贵晨露，功名烟霭，利禄浮云；千年终一叹，万般皆过客。岁月横流，乾坤浩荡，多少人间悲喜都风过雨过，多少世态炎凉都杳如黄鹤，唯有你，千古悬天，不咸不淡地闪烁，一如既往地逡巡，冷看风云万象，笑对众生百态。

月啊，童年望你，那是美好和幻想；青年望你，那是热炽和憧憬；把酒临风望你，那是诗意与豪迈；人生得意望你，那是圆满和亮丽；苦难悲伤望你，那是凄婉和落寞。万家灯火，凡尘市声，多少生命相继凋谢，四散飘零；多少友谊和亲情瓦解离亡。秋霜总是无情染鬓发，爱和青春，来如流水逝如风。背着空空的行囊，在月光的幽暗里，盘点往事，惦念远方的亲情，拾掇失落了的爱，缅想弃他而去的人。

月华如水，月照千里，月诉幽幽的怨，月生朦胧的美，月照淡淡的愁。今夜，我独上高楼，醉倒在无边的月色里……

命运以奇异的力量，裹挟着童午和晨玲，走向不可知的方向。

那一年，童午和晨玲在自己租住的楼顶上举行婚礼。

对晨玲来说，童午这种才华气质的成年男性，就是一个未知的引力场，充满了陌生的好感、可期的诱惑、差异的蒙蔽、幸福的幻想。

碰撞不可改变，只有拥抱和迎接。她没受过伤，不知道痛。或者觉得都是能忍受的痛。就算她有忌惮，想回头已不可能。

晨玲的美，晨玲的爱，是他从没感受过的。对这种女人的爱，激发了他心理精神上的巨大能量，会燃烬生命的每一个细胞。

所有打不散的鸳鸯，都有情感的密钥。

他想对这个世界咆哮：

"我一生只有这一次爱，这一种爱，爱完我就去死。"

"我爱过了，任谁吹熄我的生命，摁碎我的肉身！"

有的半生不熟，错过了缘分；有的遇人不淑，姑且将就。爱情需要技巧，但没运气不成。不是浅尝辄止，就是用力过度。

两只手同时摸中彩票，他们这一对，互认唯一。

我们不大了解晨玲与父亲之间的对峙和交锋过程，但其中的激烈和悲催，一定超出人们的想象。

有一点是肯定的，父女之间无法沟通，互不让步。

对有头有脸的晨木云来说，掌上明珠独生女，与一个有妇之夫私通，怀着孩子要结婚，简直是辱没门楣，盈天之耻。他宁可接受自己破产或得了癌症的现实，也不愿遇到这种事情。

晨玲更不可能让步。她直截了当地说自己爱上了这个人，而且肚子里有人家的孩子。

被爱情冲昏头脑的人，执念如铁，死不回头。

所以，她几乎是被扫地出门的。要不是心软的晨夫人暗中给予她经济支持，真不知怎么挺过来。

农历八月十四，中秋节前夕，童午和晨玲领了结婚证。头一夜，他走上高楼，对着明月写下了自己的感想。

他们想赶在中秋国庆长假期间旅游结婚。一是因为两人是旅途中相识的，旅游结婚是最好的纪念；二是因为晨玲那边没一个亲戚参加婚礼，童午这边更不能邀宾请客，正大光明地举行婚礼是不可能的。

　　但后来他们改变了主意。原因是晨玲的妊娠反应重，外出旅行不合适了。

　　于是，他们商定，举行一个三人婚礼。

　　三人是谁？

　　新郎童午，新娘晨玲，证婚人：月亮。

　　他们去商场买了红绒套装，童午购了一套黑呢料西服，还有新郎、新娘佩胸的小红花，在网上下载了婚礼司仪流程。

　　童午与裴裳离婚后，在市郊租了三室一厅套房，五楼顶层，望川河边，视野开阔。

　　房东是个鳏夫。粮食部门退休，儿子儿媳在武汉工作，其他城市还有房产，经济条件好。老人说房子要有人住，照管好就行，租价便宜。

　　摆水果、炒菜、煨汤，童午忙碌了一下午。

　　太阳西坠，房间略有暗色，他们把房间所有的灯打开。

　　"过去的日子，记忆里能打捞起几个？"

　　席子摆好，童午与晨玲相对而坐，他倒了一杯红酒，给晨玲倒了果汁。

　　童午举杯相邀，心酸地感动。

　　"一辈子参加过好多婚礼，唉！"他明显想提振气氛，增加仪式感。

　　他们深情地注视，眼光一秒钟也舍不得移向别处。

　　最伟大的日子叫今天，最珍贵的时辰叫此刻。

　　"宝贝，我发现，你脸上的酒窝呢？"童午喝了酒，杯子并没放下，望着晨玲。

"嘿嘿，"晨玲笑了，鼓了一下腮，用手指着自己的脸，"掉了吗?"

"又有了，还在还在。"两人开心地笑起来。

"今天都结婚了，是夫妻了，你还没喊过我老公呢。我想听一听你喊老公的声音。"

"我有点害臊啦!"她羞赧一笑。

童午信以为真。

"老公!"晨玲珠玉一样清晰地吐出两个字，还把手伸过去摸了一个他的脸。

童午并未回应"老婆"。

他觉得她是神灵，是天上下凡的，"老婆"这种称呼对她是种亵渎。

他把杯里的酒一饮而尽，满上，又给晨玲夹菜，但她没多少胃口。

"老公，我说菜做多了嘛，把你累的。"

童午沉默起来。

过一会儿，他动情起来，"我对不起你，我甚至都有犯罪感。你这么美，这么年轻，这么优越，却要承受这种苦，过这样的日子。多少次，我咬牙要断掉，但舍不得啊，我好自私。"

她的纯真唤醒了他的良善，他的良善又酿酽了她的纯真。爱，不是欣赏和占有，而是噬心啮肝的愧疚，毫无保留的付出。

"你哭什么啊，老公，今天是什么日子!"她叫了起来，"要高兴呀，今天都不高兴，啥时候高兴呢! 不管遇到多大风浪，多少难关，都要笑着向前走下去。都是你说的，怎么到自己就不行呢? 你未必先向苦难投降?"

"我们楼顶赏月，让月亮为我们证婚！"他提议。

"是啊，那里有盏最美的灯！"她叫道。

童午挽着晨玲上了楼顶露台。

童午点开手机，音乐响起。

这是世界上最寒酸的婚礼。

楼房平顶，两人紧紧相拥，遥望那轮银月。

"欢迎新郎新娘出场，步入这神圣的新婚殿堂！"手机里的声音飘荡在夜空。

"如果爱情是花，那婚姻就是果实；如果爱情是雨，那婚姻就是雨后彩虹……

"请把右手放在心脏跳动的位置。你是否愿意和你面前这位，以丈夫和妻子的名义共度一生。无论贫穷或富有，健康或疾病，年轻美丽还是年华老去，无论逆境顺境，都始终如一，情比金坚，真爱永存……

"幸福的掌声为你们响起，绚烂的焰火为你们点燃。此时此刻，你的父母正关注着你们，思念着你们。你们的欢乐，是他们脸上的微笑；你们的痛苦，是他们心中的忧伤。你们可以走得很远很远，却永远走不出他们的心房……"

"你怎么也哭了？"童午看晨玲满眼泪光。

他知道她想起了亡故的父亲和孤独的母亲，想起远在杭州的那个家。

他费了好大精力才使她平复下来。

"都说好的，今天是我们大喜日子，谁也不许哭的。"他叹道，随后缓慢亲去晨玲的眼泪。

"我突然有点害怕。"她哽咽着。

"怕什么呢，宝贝。"他抱紧她。

"我是不是太任性了，不懂事。"她说，从童午怀里挣了出来，仰头看着月亮。

"唉，我如果不跟你在火车上认识，大概不会走到这一步。就像天上的星，相望相惜，却从来不会碰撞。"

"你这是第二次说这种话了，如果我没记错的话。"他颓然地说。

"婚礼上那么多人海誓山盟，还是有那么多人离婚，真是讽刺。人是最没良心的动物。我也是的。先说不破坏别人家庭，最后还不是破坏了。"

晨玲心事比月色还朦胧。

他沉默下来，第一次感到她的不可捉摸。

他俩的潜意识里，若不是怀上了孩子，会跟别人一样，办一个像样的婚礼，再或者，时间改变了各自的想法，尔后天涯陌路。

爱情活在迷醉里，死在清醒中。一瓢生米做成熟饭，爱上了；一次稀饭做煳了，离婚了。

看童午半天不说话，晨玲换了语气，她摸着肚子，"大诗人，给孩子取个什么名字？"

童午看着远方，思考着。

天地混沌，万里银辉。

"如果是男孩，就叫宏栋，如果是女孩，就叫莹惠吧。"

失散的炊烟

妈妈来过了。

漂泊在外的人，最怕家乡亲人深更半夜的电话，十有八九，不是什么好事。

樊音这段时间因为工作调整忙了点，也没有跟家里联系。

"非明，快醒醒!"

这天深夜，睡在床上的她猛然推醒丈夫。

施非明打着哈欠，"干吗呢?"

"客厅里有响动。"

"啊?"施非明一弹，脊背发凉。

"有贼，"樊音凑到他耳朵说，"进来了。"

"啊!"非明慌忙坐起，快速披衣，但不敢拉灯。

他知道捉贼不如赶贼，万一人家拿着刀就危险了。

他趿着拖鞋，故意咳嗽着，走到卧室门口。

没一点动静，小偷是不是躲厨房或厕所了?

"谁呀!"他惊恐地朝小客厅大叫，声音都变调了。

没人吱声。

他想摸个家伙，但黑灯瞎火看不见。

"什么人，出去！"他又喊了起来。

还是没有反应。

在确定客厅没人后，非明猛地冲过去，抄起了一把椅子，退回原地。

手里有了家伙，他壮着胆子，朝厨房厕所喝道：

"到底什么人，自己出去，一别两安！"

这一喊，房里似乎更加瘆人。

又僵持了一会儿，非明换了口吻：

"要钱好说，你先出去，我把钱丢门口，你自己拿走。我不开灯，你不看我，我也不看你。"

还是没有动静。

他把椅子举起，守在卫生间门口，那是最后一个可疑点。

"你出来，有话好说。"他按开了卫生间的灯。

还是听不到一点动静。

"你生活所迫，可以理解，我放五百元钱在茶几上，退回卧室，你拿着走人，否则我报警了！"

他边喊边退回卧室，全身颤抖，脸色苍白。

"到底是人是鬼，吱个声啊！"床上的樊音颤声喊道，她早已成一摊烂泥。

还是听不到任何回应。

"不对呀，"他们想，"这么高的楼，小偷怎么上得来？进小区到房间有三道门，怎么进的？厕所很小，连个藏身的角落都没有。"

施非明慢慢回过了神，问：

"老婆，你真听到屋里有人吱声？"

樊音此刻不知怎么回答好，她分明听到了蛮大的动静。

"屋里没有人。"施非明断定。

"这就奇怪了!"樊音还在到处望。

"没有，什么也没有。"施非明走到卫生间、客厅、阳台，把每个角落都仔细搜索一遍，"怕是你听错了吧。"

他看了看墙上的钟，凌晨一点零四分。

"唉，虚惊一场，吓死我了!"他摸了一把额上的冷汗。

"我也是想，这么高的楼，贼是如何上得来的，未必他要钱不要命?"樊音解除了紧张，但心头阴影未散。

因为，她真真切切听到了响声，而且是有人用鞋底在玻璃茶几上拍打，共有三下，并伴有叹息声。

"跑到老子屋里，不是找死!"没有小偷，施非明自壮自胆地骂，他要用怒火来遣散内心的恐惧。

"今夜门反锁了吗?"

"本来就反锁了，好好的。"

"嘿呀，真是见鬼了。按理说，有保安，有防盗网，几道铁门，十几层高的楼，蚊子都飞不上来，怎么还有贼进来？我们神经过敏了，哎哟，老婆，快祛惊!"

"没有贼就好了，睡吧。"

他关灯上床。

但两人这一吓醒，都睡不着了。

她与他聊了到幼教中心的事。她说自己辞过职，却又干起这行当，但这是与小孩子打交道，好多了。每天教点大自然知识，或者对生命的认识。专业性不强，自主性好，没有生僻感，更好发挥自己的长处。她一贯主张，先塑健全的心灵，后赋健全的知识技能。教育的核心目标，是塑造一个充满爱的灵魂，让每一个灵魂，都能寻到爱的方向，都有爱的力量。

唤醒爱，激发爱，传递爱。

爱自然，爱生命，爱生活。

这爱，是对万物的慈悲，对生命的平视，对生活的热爱。

樊音听到了施非明的鼾声。

但她彻夜未眠。

第二天早晨起来，她看到镜子里的自己，眼睛周围有明显的黑圈，像袖子上的孝带。

如果我是一缕飘散的炊烟，寻着它袅袅的轨迹，就会找到那河流，那村庄，那乡音，那梦和思恋开始的地方⋯⋯

第二天在教室里，樊音正在给孩子们上课。

她感到包里的手机震动了几次，便接了电话。

"姐，妈不行了，快回来！"电话里妹妹上气不接下气，带着哭腔。

"啊？"樊音的心像被插进一根钢针。

她意识到，这一次，母亲在劫难逃了。

她扫视了一下教室，忍住泪，稳住神，艰难地上完了这节课。

这一刻到来了

原来那让她最害怕的永别，不过就是瞬间的一松手。

人的生离死别，虽有预感所料，但每每猝不及防。

小时候，樊音就常常想，这可怕的一天总会到来。但当这一天终于到来时，她是多么地惊惶无措。

那年父亲去世，她赶到家里时，父亲已经穿好了寿衣。她没能和他说上一句话。她当时摸着尚有余温的父亲的遗体，号啕不已。据说死者还会听到亲人的哭声。

她又愧疚又恐慌。愧疚的是，不知父亲临终时想了什么，说了什么，如果她在场，他会跟她有何交代。这一切永远都消逝在黑暗里。恐慌的是，她眼睁睁地看着自己的骨肉亲人闭眼咽气，这种撕裂对她来说是无法想象、无法接受的。

从广州回方塘的路上，她一边打电话，一边哭泣，完全没有了主张，施非明怎么安慰都没用。

"怎么办呀，我好怕啊！"她甚至比迎接死亡的亲人还恐惧。

"现在技术好了，救得回来的！"

"不，不……"樊音先是伏在施非明肩膀上哭，后面又拼命摇头。

"跟你说吧，那天晚上我听到客厅里有妈妈的叹息。妈妈已经来过了，她是来跟我们作别呀。"

"天啦，我们还起来抓小偷。"施非明愕然痛悔。

"茶几上砰的几声，是鞋底的响动。她老人家不远千里从家里走来的。那天要是你真抓到贼就好了！那我妈就不会这样子了。你一拉开灯，房间空荡荡的。我的心就沉入了无边的黑暗！我还特地看了一下时间：一点零四分，104，你知道这是什么谐音吗？有这么巧合吗？"

"老婆，我俩一个学医的，一个学生物的，莫乱想了。"施非明安慰道。

车上，樊音总是在昏昏沉沉中睡去，但几分钟就醒来，恍恍惚惚。她担忧，如何度过这可怕的、永不复来的时刻。她又饿又乏，却吃不下任何东西。精神处在虚弱的亢奋状态。又觉得这一切，与自己的亲人即将面临死亡比，都不算什么。

晚上十点，樊音和施非明来到了医院母亲的病床前。

"妈，妈……"

母亲慢慢睁开眼睛，点了点头。

妹妹和妹夫说，不知为什么，老人今天病情好转了，这几天她已不吃不喝，昨天也不怎么说话，老要把针头拔掉回家。她平常小病小痛，她们会招呼好的，不是特殊情况，不会给姐姐、姐夫打这个电话。

"不要紧的，妈，您安心治疗。"施非明一边安慰，一边又去找主管医生沟通病情。

第二天老人精神好了许多，后来已能聊聊家常了。樊音的心也轻松不少，如果能照此发展下去，她们已考虑回广州了。

那天，母亲似乎换了一个人，还能扶着从床上坐起来唠嗑了。

她与女儿、女婿们谈起了很多往事。

"人啊，都是这条路。所以妈您千万乐观点，一定乐观点，啊？"樊音贴近老人鼓励道，其实她是想用点理性的话语，来麻醉和减轻母亲生命临终的压力和恐惧。

母亲略略思索了一下，"迟死不如早死，拖累你们。"

"妈，您……"樊音想让老人乐观起来，她反而难受了。

"妈，您有什么话跟我们说吗？"樊音想起了没有为父亲送终的遗憾。此时，她要掏出母亲的临终遗言和心愿。

母亲沉默了半晌，觉得该说的要说了。

"你们以后要和和气气过日子，你也该生个伢了。知道你们在外面不容易。我老了，不愿多嘴多舌，管多了怕你们烦。唉，以后我也看不见了。"

"放心吧妈，我们按您说的办，一定。"她和非明齐声回应。

"唉，人一辈子一下就过来了，总觉得只活了那么一点，什么也没有活到。太快了，不甘心，又没办法。"老人精神似乎更好了。

她们都认真地听着。

"有些事想起来，几十年了，却像昨天的事。"

母亲说，那时她当童养媳，祖父祖母把她嫁到一个哑巴家里，每天放牛，山上的露水打一身湿，身上被刺挂得血痕累累，回来吃冷饭冷苕，还动不动遭打骂。土改时她跑出来，遇上了爸……

"妈，您尽量少说话，多养精神。"樊音和非明劝道。

有些话，她们从来没听说过，现在不说，就会带到另一个世界了。

她说，那时真穷啊。修水库那年，祖父瘦骨嶙峋的，天天挖呀担的，路都走不稳，经常倒下去。但不出工也不行啊，没工分就没口粮，一家人得饿死。后来有人寄信来，说祖父这样下去，可能会死在工地上。母亲急啊哭啊，毫无办法。那年家里栽了几棵瓜藤，被队里"割尾巴"的人扯了。

"怎么办呢，得救命啊！"母亲停了停，脸上恢复了更多血色。

"我那时急得哭地喊天。你父亲比木头都老实，只知道坐在那里叹气。一天，我看到了一只鸡！不知是哪家哪处，跑到我们屋里来找食。我一狠心，把它捉住杀了。鸡又小又瘦，皮包骨，最后弄好，只有四两肉。"

母亲伸出手要找什么，樊音连忙用纸巾帮她抹去了眼角的泪水。

"我用这四两肉，煨了一钵汤，翻山越岭十多里，送到工地上，逼着你祖父，吃光喝净。"

"就这样，他活过来了。"母亲抬起打吊针的手，又要抹眼泪。

"可是，一年后，他还是死了。半夜抬到医院，人就没有气了。唉，说实在的，抬医院干吗，一分钱也没有。只是让他觉得有人在救他命。医生说是肠子都绞一起了，是长期饥饿的原因。"

樊音难过地望着母亲，她的白发皱纹里，不知藏着多少贫困和苦难。

"我做了亏心事，偷了人家的鸡，心里从来就没安宁过。我害怕和担心，人家找鸡找上门来怎么办？如果人家拿薄刀砧板，在外面剁骂怎么办？"

可终究没有动静。是不是以为他家的鸡，被山里的狐狸或天上的老鹰叼去了。

"但是我不安，那只鸡救了你外公的命，我要感恩，要回报。"

母亲说，那年下大雪，一个讨饭的人，打着赤脚，全身发抖地来到家门前。她二话没说，把他拉进来，烧一盆大火给他烤，把她爸的裤袄和鞋袜给他穿上。讨饭的人一下跪在地上磕头，像鸡啄米样。

这以后，母亲就一直做好事，渡她自己，修子女们。她说，做好事是越做越想做的。她相信因果报应。只要有逃荒讨饭的人上了门，就把米倒点给人家。有时没米下锅了，又到处去借，都借不到了，全家只能饿一顿。

樊音突然忆起母亲拿着一把空米升蹒跚回来的身影。

"孩子们，尽孝要趁早，行善莫声张。不要说等成了财百万，再来施舍救济别人就迟了，也不值了。我是这样的，盐罐里有两块油，要挑一块用纸包着给人家。"

"妈，您今天说多了，快休息。"施非明担心岳母身体，上前止住了她的话题。

正如大家所料，母亲是回光返照。

第二天老人病情急转直下，已不能说话了。

其间，她醒了一次，极其难受，痛苦万状，拼命拔掉针头，用尽所有气力吐出几个字，"快，送我，回家!"

她们都意识到，母亲已经走到了生命的尽头，马上叫车运回了家。

中午一点零四分，母亲一手拉着樊音，一手拉着妹妹，落了最后一口气。

泪雨滂沱的樊音明白，原来亲人间的永别，不过就是瞬间的一松手。而那双松开她的手，和白发苍苍的头颅，从此将没入尘土。

她们是按鄂南农村风俗第三天土葬的。

僧道摇着白巾幡，闭眼唱道：

来时糊涂去时悲，空在人间走这回，未曾生我谁是我，生我之时我是谁。

长大成人方是我，合眼蒙眬又是谁，不如不来也不去，来是欢喜去是悲。

办完丧事，樊音和非明就要回广州了。

"妈，我们明天要回单位了，你一个人在这里孤单，就来广州看我们。"樊音抚着母亲的遗像喃喃低语。

阴暗里，母亲的神情，像时光的脸，宇宙一样古老。

一条狗和她的良心之痛

满大街在吃狗肉，她却为一只狗的死去悲痛不已。

在浩瀚的太空，我们这个蓝色的星球多么美丽壮观。

可在这个星球上，却一刻也没有停止过杀戮和死亡。

人类诅咒人与人间的杀戮，容许兽与兽间的杀戮，热衷人与兽间的杀戮。

我们都是过客，同那些我们所不理解的、所漠视的生命一样，都是匆匆过客。

这个世界不会拒绝每一个生命的到来，也不会由于一个生命的离去，而有什么缺失。

这天，樊音翻看手机图库，突然难过起来。

那是一条死去多年的狗狗的照片。

那年那段与狗的经历和狗狗的死亡，成为她梦里夜里的痛，总也无以释怀的郁结，成为一种宗教式的情感。

这痛楚真实深切，透骨钻髓，它常常越天地穿时空而来。

前面说过，樊音原来不养狗，对这种动物不了解，一接触，竟发现世上有这种与人类相通、对人类如此依恋和忠诚的生灵！

去年底，樊音回方塘时，去看了狗狗的小坟堆。荒草灌木有一人多高，通往它葬地的小路都被野草吞没，她怎么也找不到了，小小的坟茔被雨水冲刷得无法辨清，它已从这个世界上完全消失了。

现在樊音看着手机屏面发呆。这些年，它仍然保留在她的手机图库里。

它依然是那种无助的样子，它可爱的小脚，它漂亮光滑的毛发，它孩子气的淘气和依顺。

那种哀怨的眼神，像黑夜里的星光，仿佛一种凄怆的、无奈的呼唤，刺刀样绞着她的心。

她不能看到这种眼神，这使她呼吸都变得沉重。多少次想把照片连同那段艰难的生活一起删去，手总在发抖，心就要窒息。

这个逝去的生命是如此长久地折磨她，她不知道这是为什么。

毫无疑问，和那些可爱动物的悲喜生活和情感纠葛，改变了她的心性。

将心比心，才有道德可信；推己及物，方有善良可言。

她发现了不同的世界，不同的维度，不同的生活。

冥冥中有种声音告诉她：物种与物种之间的差别不在缺陷，而在沟通的障碍。

来到这个世界的每一个生命，都拥有蓝天阳光，都享有生的权利；每一个生命，都有肉体的痛苦，都充满了对生的渴望，对死亡的恐惧。这是肯定的。

这个混沌荒谬的世界，到处都在杀戮，到处都在流血，到处都在哀号。

有时，在血肉横陈的菜市场，会出现这样的情形：一只可爱的小狗、牛犊或者羊羔，主人牵着它，它欢快地跟随着、跳跃着，它对这个世界满是好奇和留恋。可是，等待它的，立即就是锋利的屠刀！这情形，每每使她胆寒眼晕，双腿发抖！

这件事对别人不是事儿，可对她的震撼和改变是巨大的。对弱者的漠视、对异类的滥杀使她恻隐惊悚。以至于，在街头路尾，看到狗和其他生灵就心生怜悯隐痛。她也更加害怕看到杀戮的场面。一看到盘中的肉类就难受。她开始忌吃狗肉甚至其他肉类，更加尊重在面前跳跃和飞翔的每一个生灵。原来所不屑的斋戒和素食行为变得可以接受了。

她不能改变这个血腥和罪恶的星球，只是陡然悲悯忧虑。

在现代的异化和利欲的急火中，一代代生命远去，一种种生物灭绝，总有一天，人类会迎来自己最后的孤独。

面对天地大美，他唯有跪哭

那天地的简约明媚，就是他的宗教；那辽阔的自由宁静，是驻守他心间的永恒；那悠然于青苍的生命，使他泪湿无眠。

方塘市文联组织了一个笔会采风活动，共二十多个人，都是本地的作家。

童午不方便相约晨玲同行，只能把一路美景和心得用手机发给她。

窥天地大美，唯去草原。

北上，西进。

阻遏次第退隐，时空渐渐开豁。

刺破青苍，击穿天穹，火车似一匹不知疲倦的铁马，似乎要奔向天地的尽头。

童午以一种朝圣者的姿态，寻访心中的天堂——草原！

对草原的向往和景仰，萌于儿时。

"天苍苍，野茫茫，风吹草低见牛羊……"小学语文老师的吟哦，曾唤起他无限遐思。那时他就不明白，生在江南山乡，为何对千里之外的草原有这种神通、这种痴迷？

这是一种天生的情愫。就仿佛那白云悠悠的地方，祖祖辈辈，前世今生，就是他灵魂的家园。

"蓝蓝的天上白云飘，白云下面马儿跑，挥动鞭儿响四方，百鸟齐飞翔……"他记得初中音乐老师引吭高唱的样子，好像把天都唱蓝了。

那歌声那琴声永远流淌在他的血液里，成为激发他心灵至善向美的情感核质。多少年了，那天空的一汪蔚蓝，那片片白云，总飘漾心屏，清晰如洗。这草原呵，怎么就成了他情感的底色、生命的元素？

他电脑屏面是蓝天、白云、草原，所有的草原歌曲，都让他倾慕沉醉。还有草原的马头琴声，他更是独钟它的悠扬、低沉、深情、悲壮，像穿越时空的呼唤。

列车继续飞驰，北域深情张开了怀抱。

他还在浮想联翩，草原已在眉目传情。

画在天际的波浪样的地平线，柔柔的风，袅袅的炊烟。白云像新鲜的乳汁，蓝天像纯粹的宝石，草原像凝固的海洋，牛羊像散落的珍珠，一切发光发亮，洁静无染，恍如隔世梦境。蓝天、碧草、白云、清风，远看有色，近听无声，何其简单原始的元素，构建了天地之大美。

"上帝创造了她，我唯有颤抖，跪哭。"

是的，这是让他战栗的风景，他唯有跪倒在地，长哭不起！

漠视现代功利，拒绝粉尘噪声，草原活在远古的宁静里，活在自己的节奏里，依然是苍天辽阔，大地邃远，依然是秦云汉月，元风宋韵。

蓝得纯正，白得透彻，静得美妙，清得极致。没有贵族气，不带脂粉味。

他见过多少风景，唯有草原，比想象更美，比梦境更奇。

天愈远云愈近

水愈远山愈高

草是刚质的树

树是柔性的草

白桦林密匝匝长成悬崖

秋意活生生绘成版画

阳光马一样来回奔跑

旗袍一样飘的原来是雨

他坐在草地上，写了《草原怎么可以这么美》，发晨玲。

头顶着天，脚踏着地，身是轻快的，心是飘荡的，草原好像有种特别的药用功能，人心晦暗的情绪瞬间抽空。

在敖包相会之地，按照当地礼仪，童午大喝一碗酒，一时全身燥热，晕晕乎乎。

醉眼看草原，更有妙味。

为什么名利的喧嚣静息，是星辰大海昭示人类的渺小；为什么生命的重负尽释，是苍天大地诠释生命的羸弱。在这里，唯有天地的博大纯静让人战栗。

灵魂何处安放，生命何处依附，他勒不住思想的奔马，抓不着情感的依靠。

待人群远去，他躺在草原凝望太空。

白云从草尖上滑过，蓝天在眼睑晶莹，头低到尘埃，心贴着大地，催激昂的热血入眠。

小草，只沾雨露，不负云彩，一岁一枯，春风又绿。这种卑微生物，衬了时空磅礴，托了天地博大。不高大，无轰然倒塌之殇；不显赫，才得从容淡泊之恬。

此刻，头上的天，脚下的地，眼里的景，心中的人，激荡奔腾。噢，他明白了，心里装着爱，才知万物有灵，灵魂充满情，才知天人相通。生命是什么，幸福在哪里，其实只是一点点——说不清道不明的——激情！

……

第一次近距离看到骆驼和马，他细细端详这"沙漠之舟"。高耸的驼峰，胖胝的肌体，苍郁的眼神，仿佛堆垛的艰辛、苦难和沧桑。

在辽阔的草原，生命就是飞翔和拼搏，任何退缩、怯懦、犹疑，都将招致失败和死亡。

在蒙古包里进餐，一桌手扒羊肉，大块大块，沾腥带血，令他这个南方人直打哆嗦，无法动筷。本以为草原人大块吃肉习以为常，可听导游介绍，这里气候恶劣，只有夏季水美草旺，才是牧民们一年最好的时光。冬天到来，冰寒风雪，牛羊死亡率高，生活条件艰苦。一般的人不到万不得已，是不会动自家牛羊的，只有逢年过节、生病、上学，才有宰羊卖牛的。

车子沿高速公路向西南疾驰，就像飞翔在茫天浩海。

呼伦贝尔草原是游牧民族的摇篮。鲜卑人、契丹人、女真人、蒙古人在这里驻牧，迁徙，征战，壮大后又像鹰一样飞走。呼伦贝尔吸引着北方游牧民族和森林狩猎民族，从四面八方投入她的怀抱，又在这里刀枪相向，龙争虎斗，演绎了无数英雄史话。

"夏日呼伦湖水满，明珠无价照草原；鲜花巧绣岸边地，彩云淡描湖上天；牧笛声声和细浪，渔帆点点伴炊烟；羡它海鸥移此居，日夜遨游碧波间……"

如果说呼伦贝尔草原曾是历史的一个闹市，呼伦湖、贝尔湖，则是这闹市中最具人气的"十字街头"。方圆八百里的呼伦湖和东南方二百五十公里的贝尔湖，是呼伦贝尔草原上的姊妹湖。

"巍巍兴安岭，滚滚呼伦水，千里草原铺翡翠，天鹅飞来不想回……"

总也看不够，总也理不清。童午沉醉在无边的思绪中，只想把停留的每一秒时间拉长再拉长。车子开动驶出老远，他依然在回首，有人看见他满眼泪水。

别了，草原！你魂魄般的翠色依然在我心中闪烁，别了，呼伦贝尔！我永远忘不了这次刻骨铭心的旅行！

这是一个人的旅行，却不是一个人的风景。

现在他终于明白，为什么爱一个人，会爱她所在的那片土地，爱一个人，会爱上她所在的那个城市。

如果没有爱，生命和世界，将堕万古长夜。

现在，他觉得，爱星辰大海，爱天地万物，与爱一个人，竟是如此统一、相通。

明星与树蔸

一日逛街，看见一个根蔸盆景店与一个明星挂历店毗邻，突发奇想，一拍大腿，得此小文，未免穿凿，不无附会。

明星，是肉体凡胎者因一技之长，在一定的机遇中突变身价百倍，然后好像挂在太空的那种发光天体；

根蔸，是荒峦乱岗中不被认识，忽有一日被人发现，用锄头抠出来加以斫锯砍刨、整改变形后产生的宠物。

明星在未成为明星前，也是平平凡凡的两脚动物。比如歌星唱歌不仅不赚钱可能还要付款，比如球星是坐冷板凳喝凉水，比如笑星或许还在那里哭。

树蔸在未登大雅堂之前，任由虫蚁饱餐，腐殖风化。要是被哪个砍柴的老头挖了去，也只能用来烧水煮饭煎猫食也。

树蔸需要整枝打赘、去粗取精、扬长避短、标奇立怪、遮羞掩丑，才有妙用。

明星需要涂抹包装、炮制炒作、人云亦云、大吹特擂、神乎其神，才能弄得他们眨眨眼睛打打哈欠卖点隐私也赚钱。

越是缺胳膊少腿的树蔸越值钱。明星也一样，只要有一个好喉咙，音乐ABC搞不懂，简单的识谱扯不通，当错别字大师也无妨他（或她）唱得翻江倒海如醉如痴，风风火火闯九州，堂堂皇皇拿金杯。或者只要有一手老拳一双金脚就可以放肆发泡吸毒嫖奸摘星揽月不在话下。

明星不管红得多紫，他（她）全靠别人捧场，得了便宜拣了好处还大谈痛苦也有抑郁叽叽喳喳鸣不平，树菀不管多么值钱，若遇不懂艺术只要吃饭只想烤火的老农，你也莫谈价值。

人的明星变成神的明星只要一袋烟工夫。据说一个超级明星是用硬币投出来的。

树的树菀变成盆景的艺术只要一泡尿工夫。据说一个获得盆景大奖的树菀是从泥沟里拣取的。

明星拥有的追星族发烧友路见偶像一声吼，春心沸腾两眼发黑，血汗工资上千元买张门票甘挨宰。

树菀拥有的追菀族爱美友围着盆景转个不停，一旦相中个好菀子该出手时就出手，一掷万金买个树菀喜哈哈。

凡人一旦成明星就不是人，他（她）出场就等于仙女神男下凡来，要他再以普遍一员讲价钱你谈都莫谈。

树菀一旦成盆景便不是菀，它一斤朽木四两泥沙你出价千儿八百想买我也不卖。

呜呼！肉质的明星与木质的树菀何其似也。

——方塘故事《世象浮绘》

小品文是一个叫莫从文的作家写的。副刊编辑慧眼识珠，很快刊用，认为它深度阐述了明星与树菀的辩证审美和二元特质。

《方塘故事》创刊四十年了，像聋子的耳朵和猪的尾巴，功能不强，作用不大，特别是纸媒唱衰以来，都说解散算了。后来取缔了刊号，内部赠阅，小圈循环。

让人没想到的是，它被一个美女和几个老头救活了。

你说没人看，写点揭短露丑的看看；你说没人笑，写点世象浮绘、破罐杂烩试试；你说没人骂，写点屎尿诗噫嘻体试试。

这篇稿件发了没过几天，方塘出现了蹊跷事。

土 丘

它是那么不起眼，周围的乱草摇曳，野兽把它作为栖身的洞穴，蝼蚁将其当作蛰伏的窝巢。一个坟茔，它恐怕是与这个热闹世界最无关的物什了。

可是，土丘覆盖的东西却数不胜数。

它埋着一个人毕生为之积聚的财富。这里有一张高息的数额可观的镶着金边的银行存折，有一座精心营垒的贴有壁画、摆着各式豪华家具的大厦，有觥筹交错的盛宴，灯红酒绿的沉醉，歌舞升平的风流。喏，但现在垮成了个窟窿，雨水冲刷出一条条沟沟，堆起惹眼的贫瘠和单调。

这里有显赫的权势，令人羡慕的爵位，骄矜十足的媚态。这里有价值连城的珠宝、倾国倾城的美色，你看现在茅草爬上了那个高昂的头颅，荒芜替代了油光可鉴的青丝，鸟粪无所顾忌地洒落下来，它可不知主人气质高雅，爱好清洁，追求时髦，腐殖质涂满了粉红的腮帮，沙子塞进了樱桃小口。

这里有稚嫩的花朵般的童年，它成天嬉戏玩闹，不知生死为何物；有青年，它血气方刚、风华正茂得让鬼神疾病走开；这里有壮年，它曾浩叹时光匆匆，人生豪迈；这里有老年，它曾那么害怕死亡，留恋人世。

当然，这里还有健康，拥有的时候不珍惜；有快乐，只是它身在福中不知福；这里还有骄狂，只是它打了句号，沦为空洞虚妄。这里有洞房花烛夜，销魂者已逝如流风，海誓山盟零落成泥，婚姻塌陷成囚狱和暗穴，爱情真的羽化成了蝴蝶，在杂草间飞。

这里埋葬着走南闯北的劳碌，号饥啼寒的苦楚，一念失足的惨痛，未竟的事业，撕裂的亲情，被遗忘了的笑脸，不再哀伤了的挽歌，无人体会的不幸。

这里埋葬着光荣和伟大、庸碌和平凡，只是它们已没有了差别；这里埋葬着高贵和卑贱、富裕与贫穷，只是它们都回到了原点；这里埋葬着赢家和输家，只是它们又在同一水平线了。

还有，这里埋葬着褫夺和争吵，现在只有风儿在低鸣；这里埋葬着怒火和怨恨，现在只有鸟儿在歌唱；这里埋葬着阴谋和猜忌，现在只有蓝天白云共悠悠……

——方塘故事《破罐杂烩》

樊音回到老家。

打开老房子，"吱呀"一声，儿时的响声。

她满腹心事，满脑回忆。

空无一人的院落，熟悉的摆设早已变形、陈腐。

儿时母亲在的日子，她对着空落落的院子大声地喊着："妈，我放学了！"

熟悉的场景，熟悉的记忆，可却再也听不到母亲的回应了。

她嘴唇不由得蠕动，"妈！……"可听不到任何回声。

她走上台阶，看着堂屋老式的木门，门锁布满了灰尘，门槛生出苔菌，已经很久都没打开了。

走进里屋，一个老式的木制矮柜，很久都没有动过了，柜脚都有些腐烂，小时候画写的还在，上面的瓶罐物什还在。那里藏着她的记忆，她老站在木凳上，到罐里摸花生和冰糖的。

她总感觉屋子里还有母亲的气息音容，在心里喊了两声，"妈，妈"，看旁边的床榻，蛛网暗影，寂寥空落……

像儿时找母亲一样，她来到厨房。

看着熟悉的锅台和摆设，想起母亲曾经做饭时的情景。那时她总是嗅到香气跑进来，站在锅台边，等着母亲锅铲的一小块油渣。

她情不自禁地喊了两声，"妈，妈"，黑漆漆的房间，没有任何回应。

来到后山，到处都是坟墓。她看着那一个个的土丘发呆。

回来后，樊音写下了所思所感。

那天我去了乡下，就为寻找乡愁，梦里的乡愁。

找啊，寻啊。

我在儿时浣洗的小河边驻足，在采菜摘果的山坡凝思，在割麦插秧的田埂回忆。当然，还谒见了已故的先辈，看到林立的坟茔墓碑。

对这个村庄的一切，曾经发生过的，留下来的，仔细阅读、辨认，只有往事在记忆深处闪烁依稀，一切都不是原来的模样。

村里熟悉的面孔几乎没有了，老一代人大多归于山林黄土。曾经冒着炊烟的老屋，代之以森严壁垒、挺胸爆肚的楼房；那座青光溜溜、古趣盎然的石拱桥，变成了无生气的钢筋混凝土；泛着稻香的田畴，代之以水泥场、停车库……

那条静静流淌、跳着晶莹浪花的小河，再也见不到鱼蟹的影子了。河里都是百态万象的垃圾，塑料、玻璃、水泥渣。老鼠、蝇蚊，成了枯寂中的一点活色。

我想起门前的小河，原来村里有的人，徒手都可在门前港里摸到一条条鱼的，那水可捧着大口喝的，现在发着化学的气息，只配做作画的颜料。水流的响声也变了，似细弱的叹息和呜咽。蛙鸣喑哑，那曾是春夏夜里永不落幕的歌唱；萤火绝迹了，那时的萤火虫通人性，可用一支儿歌把它们从田野唤到掌心里来；燕子飞走了，八哥稀罕了，乌鸦消失了，那些与人类一起来到这个星球上的生命，都绝尘而去。

地上生命的减少，以每小时的速度计，再仰望天上，看不见了明朗的星空。分明记得儿时的夜空，牛郎织女隔河相望，银河泛着白花花的光芒。唉，蓝天白云，清风明月都成奢侈品，只能从电脑中看到了。

山上的赶尽杀绝，河里的电死捞光，恐怕以后这喝的吃的，都得人工繁殖、克隆打印了。

几十年，就见到如此剧烈的改变，人类的未来怎么办？我们的儿孙怎么办？

乡间徘徊，除了回忆，一无所有。

回到城里的水泥森林里，天空缺角少边，日月总是残余，星星成为奢侈。喝的水不是水，吃的肉不是肉，呼吸的空气不是空气，住的房也快成放射科……

一切都变质溃散，再也找不到心灵的停泊依附之地。

与岁月一起伤逝的，是悄然远去的乡愁，它，只在梦里留存，心里生长了。

最美的情爱，生长在另一维度

烦恼和恐惧，都源自贪婪。

一片落叶轻叩额际，秋天飒然而来。

烟霭像画匠的涂料，漫抹着村舍、河弯、阡陌。

南国秋景像大地的版画，不只用眼看，得用心去触摸。

裴裳离婚单身，易超天妻子在国外，家庭名存实亡。两人幽会，没有过多的羁绊。

他们的私生活，谁也不会管，谁也懒得理，但还是不能公开，裴裳还要顾忌体面。

两人隔三岔五，相约幽会。双方心照不宣，就维持这种若即若离、乍冷还热的地下状态。

随兴而至，踏月而去。这是在家庭关系中绝对不可能的情形。熟悉的夫妻间，审美会疲劳，感觉会淡漠，缺点会放大。

感情这东西，浩浩荡荡就来了，悄无声息就去了，轰轰烈烈就有了，一念不挂就没了。

易超天和裴裳甚至私密而坦诚地讨论过，家庭这东西，既不是那么好，也不是那么坏。

婚姻生活，没明白就要经历，无准备就得承受。

　　婚姻是个易碎物，感情是个消耗品。说话无遮无拦，脾气莫名烦躁，总被熟视无睹，夫妻间或许潜意识里，都觉得跟别人结合可能会好些，至少不像现在这么糟糕。他们感慨，为什么结婚就有堕入囚笼的窒息感。可没有嫉妒，不自私的爱，只生长在另一个世界，另一个维度。

　　爱情像病毒样汹涌，却活不了一时半会儿。生命之所以绚烂，就是因为它短暂。

　　他们现在拥有的，就是最好的。正如风吹到脸上，享受柔爽就行，没必要问它从西伯利亚来，还是北冰洋来。

　　在裴裳的心里，男人并不都相同。易超天能给予的，童午给不了。她发现，同一件事，男人的看法不仅不一样，甚至截然相反。她像进了一个半生不熟的城堡，还想继续前行，觉得还有别样空间，还有更多的快乐。像渴极了的人，饮了一口，就放不下第二口、第三口……

　　易超天占有裴裳的肉体，既有强烈的新鲜刺激，也有原来如此的失望。所以，他以进为退了。就像肚子饱了，面对佳肴还在动筷子，抱着这是最后一口的态度。

　　人心的秘密，像闪烁的夜空，只有几粒星光是可见的。

　　有的饭局，她会打电话约他参加，桌上装佯作势说是朋友，有的去乡下或山里采访，她也试着约他，说是杂志社里新来的同事。

　　一次裴裳喝了点酒，借酒卖醉。

　　“等小孩上大学找了工作，我就可以开始新的生活了。”她说。

　　“新生活？”易超天瞪着她，“是指的什么新生活？”

　　“你真不懂假不懂？”裴裳有些生气。

　　“真不懂。”他是真不懂，或者想都没想过。

"这偷偷摸摸的生活，我不想过了。"她烦躁起来。易超天平常特来事，却这么不懂她的心。

换作以前，听到这话，易超天会痛苦崩溃，但现在，这个女人在他心里，已丧失那种一边倒的吸引力了。

他沉默着，有点漫不经心。

"你想过与别人结婚吗？"她问他。

这"别人"，当然是指她自己。

见易超天装聋作哑，裴裳干脆挑明了。

易超天明白了她的意思，笑着用手背贴了她的额角：

"亲，你不发烧吧。"

"你回答呀！"裴裳把他的手拨开。

"都是你说的，维持这种不分不合的状态最好。我陪你到老就行，一个红本子那么重要？"

易超天摸着她的后颈窝，凑近她耳朵，"对天发誓，我确实爱你，这是我们最幸福的时光。但，你信不信，一结婚就会变天、变质、变味。你也不会这么好，我也不会这么好。这个不需要实验，到时后悔都来不及。上天不会让任何人的幸福经久不衰，一点一丝都不多给，它比葛朗台还吝啬。"

他的意思是，爱如潮水，不期而遇又自然消退，最后天各一方，相忘江湖，何必惊天动地，不得善终？去重复昨天的故事，经历别人的错误？

那次两人互相摸了底，不欢而散。

易超天就好长时间没联系裴裳了。

这天午饭后，他开车到新城区开了一间房，然后给裴裳发了信息。

　　易超天舍近求远，一是避人耳目，二是因为老城区的宾馆、饭店油腻污秽，房间里总有股夹着人气的腐潮霉味，想想都会呕吐。

　　他发了地址、房号。

　　裴裳回了：开会。

　　在等裴裳的时候，易超天打开手机，消磨时间。

　　钱财多的回家少，姿色多的穿得少；想法多的成事少，成事多的长命少；读书多的心眼少，心眼多的安宁少；情人多的睡眠少，朋友多的困难少；段子多的郁闷少，笑声多的疾病少……

　　有个人死了，这才刚刚意识到自己的生命如此短暂。

　　他站在奈何桥上，迟迟不肯离去。这时，他看见佛祖向他走来。

　　佛祖说："好了，我们走吧。"

　　男子说："这么快？我还有很多事情没有完成。"

　　"很抱歉，但你的时间到了。"

　　"那我能带走一些东西么？我实在舍不得。"

　　"你什么都带不走，因为什么都不属于你。"

　　"怎么可能?! 我的车子、房子、钱都是我辛辛苦苦挣来的！"

　　"这些都是身外之物，它们属于这个世界。生不带来，死也带不去。"

　　"那么让我带走我的躯体吧！"

　　"不行，你的躯体属于尘埃。不管是伟人还是凡人，最后都不过一抔黄土。"

　　"那我可以带走我的记忆吗？"

"不可以，它们属于时间，投胎后前尘皆忘。"

"那我能带走我的朋友和家人吗？我一个人好孤独。"

"当然不能，他们属于你走过的旅途，你们是彼此生命的过客。"

"难道就没有什么东西是属于我的吗？"

"你活着时候的每一个瞬间都是你的。"

看完，易超天仿佛过了人生百年，一看表，才二十多分钟。

他又发了一个信息催促裴裳。

等了半天，没有回讯，他拨通电话，被挂了。

有人被凝望了千年，却懒得回看别人一眼

有时候一个疯子放弃一个傻子只为了一个骗子

看到手机上的这几句话，他焦灼起来。

易超天过去约她，都准时准点，今天是怎么了？

"开会，领导在发脾气。"

正焦虑不安间，手机有了讯息。

"那你来还是不来？"他发。

"你意思是，我要随叫随到？"她回。

他急她却怠，他横她也暴，话中带刺，冷气横秋。

一个多小时过去了，裴裳仍然没有来。

接下来，双方唇枪舌剑，短信互掐。

"你把我的耐心耗得只剩一丝丝了，风一吹就断。"他发。

"把我当什么了？厌倦了就明说嘛！"她回。

"我再等最后十分钟!"他又发。

"不来!"她秒回。

易超天像泄气的皮球，瘪了。燃烧的情欲被浇了冷水，失望懊恼极了，半天无法平息。

他嘴唇翕动着，显然是骂人。

"我冷血起来，什么都解决了!"

他恨恨地默想，拥有一个女人，等于拥有十个女人；拥有十个女人，等于拥有一百个女人；而拥有一万个女人，等于没有女人。都是见色起的意，贪心惹的祸。

"对付女人最大的武器，是拒绝和灭欲!"但是他发现自己欲罢不能。对裴裳的追求，始于神秘，溺于迷惑，要他突然了却抽离，比切骨割肉还痛，还恼，还气。

他想来想去，又发过去一个短讯。

"对不起，是我错了。"

没等她回，他又追加一个：

"能原谅吗？哪怕最后见一次也行。"

欲火烧得他痛，他只能妥协、服软。

这已经是卑微的乞讨了。

裴裳终究没有去。

自此之后，他们更长时间互不搭理，双方都在斗气赌狠。而情人之间，越战越冷，越冷越战，直到天涯陌路。

他爱上了初恋，爱上了爱情，爱上了肉欲，而不是她。

情爱是无厘头的纠缠，生死是无意义的循环。

医院突然下起钞票雨

没有一个人想以这种方式摆阔。

啊，一地钞票！

这天，一场"钞票雨"，把医院所有的人都惊呆了。

过去，施非明只在电视、电影中看到这个镜头。

躺在地上的钞票，七零八落，看起来跟废纸一样。

撒钞票的是一个叫吴永的病号，在非明手里进的院，三十八岁，在东莞办厂。

吴永出生在赣西一个小山村，小时候家境贫寒。

他乖巧懂事，非常好学。父母含辛茹苦供他读书，他也考上了青岛一所大学。

毕业后，他只身一人到大城市闯荡，在工厂打工，到汽修厂当学徒，后来又聘进一家公司上班。

在单位，他遇到了一个同样从农村来的女大学生，并且恋爱了。

为了买房子，他们节俭到了极限。

早饭用前一天的剩菜下面条，午餐是单位一元五角钱的工作餐，晚上经常吃点腌萝卜、白菜和从家乡带来的粉条。

好不容易买房结婚了，但家徒四壁，甚至结婚照也没钱拍，一年后才买电视机。

他们开始了周密的计划。先凑合着添置点电器之类，一个月买餐桌，两个月买柜子，三个月买沙发……

为了节约五毛钱的公交车费，他们会提前两站下车，再走二十多分钟到家。直到妻子怀孕五个多月，才停止骑自行车。

后来，吴永调换了工作，收入提高，有了点积蓄。再后来他跳槽了，还做起了几份兼职，收入可观。

看到别人炒股，吴永也动了心，结果一下赔掉了所有积蓄。

在妻子恼怒的争吵中，他痛定思痛，全清了自己的股票。

后来他抵押房产贷款与别人在东莞办厂，一年赚回亏本，两年赚了一大笔。

他计划扩大投资，大干一场。

这些天因为莫名的发烧不退，来到医院检查：癌症晚期。

"啊？啊！"

从医生眼神和家人的异样里知道这个结果，吴永随即崩溃，路也走不稳了。

"为什么是这样？"他歇斯底里地喊，身子摇摇晃晃，以至于要用手扶住墙才不至倒下去。

他让妻子取来了十万巨款。

妻子以为是交住院费，含泪照办了。

"为什么是这样！为什么！"他脸上青一阵白一阵，恼怒地哭喊着，所有人劝，他半句都听不进。

"为什么，为什么啊！"恐惧使他神情恍惚，意识迷糊。

他将钱一把把撒在地上，又从窗户里撒下去。

"这是干什么，楼上飞下这么多钱？"

但，无论楼上楼下，没有一个人捡他的钱。

可能那一刻，所有的人都庆幸：自己不是那个撒钱的人！

"这个时候，钱不是钱了。"

"唉，这有命的没钱花，有钱的没命花。"

人们这样叹息。

在这里，每天都出检查结果。

一个人，一个家庭，几个家庭，都会因这个结果天塌地陷。

"兄弟，冷静下来！"施非明一边拉住吴永的手，一边让在场的人，帮他捡起地上的钱。

吴永不停手，继续撒钱，施非明大声制止：

"没检查前，这个病就在你身上了，为什么不早撒钱？"

吴永颤抖着收了手。他本来听不进别人劝的，特别是那些"相信医学""配合治疗""癌症不一定是绝症"之类的话，他越听越不信，就觉得在诓他、哄他、骗他。

但施医生的话却不一样，直触他灵魂深处。

"罗马不是一天建成的。癌症就是一个人遗传、环境和生活习惯交互作用的结果。我说句跟自己医生身份不符的话，药治得了人的病，治不了人的命。信不？这是你的命，莫怨天尤人，怨也没有用，徒然增加更大更多的损失和痛苦而已。"

吴永终于安静了。

"钱没有过错，你把钱撒光了，妻子和孩子还要过日子，你未必都拉她们一起走？想要她们跟你一样？"

他妻子把他扶到病床上。

施非明看到，吴永虽然人安静了，但心里疙瘩未解。

"我不治了。"吴永哽咽道。

"老公，得你这个病的人，不也很多活得好好的？我们家砸锅卖铁都要治，我当牛做马伺候你！"妻子强抑着悲痛，她觉得大难临头，最需要理性，"你精神首先不能垮！莫傻，要相信奇迹。"

吴永定睛看了一眼妻子，抽泣起来。就是没有奇迹，他也相信。

"错了，过去都错了啊，简直错光了！我哪晓得生命这样脆弱，哪晓得命运会这么无常啊！"

他惊恐、愧疚、悔恨、贪生的眼神，让妻子终究没有忍住，哇的一声跟着哭起来。

"我好后悔呀，我对过去的活法好后悔呀！"吴永痛彻肺腑地嚎。

"我为什么要那么节约！我为什么要跟你吵！我为什么要背债买房？我为什么一天到晚在外面跑？老婆我对不起你，我跟你、跟孩子，都没有好好活过一天！"他用手捂住眼睛说道。

人生是一场拼搏。拼学历，拼权力，拼名气，拼身体，拼金钱，拼关系。但意外，谁也拼不过。

蚂蚁们总在忙碌穿梭。东边嗅嗅，西边闻闻，这里转转，那里闯闯，满脑子的想法，数不清的目标。可有一天，天上有只巨大的脚突然踩下来，一切戛然而止。

施非明是医生，对这个看得多。

世间再大的灾祸，再大的苦难，都会过去，都会被忘却填埋，但过程都要个体独自经历和承受。你就是痛入骨髓，还得要对这世界报以微笑和平静。

都在嘲谑，前半生用命换钱，后半生用钱换命。难道错了吗？

前半生有钱的有多少？有钱，什么也不用换，可没钱，一生都得拿来换。

晚上，施非明睡在床上，白天的钞票雨和那双惊恐的眼睛，让他无法入睡。

生命结局相同，但过程有异。而过程的魅惑，在于它的不可预知性、不确定性。

如果一个人两脚着地，就知道自己一生上什么学，赚多少钱，做多大官，娶什么老婆，生多少孩子，得哪种病死，那该是多么的狗血。试想，有人知道他二十岁会遭遇车祸，三十岁要患上癌症，五十岁会关进牢房，你说他活得多么可怕？全走预定程序，都知最终结果，谁还愿意活？

他脑海里突然浮出一个想法，把自己都逗乐了。

崇祯当一届皇帝，却要亲自手刃妻妾儿女，还要亲自上吊，你说谁还愿意做皇帝？

老天总有办法，以命运的不确定性、不可预知性，给骄傲和无知者戴上紧箍圈。它不会让你样样都好，什么都顺。这是一定的，牢记这一点，对自己有好处。

乡村发现

五颜六色的花，有人认为这是朝他们开的。

那些年方塘市的青壮年大多背井离乡，农村几乎成为"空巢"，近年来又逐渐回流，上山下乡。

程正和他的伙伴们，是醒得早的赶集人。他们创办注册的"乡村发现"投资公司，主要是看中了农村土地的升值空间和发展潜力，还有雄厚的民间资本。

在确定公司主攻方向时，董事会曾有激烈的争论。老年康养，休闲旅游，电商网售，旅馆餐饮，茶座歌厅，矿业经营……

条条蛇都咬人，到底打哪一条呢？

股东们都认定，多元经营也好，业态创新也罢，反正不能触及第一产业，那是找死。

哪个产业能赚到钱？哪个行当竞争不惨烈？董事会莫衷一是，最后，进军休闲旅游成了主基调。

原因不在别的，这个行业大家都还陌生。陌生的投资会赚？大家心里没底。没底就正好试试，万一成功了呢？

也有人说，旅游产业投资大，而且回报周期长。那是个棉花罐，无论怎样都能塞进一点，又无论怎样都塞不满。最大的风险点是资金链断裂。

但另一种声音是，前怕狼，后怕虎，投什么资。都知道什么赚，都捡钱去了。也要看到土地劳动力成本低的优势嘛，不知道边远山区的荒山流转，一元钱一亩都没人要？

程正是主张搞旅游的，加上他一个表弟也是股东，对此认同。公司租赁了野樱谷万亩山水林田，开发休闲旅游。程正占股51%，担任董事长。

谁能想到，野樱谷项目一炮走红。

长在山上的野樱花，仿佛时空穿越，为他们盛开。过去这漫山遍野的樱花，看都没人看一眼，现在成为香饽饽。

开业那天，人山人海。车辆的长龙快要绕方塘一圈，车子恨不能停到树上去。插队骂人的、停车打架的，不绝耳眼。

找程正要票的电话，把他手机打成了烙铁。

开园五天的收入，扳回五分之一的成本。

董事会全体乐开了花，山呼程董英明。程正也渐渐成了说一不二的核心。

野樱谷项目的成功，让乡村发现投资公司秒变方塘言必称的名牌企业、朝阳产业。

之后董事会又考虑趁热打铁，再上规模，做成中部最大的乡村旅游项目。

由于业务扩大，公司人才紧缺；更因年薪丰厚，进公司的人趋之若鹜。董事会规定，招聘人员的学历，至少研究生以上。

这其间更有人提出，程董运筹帷幄，事务繁忙，得配一个专职女秘书。

第三大股东叫别进行，对程正的雄才大略佩服得不行。

"您老人家，必须配个女秘书、女助手。"别进行一次酒后恳切地对程正和董事会动议。

"这，这不好吧。"程正女人见得多，但对配女秘书没尝试过。

"什么好不好，你的身体就是公司的身体，你的健康就是野樱谷的健康！"别进行脖颈上的青筋突突地跳。

"言重了，言重了。"程正笑道，他想，秘书或者助手不好配呀，长得好的没文化，有文化的长得差；能喝的不单纯，单纯的不来电；灵光的不可靠，嘴稳的不出挑。这配秘书比配老婆配间谍都麻烦，完全世界级难题。还有，其他的都可将就，河东母狮，这一关不好过。

经不住好说歹劝，程正还是猪八戒到了高家庄，走也不是，留也不是，最后默认以工作为重，从大局出发，从众多竞聘女生中挑选一个。

"这不是选妃选美，必须统一考试！"他强调，"总分一百，笔试面试三七开。"

有人问笔试面试的录取分数是不是颠倒了。程正说，不是不讲学历论文凭，但他恨透了那些分数挂帅的人。这又不是升研晋博，重在考察实战经验、临场反应能力。私营企业招聘面试，要不拘一格，大胆出题。他还举例说，市里有个文化科研单位，一把手是小学文凭，工作搞得有板有眼，知识分子被他管得服服帖帖。

笔试门槛低，但面试竞争激烈异常。

最后录取的女孩叫丁丁。

丁丁不仅长得眉清目秀，还冰雪聪明，有三个问答题，她的应急反应能力获得董事会考评组一致满分。

第一题。

问："树上两只鸟，打死了一只，还有几只？"

"两只。"

"为什么？"

"打死的这一只是备胎，那鸟一叫，原任就飞来了。"

"好！"考评组一片雀跃，春去花还在，鸟来众人惊。

第二题稍难点。

"请听题。战略投资，不把鸡蛋放在一个篮子里，但有时就有那么几个鸡蛋放在挂着的篮子里。现在篮子掉下来，请问，结果是什么？"

"鸡飞蛋不打。"丁丁不假思索。

"为什么？"管金融的主考官问。

"鸡蛋落在棉花上。"丁丁说，"你没有说掉在什么地方，我有充分理由结论鸡蛋完好如初。"

考评组啧啧有声，答案本来是，倾巢之下无完卵，但丁丁的答题化腐朽为神奇，大赞。

第三题涉及业态创意方面。

问，投资的最高境界是什么？

"空手套白狼！"丁小姐双手做个圈套状。

"完美！通过！"主考官说，这就叫作悟空思维、概念爆炒，公司引进了这样的人才，势必白手起家，无中生有，大发大旺。

考评组还出了道附加题，如果把人生看作一场比赛，请你用一两句话诠释。

丁丁答：

"上半场学历、权力、职位、业绩、薪金比上升；下半场血压、血脂、血糖、尿酸、胆固醇比下降；上半场跳脚摘桃，趁热打铁，拼命；下半场洗脚上岸，躺平睡香，认命!"

考评组还提问了一些其他的业务事项，比如，如何把握规模和效益的辩证关系；比如，一个产业弯道超越，凭空崛起，资金链又突然断裂，老板除了跳伞，还有什么招法，等等，丁丁的回答都令考官们眼睛一亮，简直是地球好声音。

野樱谷的勃兴，一如漫山樱花，怒绽饱放，灿若云霞。方塘人言必称野樱谷乃世外桃源，云中天堂。甚至过去人们见面"你吃了吗"，都变成"去野樱谷玩过吗"。去过的一脸春风，没去过的满面愁容，心生羡意。

公司火了，董事会自然想借力发力，更上一层楼。

但新的高空游乐项目，通过风险评估，银行不愿贷款。怎么办，他们开始把眼光投向民间资本。

这次决策几乎无人反对。因为作为公司的掌门人，程正不言自威，代表正确。不是他当初的英明，哪有野樱谷的今天。信任惯性带来盲目崇拜，盲目崇拜套牢信任惯性。

还有一点，公司员工待遇过高，绩效没与市场收入和岗位职责挂钩，有人说能调动积极性，有人说会滋长负能惰性。但最后还是强调高收入刺激快发展不贪腐的占了上风，原因是拿惯了的手，要勒紧收缩太难，除非砍了。

乡村发现公司这艘船，披红挂彩，驶向深蓝，前方浮光耀金，连狰狞的暗礁都漾着浪花的笑意。

后来的事，方塘人都知道。

高息揽储，非法集资。亲戚的亲戚，朋友的朋友，养老的钱、看病的钱、买棺材的钱都吸了进去。

人们说，逐利又带血的资本，除温度高了点的太阳去不了，其他是无孔不入的。

很快，公司集资过亿元。

是趁势而上、扩规上档，还是稳扎稳打、步步为营，董事会又面临再次抉择。

"不怕做不到，就怕想不到，"程董这些年，世面见多了，底气更足了，"关键是要抓策划，炒概念。"

比如利用优质山水资源，开发国际垂钓中心，在钓鱼中植入文化元素和哲理思辨，挖掘姜太公钓鱼的深层底蕴，达到愿者上钩的价值效益；比如开发养鸡项目，不仅要集纳世界上所有的鸡种，还要提出先有鸡还是先有蛋的终极拷问；比如开设赏猴园，就要提出人是猴子变的还是猴子是人变的物演奥律；比如赏花中心就要让游客回答，人无千日好，花无百日红的短暂和变幻，让游客睹物思人，观景悟理，游有所得。

董事会上，程正引经据典、中西合璧的启发，得到了一致认同。半月后，助手丁丁根据董事会讨论意见，拿出了可行论证报告，项目不久就开工了。

这一次程董又对了！

开园当天，那是人山人海，红旗招展。

"那么多的合伙公司，开头是同心同德，慢慢就同床异梦，结果是同室操戈，最终是同归于尽，我们的公司跳出了合作不赢的魔咒！突破了经济兴衰周期率！"

"生意好做，伙计难找，公司股份不等于股权，股东是感情投资！"

在所有游乐项目中，人气爆表的是太空舱体验馆。

无尽的黑，无垠的空。地球像个弃儿，孤单、无助、脆弱，却闪着恐惧的寒战的美艳。

　　这叶孤舟，五彩缤纷，生灭轮回。

　　为何在这里，怎么是这样，未来有什么，知乎？

　　却道地上繁华，原本太空寂寥，你我皆是过客，终究没入虚无。

　　在太空舱休闲体验过的游客，无不大惊失色，心生戚戚，原来尘世间的一切，都是云里雾里的苟且。

回到海洋的怀抱

那片天上的云/成了我的帆/那层海角的浪/叠成了我的船/漂泊太久/想念归期/想念岸

生命最大的宁静和淡泊，一定是面朝大海的时候。

海浪在沙滩上翻滚，海风带着咸腥味吹来，似乎让人嗅到冰川的气味。

厦门海滩。

一男一女两个人影在沙滩海浪边移动。

一个时不时用手拢一下头发，一个时不时蹲下来，比画着什么。

"非明，据说天上的星星跟地上的沙子一样多呢。"樊音指着脚下，一沙一世界，我们到底有多少个世界？

非明用手抓了一把沙子，让其从手指缝里筛下。在浩瀚的宇宙，地球渺茫归零。

"这海沙比我们想象的细而干净。"

"从一块岩石到一粒沙，何其漫长！"

有人说时间是不存在的，只是人脑意识，所以生命也不分长短。

恐怖的深蓝，汹涌的波涛。谁能想到，这一望无际的海洋，就是生命的故乡。

大海的辽阔似乎是一种无形的教化，让那些巧言妄念随风而逝。平常所有的思绪和感觉，到这里都变得轻淡，甚至随之悄悄地蒸发了。

她清楚地回忆起第一次见到海的震撼。

那时她和同事去北戴河和秦皇岛假期培训。

在老龙头，大海突然涌现眼帘，她几乎惊呆了。

天没有了，地消失了，只有魂魄一样的蔚蓝，幕帘样横亘前方。梦幻一样的辽远空静，仿佛时空穿越般，进入了另外一个世界。

她能分辨北方的海与南方的海是不同的蓝色。

第二次是在烟台看到海，望着无垠的海天，生命的孤苦和茫然，让她战栗。

海边有人打鱼。看到沙滩上篓筐里有很多银色的小鱼，她偷偷地抓了一把掖着。

趁打鱼人不注意，她转过身把鱼扔进了大海。

"那里才是你自由的天堂，如果以后还被渔网逮住，那就是最不幸的生命。"她默念着，这放生的鱼，你没被变成餐桌上的食物，是你幸运。

"喏，那边是金门岛，那个亮尖就是日光岩。"

"我原以为鼓浪屿就是一个岛屿，谁知道竟是一座海上的城。"

出来玩一次不容易，请假不说，还要跟人调课，换班，麻烦。

"旅游是个说走就走的事。统一思想，全都白忙。以后每季度至少出来玩一次，哈哈！"施非明后面的两个哈哈，好像一出口就被海风给吹远了。

"下次去哪?"她问。

"海南。"

"找个大师选一个良辰吉日,在哪里……"

"想得美!"樊音听出非明的意思,一甩手,"说好的,再等两年,咋就变卦了?"

她们边走边说,岩石兀立处,一个老人在钓鱼。

海浪不紧不慢推过来,堆起雪,又消了。

"老大爷,这么急的旋流,能钓到鱼吗?"樊音喊。

"还行吧。"海风中飘来老人的回答。

"能看看吗?"

"行啊。"老人指了一下海水里用绳子系着的鱼篓。

施非明把鱼篓提上来一看,只有两大一小三条鱼,有的翘尾,有的张嘴。

"给您一百块,买三条小鱼,好吗?"

老人提着钓竿,转身看着她们,摇了摇头,"鱼小,值不了一百元钱。"

"老大爷,我怀孕了,特想吃海鱼,您就卖给我吧!"

樊音走过去,把一百元钱往老头手里一塞:"不找了。"

他们拿着鱼迅速离开了。

"鱼儿,你是谁?我们有缘!"沙滩边,海浪声声,樊音对第一条捧在手心的鱼儿说着,送进海里。

"每个生命都神奇,都孤独,都会走散,不知去向。"她对第二条鱼说,放进浪花里。

"我今天救了你一命,以后不会再见。但记住,我就是你冥冥中的耶稣，就像我以后也会遇到我的上帝一样！"她对第三条鱼说。

三条鱼，先后激灵着，消失在海浪里。

……

晚上，他们在沿海一条美食街转悠。

狂噪的音乐，爆闪的虹霓，成堆的海参。

樊音在一家店停留时，前面溜达的施非明走回来告诉她，那家店里好吓人。

樊音凑近店门侧，看到里面的情景。

一个小女孩正在写作业，妈妈在旁边辅导。可能是女儿做错了题目。妈妈二话不说，揪住女儿的头发一扯，小孩坐着的塑料凳子翻了，她连笔带书摔倒在地上。

妈妈还不解气，紧紧抓着女孩头发不放，大骂着硬往地上拖了好长时间，巴掌劈头盖脸地打过去。

女孩全程一声不吭，或许是已经习惯了。

这家店里基本没有生意，长时间没有一个顾客登门。

"老婆，你快去，装作去店里买东西的，解个怨，"非明推了把樊音，"我看不得这种场面，太难受了！"

樊音若无其事地进了店，女人见有人来，才放了手，嘴里仍喋喋不休地骂。

"你好，我买东西！"樊音大声喊道，脸上极力堆着善意的笑，"我买，买……"她用手随便一指，"哎，冰激凌，就这种。"

对方顺着樊音的指向，苦着脸伸手拿食品。

樊音看了看地上坐着的小女孩，满脸泪痕。她走上前，拉起她瘦弱的手。

"小姑娘，起来。"

小女孩迟迟不动，她要等妈妈消气。

"我说姐妹呀，孩子还小，别打她。"樊音转头对女店主说。

女子咬牙切齿，"她就是不听话，不听话！那么简单的题目做不好，说了一万遍，鸭背上流水！"女子哭了起来，"我哪有工夫跟她耗？每天两头忙到黑，腰都要断了，脑袋都要炸了，嗨！这房租贵得吓死人，生意太难做了。唉，这哪是人过的日子，我恨不得去撞车！"

"姐妹，别这样，她爸呢？"

"那杀千刀的谁晓得，我要跟他离婚，见不到他人！"

"你是亲妈吧？"

女子点了点头，脸色茫然，眼神空洞。

"你就一个孩子吗？"

"有三个，还有两个放她奶奶那，完全养不活！"女子到小桌上扯了张纸抹眼泪。

"啊，理解理解，但不管怎样难，别在小孩子身上发火好吗？别打小孩，小孩很可怜的，比大人还可怜。"樊音注意到，这女人皮肤白皙，模样不差。不知是婆家关系不好，还是其他原因，脸色憔悴、苦黑、苍老。

"那个杀千刀的，要想到这来做，你看，这么长时间，有一个人进门没？我每天都愁死了！转又转不出手，搞又搞不下去！"

她指着女孩，"每天要我辅导！我也没读多少书，我哪有时间呢，作业堆成了山，看都看不懂，天天打卡、打卡、打卡！烦死了啊！"

这时施非明走了进来，他也有意买了冰激凌和芒果汁。

"小朋友，妈妈很辛苦，你听话，乖噢。"樊音把女孩扶到座位上。小女孩的散发遮住脸额，眼神呆滞。

两人牵手走出店门。余下的游逛，都脱不了一种莫名的沉重。

刺耳的声光，炫目的霓虹，鼎沸的市声。

繁华堆里，有无数挣扎的灵魂和被漠视的痛苦。

多少年后，那个散发的、蜡黄的小女孩的面容，在樊音的脑海里都会突然冒出来。

人家生意萧条，难以为继，她去买一点东西，起作用吗？

她买鱼放生，可这满城漫街杀剐煎烹，有意义吗？

天下的不幸和苦难聚山成海。她一颗凡心，一己之力，什么也改变不了。

她觉得做这一切没有意义，却本能地、情不自禁地去做，像海浪不得不摇，海风不得不吹。

她活成蝼蚁，却悲悯天地

"到处都在杀戮，我好难过啊！"

每一种生命出现的概率几近于零，每一种生命的降临都不可思议，每一种生命之旅都短暂悲壮。

她愿意，饮尽苦难，拯救苍生的苦难；她愿意，以身救赎，天下所有被残害的生命，像耶稣一样被钉上十字架。

如果连动物的痛苦和植物的灵性都想象不出，那么活在理所当然中的人类，与它们有何二致？丛林法则就必然被穿衣戴帽，复制于人类社会。

从厦门回来的高速公路上，樊音忽然叫出声来。

"怎么啦，晕车吗？"非明看樊音的脸色变了。

樊音摇了摇头，没吱声。

他仔细看了，她眼里有泪。

"刚才都好好的呢，怎么一下子像病了似的？"非明急了。

"你没看见刚才一辆车，载的都是牛。"

"牛怎么啦，内地或山区运过来的，进屠宰场的，这么多的城市，这么多的人，这么多张嘴……"

樊音绷紧了脸，叹出地狱里的声音，把非明都吓着了。

"这路上的车，天天都是牛、羊、鸡、鸭，这有什么稀奇的呢？能不吃吗？不杀吗？大自然的食物链啊。"

信念在心地的胚育，像种子之于阳光。与恶德一样，人之善，与生俱来。

她这种恐惧和忧伤，源自灵魂深处，无法排解。

施非明紧紧捏着她的手，不停地安慰："这过分了，人家习以为常的事。"

"我看不得这种场面！一看到那些生命沉默无奈、绝望茫然的眼神，我就受不了。"樊音突然哭丧着脸，"而且，真的，一到冬天我就害怕，那些在凛冽严寒中，瑟瑟发抖的牛羊，那些在窠巢里，冻饿盼归的鸟儿，那些被囚禁的、倒计时待宰的生灵。这是与生俱来的吗，从来如此的吗，怎么，我好像也有着被杀戮的痛，觉得我就是它们。真的，我害怕一切杀戮，害怕啊，这是个血腥的世界！"

樊音伤痛无比，两行眼泪顺着腮帮往下流。

施非明吓坏了，不知怎么让樊音解脱。

"老婆，你怎么这样呢，看你脊背发凉，是真的难过，"施非明抚摸着樊音，"别这样好吗？你救不了它们，你改变不了一切，枉然这样诛心、苦情、伤神。"

"我刚放生了鱼，正为那些获得自由的生命高兴，不想又看到这样一幕。为什么呀！没看见，我似乎不知道，心里还好受点，一看到，我就受不了！这世界每天都在杀戮，看见的和没看见的，被拯救的和无法拯救的，我无法改变，无能为力，无以释怀……"樊音说不出声了。

知妻莫若夫。施非明知道这是樊音的真实心声，内在的悲痛，为这个世界上与己无关的生命的心声和悲痛。

"非明，我只要看到杀生的场面，就吓得不行，像是自己经历了一次死亡！"樊音呼吸不畅，"儿时在乡下，见到那杀生的场面，就会背过身疯跑开去。我不仅不能看到现场，看不得它们的眼神，更听不得生命临终的哀号。我要跑到听不到它的声音的远处为止，如果我在现场亲眼看见，我会被吓晕的，会被吓死的。"

"当然，世界不会因我的逃避，而停止一星半点的杀戮。也没有谁教我这样子的，我更不知道为什么会这样子，别人是嘴上说说，或者表面上说说，我不是！"

樊音清了一下嗓子，"这是比死亡还可怕的事情。非明，你曾说你是天下最害怕死亡的人。这个对我，比死亡还可怕，还重大！"

施非明看着樊音，怜恤点头。

每个人的心里都藏着秘密。对天下生命被杀戮的忧虑和伤痛——这就是她心中的秘密，最大的秘密，它跟死亡一样可怕，一样难以逾越！她也知道，这会遭人耻笑或不屑。有人会说这是伪善假仁，最不该有的愚昧。

"还有不幸和混沌的是，我也吃过它们，甚至还在直接变相地吃它们。我已经犯了原罪。唉，你说，哪一块肉，哪一根骨头，不都是可怜兮兮的生命！"

人类的进化和堕落，就是从饮食开始的。据说原始时期是不吃肉的，是不侵害其他生命的，什么时候变成了这样。人类驯化和饲养动物不说，还对野生动物赶尽杀绝。

"啊，一同来到这个世界，它们何其不幸，何其噩梦！"

"是的，从医学角度上讲，不吃肉，人也可以生存，蛋白质可以从其他途径解决的。"施非明说。

"人类好像根本不在乎这些，并且还在更加疯狂地掠夺、杀戮，不仅不会停止和反思，还更加肆无忌惮。因为人是地球之王、万物之灵，其他生命无力反抗，无法改变，这反过来助长了人类的恣意和残忍。"樊音说了一通，情绪释放和消减了不少。

但不一会儿，她脸色又凝重起来，可能是又想起了刚才看到的图景和动物的神态。

"我总觉得，我的灵魂，会安落在任意一种动物身上。这是我痛苦的来源。下一辈子一定有我吃过的动物来吃我。"

樊音突然激动起来："非明，实不瞒你，我有一个想法。"

"什么想法？"

"如果以我之命，可以换取天下被屠杀动物的生命，我现在就可以死！只要天下没有了杀戮，只要我的死能拯救天下的生灵，我现在就可以死！就可以像耶稣样被钉上十字架。"

听到这话，施非明震惊了。但却不知道怎么才能抚慰樊音的情绪。

沉默了一会儿，他附和道：

"如果你那样，我也陪同！"

"瞎说，你怎么可以！"樊音捏住非明的双唇，"乌鸦嘴！"

大巴上旁座的人，看这对夫妻莫名其妙的吵嚷，时不时递几个冷眼。他俩的交谈尽量压低了声音，但言辞情绪还是干扰了别人。

樊音不知道的是，这世上有多少人跟她一样的想法，是一路人。她倍感无力，悲伤，迷茫。

太多的人，说的跟做的不一样，想的跟说的不一样，但她不是。

她感到，这世界轰然向前，呼唤的与被呼唤的，根本没有应答，互不相通，从混沌初兮，到混沌终兮。

她对于生命的终极思考，在脑海里像摩崖石刻，烁亮如烛。

"我是上天派下来拯救凡间生灵的吗？"她时常这样问自己，"为什么让我有这么多的忧虑和悲伤？为什么我恐惧的，却是别人不以为然的甚至快乐的？"

她清楚地回想起儿时在乡下看到的情形。

牛栏里，母牛正在生产，不少大人小孩围观。地上铺满了干稻草，一大摊粪血。

在母牛沉重的呻吟里，小牛出生了。

那小牛来到这个世界，满眼欣喜激动，它慢慢抖动头脖，用前蹄努力支起身体，在血泊里踉跄，跌倒，最后终于站起来了。在她眼下，生命完成了神奇、壮美的演绎。

母牛舔着初生牛犊，牛犊依偎着母牛。

所有生命诞生的艰辛和痛苦、欣喜和感恩，都是一个模样。

围观的人鼓掌叫好。

可樊音却偷偷地哭了。

当然，旁人并没有、也不会注意到，她一个小女孩的任何反应和表情。

有个上了年纪的人看见她在抹眼泪，把她手拉开问："哭啥？"

"它们生下来没有意思，总是要耕田，要被杀，可怜的生命！"

她感受到了新生的幸运和喜悦，却为这牛犊的命运而悲伤。同是来到这个世上的生命，一出生就有了答案。

这是她无法排解的死结。

众生到底平不平等，樊音曾在大学女生宿舍里，有过激烈的争论。

"如果我们人类不吃动物，动物就会吃我们人类，你是愿意吃呢，还是愿意被吃呢？"

"丛林法则是生命宪法，弱肉强食是生存原则，这是上天制定的，人类只有规行矩步的份。"

她不相信。

她据理力争，却总是败下阵来。

"有人告诉我，不能同情弱者。弱肉强食是道法自然。"

寝室里一个能言善辩的女生，还举证了个哲学问题——

一条铁轨上绑着五个人，火车就要把他们撞死。此时可以把铁轨改道，但改道之后的结果是，另一个铁轨上绑着一个人被撞死。

你要不要扳动铁轨？

很多人会选扳动铁轨，因为五个人的命比一个人的命值钱。

错。

正确的答案是——不管死几个人，和你无关，让事情该怎么发生就怎么发生。

因为你扳动了铁轨，那一个人是无辜的，他就该死吗？即使另外五个人也不该死，但是他们不是你杀死的，但是如果你扳动了铁轨，那一个人就是你杀死的。但是如果你什么都不做——你没有害死任何人。

你慈悲心重，还有另一个正确答案——那就是你堵在火车头下，让火车停下来，用自己的生命去拯救那五个人。这样你既救了五个人，也没有害其他人。

你是圣母——只不过你死了。

这就是说，你就无权决定他们任何一个人的生死，但可以决定自己去死。

当你看到豹子捕猎水牛的时候，哪怕你手里有枪，也不能帮水牛，绝对不能干涉豹子捕食。

因为这就是生态平衡，自然规律。

你救了一头水牛，可能要饿死三头豹子。

你帮了谁都不公平。水牛的命就比豹子的命值钱吗？

不干涉大自然的弱肉强食，是应有的态度。

如果这是病，也是大自然的病，而且没得治，不需要治。

……

举证了哲理，女生和其他人一起，作了心安理得的结论。

"我们要感谢造物主，把人放在了食物链顶端！"

"火和熟食的发明和产生，让我们回不到从前了。烤得香喷喷的肉，谁不流口水，谁抵挡得住？"

樊音虽然进行了反驳，但没有第三方评判，最后正方、反方都陷入死胡同。生命就是不平等，生来就被绑定了，剩余只是走程序。因为她的观点代表少数，甚至个别，最后还是被孤立、耻笑、淹没。

一年屠杀上亿数的生灵，这个星球能叫生命的乐园？

有人说，你不能把动物当人看待，因为动物不是人。甚至还说，动物没有思维，人有思维；动物没有感情，人有感情；动物不知道生死，人知道生死。

她坚决反驳，说终究有一天，人类能破译动物的语言和情感。

她还说，不光动物，甚至植物都有语言和感情。

她更干脆地说，石头和泥土都如此。

"你不吃肉？那不虚伪？"有人直接怼她。

是呀，她吃肉，那时她是吃肉。祖辈遗传下来的程序基因，让她一生下来就直接融入食物链，退无可退，逃无可逃。就像狼孩一样，自己是不知道变成了狼的。

"没有什么比剥夺生命更残忍的了！如果要我去杀死另一个生命才能如此，我一定选择素食！"这一点，她非常坚决。

"我不知道现在为什么吃肉，但我知道不会这样下去的。"樊音没有欺骗自己，也没有欺骗别人。她不相信哲学，依赖科学，只相信和依赖直觉、灵应、情感。

问题是，在无边的轰鸣和生命的喧嚣里，她的声音太微弱了。

她感到，人类社会的列车正以无法逆转的加速度，驶向不可测的深渊，至此都没形成刹车的合力，调整方向的共同体意识，极少有喊停校偏的声音。

你觉得人类高明吗？或者，人类有这么自私冥顽吗？

"得过且行的原因是，大众都有灾难到不了自己头上的侥幸心理。大厦将倾的每个楼层的人，会觉得自己可能会留在安全的顶端或者梁墙一角，是倾巢之后的那枚完卵。"

还有一种说法是，即使世界末日到来，人类文明终止，人也要坚强地活着，有信心地活着，乐观地活着。

没有行动的理想，是最大的欺骗，人云亦云的心灵鸡汤，堪比毒药。

樊音这样想的时候，大巴车已进入闹市区了。

他做了个梦，下大雪

生离和死别，有时会成群结队地来。

施非明一大早就把樊音弄醒了。

"昨天捡到钱包了，这么激动？"樊音翻了个身，用手揉了揉眼睛。

"我做了个梦，下好大的雪呀，天地间白茫茫一片，没有声音，好瘆人！"

"这可不是好事。"樊音彻底醒了。

施非明怔怔望着她。

樊音有些忌惮，隐讳。小时候她听大人说，梦见下雪，就会有亲人离世。

"怪哉，广州这暖和的天气，跟我们那里夏天都差不多，何以梦见下雪呢。听说广州下雪是稀罕事，跟天上掉金子一样的难。"

做梦还讲逻辑？现在极端天气多了，大气环流都变频改道，地球磁场都想反转，季节都要乱套了。

樊音心里打结，却宽慰老公。

"这都不说，"非明说，"更为可怕的是，在一片白茫茫的死寂中，有一群戴着个硕大帽子的怪物，从雪花里冒出来，帽子上有很多很多的刺，他们的脸总看不清楚。"

樊音用心听着。

"那是什么怪物！细脚伶仃，却庞然逆天，无形无影，又如蟒缠身……它们越来越多，越来越近，后来，漫山遍野，漫天满空，既会走，又能飞。我拼命奔跑，大声呼救，可它们越来越近，越来越多。我极力对自己说，这是一个梦，不是现实！我掐自己的手，撕自己的脸，场面越来越明晰，头脑越来越清醒，它好像告诉我，这不是梦，这是真实，血写的真实。天啊，我还真掐了自己，你看这里，都紫了。"

樊音继续听着。

"老婆，我睡眠不差，很少做梦，更没有做过这么奇怪而恐怖的梦，梦里的情节比现实更可怕。"

"有的梦要把它忘掉，清空。"樊音拉了非明，用力揉搓他。

"清不了。我小时候做的梦，现在都记得。有的梦居然一辈子都记得。没听说，有的文学家在梦里找的题材，得了奖呢。"

欲放松心情，非明讲起自己多年前做的一个梦。

"有人请吃饭。一个老堂屋，柴火锅灶，八仙方桌，老式靠背椅。桌上端来了我最喜欢吃的腊猪头肉，又红又香，还滴着油。嗨，这怎么是梦？我都闻着香味了，口水都出来了，而且用筷子夹一块最红最香的，正准备塞嘴里，梦醒了！嗨，你别说，嘴里就真还有一股腊肉的香甜味。

"有了这种教训，对付做梦我就有经验了。

"记得一次做梦，地上全是鸡蛋，这里一个，那里一堆，到处都是，总是拣不尽，箩筐篾篮、口兜布袋全装满了。哼，这回不是梦吧。为了证明这一定不是梦，我居然在梦里揪自己的耳朵，打自己的脸，而且用了很大的力，反复狠狠地抽打。直打得自己生痛，都快痛醒了，还大喊一声：这次一定不是梦了！我感到确实不是梦的时候——梦醒了！

"有的梦那叫惊险。

"不止一次，我走到一块光溜溜的岩石上，脚下是万丈深渊，心惊肉跳，小心翼翼，想着一定不能掉下去，可还是脚底一滑，掉下了万丈深渊！在坠落的过程，我惊恐万状，绝望难忍，就想这一定是梦，这只能是梦！即将粉身碎骨之前——梦醒了！

"还有一次梦里，有人拿起长刀，朝我胸口刺来，我感到无法躲闪，多么希望这是一个梦。但一切不如我所愿，刺刀就活生生真切切地朝我胸口刺进来。醒来了，我感到胸口难受，那是真痛。哎，既然是个梦，为什么还这么痛？

"人们对梦根本不知所以。有的现实中没见过，但它绝对真实。那可能是另一个维度……"

"我们学校有老师辞职了，要我顶他的课。"樊音打断了他。

她想起那个辞职老师平时闲聊时说过的一些话。

"二十岁时想，能恋爱结婚就好了；三十岁时想，生命这么无常，连四十岁都过不去？四十岁又想，要是能挨过五十就死而无憾；五十岁不这么想了，老天为什么花甲之年都不让活过？六十岁还不甘心，平均寿命七十岁的人有那么多，为何不是我？可要知道，一个人从生下来，顺利地活到七八十岁，其实是中小概率事件。"

年 轮

青春是突然丢失的，人是一夜长大的。

阳光手一样伸进来，轻抚她的脸。

囡囡动弹一下，睁开眼。

她能看见光柱里，飞舞的极细的尘埃，像太空的星云。

一觉睡到自然醒，多少年都没有过。

她梦见自己脱离了地球，在无边混沌中流浪。

那是生命不可承受的孤寒虚寂，多待一秒都将疯狂。只有这时，才知死亡的无痛和美好。

可她却忽然飞向了一片光亮。

醒来，阳光照着自己的脸……

校园里花开叶落，春翠秋枯。这里的一草一木，叠进了她生命的年轮。

高考结束，她和同学们在外面嗨到凌晨两点。

她有种被煎熬后的虚脱，抽空的轻松，但梦和现实依然有些淆混颠倒。脑海里满是狼藉的书籍、文具，飞舞的纸屑、答卷。

"解放了，解放了!"

"滚蛋吧，高考君!"

有人歇斯底里，像精神病人样喊。

鉴于教室、寝室、操场走廊的卫生状况，校方第二天不得不联系了几个收破烂的人清场。

囡囡就读的新一中坐落在方塘西郊。听老师的老师、校长的校长说，方塘一中建制民国时期已初具雏形，过去办在一个山沟里，据说是躲避战时的飞机炸弹。之后经过了多次徙建，规模扩大完备。

基建时削山，迁坟，拆庙，伐木，移民，建成了这所"远看像大学"的地方高中。

那些年，学生走了一茬又一茬，校长换了一个又一个。

新学校的办校理念坚如磐石、韧似钢铁：出人才，造精英。

可有些年间，升学率的确不是那个事，甚至低于民办学校，老师灰头土脸，家长怨诉沸腾。

原校长撤换，调来了年富力强的负责人。

新校长叫白有才，上任后出手不凡。

加班上不封顶，福利下不保底。

"不怕你勤劳致富，就怕你懒惰致死，"白校长在大会上说，"谁说我发补助多了，谁来搞。发了几块血汗钱，买命钱居然眼红脖子粗，说教师待遇高高高，高个屁！我们这是阳光收入，不比那些灰色收入、黑色收入，披着合法外衣的不公平收入！又要马儿跑得快，又要马儿不吃草，把我老师当痴呆傻？"

"升学率就是生命力！"安抚了民意，凝聚了人心，白校长拉开了振兴方塘教育、打造百年名校、更摆出与升学率——特别是与其他学校的升学率决一死战的架势。

他的执教理念和办学思想三个字："升学率"，工作措施五个字："提高升学率"，奋斗目标七个字："努力提高升学率"。

"这是犹抱琵琶半遮面的事？这能羞答答的玫瑰静悄悄开？这是刺刀见红的生死之战！你以为别个学校挂羊头是卖的烤羊肉？上面来检查，我来对付，撤职查办，砍头坐牢，我去就是！"

课间业余，白有才痛心疾首地跟教职员工们讲，没有新制度，旧制度就是好、就是好、就是好！都说升学率害死人，那你发明一种不害死人的选拔机制来嘛。拿不出来，对不起，那就要对升学率说一万个好！

后来就没有人提意见了。因为再高级的教师，拿球级津贴的教改专家，也发明不了新的科举制度。他白有才敢作敢为，肯定不是为他个人，是为了方塘教育，为了方塘孩子的美好明天。

方塘有才，于斯为盛。大家都睁只眼闭只眼，一中来了个敢抓敢管面向未来的好校长！

白有才无师自通，更懂激发思维，励志教育。

为砥砺学生战高考壮士一去不复返的意志，他让人把越王勾践卧薪尝胆干倒吴国的对联挂校门两边，砸锅断腕的气概，博得人们啧啧称赞。

有历史课老师嘀咕，方塘一中完全把课堂当战场，视教学为战争，把春秋战国时代的豪强争霸、你死我活的战斗精神引进方塘一中，似乎太血腥了点。

有地理老师暗忖，难怪学生说，高中三年比勾践尝胆苦涩多了，青春还没开始就结束了，上了大学，不补偿性疯玩划不来。

不过也有不少师生还是认可白校长的做派。

人生百年，死拼三年，亡命三月，有何不可？算时间账，算命运账，都是以少胜多，以小博大。考上了的奔月亮，上天堂，不骄傲？落选的修地球，拉板车，不恐怖？都说两脚动物分级分层三六九等，就是从高考开始的。所以学校的实验班、尖子班、火箭班，挤破脑壳，踩烂门槛，刚需！

囡囡上方塘一中的三年，就有幸赶上了白有才的火箭时代。

第一年，强基固本；

第二年，韬光养晦；

第三年，一飞冲天。

囡囡毕业的这届，方塘一中高考创造了自地球诞生以来方塘埠内最高纪录，上线过本的、录取名校的，都是惊掉下巴牙齿的数字。全市满大街的红横幅挂成水帘洞，升学宴谢师宴吃成流水线。方塘一中成为大家心中的圣地，人们最敬爱的白校长，是改变无数人命运的大救星。

家长亲属奔走相告的笑脸，考上名牌大学的同学毫不掩饰地嘚瑟，深深地刺痛着囡囡的心。

囡囡高一、高二成绩本就一直不稳定，高三时受到白校长破釜沉舟、毕其功于一役式的激励，成绩进入前十名。学校宣传橱窗里还挂有她佩戴大红花的照片和高考誓言。

那一次囡囡回家洗澡，要找什么东西，竟无意在箱子底下翻到了父母的离婚证。

她怔怔地看了半天，又放回了原处，一声不响地回到了学校。

囡囡并没有去质问爸妈。这几年家里的异样，让她嗅到了什么，只是不动声色，埋在心里。

但这次意外还是使她受了刺激，并且学习受了严重干扰。最后她只过了三本线。

暑期过后，她收到湖中大学录取通知书。

湖中大学是民办大学。校园依山环湖，风景秀丽。这里虽没百年老校的底蕴，却有炙手可热的现代气息。

临近日落黄昏，校内一片氤氲。篮球馆噼里啪啦，网球场喊声吼声，树荫下卿卿我我，湖畔边缠缠绵绵。

前几个月，大四毕业生的分别场景，刺痛了无数人。

毕业典礼结束，大家知道，分别的时刻到了。

有的愁眉紧锁，有的泪流满面。有的在树林里忧伤地沉思，有的在湖道沉痛地踱步，有的紧紧拥抱不愿松手……

这种景象场面，每个毕业季，都在发生。

悲伤来自哪里？因为在他们心中，这就是生离死别。

四年朝夕相处，转眼天各一方。若干年后相见，生活都不是各自的想象，有的则是终生永别。

随后，听到谁谁离婚、谁谁坐牢、谁谁癌症、谁谁车祸、谁谁出国的消息。风光的塌了，平庸的发了；昂头的蔫了，耷脑的翘了；飞扬的没了，埋汰的火了。

再后来，有热心的同学建了个群，把全班都拉进来。呵呵，总是两三个在里面发话露头，隔空祝福。乍看笑容可掬，暖情善意，可当年的龃龉伤害谁曾忘记？

这群里，位高的不屑，落魄的不想，一般的不必。

偶然也见，混得差的找混得好的办事，混得好的为混得差的办了事，前者硬着头皮，后者体现能力。

后来，混得最好的把同学约起，一个个成了老头子、老太太。喜欢闹的没得钱，脾气好的不自信，酒量大的却装蒜，大家搜索回味，记忆模糊断片，嗟叹曾经岁月。

同学聚会，只是大多数人的酸溜，烘托少数人的显摆，他们便不再约、不想聚了。

后来的后来，又听到了谁走了的消息。

同学朋友的死，是让还在活的聚起来笑闹一次，感慨一番。

然后就几乎没有后来了。

……

大一女生寝室里，室友们接触一段时间后，彼此熟悉放开了。开始，辅导员的脸、教授的课、食堂的菜为讨论重点，后来谁谁有了男友成为焦点。

同寝室有的是官几代富几代的，车接车送，嘘寒问暖，每每这时，囡囡就离开寝室。

囡囡是班上的文体委员，长相甜美，唱歌比赛拿了不少奖项。

但大家发现，涉及恋爱婚姻话题，囡囡一概咽声。

寝室里几乎个个都启动恋爱模式，但她就是不为所动。

"为何要恋爱？结婚干什么？"问急了，她怼。

后来有一次，她跟她最要好的室友说：

"我父母吵了一辈子还是分手了，我不能重复他们的人生。"

室友说她太悲观，各个家庭、各人的路不同。

"说不一样，其实也一样。不结婚的好处，多于结婚的好处，这是肯定的！"

囡囡坚定地岔开了话题。

电梯故障

两个傻瓜，留下了生命中最后的美好。

人无论经历什么，都要咬牙开始新的生活。

她想起，家乡后山上那个寂寞的新土堆。

这些年，她并没有从丧母之痛中走出来。

最珍贵的爱在不经意间挥霍。直至亲情突然断裂，徒留心中永远的痛，空怀无以报答之恩。

在浩瀚无垠的宇宙，地球是一个不大的星球。

如果从外太空看到我们的地球，是一个蓝色的光点。

这个美丽的蓝色的光点，就是我们人类的家园。

这个光点，是生命的摇篮，人类的母亲。

樊音在上课，《我们的家园》。

从我们只会在襁褓中哇哇啼哭，到第一次踩着小脚丫跌跌撞撞走路，第一次背着书包上学，第一次离开父母远行，想着功成名就衣锦还乡，每个人都相信来日方长……

平常，孩子们都爱听樊老师的课，这次她讲的内容，似懂非懂。

有时他们看到，樊老师偷偷背过脸，用手抹眼角的泪。

……

这天下班，施非明走进租住的小区，樊音把脚崴了，坐在花坛台沿上等他。

他赶紧过去扶着她，慢慢移行。

走到电梯口发现挂着牌子：电梯故障，正在抢修。

"太巧了，晓得什么时候修好？"樊音面露难色。

"我背你。"非明说。

"十八层，你背？"樊音以为老公在开玩笑。

"背。"

"不行！"樊音拒绝。

"没事的，"施非明看着妻子，"中途多歇几次就可以了，总不能老待在这里吧。"

"叫别人看见会骂的，说你是天下最大的傻瓜、做最可笑的傻事！"樊音还是执意不肯。

"我先试试嘛，本人也想尝尝傻瓜的味道。"他连哄带骗把樊音背上了。

不知过了多久，他们终于到达自己的房门前。

施非明汗流浃背，脸色苍白，双腿瘫软，累得说话都没有力气了。

背到中途，他上不得，下不得，只有咬牙坚持着，一层层地走。

背着妻子上十八层楼梯，这种编都编不出来的情节，却在樊音和施非明之间发生了。

所以之后，只要一想起这，樊音就哭得稀里哗啦。

裸聊的蒙面人

现实生活的人，都戴着面具；虚拟世界的人，大多在裸泳。

那天，程正以"海底捞"的网名进入了一个平台。

他稍加挑拣，选一个叫"蒙面人"的人聊了起来。

"你好，蒙面人！"

"你好，海底捞！"蒙面人回答。

"请问，男还是女?"

"你希望哪种?"

"我是男的。"

"你如愿了。"

"你这网名有点含混，人家不好区分性别。"

"要区分干吗?"

"男女不分，造成误会。"

"你那网名也不好。大海捞针，明明就是奔猎艳而去。"

"敢问，你上网干吗来着?"海底捞问。

"来看一看，有没有钱多人傻的蠢货。"蒙面人说。

"恭喜你，我就是！"

"我有这样的好运吗?"

"互联网是伟大的发明，虚拟的空间，相当于平行宇宙、第四维度。"

"呃，莫说那诗情画意。"

见自己的观点被否定，海底捞发疑问表情。

"不如说，网络提供了一个浑水池，任何人都可以裸泳。"蒙面人说，并回以羞涩表情，"看来，你比我见的风浪更多更大。"

海底捞："能问你职业或者学历之类的吗？"

蒙面人："能啊，但我不告诉你。"

海底捞："那还能问你点什么呢？钱多人傻的人，也总有点欲望或者想法的嘛。"

蒙面人："这里只分公母、雌雄，不分高低贵贱。"又补充道，"你既蒙着面，又带显微镜。"

程正感觉这个网友灵动、犀利、坦率，怎么这现世的女子一个个藏眉掩目，难以捉摸，却在网上如此大胆、暴露、疯狂。

思想争锋不占上风，程正的姿态低了下来。

没等他回过神，对方快速跳出几行字。

"一旦看破，人生不过是浮尘，爱情不过是聚散，美丽不过是皮囊，生命不过是无常……"

程正吓了一跳，这个女人不寻常，到网上直接就找钱多人傻的。

随意点的一道菜，就让他辣得跳，这池子里的水还真深。

"程总，银行融资的问题，要您亲临一趟。"有人进门报告。

"我有事下了。"他献了一朵花，关了电脑。

几天后，程正打开电脑，蒙面人给他留了言：

"人最大的危险，是过分相信别人。"

他回了一句：

"人最大的愚昧，是过分相信自己。"

对方跳出一个不解的表情。

双方又聊了起来。

海底捞："我首先申明，本人是奔着猎色的愿望而来，你要不要继续？"

蒙面人："我也郑重宣告，我是盯着劫财的目标而来，你看着办。"

海底捞："没有人吃饱了撑着，到网上浪费时间。就是网络喷子，也是为发泄过剩的精力。"

蒙面人："呵呵，人是复杂又无耻的动物。感谢你的坦率，欣赏你的直白。上面蒙着脸，下面一丝不挂，你至少让我看到了真诚的一半！"

海底捞："是呀，我们都有不堪入目的隐私，却高高抡起道德的大棒！"

蒙面人："说得好！作为一个姿色不差的女人，我凭这一句话就可以嫁给你，彩礼分文不收！"

海底捞："我，小时候偷过别人的钢笔，青春时期偷窥过女人洗澡，婚姻后与其他女人约会暧昧……"

蒙面人："我也是，我……今天喝多了，把我的隐私第一次晒了！"

双方都打出五体投地、涕泗横流的表情。

"老实地说，勇敢地说，我你都足够真实！"

"人性不能直视，是因为它坏到不可思议。"

"是的。"

海底捞话锋一转："你，好像是电脑设计出来的一个女人，完全不是我平时看到的长发动物。现实中的女人，闪烁、冷僻，像活在南极洲，没有一个你这样的。"

蒙面人："你傻呀，如果女人不伪装点、被动点，一定满地狼藉。所有的好白菜都被拱了，甚至菜帮子都没了，后面的男人只能啃断梗枯叶，吃残饭馊汤，你们男人更会觉得兴味索然，枉来尘世。这会逼你们男人，从幼儿园就开始抢跑冲刺，多悲哀。木星撞彗星，火星碰地球，哪个更有美感？这是大自然安排的。"

"喏，你这辈子是一个马夫；喏，你英俊潇洒但只有三十岁的寿命；喏，你一岁吃奶时会被呛死，还看不到世界的模样；喏，你十岁那年被拐了，在一个地窖里度过余生；喏，你当一个厅官，五十九岁脑溢血……人一生下来如果都知道自己的结局，该怎样了无生恋，悲哀恐怖？"

事实上，男人永远也不了解女人，女人也永远不了解男人。在虚拟的世界，天南地北的两个人，几句话就电击神经，肋软脉麻，这个星球上的两脚动物，仿佛就是为吸引而生的。

他俩总能找到话题，每次都因工作或什么事打断才停止。

有一次，两人聊着聊着。

海底捞："不能聊下去了！"

蒙面人："为啥？"

海底捞："……"

蒙面人："怎么回事？"

海底捞："哎，我都有生理反应了。你的话，像浸了荷尔蒙，烦人！"

蒙面人自然也连锁反应了。

双方陷入静默，似乎听得见对方的喘息。

"能让我看看你吗，发个视频，"海底捞说，"这么久了，都不露尊容。"

"你想象的我是什么样子?"

"一定很美!"

她发了一张和几个闺密的照片。

"猜猜，谁是我，猜中了有奖，猜不中惩罚。"

"靠左边那位。"他猜了。

"神了!"她弹出抓狂的表情。

程正觉得，世上决没有一个相同的女人。但越是经历和占有，越是空虚和失落，那种拿自己的婚姻和爱情与别人比较的人多么愚蒙。

这个女人对他有种从未感到的吸引力。灵魂有趣，靓丽外表。她的衣着身段、下巴的圆润、唇齿的洁净、眼神的迷离，让他魂不守舍了。

最后冒一次险，然后永别情爱，锁死浪心，回归家庭。

他内心有个声音，为什么别人比他更贪婪，都好好的，他就不能?他总被肉欲牵着走，总有赌性和侥幸心理。他觉得，人到世上来一遭，能经历的都要经历。

他也把自己的视频发过去。

"如果有一天我们见面，会怎样?"他问。

"谁晓得，"她说，"那看你的魅力。"弹出一头雾水表情。

但他也纠结，好笑。随便点一个人，就不能自已，还欣然以赴。网恋就是如此，招手即来，美妙省心?核弹爆炸了，远处看到的是可爱的蘑菇云，花一样的形状，云蒸霞蔚的景象，而现场却是人间炼狱，鬼哭狼嚎。

距离产生美，也产生假象。

行了，这是最后一次，一定收心住手。

有一次蒙面人问，他为什么要看她的真容。

他敲了一大段字，讲了一个故事，让她忍俊不禁。

故事是这样的。

公司有个员工网恋了。

男方网名叫"楠竹"，女方网名叫"桂花"。

楠竹与桂花有了感情，相约在一家餐馆见面。

双方按约定的时间到了，但谁也不认识谁。

大厅要么是老人，要么是小孩，连一个与自己年龄相当的女性都没有。

楠竹东瞧西望，感到不对劲，肯定被桂花给耍了。

垂头丧气的楠竹，上厕所出门时，恨恨骂了一句："这个骗子!"从隔壁女厕所走出来一个人，用异样的眼光看着这个骂人者。

"你，是楠竹?"

楠竹一看，微微点头，脸上浮起阿波罗号着陆时，阿姆斯特朗看到月亮的惊悚表情。

这个身材像斑马，脸像狒狒，大妈级别的女人，不是这餐馆的卫生阿姨吗?

"你，是桂花?"楠竹强装镇定，挤出笑容。

"我就是。"桂花有些不好意思，脸上表情复杂，这么靓的人被她逮着了。

接下来，他们找了一角落座位吃完了饭。双方本来热血沸腾说定，见面是要行周公之礼的，结果谈了一通人生理想、伦理道德。

故事讲完，程正发一个笑得在地上打滚的表情。

对方也发了个笑得呼天抢地的表情。

男女心里的欲望，都会长出芽来。有些人，要他停止对异性的爱和追逐，就像剥夺他的呼吸一样难。

一对男女，彼此需要，无论多么陌生，什么障碍，只要给予充分的时空、足够的交流，就会擦出火花，发生故事。

程正的拈花惹草，总是有惊无险地躲过妻子，避过外面的凶险。这可能是明思理识破不点破，看穿不戳穿。女人的嗅觉和听觉异常灵敏，她不可能端倪无察。

侥幸从悬崖边走过来的人，忍不住再次抵近，临视深渊。

那是因为，他总觉得自己侥幸，有上天护佑，命不该绝。脑浆涂岩，不会发生，浑身碎骨，离己还远。

"我想见你！"那天他思考再三，打出这几个字。

"我一样。"对方回。

"自从我认识了你，天天想着你身上的神秘和美好，就再也无法过平静日子。与客商洽谈时想起你，开车时想起你，喝茶时想起你，走路时想起你，甚至吃饭想你，睡觉时更想你……我坚信你跟别的女人不一样，想到你，我这心就沸腾翻滚！"

他们之间，接下来会发生什么，一定不是楠竹和桂花的版本。

地球好热闹，天堂在，地狱也在，不需到别处找了。

谁是看客

成为不幸主角的人，总是没有准备好。

这天，樊音接了个电话，扑通一下瘫坐在地上！

施非明进了重症病房。

她惊慌恐惧，恍恍惚惚，只有心脏的疼痛感和全身无力感，白天黑夜混沌不清的迷糊和冗长，每分每秒都是心灵的酷刑。

她还是坚强地做饭、洗衣、拖地，想象着丈夫会像往常一样出现在门口，或者有电话打来，告诉她好消息。

而她更强忍着，不许自己哭。担心怕什么来什么，觉得一哭出来，好像事情已经有结果了。

她祈祷和相信，一切都不会发生。她刻意隐瞒了施非明进重症病房的消息，甚至还跟方塘的家人朋友报平安。

与施非明那天早上拥别，到去抱回他的骨灰，只有七天时间。

短短几天，一个与自己耳鬓厮磨、卿卿我我的人，变成了一个系着红丝带的盒子。

"非明！说话不算数是吧？你骗我是吧？你不是说，你会挺住的吗？你不是说让我等着你，你一定会回家的吗？"

她极力清理被眼泪模糊的世界，多么希望，这只是一个梦。

"为什么是他！他还没有做父亲呀！"

"这种事，怎么发生在我身上！"

樊音想抓一把骨灰吃，被很快阻止。

她转而停止撕心裂肺的哀号，轻抚着骨灰盒。

大家都悲伤不已，惊骇交加。

明思理和程正在方塘听到消息后，立即召来裴裳他们，商量把樊音从广州接回和帮助处理施非明的善后事宜。

程正说："你们记得那一年在施非明家里吃饭的事吗？"

大家都在回忆。

"当时施非明问筲箕神，自己能活多少岁，筲箕神是怎么回答和反应的？"

在场个个如梦初醒，脸色煞白。

大家最担心樊音。

"不是说好人一生平安吗？不是说善有善报吗？樊音最善良，却最多难、最不幸！她是个一条鱼都要放生的人，是一个看到杀生场面吓得哭的人，怎么这种大难偏偏要她来承担？"

"举目无亲，人们避恐不及，樊音怎么挺得过呀！"

但是更为意想不到的事接着发生了。

老母亲坚决要求施非明按农村习俗土葬。她早年已经请木匠做好了棺材，现只能先让给儿子了。

农村请来的几位"丧夫"将骨灰盒放进棺材的时候，母亲让人扶着，最后看儿子一面。

"我的儿呀，你怎么这么狠心呀！"母亲趴在棺材上，号啕着，用头重重地往木头上磕。

"我的儿呀，你小时候跟我说，你最怕棺材的呀！怎么现在不怕了？我的儿呀！"

老人随即晕死过去。

大家紧急呼叫 120，救护车把老人火速送到了方塘市人民医院。

医生竭尽全力，却没能抢救过来。

方塘市出现了史上少见的家庭惨剧：母子两副棺材抬上山。

在天塌般的灾难和痛苦面前，樊音之所以没让自己崩溃，是因为她内心始终有一种理性的声音，那声音虽然微弱，但她辜负不得。

冥冥中有一种力量牵引着她走下去。

生死相依

有人安慰说，死是另一种生。

施非明死后，院方领导亲切慰问死者家属。"施非明是个好同志，"莫西猷董事长声音哽咽，"他是我们医院的楷模！他的离世是我们医院不可挽回的损失，大家会永远怀念他！"

话从医院最高领导的嘴里出来，带着一种特殊的悲壮和肃穆，让人眼红鼻酸，唏嘘难耐。

"你有一个好丈夫……"郜执中副院长拉着樊音的手，沉痛无比说。

樊音觉得，施非明没有死，只是换一种方式活着。

她还在等他回来，笑容满面地站在门口，她依旧清晰地听到他背她上楼时，缓慢艰难的移动，沾着汗味的喘息。晚上睡觉，她不仅不感到害怕，只是感觉他上夜班去了。

第一个清明节，她来到施非明的坟前。

"非明呀，这是怎么回事儿，你看，我明明眼泪哭干了，又老是冒出来，你就不能让我轻松一点？"

然后她哭了起来，脸久久保持着扭弯的形状，任眼泪糊住视界。

突然她像哭又像笑地说：　"我不哭了，我不哭了！谁要我哭的？"

但过一刻，她更加悲伤地哭了起来，声音飘过山谷，撕裂长空。

天地养育了一切，却不理会任何尘世间的变故。生命的痛苦和不幸，似乎是它的一部分，又仿佛与它并无关联。

樊音坐在地上，望着坟堆的新土，回忆施非明跟她讲过儿时的一件事。

非明母亲打了姐姐，姐姐哭了一会儿，自己停住了。非明走上前，摇着姐姐的手说，"姐姐，你哭完了吗？"

姐姐破泪为笑，妈妈更是把这件事逢人就讲，有这么淘气乖巧的儿子，一定多有出息。

白云悠悠，风儿低咽。

她似乎听到，施非明在轻轻地唤她。

她收住了哭声。

她不辨方位，却要选择

光，这一定是宇宙最本质的信息。

天空的蔚蓝，似巨大幕帘，遮障着肉身望眼。

裴裳站在山冲的风口，莫名地感到心脑的分离。

方塘市西北三十公里的太极竹海，是鄂南最具特色、最为闻名的竹海之一，这个著名的生态景观，吸引不少政要和学术名流参谒旅游。

《方塘故事》杂志策划地方文化的系列专题，裴裳是竹文化选题负责人。她不会开车，便约易超天一同前往采访。

在白墙红瓦的厂部，两人象征性地参观了竹博物馆，听取了场方太极竹海发展介绍，便闪进竹林深处。

裴裳穿着裙子，像只扑闪翻飞的蝴蝶。

易超天坐在一个圆石凳上。裴裳在竹林款步而行，好像踩一脚，都会数一下。

"你真美。"他说，"而且竹林中的美法不一样。"

环境之于爱情，会形成奇妙的叠加态。你爱那时的人，也爱那时的雨那地上的泥泞。

"宇宙来自一个点，生成两个极，两极纠缠，衍生万象。"

易超天双手扼住一棵竹子说："这地方叫太极竹海，引人联想。万顷竹海，不就是一两根竹子衍生的嘛。地底怎么蕴藏着如此巨量的信息和磅礴的生命力？"

"植物也是有灵性的。"裴裳说。

"这竹海七十多万亩吧，地球上七十多亿人，每根竹子就是一个人。"

"那又怎样？"她似懂非懂。

"宇宙的物质和现象，惊人地相似。据说这叫陌生的美丽，遥远的相似性。"易超天踢了踢一根竹子，仰头四望。

"人们认为，这棵竹子与那棵竹子不同，所以产生了欲望，当有了那根竹子，又觉得还有更好的竹子。欲望是只猴子，从一棵竹子跳向另一棵竹子，最后发现，都是一样的竹子。"

裴裳有些不高兴地看着他。

"哟，别动！"易超天发现裴裳的裙子后面有只毛毛虫，就要去抓，想想又缩了手，在地上捡起竹枝把它挑落了。

看到蜷在地上的毛毛虫，裴裳惊叫起来。

"坐着不动，它们就会爬到身上来。"

他们踏上斜坡，往深处走去。

"现在有个权威调查，离婚率高得离谱，结婚率低得出奇。"易超天蹦出一个话题。其实他心里想的是出轨率。

"那是。"她怔了一下，有些不好意思。都是局中人了。

"假如你老婆出轨，你怎么办？"她停下脚步，摘片竹叶含在嘴里，盯着他说。

"不会。她对男女之情不懂。"

裴裳冷笑，吐出竹叶。

"遥远的相似性去哪儿了?"她不无嘲谑。

"嘿嘿。"易超天也感到自相矛盾,不作回答。

"如果万一出轨了呢?"她偏要问他。

"她木头人一个,"他说,"给轨,她都不知道怎么出。"

"我是问如果出了你怎么办?!"她咬住不放。

易超天不屑地摇头,"出了?如果出了,"他认真想了一下,"如果……不会吧……"

裴裳对他的敷衍极不满意,加快了脚步。

"如果出了,"易超天追了上来,"不理会呗。"

"我不信,假话!有这么轻松?"裴裳站住了,"你们男人,自己的女人可以木头样轻视,却不许别人碰。"

"你们女人也好不到哪里去。查手机,翻微信,搞跟踪,发现男人不忠,天倾西北,地陷东南,一哭二闹三上吊,找单位领导打报告。我是男人,告诉你,你越闹,我越讨厌,越回不去的!"

易超天倚靠在一棵枯竹上,上面飘下几片小黄叶。

"跟你们女人不同。男人绝不会去问他老婆,你是不是有外遇了?即使他对那出轨对象恨得要摸刀捅,他也只会隐忍。坦陈自己老婆出轨,那会无地自容,颜面尽失。说实话,我害怕知道真相!就是气得吐血,还轻描淡写说,你最近总是回来得很晚啊。如果实在忍不住了,就说,你好像跟那个人经常裹在一起呢,什么意思?你当心点,老子什么都做得出的呢,哼!

"女人会说,我跟他就打麻将,什么事也没有。半夜开车送回来,那是没有车嘛,天黑路远,未必让我一个人走回家?或者说,完全是工作上的事,哪个单位不是男女在一起做事?避免得了吗?如何如何,男人就会收住。哎,男人是虚伪的、脆弱的动物。试想,如果他真搞清楚妻子出轨的对象，正面硬杠，谁知道会发生什么后果？再是，他发现别人长得更帅，更有权，更有钱，综合实力远超自己，那不是被致命一击！所以继续装聋作哑吧。这样子的事，又不能向亲朋戚友倾诉。他可能会格外地疼爱孩子，疼爱宠物狗狗。"

裴裳捶了一下易超天，"刚说你老婆不出轨，怎么会有这种体验？"

小路尽头，林更密，荫更浓。

"不由得，想起第一次见面的情形。"他看见一只蜥蜴躲进草丛里。

"哪个第一次？"她问。

"当然，比如小时候第一次见到你，看到你在台上翩翩起舞的样子；比如，第一次拉你的手，第一次……"易超天沉思着，"如果，我拥有你所有的第一次，那该多好。可惜不是，可惜没有。我就不明白，你老公怎么就不珍惜你，咋有这么傻、这么不知足的人。这种人，天下所有的痛苦给他都不亏。还到外面拈花惹草，真是！"

易超天不知道，他对别人的生活的所有想象，都是第二真实。

裴裳掐了一朵野菊，沉默下来。

"怎么突然不说话了？"他问。

"跟你说吧，我在结婚前有过一段爱。"她吹了一下菊花。

易超天表情异常，后退一步。

"这么说来，我的爱已经迟到了几次？"

他顿首跺脚，一脸酱色。

裴裳抚着菊花，不说话了。

过一会儿，他发疯似的大叫起来，像失了魂似的。

"真爱总是迟到，迟到!"他满腹怨恨，狂暴地踢了那棵枯竹。

"以前的以前，是怎么回事，能说吗?"他摇头怒喝，其实并不希望她说出来，也不觉得她会说出来。

女人心里的秘密，对丈夫不说，却可能吐露给闺密或情人，甚至外人。

他几乎要爱上她了，暗里有与她结婚的愿望，她却告诉他这样的事。他掳获了一份爱，还想它完整无瑕。他要爱情老老实实待在一个地方等他，像花，见他才开，等他去掐。

荒墓芜茎，不妨彩蝶飞舞，野花芬芳。

有的秘密，藏着还好些，像这山岗中的死亡和荒芜。

"这事，跟你老公说过吗?"他垂头丧气地问。

她摇摇头，表示没有。

"难道他不问吗?"易超天心里得到安慰，一个女人，把他放在丈夫之上。

"我很好奇，那个男人，不，那个男孩子是谁。"

她脸上浮起神秘的表情。

"我那时才十六岁多，懂得什么。"她丢掉手里的野菊，用指甲在竹上刻画。

"说呀，我真的想知道，是哪个狗崽子这么艳福! 这么坏蛋!"他催她。

"我也不晓得，只知道他爸妈在供销社。"

"他呢?"

"在商场吧，他长得帅，会打架，一个人打三四个都不怕，是七街八巷的英雄。"

"哎，你把社会上的小混混叫英雄?"

"那时当然是。谁武功好，谁就给人安全感。"她看了他说，"但他只打一点架，对人很礼貌，会哄女孩子。他上班时，总有女孩子有事没事跑到商店去偷偷看他。"

"你也去看过？"他问。

她又沉默了。

那个情敌的美和好，让他恨得牙痒痒，却是她心里的甜和痛。

他越诋毁他，越能唤起她对他的袒护。

像盗墓者挖开未知的墓穴，垂涎欲滴，又恐惧忌惮。

易超天知道，她愿意向他说出内心的秘密，就证明对自己有好感，至少不排斥他了。

"你今天气死我了！"过了半晌，他恨恨地说。

"气死得了！"裴裳瞪了他一眼，"有的事，我自己男人都没说，跟你这个笨蛋说了，还气什么气！"她随手揎了一棵狗尾草，丢了。

"你们男人其实很贱。我把你当回事呢，满不在乎；冷眼以对吧，又摇尾乞怜。所以女人呀，做到矜持、寡欲、理性，就可把你们扫到九霄云外，让你们变成地球上的废物和垃圾。"裴裳有些烦躁和失望，她以为说出她的秘密，这个男人会拥抱她，结果却拂袖抽身。

易超天像一个偷窥的人，欲火熊熊，要饱眼福，又背负沉重如山的负罪感。

"后来呢？"他耿耿于怀地问。

"后来？后来消失在人海。但我跟他什么都做了，我以为这一辈子肯定是跟他，你不知道他有多浪漫，多男人。"

"这么说来，你就是在唱歌跳舞的那个时期？你就是在我日思夜想，被单相思烧焦了心的那个时期？这么说来，你在那里与一个男子颠鸾倒凤的时候，我还在远处看着你，不敢走近你，以为这尘世间的一切都与你不配，都会玷污你?!"

易超天眼睛通红，快哭了出来，悲愤地望着竹林上的天空。

他要她的一切，全部，但没有那个运气，那个命。

他望着密密麻麻的竹子，像一根根铁栏栅。他对爱情有了惊天的疑问。他要惩罚什么，报复什么。裴裳现在对他的好，使他成囚笼的困兽，得到了满足，感到不完美。

见他这样，她上前挽住他。

"想不到，你还为我过去的过去生这么大的气。"她胳膊夹紧了。

易超天用另一只手揉着眼睛，"是的，我特别在乎。"

他心心念念的是，只有美好的岁月，青春的肉体，恰到的缘分，才能构成爱情。其他的，都变质失色。

斜西的太阳，泼在地上的光，火锅汤样混浊。他们这才发现没有吃午饭。

"你原来还说，能得到我的一片指甲，就心满意足呢。"她觉得，什么都来得及。

见他没有反应，她身子倚靠过来些。

"我们，也有……爱嘛。"

她对他可从未说过这个字眼。

岂料易超天并不领情，好半天才闷声道：

"爱? 凡尘俗世有这东西吗?"

他苦笑着，松开胳膊，"爱这鬼东西，谁信谁爱去吧!"

裴裳放慢脚步，独自走路，也不说话。

易超天要抽离了。

如来，如去

相对于潜在的因果，无常更是常态。

这天早上，樊音感觉迷迷糊糊，迟迟醒不来。

刷牙时，她感到浑身乏力，伴随着一阵剧烈的恶心，可呕也呕不出什么。

上午她去了医院，医生告诉她：怀孕了！

樊音拿着化验单的手都在颤抖。

她都不知怎么跟医生说，跟跄着就出了门。

丈夫的意外离去，竟给她留下了孩子。

"非明，我们有了孩子！"她避开人流，喃喃自语，"我要生下来，是的，生下来。"

她是那种执念坚深的人，一直走不出来，更没有想着重新组合一个家庭。

樊音停下脚步，又拿出化验单，反反复复地看。

这个一出生就没有父亲的孩子，让她无比心酸、怜惜。

"你愿意来到这个世界吗？"她似乎在问，这里明亮缤纷，也黑暗阴沉，寒热无定，喧嚣扰攘。

"还有，你一定会经历挫折失败、悲痛忧伤，甚至是生命不能承受之重、之艰，之痛，你来吗？更为重要的是，你来晚了！没有父亲，相比别的孩子，你只能接受一个不完整的世界。"

两行眼泪汹涌而下，打在化验单上。

回到屋里，她又累又乏，一阵恶心感袭来。

她突然意识到，这是孩子在冥冥中与她对话，便轻轻地抚摸着下腹。

晚上，她梦见了施非明。

他站得远远的，看着她却不说话。

"非明，我们有孩子了！"她高兴地叫道。

非明还是沉默不语。

"非明，我怀孕了，看化验单！"她扬了扬化验单，欣喜若狂。

"怎么回事？这是你最高兴的事！为何不说话呀！"她手里的化验单，不知什么时候被风吹走了。

非明终于高兴起来，双手伸过来拥抱她。

樊音醒了。

梦里的施非明还是那么快乐，只是不怎么说话。

第二天，樊音把怀孕的消息告诉了明思理。

不料，明思理听了半晌不吱声。

"樊音呀，有句话，不知当说不当说。"她叹了口气，迟疑着开腔了，"把孩子打掉。"

"你说什么？！"樊音像被雷击了，她有些恼火。

思理知道樊音不高兴，改变了口气。

"樊音，你先冷静，"思理小心翼翼，生怕激怒了她，"别人是不会在这个时候，跟你说这个话的。你想想，孩子一出生就没有父亲，对他公不公平？这还不算，以后所有的一切，全落你一个人身上，多难呀。知道吗，养育子女是世界上最苦最累的事！这个你还不大清楚。一个健全的家庭都这样，何况你单身一人？"

樊音本想打断，但看思理言辞激烈，只得听着。

"樊音，我劝你，"思理恳求道，"你还是咬牙把孩子打掉吧，这确实太难了，到时候你会后悔的。"

"不！我想都不敢想！这是奔着我和非明来的生命啊！"

"你还年轻，未必就这样过一辈子？不能再找一个人？"明思理大声说，"你这段时间我们同情、理解，但挺过了一段时间后，心境和心情都会变的。我认为你以后还得找个人。但带着一个孩子，就麻烦多了，知道吗？"

樊音无语，眼圈红了。

过了一会儿，思理又劝："我这是思前想后跟你说的。你要听得进别人的话，清醒、理智地做出决定。"

"你不要说了，思理！"樊音大哭起来。

她不仅不会打掉肚里的孩子，还要好好地把它生下来，好好地抚养成人。为了非明，为了自己，也为珍重这个即将到来的生命。

樊音处理好其他的事务后，最后到幼教中心递交了辞呈，然后把有关东西打包托运回家。

临走头一天，她乘车在这个城市转了一圈。

五羊雕塑、彩虹桥、小蛮腰、老火车站，甚至还去了黄埔军校。

隐约在雾色中的楼林，随处葱郁的阔叶鲜花，日夜轰鸣的车流，夹着咸味的海洋季风……

这个城市，强劲搏动的蓬勃，有序怡然的旺盛，吞吐一切的雄浑，让所有的个体渺如尘烟，消失无踪。

　　如果施非明不出事，她们会像很多人一样，在这里继续打拼，买房买车，生子继业，融入这无边的繁华。

　　可现在，一切都改变了。

　　樊音脸上增添了不可逆的憔悴和苍老。

　　这些天，她更是在头上发现了白发。

智慧和慈悲

姜半仙在破烂堆里，拾到会说话的盒子。

后来这些年，姜半仙的听众减少，少了收入来源。他愈加潦倒落魄，饿了就守在路边摊或餐馆，等别人吃完走开，他麻利过去，抢在服务员收拾之前，三扒两咽就把人家的剩饭剩菜吃了。服务员没好气，老板还会脏骂，他便一声不吭地溜了。

现在的新式捐箱，不上锁，随开关，还能挑。穿衣着裳，他就趁黑摸到街道小区的捐赠箱，屡屡淘到好衣服。有钱人丢的，拾来的衣饰，虽穿得不伦不类，但质量在那。有人说，"牌堂"起来的姜半仙，甚至像单位的正式工或脱产干部。

有一次他在分类垃圾箱流连，看到一个红颜色、烟盒大的东西，上面还有锈斑的天线。

他扯开天线，按了键，一阵炒豆似的刺耳嘈杂后，有个女声，清晰起来。

我是大自然……

噫，是个录放器，哪个当垃圾丢了。

我是大自然。

我不需要人类，但人类需要我。我哺育过数次文明，无数的生命，生存和毁灭，轮回因果，就像你们习惯的空气。人类的自私和贪婪已经走得太远，毁灭的悲剧已不可逆转，我为人类的后代感到悲伤。

地球资源耗尽枯竭前，毁灭抑或逃逸永生，越来越紧迫的结局。

录放器里的声音，时大时小，断断续续，像隆冬季节不合时宜、阴阳怪气的雷声。

话难听清，难怪有人把它当废物丢了。

这种话，放到洞房花烛、金榜题名场合，就是伤喜败兴；放给食不果腹、衣不遮体的人群，是世纪忽悠；放给土豪富翁、星哥腕爷听，是鬼话屁话；放给酒馆餐桌虎喝海塞的人听，人家要骂，简直是吃了牛肉发马瘟！

但姜半仙觉得有味道。

事实上几乎所有的宗教都说过不要杀生，但是他们从来没能阻止杀戮。某些宗教说过，地球上的东西，包括生命，都是为人类的使用而准备的，因此可以杀死和毁灭它们。为快感而杀，为贸易而杀，为国家主义而杀，为意识形态而杀，为信仰而杀，都被作为一种生存状态和生活方式接受。

我们在杀害陆地和海洋生命的时候，也在变得越来越孤立，在这种孤立中变得越来越贪婪，于是以各种方式去寻求快感。

智力可以感知到这点，但是它却不能完整地行动。智慧和爱是分不开的，它从来不会杀戮。"不杀生"如果只是一个观念、一个理想，它就不是智慧。

智慧的本性正是敏感性，而这种敏感性就是爱。没有这种智慧，就不可能有慈悲。慈悲不是做慈善活动或社会改革，它是从多愁善感、浪漫主义和情绪化的热情中解脱出来的。它和死亡一样强大。像一块巨石，屹立在困惑、苦恼和焦虑之中。没有这种慈悲，新的文化或社会就不可能出现……

他把捡到的宝贝抹了又抹，天天放，天天听。

流 产

肉眼能见的不幸，乃冰山一角。

"裴裳，快过来，我们一起去医院！"

明思理急匆匆地打裴裳电话。

她们打车来到方塘市中心医院。

樊音躺在病床上，嘴唇像涂了蜡样的白，正输着液，回到方塘不久，她流产了。

见到明思理和裴裳，她用眼神递示谢意，又相顾无言。

明思理坐到床上，整理被褥，摸着樊音的手安慰着。

她们扶樊音坐起来。

明思理瞥了一眼床头柜上的水果篮和礼品盒。

"我说的对吧？你一开始听我的话，先打掉不就好得多？拖这么久，大人遭罪，孩子也……"

"思理，别说这些了，一切都过去了。"裴裳暗示明思理，换个话题，怕樊音伤心。

邻床产妇有人进来探望，她们中止了谈话。

护士进来，换好输液瓶问："你男人呢？"

大家都愣住了。

护士见她们神态有异，就不再问了。

"不能比，你是高龄孕妇。个体差异大得很。有人跳跳蹦蹦都掉不了，有人天天躺床上还是掉，怎么说得清楚？"

"我有罪啊，我作恶啊。"等她们走了，樊音陷入悲怆的沉思，医生说小孩手脚都有了，整个人都成形了。

樊音在广州时，施非明给她看过一个人的生命孕育诞生过程的彩色视频。她无比震惊，终生难忘。

精子神奇地产生，为与卵子结合，奋力奔波穿越，在无比艰辛的寻找中，在千难万险的跋涉中，几乎全都中途夭折，重回混沌。一路的死亡和毁灭中，历经到达彼岸前的散失，历尽无数悲壮的死亡……

只有偶然中的偶然，万幸中的万幸，极少极少的精子，与卵子会师，极少极少的精子又残酷地竞争淘汰，最后只有一个精子与卵子结合。

生存是怎样的痛苦，生命是怎样的神奇。原来，死亡和不幸，是生命的本质和原态。尘缘肉眼见到的生灭，冰山一角都算不上。

"我还记得你扎着羊角辫的样子，几十年前的事，仿佛是昨天。"

"几十年一晃就过了，我有时吓得哭都哭不出来。"

想起刚才思理和裳裳说的话，望着她俩回头招着手出门的背影，樊音悲从中来。

我替你活着

它背负着亿万年的苦难，我怎么舍得骑呢。

驼铃，云光，沙影，落日。

沙山，绵延到苍远的天边，从遥远处吹来的风，呼呼地叫，面膜一样贴在脸上。

金黄、柔软、净爽、细腻，这是什么物质，以细碎的坚韧堆成移动的山峰。

这金黄色的胴体！昨夜凄风，今晨霞彩，一昼抚平满身伤痕，当她一面向着阳光微笑的时候，阴影也美得不可方物，醉得我欲哭无泪。

原来，江南可以那么秀丽，西部可以这么苍凉。这是来一次就永远忘不掉的地方。只有大海的辽阔、沙漠的苍凉才这样叩击人心，绞魂夺魄。

非明，我好开心，好幸福，我来到了一个沙做的世界，对，大沙漠，宁夏与内蒙古的界地。

地球淘出沙漠，生命成为刹那。无论谁在它身上印出多少足印，他的名字都叫过客。

站在沙山上，看落日吻着地平线，渐渐沉入无尽黑暗和虚静。

地球像一艘巨大的航轮，游曳于浩瀚的时空，我甚至感到了轻轻的摇晃。这艘航轮如此雄浑、孤独、悲壮，不知驶向何方。

绵亘的沙峰上，肩背着摄影器材的人，寻找着，思索着，在天际移动。他拍别人的风景，别人拍他的风景。这沙做的世界，啥都是角度，啥都是构图，没有最美，只有更美。

沙漠，时间的苍老，地球的善良。

云垂天低，雁声滴寒。大西北苍凉就苍凉吧，但有人还把这种苍凉用泥巴捏起来，垒起来，做成标物。一堆黄土、几个石头、几根木条，构成触目惊心的风景。

为何？我猜是简朴。

对，人生就是简朴。生命再漫长，也不过是黄土堆间的距离。

沙漠向人们展示的，是短暂易逝的欢乐，永恒无尽的忧伤，不屈不挠的意志。

非明，还记得我们在厦门看海吗？现在我到了最北边。

你让我一个人走进大漠，遁入苍凉，我要把从没经历过的感受告诉你。

在这沙海里，生命的孤独浸入骨髓，风在耳边嘶嘶叫，它诉说着极光、冰峰、寒冷，可它现在温和、柔顺、恤悯。

一叶一婆娑，一沙一世界。这是多少个世界呀。难怪我有时候总感到抑郁、孤悲，原来有无数个世界压迫着我，无数个宇宙压迫着我。被上天注视着，牵引着，被束缚、被囚禁、被设计和圈养，像水里的鱼，苟且偷安就是生命的全部旨趣所在。

跟我一起的几个同事，戴着防沙帽，挥着红丝巾，有的摆造型，乐不可支，像鱼儿下了水。

我选择独行。

别看游客这么多，可大多沙山都没有涉足，我可以尽情畅想做梦，每印一个鞋印，都有新的感悟。

前面有一排蒙古包，还有一堆堆干木料，摆放整齐，从羊皮装饰的木门进去，远远看见一堆堆小山样子的什么，走近一看，竟是跪地而憩的骆驼。

这是我第一次看见骆驼，它们让我震惊！

怎么有如此沉默、忍辱负重的生灵？怎么有生命与非生命之间的生命？

几个同伴加入了骑行骆驼的游乐，她们兴致勃勃地邀我参加，我连连摆手！

跪地的骆驼像一尊尊雕塑，它们沉默、木讷、屈从，眼里似乎总有泪光。它的每一步都沉重、艰滞，但不能停顿退缩。驼峰，像耸立着亿万年的悲苦，眼里满是向死而生的禅静。我怎么舍得骑它！记得小时候骑过一次牛，多不自在啊，那感觉，像骑在父母或亲人的身上。

我还因为不吃烤羊肉备受嘲笑。

她们说你一个知识分子连牛羊的慧觉都没有。她们对我无法理解认同，说草原是天然药库，这里的羊吃的草多样化无污染，吃羊肉跟吃补药一样。我只能做自己，但我可能永远做不好别人眼里的自己。

大西北的夜空，这是南方不曾有的天空。我从来没有看见过这种星夜，好像只在生命的另一个维度见过。星星像宝石一样，颗颗晶莹，粒粒透亮。夜深寒长，阒寂无声，唯有星光和灯火，恢恢烘托着生命的孤独和尘世的温暖。

白天，心抱长风，天悲地悯。黑夜，梦境迷离，星光如泣。在生存之艰、生命之幸、生活之美的浩叹里，我要对地球母亲鞠躬跪拜，长歌当哭。

晨曦初现，我寻着马蹄声，走出帐篷。微湿的雾露，起伏的沙山，辽阔的天空。这边，月亮来不及摘走，那边，鲜红的太阳像从水里捞出，挂在前方的驼峰上……

我看不够，要把这沙漠，这空旷，这大西北的苍凉，一次又一次影印定格在心屏。

活了这一早晨，算作活过年华三千。

只有这时，人才觉得，过得像钟摆，活得像陀螺，还自我麻醉，自欺欺人，像吸毒者，瘾沦虚乐而不知。读万卷书会让你知道，人间还有比你高尚的灵魂；行万里路让你知道，世界还有更好的地方。旅行让我发现了不一样的生活，让我下决心开始不一样的生活，一切还来得及。

……

石窟，崖刻，栈道，阁亭。

清风吹起，松涛阵阵。

我在弥陀山，倾听大地另一种诉说，这就是——

时间会风化，物质会变形，生命会消亡，历史会轮回。

一棵菩提树，在石缝中蓬勃，孤独地芬芳，宁静中歌唱。

壮劲虬曲的枝干，密实浓绿的叶子，我贴着它的瘢痂和婆娑，聆听它无声的呼唤。

这是我平生第一次见到菩提树，还请了一个素昧平生的游人为我和树合影。

旅行的实质不是满足好奇，而是充盈生命。

非明，这是我们离得最远的一次，也是我离你最近的一次。

在我心里，你从没有走远。因为无论地理，还是心里，我始终走不出来。

每个离开这个世界的人，都希望有人替他活着。

非明，我会一直替你活着。

——樊音西北旅行记

小概率事件

云深不见，风过无痕。

这天下午，明思理在麻将馆里，被舀姐的一番话气晕了。

舀姐说，方塘故事杂志社的女记者，跟姓易的老板，借采访之名，在太极竹海你侬我侬。这女记者对林场管理人说是同事，以为山高林深，天偏地远人不知鬼不觉。其实林场里有人认识她，说原来见她采访过造林大户的。

舀姐还说，山不转路转，路不转水转，水不转风转，风不转云转。假记者、野鸳鸯采访只花十多分钟，完全打诨过去，但跑到竹林里，几乎缠绵一整天。呵呵，情色一婆婆，竹子倒大片。

舀姐又说，还是钱好。换个没钱的，看她愿不愿意？

明思理一走出麻将馆，就打电话把裴裳一顿臭骂。

"裴裳啊，你没男人活不下去吗？知道外面怎么说你吗？难听死了！"

裴裳那边丈二和尚摸不着头脑。

"别人已经说得清清楚楚了，跟现场录像录音样的，你跟那姓易的怎么还没断？干吗还跑到太极竹海里去逍遥！"

思理顿了顿，"这辈子跟你做姐妹，真是耻辱。如果还听到你们的野史，咱们一刀两断！"

裴裳本要辩解的，听到太极竹海，就住了口。

"没男人会死，是吧？"思理丢下一句，恼怒地挂了电话。

听到电话里刺耳的忙音，裴裳几近崩溃。

人人都有秘密，都有故事，为何自己却总在聚光灯下？

爱情如果不打算披上婚纱，那就只适合放到外星上、月宫里。地球人都以现实为壤，哪一样能脱离地心引力？

她悲愤交加，茫然无措。

这时她手机响了，社长贾大亨让她去办公室。

贾社长桌上烟缸里的烟蒂未掐灭，袅着残烟，她呛了烟，轻咳几声。

"贾社长，找我？"

裴裳发现，今天社长的相貌似乎都变了。头顶的地中海扩大一圈，脸上成了黑海。

他又点了一支烟，声音尽量平和。

"你是女同志，本来嘛，并不方便我来说。但社里面没有女社长，我只能硬着头皮找你了。"

裴裳心里一紧，显然与去太极竹海有关。

"文化系列选题，其他记者采写的都很出色，就你的竹文化最差。人说七分采，三分写。你反过来了。采访不到位，走马观花，蜻蜓点水。我们社里重磅推出地方文化系列，茶文化、麻文化、药文化、酒文化、花文化，都写得好，就你竹文化写得不好。"

贾大亨弹了烟灰，头一扬，用眼睛下面的眼白看裴裳。平常他就有仰面昂头的习惯，那是生怕头顶的光疤暴露在镜头前。

贾大亨脸上堆起恶笑，"下面这句话，有点难听，但不是我说的，我只转达一下，说明问题的严重性——太极竹海的竹子倒了一片，有人想让方塘故事走向世界！"

裴裳完全不相信自己的耳朵，脸色苍白，浑身颤抖。

贾大亨感觉太过，改了口吻，"裴裳呀，名节最重要，家庭最重要，比什么都重要。知道不？你这件事已经对《方塘故事》造成了不可挽回的影响。我贾某人待你们不薄啊，职称该升的升了，级别该提的提了，福利该发的发了，生病该看的看了，员工家里红白喜事该去的去了，为什么这样的事还屡屡发生！你们把社里搞得乌烟瘴气，声名狼藉！我在位一天，就管二十四小时。你，家庭的事，那个那个……反正放你的假，让你安心处理。处理不好，你另攀高门。这不是我贾某人残暴不仁，是你们逼我上梁山。我再问你，你到底离没离婚，有说离了，有说没离，搞不清楚。你那是重婚，犯法的事，知道不？"

裴裳二话没说，捂着脸，跑出去了。

贾大亨也有些紧张，便随即安排文学部的女编辑雷易去做安抚工作。他平日里对男下属不客气，但很少批评女下属的。自己快退休的人，管这些馊事干甚！只要单位不死人，随它去。

裴裳走在回家的路上，强忍着没哭出声，但有眼泪从指缝里流出来。凄迷的视线里，好像有无数个魅影。

外界对她的误读，天崩地塌，猝不及防。

一进家门，她冲到床上，头钻进被子号啕，最后哭得眼睛都睁不开了。

她哭累了，女编辑雷易也找上门来了。

裴裳在卫生间用湿毛巾抹了脸，开门后又躺床上。

雷易凑上前，坐在床沿，拉着她手。

　　裴裳知道雷易是离了婚的。有次散步跟童午感慨过，同事头天甚至还在秀恩爱，第二天就拜拜了。

　　现在这个"过来人"上门来，她不算太排斥，换作其他任何人，她都不愿见。

　　"裴姐，莫怪啊，贾社长是好心，"雷易说，"是他让我来找你的。被领导说了几句，受着就过去了，过了就了了。贾社长对女同志本就不坏，三八节女的发了一套西服，说是工作装，其实是高档毛料，平时都不舍得穿，男的连一个衬衣都没发哩。他是好领导，有口无心的。啊，你手怎么这么冰！"

　　裴裳一言不发。稍稍冷静，她就想弄清楚，是谁走漏了风声，又是谁在后面嚼舌根。

　　麻将馆、明思理、贾大亨……这是怎么联通起来的？她这里滴水不漏，问题肯定出在易超天身上！

　　"你在想什么呢？"雷编辑捏紧了她的手，"怼天怼地，不要跟自己过不去，你想严重了，要向我学习。"

　　雷易又叹："男人也好，女人也罢，确实真心相爱，却因一句话、一件事，解释不清，互不相让，最后撒手。唉，再好的爱情，再好的夫妻，一句话没说好，完了，救不回了。感情这东西，越好越不长，婚姻脆弱到什么程度！"

　　雷易掏心掏肺，快把自己感动了。

　　裴裳听雷易滔滔不绝，对易超天顿生莫名的怨恨。

　　"裳姐，我大话说不到，只谈自己的真实感受。现在是这种风气。男女之事，本可以不想，但别人做得，我没做，觉得不值。做就做，离就离。简单，就这样子。但我不赞同脚踏两只船，踩几只船，那得多大的本事。"

雷编辑都忘了贾社长是要她来作思想工作的，现在都输出暗物质、负能量。

雷易抻了被子，降低声音：

"你离婚了吗？实话告诉我。"

裴裳面无表情，不置可否。

这是她最不想透露的心事。

"起来！"见她不回答，雷易就知道个大概。

她掀开裴裳的被子，在她腿上拍了拍："整理一下心情，明天照常上班啊。贾社长近期心情不好，莫怪他啊。"

裴裳不肯动。

"易妹妹，谢谢你，我想一个人静静，你放心，我会上班的，但明天不会去。"她脑海里浮起贾大亨的白眼和恶笑。男下属也好，女下属也好，谁不知道，贾社长软硬兼施，又打又摸的风格。

"那你答应我，什么时候上班？"雷易又拉着她的手。

"不知道，过几天吧。"

"那说话算数哟！"雷易看裴裳眼睛肿了，得一时半会才消，也就不坚持，起身告辞了。

雷易一走，她就拨易超天的电话，对方没接。

她打了一下午，还是没接。

晚上再打，通了。

"为什么不接电话！"她又急又怒。

"在谈一笔业务。"

"扯谎！"

"不信，我也不解说了。"

"你从来不这样的！"

"手机没电呢，咋办？"

"发现十几个电话未接，为什么不主动打过来！"

"我正准备打呢！"

"问你，我们那次去太极竹海，现在外面都知道了，怎么回事？"她大喝。

"我哪知道啊！未必我还把这事向外面传？我有那么傻吗？"

"你把我毁了！赶快来我这里说清楚！"她哭嚎。

"到你家里？"易超天嘟囔，"不去。"

"你怕什么？我都不在乎。"

"到你家里去，这不好吧？"易超天不肯，"你出来，我找个地方。"

"我没脸皮出去！"

裴裳感到，这个世界像张着血盆大口的怪兽，等着吞噬她。

易超天还在磨蹭。

"我离了婚，怕什么！他早就搬出去了，跟我没关系了。孩子上大学了，家里没人。"情急了，裴裳说出自己离婚的事。雷编辑上门那样打探，她都没哼声。

经她这么一说，易超天动摇了。

到情人家里去？外面找个宾馆不行吗。这不是屎壳郎钻茅坑，找死（屎）？易超天感到，这个烈女人什么事都干得出来。就算离了婚，跑她家里去，心里也发虚生怵。他越想越怕，但又不得不去。

易超天心烦意乱地到了裴裳家里，又遭遇了更猛烈的冷眼和怒火。

"你为什么要害我！"她逼问他。

走到这一步，她把责任都推到易超天身上，这让他更加慌乱。

"又说这话！我害你，到底谁害谁？"易超天也开始反击，冷冷地说，"我当初确实爱你。你就是我的神、我的天、我的命，但你现在却变成了一只母老虎，让我感到了泰山一样的压力，我时刻都有粉身碎骨、万劫不复的恐惧！"

裴裳瞪着易超天，像看到一头怪兽，"我给了你压力？我给了你什么压力！一切都是你自找的，自讨的！"

莫名其妙生爱，莫名其妙生恨，男女之间的爱恨反转，像波粒二象性的光，看得到，搞不懂。

两人之间有些撕破脸的意味。情人到这一步，已是瞎马临崖了。

他要爆发，但还是强忍着，心里恨恨地想，所谓的初恋，所谓的真爱，一样见鬼、见鬼、见鬼！说穿了，男女之间，只有永远的欲望，永远的需要，哪来的爱情！

怕外面听到争吵，他把窗户关紧，窗帘拉上，房里暗下来。

易超天有所不知的是，裴裳曾经因为丈夫出轨也找过他单位领导。现在她竟重复一样的故事，单位领导找了她。这对一个女人，是天大的讽辱。风水轮流转吗？你让她怎么有脸见人！

"确实不是我说出去的，我可以拿娘发咒！这种事能说得的？就算我们平时开玩笑，也是对事不对人。祸从口出的道理我不懂？你今天胡乱把我搞一顿……"

易超天在酒桌牌桌上，是"对事不对人"地吹过牛。但两人在太极竹海幽会的事怎么传出去的，双方都蒙在鼓里。争来吵去，没任何意义。

"裴裳，你还是我的女神，我把你留在心里，放回原处，我会永远想你、念你、爱你。"双方消了火气，易超天小心地开了口，他用虔诚的商量的语气说，"对不起，让你受这种侮辱。既然外面有这么大的动静，要么我们以后少联系，或不联系了？"他声音有些沉重，"不管结局如何，我都会给你一笔补偿的。"

裴裳听完，眼眸呆定。

那眼神分明就是，未必男人都这样？或者，坏男人都被自己碰上了？

女人的魅力，一是眼泪，二是沉默。但在男人眼里，女人只要一发怒，圣母秒变丑婆。

看到这个忧伤柔怜的女人，易超天突然上前抱住她。

"干什么？"她推开。

他抱得更紧了。

"你想干什么？"她又厉声问。

"裳，你最后给我一次吧！"他颤抖着剥她的上衣。

裴裳抬手就是一记耳光。

这一耳光，把他激涨的肾上腺素和多巴胺拍得无影无踪。

裴裳打过童午的耳光，那是嫉恨。但这次，是绝望。

这时他们突然听见外面有钥匙开门的响动，紧接着是急切的敲门声。

两人瞬间面如死灰，都慌忙地整理衣服。

"当当当！"门敲得更急了。

两人惊恐万状地看着对方，不敢说话。

幸好易超天进门时顺手把门反锁了，不然他们就退无可退，逃无可逃。又幸好，刚才易超天欲火难耐，却被裴裳拒绝了，不然就会全裸出镜，丢人现眼。

幽会野合，被抓现行，这对裴裳必是致命一击。

"妈妈！"门外有人喊。

裴裳听出是囡囡，只一人，脸上回了血色。

但，门开还是不开，她急切思索着。

"妈妈！妈妈！"外面又喊，易超天不知是想往厕所还是门角里跑。

"哎……"裴裳应了。

"囡囡。"裴裳用病态的、微弱的声音回应道，让外面的人听不出是装的。

"囡囡，妈妈喝醉了，不舒服，你快去楼下超市买瓶冰冻矿泉水来，还有，顺便到门卫那里拿一件快递啊，报我手机尾数，快去！"她声音像醉了病了，但刚好让囡囡听得清。

"好吧。"两人听到下楼的声音。

"快出去！"估摸囡囡下了楼，她对他说。

她慌慌张张去开门，结果扭来扭去打不开，小声地咬牙切齿地骂："你是怎么反锁的？"

"天啊！是不是刚她拿钥匙把锁扭坏了？"易超天满头大汗，全身筛糠。

这种比飞机失事概率还小的巧合，竟然发生在他俩身上，难道是命该一劫？

"去去去！先躲床底下！"裴裳把他一推，易超天屁滚尿流地爬进去。

"开了，开了，快出去！"易超天上半身钻进床下，屁股还撅在外头，门却被裴裳鬼使神差地打开了。

听到喊声，易超天狗一样爬出来，箭一般飞了出去。

天啊，一切都在旋转、轮回

同别人较劲，实是跟自己较真。

囡囡买了一瓶水，推开家门，放在桌上，却不说话，朝妈妈狠狠地看一眼。

裴裳极力平复心情，装作若无其事地说："乖乖，你怎么回来了，学校有事吗？也不先打个招呼。"

囡囡没回答妈妈的问话，这回自己的家，还要申请报告？她反问道："门卫说没有你名字和电话的快递呀。"

她接着走近坐沙发上的裴裳问："你喝酒了？怎么闻不到酒味？你从来不喝冰水的呢。"

看到妈妈憔悴张皇的脸色，黯淡闪烁的眼神，囡囡似乎更加激动，"妈，你是怎么了！"

"我……没什么呀，你不是说月底才回的呢，怎么突然回来了？是不是没伙食费了？"

囡囡还是不理妈妈的问题，憋着一股气。

"在下面楼梯口，一个男的差点把我撞倒了，穿格子西装的男人，土匪样，走路像跑，讨嫌死了！"囡囡一边说，一边朝屋里四下打量，甚至朝床底下瞟了瞟。

　　从女儿警觉不安的眼神里，裴裳预感不妙，心里发凉，但还是强装镇定，无话找话。

　　"喝水呀！您不是要我买冰水吗？怎么买来了又不喝？"

　　裴裳把水拿过来，拧开，喝了一口。

　　"您平时都不怎么喝酒的呢，今天跟谁喝的？"囡囡打破砂锅问到底。

　　"同事。喝了一点，不多。"裴裳屏紧鼻息，意识到不能说喝醉了，因为嘴里没一点酒味，说话更没有醉意。

　　囡囡又白了妈妈一眼。

　　裴裳心里清楚，只要她与易超天没有被囡囡亲眼撞见，什么都可迂回过去。她暗自庆幸，门锁居然被她奇迹般打开了。

　　"囡囡，你吃什么？告诉妈妈，包饺子吗？"裴裳起身去厨房。

　　"不吃！恶心。"囡囡突然叫喊。

　　裴裳猛地怔住，女儿今天对她穷追不舍，是不是真发现了什么。

　　"你不是说喝醉了吗？跟谁喝的？"囡囡根本不打算饶过她，像审犯人。

　　"跟杂志社同事呀。"

　　"同事，哼！是一个穿格子西服的同事吧。"囡囡哼着粗气，"那个同事刚差点把我撞翻在地。是什么酒，要跑到我家里来喝！"

　　"你说什么！囡囡，大人的事，你！"裴裳大惊失色，但女儿没看到现场，她就可决意抵赖，"你看见了什么，胡言乱语的！"

　　囡囡看房里没人，觉得妈妈不像在编，"那，刚才那个男的是谁？"

　　"我怎么知道？不认识。"裴裳用力摇头。

"总感到那张脸熟悉又陌生，那是我最讨厌最痛恨的那种男人的脸！"

裴裳惊诧不解地看着女儿。

"我明明听到屋里有男人说话的声音，未必听错了？"囡囡一边说，一边在屋里转了转，又朝床底仔细看了一眼。

裴裳想了想，说："那是我跟同事打电话嘛，你肯定听错了，不知道这房子隔音不好吗？"

"打电话怎么像吵架，像现场直播？"

"杂志出了重大差错，社长骂我！"

"我不信！我偏不信！"

"你再说，我就死给你看！"女儿已经长大，糊弄不了，她只得耍赖。

此言一出，母女俩中止了对话。

囡囡之所以这个态度，是因为她拿钥匙开门时，隐约听见屋里妈妈的大声斥责，特别还有男人辩解的声音。妈妈让她去买矿泉水，拿快递，就是为支走她，好让那个男人现场脱身，可没想到，男的慌慌张张，竟在下层过道跟她撞了个满怀！

"看您眼睛，看您脸色，像七八十岁了。他是什么东西，值得您哭？值得您这么憔悴不堪！原来你也是这种人，有什么资格说我爸？现在扯平了，对吧！"

女儿的话，大出所料，让她羞愤难当。

囡囡进里屋清完东西，没打招呼，愤然走了。

女儿一出门，裴裳就倒在床上痛哭。这一幕，让她无地自容，坠入深渊。她还没问清楚女儿为什么从武汉突然回了家。

裴裳的心态发生了剧烈的变化。

死亡和永恒，向她张开了怀抱。

想到杂志社的熟悉的面孔，她就活不下去了，她能去上班吗？那不啻挂着牌子游街示众。贾大亨冷漠讥诮的脸色，雷编辑象征性的安慰，还有……她越想越窒息，她是写别人家庭纠葛、情爱大全的鄂南名记啊，她是爱情保卫战、道德维护站的举旗者啊。这么一个正能量的化身和人生导师，这么一个在舆论上引导社会受众的光鲜人物，却……唉！她脊背的阵阵凉意告诉她，她已成了方塘家喻户晓的笑柄，任何人都会吐上一沫，踹上一脚，插上一刀！那么不堪入耳的绰号都有了，单位领导都说出这种话来了，可见她的绯闻传播之广，是几何级地涨！

她回忆了自己的情感历程。不懂爱时，被玩弄；找到爱时，被背叛；需要爱时，被抛弃，她的心被捣烂了似的痛。

她想到了工作。付出多少努力，还是到不了头的艰辛，丑陋的失败，可怕的平庸。

顷刻间，在她眼里心间，世界变了颜色，时空颠倒混沌，一切失去了意义，只是纷繁的、嘈杂的、恶浊的喧嚣。

她想一了百了。

第二天一早她就出了门，去菜场买了木炭和铁盆。

日杂店里、楼道里看见她的人回忆，裴裳十分正常、清醒，甚至还与人点头微笑或打招呼。药店里的人想起，买药的女人戴了墨镜，说晚上总失眠，费了很多口舌才买到整瓶安眠药的。

回来后她洗了澡，换了衣服，关紧窗户，反锁房门。下午三点，她拿出纸笔，写了遗书，然后把买来的安眠药丸全部吞下，睡到床上，迎接死亡！

……

恍惚，氤氲，解脱。

这是一种什么感觉，什么状态？

混沌初兮，亘古虚空。

她，宽恕了。

爱，恨，贫苦，病痛，算计，青春的欢喜，横加的伤害，屈辱和不甘，与己无关的幸福，超越你的伟大和能耐……拥有的失去的一切，在宽恕里都亲切起来。宽恕一切，这是她最后的善意、慧悟、禅静。

她感到了巨大的痛苦、窒息，远处还是耳边，迷糊中出现母亲大喊的声音：裳儿，糊涂啊，有什么想不通的，要走这条路！那声音清晰又明亮，仿佛血液灵魂的舔吻。

这声音好久没有听到了，她眼角渗出了泪。

俄顷，又有囡囡的哭声：妈妈，我不怪您了，都是我错了，以后我会听您的话，不让您生气。又像是，囡囡小时候，裴裳打她时她的哭诉。

两汪泪水从她眼角流了下来。

她血氧骤降，意识稀薄。

有个男孩一笑而过，像剧场的画面，熟悉又陌生。怎么，这爱恨情仇都原封不动漂浮在宇宙不见的地方？

爱情神秘而荒谬，伟大也可笑，她眼泪似乎停止、干涸。

最后关头，她已接近一道线、一界门，这边沉重而痛苦，那边朦胧而轻盈。

冥冥中她还剩最后一丝、且能自主的理性：去，还是留？

她看到了童午，像电视上没声音的图像，不说话，冷着脸，亲疏任由，烟雨平生。

在她即将飞过生死线、灵界间的一刻，易超天的头像出现了。生死面前，肉欲可轻，道德多余，爱情与死亡，无法维系在一起。

她恍然听到清晰的声音，像水滴落在脸盆里。

是手机响了。

灵魂飞翔顿缓，往返摇摆。

前方巨大的未知，寒冷、孤独、虚静和永恒。

意识在混沌中觉悟，她突然后悔了。

我不想死，我还要活！她甚至听见自己喊出来的声音，但身不由己，无能为力。

啊？一生，唯一的，就这样过了，了了？还有另一种活法吗？什么活法都一样了吗？

但往回来，痛苦加重，好像撞在岩石上，或从窒息的地窖里倒退。她恐惧不堪，痛苦难耐。感觉还是往前舒适些，远处有红光、轻烟。

这时响起奇怪的声音，像袅袅天音，时空涟漪。

"去吧，去吧，不要侥幸，不要犹豫，你的一切拥有，包括你的感觉，都是身外物，何计后人评。这里的一切，非你所属，与汝无关。"

灵魂终于不再犹豫，越过了冥界。

她看见了下面的人在跟她开追悼会。

成排的挽联花圈，有生有熟的面孔，少数挂着泪水。最后都围着她转了一圈。她第一次发现人们看死者的神态，看亡灵的表情。

她确认自己死了，她甚至看到了追悼她的致辞，大黑体字，贾社长致辞时面色肃穆，语意沉重，尽说她的好话。

一氧化碳铬合物凝固了血液，像堵源的溪流即将干涸。肉体愈来愈沉重而赘余，灵魂却轻飚如飞，意识与肉体完全脱离。

怎么，一下好热，像到了非洲，不，像接近了太阳、粒子流、太阳风，像巨大的沸腾的钢炉。

红光，焰烟，雾障，让她睁不开眼。她好像被塞进了火化炉，随即又挣脱了。

她飘荡着，游移着，可以行走，也可以飞翔。雾海、隧道、魅影，她感到，这就是黄泉路吧。

凡人的肉眼，在可见光段看到的世界，无限趋近于零。可她的魂灵却看到了另样境景。

自觉无所不能的人类，被锁在一个暗淡蓝点里。噫，那小小的不起眼的可怜的囚笼，只是一粒光斑，最终，什么也不是，什么也没有。

活　物

城里的一件事，几乎引发人道伦理危机。

风不停歇地吹，落叶在路面上，鸟一样跳跃。江汉平原的风，吹来吹去的意义，就是留给人们想象的空旷。

方塘市民这些天看见，在街头或巷尾，在餐馆客人吃剩的餐桌旁，甚至在垃圾桶边，有个用膝盖着地跪行的人。

他用废弃的轮胎做个保护垫，胎套也就成了鞋子，又用一个小木凳支撑，双手将小木凳往前挪，一步步带动肉身移动。

这个移动的活物，黎明在环卫工扫把的灰沙中摸爬，中午在阳光直射中或梧桐树荫里踽行，夜晚在昏黄的路灯下蠕动。

因为只能保持缓慢的均速，所以灰也好，雨也好，热也好，冷也好，他都要耐受，都得耐受。

"这不是姜半仙吗？"

"怎么只有半个人了？"

"姜疯子的脚跑哪里去了？"

像他这种人，在方塘市就像阳光和空气，有是应该的，从来如此的，不过如此的，没有是可以的，谁也不在意的。

过去方塘人把姜半仙当疯子看待，也当人看待，现在只能当个动物或活物看待。他更加残废，更加弱势了，走不快，跑不动，在地上乌龟样地爬。如果有人来了兴致，在他脑壳上锤一两个包，屁股上踢几脚，他跑不动，打不了，奈何得了谁？

姜半仙没了脚的新闻不胫而走，一时成了方塘市的热点头条。

两年不见，怎么就没了脚呢？

原来健步如飞的，人家拳打脚踢都不喊痛的呢。

姜半仙的脚去哪了，好事者极尽人肉搜索，还是没有一个标准答案。

根据坊间传闻，有人佐证猜想，有这几个版本。

一是，姜半仙挑战权威受到打击。说宇宙是无法探知的，岂非低估人类征服自然改造自然无量无边之能力？照人类社会科技这种速度和态势发展下去，宇宙这玩意是一个罐子、坛子还是啥子，必将原形毕露，大白天下。只怕想不到，没有做不到。你宇宙未知？好，现在大卸八块，看你知道喊痛不。你历史虚无？好，打断你的腿，反正有腿没腿一个样。

二是，姜半仙散布流毒遭了报应。他的系列世界末日说、人类灭亡论，引发市民恐慌心理，破坏和谐稳定，影响了大众幸福感。还有人说姜半仙是装神、弄鬼、耍疯，乔装仙人，假洋鬼子一个，必须惩戒修理整肃危害，被人把腿给做了。这种人不像布鲁诺那样被一把火烧死，就已经是法外开恩、祖坟冒烟了。

三是，姜半仙偷了人家婆娘把腿弄没了。这个版本传播范围最广，也符合人物性格，经得起大众推理，时间检验。说姜半仙的口才实在是让人挡不住了，有个寡妇大爱无疆心动恻隐，将他接进屋里，先烧热水让他除垢去污，接着酒肉伺候，最后就干起你懂的那事了。偷过腥的猫，你让它见到更腥的食物还坐怀不乱就难了。后来姜半仙居然还不满足，敢冒天下之大不韪，动起良家妇女的心思来，结果被人家活活打断了腿。你癞蛤蟆想吃天鹅肉，也不看看梯子有多高。

另有一个说法是，姜半仙长年打赤脚时生了冻疮，溃烂难愈，恐引发全身感染，有一家乡卫生院出于人道，免费为他锯了腿，保住一条命。

还有其他的传闻。

这个世界，和这个世界发生的一切，没有人能说清楚。

过程和原因已经不重要，姜半仙现在没有腿了。

一只蜥蜴，被人掐断了尾巴，还想活下去。

"哲学就是柴米油盐、生活日常，带着平民气质，含着朴素温度，而不是几个人的游戏。大多人遇到高深的理论，总把自己变成昆虫。"姜半仙说，他蔑视权威、怀疑一切的本性，就是再锯掉几只脚，也改不了。

姜半仙的生活还要继续。只不过，他现在就没过去的尊严了。有人吐他唾沫，有人翻他白眼，有人看见他时捂住鼻子，有人动不动还想当然踢他一脚解闷助兴，他都得逆来顺受，如果他反抗不从，只能招来更严厉的惩罚。

他现在爬行在尘世间，就是脑袋里装着再多奇思怪想、地奥天玄，还不是活物一只、臭肉一堆，跟圈在笼子里的种类有什么区别。

但可以肯定的是，在任何一个地方，方塘人都没见过姜半仙流过眼泪，也不知道疯子可能就没有悲伤，没有痛苦，或者干脆就没有泪腺还是什么。

有的生命，生来就是被损害被侮辱的。有的苦痛，生来就是被漠视和不屑的。方塘市所有高贵的正常的健全的人，才不管这些呢，谁叫他疯呢？

最后的舞者

与人类一同来，却要先人类而走。

存世的丹顶鹤只有两千只了！这地球上最优雅的生命，正在地平线上，掠过最后的倩影。

这是三只丹顶鹤的故事，一个真实的故事。

有一只人工孵化的丹顶鹤，在主人的精心喂养中成长、健壮。

一个风和日丽的日子里，主人把它放飞了蓝天。

丹顶鹤投入大自然的怀抱，它找到了爱情，和另一只雌性丹顶鹤相依相偎，比翼双飞，形影不离。后来它们又有了爱情的结晶，产下了一只小丹顶鹤。

在蓝天，在草地，在山岗，在沼泽，这个三口之家自由地生活，扶摇于云天，翩跹于晨暮，它们教它觅食，教它飞翔，教它生活的本领。

有一天，小丹顶鹤不幸撞上了高压线，翅膀严重受伤，摔在了地上。

人烟荒芜，没有谁发现它们，没有谁来拯救它们，哪怕提供一点点的帮助。夫妻俩哀鸣着、盘旋着，日夜无助地陪伴在孩子面前。就这样度过了一个夏季，又送走了一个秋季。

冬天来了，为躲避寒流，丹顶鹤都纷纷南徙。

可是它们的孩子无法飞起来。

呼号的北风，飞舞的雪片，零下四十多度的严寒，地上结成了厚厚的冰层，没有食物了，甚至连水都无法找到。

它们就这样无奈地围在孩子的面前。要活下去，夫妻俩只要张开翅膀就够了，可它们的孩子……

当主人发现它们三口时，丹顶鹤奄奄一息，妻子和孩子已冻饿而死。严寒中，雪地上，丹顶鹤妈妈用翅膀紧紧包裹着它们的孩子。

主人把丹顶鹤抱回抢救，经过一段时间的护理，它身体逐渐恢复了。只是，它的性情改变了，整天沉默不语，无精打采。

它的孤独是那样深重，它的优雅有了另一种凄美，它的柔顺更加楚楚可怜，它的沉静那样让人心碎。

丹顶鹤是对爱情忠诚的动物，当一方失去伴侣后，另一方就不会再娶或再嫁，只会在孤独和怀念中死去。

它每天都要飞到它妻子和孩子死亡的地点上空，久久地盘旋。直到飞累了，这个孤独的身影还在风中伫立回望。

主人知道，它是在思念妻子和孩子。为了减轻它的思念，他每天都陪伴着这只丹顶鹤。只是丹顶鹤仍然是那么地孤独，风里雨里，地里草地，朝霞暮霭，形单影只。它将如何走过余生，它又将飞向何方？

丹顶鹤，这地球上最后的舞者——它的沉默，它的柔顺，它的忠贞，它的凄凉的美丽，它的孤独的谢幕……

电视上这个真实的故事和画面，使樊音伤痛得无法呼吸。

有无数种选择，却只有一次机会

像轮回转世，她躺在医院的床上。

我，怎么在这里？

裴裳睁开眼睛，这里的颜色、气息、声响好新鲜，似乎见过，有不一样。

她是必死无疑的，却被邻居救了。

那天，裴裳关了门窗，点燃榻盆锅里的木炭，服了安眠药，躺在床上，慢慢进入昏恍世界。

楼上邻居女主人，隐隐嗅到了炭烟味。

不对劲，这与平常厨房的油烟味不同。她开门到走廊，吸了吸鼻子，这楼房怎么会有人烧炭？继而从卧房窗外探头观察，很快判断是楼下的问题。

她下去敲门，没反应。

贴耳细听后，更感觉异样，她赶紧打电话报警。

十多分钟后，消防车急速驶入小区，消防员破门而入，裴裳被立即送医院抢救。

没有谁知道，她经历了怎样神秘、恐惧的旅程。

囡囡赶到病房，出奇地冷静，说了平常不曾说过的好话，只是出门后躲起来哭。

妈妈这件事，也彻底改变了她，她觉得母女之间的认知、沟通、交流、秉持的态度、相处的方式，都是错的。

那天同学的爸爸去了武汉学校，她搭顺风车回来拿东西，却撞见了妈妈不堪的一幕。

如果她那次不回来，一切都是原来的样子。爸妈离异，如果真出事了，天就塌了，妈妈就是自己害死的。

劫数？命运？谁没有在悬崖边的惊魂，谁没有大难不死的履历，体面平安的人生，都是躲过了偶然而已。

《方塘故事》的领导同事来了不少。海培古代表单位看望了她。他转达了贾社长诚挚的慰问。他们努力释放善意，封锁舆论，医疗费全由单位先垫支，并委派雷易脱岗协助家属护理。

病房里出奇地静寂，只有止血钳掉盘子里的响动。

她还沉浸在濒死的美丽和惊悚里。所有人都试图劝她，她没有反应，也没意义。

贾社长不怕事，能息事。单位职工偷情自杀的王炸糗事，他要求一致对外宣称，她得了抑郁症。

盘古开混沌，万物都迷象，针孔可穿绳，瞒天能过海。

像脚下的土地，尽管埋着史前文明、世界奇迹，但土堆上面只有几根野草，在风中摇曳。

住院期间，无论是病情还是心态，裳裳都出现了反复，在她眼里和心里，这个世界把她拉回来，给不了新的活法、新的希望。

"你们……救我……干什么？"有一次，她疯狂拔掉针管，被护士发现，手上满是回血。

"可不要再这样乱来！"

医护人员严厉警告，雷编辑都快急哭下跪了，她才作罢。

外面有人听说有个自杀的被救了还不想活，一片嘲谑。

"有人想活却不得不死，有人想死却不得不活。"

"医院是死人的地方，盖上白布，往太平间一拖完事。"

"对生命不负责，这种人，让她死两次！"

人是情绪化动物，而这与知识、地位、贫富无关。

陪护期间，雷易多番苦劝，讲人间的美好，讲做人的责任。说人不只是为自己活，也是为别人活。你死了，你的亲人也死了一半，剩一半永远活在悲惨的阴影里。

她还能活着吗？有尊严地活着吗？是活着就为活下去、为给活着的人看、让活着的人说她没有死吗？

一个普通的人，其实只活在几个亲眷的心里，连朋友、同学、同事都在外。别人几分钟就把你忘了，根本不知道不在意你活没活着，死没死了。

因为，雷易让她确信，心态很重要，不管发生了什么，过不了多久，像什么也没有发生。

时间是屏蔽大师，岁月是疗伤良药。所以，你裴裳有必要隐姓埋名，厚脸皮地活着。

而且，人心足够容量，可以与悲伤同行，与耻辱共存。

后来，裴裳终于放弃了求死的念头。

女儿说话轻轻的，生怕再次失去妈妈。

一直以来，小家庭不管发生了什么事，裴裳都不告诉父母。这件事，年迈的父母还蒙在鼓里。

过了好多天，裴裳病情稳定些，意识清晰了。但她还是很少说话，也不与人间抗拒。向死而生，淡定如风，轮回转世般的，她完全变了一个人。

无望未来的心脑里，存活的，多是回忆。

那天，一件年远模糊的往事，脑海里突然水洗样清晰起来。

那是她堂伯家里的一件事。

堂伯的女儿和一个下放知青相爱了。下放知青父亲早逝，和母亲生活在村里，住着土砖坯房。堂伯坚决不同意这门婚事，但女儿死活都要跟知青在一起，就这么僵持着。

一个炎炎夏日，女儿在山上割完黄豆后，回到家里，在楼梯间上吊了。

一时间满屋号啕，全村唏嘘。

刚好好的，还有说有笑的，怎么就一索悬梁了呢？跟她出工的人简直不敢相信。

"你女儿出事了！"有人哭着去跟伯父报信。

在田里做工的伯父听到了，一言不发地挑着一担空箩筐回来了。一进门，满堂人停止哭声，屏住呼吸，看着他的一举一动。

只见卷着泥腿的伯父，把肩上的担子随地一丢，径直走进内屋，朝死去堂姐的脸，啪啪几耳光，外头的人都听见了响声。

"傻子！"伯父怒骂，眼里充血，无泪。任何人跟他说话都不理，也不再说一句话。别人也不敢安慰他，他也不理会任何人。

天气太热，只能"赶三朝"送葬上山。下放知青从外地急急赶回来，让人把已经钉紧的棺材盖撬开。青年哭泣着俯身在棺材里亲了她，又盖上。

然后是羊角锤击打铁抓钉的"砰砰"闷响。

这事都过去几十年了，堂姐的骨头都能打鼓了，为什么突然被唤醒和忆起？

病房门被敲了一下，提示有人进来。

"一位男士送你的，他不愿意说出姓名。"护士进来告诉裴裳，把一个装满果子的花篮放在床头柜上。

护士出门，裴裳从大红苹果下面见到了一张字条，篮子底下还压了一个存折。

她知道是易超天的，看都不看，把字条撕成碎片。

此后，易超天像泡沫样消失了。

有人说他去了深圳，有人说去了珠海，有人说去了北方……

一个月后，裴裳在天通山大觉寺剃度出家，法名清空。

谁是谁的草，谁是谁的宝

美貌让人寒战，当它与恶德共体。

程正胭海浮沉，脂河腾挪，却在一个网恋女面前，不能自拔。

"蒙面人"是个离异单身女人，叫梦悠。

恰到好处的饱满，迷神醉心的炽烈，张弛有度的温婉。他思她的肉体、声音、气息，恋她的娇媚甚至强横，隔三岔五与她幽会，每次都是不一样的新鲜刺激。

他不明白，为何对她有这种迷恋和沉醉。

他甚至想，这么上品的女人怎么不被珍惜，男人是怎么回事？

"你是不知，单身女人的苦……"

有一次，她与他谈到了她的过去。

"那，你是怎么离婚的，不离不行吗？"他问。

"非离不可。"她声音铿锵。

"有这么严重？"他说，"婚姻，不就是搭伙过日子嘛。就是有一万个理由，都不必离婚。"

"说出来不怕丑，他跟我们家保姆不清不白！"

程正吓一跳，但又稳住神来。

她谈她的男人，在心理上，他既有莫名的优越，又有隐隐的妒忌。

　　他只想拥有此人此刻，此情此爱。他不管她的过去，也不管她的将来，只要她的现在。

　　结婚的，觊觎单身自由好，离婚的，羡慕儿孙满堂乐。可要知道，有怎样恣肆飘逸的自由，就有怎样销魂蚀骨的孤苦。

　　"依我看，结婚，独身，各有各的好，各有各的坏。如果非要选择，还是不结婚好，"程正抚着她丰圆的臂膀，"像你这样，想怎么就怎么，多好啊。"

　　梦悠扭头看他一眼，却不作声。

　　"我这不是宽你心。你是不珍惜，你没有活出单身生活的极致。你永远都在寻觅、羡慕、焦虑，所以过的不是自己的生活。你还活在别人的眼里，在按别人的看法过日子。你一定烦恼、空虚、失落、痛苦，甚至仇恨。"

　　程正语气恳切，潜意识里，是想她永远这样单身。

　　"我有一个最好的朋友，过去经常聚会，现在少有来往，"他说，"他有了婚外情。找了一个小女生。你不知两个人折腾得什么样，孩子有多可怜。哎呀，离婚干吗？没任何意义。离婚了还是会婚外情、婚外性；还会吵架，出轨，还会离婚。如果能掩饰，就睁只眼闭只眼，维持现状到结局。看到那些妻离子散甚至死人殒命的惨案，我的腿就直打哆嗦。"

　　他还说，无性的情，难找；有爱的性，更难找。

　　梦悠眼神游移但很锋利，把程正的手拿开，仰看天花板。

　　"我不赞同离婚。但如果离了，就坚定打单身！"

　　她猛转头，对他说：

　　"我想结婚！"

程正以为他听错了，一脸僵硬地问：

"结婚？跟谁？"

"你！"梦悠用指头点程正鼻子。

程正傻眼了。

"你……是开玩笑的吧？"他尴尬笑着。

"开什么玩笑呢，真心话。"她眼含爱意，用额头抵住他下巴。

程正紧张起来，收住笑容：

"梦悠，这不是幽默的时候，没这种幽默的必要。"

"幽默？"梦悠脸现愠色，"谁跟你幽默？"

"我承诺过吗？"程正扭过头，冷冷地说。

"当然，"她手指飞快划动，翻出手机截图，举屏给他看。

程正这才想起，他酒后或者跟她激情时，可能说过类似的话。她居然把聊天记录都留着，还全都当真。

房间陷入死样的沉寂，空气似乎一点就燃。

他发觉女人确实不同，不仅是容貌、肉体、性格、精神、气质都不同，对同一件事，会付诸迥异或相反的行动。以前遇到的女人，都能拿捏和掌控，这个不是！

他眼珠一转，又奉上笑容。

"你傻瓜吧，你是不知道，我有多坏，有多缺德！"

"我不管，我就是欢喜！"她噘起嘴巴，双手推摇着他。

他思考了一下，正经地说：

"要跟我结婚？说出来你会吓晕！我曾经有无数女人，上百个，知道吗？我龌龊得很，比茅坑还脏。"

梦悠一下怔住，眼神狐疑。

"反正，我无所谓。"她脚尖点闪着，白布拖鞋脱落在地板上。

他急切思考着该说什么，一定要让她放弃这个念头。

"别看人家老板有产业，有房有车有头有脸有品有范，并不代表真正有钱，甚至他欠的债一屁股搭一旮旯。你不知道业内的凄凉。现在工程业难做啊，正经干，踏实做，拿不到活儿。工程招标，有的就以最低价中标，有人就敢报甚至更低。门道在哪，都清楚。乱呀，浑呀！我经济实力也不咋的，是个空壳子。外面说我多少多少产业，多少多少资金，都是讹传。我其实没什么钱，银行里社会上有很多贷款和赊借。"

他找理由，要吓退梦悠。

她淡淡看了他的手包，一扬脸说："我不管，你穷光蛋我也乐意！"

见梦悠还在执拗，程正声音大了：

"你什么时候有这种想法的？开始不是说得好好的吗？怎么想起结婚来了！婚是想结就结、想离就离的？三岁伢办饭戏？你当初就是这么随意离的吗？我都老了，黄土埋到颈了，还离什么婚？"

他激动起来，句句硬核：

"我们家庭可是平平安安的呀，我老婆太好了，孩子有出息，能离婚吗？那不大地震！"

"你们这些狗男人，把女人骗上床，什么话都会说，什么事都会做！过了劲就忘了，不认账了！"梦悠咆哮起来。

"我那是一时脑热的话，你当真？"程正辩解。

"这多少次了，这么长时间，还叫脑热！有这么脑热的吗！"她目光犀利，步步紧逼。

"就是我同意，我老婆也不会同意呀！"

"你老婆你搞不定，我去找。"

梦悠此话一出，程正怒不可遏。

"你敢！"他手一指，"你去找，你去跟她结婚！"

这出乎他意料，也突破了他底线，"你好狠呀，可恶啊，我怎么碰到你这种女人？"

"你不是说爱我吗？不是说，没有我，吃不了饭，睡不着觉吗？难道这都是假的？你把我害了，我每天都煎熬，我已经爱上了，我不能没有你！"梦悠说完，大哭起来。

这个女人，缠绵时春风烟柳，冷酷时铁石冰刀。

在程正眼里，现实的她，与网上的她；床上的她，与床下的她，判若两人。

他只能哄她，"悠悠，你什么条件我都答应，都满足，就一个要求，我们不结婚，保持现状，好不好？"

"我什么都不要，什么都答应，就一个要求，结婚！"她软硬不吃，油盐不进。

程正真正慌了，眼里喷出火。

"你把网上的感情当真？你当初在网上勾引别人，就是冲结婚而去的吗？为什么要拆散别人的家庭？多少网恋都不结婚，你为什么要结婚？"

他即刻遭到她猛烈的反击。

"网上就不能来真的？网上全是假的？我都跟你上了床，还是假的？依我说，网络是真的，人倒是假的，你才是假的！"

她一脚踢飞了地上的拖鞋，"原来你都是哄我诓我！我最恨这种假情假意，假话假人！你玩假的，我偏来真的！"

但他很快发现，所有的愤怒都有害无用，似乎在点燃毁天灭地的核弹引信，转而哭丧着脸说：

　　"求你，我身上全是缺陷，我们结合会使你更不幸福。求求你别这样，你要真想结婚成家，再到网上找找，到社会上找找，我也可以帮你找。"

　　他们都在重复别人的错误，却想得到别人没有的幸福。

　　程正扭过脸，"我当初跟你诉苦是假的，其实我老婆很爱我。我烂得流脓，她很能容忍我的坏，所以家还一直稳定。"

　　"未必，你就肯定我不能做到?"梦悠说，她表示决不是为了钱，或是看上他是一个成功的老板。她什么都不为，是真心地爱上了他。还告诉她，小孩判给前夫了，没有挂碍，不影响以后的家庭生活。

　　程正觉得，什么都可以，就是结不得婚，除非脑壳进水了。他甚至想，就是与她结了婚，第二天就离婚。

　　两人不欢而散，甚至临走都没打招呼。

　　"如果你不给一个答复，我会找你老婆，问问你们感情到底好不好!"

　　程正回想起她的眼神和口吻，知道这个坎过不去，一定过不去!

　　无法驾驭的美色，让他像骑上脱缰临渊的瞎马。

　　世间只有道德的温暖和责任的专注，让美色无颜失血。狂暴的情欲，没有心地的美德，便是无以承载的异数，正如沸腾的钢水，离不开强韧敦实的炉膛。

　　他的幸运花光了。

　　与她分开后，他痛苦眩晕地看着大街的人流，曾经令他欲罢不能的女人，现在让他欲哭无泪。

吾欲言之意，孰知？

人的痛苦，缘于执念。

灰沉的长空罩着青衣，天地像大病初愈，微弱的太阳，如病鱼吐出的气泡。万物肃杀里，生命悲悯孤怜，天地混沌一梦。

梦悠的咄咄逼人，让程正煎熬挣扎，濒临崩溃。

他意识到她不会放手，决定向妻子坦白，但巨大的惧辱，让他浑身寒战，难以开口。

"程正，来帮我叠被。"这天傍晚，明思理收了衣被，想要帮忙。

房间里的程正半天没出来。

"程正，你在干什么？叫你来帮下忙！"她又喊。

程正鬼魂样斜歪出来。

"你这是？"思理盯着他，"昨天回来，看你就像从棺材里爬出来的。公司再有麻烦事，不要带到家里来！"

程正低着头，不敢看她。

多少次也是妻子喊他一起叠被单。这是家的温暖，家的气息，家的味道。

"哎呀，做点生意这么难，就不搞了！把身体急坏了，赚的钱送医院，有意思吗？干脆，公司解散算了，什么都无所谓，只要家庭好就行。"

思理念叨着找被单角，"告诉你一个好消息，豆豆考研有希望了，前面有人退出来，这回十拿九稳。他非常刻苦，晚上只睡四个小时。唉，孩子有出息，要省多少事，起码大人就不用这样拼命了。"

程正手不由得颤抖。他不敢正眼看妻子，眼皮夺下，怕一睁开，眼泪掉下来。

"唉，是我害了你，当初改行，跳出那个火坑，现在又不知哪里才是我们的去路！活着就难，我算是体会到了。被角！被角！你怎么半天找不到！"

"老婆，我不是人啊！"程正突然疯了似的猛抽自己耳光，眼睛血红，泪水喷溅，被单滑落在地。

明思理像黑夜里迎面撞见活鬼，吓得一句话都说不出来。

程正就势倒在沙发上痛哭，这是妻子生平第一次见丈夫这样号啕，她惊惶啊。

"你这是怎么了！"她大喊着把被单搂起来，丢到一边。

被单上的红蓝格子条纹，这以后思理看到都怕，被单也没有用过。遭遇不幸，现场的衣物都勾起恐惧，不敢再穿再用。

程正想来跪抱妻子，又觉不堪，就势抓过那床单，埋头大哭，仿佛抱着这个家最后的温存。

"程正，我不懂，你想说什么！一个大男人，哭什么，没有什么过不去的坎！天塌下来，我们都顶得住！武汉的房也买了，儿子的事以后不用操心了，有什么值得这么伤心的！你永远还有这个家，有我这个老婆！"

"我不配！我混蛋！我畜生！"他又左右抽了自己两耳光，把脸埋进被单里。

"吓死人了，告诉我，到底发生了什么呀？"她去掰他埋在被单里的头。

"我做了对不起你的事……"

这话既出，不啻朝她胸口射出一串子弹。

"什么？！"

明思理真的闻到一股强烈的血腥味，以致不由得用手抹了鼻脸。

她意识到大事不好，还是抱有幻想，只要不是他背叛自己，什么都不是事。

"什么事对不起，把血呕出来！"

"我没事时在网上与一女的聊天，后来没有把持住，现在她找我麻烦。"

明思理全身摇晃着，脸色苍白地走进卧室，没说一句话。

程正说出这不堪之事，预感的老婆会扑上来一阵狂撕乱咬，却没有出现。

妻子这一幕，恍惚是他儿时打碎老梳妆台玻璃时，母亲面对他的神情。他只感到时空好像歪曲了，但还温和正常的样子。

他随她进了卧室，跪在她脚下。

"娘哎！"他和泪喊道，不知为何把老婆喊成娘。

"我鬼迷心窍，不得好死！我改，一定改！为了这个家，我用余生赎罪，看在孩子面上，你饶恕我一回！就这一回！"

他抱住她的腿说："我不能没有你！真的，舍不得，舍不得呀！"

任凭程正怎么哀求，她都不吭声。

"我们经历太多，这个家不容易。"他鼻涕出来了，"我现在才知道，你是天下最好的女人！我家有一个珍宝，我不珍惜，我混蛋呀！"

这是程正一生中唯一的一次下跪。

在身心的剧痛中，他双膝失去知觉。

这种时候，他最想听到妻子开口的第一句话。因为这显示她的反应、她的态度、她的抉择，表明事态是否失控，这个家是存是亡，他们的缘是续是尽。

明思理抽出脚，坐在那里，木雕石刻一样。

好长时间，她终于开了口。

"你不应该告诉我的。"

她回到了客厅，继续叠衣服，把程正哭过的被单丢到洗衣机里。

程正更加愧疚、心酸，痛哭起来。妻子对这种事的反应，足以证明她的非凡。看一个人的教养和强大，在生死关头，在暴怒时刻，在屈辱加身。

他知道这个家至少还有希望。

而他向妻子坦白，是想占得主动。他判断梦悠一定会纠缠到底。如果让她突然找上门，就更有口难辩，百身莫赎。现在主动向妻子坦白，就有缓冲减震、能持可控的效果。

一整晚，谁也不说话，谁也不知怎么说话。

程正下厨做了晚餐，端到思理面前，她未尝一口。

天空死一样的黑寂。

明思理一人躺在床上，在窗格里寻找一颗星。过去她纳闷，满天繁星潜移轮转，那颗星每晚准时准点，都会出现在防盗网的那个格子里。

这样的日子，这样的夜晚，与平常没有两样，但她这个家庭，却是穷途末路。

我怎么会这样？这到底是命中劫数，还是咎由自取？是天下普遍，还是个人不幸？这种事怎么发生在我们家里，落到我的头上？

黑暗中，思理扭歪的、憔悴的、失血的各种面容一定都有。她想到亲朋、牌友、闺密，该如何面对？

她曾经不屑的事、诅咒的事，竟然毫无征兆地落在自己身上，这多么讽刺。怕什么来什么。如果这事让裴裳知道，她又该怎么说她笑她？她劝过裴裳那么多，不仅论道说理，情真意切，还居高临下，说教派头。现在角色互换了，似乎更加不堪。

真正的智慧和美德，源自灵魂的自我觉醒。分不清希望和欲望，把不准执着和放弃，生活将会一片狼藉。

所以，她一定不能蹈裴裳的覆辙。至少，她的处置和结局不能一样。理智告诉他，息事宁人，按下不表，让时间覆盖和淡化这一切，可能是最好的结果。事情已经发生了，她闹吗，吵吗，打吗？这只能给这个世界增添点噪音，给人家茶余饭后提供些笑柄，还有什么意义？所以只能一咬牙，把血泪吞进肚里。

离婚！她要与他离一万次婚！这当然，是她心中最强烈的念头，首要选项。没有谁能心平气和地承受这种打击。可想到儿子豆瓣，她的心就滴血。她想起裴裳在后来多有回头之意，就是为孩子。唉，离异的人，不是败给了情敌，不是败给了爱人，不是败给了世俗伦理，是败给了孩子！败给了那一声"妈妈"！那一声稚气的、血肉般的、让她锥心的"妈妈"！想起要离婚，她甚至更悲惨，更恐惧。自己受天大的苦、遭天大的辱，也不能拖累无辜的孩子。她抖动头，换了想法。

报复！这是她中止离婚念头后，强烈占据脑海的第二个念头。对，报复。此乃本能反应，对等实施，心理平衡。否则她内心总有一根刺，吞不下，拨不了，没法活。裴裳就是这样做的，反击迅速，雷霆万钧，以牙还牙，铁血无情。可这样做，不仅让一切浮出水面，还要再受一次舆论之刃，众口之侮。这是肯定的。这么做虽然理直气壮，不必躲躲闪闪，最后却会泻汤泼水，鸡毛一地，毁了家庭，害了孩子。

明思理翻了一个身，看到了窗格里的那颗星星，像一粒发亮的冰屑，又像匕首尖。是她的幻觉，还是天空在黑暗中晴朗了？

她死死盯着那颗星。

昨天看它时，这个家还好好的，今天却……星星又模糊隐去。

两汪泪水，把天上的星星淹没了。

"原来，生命所有的苦痛和不堪，都有人经历过，"她脑海冒出这种念头，不知是宽恕自己，还是放下别人，"你的一切，都不只属于自己，包括你的爱、你的痛。"

"世人都趋富贵，其实平淡才是奢侈。"

那一夜，她睡了醒，醒了睡，昏昏沉沉，恍恍惚惚。她发现，让自己沉沉睡去是多么地难。

第二天她起床时都十点多了。

手机里有一条长短信，程正发她的。

也许这是最后一次对你的称呼（我一直在哭）。老婆，如果你剥夺，不，收去这个称呼，理所当然，我咎由自取。

我接受你的任何处罚，等待你的行动。离婚，报复，所有的都行，我都接受。如果离婚，所有的财产归你，儿子归你；如果报复，你明天就可带你中意的男人进这个家。你还可以叫你的娘家人来，叫黑社会的人来，把我打残打死都行。你有所有的选项，我都接受。

我只提一个想法，一点要求（不，是请求），你看这样行不行、成不成。我们以后不做夫妻，不做爱人，就做朋友、熟人。一个屋檐下的普通朋友，或者一个街坊邻人那种。我想来想去，只有这种方式，把这个家保住，对你，对儿子，也是最后的止损。

离婚，还要遭受连锁的未测的新痛；再怎么报复，她心里的伤总在。她觉得，对他的任何行动都肌无力了，她的心已经羸弱不堪，发不出任何能量。

她过去也看一点佛经之类的书，参悟不透，此刻却在脑海里洪钟一样敲响。

菩提本无树，明镜亦非台，本来无一物，何处惹尘埃。

心不假于物，不执着于外在，就不会大悲大喜。

无往心生。

没有哪条路能走，没有哪种方式好使，就做熟人。

程正这条短信，这种方式，她默然接受了。

陪伴我们的生命越来越少

　　不知为何，我天生惧怕刀枪，害怕杀戮。小时候见到村里谁家杀猪，我就躲得远远的，甚至捂着耳朵，因为特别害怕听那猪在中刀后的哀号。现在仍然如此，有时深夜听到猪的叫声，就会突然惊醒，心生骇悚。

　　对天下被屠戮的一切生命，我充满了忧心。

　　那一天，我看见街上门前树上拴着一大一小两只羊，这是一只母羊和一只羊羔，是餐馆买来准备宰杀的。

　　我突然惊骇得有些眩晕！

　　看看它娘儿俩，母羊因为来到这个陌生的环境，东张西望，左右顾盼，似乎感到有些不对劲，但眼前又看不出什么危险，可分明就有一种潜意识的警惕和恐惧，小羊羔时时跪在地下，尽情戏耍，憨态可掬，好歹不离母羊左右，它们好像感到那是生命最后的时辰。

　　天啊，我怎么就像看到了一对人间的母子？想到它们即将到来的命运，顿时泪流满面。

　　那一天我都处于一种异样的哀伤之中，甚至夜晚躺在床上，还在为这两只羊忧虑和祈祷。

　　真不明白，自己这是何来的天地慈悲，佛缘附体。

　　　　　　　　　　　　　　　　　　　　——樊音日记

请进生命的人，以这种方式相见

追求完美，也是一种贪婪。

程正度日如年的那段时间，明思理看到，有个网名"窦巴安"男头像的，总在试图加她微信。

她感到蹊跷，就加了他。

"你好!"对方抱拳。

"你是?"思理疑问道。

"与你有缘的人。"

思理发现对方语言挑逗暧昧，要拉黑。

但有一句话却让她住了手。

"有缘?"明思理感到好笑，什么圆呀扁的。

"看得出你上网并不多，写字很慢。"对方飞出一行字。

"我不聊微信，当低头一族。"思理想着他前头那句话，又打出一行字：

"你刚说跟我有缘，想了解些。"

"呵呵，先不急，到时会有答案的。"

"如果不说明清楚，就不聊了。"

"告诉你结果可以，你先回答我一个问题。"

"什么问题?"

"假若我是高富帅，你愿意与我进一步升华感情吗？"

明思理想回"无聊"两个字，但觉得此人不寻常，何况是她和程正的非常时期，还是多了个心眼。

"你不觉得自己鲁莽可笑吗？不是所有人都是你那样想的。"

思理边写字边想，三句话不离本行，三分钟就想上床，也不知这些男人到底怎么回事。

"行行行，算我们有缘无分，但请你不要生气。"

"生气？呵呵，根本用不着。"明思理想探个究竟，暗骂道，见过不要脸的，没见过这样不要脸的。

"你跟你家男人感情好吗？"

这一行字跳出来，像一闷拳打在她胸膛，说不出的痛。

她更加狐疑，想了想，愤怒地打出：

"好不好与你何干？"递上白眼。

"何不何干，会有分晓。"

她似乎看见对方眼里的嘲谑。

"那就告诉你，我们感情好得很！"思理打出得意表情。

"好个屁！"对方回以鄙夷表情包。

思理感觉，这不是一般的陌生聊友，于是放低身段。

"你，到底是谁？"

"在你生命中必然出现的人。"

"敢问，谁给了你这样跟我说话的底气？"思理质问。

"你老公。"

"你是人是鬼？"思理怒怼。

"是人，而且是女人。"

明思理张大了嘴巴，聊半天对方是女的！

她意识到这可能与程正坦白的那件事有关，越发蹊跷、焦躁、恼火。

"你是女人，为何要扮男的戏弄我？"

"想测试你和你老公的感情牢靠系数，顺便摸一摸你对男人的好色程度！"

明思理快被屈辱和愤怒击晕了，她不写字了，按住屏直接骂：

"你是什么东西！怎么不躺马路上去，找过往的男人求欢？你怎么不去找姜半仙！不要脸的骚货！"随即拉黑。

她坐在那里半天没动弹，这是她第一次要泼骂人。

电话响了，有人约她打麻将。她略作犹豫，还是答应去。

如果不分散注意力，她会更烦。

这些日子，她跟程正就以"熟人"相处，舔血自愈，还在阵痛期，新的伤害迎面而来！

她放过了程正，却有人不放过她。

难怪，老公摊上了这种女人，她突然生出怜悯来。

"我没跟程正大吵大闹，同样的，也不能跟这个女人大吵大闹，看她有什么能耐！"她恨意难消，也酝酿着如何对付她。

理智告诉她，仇恨和怒火，会让她输得更惨更辱。

她拢了拢头发，像没事一样进了麻将馆。

是啊，世上哪有爱情是讨来的、逼来的，哪有家庭是吵和的、闹稳的。

那一天她手感奇热，赢了不少。

还是那句话，遇上难事及时止损，冷静是第一选择。没有新办法，就死死地隐忍。这不是当鸵鸟。当鸵鸟至少还能保住一半，当丹顶鹤、火烈鸟，就濒临灭绝。

晚上程正也回家了。

本来两个就很少交流。除非万不得已，才说上一两句话。

她本不想把中午的事跟他讲，那又是再一次伤辱。但这一切都是他造成的，她心中的妒火恨焰一时半会不可能熄灭。

"豆瓣。"她对程正喊儿子的名字。

"今天你的相好在微信上，把你在外面的风流事跟我说了。"

程正怔在那里，眼睛不敢看她。

"她是怎么知道你手机号的？"他问。

"不是你告诉她的吗？你出卖了我，连一个手机号也不放过。"

"绝对不是！她那种女人，现在一个手机号查不到？"他说，"你为什么加她呢？"

"她天天要加，我以为是同学熟人，却是那骚货！"

"太恶毒了！"他骂了起来。

"看你骂得带劲呢，当我的面，对她骂骂咧咧，像苦大仇深的样子，背地里你侬我侬，如胶似漆是不是？呸！"

两人都不说话了。

三天后的一个下午，明思理正准备出去打麻将时接到一个陌生电话。

"你是程正的老婆吧？"对方声音寒意逼人。

"我是，怎么啦？"思理听出来者不善。

"你把我拉黑了，我的话根本就没说完，我有大量的爆料，让你惊掉下巴的爆料。"

"我不想听，你放尊重点！"

"还有其他的事，只有见面说。"

明思理犹疑了一下。

"见面你就知道了，我该不该来。"对方说，"我在桂花街杏鹤阁二楼音乐茶吧等你，方城大厦斜对门，这里离你家很近。"

思理想这事不处理好，无法安宁。便不由得改变了去麻将馆的方向，径直来到对方指定的二楼，有服务员主动把她带入闲云吧。

"蒙面人"，不，"窦巴安"，不，梦悠，翘腿坐着，却不站起来，用做了美甲的手一指，"坐吧"。

看到这个女人，明思理的血液似乎停止了流动。她真想冲上去，把她撕成碎片，但强忍着坐了下来。

梦悠显然有备而来，她用心化了妆，从长相、年龄、心理似乎都构建了优势。

"有什么话，说吧。"明思理多一秒钟都不愿看她，只想对方从地球上消失！

"事情你也知道了，清楚了。"梦悠眼神大胆，语气笃定。

"知道什么？清楚什么？"思理反问。

"程正很爱我，当然，我也爱他。"

明思理轻蔑一笑，这种话她只有在做噩梦时听过，她冷冷地说：

"既然都爱上了，你去找他嘛。"

"你好，打扰一下，要不要换杯热的？"男服务员弯腰进门，先上的两杯茶都有些凉了。

双双都没理会，服务员悻悻退出。

"你了解男人吗？或者，你了解你的男人吗？为了让你放弃他，我不得不说出实话。因为，这就是真相。"

梦悠盯着明思理说："睡你床上的男人，你十分之一都不了解。我不是赞美婚外恋，推广性解放。他在外面有成百上千的女人，知道吗？我、你，都只是其中之一。人嘛，要活得自在洒脱，就不要试图去认清生活的真相，就不要直视人性。那没有一丁点好处。就像不必专注身上的癌细胞，它每天都在，与生俱来，总不能天天都问，癌细胞啥时爆发？天天都急，我能活到什么时候？这个扯远了。我现在无法生活、无法安宁。我们都是女人，你能想象得到。更重要的是，他说对我是真爱，这种爱，能止熄灵魂的痛苦，这种爱，从你身上找不到。他说正因为他见的女人多，只有我才能填充他的精神空虚，抚慰灵魂痛苦。"梦悠突然用无容置换的眼光打量她，"这个，你能做到吗？"

明思理的心像被捅了一刀又一刀，仍强颜作笑。她不知程正跟她在背地里到底说过什么，做了什么。此刻程正痛彻心扉的号啕浮现在她脑海，她不假思索亮出态度：

"我不会让！"

思理手机响，她接了。

"思理姐，你到哪里去找野老公了，还不来，把我们等死了！"牌友在电话中大声嚷嚷。

"这就到，你们让人先顶两盘！"

这一骂，把她拉回现实。

她站起身跟对面的女人摊牌："你找我的意思，就是要我把老公让你是吧？告诉你，我们很相爱。你是在做梦，而且是白日梦！你有本事就找他结婚，找他填补精神空虚、抚慰灵魂痛苦。你是谁，我不认识！不要找我！这是我最后的话！"

她拿包的手指着梦悠，"从现在起，我不想看到你，哪怕是一秒钟！"便愤然而去。

一个男人的爱，可以分给两个女人，甚至无数个女人，到底爱是什么玩意。

"来，让给你。这个位子今天火好得很！"明思理到麻将馆时，主家人阎婆顶着角，起身让位。

明思理屁股挨上去，椅子还是热的。

"你怎么这么半天才来，早说出门了的呢。"桌上有人问。

"你脸色真难看，完全像有杀父仇、夺夫恨似的。"

"又没哪个跳你的伞，这么不高兴。你阔太太还在乎这几个斋几小钱！"

明思理含糊说了一句"出门时遇了一只狗"，就打牌不理了。

"筒一色！"明思理倒牌了，四个"赖子"，两个大和！

有人尖叫：

"有鬼！这种牌，极少碰到，思理姐运气不一般咧！"

晚上十一点，思理打完牌回到家，程正在客厅看电视。

"今天看到了你的情妇，比我年轻漂亮。"明思理把包往沙发一丢。

程正弹了起来，"怎么！她找了你，还是你找了她？"

"她找的我。要我离婚，成全你们。"她眼里充满怨恨，"笑话，我还找她？！"

"你怎么不给她几耳光！"

"你也太高看自己了，"思理冷笑，"我打她，我为什么要打她？是的，依我的脾气，要把她撕烂，但……哼！你、她！值得我这样做吗？我们对撕起来，方塘城就有了二女争夫的彩色新闻，那比杜十娘怒沉百宝箱还悲壮，但是，"她死人一样喝道，"至、于、吗？你——不——配！"

你嫌活得平淡无奇，可对有些人是天大的奢侈

有人会成为一代英主，却死于争斗；有人能永垂不朽，但夭于意外；有人姿色盖世，但殁于病魔；有人能洞穿宇宙，但胎死腹中……

你以为这是假说？不，是真相。

天际泌出浑白，晨曦镀亮楼廓。

方塘市从睡梦中醒来。这个早晨似乎呈现出特有的宁谧，出租车喇叭声微弱而清晰，像撕破的布条飘在风中。

这是一个天气尚好的晴天。方塘人真想不到，从什么时候开始，遇见这种万里无云的天空都成奢侈。这人啦，还不如农耕时代的猴子，天天好空气，天天爽歪歪。

这天，童午的心情大好。他早早起床，做了早点，把小儿子宏栋送去学校。

"早上好。"来到办公室，他倒掉隔夜茶，洗杯时在厕所门口撞上司徒登，互道早安。

泡好茶，放在桌上的手机震动一下，他拿起手机，清除不想看的微信。

但信息栏有条短信，他点开却呆定了。

"你儿子不是你的。"

童午纳闷，愤怒，谁一大早开这种玩笑！

他看了看，好像不是本地的电话，号码平时没见过。

"你是谁？什么意思！"他回了短信。

但对方半天没动静，他正要发信息怒怼时，短信来了：

"这么多年，你辛苦了。"

童午立即照号码打过去，怎么也打不通。有一次好像是通了，但对方不说话，旋即转入忙音。

他用最恶毒的咒骂发去一个信息。

对方没有回应。这之后电话就无法打通，似乎电池拔了，号码撤了。

童午骤然紧张起来。他能听到自己粗重的不均匀的喘息声，四周突然昏黑，好像雪花飞舞。

他花了好大的努力镇住了自己的情绪。

不至于，不至于！他想，这年头手机信息太乱太滥，网上什么都可以说，什么都能发，肯定是有人恶作剧。

儿子不是他的，那是谁的？

虽然没结婚前，他们天各一方，但他是知道晨玲的，两人如胶似漆，几无间隙。可这种事太说不清楚了。毕竟有距离，有空间，两人又没成天在一起。

童午心烦意乱地出了办公室，往家里走去，路上木然地跟熟人点头招呼。

他用钥匙打开门，晨玲在阳台上晾衣服。

"你怎么回来了，吓我一跳。"晨玲看童午脸色不对。

童午没有理她，气咻咻坐在沙发上。

"你过来!"他吼道。

"我把衣服晾完。"

"不晾了!"

晨玲被骇住了,放下衣物,走进客厅。

"孩子是谁的?"童午怒气冲冲。

"哪个孩子?"晨玲抖索了一下。

"还有哪个? 童宏栋!"

"呃?! 宏栋不是我们的孩子吗?"

"我们的? 是我们的?"

"你今天发烧了吧,怎么说话呢!"晨玲喝道。

"你少跟我来这套,甭装了!"童午咄咄逼人。

童午拿出手机,翻出短信,递给晨玲。

"这个信息是谁发的,是个什么人?"他咬牙切齿,眼睛血红,"宏栋是谁的孩子,你们到底什么关系,必须说清楚!"

晨玲看到短信,一把夺过手机,将其删了。

"现在手机里这样的短信满天飞,你怎么信这? 微信,微信,微略信点,根本不可信,是不是谁在恶作剧或者短信发错了,这社会什么人都有,亏你一个文化人,这也不明白?"

"你删了? 为什么删掉?"童午愤而夺过手机,一看,真删了。

"啊! 你怕了? 做贼心虚是吧!"他发疯似的喊,"你赶快说清楚,不然今天就有你好看!"

"叮铃铃……"手机突然响起,像晴天霹雳,两人脸色霎变。

童午按了免提。

"领导叫你赶快送拨款报告去,上面错了一个字,要重新盖章!"司徒登在电话里喊。

"好好好，这就来这就来。"他们先以为是陌生人打来的，结果不是。

"你删得了信息删不了人！我会搞清楚的！"他摔门而出，原准备去电信查的，不想跑回了家。

"等我回来再跟你算账。"他指着晨玲说。

童午几近疯狂的边缘。

他想起了有一次带孩子出去吃饭，席间有人调侃，"老童啊，儿子完全不像你呢。"还有人打诨，"未必是老夫少妻，基因突变了？再要么你这老牛吃的，是转基因的嫩草？"

"嘿嘿，"当时他还笑答，"真是孤陋寡闻，少见多怪。儿子像妈，福气不差，没听说？宪法规定所有的儿子要像爸？"

"那当然那当然。"桌上的人转移了话题。

他回忆起自己与晨玲在动车上邂逅以来的一切。难道她的贞操都是假的？第一个打掉的孩子，还有这第二个，难道不是自己的孩子？不可能，怎么可能呢！晨玲几乎一张白纸，完整归他，任他描摹。他太清楚了。这也是他还能隐忍不爆的原因。

但那个匿名短信完全不像玩笑话啊。

这种玩笑谁会开，谁敢开？

童午跌跌撞撞地进了办公室。

"噫，你？"打字员看了看童午的脸，张大了嘴巴。

"童老师，你怎么一夜老了？"

童午强装笑脸道："是吗，昨晚没睡好，小孩发烧，一夜没合眼。"

这以后，人们就没看见童午大声地、开怀地笑过，总一副郁郁寡欢的样子。

"你脸色好吓人啦，找个小老婆，晚上都不要命了吧？"司徒登看到他，"要节欲呀，童大师，身体是家庭的本钱啊，你小孩还没大，任务重着啦，快把这报告送去，已改过盖好章了。"

把事情办完，童午回到办公室，关上了门，看着窗外。

鬼魅样的房和树，像宣纸上的画，世界都失去了正常的颜色和存在的意义。

"这人是谁？谁这么可恶！"他浑身火辣辣炸出汗，心里像烧熟了一样地痛。

"未必是一场骗局？"他回忆着摇了摇头，"不会，不是。堕掉的第一个孩子是我的，没堕掉的第二个孩子怎么就不是我的，有这么荒唐，有这么混沌？"

有一个想法，让他呆定不动了，像中毒急性发作的瘟鸡。

"只有一种可能，她在杭州，与其他男人有染。"

"难怪她那么年轻美丽愿意嫁给我，难怪她可以抛弃那么优渥的家庭跟我受苦，难怪她对我这么主动、顺从……"他越想越不对劲，直感觉嘴里咸咸的，是把自己咬出了血。

下班后，他回到了家，与往常无二，只是略微迟了点时间。

晨玲的心情更是复杂沉重，她以为丈夫回来会有劈头盖脸的一顿怒骂好打，却并非所料。

一连好多天，她看到他回家该干吗还干吗，只是极少说话。她更惊奇的是看到他对儿子宏栋的态度也没什么改变。

晨玲心里滴着血。她心疼童午，深爱着童午，她为他付出的一切，都值。

他们都知道，这种事，既不是家长里短、经济纠纷，甚至婚内不忠、小三上位，都可以吵，可以争。这儿子不是他亲生的，这怎么吵、怎么争啊，天啦！

他想起裴裳，想起囡囡，想起逝去的一切，痛不欲生。

后来他根本不能回忆，那令他窒息。

对这，他不敢吵了，甚至不提一个字了。亲子鉴定？想一想他都战栗。如果宏栋真不是他儿子，不仅不能改变一切，相反别人都知道了，那是双面打击，多重屈辱！

那些日子，他煎熬、悲愤、忧郁，苦苦强撑。

一次，他心平气和地对她说：

"你坦白了，我就不追究了，还和你过下去，把孩子带大。"

"宏栋真是你的儿子，我连恋爱都没谈过就跟你了，你心里没数？"

"那发信息的人是谁，你不认识？"童午问晨玲的时候，自己都有些胆寒畏缩。

她安慰他，抚摸他，"老公，真的没什么事，你莫疑神疑鬼，看你身体都垮了，仿佛老了十多岁，你都好长时间不碰我了，干吗呀这是！"

他有时躺在床上想，这事肯定有个真相。

但他把真相弄清楚了，可能更加糟糕。那个男人永远是他心里的刺，每时每刻都会激起他的仇恨。看那种来势汹汹的态度，肯定不是一个什么善茬。他会跟对手火拼，同归于尽，但最后他能得到了什么？身败名裂，家破人亡。

还有，那个一把屎一把尿带大的孩子，让他陡生厌恶。

"去，你自己进去！"有一天他还是忍不住了，只把孩子送到幼儿园门外，冷喝道。

小宏栋一脸不解地看着爸爸，"好吧。"屁颠屁颠地进去了。

他转身回到家里，找到晨玲。

"不行，我做了非凡努力，这样下去我会憋出病来。"

"去做鉴定！"终于有一天，他斩钉截铁地说。

晨玲脸色一下煞白。

"老公，你还在歪想，咋这么犟呢？"

她极尽柔肠，跟他说好话。

"你心虚了吧？你害怕了吧？"他惨笑着。

承受这种奇耻大辱，对眼前这个女人，他本能的反应该是一顿暴揍，却鬼使神差地忍着。

乾坤窈窕，不穷究，只顺从；

万物任由，不忤逆，只依附。

不知不觉，不是知识，却是智慧，不是能力，却是美德。

"你别这样了，你还不相信我吗？"她泪光闪烁。

"你再蒙混，我就把他掐死！"他暴跳如雷。

然后陷入死一样的僵默。

"我们离婚吧。"她说，"我还是回杭州，把孩子带走。"

"离婚？就这样离婚，不把事情说清楚，随便离婚？"

不一会儿她哭道："要不，你把我杀了吧！"

爱虽痛，色却空

青春宝贵唯一，总常挥霍随意。

童午的世界一片狼藉。

原来，他们的美丽邂逅，是一场精心的欺骗？原来，爱情的浪漫，是可笑的幻影？还是那句话，谁投入谁的怀抱，跟分子运动一样混沌虚妄！

他痛不欲生，又不得不苟活，像赴死的犯人，恐惧颤抖，却不得不一步步走向终点。

"只要她把事情说清楚就行，日子还是照常过。"西湖的烟柳在他心中袅娜。他还是割舍不了她。两人一路走来，太难太苦了。有时他想，如果了解真相，事实定格固实，就是个永远解不开的结，生命的阴影到死都散不去，所以迷糊点可能好些。

但心里这个坎怎么过啊。

童午与晨玲又一次激烈地对峙冷战后，晨玲携儿子回了杭州。

收拾好东西临出门，宏栋拉着晨玲的手，回头看着童午，用小手抹了一下鼻涕，怯生生问："妈妈，爸爸不去吗？"

晨玲没有回答，用力一拉，拖着箱子出了门。

童午预感到，她们母子这一去，可能永无回头之日。

他走到窗台前，默默地看着一大一小两个背影，消失在楼下树荫拐角里。晨玲头也不回，宏栋却是回头一望。

亲情也像爱情，一刹情景，留驻终生。出门时小宏栋的那一句话，走远的那一回头，成为他记忆深处的痛，也成为心中哭不出来的悲。

他推测，路上宏栋还会问爸爸为什么不一起回杭州时，晨玲会告诉他，自己不是他的亲爸吗？

他觉得不会，孩子还小，这太残忍了。

那期间，为化解内心的死结和苦痛，童午做过非凡的努力。他读古籍，诵经书，从先人的苦难里汲取力量，获得慰藉。

他推想过比他更不幸、更悲惨的人的境遇。他在心中千百次假设揣度。个人的不幸，没有想象的那么重大重要，没有谁天天在意，时时挂起。

晨玲回到杭州家的第一件事就是关上门，抱着父亲的遗像痛哭。

晨夫人被女儿的举动吓坏了，惊恐万状地敲着门。

女儿这么久没回，怎么啦？

待孩子去了一边，晨玲冷冷说了一句，她与童午过不下去了。

"为什么？出了什么事？"晨夫人又气又急，当初女儿寻死觅活要走这条路，现在竟然这样子！

晨玲不想说下去，但晨夫人目光紧逼，不容她躲闪回避。

当女儿不得不道出缘故时，晨夫人差点晕了过去。

当初挺着肚子，嫁一个大二十多岁的男人，这孩子还不是他的？天啦，这编都编不出来的故事，怎么续到晨家头上！真是弥天大祸，家门之耻啊！

晨夫人盯着小外孙，眼神比魔怪还可怕。

"姥姥，我要吃奥利奥。"外孙走向她，怯生生地说。

晨夫人啜泣着把他搂进怀里。

她从包里拿了钱，对外孙说："去，买奥利奥，出院门左边的超市，莫乱跑。"

待外孙一出去，晨夫人哭起来，"我们晨家怎么会遭这种报应？前世作的恶，也该还清了！"

她扯了一张纸巾擦着鼻涕眼泪，"这到底是为什么呀，把你爸气死了，又要把我气死？"

"你不喜欢史家这门婚事也就罢了，为什么又要跟姓史的搞到一起？你是猪吗？猪都没你这么蠢的！"

晨夫人泪涕四溅，"不谈就不谈，吃人家的饭，喝人家的酒干什么呢？还跟人家……现在怎么办！你说怎么办！天啦！这是不让我活呀！"

晨玲抽泣着听任母亲数落。

"你怎么知道不是他的，是史卓勇的？做了亲子鉴定，还是光凭嘴巴说？"

"光哭什么，姓童的什么态度意见，快说！"晨夫人又气又急，"这是谁知道的，谁说出来的？这么多年好不得的呢！"

"我们都好好的，那天他突然收到一条短信，说孩子不是他的，他就跟我吵。"

"那，你确定是史卓勇的吗？"

晨玲点头不吱声了，她想起从上海回杭州那晚的事。

"到底是谁的？你是猪啊！"

"肯定是史卓勇，我没有其他人！"晨玲又哭起来。

这时，宏栋拿着买的东西，从外面跑进来，一脸不解地看着她俩。

"妈妈，在家里跟爸爸吵架，到这里又跟姥姥吵架。"

她们赶紧停了下来。

"都是为我吵吗？我不乖吗？"宏栋说，"老师表扬我，我跑步得了奖状呢。"

晚上，晨玲好不容易把儿子哄睡了。

母女继续下午的话题。

"姓童的铁定跟你离吗？"晨夫人问。

"他没说离不离，但这日子比离婚还难过。"晨玲说，"他不会放过我的。"

"那，跟他离了，去找史卓勇！"

"史卓勇，他也不认。"

"他不认？为何不认？凭什么不认？由不得他！我这就去，拉他去做亲子鉴定！"晨夫人像头暴怒的母狮，"老子跟他拼了！反正总是活不成的！"

"妈！"晨玲急忙拉住她。

"这畜生不认账，就找他们家老畜生，把我女儿害成这样的！狗狼养的，难怪后来对我们不理不睬了，我晨家还稀罕他那几个臭钱！"说完就要往门外冲。

"妈妈！"晨玲一把拉住她，央求道，"不要闹了，丑啊丑啊，还要见人啊，宏栋长大怎么办呀？他一辈子刚开始……"

经女儿这一劝，晨夫人也收住了脚步。是呀，出这种事，她代女儿找人做亲子鉴定，还有比这更损更辱的吗？

晚上，外孙睡了，晨夫人也冷静下来。

她对女儿说：

"宏栋的身世谁也不要告诉他。还是在那边，做姓童的工作。跟姓童的把家庭维持下来。"

晨玲是吵架负气出来的，让她回去，她回得去吗？

"妈，过去我没有长大，经历这么多才知道，不听大人言的后果。"

"妈妈！妈妈！"宏栋在房里大声哭喊。

她们连忙跑进去。

宏栋从床上坐起来。

"不怕，不怕，乖乖。"晨玲好不容易把他哄睡了，孩子一定是做了噩梦。

晨玲做了一个决定：独身带孩子过一辈子。如果别人问起，就说他爸出车祸死了，自己不想改嫁。

当她把这决定告诉妈妈时，晨夫人肝肠寸断。

她知道女儿一旦这么走下去，将承受什么，但这也是最无奈最止损的选择。

随后，母女俩走到宏栋的睡床边。

宏栋睡熟了，满脸泪痕。

接下来，母女相处的那些日子，谁也不提这些话题了。

有一天，晨玲看着爸爸的遗像发呆。

"为你的任性和糊涂，你爸当时几乎要撞墙，"晨夫人走到她身后，"他有时用拳头猛捶自己胸膛，头发一把把往下抓。他说只顾自己做生意，不知是为了什么。赢了事业，输了人生；积了财富，毁了家庭。他说要把钱财全部捐出去做慈善，我跟他做尽了解释，这是女儿自己的选择，没有办法的事，现在法制社会……后来你爸心软了，他要我给你一百万，我说先只给五十万，要不你还以为我们会赞同你的婚事，默许你的愚蠢。你爸天天叹息，自己在商品市场算个强者，怎么就生出弱智的下代来，所以他信命，信命啊。富不过三代是真的，有的二代都撑不下去。赚钱干什么，发财何意义。唉，他头两天只说牙齿有点痛，什么征兆都没有，就这样突然走了，他死不瞑目啊！"

他在自己炮制的太空舱中坠毁

生命都将堕入黑暗和虚无，这个巨大的怀抱。

程正做梦也没有想到，自己的公司陷入断崖式危机。

樱花谷太空舱体验馆，投资超出预算两倍多，加之其他休闲项目遭遇极端气候和疫情，市场断崖式萎缩，资金链断裂，公司陷入血亏状态。

银行唯恐避之不及，既不拿钱去填黑洞，还启动风险评估，抵押回笼。民间借贷更是沸反盈天，山雨欲来。

野樱花公司之所以没破产封门，主要是各方介入施救，还想让这匹死马活过来。

惊慌不安中，程正四处求援，但处处碰壁。

董事会开了无数会商会，仍一筹莫展。股东开始内讧。有的要脱群退股，有的要抵押转让。生死存亡时刻，冰冷利益面前，创业的万丈豪情，连泡泡都不算一个。

公司红火当初，大吹程董英明的人态度反转，说他眼睛向天，脚不着地，经营风险预测智商为零。

原来山呼程董万岁的，现在骂他损人又害己，不如一索悬梁，去吃挂面得了。

谤言如刀，井石如雨。

人人事后诸葛亮，个个都放马后炮。大难临头，曾围着程正转的人，都耗子掉面缸——翻白眼。

爬得高，摔得重。还嘚瑟不？当初红火时吃香喝辣，风头无两，你姓程的走路衣角都打人。还神气不？呵呵，都道万事有因果，不知报应来得这么快！

有的说他唱高调，假慈仁，挂带动地方振兴发展的羊头，卖自己发家致富的狗肉，是撒谷给猫吃；有人揭发他乱发福利，超前消费，扰乱市场；有人说他金屋藏娇养女秘，晓得还有多少地下的、线上的……

樱花谷其兴也勃，其衰也忽，引来各式脸谱哗变，舆情塌方。

程正心如死灰，万念俱灭，关机遁身，不敢见人。

曾经的追索，现在成为套在脖子上的绞绳；曾经的攀登，现在成了坠堕的深渊。

"你过去的狐朋狗友去哪儿了？你不是说社交就是生产力，应酬里有黄金屋吗？"

那天明思理看着苦闷不已的程正，终于开了口，毕竟还在一个屋檐下。

"你不是有个叫什么潘不拉的好哥们吗？他能不能……"

"是潘多来，不是潘不拉。"程正苦笑道，眼神由暗转亮。他万没想到，大难当头，思理还跟他站在一边，帮他出主意。

"这种时候不拉一把，那算什么朋友呢？你还老说他很仗义，帮真忙呢。"思理别着脸说。

程正稍加沉默，脑海里闪过上次那件事，潘多来总给人一种有求必应率性而为的豪爽。

"那我去找找看，哪怕弄个百把万元，也能救个急，"程正有些泄气，却强打精神，"他赌博输得惨，资金一直困难。现在没办法，只能拿出将军当炮打了。"

看着丈夫硬着头皮出门，明思理心酸无言。她知道这个家还有大殃。

"哎呀呀，贱脚踏贵地，程董今天怎么来了，好多时都没见你人呢。"潘多来闭着眼睛笑，有意把贵脚踏贱地说反，增加幽默。

程正落寞坐下，也不言语。

"怎么搞的，情绪这么低落，又失恋了？配那么漂亮的女秘书，我都流口水了，"潘多来哂笑换成微笑，眼睛松开缝隙，"身在福中不知福啊。"

程正用舌头舔着干嘴唇，眼光移向一边，还是难以启齿。

"有血就呕，再有人敲你竹杠，我照样收拾他。"

"我碰到了大麻烦！"程正终于开口了，现在他是矮子放屁——低声下气。

"原计划太空舱项目上了，银行那笔贷款谈妥，资金周转接榫，一点问题都没有，可人算不如天算。"

"怎么了？"潘多来眼缝突然睁大，露出冷森森的光，他意识到了什么，接连几个爽朗的大哈哈。

"我也是黑暗里穿针，难过啊！兄弟，我正准备跟你借点周转金的，你看这、这、这怎么办？"

潘多来继续用哈哈大笑冲淡对方的尴尬。

"帮你忙，只有两种可能，一是我去把上次澳门输的赢回来，二是看我香山二期能卖出多少套房，但要到明年，甚至后年！听见没？你等得吗？现在房产市场这个形势你比我还知道。"

"我还有个条件，把你女秘书借给我用一下！哈哈哈……"潘多来又一连几个哈哈。

程正如坠冰窟，都不知道他说了些什么。潘多来用精明的方式拒绝了他。他立马就不往下说了。

灾祸的威胁在于它的不可逆。就像山巅滚坠的石头，落地破毁就是唯一的结局。

程正想到了一家相当有实力的公司。在野樱谷鼎盛期间，对方多次有过与他合作，甚至高股合营或收购的意向。

他开车找到那家公司老板，谈了自己的想法。

"人不能两次踏入同一条河流。"哪知，对方连客套话都省了，拒绝中饱含哲理不失温和。

"兄弟，我们永远是兄弟，但这个问题，实在爱莫能助。"

"我们愿意让出更多的股权，你说个比例。"程正已顾不了体面，几近乞求。

"百分之百都不要了。"对方直接摊了牌。

你姓程的，骑老母猪拿艾叶条，也不看看自家的人马刀枪。

"兄弟，我是个直性子。就是我同意，其他股东不反豁（方言，激烈地反对）了？他们会说，乡村发现的樱花谷，吃肉的时候没想到我们，挨打的时候就找上门来了。人说强盗一伙，戏子一班，我们连强盗都不如，戏子都不配，呵呵。"

程正不啻当头被淋一瓢冷血。

这边塌鼻子送彩礼，眼下没货，那边独眼龙相亲，一目了然。事情没谈拢，讨来一顿揶揄和教训。

这时候，外面疯传要抓他。

那天，他买来一瓶安眠药，恰巧被明思理发现，她啪的一巴掌打过去，丸子散一地。

"你一死了之，我们呢？"她骂道。

"原来你只是泥捏的夜壶，有什么用！"

程正低着头，两行浊泪，老尿样掉下来。

"你知道，生不如死的感觉吗？"他突然夜山一样苍凉憔悴。

大祸蒙头，智商为零。

他躺在床上，往昔的情景浮现脑海。

摩肩接踵的游客，连绵不绝的车流，水泄不通的景区，觥筹交错的宴会……这热度，这场面，都没来得及在自己的五官里降温冷息，就一下子坠入十八层地狱！

他有两部手机，选择性接听。

奇怪的是，电话都没有了，甚至讨债的电话都少了。

暴风中心，出奇地宁静。

他记得试营业时多次去过太空舱，体验飞翔和失重，体验生命在宇宙中的孤独。

他想起跟他关系甚密的一位官员，野樱谷红火时，他几乎是这里的常客，带着老婆孩子，来了得安排单间，陪同逛景区，一起喝茅台，吃野味。这位官员的亲戚、朋友、同学，团团伙伙，呼五喝六地来玩，他一个电话，全程免单。

但现在去找他，只有"困难是暂时的""你可要挺住啊"几句冷冰冰的官腔，有时电话也不接了。

过去跟他"一拳迭一巴掌厚"（方言，相交甚厚）的人，现在都生人陌路，噤若寒蝉。

明思理比程正好过不了多少。如果丈夫是因为赚钱养家遭难，她会毫不含糊跟他站在一边。

可恰恰程正的桃色新闻，这种时候却快速发酵，放大传播。经济问题，总带情色问题，像萝卜之于泥巴。外面的风言风语，让她不堪入耳。她要自己欺骗自己、麻醉自己才能撑下去。哪怕怒焰烧焦了心，表面还要维持这个破碎的家庭。

但有一回她还是按捺不住。

当程正问她一个事情时，她怼道："怎么不问你女秘书去呢？"他心如槁灰，无力辩解。

无数次，孤家寡人的程正，都想抱着一个人哭，但找不到。

那段时期，他关了机，闭门不出，对外说出去招商了。

"我只是要创点业搞点事，为什么落到这步田地？"

有一次，他死赖活乞地对明思理叹，要是一直教书就好了。

"想来想去，还是做一个平凡人好，实在不行，摆个地摊，开家面店也行。拿着吃不饱、饿不死的收入，平平淡淡活着，多让人羡慕。"

"你要振作，起码还没到世界末日！有人活得好好的，到医院查出了癌症，有人正谈笑风生，下一秒出了车祸，有人喝一次酒见了阎王……你比这好多了吧！"

明思理心里在滴血，却安慰着他。

第二天晚上，程正来到公司，主持召开了董事扩大会议。

股东们大多沉默、恐惧、绝望，不知这次是否有救，程董再次越过山丘，神通一回，那该多好！

"首先声明，我是不会跳楼的！"程正语气沉重，眼圈发红，"要唱国际歌。从来就没有神仙皇帝，只有自己救自己。"

"公司面临这样的困境，关键看大家的扛功挺劲，"他说，"人家微信打赏，都能集资上千上万上亿，我们就没有办法？集资渠道可以向亲属、朋友拓展挖潜。谁会对自己的亲人见死不救？"

大家听出了程董的意思，有的叹息，有的摇头。

"这不是孕妇过独木桥——铤而走险？"

"自己死了，还把亲戚朋友拖进去垫板底？"

程正看出了大家的顾虑，"这是不得已而为之，非常时期的非常之举。得了癌症，痛不欲生，打麻醉药就是唯一选项。谁愿意得癌症？谁知道自己得不得癌症？"他声音沙哑，把妻子的话引申到董事会上来了。

但船漏了，修补就太难。

过了不久，他们听到了一个"好消息"。

外省一家实力雄厚的上市旅投公司有接盘意向，对方过来一拨人考察。

真是天无绝人之路啊。

股东和员工激动得白天站不稳，晚上睡不着。

程正主持专题会，制定方案，账目处理，资源介绍，生活接待，忙得不亦乐乎。

公司虽然几个月发不出工资，还是麻子打哈欠，全面动员，陪吃陪喝陪玩。几天下来，程正和公司几个老总，累得快要崩溃，丁丁喝得胃出血住院了。

万万没想到的是，那边找了股权产权不明晰之类的几个理由，拍屁股走人了。说制度设计山寨版，股东只吃股权，当甩手掌柜，合伙人什么都不干，眼里只有红利，怎么不垮台？还有很多无法收购兼并的理由，直说得乡村发现集团的人，个个云遮雾罩，傻眼结舌。嗨，公司运营这么复杂，当初是怎么土法上马的？

漏船即将靠岸的沉没，凄惨异常。

没过几天，外面疯传因亲戚集资无法收回，有人自尽的消息。

一天晚上，躲在一个山庄"招商"的程正，收到了丁丁辞职的短信。

程总，

我要辞职了。

你不在公司，看到的一切，让我心寒齿冷。

世事难料，人心叵测，你要多保重哦。

真不忍开口！这一辈子最对不起的人是您。

难忘在樱花谷的日日夜夜，难舍与您的朝朝夕夕，但我不得不做出这个艰难的决定。

野樱谷，它像一只蝴蝶飞来，又飞走了。

后来有消息，丁丁在外省一家 4A 景区当导游，一次旅游中车祸身亡。

我心何处

人不仰望星空，肉身便是尘泥。

太阳把金光镀到车窗玻璃上。这宇宙的密码和信使，给他亮色和温暖。

天体以发光思考，人类以思考发光。

童午坐在回故乡的中巴车上。

他好长时间没有回家乡了。

几次妹妹打电话来说老母亲身体不好，要多回家看看，童午莫名发火，妹妹生气地挂了电话。他哪知道哥哥正遭受巨大的家庭变故和身心折磨。

毁弃一个好端端的家庭，与一个怀孕小女子结婚，养到四五岁，孩子不是自己的。这种事，能与谁说？朋友、同事、知己、亲人，都不能！

要么决绝，要么沦陷。童午尝试过各种心理和姿态对待这事，都无解。

有人说爱情像洋葱，看似层层密密，剥开后里面什么也没有。

他捡了这种爱，丢了那种爱，最后还是大梦一场。

婚姻其实不是爱情，是牺牲和合作，包容和饶过。

身心巨大的悲苦，一定要找到出口，否则最终会崩溃。

这个星期天，他不由得想回家看看老母亲。

母亲坐在门口晒太阳。

童午走近，她都没认出他。

"妈！"童午喊了一声。

母亲欠起身，朝他看了看，"回了？咋这么久不回来？"

童午说忙。

"耶！你头发白了这么多？"母亲发现了他身上的变化，又仔细打量着他，"怎么这个样子？"

"工作上的事呗。"

"哄我吧，你不要想当什么官。有碗饭吃，身体好，家庭和睦就行。"

"知道，妈。"

"知道？拿镜子照照，你落了一身肉，都面黄肌瘦了，不知道？"

"我去煮饭。"母亲说着要去厨房。

"别煮，我要走。"童午说。

"那，我打两个荷包蛋给你吃。"

"不了，妈，我不想吃。"

"打电话给你妹妹，她买了车，叫她送你，"母亲指着墙上，"号码在上面。"母亲把他和妹妹的手机号码请人写了，用米汤贴在墙上。

"那你总要吃点东西呀！"老人还在念叨。

"八十多的人了，您自己照顾住自己就不得了了，我还要您做饭？"童午硬把母亲压在座椅上，又进屋搬把椅子坐下。

"先听说你们为钱的事吵，我没有找你们要钱啊，我宁可讨米都不找你们。我大不了去住庙，"母亲用黑柴棒般的手抹着眼角，"我成你们的拖累，活着害人。"

"妈，您别这样说，儿子回来了，都说点高兴的事吧。"

"囡囡好吧，她大学快毕业了吧？玲玲呢，还有宏栋，都好吗？"

童午讷讷半晌，不知怎么回应。

母亲还是很快看出儿子有重重心事。

"午子，你要好好对待玲玲了，人家一个黄花女嫁给你。那么好的家庭，我们高攀人家了。"

"妈，她……"童午话到嘴边又咽下了。

"她怎么？你凡事都要顺她的，人家毕竟年龄小。堂前教子，枕边教妻嘛。有什么不是，多商量就是，你还想咋呢？"

"妈，不说了，我们都好，您就不操心了。"童午突然改变主意，闭了嘴。当初他跟裴裳离婚，是背着老人的。他原想把玲玲的事告诉母亲的，竟说不出口了。多一个人知道，就是多一份伤害。

一个小时后，童午辞别老母，踏上回程。

沿着儿时捉鱼摸虾的小河走去，但见水流如浆，淤堵严重，河岸的灌木挂着塑料、布片。前面山弯处，有个国道候车亭。

"哥！"

童午扭头一看，妹妹追上来了。原来他刚走，母亲转身就给妹妹拨了电话。

他停住了脚步。

"哥，怎么没走大路，走这河堤，差点遇不见你，"妹妹气喘吁吁，"妈跟我说，你肯定有什么心事！"

童午沉默不语。

"你不好跟妈说，就跟我说嘛，闷心里不行，憋出病来的。是不是又跟我小嫂吵架了？"

童午用表情给出了答案。

"你们的爱情在方塘市都成了新梁祝了。两个人嘛，床头吵床尾和，哪记隔夜仇的。她年龄小，你让让就行了，又不是什么原则问题。"

童午又把眼光投向远处父亲长眠的山头。

非凡的宁静，源自非凡的痛苦，一如永生的死亡。

"宏栋长得真好，上次看到我，还喊姑妈咧，多乖呀。"妹妹劝架很内行，拿孩子拴大人。

"他不是我生的……"

童午说出这话时，没敢看妹妹。

"什么？"

妹妹眼珠子都快瞪出来了。

"你再说一遍！"

"他不是我亲生的。"

"长这么大了，不是你生的？"

"我也不知道，反正不是我的。"

"哥，你这是说梦话吗，到底怎么回事？"妹妹又惊又急，她知道哥哥这事非同小可。

看到妹妹这神情，童午终于把一切和盘托出。

"离婚，赶快！"妹妹喊了起来。

童午无语，摇头。

"离，离，离！"妹妹像急火中的压力锅冲翻了盖，"天下女人死绝了都要离，一百次都要离！你离两次算个屁！还犹豫干什么，这种女人上得画（方言，漂亮）都不能要，何苦折磨自己、糟蹋自己、作践自己呀！你怎么是这样的命，哥！"

"我当然想离。"妹妹一激烈，童午反而冷静下来。

"那怎么不离？"

"孩子可怜。"

"可怜什么？别人亲生的都不可怜，一个野种你还可怜？"

"妹妹，"他嗫嚅着，"没到我这一步，你不理解。"

"怎么不理解？你是怎么理解的？"妹妹质问。

"就是一条狗，"童午哽咽起来，"养了这么多年，也有感情了。"他强忍眼泪。

妹妹也用手揩眼泪。

"那怎么办呢，你就这样忍着、憋着？"妹妹眼睛通红，"这叫什么事呀，她是个什么妖精，我真想剁碎她！这么害你。"

"不管怎么，孩子总是无辜的、可怜的。"他声音沉重，"这事就到此为止，莫在外面说。跟妈都不能说，听见没？"

小河呜咽，一泓浊泪。

"哥，不晓得你怎么挺过来的，又能不能挺过去。原来你和裳姐离婚，我是反对的。大家都不明白，你为什么要跟裴裳离婚。现在说这，也没用了，唉！"

童午茫然无措，泪眼向天。

这事说出来，他有些悔怕。原以为找最亲近的人倾诉，可让自己好受点，现在感觉并非如此。

现在，他只能想，与那些得癌症的人比，他还有一个好身体；与那些坐牢的人比，他还有个自由身；与没手没脚的残疾人比，他还能想去哪里去哪里；与那出车祸寅生卯死的人比，他还能活在这个世界上。

"妹，今天说到这就落到这。记住，任何外人都不能说！"

"哥，我晓得。"

"一离婚，都知道了。"童午语气迟缓含糊，刚才的悲恸影响了口鼻的发音，"我对她们，还是有感情的。"

妹妹认真看了哥哥一眼。

她要开车送童午去城里，被他拒绝了，说搭车就几块钱，也方便，免得她来回跑。

后来童午上了客运车。

看到载着哥哥的车，消失在山弯处，妹妹的眼泪又涌了出来。

抓着了一根稻草

心深处，爱和屈辱的纠缠。

"啪——"杆球撞击，发出清脆的响声，呈三角形聚集的台球，东逃西散，有一个直接进了网洞。

"勇哥威武，一杆准炮！"

史卓勇和一帮兄弟在俱乐部打台球。

他对一边的喝彩声不以为意，冷静地引杆、躬身、瞄准、击发。

"啪——"杆响球进，又是一片叫好声。

这时他手机响了。

史卓勇从裤兜抽出手机，一看是晨玲的电话，眼睛眯成一条缝。他上唇的胡子条带规整，既风流儒雅，又匪气凌盛。

"你在哪里？"

"呵呵，玲妹妹，"他说，"你还记得我？有事吗？"

"当然！"

"什么事，就电话里说吧。"

"不行，见面说！"

他告诉了她俱乐部台球室的地址，双方挂了电话，史卓勇继续挥杆作业。

半小时钟后，晨玲到了三楼过道等他。

"你们玩，我去去就来。"史卓勇戴着白手套，提着杆子离开台球桌。

"勇哥接电话后洗了几个澡（黑球掉网里），原来是有美人找。"球友们背后偷笑。

在一个僻静处，晨玲和史卓勇见面了。

"何事啊？美女。"史卓勇问。

"我原来怀上了你的孩子。"

史卓勇听后耸了耸肩，下意识摩挲着杆柄。

"有这事？"

史卓勇的态度让晨玲怒不可遏，但她知道，这不是发作的时候。

"是不信吗？"她强抑自己的情绪。

"肯定有点。"史卓勇脱掉一只手套，往杆子上抹了抹，"换作你，你信不信？搞不懂，有点搞不太懂，一次就怀孕了，我有那么厉害？"他潜台词就是，谁知道她在外面有多少男人。

"那我问你，既然都不知道这儿子是不是你的，为何要给我老公发信息！你怎么这么可恶！"

史作勇有些莫名其妙。

"别乱骂人，我没发信息啊。"

"那是谁发的？你跟我说清楚！"

"什么信息，我真不知道。"

"不知是哪个天杀的，平白无故跟我老公发信息，说孩子不是他亲生的，还有这么无聊无耻的人！"

"我真是不知道。"史卓勇白手套甩了一下。

"不管怎么样，但孩子是你的。"她紧盯着他说。

"我的？这是干什么啊！"史卓勇满脸委屈和不屑，球杆在地板上蹭着，"我不懂，你孩子在哪里？"

"那只有做亲子鉴定咯。"她厉声道。

史卓勇顿住了。如果孩子是自己的呢？便换了一种语气。

"你敢确认，一定是我的吗？"他说，"如果确实是，天地良心，我还是认。"

"孩子不是我老公的，他已经做了亲子鉴定，我只跟过你，没有其他任何人！"

史卓勇沉默了，慢慢戴上手套。

"既然是这样，那你有什么想法？"他问。

"我怎么知道！"她愤怒地跺脚，恨不能一下把这个世界和眼前的人跺碎！

"玲妹妹，我心里也烦呀，闹出这种事。"从史卓勇的小胡子里冒出来的话，似乎有一种奇妙的定力。

"这样吧，亲子鉴定就不做了，给你一笔钱。算补偿也可以，算抚养费也行。孩子先放你那里养，行吗？"

想到童午那边，晨玲如临阴森长夜。她先还用表情和语言试探，甚至有与史卓勇苟婚的念头，但眼下史卓勇完全没有这个意思。

她更加绝望和悔恨。跟没有真正感情的男人开口求娶，自己怎么沦落到这步田地。

厄难消磨人的意志，也殒损人的理智。

钱不钱是次要，但钱能不要吗？她总不能鸡飞蛋打，两头落空吧？

　　"进了！""好球！"隐隐传来台球桌边那里的浪喝。

　　"你想好，这事怎么处理，要给我一个答复！"

　　晨玲说完，愤然转身离开。

亲家，冤家

当瞌睡遇到了枕头。

晨玲不知道的是，史卓勇已经结婚两年多了，老婆还没有生孩子，而史公子还在外面浪荡。

史氏饲料公司总部不在工业园区，却在闹市老区占有一席宝地。

鎏金仿古阁楼，朱红油漆大门，古木繁花院落，轩然气宇豪宅。史家公司由于开发早，抢占了市场制高点，在老城区黄金地段起底发展，兼并壮大。

董事长兼总裁史天佳的办公室在一栋别致的红楼中。

宏大的客厅，一张老板桌，阔绰得让请示汇报者敬而远之，甚至产生被告心理和奴性服帖；室内稀奇古怪的盆景雕刻，质料产地搞不名堂的橱藏古董。老板桌上一只没有屁眼的貔貅，据说是纯正和田玉。宽大亮洁的休息室卫生间让人想入非非。

史天佳两眼眯成一条缝，塌鼻子底下两个洞，更有两片厚嘴唇。据说这是公认的慧根福相。

此刻史天佳埋在旋转真皮沙发里，叼着精致的滤烟嘴，烟气不时从鼻孔往外冒，像只口鼻朝天的河马，有事没事喷着水泡。

基因只能突变，遗传不会掺假。史卓勇很多特点从父亲那里复制了下来。

"报告董事长，有个女的，非要见您，"瘦高个保卫科长羚羊样跳进来，"保安不让进，她说跟您很熟。"

史天佳微微扭动肥短的头脖，取下烟嘴，眼缝里渗出鄙夷的光。

"很熟？我跟秦始皇熟咧！"史天佳声音完全是从鼻孔里哼出来的，"过去老子睡地铺、喝稀饭，没见到个熟人，现在熟人满猪栏跑了。"

"她态度不大好。"瘦高个怯生生的，他怕史董事长恨屋及乌，发起火来，也把他骂一通。

"让她进来。"史天佳用鼻子说。

"是。"保卫科长点头鞠躬，退出。

晨夫人被瘦高个引进史董办公室，史董示意所有人退出。

"啊！啊！是晨夫人！哪阵风把您老人家吹来的，今日里我史家蓬荜生辉了！"史天佳像河马从水里露出头，当初有人撮合史晨两家亲事，史天佳见过晨夫人一面。

晨夫人瞥了一眼办公室，又看了看史天佳，站立不动。

"快坐，晨夫人！"史天佳看她脸色不对，连忙说道。

晨夫人找靠近老板桌的一端沙发坐下。

"有事吗？晨夫人。"

"我没脸开这个口，但不得不来！"

"说嘛，什么事。"史天佳脸上的轻蔑一丝不挂了。

"我姑娘的孩子是你们家卓勇的。"晨夫人蒙着脸似的，说出了这句话。

"啊？啊！"史天佳一听，像签了大单样高兴。他知道儿子浪荡的德行，几乎百分百相信晨夫人之言。加上儿媳结婚两年多都没让他抱上孙子，本就一肚子酸辣醋。现在墙内开花墙外香，这说明他儿子功能正常嘛，是儿媳妇的问题。他早就说了，叫儿子找老婆不能光好看。锦鸡再美不下蛋，有什么用？这么大的家当，谁继承！

"那，那，"他敲着烟灰，趁机思索一下，问，"孩子多大了？"

"快六岁了。"晨夫人胸脯起伏着，无法平静。

"事情既然发生了，总会有处理的办法。大人千错万错，小孩子一点不错。"史天佳把烟嘴靠上烟缸，来到晨夫人跟前。

"我说大姐呀，当初这门婚事多好！我们结成亲家多好！唉，你闺女死活不同意，当然，我史家高攀了。"史天佳边说边到茶桌上煮茶，这种场合，只能自己动手。

"不用不用。"晨夫人摆手。

"姑娘不是有家庭吗，那边是什么情况，多好的姑娘呀。"史天佳叹。

"做了亲子鉴定，那边非父子关系。"

"那边非父子，这边是父子？是怎么扯起这个事来的呢？"史天佳问。

"我正想说这个呢！"晨夫人没好气地说，"谁家好端端的，去做亲子鉴定？不就是你们家儿子乱发信息胡说八道吗？你害得我们好苦哇！你儿子还有良心吗？做出这种缺德事！"

"夫人息怒，夫人息怒！都怪这个畜生！"史天佳点头赔礼，怒骂起来，"大姐说得对，这个畜生是吃猪食长大的，莫怪，大姐莫怪，我教子无方啊！"

有人敲门探头，送文件进来。

"谁让你进来的？滚出去！"门刚开一条缝，史天佳喝道。他转脸对晨夫人赔笑道，"大姐，不瞒你说，我也是火烧乌龟里头痛，有苦言不出。人说家丑不外扬，可纸包得住火？实话告诉你，我儿媳结婚快三年了还没动静。你说抱养一个，又不甘心。唉，儿媳妇漂亮、孝顺，不生伢就将她扫地出门，不忍心啦。我那老婆子都快急疯了，但又能怎样？我现在一头的包。"

史天佳大倒苦水，他凑近晨夫人说："我说大姐，我个人意见，不知……"

晨夫人原来是做撕破脸皮准备的，没想到史家示弱诉苦赔小心，情绪也就稳定多了。

"大姐，恕我直言，这是上天安排。这样吧，我先出一笔钱！从良心道德，从法律伦理，都该这样。五六岁了，带大孩子不容易，损失我们全补上。那边不认账要离婚，无所谓啦。小孩从小到大，上学读书、结婚成家的费用开支，都算我们的，大姐，请相信我的诚意！"

史天佳的话让晨夫人火气消了不少，但她心里的辱和痛，只是暂且的麻醉。

钱能解决问题，她晨家稀罕这？晨夫人离开史天佳的办公室回家，还是拒绝上他安排的专车。

之后据说史天佳拿了一大笔钱给晨家，但前提是必须做亲子鉴定。要不然，他史家如果这样付钱，混账儿子史卓勇时不时地弄一个出来，春花秋月何时了？

验明真身

太监不急皇帝急。

晨夫人一走，史天佳打电话喊来了儿子。

史卓勇气喘吁吁地进了父亲办公室。

"知道什么事找你吗？"坐在老板桌后的史天佳一动不动，高靠椅确实给他增加不少威严，难怪皇帝上朝要坐龙椅。

史卓勇不解地摇头。

"真不知道，假不知道？"史天佳坐正身，像河马从河底突然探头喷水。

"真不知道，父亲大人明示。"史卓勇咂巴厚嘴唇，两撇小胡子让史天佳看着都心烦。

"知道吗？你在外面风流快活，现在人家找上门来了。"史天佳在沙发转过背，像河马重重地在浑水里翻了个身。

"什么？谁这么大的胆子，男的还是女的？"

史天佳不理会儿子，半天不吭声。

史卓勇却按捺不住了。

"我说老史同志，你有话就说嘛，啥大不了的事，搞得神乎其神，像发了八级地震似的。"

"我问你，那年跟晨家的亲事，后来为何不了了之的？那姑娘还不错嘛。这门婚事不是蛮好吗，还挑三拣四的。你想找七仙女？想不通。但本尊声明，你把人家肚子搞大了，都生产了还不认，这就不是我们史家的作风了！"

"老史同志，内幕您就不知道了，我是开明开放的，"史卓勇满腹委屈，"哪晓得人家还开明开放！你要这种媳妇打鬼？"

"你也浪得够了，只许自己放火，不许别个点灯，整日里浪打浪，你是个什么好东西！"

"哎呀，又来了，又来了，史大哥哇，各人有各人的活法、选择，哪都跟你一样想？"

"什么选择？你结婚几年了，沙籽都没怀上一粒，是什么道理？还好意思说选择。"

"那请父亲大人去问她好了。"史卓勇愤愤不平，"想生的不生，不该生的乱生，父亲大人，现在乱套了，怎么怪我啊！"

史天佳也被儿子的憨实逗乐了。

"人说皇帝不急太监急，你是太监不急皇帝急，最后还是干着急。"史天佳笑起来，好像泡泡水上冒。

末了，他收住笑容凑上去问：

"收养一个怎么样？"

史卓勇怔住了。

"收养？嗨，不是亲生的，那是什么滋味，不行。再过一年，占姬英还不怀孕，咱腾笼换鸟，一纸休书！"史卓勇手一挥，两撇胡子只动一撇。

"瞎说！怎么能做这种缺德事，姬英这么贤惠孝顺，说休就休的，儿戏吗？外界怎么说？难道我们史家不讲点传统美德？"

"哎呀史大哥哥，人不为己，天诛地灭。你礼义仁智信，别人也礼义仁智信？要行善积德，你就干脆投资办一个孤儿院、托儿所，那还能在史志书上留一笔！"

史天佳内心也很乱，焦躁。

有钱人，有钱人，有人没钱不行，有钱没人更不行。钱在银行，人在天堂，乃世界级悲哀。连个孙子都抱不上，史家岂不完了蛋？

"搞试管行吗？"史天佳问。

"不扯了不扯了！给你儿媳妇占姬英留家察看一年，再做定夺。"史卓勇有点不耐烦了。

史卓勇在父亲面前老幼无序、洒脱率性的风格，离不开他的位尊处优，娇生惯养。

据说这是新型的现代家庭关系，是引进平等民主的基因编辑改良。现在史家抱孙子是压倒一切的头等大事，而头等大事的主动权，在独生儿子史卓勇手里。

赶紧生一个孙子！只要卓勇高兴，只要卓勇答应，史家全体成员当孙子都高兴，当孙子都答应！外人是不晓得史董事长内心的愁苦呀。

"儿子，别不耐烦嘛，爸还没跟你说出正事呢。"史天佳换种口气跟儿子套近乎。

"晨家那姑娘的伢，真是你的吗？"

听到父亲这句话，史卓勇若有所思，没有难为情的意思。

"十有八九，可能是犬子亲自生的。"

"是就是，不是就不是，怎么模棱两可！"

"之前她找了我，好歹赖到我身上。我开始睬都不睬，但一想，哪有女人亲自找上门说孩子是你的？所以，基本可以确定。加上你现在的媳妇不生蛋，我对小孩并不排斥。"

"最靠谱的办法，是去做个血缘鉴定。"

"我讨不得那嫌，要去你去！"史卓勇厚嘴嘟成喇叭状。

"幽默，人才！我史家后继有人，哈哈哈哈！"

史天佳笑得喘不过气。

过一会儿，他正色道：

"还是应该想办法验明正身。听见没有，验明真身！我打算给笔钱，但不能乱给，万一给错了，人家不说儿子你二百五，老子我二百六？"

"从手机照片看，真有点像我们史家的血统。"卓勇说。

"如果确是我史家的血肉，我们都是罪人。"史天佳脸色肃穆起来，他沉思了一会儿，"这样吧，做不做我不管，先给点钱封口，人家一闹，影响不好。搞得我们猪八戒照镜子，里外不是人，那不行的。"

"我也说给钱的，"史卓勇眯笑，"父亲大人，英雄所见略同哦。"

"还有脸称英雄，惹这么大个糗事，最后老子跟你关机灭火。"史天佳一边做鬼脸，一边嗔骂。

有钱钱打发，无钱话打发。

有钱怕啥呢，这叫作"天空飘来五个字，那都不算事"。

父子俩在这方面，像一个砖架里印的砖。

"小祖宗，你以后真要收敛点，有家有室的，少到外面惹野蜜花！"儿子出门，史天佳千叮咛万嘱咐。

史卓勇走后，史董事长叫来财务总监许通过。

"小许呀，最近我要去外地一趟。你看了新闻吗，母猪生产技术研发，潜力巨大，全球空白。我们的生产技术都落伍了。市场这只看不见的手，但比有形的棒子还会打人。仔猪卖到了天价，人家的乳猪早就睡空调、喝牛奶了，成珍稀动物、一等公猪了！要学习呀，三代不读书变牛，一年不读书变猪。瞧我，都老糊涂了，孤陋寡闻了。企业竞争异常残酷，等不起，坐不住，慢不得呀！我得出去考察，赶紧出去看看。"

作了一番铺垫，史天佳切入正题：

立个活期银行卡附上密码，技改项目列支两百万元，主要研发母猪"多产快生"黑科技，届时让董事会研究通过。

姜半仙最后一次露面

他在废品收购站遇到知音。

方塘城无论随着什么节奏起舞，纷攘过后，复归寂寥。这个城市的一角，白天像烧沸的开水壶，晚上像喝剩的凉茶杯。

天黑时分，一个活物的黑影在地上蠕移。

与楚汉棋摊所在街交汇的姝途街，它的取名已经无法溯源。这条街与无数城市的街道长相一样，无非就是水泥的堆砌、商店的排列。

但这条街有一个特色，那就是经常被误读成"朱街"，甚至讹成"妹街"，成为方塘八怪中的一怪，是本地导游经常拿来谑客的桥段。

城市，人之盛也。物质文化资源聚城集市，人的群居性和跟风潮攒城簇市。

我们要为古人点赞，也要为今人喝彩。

现在城市的名、街道的名、楼盘的名、小区的名、商铺的名，要么"全球"化：一栋几层水泥楼，谓之"国际大厦"；几个玻璃柜台，称之"时代广场"；几张电脑桌椅，就是"贸易中心"。要么"数字化"，一号桥、八号桥、第一潭、十五潭。当然这也难怪，房建爆了，桥建麻了，翻遍辞海，如之奈何。愿老天多生点李白诸葛亮，多出几个刘伯温，以让新辈们史海钩沉，借隙讨光。

即使在鼎沸的市声里，这条街也稍嫌凄冷落寞。沿街的店面顾客无几，门可罗雀。店门时见"全货狂折""旺铺转让""清仓放血"等字样。店主的眼神大多悒郁迷茫，或者低头看手机。

沿姝途街往城郊延伸到尽头，不，现在叫城乡接合部。有一个废品收购站，值得一表，不要不屑。你若想真正了解一个城市，就要从下水道开始。

收购站显然是20世纪存遗的老瓦房，内有院落，搭了绿塑雨篷，堆放回收物品。锈蚀的大铁门，上缀圆弧钢条，挂着风雨浸淫的朽烂木牌：同归废品收购站。

歪歪斜斜几个字，却略显笔力，像不少书家到处留情的字幅，看起来自成一体，丑而不陋。

废品收购站是一对老夫妻开的，老头姓赖，叫河桥，婆婆叫吴知音。

赖河桥少年时因为爬上变压器被烧了双手。这个独臂人自强不息，硬是用脚摘取了人生的桂冠。

他自学成才，脑瓜灵光，做生意大多有成，还娶妻成家。

这不，门面招牌就是他用脚写的。

方塘城的废品收购站当然不止一个，但这个站因为与姜半仙有瓜葛，所以更耐人寻味。

一个有手无脚，一个有脚无手，都生活在尘世的边缘，天涯沦落，同病相怜。

活物移到同归收购站门前，赖站长早就听见木凳脚敲击地面的响声。

"姜哥，进屋坐！"赖河桥在铁门内喊。

活物停止移动，朝屋里看了一下。

"汪汪！"旁边用链子拴的一条黑土狗咆哮起来，它忠于职守，对这类人特别不客气。

"咳，不认得了，当宰的，熟人！"赖老头骂了声跟他不保持一致的看门者。

活物有些怵，还是在狂吠声中移进了店铺。

"佬好哇……"活物感激地咕噜了一声。

"吃，刚买的。"吴知音从里屋端出小筬箕，里有炒蚕豆和爆米花，示意他吃。

"佬今天怎么了？"姜半仙迟疑着抓了一把，放进上衣兜里，他不知老赖今天为何如此盛情。

"不瞒你说，我今天搞到了笔大生意！"赖河桥喜形于色。

"什么生意，哥。"姜半仙移动了一下凳脚。

黑土狗又汪了几声，有那种瞧不起、懒得理的意味。

"哎呀呀，"赖老头语气严厉地制止道，"跟你说了，熟人，经常来的！"

狗完全听明了主人的意思，站起来转一圈，又懒洋洋睡地上，像塌进水里的冰山，没声音了。

待狗安静下来，赖河桥便讲起了今天的那笔大生意。

一大早，他接到个电话，有人搬家腾房，让他去收废品，不用带秤。

他和老伴按对方给的线路地址来到了东家。

老东家是一独居老人，妻子早几年因病去世，女儿旅居国外，老人近日驾鹤西去。

他们生前砸锅卖铁送女儿读书。女儿也很争气，在班上都是前几名，考上名牌大学，出国留洋，最后还与一个外国人结了婚。

老人一直独居，女儿也曾想把他接过去，无奈老人不适应，连飞机都不敢坐。

"你不习惯我这边了，我也不习惯你那边了。我能放弃这一辈子的努力吗？你让我打回原形吗？"女儿对爸说。

是的，老人当初不是撺掇女儿出国吗，管那外国的月亮是圆是扁，出去再说。老人无奈，当初都是他的规划，他的选择。

僵持，推捱，好多年过去了。

这不，老人得心梗死了。

不知什么原因，女儿无法回国。老人的后事都由单位和生前好友代理。

女儿把父亲的住房遥控出售，房子过户易主。其遗物任由买主自行处理。

而买房子的人岂能要别人的遗物？新房主打电话来，由他全权处置，老赖真高兴呀。

平时到机关单位收点废纸，门难进不说，那些人面不是面，嘴不是嘴。几张报纸还要称斤两，说搞几块钱吃早饭也不错，再是要买几卷滚筒纸跟他换，说要放厕所擦屁股。做这破生意，下作啊。

"我到房里一看，天呐，有很多老人遗留的东西，应该还蛮贵重的。我再三跟新房主说，由我处理，是真是假？这么多物品，万一人家扯皮，我可担当不起呀。"

本着稳当起见，老赖还是想听听老房东女儿的意见。

那边回话，你们都扔了吧！

哎哟，遗留物都是老人一生的记载，保存好好的。有三本相册：相册里有老人年轻时的照片，意气风发的下放知青站在一望无垠的草原。还有各种朋友的照片，背面写着名字，哪天惠赠，哪次留念。放在相册最前面的，是一张十多年前的全家福，和女儿的结婚照。其中有老伴年轻的照片，和新的一样，底片还在，都过了塑封。

有人说，长寿有个秘诀，就是自己在回忆中再活一遍。

几个陈旧的牛皮日记本，里面记载着老人从 15 岁到 70 多岁里的琐事和感悟。有对同班女同学的暗恋。有年轻时的风华正茂，有孩子呱呱坠地、牙牙学语、初为人父的慌乱，也有下岗后，为了给孩子买辆自行车的欣喜，还有供学时四处借钱的辛酸。

曾经一无所有，四处打拼，最后儿女都成家了，远走了，老伴过世了，日记里剩下的只有追忆和怀念。

听说死前一段时间，老人逢人要拉话，遇到熟人就叹，你们下次见不到我了。唉，我那伢啊，我那伢啊……嘟囔不休，最后又沉默无言。

一本发黑泛黄的五十年代的新华字典，几套六七十年代的旧版文学名著，不少有收藏意义的书。还有很多奖状、奖章，劳动模范，技术能手，中、高级工程师证，到外地参加比赛获得的奖品……

相册他不敢要，那上面好像附着人的气息和灵魂。

他丢到地上扫门角里，后来扔大垃圾桶了。

有一本书，书名叫《流年似水》，是老人自费出版的。据说他生前写了不少东西，用自己最后一点积蓄买了书号，到处找人写序，想留名于世。

"这一大堆废物，我叫婆婆一板车拉到了这里。"

赖河桥介绍完当天的收益，满满的获得感。

"吃吃吃，姜大师，不跟我客气。"他又努嘴，示意对方再抓一把花生米放兜里。姜半仙去抓，几颗散落在地上，拾起来塞进嘴里。

"你太客气了！"姜半仙今天受到了尊重，多少年了，他跟死人一样，连个说话的人都没有，"嗨，这辈子，当作没有来过。"他感叹，人都以为自己来过，其实没来过，或等同没来过。

"是呀，有的人到世上走一遭，还不如不来。像我们这样，不值！"赖老头与姜半仙惺惺相惜。他知道姜半仙病不发作时，比正常人还正常人。他那一肚子墨水，满脑袋怪念，于世无益，只是方塘人茶余饭后的谈资，戏谑嘲弄的笑料。

他姜半仙来世一趟，跟个石头来过一趟，有何差别？

望着院落里那堆遗物，姜半仙流出羡慕的眼神。他感觉自己还不如那一堆杂物，主人的人生，更不可企及。他没有尝过出人头地、受人爱戴的味道，也没有过正常人的生活。与过去滔滔不绝、狂放不羁不同，他现在整天一言不发。

"下辈子，我会投胎到正常人身上。"

姜半仙声音不大，是心里没底。

老赖附和道："会的，会的。说不定投到一个皇帝身上呢。"

赖老头望着门顶锈蚀凋敝的那块招牌，耸了耸无臂的双肩，两个空袖子摆荡着。他们都把希望寄托在来世。

"我死了想捐器官，但肯定没人要。"姜半仙说，这话他显然想了很久，"或者，谁收我的尸，就由谁全权处理，喂猪喂狗也行，沤粪做肥料也行。"

他们聊了很久。赖老头是姜半仙这辈子遇到的唯一的贵人。

一年后，方塘市爆出一条新闻。

膝下无嗣的赖老头和老伴双双去世。两个老人向残联捐献了生前积蓄的一百三十多万元。

后来的事实证明，他姜半仙确实是自作多情。不仅他的身体没被当饲料肥料，而且从此再无人谈起过他，连插科打诨都用不着了。

在天通山，他终于与自己和解

我遥望星海，虽然永远到不了你的岸边，但那里一定住着我的光芒。

冥冥中他被某种神秘的力量牵引着。

他信奉的生活，不是最好的生活，也不是最坏的生活。

从什么都不相信，到被迫相信，到完全迷信，那真不是他的错。

无数个夜晚，童午辗转难眠，被噩梦惊醒，被思考灼伤。有时只能等头脑里的想法燃烬冷却，身心疲惫至极才能迷糊入梦。如果熬不到那种让思想止熄的昏沉和疲乏，就只能睁眼到天亮。

有天夜里，他感到肩膀有放射性闷痛。他换了姿势睡，也无好转。

他起床拉开灯，才过凌晨三点，窗外的黑暗仍墨汁一样浓，便和衣斜靠床沿，挨到天亮。

后来经常发生这种事，以至于恐惧夜晚到来，害怕上床睡觉。他到网上查，当即炸出一身冷汗。

他不想去医院，他怕。

是运动少了吧？他想去天通山爬山。

那天，天刚蒙蒙亮，童午换上球鞋出门了。

　　一夜沉滤，恶浊消遁。幕阜山的余脉环拥着这个城市，簇拥着望川河系，襁褓似的哺育这里的人民。一个城市有座山，就有臂弯和襟怀；一片土地有条河，这片土地就有奶乳和灵性。

　　每个城市的发展繁荣，都有它的理由。天通山位处太极地理的结合部，山脉河流恰到好处拱卫着中心城。这种阴阳咬合、天地反刍的地理系统，是被无人机发现的。人们也窥见了这块中部宝壤的绿色，富饶、悠久、神奇。

　　在一个岔路口，童午驻足观察了景区指示牌，便朝大觉寺方向走去。

　　天通山有三条路迂回包抄，汇交山顶。去大觉寺的路，古树突兀，涛音如喧，鸟影似滴。

　　攀石级而上，有一片开阔地。

　　一古刹森然立于眼前，额匾大觉寺镏金体字。

日也空月也空	东升西沉为谁动
江也空海也空	几度轮回做田耕
田也空屋也空	换了多少主人翁
天也空地也空	人生渺茫在其中
春也空秋也空	繁华过尽就是冬
金也空银也空	死后何曾握手中
爱也空恨也空	人生陌路不相通
悲也空喜也空	无非都是在梦中
情也空义也空	大难来时影无踪
成也空败也空	百年身后罪名声
苦也空乐也空	苦乐从来不均衡
食也空色也空	酒囊饭袋养残生
身也空意也空	体魄刚强路难通

亲也空戚也空　亲荣戚贵才沟通
福也空祸也空　福祸相依一路行
帅也空丑也空　转瞬即是白头翁
斗也空让也空　争来让去不兼容
非也空是也空　是非自古不分明
恩也空怨也空　恩怨相交一杯羹
妻也空子也空　黄泉路上不相逢
权也空利也空　转眼荒郊土一封
缘也空孽也空　前生后世觅无踪
诗也空曲也空　随风飘落任西东
真也空假也空　真真假假两难猜
醒也空梦也空　一枕黄粱事无成
好也空歹也空　好歹尽在不言中
善也空恶也空　善恶相报难公平
活也空死也空　生难死易奈何终

"你求什么?"住持问。

"婚姻。"

"请上香。"住持指了取香处,"三支。"

童午取三支香,在案上点燃,插进香炉,躬拜,跪磕。

住持端起油光发亮的竹筒,用力摇起来,竹签发出海啸样的声音。

他让童午取出一支签。

真心却遇假同行
只怨偏从远处寻
恐怕与少情义重

一朝翻悔暗伤神

童午一看，打了个寒战。

"我婚姻很美满啊，"童午说，"这个灵吗？"

住持看了看他，没吭声。

"我平常不信抽签占卦，今早爬山，随意看看的。"童午掏出钱包。

"不用。"住持用手一推，声音似乎从梁上掉下来的。

童午坚持把钱丢进功德箱，走出寺门。

他脑海里突然浮现起那年他与晨玲去灵隐寺里的情景，又返回来。

"我再抽一签，命运。"

如果这一签也是下下签，他就信了。如果是上签或中签，那就两相冲抵。

　　　三女莫相逢内
　　　盟言说未通
　　　门里心肝容挂
　　　缟素子重重

"是啥意思？"童午问。

"这里不解签，都是自己悟。"住持摇头。

童午有些懊悔。他本是爬山锻炼的，怎么就往庙里来了？

他胸口痛起来，放射到左臂，甚至指尖。

远空的浮云，潮润的山风，让他顿起寒凉。

他想起曾有人说，天通山大觉寺的签很灵，所以有些人都不敢到这求签。

糊涂并非一无是处，镇痛解苦，却成良药善方。

他想起同事朋友间的讨论。

人不免一死，但死亡的恐惧指数有所不同。

是千古一爱慷慨殉情，还是淫乱染疾呜呼一命；是七老八十寿终正寝，还是突遭不测英年早逝；是花圈簇拥悼声喧天地去，还是孤老寡寂寒碜伶仃地走；是被五花大绑推到刑场斩首断头，还是三跪九叩依依难舍垂垂落气；是身首异地的诡灭，还是整体全尸的完暴；是儿孙满堂的闹离，还是形单影吊的冷别；是得癌症痛不欲生生不如死，还是心肌梗塞脑溢血戛然而逝……

"不想这些！"童午猛地摇头。

石阶旁有一休闲椅，他坐下歇息。

森林里的负氧离子使他清醒过来。

靠椅边，半棵苍松，横斜劲逸，似被雷火劈过，只剩半个树架，能闻到松脂的气味。从枝隙叶缝和错落参差的层林间，他看到了漫山遍野五颜六色、热烈蓬勃的生命，有的老迈沧桑，古远如岩，悲怆如箫；有的芳华正茂，惆乐如琴。

绵延的山峦罩着薄薄的雾霭，沉静而朦胧，苍穹大地的环抱，无声无际地接纳着世间万象的荣枯更迭。

童午遥望远方，眼角渗出泪水。

在远眺凝视里，他参悟了生命的瑰丽和道德的崇高，而那种崇高和瑰丽，给了他平静接受命运的力量。

他掏出手机，拨通了晨玲的电话。

晨玲没有说话，显然是等他先开口。

"你回来吧，带宏栋一起。"他说。

"回来干什么？"

"回来。"童午柔声细气。

"你不是要离婚吗？"

"不离了。"

"你这慈悲是从哪里来的?"晨玲把电话挂了。

童午默然看着远处的山色。

"啊——吧,啊——吧——"一对中年夫妻走到前头,对着山谷,双手做成喇叭,拉长腔调叫起来。鄂南山里人遇到闷热天气,常用这种办法呼风降暑,非常灵验。

等人声消失了,童午又把电话拨过去。

"玲,回来吧。"这次是恳求的语气,"都是我的错。"

"我们没办法在一起过了。"

"不,我想通了,完全放下了,重新开始,我们。"他说,"我向你保证,以生命的名义,再爱一次,再活一生!"

他有示弱和解的姿态,她也好像妥协了。

"相信吧,我不是过去的我了。可以当作什么事也没有发生过。不,还把它当成好事。我知道,在爱的心灵和世界,从来就没有缺陷,或者说有缺陷的,可以胜过完美的。"

晨玲也就没有继续坚持自己的态度。

"我来接你和儿子,明天就来,我来向你妈请罪!"

他们渐渐回到了久违的那种沟通方式。

"我……自己来吧。"她说。

挂了电话,童午看了手机,屏上沾满了泪水。

跟活人盖棺定论

身陷囹圄，人言这样为他塑像。

落魄的人，最好远离曾经的世界。

因为那里都是，幸灾乐祸的爱意，落井下石的温柔。

随着野樱谷的破产和程正入狱，外面炸了锅。

"我侄子广州做生意那儿急着要钱都没借他，全投这里了，现在哭都没眼泪！"

"哼，我说的都兑现了吧！这叫作零细吃瓦砾，一次屙砖头！"

"生意好做，伙计难寻，看来古人的话还得听点！"

一个股东叫莫开发，端着钢盖茶杯，狠狠地瞧了四周，嘴里骂骂咧咧。

他自己的家当，还有亲戚的钱都被卷进去了。

有人劝，事已至此，说啥也没用了。

莫开发说："如果办实业都去试错，那不是脑壳被驴踢了？我当初就不怎么同意上高空项目。家樱花，野樱花，开得几天花，卖得几张票？月亮船，太空舱，只想一步登天！"

莫股东喝口茶，拧紧盖子，"旅游开发，周期比猪小肠皮子长，回本只是毛毛雨，明显一个开着鲜花的阎王洞。我上了这艘漏船，简直倒了十八辈子霉!"

"董事会竹篮装黄鳝, 个个出头。有股无份, 有份无权, 到处冒泡, 各怀心事, 不垮才怪。"

有人列出公司垮台的二十条原罪。

其中一条是董事长配女秘书。

"叫花子都得有个头。堂堂一个董事长, 半挖耳勺的特权都没有, 他这个头怎么当? 积极性创造力哪里来? 配个女秘书, 叽里咕噜的。女秘书之后不走了吗? 未必公司垮了怪配女秘书? 你不看, 公司是后垮的, 秘书是先走的!"

当时为这事调门最高的股东别进行, 赶快为自己洗脱。

"我敢担保, 程董不是一个馋嘴偷腥的人, 他跟丁丁百分之百清白," 别进行指天发咒, "公司垮了, 都把责任推他一人身上, 不讲良心。现在救活野樱谷, 只能对内抱团, 对外抱腿, 其他都是水。"

大家心知肚明, 这个女秘书确实是他主张配的。

樱花谷倒闭和程正坐牢, 像风推的浪、纸包的火, 以不快不慢的节奏和热度渐为人知。

儿时的伙伴石滚知道了。

他在鸡窝里抓了一只鸡, 拎着一袋苕丝粉, 搭车来到了城里。

石滚好不容易找到程正的住地, 却听说明思理去武汉治病了, 只好拎着东西, 从城里回来了。

他石滚拎不清黑猫白猫, 好鸟坏鸟。他只念儿时的情分, 只记念程正接济过自己。而且他还听说, 程正资助过村里的两个小孩, 一个还考上了大学。他想起前些年有次进城办事, 试着打了程正电话。程正当时很忙, 却安排接待, 还塞了他路费。

石滚回到村里，碰上坐屋场晒太阳的小学语文老师，叹着气跟他把这事说了。

"抓了？"白须眉的老师像亲眼看到 UFO 样愣住了。他过去经常看新闻，有什么大事要事，就跟村里稍懂点的人讲解。

石滚告诉他时，眼圈泛红，想着老师一定跟他一样痛惜悲伤的。小时听他鼓励，要树立远大志向，做社会栋梁的。

"呵呵，是这样，"老师想了一下，"看，就是你在农村作田，已经不比他弱了。他有钱坐牢，你无钱自由，两抵，彻底扯平了。这一搞，你这辈子总的说来就不算比他弱了。"

石滚像是扫墓祭祖，香上了，鞭点了，却发现找错了坟头。他石碑样地立着，听老师的训导。

他还想起程正前些年回乡时，送过香烟给这位老师，两条，牛皮纸装的。

白须老师感慨地分析："三岁看大，七岁看老。他小学就谈恋爱，肯定就没出息。"

老师说记得最清楚的一件事，是他当年语文期末考试出的一道题，用"越……越……"造句，你猜程正怎么造的？

"我看前桌的女同学，越看越想看。"

评卷时，语文老师用竹教鞭把他手打肿了。

"我当时边打边骂，你小子不学好，将来就当流氓阿飞。看，这不应验了。"

石滚至今想起，白须老师书教得好，但脾气暴躁。有位同学不知是上课做小动作，还是一道题答不上，讲台上的他，"嗖"的一教鞭飞到后桌，不偏不倚射中那位同学的眉心！当时全课堂死一般的寂静。左一丝右一毫，同学的一只眼珠子，就"去了货"，看这老师的手法！

石滚跟老师话不投机，拎着东西默默走开了。

程正高他一届，读初一被处分了。记得处分布告贴到小学每个角落，他还和同学们围上去，照那墙上的布告念："程正上课东张西望，交头接耳，更为严重的是，与×××女同学恋爱。"石滚把"恋爱"读成了"蛮爱"，惹得一场哄笑。

程正差点被开除学籍，是当大队干部的叔叔找校长求情，才改成记过处分。虽证据不足，但疑罪从有，男女生写了几个字条受处分，搞得比牛郎织女还天方夜谭。不过事后人们说，打是亲，严是爱，不然他程正考不上大专，只能在家里搬砖。

但石滚管他"恋爱"还是"蛮爱"呢。程正是儿时玩伴，毕业几十年都不忘他这个乡巴佬，你让他说程正的不是，做不到。

曾几何时，方塘城有一条算命街，云集江南相术风水大师。这些大师虽处在黑暗世界，但信息灵通。哪家有红白喜事，好吃好喝，他们总会拉着胡琴，探着拐棍，你牵着我，我牵着他，准时出现在当事人家里。

这其中不少人聚到街上，坐地经营，接络善男信女。

有一位老者跟程正和石滚一个村，姓葛，叫亮周，号称"江南不二相师"。

程正在公司不景气时多次找法师问凶求吉。

这位老法师听说程正被抓了，跟他同伙挑起了话题。

"以后不跟熟人看相了！"

"葛爹，这是为什么呢？"旁边有个盲人摸了摸油亮的拐棍和阉牛袋样的挎包问，是不是跟人家掐时算命上了当。

"熟人不好说实话。"葛大师左右不对称地撇起了嘴。

"不说实话看什么相呢?"摸拐棍的盲人眼睛空洞地望着街道,一辆农用车经过,喇叭声像牛放屁,扬起的风尘夹着柴油味。

"哎呀,你说了实话,他不高兴。他拿钱像挤牙膏,怕还背后骂我。"

"那是那是,越有的越尖(抠),这我晓得。"盲人夹紧了挎袋,摸索着检查了一下豁口拉链。

葛大师想起,野樱谷一定红火,那次他完全算到了,程老板给的一个红包,几乎鼓破了皮。

"葛爹,你有话就直说吧。"盲人想,他一定有"哇闻"。

"我害了他,害了他,当初该跟他说真话的!否则他不会走到这步。"葛大师惜叹。

"你害得了谁呀,葛爹,命是他自己的,未必是你算坏的?"盲人吸了下鼻子,"我这号人,只管秉公事法,命理论人。未必丢了胡琴不要,还抠我眼珠子不成?"

"熟人看相真怕说实话。"葛相师言归正题。

"如果命有大劫,孙悟空的筋斗都打不过的。我一个村的程老板,上次找我看相算命,我一掐,不好,这个运走不得。躲了血光之灾,恐有牢狱之殃。但我心太软,只拐弯抹角说,他近期有小人所害,财色双钳。当时我该给他个方术制住就好了。"

那时程正也听说看相算命就是窥破天机,要犯五弊三缺,难怪真正有道行的,非聋即瞎,不得善终,所以对他们心生怜恤,出手大方。他还听说深圳有一落魄商人大发横财后,奖了当初给他看相大师一栋房。

葛大师想起程正曾口诺,逃过此劫,一定回头重谢之类的话,懊悔不已。唉,这造七级浮屠的事没干,可惜了!

葛大师不停地补充，想让盲人听完整。

"这姓程的以前找过我。那次是桃花劫。我跟他出招制了。之后他来问公司的兴衰，又表示感谢。我开始不要，但转而一想，为什么不要？他千万富翁、亿万富翁，命只值这几个钱？唉，可惜了，到监狱里了，我该出实招，走偏手，帮他制住的。"

盲人听完，用手摸了膝盖，"葛爹，这就是他的命，没什么可说的。坐几年牢算什么，没有拉到西门岭北门畈吃花生米，还算好的！"

与算命、相术大师不同，方塘市的不少有识之士听说程正被抓了，从人生浮沉、命运无常方面，进行逻辑推理，抽象概括，盖棺定论。

"要么模范，要么罪犯；要么劳模，要么恶魔，二者必居其一，无波粒二象性，绝不量子纠缠！"

"伸手没被捉，反贪作报告；嫖娼没被抓，仍然艺术家。"

程正的同学知道了，谈论时尽可能地掩抑笑意快感。

经常抛头露面的同学，在方便的场合，总要嘀咕几句，"在学校一般般，出了社会做大官；学生时代光爱爱，毕业之后发大财，这本来就不正常！"

职级平平的同学装作脸色凝重，深表同情的样子。

"爬得越高，摔得越重！有什么钱，不就一堆水泥柱子、钢筋棒子！"

"说是大老板，你以为他有很多钱？说不定打麻将的钱都拿不出来，过年的钱都没有！"

"再多钱又怎么样，你看我跟他借一角钱不？"

家境贫寒的同学，幸福指数莫名地飙升。

"还是我们好，穷是穷点，但晚上的瞌睡真是香！"

当然还有不少说公道话的。

"这人啊，什么时候嘚瑟，什么时候灾难就到。"

"不仅人见不得人好，鬼也见不得人好。"

"我对平淡是真的理解，就是人性即恶，你得时时如临深渊般的活着。"

"有的诱惑是可以而且必须绕开或拒绝的。什么诱惑都迎就的人，非疯即傻，离毁灭不远。"

有人说，出了这种事，最紧张的是曾与程正有过交集的官员——萝卜上的泥巴们。

白天战战兢兢，夜里做噩梦。他不会把我供出来吧？他应该是个讲感情、有担当的企业家嘛。都在暗暗祈祷，对天作揖：程正你可要挺住啊，有些话不要乱讲啊，说了会受到良心法庭审判的啊。

还有，曾经与他暧昧的女人，要么撇清关系，要么销声匿迹。芳草萋萋的鹦鹉洲，一下子变成凄风苦雨的广寒宫。

程正的酒肉朋友倒是说了不少好话。

"程老板仗义疏财，喜新不厌旧，重色不轻友。"

"方塘少了一个绿林好汉，是花经济、酒文化的重大损失。"

"程公子女人虽然数不胜数，但没有一个是多余的。没有程正的方塘的情爱世界，是无意义的存在！"

麻将馆里的评价又是另一番景象。

麻将馆中常客明思理不来了，身边有了活教材，舀姐更有了借题发挥的黄金时机和自由展示的最佳舞台。

"我感到悲哀，思理姐麻将场上是个好角，麻将场外是个好人。但脑壳上顶着呼伦贝尔大草原，跟太极竹海一样绿意婆娑。她平常穿金戴金，珠光宝气，谁知道内心悲苦、人生苍凉……所以呀，人幸不幸福，说不清楚，看不出来。"

舀姐抚慰的口吻，艺术铺垫——不给人背后嚼舌头的印象。但她最终还是现出话锋语刃。

"我就说过，人的禄是定数，吸血鬼会撑死自己的。"

"高息揽储，把人家买棺材的钱都揽去了，储光了。好嘛，他这一坐牢，进了保险箱！再也不要操心那些为几块利息搞得血本无归的家庭了，再也不用管野樱谷是人打死鬼，还是鬼打死人了！"

"算个什么事啊，现在有钱的人，比望川河里的鲫鱼虾公还多。想当初，看他天天仰着黄肿面，哪在乎我们这些人。现在呢，囚服圆领钝袖，手铐镀光溜滑。我不是说他坏话，他是方塘最大的流氓，可以枪毙十次！"

舀姐抑扬顿挫，鞭辟入里，牌友们大多默认，嘻嘻哈哈。

落水狗越是悲怜哀号，岸上的打手越是快意恩仇，痛殴不饶。

天地不仁，善恶混沌

失去的神秘吊诡，得到的麻木歪腻。

你若说晨玲没预想过复合后的生活，那是不可能的。

她做了非凡努力，却没有过成自己想要的样子。

"你说去看电影，都快开场，还在化妆？"那天童午忍不住说，"你这磨蹭的习惯，不能改一改？"

因为熟悉，他声音里的恶意和厌烦，她一下就识别了。

晨玲急忙出了门，看电影一直没理他。

"你以前为什么不要我改？省得让我吃这么多的苦头，受这么多的罪。"走出电影院门，她丢一句往前走了。

他一句没说好，她要说十句抵回去。

童午也觉得她过分了，结婚前她不这么计较的，他也恼了。

"这么多年，你饭来张口，厨房不沾边，不觉得亏欠？"

"我在家从不做这，还到你家来当保姆？"她借题发挥，"你也去访一访，现在几个女孩做家务！"

他们都惊呆了，这就是婚姻生活？什么事都可以打开争吵模式。别人是这样的吗？如果不是，就更加恼火、悔恨，认为都是对方的问题，都是当初选择的错误。鸡不懂鸡，也不懂鸭。

"要我对你像公主一样宠，你能对我像皇上一样贡吗？"他有时气不打一处来。

"你说到皇上两个字，我听起来有点讽刺。"她怼。

婚后生活，徒然变了颜色，变了味道，变了性质，这是两人始料未及的。

纠缠的、唠叨的、责怪的、厌恶的、攻讦的、伤害的，既不那么对，也不那么错；既不那么轻，也不那么重；既不那么痛，也不那么痒……

他们也极力试着换一种方式相处，但秒回原形。

夫妻吵架都有轨道惯性，一旦进入，几乎无法摆脱。

童午原先觉得，换一个人，变一种方式，生活一定会改观，他觉得自己可以接受新的苦恼，可新的苦恼甚至来得更加猛烈、更加复杂。无论怎样崇高的内心，在家庭生活里，是雪球丢进开水。

拾着了珠宝，第一天为获得而喜，第二天为存放而虑，第三天为分配而烦，第四天为拥有而怠。

爱情生于自由，毁于规制，存于陌秘，死于熟悉，能战胜风险，却奈何不了平淡。

他们发现，任何一件事，都会成为争吵的导火索。

那一天，她心力交瘁地把孩子送去学校，在回来的路上，情不自禁地哭起来。

一盎司的浪漫甜蜜，却要一卡特的枯燥苦涩。五分钟的狂热轰烈，要五十年的落寞孤冷。

晨玲在经历这么多后，渐渐明白，真正的爱情活不长久，与现实生活格格不入。婚姻分明就是搭伙过日子，爱情原来就是荷尔蒙。撑不撑得下去，得听天由命。

她要他顶天立地，宽容柔情；他要她上得厅堂，下得厨房；她要他青春不老，钱多不少；他要她身材曼妙，天天仙娇；她要他英俊浪漫，不近女色；他要她无限风情，专一纯净。

他们无疑是相爱的，或者说曾经是相爱的。但双方的内心都有一个雷区，日常里都互不触碰。

这就形成一种奇怪的情形，只有生活，不谈爱情。

童午常常闷坐着，身上好像堆着山一样的痛苦。

她觉得失去了很多，只要应该得到的，可并不能如愿，内心无比地失落。

"如果说我犯了错，就错在当初不该搭理你！"她不无伤感地冷嘲。

这句话让童午陷入深渊般的沉默。

那是他心中的圣地、情感的禁区，最后一丝的美好和神秘被嘲弄、践踏。

那些日子，他俩都笼罩在不祥的预感和压抑里，对未来都失去了信心。

夫妻间的争锋和厌恶，是有底线和度数的，无论怎样愤怒，有些话就是不能说出来，那是射向对方心脏的箭镞。

比如谁忍不住第一次说出了"离婚"，就一定会有第二次、第一百次。

心灵的伤害，隐痛会反复，直到最后崩塌，炉火会烧焦一切，连理智都不能幸免。

原来这只是幻想的浪漫、虚拟的深刻？原来爱情只是个短暂的影像，美丽的泡沫？

她能承受他的贫穷，承受他的平庸，但不能承受他的冷漠。她越是想起过去他宠她的时光，她就越生气，越在他身上追求完美，便越没有在他身边待下去的信心了。

"我做错了什么，钻到这牛角尖里？"她思前想后，并不觉得这是宿命，而是做了错误的选择，"应该还有更好的，不同的。可能，我是天底下最傻的女人。"

她觉得就是丢骰子，也不该是这种结局。

"我这一辈子，欠你最多。"情绪好时，他这样说。他平日里都是宠着、让着晨玲，可在一些敏感的问题上，却无法调和，很多问题，他们之前想都没有想过，也没有准备。

爱情和婚姻看似孪生联袂，却是八竿子都搭不上的两样东西。一千对夫妻，有一千种磨合，过不过得去这个坎，谁知道。

谁知金婚银婚，藏着多少血泪。那不是爱情的花冠，而是道德的绶带。殉情的人如果结婚生子，说不定照样劈腿外遇、吵架离婚呢。

有一次她以"中间人"的角度，想指出他的问题。

"你在诗文里的人好得没话说，但在现实中的人，我不想说。"

"我也这么想，你与以前比像换了一个人！"

有一次，他们为一件琐事大吵起来。

起因是童午在阳台上打手机。

"讨论什么国家大事，打这么长的电话？"晨玲没好气地在里面质问他，她隐约听到了电话里的内容。

童午没有理会，继续打电话。

"锅都烧煳了！有什么事赶紧说！"她嚷道，童午的态度显然把她激怒了。

童午草草地挂了电话，走进来，不阴不阳回敬一句：

"你没有手？"

晨玲冲到他面前，像拉了闸的洪峰头，说："你老背着我打电话！你以为我不知道？还晓得你干了什么。你自己无能就罢了，还管得这么宽！"

童午发现，只要他与家里的人交集，晨玲就莫名地厌恶、窝火。

"女儿考研分配这么大的事，父女商量一下，何错之有？"

"她那么大的人，自己做不了主？你想管到什么时候？"

在晨玲眼里，既然与她成立了新的家庭，那边的事、过去的事，必须一刀两断，一撇两清。他与女儿，甚至与前妻的瓜葛，让她嫉恨不已。

"你只跟你女儿打电话？骗鬼吧！你跟别人打了多少电话，我不知道？"

她说的"别人"，是裴裳，她都不愿意提及他前妻的名字。

"这么多年，打了一两次电话又怎么样，我们毕竟还有一个女儿呀，难道就没有一点事？"

"好，你既然这样，那我也可以跟宏栋的爸爸打电话！"晨玲眼里露出可怕的轻蔑和仇恨。

此言一出，童午几乎七窍生烟。

"你还有脸说这？亏你说得出来！"

他像一头暴怒的狮子，"我今天还是选择忍让一次，也是最后一次！如果你以后让我听到这小杂种和大杂种一个字，我就一拳把你脑壳打到地上去！"

第二天，晨玲带着她的儿子，从方塘城彻底消失了。

外人知道后，议论纷纷。

"老牛吃嫩草，最终呕黄水。"

"爱情像鬼，说的人多，听的人多，看到的人少。"

"他忽悠了人家，人家也忽悠他，报应，公平。"

一个女人绝食而死

留给这个城市最后的哑谜。

农历壬寅年，方塘出现大旱。

正值六七月暑期，连续五十二天滴雨未下，河塘干涸，田畴龟裂，山上乔木楠竹成片枯死，望川河断流。

这是祖祖辈辈在此繁衍生息的方塘人从未见过的。好像与另一个星球上的景象似曾相识。

翌年，方塘发生突破气象记录的暴雨，全境一个小时降雨量超300毫米，有的400毫米。

望川河上游山区木有乡龙冲村，暴发的山洪冲出飞机跑道样宽的壕沟，成吨重的巨石推滚到几公里外，巍然大山被削掉一边。洪水过处，屋场成沙渚，道路像断烂的猪肠，合抱粗的古树连根拔起，有人死亡，有人失踪。

这么暴烈的洪流从哪里来？灾后勘查现场者不禁倒吸凉气：天上仿佛有一个巨大的漏斗，把江海的雨吸聚起来又倾倒而下。

"哎哟，老天为什么要亡我！"一个老太婆在她房屋倒塌的瓦砾上哭诉，她家房子正对洪流豁口，首当其冲。媳妇死了，孙子没了，只在两里外的地方，看到了她家的石碾盘，这是唯一的剩产。

翌年，又遇破气象纪录的温度反常现象，超当地历史极值 45 摄氏度。山上像火烧了一样。中秋节都过了，桂花还不开，有说是夏秋颠倒，有说它爱开不开，少点香气就是了，不影响日常吃喝撒拉、文明进化。

樊音得了一种怪病，到处求医问药，也不见好转。

她看见屠宰的刀具，都会战栗。更听不得任何被宰动物绝望无助的哀号。一旦听到，会脸色苍白，崩溃疯狂。

她不能听任何人讲杀生的故事，伤害动物的过程。

她时时规避提防，但还总会偶遇。

电视播放多少年前的动物，死去几十年、上百年了，她还会为它心痛悲伤。

北方冬天冰天雪地的马牛羊，夜色里划过的雁群，都引起她深切的忧虑。

一次，她在车站，看到有人逮住的一只活麂，铁丝把它的腿皮剐去了不少。她与它的眼神相遇。她想买了放生，怕被嘲笑，忍痛作罢。那一夜，她都在为它祈祷，她许久都忘不了那求生的眼神。

去菜市场，她不敢走近活禽宰杀点，只在素菜摊点买了青菜，迅速离开，避免听到虐心的声音。

手机屏幕里任何动物撕咬的场面都会让她浑身发抖，呼吸暂停，她立马扭脸闭眼，快速调换频道，或摆脱逃离。

所有杀生相关的一切，都会刺痛她的神经。她日夜为每一条被杀戮的生命忧戚。

她彻底选择了素食。拒绝一切动物有关的肉、油。如果有烹煮过动物的锅，水洗再用。

久而久之，她完全适应了素食，如果沾了腥，她会呕吐。

这或许没有道理，但她这种情愫与生俱来，与任何主义、宗教无关。

她改变不了一切，却改变了自己。

有时整晚睡不着觉，迷迷糊糊撑到天亮。

她总感到心里莫名地痛。西医检查，X光、CT、核磁，没发现任何病灶。在几家中药铺问诊求药，不见好转。

她还去心理咨询过，没有结论。参坟报庙，算命问巫，依然无果。

无可救药，有人怀疑她"装病"。

开始，樊音的病情尚能稳住，但那段时间思理家庭出现重大变故，她连说话的人都没有了。

意外终于发生了。

那天樊音出去散心，在街上溜达。途经一家狗肉店，撞见有人杀狗。

樊音顿时面色惨白，吓晕倒地。

有人急打120。

在医院，她昏迷三天三夜。

这件事在全城引起轩然大波，舆情汹涌。

有人骂她猫哭耗子假慈悲，什么时代了，闹这种活把戏。还知识女性，当初教书肯定误人子弟。

人们宁可信大街上青天白日出活鬼，都不愿信一个人看到杀生会吓得昏迷的稀罕事。

不相信吗，还有更耸人听闻的。

昏迷三天三夜，她醒了。

她吐出一大口血，大哭。

　　大家松了口气，这心中的块垒，吐出来就好了。

　　可她还是喊痛，像被凌迟一样的痛，还说，只有这种痛，才觉得生是罪恶和死亡，死是道德和永生。

　　护士打止痛针，喊痛声还是一阵接一阵，大家毫无办法。

　　"中邪了。"有人溜出来悄声告诉旁人。

　　"这祸从哪里来呢?"人们分析，她当老师是教学标兵，祖宗十八代没有前科和基因，根本不存在产生精神病的机理。嘿，这病生得怪，生得奇，看她再怎么演下去。

　　也有病友可怜她：这其实并不奇怪，看看人家范进中举，逻辑严密，思路清晰，答题正确，怎么就突然得了精神病呢，精神领域、微观世界，谁能说得清楚。

　　方塘一中顶尖的物理老师，听闻教育同行出了这么个病人，认为这种病所有现存医药医术无效，只能从量子纠缠的视界解释。

　　"啊，我头要裂，心要碎……"樊音对医生表示不光疼痛难忍，还看到自己的脑袋被丢在地上，脸贴着冰冷的泥土，舌头还能舔到粪血的涩臭。嘈杂，旋转，眩晕，狞笑，木然旁观的眼神，无关痛痒的走动。看着自己的血在地上汩汩流淌，冒着热气，散着腥味。是那种被宰杀的生命，最后眼里这个罪恶世界颠倒乾坤的情形。

　　她还说，常常看到自己的脚变成牛脚，手臂上有鬃毛和鳞甲，手脚被挂在别的高处，她的心肝肠胃也被挂在那里，滴着血水。

　　医生吓坏了，说治不了，要她转院。

　　西医治不了，中医不治了，大家建议转精神病医院。

　　转院后，大夫高规格会诊，拿出最佳治疗方案，还是作用不大。

　　他们得出结论：这不是肉体之病，也不是神经之病，而是灵魂之病，所以治不了。

有病理分析说，这是一种癔症。她劝阻不了世上的杀生，更扭转改变不了食物链，郁思成癔，积忧成疾，突受刺激，以至如此。

人最大的知识，是相信自己的无知。可以肯定，她这个病，是全球孤例。

樊音已处于精神失常的边缘，孤独、抑郁即将吞噬她。

"啊，我，我是谁，是我吗，好像不是，为何在这里，是这样，怎么四分五裂了……"她感到自己的身体像大蒜坨，可以一瓣瓣分离又合拢。有时她躺在床上，突然意识到自己到了一个临界点，马上就要疯掉死去，只得立即起床，才能回到凡尘现世。

那天早餐后，她呕吐不止。

她突然感觉，嚼在嘴里的食物，有丈夫施非明的体味。她怕是自己的错觉，也就没在意。

可第二天她饭后又继续剧烈呕吐，在呕吐物中又闻到血腥味，甚至恍惚有婴儿的哭声，仿佛提示是她曾流产的孩子！她甚至怀疑嚼的是自己的肉。

后来她更加反常。她看到这高高的楼房，大地上一切建筑都是生命和血肉，空中飞舞着无数的意识和亡灵。

由于她吃什么吐什么，最后水米不进，绝食而亡。

她死后，方塘桂花怒放，满城芬芳。

人们在她沾满泪痕的遗物里找到了只言片语。

人类不管走得多远，还有多长时间，要记得曾经的蛙声、星光、萤火，要记得风是甜的，水是照着人影叮咚唱着歌的，人和动物是命运与共、朋友一家的。

她说，她生在一个美丽的世界，愿死后变成一个化石的符号，记载着这个曾经蔚蓝的星球。

千年以后，不知人类还在不。

樊音绝食而死的消息，在方塘再次引起震动。

有为主义流血的，有为爱情献身的，有为家庭矛盾纠纷寻短见的，有为复仇决斗赴死的，有遭意外不测暴毙的，有身染沉疴殒命的，就是没见过为诅咒杀戮、绝食而亡的。

青春不再，时光已远

到医院、监狱才知道，人活一辈子，都是死里逃生。

方塘市中心医院体检中心。

抽血的、取尿的、聊天的、轻松的、沉默的……

现在最热闹最忙碌的地方，一是菜场，二是医院。

救护车的叫声隐隐约约从窗外飘来，凄怆而揪心，但丝毫不影响其他的节奏。

童午总是害怕到医院，更不愿去做体检。

"有问题吗?" 他一边趿鞋扣衣，问。

医生瞥了他一眼，没回答。

后来又说： "电话留这，回去等结果，还有家属的电话也留下。"

童午把自己和妹妹的都写上了。

在医技楼走廊的窗前，童午停下了脚步，放眼远眺，天地似乎安静下来，一群鸽子无声飞旋。

阳光灿烂的日子，这是生命的珍影，记忆里少有。这碧空万里的晴朗，一日便是千年，一刻即成永远。

童午空腹阵阵发烧，他没有吃免费早餐，而是去了医院附近的一家牛肉面店。

方塘城里的早餐，牛肉面堪称一绝。

过去，食客们一边欣赏血淋淋的宰牛场面，一边吃着香辣牛肉汤面。现在搞文明创建，没有了血腥场面，只有川流不息、狼吞虎咽的吃喝场景。

一到早晨，牛肉面馆里，喊的喊，叫的叫。插队的、加蒜的、抓葱的、倒醋的、付现的、扫码的，乱成一锅粥。

童午点了一碗特辣牛肉面，好不容易在一个角落里找到位置。

"这面让人上瘾，吃了还想吃。"

"主要是汤汁好，听说煮牛肉不能洗太干净，那样反而丢了纯正的味道。"

"你晓得啥，一辣遮百味。这一大锅汤，一把鼻涕撒进去，味道还不照样鲜。"

"让人又爱又恨的食物，是方塘人勤劳智慧的结晶。"

邻桌几个显然是通宵打麻将，从牌桌上直接开来的一拨人，正热烈讨论着。

童午刚从医院出来，看着这群人，莫名地羡妒。

这次去医院体检，童午本来是拒斥的。那天咳出血丝，他才去了医院。

厄运不会公平分配、规则出牌，随机给谁谁，谁谁不知道，幸与不幸一张纸。

他牛肉面还没吃完，接到了电话，通知机关干部下午去监狱参观，接受警示教育。

才出医院，又去监狱，人们最不愿意待的两个地方，偏偏一天让他都链接了。

大巴在方塘市以北五公里处的场地停下。

外观看，监狱门楼与机关单位毫无二致。

围墙、铁丝网、岗楼、车间、寝室、展览厅、文体活动场所，引导员一一带他们参观。

看来这个世界，什么地方都有人待，什么事总是有人干。

童午突然感觉胸骨里，有一阵电击样的恶痛。

他看了看院内，树爆绿，花绽红，与墙外的世界似无两样。

人生浮沉，好似天色云影，临而不预。

他脑海里闪现曾看过的警示片的一个镜头。

凌乱飞扬的白发，失血憔悴的面容，忏悔的泪水，空洞的眼神，让他不寒而栗。

那是他的同学牛仕荣。

大学毕业后二十多年都未见过，那次聚会出国了的老同学，竟在警示片里看到了。

他回忆起牛仕荣的青春模样，说话羞怯像个女孩，一张脸清纯得像校园树上的青果苞蕾。

眼看他做大官，眼看他落马了。

那个时候童午多羡慕他，这个时候他该更羡慕童午。

每月虽然只有一点死工资，请客只能摸着口袋进路边摊，为几分钱与菜贩争得面红耳赤，劣质啤酒勾兑白酒喝得滋溜有声，发霉的竹筷夹着陈花生米慢腾腾往嘴里丢，嘟囔着这个双休日去哪个乡哪口塘钓鱼，现在这种生活，对他牛仕荣，该是天堂里的样子吧。

但他立即收住了这种骄傲的情绪。因为冥冥中他听到牛仕荣抄着方言音在骂他：

"老同学，莫笑我啊，处在我这位置，你一个样！"

　　金钱、性，世间两朵恶之花。有多么艳丽，就有多么凶丑；有多大魅惑，就有多大危险。其实呀，官场也好，情场也好，都是凭运气走活的游戏。每一个欲望的峰巅，都直通痛苦的深渊。

　　回程的车上，所有人都很少说话，大概是内心受了震慑。

　　童午去监狱参观的时候，妹妹被电话叫去了医院。

　　"你是他什么人？"医生问。

　　"妹妹。"

　　医生脸色凝重："情况不好咧。"

　　"什么？"妹妹急了。

　　"肺癌晚期，都转移了。最好到省里去复查一下。反正我们的看法，可能性非常大，十有八九了。"

　　妹妹站立不稳，手里的报告单像风里的枯叶。

　　"最好不要让他本人知道。精神因素最重要，该干吗干吗。"医生说完后忙自己的事。

　　妹妹全身颤抖，带着哭腔凑上前，问个不停。

　　"医生，他平时好好的，本不想检查的，有这么厉害吗？"

　　医生抬头看了看她。这种事他见惯了，每样报告单结果出来，总是有人欢喜有人愁，有人欢笑有人哭。

　　"他抽烟吗？"

　　"不抽啊。"

　　"先去省城医院复查，治疗方案也多，你们看情况定吧。"

　　"医生，得这种病的原因是什么？他不抽烟的啊。"

　　"不抽烟不等于不得肺癌。空气面前，人人平等。人人都在抽大烟。癌症发生机理复杂啊，个体差异，精神因素，多了去了。"

　　精神因素？妹妹一想就沉默了。她六神无主，双腿像拖着镣铐一样走出医院。

不管怎么样，她得秘守住这个病情。现在，她要努力清理自己的情绪，让眼睛的红肿消散，装得什么也没有发生一样。

苍老的天空，疲倦的日月

家里来了不速之客。

"我眼睛这几天有时看到两个红球，头有时痛得厉害。"

思理打电话跟儿子豆瓣说，早两天她到社区医院看了，眼压过高，打了甘露醇。医生说，怀疑是青光眼，得赶快去大医院检查做手术。

程正出事后，明思理一直窝在家里，不想出门，碰到熟人，懒得搭理。实在迫不得已，才躲闪着出去买点菜和日用品。

她过去喜欢打麻将，现在也少有人约她。

老公出事，她好像也被抛向冰窖。

那天她开机，发现有个号码一连几天多次打给她。

在想要不要回过去时，电话竟然又响了。

"喂，你好，终于开机了!"对方欣喜不已。

"你谁呀?"她心里发紧。

"我是程正的熟人，叫覃越古。其实我也是你们上届的同学。"

"你找我什么事?"

"见面谈吧。"

"就电话里说嘛。"

"一时半会说不完，还是见面聊吧。"

"但我不认识你呀。"

明思理很是犹疑，孤男寡女的，聊什么？

"我现在心情差，不想见任何人。"她说。

"正因为心情差，就要解开疙瘩，何况我们算半个熟人，你老公的事情，兴许我还能帮帮忙，出点主意呢。"

听他这么一说，明思理答应了。

在等待姓覃的登门时，她仔细地想，家里天塌地陷，可对别人来说，无非就是一个话茬，一句笑料。原想出事遭难，安慰的人多，却大错特错。甚至平日来往密切的人，也没了影儿。现在有个热心肠的人来找，也让她有些暖心。

明思理沉思着，门铃响了。

覃越古西装革履，气宇昂扬地进了门，提了礼品放在门边。

"你，这……合适吗？"明思理不知说什么好。

"一点骆驼奶酪，西亚的。"覃越古说。

金毛狗跟上吠起来，她喝道："仔仔，不叫不叫，程正朋友！"

仔仔立马不叫了，小心地用鼻子嗅程正朋友的脚，又去嗅那礼品。

寒暄客套后，宾主坐下。

"我是不速之客，你先莫吓着。"覃越古笑道。

"不会的，大白天的。"思理赔笑道，人家拿礼品上门，肯定有番好意。

明思理倒茶递果，覃越古收笑蹙眉。

"啧，我对程正这事，对你们家，深表同情。我就不明白，别人这样搞好得很，他搞就犯法了？要抓都抓去！方塘市可以抓十万人，二十万人。除公司门前的石狮子不抓，办公室的桌椅板凳不抓，其他的，都可以抓去！"

覃越古骂了一通，又叹气："他是倒霉，命有一劫。你还要平静以对。"

明思理不知他葫芦里卖的什么药。即便这样，跟你姓覃的有什么关系，还值得登门一趟？

"我的几个亲戚也在你老公这里投了点钱，没吃到高息，还血本无归。她们要去闹去告。我说，是你们起了坏心思，想要别人的是吧。母狗不摇头，公狗不摆尾，都有责任。我说无钱逼倒英雄汉，他有什么法子？你把老板逼死了，你钱还是回不来，呃，他们都听我的，不闹了。"

明思理听他滔滔不绝，一直没吭声。

覃越古察觉到了她脸上的冷淡，便换了话题。

"你家老公也曾找过我。"

明思理感激地抬眼看着他。

"我当时手头紧，说等一两个月。哪知道我筹得差不多了，他就……"覃越古显得有些懊悔，"我不是那种见死不救的人，更不是那种落井下石、乘人之危的人。我想做点好事，但要别人给机会，唉，我那些亲戚的钱，我去做工作，实在收不回就放着，当作赌博输了，当作看病了。"

他情真意切，明思理虽然将信将疑，但毕竟这是程正出事以来，从外界听到的最贴心的话语。

"你是做什么生意的？"思理问，老不搭腔，显得失礼。

"酒店，民宿。"覃越古回答。

明思理内心不悦，表面却露着善意的神情。那有几个斋钱呢，还谈天说地，帮这扶那的。

"不是当面奉承，你真是一个好女人，世间难寻！"

明思理淡淡一笑，"谢谢，自己都不觉得。"

覃越古突然叹了气，二郎腿左右换了姿势，接着说出让明思理震惊不已的话。

"程正是对不起你的，我敢发咒。如果他对你是清白的，我就是那条金毛狗。"

明思理睁大眼睛，一脸惊诧。

金毛犬凑上来，瞪了他俩。

"你是不清楚，他在外面……"覃越古冷笑着把话打住，不停摇头，"可怜你蒙在鼓里。"

明思理五内俱裂地听着，不敢正眼对着这个男人。

"我不想听这个，莫说了！"她恼怒起来。

"你不了解男人，愚贞啦，不值！"覃越古压低声音，边说边拉明思理的手，"你真令人心疼。"

明思理猛地抽回手。

"你今天来，就为这？"明思理尽量压抑着，还想留点情面。

覃越古脸色难看，喋喋不休，"人家对你不忠，你何苦呢，你不要犯傻呀。"

"那你说，他在外面有什么？"明思理忍不住探问，她不知道姓覃的到底还知道程正什么事。

覃越古一时语塞，跑来说这个，自己都不好意思。

"不说了，你现在也不想听这些糟心事。"他摇头。

"那就不说吧。"思理冷冷道，把脸别向一边。

覃越古觉得，如果不说出点什么，对眼前这个女人就没有杀伤力，自己的如意算盘肯定落空。

"说出来怕吓着你了，还是不说为好，"他换了一种无所谓的语调，"不过现在啥年代了，这也不算什么事，想开点呗。"他看思理脸色温和些，又伸手去拉她手。

"你看错了人！"明思理不耐烦起来，下了逐客令，"我不是你想象中的那种女人。是的，你说得对，我丈夫对我不忠，他在外面有很多女人。你意思让我也在外面也有男人是吧。那我告诉你，人各有各的想法、活法，今天到此为止，我要休息了！"

"你老公差我的钱！"覃越古睁大眼睛嚷嚷着。"差你的钱，等他出来还你！"明思理恼了。对方没有知难而退的意思，想上前拥抱明思理。

"啪！"一个耳光响起，好像打竹板的声音。

"滚出去，不然我要报警了！"

覃越古托着腮住了手。

"出去！"明思理浑身颤抖，指了指门的方向，"我们以后还是好朋友。"她留有余地，一怕对方进一步乱来，二是怕老公真借了他的钱。

覃越古悻悻出门，明思理把他带来的东西摔在外面。

她砰地关了门，大哭起来。

这比遇上外星人还奇葩的事，能与谁说？只能烂在心里。

我要回家

他说，没写出来的一切，只能带走了。

他还说，概括一生，对天地万物是悲伤怜悯的，对现实生活是讽刺批判的。

这是一片丰沃的土地，有着吐生万物的母性和伟力。每个角落都在躁动，每根枝丫都在裂变，每片叶子都在舞蹈。生命在漫山遍野哗剥作响。

年复一年，泼绿爆红的春天，都用这种方式君临人间。

童午和妹妹，约了一个堂弟，在去武汉的车上。

自妹妹告诉童午病情后，经过好多天的劝慰，童午的心情平复不少。他原执意不去省城复查的，后来勉强答应了。

既然命中注定，就接受和拥抱，不做无意义的抗拒。

那天夜里，童午做了一个梦：有人对他说，他没得这个病，是医生误诊了。

第二天一早，他打电话给妹妹，去武汉复查。

出方塘城的路如今都是刷黑的沥青旅游公路。车窗外横无际涯的一种花，云霞样烂漫。到底是什么植物开的花，他每每想打探清楚，却未能如愿。

"如果我是那里的一朵花就好了，开在山野角落，不求闻达，不慕富贵，不恋虚荣。风一样轻的悲喜，云一样淡的苦乐。众生万物都平等，活着的意义也一样。"童午望着窗外想。

"什么花？"妹妹顺着他的眼光望去，却看到山垭上掠过一堆新坟，还有花圈。

她心里一怔，迅速转了话题，"野樱花，漂亮。哥，等我们回来，去闲云岭看樱花。"

童午默默点头。

世间美好，最是这荣华四月。这蓬勃的春天，他无限眷恋。

"过去野樱花谁在意，现在却成了宝贝。"开车的堂弟说。

车子一出市区，天色陡然阴沉起来。

不一会儿，就有几粒急雨打在挡风玻璃上，歪斜的轨迹，像流过的泪痕。

"天气预报不灵啊，说今天晴的。"

雨点密集起来，鞭子样抽着车窗玻璃。

"轰——"一声炸雷响起，天空像布条样被撕碎。

车上只听到马达雨点的混噪。雨刮器飞快地晃动，仍很难看清外面，那雨好像是泼来的。

"据说远古的地球，曾连续下过百万年的暴雨。"

"洪水漫天，诺亚方舟的传说，可能是真的。"

"地球从火球变成水球，水从哪里来？"

瀑布般的雨帘，几乎看不清前方道路。堂弟引颈瞪着挡风玻璃，说话的声音含糊不清。

闪电沉雷，仿佛在车顶炸响。

他们停止了议论。大雨令人窒息，都怕高声说话，担心会遭雷击。

人类的伟大在哪里？用数理逻辑方法推导论证了世界中间态成功了；

人类的渺小在哪里？用数理逻辑方法对微观的推导论证失效了。

无理数的出现，说明世界不合逻辑。

一路上他们不免无话找话，其实大多是沉默或看手机。

妹妹翻着微信，看到这段话。

晚餐选择在医院对门的路边摊店。

这一带正拆迁改造，临时雨棚餐饮摊一字摆满。

踏着泥泞，他们选了一家红色门牌、进深稍长的餐店。

敞开的不锈钢的方格里，盛着几十号荤素小菜，在红色射灯下泛着油光。

大都市的嘈杂也是佐料，会增进人的食欲。

他们找了一个四连座空位，点了两荤两素一钵仔汤。

"这菜好看不好吃，"堂弟抱怨道，"看那打菜的大声说话，不戴口罩。"

一个系着围裙收潲水的老头走过去，把残菜剩饭渣汤往桶里倒，桌上的牙签、纸屑、烟灰，一并抹进。潲水当然会运往养猪场，循环利用。

"这个不碍事，现在医学发达。"堂弟话多，也不知是不是有意减轻童午的内心压力。

童午的思绪比那钵仔汤还迷糊、焦灼。

多少人比自己生活更卑微、更底层、更苦难、更挣扎，但活得好好的。自己却得了病！他发现，不干不净不生病的，老弱病残痴呆傻的，在这个世界上还是主流，自己怎么就成了另类？

草草吃过，回到医院。

没进病房，三人在过道椅上坐下休息。

童午感觉，省城这种大医院夜间也空荡寂寥，与白天人头攒动、大呼小叫的场景判若两地。

他看着身边走过的，每一个活着的人，眼神羡慕。

健康这种简单的、唾手可得的幸福，过去怎么不知道？不珍惜？年少轻狂时，梦想着升迁做官，越大越好，大到能解救全人类的官最好；也曾想着，要发很大很大的财，别墅豪车存款，上下三代衣食无忧；或者，做一个名人，前呼后拥，受人崇拜。

现在他发现全都想错了跑偏了。

他只要一条命，只要能活着。

原来，功名利禄，生老病死，是看谁更为侥幸。那种要活得轰轰烈烈，光彩熠熠的想法多么可笑。

妹妹和堂弟一直都在讲一些开心的事，显然是有意。

不当官，不发财，不出名，就健健康康地活着，五谷杂粮地活着，平均寿命地活着……可是，可是！这也不行，这都不让了！你说，命运公平吗？上天公平吗？

穿病号服的人从他面前蹒跚走过，护士轻快无声地晃过，这是童午眼里最美的尘世风景。

他望着过道上方的"静"字，还有电子屏跳动的时间发呆。

生活的本质就是没有假设。他突然想，自己是那个佝偻的卫生员多好。再或者自己换成一个坐在轮椅上的残疾人，甚至一个囚犯，都行。

他的世界完全变了颜色，失去纲常。

妹妹被医生叫去，童午的眼里满是恐慌和无奈。

一刻钟后，她回来了。

他怯怯看她的眼睛。

"还好，只是有点问题，但要住院啊。"妹妹说道，刻意淡化和掩饰脸上的失望。

"明天回去！"童午把手一摆，他看出了妹妹不自然的神态，大声喊道，"我要回家！"

"哥，那怎么行呢！"妹妹央求道，"没什么大问题，医生说有希望的！"她耳畔还萦绕着医生建议的几种方案，想推荐到另一家有名的肿瘤医院。

"午哥，你别太固执了，就甘心放弃？"堂弟苦劝。

"算了，这是命！我认！我认！我认啊！"童午喋喋不休起来，"我怕穿上病号服，我怕一躺到手术台上，就下不来了，我怕回不了家了！"

"就是要住，也不到这里，回方塘的医院。"他们争执了半天，最后还是童午妥协了，那是强烈的求生欲。

他要回家，那是生命在尘世仅有的温暖。

"这里条件好些嘛！"妹妹开始还想说服他，后面还是依了，"不过也行，那就回方塘吧，现在都联网了，技术共享的。"

"哎，这种病，哪里不一样。"童午始终不愿说出癌症两个字。

第二天，他们回了方塘。

童午向来对医院有种莫名的恐惧。尤其是大医院，这是一个非死即活的地方。

"现在完了，完了！"回来的路上，他忽然崩溃地叫起来，把妹妹和堂弟吓一跳。

在痛苦、恐惧和死亡面前，谁都弱智、无助、茫然，毫无一丝丝体面。人的意志崩塌了，抵不上一只流浪猫、丧家狗。

"什么完了？哥。"妹妹问。

"我一本书，没有写完。再无可能了！"

妹妹也曾听他提过这事。

他在二十多年前就构思着要写一本书。写了一个开头，却怎么就写不出了。他说他要写人类命运，人的生死和爱情，生命所拥有的、经历的、感悟的，他都想写出来，记下来，装进这本书里，结果……唉，一生都在为写不出而痛苦，为没去写而遗憾。

后来他又说，文学家，若不是因为思索和表达的快乐本身，而是为名利创作，留身后虚荣，是愚蠢可笑的。

他原以为，生活的前方，有伟大恒久的幸福和快乐，一直追逐在路上，却发现都是陷阱和画饼，是无用的喧嚣，成功的概率几乎为零。

写是多么寂寞、凄凉、恐惧。生活没有着落，生命不得善终，为什么要写呢？写出来也没有意义。死亡让一切都没有意义。

他知道，所有的领域都有人涉足，所有的体验都有人传递，所有的情感都有人表达。他还确信，科技已探秘自然的脏髓，信息已渗透灵魂的深宫，世界能虚拟，乾坤可倒转，人类会永生。

跨越主体、客体、语言、符号的局限，他觉得真正的文学精神，是时空的翅膀，黑暗中的光，孤独芬芳，自由飞翔。

如今大限将至，一切与他无关。

再见，这个世界，竟然是这样，只能是这样。

对失去和破坏的习惯

他常常闭上眼睛，替母亲感受黑暗。

明思理的儿子豆瓣考上了研究生，专业是心理学。

但他们家祸不单行，爸爸入狱半年后，妈妈突然双目失明。

明思理视力素来不好，前些年有时视物出现异样，但没有在意，还以为是打牌熬夜太多所至。

青光眼本就发展快，一连串的打击，更是加重了病情。等儿子豆瓣带她去武汉治疗时，已经错过最佳手术期了。

"这是天意吗，让我堕入黑暗，让我不见一切恶浊，难道这是天意吗？是我见到了不该见的东西，还是我见到了太多，要我双目失明？"她这样想，也只能这样想，才能接纳黑暗，让忍受变成安详。

明思理坐在那里，想起年轻时代与裴裳、樊音一起闲聊时的打赌和许愿。

如果有来生，你愿意来吗？

愿意。这辈子，爱过了，受过了，下辈子不一样。

如果有来生，你愿意来吗？

不愿意。苦乐相依，生死循环，不如不来。

如果有来生，你愿意来吗？

人没有来生，似去，如来，来与不来都一样。

粗茶淡饭，平凡一生，只爱一次，只恋一家；

荣辱沉浮，豪烈一辈，情路坎坷，阅尽沧桑。

你选哪一种，哪一条路？

没有好的活法，也没有坏的活法。所有的选择都不对，所有的活法难如愿。

富贵的，少了平安；繁盛的，少了淡泊；清贫的，少了惬足，都若有所失，总顾此失彼。

现在，她却要把亲人、山川、蓝天，带入黑暗。

那些平静接受厄运打击的心灵，总让人泪流满面。

下面是她儿子豆瓣写的。

我回到家里，就感到一切与以前不同了，噩梦一样变了。

母亲坐在门前，雕塑一样静穆。她已看不见我了，看不见本来就很少见到的儿子。

妈妈眼睛出问题，没有告诉我，怕耽误我学习。我发现并带她来到省城眼科医院时，已经迟了！

当医师把那个令人心碎的检查结果告诉我时，妈妈也在场。我挽着她的手，怕她承受不了这惨烈的打击。

然而她非常平静，好像什么事也没有发生，还连连宽慰我，"没啥，没啥，不要紧的，你已尽了心……"我意识到，从这一刻，妈妈便永远告别了这个光明的世界，走进了一个无尽的长夜。

　　妈妈原本眼睛就不好，爸爸出事，她一定是突然遭受重大的打击。她不愿意见人、求人，又耽误了病情！

　　改变一个人的命运，就这样简单。回家的车上，雨下得很大很大，几乎辨不清前方的道路。我不由得闭上眼睛，替妈妈感受那种无边的恐怖的黑暗，现在她正在承受着它！

　　"你已经尽了心，这是命。"妈妈这句话萦绕在脑际，我的心在颤抖。原本拿来为她做手术的钱一分也没有用上，只挂一个专家号，结论出来了，医生说，这种病不可逆。

　　临近中午，我找到一家小餐馆，扶她下去吃饭，可怎样好说歹劝，强拉硬拽，她却不下车，肯定是觉得自己一个双目失明的母亲，怕在这场合会有碍子女。从动作言行里看，她竟然觉得不好意思！最后经她同意，买了一个馒头，让她一个人在车上、在黑暗里嚼着。连有汤的菜都不敢买，生怕泼到车上。妈妈！妈妈！您为什么不早去医院呀！您是一个最明事理的妈妈，为什么在这件事上害苦了自己！

　　我不知道人一辈子，牵肠挂肚，倾心付出，养育子女，到头来又到底获得了什么，获得了多少。对于父母那一代人，生活的幸福和欢乐在哪里，是什么。岁月蹉跎间，她们已燃尽了生命的灯盏，走进了生命的深处。

　　那一夜妈妈又回到了那个寂寞的家。我不知道她是如何走进和穿越这无边黑暗的。在这霓虹闪烁的街市，在茫茫的雨夜里，看到她失神而平静的双眼，我的心在滴血，滴血呀！

　　第二天，天晴了，万里蓝天，阳光灿烂，多么明媚的春光四溢的日子！我想起妈妈，她却还在那黑暗里没有醒来！只能从一个黑夜走向另一个黑夜！我的妈妈，将要在这无尽的黑夜里，摸爬到生命的尽头……

好长时间，豆瓣总是闭着眼睛，替母亲感受黑暗，想以此来减轻母亲的痛苦。

有一次，思理说，好像看见了一团光亮。还有一次，她说只有做梦时，自己才看见一个明晃晃的世界。

儿子听到这，肝肠寸断，泪雨滂沱。

堕入虚空

他活成了这种样子，名声无关紧要，金钱一文不值，爱情无影无踪。

方塘市中心医院。

骨瘦如柴的童午躺在病床上。

早晨醒来，妹妹看到他眼角上有泪，问为什么。

他说，昨夜做了个梦，自己只有六岁，醒来就哭了。

他精神时好时坏，脸上有时是静详姑息的倦容，有时是生无可恋的苦色。

他的病情发展超出预料。

那天童午要妹妹不要告诉任何人，说没有谁能改变这一切，没有谁能拯救他。

在头脑清醒时，他反复重申：

"这事你一定瞒着妈，千万千万。"他转而望着窗外，嘴唇嗫动着，"娘啊，儿子不孝……"

妹妹难过地点头。

"但这么瞒下去，行吗？"妹妹叹息着。

"她也不能帮我痛一下，告诉她没任何好处。"

兄妹一想，也只能这样。就算其他人瞒不住，但老母亲一定例外。

"这辈子白过了，活错了。"他叹。

"不说这个吧，哥。"妹妹打断他。

"年轻时，说到遗嘱后事这种字眼就害怕，现在不了。"他眼里闪出星辰似的光。

名声、权力、钱财、爱情，人没法离开这些活着。他现在终于明白，人为钱财活，是蠢；为权力而活，是险；为情色活，是空；为名声活，是累。

他只剩下回忆，那回忆又勾他悲伤。而只有悲伤，还证明自己活着。

临近年关，出院的不少，病房寂静起来。

先前精神稍好，他甚至有动笔写点东西的念头。

床头柜手机微信跳出一条新闻，一个男人磁性的细弱的声音传出：

开普勒望远镜的建造只有一个目的，为了寻找系外行星而观测银河系中的某个区域，在其生命周期内观测了数十万颗恒星，发现了数千颗系外行星。

开普勒最近发现了一颗这样的系外行星，它的名字叫 k2-18b，这引起了研究人员的兴趣。2012 年 9 月，各科学团队分别宣布，他们在这颗行星的大气层中发现了液态水的迹象，它距离地球 124 光年，质量是地球的 8 倍，体积是地球的 3 倍。

现在一项新的研究表明，这颗系外行星可能也有与我们相似的季节和气候。一项新研究分析了这颗行星的自转和轴向倾斜，发现它的倾斜是稳定的，就像地球一样。

不幸的是我们还没有技术知识来研究这些外星世界的成分和大气，并全面回答所有这些问题，但先不要失望。

考虑到我们银河系中大约20%的恒星都能散发阳光，这意味着数十亿个潜在的宜居地球，就像我们银河系中的行星一样。

我们在宇宙中是孤独的吗？

如今，他彻底释然，放下了。

那天他跟妹妹说：

"我想吃腊肉，那种柴火熏得红红的腊肉。"眼里心里满是童年的味道、岁月的追恋。

第二天，妹妹就做好拿到医院，可他吃不下了。

"妈好吗？你没告诉妈吧。"童午问，当妹妹说没有时，他又饶有兴致地回忆和憧憬。

"我好想，回到乡下老家。"他突然说。

妹妹一怔，"回去干吗？"

"跟妈一起过个年。"他说，"像小时候一样，看着大人在灶台边忙碌，跳闪的炉火、弥漫的烟气、满屋的油香……"

"妈在家生气，说你这么久都不回去，"妹妹说，"我之前说你忙，后来又说你出远差，再后来干脆说你年纪大了，心肠硬了，人也变了。这种不孝之子，不值得您老人家记挂。"

有几次，他们都决定告诉老人，最后还是童午动摇了。

"我不敢想象她听到这个的后果。"

他们也曾想跟老人分两次说，留个缓冲期。先说是病了，后说是一种难以治好的病，最后摊牌。

在医院治疗，他拒绝一切不必要的手术和药物，只做基础的常规处理，这也得到了医生的默许。

那天深夜四点，妹妹看见病床上的童午汗涔涔的，脸上痛苦万状，一把推醒他。

"我做了一个梦，瘆人。"他说。

"什么梦呀。"妹妹问。

我在一个黑暗的隧道里看不见亮光。未必这是被压在一个山洞，一个隧道？反正里面黑漆漆的，胸口和头脑炸裂样的痛。我恐惧得不行，一刻都待不下去了，就用镢头猛地挖呀挖。我要透气，我要见到亮光，便拼足最大力气，挖呀挖呀，砰！隧道塌了！

剧痛袭来，生不如死时，他羡慕起那些患心脑梗死，或者车祸生命戛然而止的人。

他几次都要妹妹去开止痛安眠药。甚至，脑海里也闪过从窗口跳下去的念头。

那天痛苦难耐时，他死命地屏住呼吸，要把自己憋过去。

终于，嗡的一下，黑了，一切黑了。

他身体漂浮了起来，进入一条长长的黑暗的隧道。

是灵魂？肉身，朦胧不清。他继续往前飞去，好像有人指引，也好像身不由己，前方依稀有光，是那种混沌的朦亮。

他继续飘呀飘，周围没有了物象，但似乎听得见某种声音，那声音难以言状。这时他感到前所未有的轻快，没有地心引力和重量的那种轻快，他的意识单纯而清新，灵魂脱离肉身羁累而存在。这是活着不曾有的感觉。

他继续飘荡。熟悉陌生的世界，似暗似明的色彩，辨识不清的音影。他死去的亲人都在那里，做着不同的动作，有着不同的表情，想与他说话又不开口。后来他听见父亲喊他，那熟悉的声音，他眼泪流下来了……

他睁开眼，妹妹在唤他。

他回到了尘世，浑身颤抖，大汗淋漓。

"你刚才睡着了，特别香，特别沉。"

"我刚才死去了。"

妹妹大惊失色。

"哥别瞎说，太骇人了。"

"千真万确。"童午喘息着，似乎还沉浸在迷惘惊悸里。

"原来死亡是一种解脱和愉悦。我体验到了。"他说。

"你，那是做梦吧，人怎么能死而复生呢？"

"不，我相信，的确是死过去了。"

"呵，有这事吗？天啦。"

……

关于他的这次死亡体验，童午在生命的最后时刻，不止一次复述过它的真实性。他特别记得那条依稀光亮的隧道，还有人穿雨鞋在水里走动的响声，身心那种无比轻快的感觉，他都能真切地描述。

后来，癌细胞在体内疯狂地繁殖转移，他只能靠镇痛药维持了。

公元二〇二一年农历十二月十四日，童午在微信里发了一条信息。

"好了，我先走了。"

弥留时刻，他基本不说话，眼里满是留恋和哀怜的光，最后变得呆滞灰暗，好像将要收回去。

　　痛苦难耐时，他不停喊着"妈妈"。

　　前一天他高烧不止，汗如雨下，换了几套衣服。下午五时，他精神突然好了。

　　"放首歌给我听。"妹妹打开手机 QQ 音乐，把音量调低，放在他枕边。

　　在音乐中，他回到了儿时。阳光灿烂，犁耙水响，他赤脚走在乡间路上，还调皮地印上脚印。有村子里几棵柏树的影子掠过。波光粼粼的水塘，几只鸭子在上面嘎嘎叫。还有他穿过的一件有条格的裤子，灶膛里跳跃的火苗和满屋子的烟气……

　　那是什么景象，风吹着杨柳，流水闪着光芒，有个姑娘唱着歌儿。

　　在枫树的下面，她低垂着头，歌唱着青青的杨柳。这可怜人坐着，她满怀忧愁，来歌唱杨柳、杨柳；那寒冷的流水在倾吐悲哀，来歌唱杨柳、杨柳；那一行行热泪，灼热了沙洲，来歌唱杨柳、杨柳。

　　那孤儿的脚下，有溪水在流，在歌唱着青青的杨柳。她不幸的遭遇也感动了石头，来歌唱杨柳，用青青的柳枝编织了花环，来歌唱杨柳，莫责怪他无情我毫无怨忧，来歌唱杨柳、杨柳……

　　"啊，啊，我要死了！这一天终于来到了！"突然，童午叫道，"快点抓住我！妈妈，妈妈！"

　　等大家围拢来时，他面色苍白，大口喘着气。

　　"他这是怎么啦？"人们茫然无措。

　　他告诉别人，是有人来接他，还在拉扯推搡。

　　翌日早晨，阳光镀亮了窗棂，外面喧嚣渐起，偶有敲击钢管的声音。

　　"我不怕死了！"早两天，他突然跟妹妹说，吐词清晰连贯，"我感觉，那边还有一个世界。"

　　上午，童午的精神看起来不错。

　　"你别忙了，跟你说个事。"

　　妹妹把毛巾挂在床头柜边，坐上前。

　　童午反复说："一定不能放哀乐。"

　　"你在说什么啊，哥。"妹妹又急又诧。

　　"这个世界来过，很感谢，所以，笑着离开。"

　　妹妹知道，哥还没说出真正的内容，只静静地看他。

　　"我这一辈子，肯定不是最好的人生，"他喘息一下，"好多事都没干完，没实现。"

　　他自言自语，好像在安慰自己即将堕入虚空的灵魂。

　　死亡曾是那么遥远，那么可怕，现在，他要亲吻和拥抱它了。

　　"我死时，谁也不要哭。听到哭的声音，我害怕。放点音乐，轻快的音乐，最好放一首摇篮曲，像我来时一样……"

　　声音断断续续，最后没有了。

　　童午微笑着，眼睛注视着上方。

　　妹妹合上了他的眼睛。

空门寺掩映在翠绿和云雾里

孔德之容，惟道是从；

道之为物，惟恍惟惚；

恍兮惚兮，其中有物；

窈兮冥兮，其中有精；

其精甚真，其中有信。

绿色掩映的天通山空门寺，众僧们洗漱，早课，唱诵，素斋；舍离，寡欲，诵经，祈祷。

一个尼僧禅坐在柏树下，好像画里的一个点。当她抬头仰望天上的流云时，才看清了裴裳苍老的脸。

从天通山远望，西郊隐隐可见山麓，有白色圆顶和方形副楼建筑，一根烟囱刺入天空，缈入无垠苍茫。

方塘市天灵山殡仪馆。

这是一个死亡的地点吗？

尘器落幕，生命静止成一片睡叶。

这是一个生死的虫洞。物质演化意识，意识还原物质。

花圈，哀乐，火纸燃烧的烟尘，弥漫的滞沉的阴气。

童午的生前友好来了，素不相识的文友也来了。

妹妹、囡囡等亲属靠灵柩站着。

曹现凡主席致悼词。

童午生前曾设想过自己死后的情形，现在大致如是。

没有谁对一个进火化炉的人吝啬辞藻。这时把《辞海》搬来堆在他头上，也没人反对。那些壮丽的赞美，与受者一道，都会化成一缕青烟。

追悼词条畅曲折，站立者神情肃穆，晶棺里的脸静谧安详。在曹主席有意强化的悲声哀调中，有人垂泪低咽。

这时候人们总会对童午的亲属扩大关注。

有人看到，除了女儿，童午生命中重要的几个女人，一个也不在。

前妻出家了，后任不知去向。到现在为止，老母亲还一概不知，他们压根就没告诉她。

太阳明亮，花儿鲜艳，到处是生的惊喜，死亡谁会惦记。

高囱吐出的青烟还在天空缠绵，走出殡仪馆的人，就把所见所闻丢了忘了。地球上的这个城市，小得地图上找不着，他童午来过，走了，写过的作品，那是井蛙鸣鼓，夜虫蟋啾，随风而遁。

尽管殡仪馆酿酽着死亡的气氛，但一边一角，也有不带感情的议论，甚至私语窃笑。

有人说他也值了，虽英年早逝，但一生娶了两个老婆，多占了别人的指标。

人们对现任老婆颇有不屑。人家得癌症就跑了，同林鸟都谈不上，叫什么夫妻。

还有小儿子，现在该懂点事了。父亲死都不来，难道是野生的吗？

从自己得病去世，不告诉亲生母亲，不告诉朋友同学和任何外人，这是理性、仁慈、意志？不得而知。

遗体告别，囡囡还是崩溃了。

她疯了似的扑到晶棺上，先用异样的刻意的眼神看了爸爸的脸，要极力记住父亲最后的遗容。

她号啕着，声音在大厅里哀伤惊悚。

"我爸最怕死，如今他死了！"

"我爸这辈子想做的事，一件也没有做成！"

"我爸是世界上内心最苦的人，别人都不知道他经历了什么！"

晶棺推出去的那一刻，她呼天抢地，涕泗横流，瘫软如泥。

巨大的恐惧和悲伤使她神志不清了，她指着晶棺说："走了吗？走了吗！我爸这是去哪儿？"

看见一切不可挽回，她又醒醒神，哭诉道：

"我以前恨他，不理他，不跟他来往，他给我钱都不要，他心里一定有好多话想跟我说。他生病都瞒着我，他咽气后一个多小时，我才赶到……"

囡囡的最后一哭，人们隐约猜到了童午两任老婆没到场的原因。

前任妻子遭第三者插足，狠心报复，也遭抛弃，最终出家，削发为尼。后任妻子带着孩子消失，一刀两断，了无牵系，是典型的"爱情突然死亡"。

有的说，这人检查出癌症，拒不治疗，隐瞒病情，不可理喻。

有的说，这人看破红尘，参透生死，对这个世界并不留恋。

这些都只是揣测。

遗像是黑白照，显然是匆忙赶制。他的眉宇音容间，血气方刚，略翘的嘴角，浮着笑意。

像素幽邃，犹似生死佯谬，灵魂绕梁，凫戈星际时空。

这一切，都随着火化炉高囱的黑烟，从凡尘俗世，遁入宇宙最初的混沌。